I0818013

EL CAFÉ DEL ÁNGEL

ANNE JACOBS

Escrito como Marie Lamballe

EL CAFÉ DEL ÁNGEL

Aires de libertad

Traducción de

Laura Manero Jiménez

PLAZA & JANÉS

Papel certificado por el Forest Stewardship Council®

Título original: *Café Engel. Ein frischer Wind*
Primera edición: octubre de 2024

Printed in Spain – Impreso en España

ISBN: 978-84-01-03412-1
Depósito legal: B-12598-2024

Compuesto en La Nueva Edimac, S. L.

Impreso en Black Print CPI Ibérica
Sant Andreu de la Barca (Barcelona)

L 0 3 4 1 2 1

EL CAFÉ DEL ÁNGEL

Aires de libertad

Hilde

Wiesbaden, verano de 1961

Es un domingo de agosto. Un calor agobiante se cierne como una cúpula invisible sobre la ciudad de Wiesbaden. Por Wilhelmstrasse apenas circulan unos pocos coches. Los viandantes avanzan con parsimonia, la gente prefiere el lado de la calle que discurre junto al parque de Warmer Damm, donde encuentra sombra bajo las frondosas hileras de plátanos. Los cafés de la acera de enfrente han extendido los toldos al máximo para proteger a su clientela del sol y el polvo de la calzada. Por las tardes, pese a las altas temperaturas, todas las sillas están ocupadas por clientes que se acercan a disfrutar de un café y un trozo de pastel, a refrescarse bebiendo una Bluna, una Sinalco o una Coca-Cola bien frías, o a darse un capricho y pedir una bola de helado con nata: vainilla, chocolate y fresa son los sabores disponibles. Las damas llevan vestidos veraniegos de colores claros; los caballeros se atreven con camisas de manga corta bajo las americanas, que, por mucho calor que haga, jamás se quitan. En Wilhelmstrasse nadie va en mangas de camisa; no estaría bien visto.

El Café del Ángel resiste con valentía frente a las nuevas cafeterías y pastelerías que han surgido por toda la ciudad. Su mayor competidor sigue siendo el Café Blum, justo al lado: es tres veces más grande y en la primera planta sirve unos menús de gran calidad hasta bien entrada la noche. También organiza veladas de baile, banquetes de bodas y otras celebraciones. Sin embargo, el Café del Ángel destaca gracias a sus exquisitas tartas, un café extraordinario y el ambiente familiar. Los platos de comida que preparan, deliciosos, aunque no muy abundantes, tienen bastante éxito al mediodía entre los oficinistas, y por las tardes están muy solicitados por cantantes y actores del Teatro Estatal. Después de la función, a muchos les apetece ir a picar algo y compartir una botella de Gotas de Ángel con los compañeros. El riesling es del viñedo del señor Perrier, el marido de la jefa, y se ha convertido en uno de los sellos distintivos de la casa.

Solo los habituales saben que ese domingo en concreto es muy especial para la familia Koch. El patriarca, Heinz, está en su mesa de siempre, justo al lado del mostrador de los pasteles, tomándose un café y charlando con un gran número de clientes muy apreciados, que hoy no han dudado en pasarse por el local y sentarse con él un rato y que incluso han llevado ramos de flores y pequeños regalos. Hilde, precavida como ella sola, ha bajado todos los jarrones de la familia y los ha dejado en la sala contigua. También su cuñada Swetlana, que hoy atiende a la clientela junto con Luisa, les ha prestado varios floreros.

—Qué jarrones más feos —comenta Else cuando se queda a solas con su hija.

Hilde opina que la crítica de su madre está fuera de lugar y se encoge de hombros.

—Sobre gustos no hay nada escrito, mamá.

Else levanta las cejas en actitud despectiva y coge dos de los jarrones para ir a llenarlos de agua.

Hilde empieza a perder la paciencia.

—¿Qué haces tú ocupándote de eso, mamá? —pregunta,

algo nerviosa—. Justamente hoy, que deberías estar con papá en vuestra mesa. La gente ya ha preguntado por ti.

—Por el amor de Dios —replica Else, a la defensiva—. Estarme ahí sentada mientras vienen a adularme no va conmigo. Además, ¿de verdad hay que montar semejante numerito? Si al fin y al cabo es algo la mar de normal.

—¡Escúchame bien, mamá! —salta Hilde, molesta—. Nos estamos esforzando mucho para que la celebración de este día sea lo más bonita posible. ¿Es que no estás contenta?

—Ay, Hilde, hija mía... —contesta Else, angustiada—. No quería decir eso. Pues claro que estoy contenta.

Le acaricia la mejilla un instante y luego se aleja con los dos floreros a toda prisa sin hacer caso de la regañina. Cuatro ramos y varias plantas de interior decoran ya la sala contigua, y todo parece indicar que llegarán más aún.

Hilde suelta un suspiro de exasperación. ¿Qué le pasa últimamente a su madre? Siempre está descontenta, protesta por cualquier cosa, no es capaz de quedarse sentada y tiene que meter las narices en todo. Cuando, en realidad, podría olvidarse por fin de la pesada carga del trabajo y dejarle las preocupaciones del café a la siguiente generación. Todo está organizado a la perfección, así que podría sentarse de brazos cruzados sin cargo de conciencia y disfrutar cómodamente de su merecido descanso, igual que lleva años haciendo su padre, y al que, por cierto, le sienta de perlas.

Pero no. A primera hora de la mañana ya han tenido que discutir. Su padre ha bajado al café a desayunar de muy buen humor. Se había puesto su mejor traje y la corbata de seda que Julia le regaló por su último cumpleaños. Como Else volvía a estar metida en la cocina, adonde en realidad ya no debería ni acercarse, ha tenido que esperarla un ratito y, cuando por fin se ha dignado aparecer, ha ido hacia ella con los brazos abiertos y una sonrisa cariñosa.

—¡Else de mi corazón, amor mío! —le ha dicho con entusiasmo—. Hoy es nuestro aniversario. ¡Cuarenta años de absoluta felicidad!

—Sí, bueno... —ha contestado ella, torciendo el gesto.

Heinz se ha desinflado un poco al oírla.

—¿Qué quiere decir eso de «Sí, bueno», amor mío?

—Pues lo que he dicho, Heinz. Sí, claro, ha habido años bonitos...

—Para mí todos han sido bonitos, Else, todos. Cada uno más que el anterior. ¡Por eso quería darte las gracias hoy, cariño!

La ha abrazado y le ha plantado dos besos en las mejillas. Else se lo ha permitido, pero cuando su marido ha intentado besarla en los labios para felicitarla por sus cuarenta años de casados, ha girado la cara.

—¡Por el amor de Dios, Heinz, déjame ya! —ha exclamado—. ¡Que puede vernos la gente de la calle!

Él la ha soltado y ha ido a su sitio a sentarse negando con la cabeza. Se ha quedado muy abatido, y a su hija le ha dolido en el alma.

—Pero ¿a ti qué te pasa, mamá? —le ha reprochado—. Por algo estáis casados.

—¡Tú no te metas, Hilde!

Como en ese momento Swetlana y Luisa han entrado por la puerta giratoria del café, han puesto fin a la discusión. Las dos se han acercado enseguida a la «feliz pareja» para abrazarlos y darles dos besos. Swetlana le ha regalado un perfume caro a Else y una corbata de seda nueva a Heinz; Luisa les ha llevado un cestito con fresas recién cogidas de su huerto y un ramo de flores que ha cortado ella misma. También ha anunciado que por la tarde habría una sorpresa musical en honor a la pareja. Eso ha conseguido emocionar a Else, que le ha dado las gracias de todo corazón antes de probar las fresas.

—Ay, qué maravilla tener un huerto... —ha comentado con un suspiro—. La fruta y la verdura saben mucho mejor cuando están recién cogidas, ¿a que sí? ¡Tus fresas son una delicia, Luisa!

—Sí, tienes mucha razón, tía Else —ha respondido ella con una sonrisa—. Estamos muy contentos de que la casa tenga jardín.

Del ingente trabajo que conlleva cuidar de un huerto no ha dicho nada. Hilde está bastante preocupada por Luisa, que casi siempre llega al café exhausta y con las manos agrietadas. Es evidente que la pobre está sobrecargada de trabajo y además tiene un montón de problemas. Pero, cuando le pregunta cómo les va por casa, ella siempre contesta: «¿Cómo quieres que vaya? Las niñas están sanas y Fritz vive entregado a su música. Eso es lo principal, ¿verdad?».

Cuando Swetlana y Luisa reaparecen transformadas en dos camareras con sus cofias y sus delantales de encaje, en la mesa de los Koch ya se han calmado los ánimos, para alivio de Hilde. Su padre se ha tomado un café y ha disfrutado de los panecillos recién salidos del horno que Richy, el pastelero, una vez más ha conseguido tener listos justo a tiempo, como por arte de magia. Su madre se ha servido una buena cantidad de rica mermelada de frambuesa, que también es del huerto de Luisa. Aunque, lo que se dice hablar, no están hablando mucho. Heinz se limita a hacer algún que otro comentario afable que Else recibe con un gesto benevolente de la cabeza.

Sobre las diez, cuando ya han atendido a los primeros clientes de las mesas de la terraza, Sofia Künzel baja de su vivienda de la buhardilla para felicitar a los dueños y disfrutar del desayuno. La Künzel vive en lo alto del edificio desde siempre. Tiene más de setenta años y antes era cantante de ópera en el Teatro Estatal, pero sigue dando clases de piano en el Conservatorio, donde es muy querida entre los alumnos. Tampoco ha renunciado a su pasión por la ropa vistosa y los colores chillones. Hoy se ha presentado con la cabeza envuelta en un pañuelo lila a modo de turbante y, como conjunto, un vestido rojo vino y unas sandalias verdes de tiras.

—¡Cuarenta años! —exclama en el salón del café, y a un volumen tal que deben de haberla oído hasta en la calle—. ¡Y siempre rodeados de amor y concordia! Cómo os admiro... ¡Yo solo conseguí estar casada tres años y luego puse a ese sinvergüenza de patitas en la calle!

La Künzel hace reír incluso a Else. Al fin y al cabo se conocen desde hace muchos años. Juntas sobrevivieron a los duros tiempos de la guerra y nunca se dieron la espalda. Hablan del querido Addi, a quien todos llevan aún en el corazón, de los guisos que preparaba Else para todos con los escasos alimentos que podían encontrar, de la época en que la Künzel tocaba el piano en el bar yanqui y siempre conseguía llevarse a casa un par de deliciosas latas de conserva. Hilde se tranquiliza al ver que la celebración va cogiendo ritmo. Se respira un aire de alegre nostalgia; su madre interviene por fin en la conversación, su padre cuenta sus anécdotas preferidas. Y entonces, cuando Frank y Andi, los gemelos de Hilde, aparecen vestidos de domingo y felicitan a sus abuelos por su aniversario como debe ser, parece que el ambiente es perfecto. Los chicos han conseguido despegarse de las sábanas más o menos a tiempo y se han puesto los trajes que ella les había preparado. Toda una hazaña para dos quinceañeros. Los abuelos se han emocionado mucho, por supuesto. Llevan a sus nietos en palmitas, así que los chavales pueden permitirse toda clase de travesuras e impertinencias, cosas por las que Hilde y sus hermanos, en su época, habrían recibido un buen bofetón como castigo. Por eso, Frank anuncia con total despreocupación que han quedado con unos amigos para dar una vuelta en bici y que tienen que irse ya.

—¡Justamente hoy, que los abuelos celebran su aniversario!

—La abuela ha dicho que a ella no le importa —contesta Frank, que casi siempre es el portavoz de los dos—. Y para la *party* de esta tarde ya habremos vuelto.

Otra vez esa dichosa palabra inglesa. *¡Party!* Hace poco le soltó incluso un «*Okey,* mamá».

—Pero ¿habéis desayunado por lo menos? —les pregunta a sus hijos.

—Pues claro, mamá.

Cuando los gemelos eran pequeños, su madre les preparaba el desayuno por las mañanas mientras su abuela, abajo, ya estaba abriendo el local. Ahora los chicos son más independientes. Cogen lo que quieren de la nevera y los días de clase solo bajan al café para «pasar revista» y que Hilde se asegure de que van decentemente vestidos y han cogido el bocadillo preparado la noche anterior.

—¿Habéis vuelto a meter la leche en la nevera? —pregunta.

Frank asiente con convicción, pero Andi pone cara de pensárselo. ¡Ajá!

—¡Pues subid corriendo a comprobarlo!

—¡Jo, tío!

En cuanto sus nietos desaparecen, también la paciencia de Else se agota. Entra en la cocina para, según dice, comprobar si ayer llegó la nata. Luego se entretiene con los jarroncitos de flores de las mesas y recolocando las cucharitas de café que compraron hace poco, las que llevan grabado «Café del Ángel». Cuando el maestro repetidor Alois Gimpel llega con Sigmar Kummer, del *Wiesbadener Tagblatt*, a Else vuelven a entrarle todas las prisas porque, por lo visto, no se ha tomado las gotas, que están arriba, en su piso.

—¡Mamá, el señor Kummer quiere escribir algo sobre vosotros en el periódico! —le susurra Hilde deprisa.

—¿Y qué? —sisea ella en respuesta—. Tu padre le dará

información de sobra, así que no hace falta que me esté sentadita a su lado. Tengo que tomarme las gotas porque, si no, con todo este jaleo es fácil que me entre un mareo.

Su madre no parece tener en cuenta que un artículo así representa también una publicidad fantástica para el café.

—Pero baja enseguida, por favor. El señor Kummer ha traído una cámara y seguro que querrá sacaros una foto a papá y a ti.

—¡Mira tú qué bien! Los dos jubilados, con todo el pelo cano y aparcados en la vía muerta —protesta Else de mal humor antes de ir a toda prisa hacia la escalera.

Hilde se queda atónita en la puerta de la cocina. Swetlana, que está sacando una botella de vino y dos copas, ha estado a punto de chocar con ella. ¿Qué acaba de decir su madre de una vía muerta? ¿Cómo se le ocurre algo así? ¡Es increíble! Con lo que se han esforzado para celebrar su día especial por todo lo alto... Les han comprado un regalo caro, han informado a la prensa y han organizado una fiesta familiar para esta noche. ¡Lo que hay que oír! ¡La vía muerta! Esa mujer no demuestra ni una pizca de gratitud al verla deslomarse trabajando para que sus padres puedan disfrutar de una vejez tranquila. Hilde nota que empieza a encenderse. ¡Cómo puede ser tan egoísta! Debe de ser la senilidad, sí, seguro. Su madre está cada vez más rara. A ver si por lo menos no les estropea la bonita celebración. Sería una lástima, sobre todo porque su padre esperaba el día con muchas ganas.

Fuera, bajo los toldos, hay varias mesas ocupadas por caballeros. Después de misa se reúnen a tomar una copita mientras sus mujeres corren a casa con los niños para preparar la comida del domingo. Hilde piensa en Jean-Jacques, que le ha prometido dejar la tasca de Eltville en manos de sus empleadas hacia el mediodía para ir a celebrar el aniversario de sus suegros en el Café del Ángel. También le ha dicho que llevaría unas cuantas cajas de vino, pero de momento su destartalada furgoneta Goélette sigue sin aparecer. Dentro, en la mesa de los Koch, hay bastante animación. Heinz y Sigmar Kummer, el periodista del *Tagblatt*, están enfrascados en una conversación a la que se han unido la Künzel y también Jenny Adler, la antigua *soubrette* del teatro, que espera su turno para contar divertidas anécdotas. ¿Dónde se ha metido su madre? ¿Cuánto tiempo necesita para tomarse las gotas? Entonces llega el director de coro Firnhaber con un impresionante ramo de rosas que a toda costa quiere entregarle a su «estimada y queridísima señora Koch», porque las flores se dan siempre a la dama y no al caballero.

—Siéntese con nosotros, querido amigo —lo invita Heinz—. Else está ocupada, como siempre, pero volverá enseguida.

Luisa sirve vino. Hilde ha preparado también unos canapés con jamón, huevo y rodajitas de pepinillo que enseguida son devorados. Por fin aparece su madre, recién peinada y con un vestido de verano diferente. «¡Ajá! Conque quiere salir guapa en la foto», piensa Hilde al verla. En efecto, incluso acepta el ramo de rosas con desenvoltura y, cuando Sigmar Kummer pide a la pareja de homenajeados que se coloquen ante la puerta giratoria para hacerles un retrato, ella se alisa la blusa deprisa y se humedece los labios con la lengua antes de poner una sonrisa de revista. Hay que ver… ¡Menuda actriz está hecha!

A la hora de comer, los toldos se quedan vacíos. Los señores regresan alegres a sus casas, donde les espera la mesa puesta y el asado del domingo. Comer en restaurante es un lujo reservado a días especiales, porque con niños sale bastante caro, así que es preferible guardarse ese dinero y ahorrar para adquirir las últimas novedades del mercado. El milagro económico ha hecho posible que en muchos hogares haya televisores, radios y tocadiscos. El ama de casa sueña con una lavadora con centrifugadora incorporada y una aspiradora moderna, pero en primer lugar, por supuesto, está el coche. El tráfico de Wiesbaden ha aumentado exponencialmente. Por todas partes hay hileras de vehículos aparcados junto a las aceras. Por desgracia también en Wilhelmstrasse, delante de los cafés, donde obstruyen las vistas del Teatro Estatal y el Balneario a los clientes.

Hilde no puede más de impaciencia. ¿Dónde se ha metido Jean-Jacques? Hay que preparar la gran sorpresa para sus padres, y él quiso ocuparse de ello. Al menos ahora llega su hermano, August, el marido de Swetlana, que sin duda habrá vuelto a pasarse la mañana en el bufete zanjando algunos asuntos que han quedado pendientes durante la semana. Abrazos, felicitaciones... Sus padres se alegran, Else está incluso de buen humor. Fantástico. Hilde se asoma un momento a la cocina para ver cómo va todo, y allí está Richy, infatigable, preparando ya las bandejas de fiambres para la noche. Luisa le echa una mano mientras Swetlana calienta la sopa de gulasch que ha llevado.

—He preparado una buena sopa porque algo habrá que comer al mediodía —dice.

—¡Ay, Swetlana! —exclama Hilde, tomándola del brazo—. ¡Qué haríamos sin ti y tus artes culinarias! ¿Cuándo empiezas a trabajar para nosotros?

—¡Ayer! —responde ella riendo—. Me encantaría cocinar para los clientes del café, pero, ya lo sabes... August no quiere. Prefiere que cocine solo para Sina y para él. Tu hermano es así.

Desde luego. Desde que es abogado y notario, a August no le hace gracia que su esposa sirva en el Café del Ángel, porque cree que eso le avergüenza ante sus clientes. Y eso que fue él mismo quien le consiguió el puesto de camarera hace años. Por suerte, ella está contenta y no quiere dejar el trabajo.

«Tienes que pensar que son tu familia, August —le ha dicho alguna vez—. No lo hago por el dinero, sino por ayudar a tus padres y a tu hermana».

Sobre las dos llega Fritz Bogner, el marido de Luisa, con tres niñas tras de sí. Petra, de siete años, es una prometedora niña prodigio y lleva el estuche del violín a la espalda; su hermana de nueve, Marion, carga con la cartera de las partituras; y detrás de ambas va Sina, también de nueve años, hija de August y Swetlana, con su perrita, Laika.

—¡Encerrad ahora mismo a esa ladronzuela arriba, en nuestro piso! —exclama Hilde.

Laika es una auténtica aspiradora. Se cuela debajo de las mesas para hacerse con los restos de pastel que caen al suelo y ya ha conseguido entrar dos veces en la cocina, para horror de Richy. Las niñas suben corriendo la escalera con la perra, que ladra, mientras Fritz felicita educadamente a la feliz pareja y luego se instala en la sala contigua con los instrumentos y los atriles.

—¿Vendrá la prensa? —le pregunta a Hilde desde la puerta mientras limpia sus gruesas gafas con un pañuelo.

—Vendrá Gerda Weiler.

—¡Qué bien!

Fritz Bogner es el hombre más humilde del mundo, pero, cuando se trata de publicitar a su talentosa hija, es capaz de lo que haga falta. Poco después llega con su instrumento, en esta ocasión el violoncelo ha sustituido al contrabajo, Benno Olbricht, un compañero de la orquesta del Teatro de Wiesbaden, y entonces llaman a Petra para que baje a ensayar con él.

—Pero si es muy fácil —protesta ella, lanzándose las trenzas pelirrojas hacia atrás—. Puedo tocarlo con los ojos cerrados.

Ya van llegando los primeros clientes de la tarde en busca de un café y un trozo de pastel. Las mesas de fuera, bajo los toldos, vuelven a llenarse. Hilde envía a Luisa al mostrador de los pasteles y se pone a atender. Su padre ha subido a echarse una siestecita, pero en la mesa de Else está ahora Wilhelm, entreteniendo a los presentes con su gracia y su encanto. Mejor así; su madre está contenta y se ríe con ellos. Willi, el hermano pequeño de Hilde, es actor profesional. Hace dos años se casó con Karin, una compañera de trabajo que ya tenía una hija pequeña. Por desgracia, la madre de Karin también se fue a vivir con ellos y es una persona difícil —por decirlo de una manera suave—, que no le hace ningún bien al joven matrimonio. Hilde no querría tener cerca a esa mujer por nada del mundo, pero Willi sabrá lo que se hace.

Por fin divisa la Goélette de Jean-Jacques, que llega traqueteando tranquilamente por Wilhelmstrasse y se detiene junto a uno de los Mercedes aparcados delante del café.

—¡Sal a echar una mano, Willi! —le pide a su hermano mientras Jean-Jacques empieza a descargar cajas de vino de la furgoneta.

—De haber sabido que pensabais usarme de porteador, habría venido con un mono de trabajo —bromea él mientras se quita la americana.

—¡Cuidado con la espalda, hijo! —le advierte su madre, preocupada, y añade que Jean-Jacques bien podría haber llevado el vino ayer.

Los clientes, endomingados, se divierten al ver cómo los dos hombres entran las cajas arrastrándolas alegremente por la puerta giratoria y luego bajan su cargamento al fresco sótano.

—¡A quien madruga el domingo para trabajar, Dios no lo ayuda! —le suelta un cliente a Wilhelm con sorna.

—¡Pero le paga el doble! —exclama este en respuesta, jadeando.

Se ha metido al público en el bolsillo. Sabe cómo hacerlo. Tiene un don y gracias a eso se gana la vida. Aunque, por desgracia, ahora mismo solo actúa en el cabaret. Lo del esperado contrato con el Teatro Estatal no salió bien. En cambio, Karin, su mujer, tiene mucho éxito en la industria cinematográfica. Ya ha salido en dos telefilmes y en estos momentos está rodando otro en Hamburgo.

—Por fin has llegado —le susurra Hilde a su marido—. Papá está arriba, durmiendo la siesta. No hagas mucho ruido. Llévate a Willi, que, si hace falta, podrá distraerlo.

Jean-Jacques no deja que le meta prisa. Está moreno de tanto trabajar en el viñedo y hace tiempo que debería haberse cortado otra vez el pelo negro y rizado. Tiene un brillo vivaracho en los ojos oscuros. «Qué guapo es mi marido —piensa Hilde—. Y él lo sabe».

—Pero ¿qué clase de recibimiento es este, *mon chou*? —dice riendo, y le da un beso en la mejilla—. Primero voy a felicitar a *maman*.

Se acerca a la mesa de la familia, abraza a Else y le planta un par de besos. También August recibe un abrazo y, ya que está puesto, Jean-Jacques sigue con Sofia Künzel, el director de coro Firnhaber y Jenny Adler. No, no puede sentarse con ellos: hay otra *surprise* para papá y mamá, y tiene que ir a prepararla.

—Ay, madre mía —comenta Else con recelo—. Por favor, piensa que el café no está cerrado, Jean-Jacques.

Esa fue su única condición para la celebración: aunque monten una fiesta familiar, en el salón seguirán atendiendo a los clientes. Sin embargo, como muchos de los habituales tienen una estrecha relación con los Koch desde hace años, entrarán a celebrar su aniversario con ellos.

Desde la sala contigua llegan notas de violín acompañadas por el violoncelo de Olbricht. Están tocando tríos de Bach y Brahms. «Esperemos que el programa no sea demasiado largo», se dice Hilde, preocupada. Su madre, en realidad, prefiere melodías más animadas; su padre, en cambio, está encantado porque es un entusiasta de la música clásica. Willi también querrá interpretar algo, y seguramente la pequeña Sina habrá escrito otro poema. «Después nos pondremos a ver viejas fotografías, papá volverá a dar un discurso... ¡Ay, madre mía! ¿Dónde he dejado el papel con el mío? Arriba, en el dormitorio, claro. Si la Künzel toca algo al piano, incluso podríamos bailar. A mamá le gustaría».

Jean-Jacques da vueltas por la cocina porque Richy no ha dejado la caja de herramientas en su sitio. Hilde oye un breve intercambio de palabras algo subido de tono que termina con una maldición refunfuñada en francés. Su marido no soporta al magnífico pastelero de Leipzig y su relación no mejoró cuando comprendió que este no andaba en absoluto detrás de Hilde.

—*Où sont les garçons?* —pregunta al pasar junto a ella.

—Han salido con las bicis.

—*Encore?* ¿Otra vez? Esto no puede seguir así —rezonga, y desaparece en la escalera.

Allí se cruza con Heinz, que se ha despertado de la siesta y regresa a su mesa lleno de energía y buen humor. Otro abrazo cariñoso, unas palmadas en los hombros, unos besos *à la française.*

Hilde se tranquiliza. Ahora que su padre vuelve a estar abajo, Jean-Jacques tendrá vía libre en el piso.

Veinte trozos de pastel, dieciocho tarrinas de helado e incontables tazas de café después, su marido aparece de nuevo, sudado y satisfecho.

—*C'est fait!* —anuncia—. Funciona *parfaitement, ma colombe.*

—Ha costado lo suyo... —protesta Wilhelm, que se ha pillado un dedo.

—¡Fantástico! —se alegra Hilde—. Willi, ve con mamá y papá y diles que arriba, en su piso, les espera una sorpresa.

Su padre tarda un rato en conseguir librarse de la estimulante conversación de las señoras Alma Knauss e Ida Lenhard.

—¿En nuestro piso? —pregunta su madre, arrugando la frente—. ¡Espero que no hayáis organizado ningún estropicio ahí arriba!

«No es capaz de dejar de criticar ni un momento», piensa Hilde. Pero Jean-Jacques quita importancia a las protestas de su suegra, le ofrece una mano galante y sonríe.

—Solo hemos destrozado los muebles, hemos rajado las cortinas y estropeado las alfombras, *maman.* Por lo demás, todo está *bien rangé.*

—¡Ay, tú siempre con tus bromas, Jean-Jacques!

Suben los seis. Hilde la primera, seguida de su madre y de su padre, y detrás de ellos Willi, August y Jean-Jacques. La gran sorpresa aguarda en el salón, encima de la cómoda. El regalo caro que les han comprado entre todos: un televisor.

—¡Ay, madre mía! —exclama Else—. ¿Para qué necesitamos nosotros eso?

No se la ve ni un poquito entusiasmada. Más bien reticente. Negativa. ¡Cómo han podido gastarse tanto dinero en algo tan innecesario! Hilde está al borde de las lágrimas, la cara de Willi es pura decepción, y August mira a su hermana con unos ojos que parecen decir: «¿No os había avisado?».

Solo Jean-Jacques actúa como si nada. Acompaña a su suegra al sofá, recoloca el sillón de Heinz y anuncia que la retransmisión está a punto de empezar. Pocos minutos antes ha bajado con Willi el grandioso regalo desde el piso de Hilde hasta el salón de sus suegros y lo ha conectado a la antena que tienen en el tejado. Mandaron instalarla hace un año porque Richy y la Künzel también tienen televisor. De momento, el cable que va al piso de los Koch cuelga por fuera del edificio y entra por la ventana del salón; todavía no les han dicho que habrá que hacer una instalación como es debido y abrir un agujero en la pared exterior.

Jean-Jacques gira el interruptor que hay a la derecha del aparato. Al principio no sucede nada, pero entonces el cristal gris parpadea y aparecen unas extrañas líneas zigzagueantes y bailarinas que acaban componiendo una imagen. En blanco, negro y gris. Se ve a un caballero con traje, bien peinado y distinguido, hablando. De pronto llega también el sonido, que va aumentando. Se distinguen palabras. Jean-Jacques gira el mando de la izquierda para subir más el volumen.

—Las noticias —dice August—. ¿Ya son las ocho? ¡Madre mía, qué tarde se ha hecho!

August y Swetlana tienen televisor desde hace tres años, por eso se conoce la programación. Todas las tardes, a las ocho en punto, dan las noticias.

—¡Callaos de una vez! —protesta su madre—. No se entiende nada. ¿Qué acaba de decir?

¡Ajá! Hilde se calma un poco. Parece que, al final, a su madre por lo menos le interesan las noticias. Se ve una fotografía. No, es una grabación; se mueve. Hay una muchedumbre reunida, mirando cómo varias personas cavan en el suelo y sacan paladas de tierra. También se ven soldados marchando de un lado a otro con fusiles.

—«Desde esta madrugada, a la una, los taladros neumáticos resuenan en las fronteras de los diferentes sectores de Berlín. El alambre de espino cruza la ciudad. En el Berlín occidental, la Policía del Pueblo mantiene a la gente a distancia con ametralladoras»...

—¿Qué están haciendo? —pregunta Heinz, horrorizado.

—¡No me lo puedo creer! Quieren construir un muro —dice Willi, adusto—. En medio de la ciudad. Para que nadie pueda pasar del sector oriental al occidental.

—*Incrédible!* ¡Serán idiotas...! —se indigna Jean-Jacques.

Else mira fijamente la pantalla, donde ahora vuelve a aparecer el distinguido presentador.

—Eso son disparates —comenta, negando con la cabeza—. Lo habrían publicado en el periódico.

—¿Y cuándo, si empezaron a construirlo anoche? —señala Hilde.

—¡Qué horror! —se lamenta Willi—. Pobres berlineses. Van a destrozar familias enteras. ¡Imaginaos!

—Eso son ametralladoras. No quiero verlo. ¡¿No se había acabado la guerra?! —exclama su madre—. ¡Apaga ese trasto, Jean-Jacques!

—Pero, *maman*...

Else se levanta con decisión y gira el botón de la derecha del aparato. Se oye un chasquido, la imagen de la pantalla se contrae sobre sí misma, produce un destello y el televisor queda apagado. En el salón se hace un silencio incómodo.

—Pero, Else —dice entonces Heinz—, ¡si nos lo han regalado con buena intención!

Ella fulmina con la mirada la pantalla gris, luego reflexiona y se vuelve hacia sus hijos.

—Sois muy amables por hacernos un regalo en nuestro aniversario de bodas —dice—. Pero yo, personalmente, habría preferido una de esas lavadoras nuevas.

Luisa

Alguien llama a la puerta de la casa. Luisa se enjuga el sudor de la frente y se seca las manos deprisa. En el lavadero hace un calor insoportable; el caldero humea. Las camisas blancas de Fritz, la ropa de cama y las toallas están hirviendo a borbotones en el agua jabonosa.

—¡Voy!

Gracias a Dios, ha llegado el fontanero. Luisa ya lo conoce porque ha tenido que hacerles varias reparaciones más en la casa. Esta vez se trata de una urgencia. Se ha formado un charco enorme en las baldosas del suelo del baño; debe de haber una fuga en alguna cañería.

—Buenos días, señor Bäumler —saluda, y se aparta de la frente un mechón de pelo mojado—. Cómo me alegro de que haya venido tan deprisa.

—No hay tiempo que perder cuando es una urgencia —dice el hombre, sonriendo—. Arriba, en el baño, ¿verdad? Ya le dije la última vez que les daría problemas. Bueno, vamos allá.

Como se conoce el camino, el hombre sube la escalera con la caja de herramientas en la mano. Hace poco tuvo que instalarles un inodoro nuevo porque al viejo le había salido una grieta. Sí, esta casa es un pozo sin fondo. Siempre hay algo que se estropea. Y, por desgracia, Fritz es un manazas en todo lo que sean reparaciones.

—Ay, ay, ay... —oye que se lamenta el fontanero—. ¿De dónde viene eso?

Luisa ha extendido toallas por todo el suelo del baño, pero ya están empapadas y hay un reguero que sale por la puerta y sigue por el linóleo del pasillo.

—De ahí, de debajo de la bañera, señor Bäumler.

—Vaya... —comenta el hombre con tono experto—. ¿No ha cortado el agua?

No, no la ha cortado. Porque la necesitaba en el lavadero y, además, antes no era más que un pequeño charco.

Mientras ella intenta contener la inundación con toallas viejas, Bäumler le dice que, por desgracia, va a tener que levantar los azulejos de encima de la bañera para buscar la cañería defectuosa.

—Traiga un par de cubos y así podrá bajar los cascotes directamente, señora Bogner.

El trabajo se alarga. La fuga de la cañería no está donde el fontanero creía, sino más a la izquierda, en la pared de al lado de la bañera. Bäumler hace pedazos un azulejo amarillo mate tras otro hasta que por fin da con el origen del problema.

—Ahí está —comenta, imperturbable, mientras Luisa retira añicos y mortero de la bañera—. El agua siempre encuentra por dónde salir.

Cierran la toma de agua y el hombre arregla la cañería mientras le explica a Luisa que esas tuberías están muy estropeadas y le advierte que es posible que tengan pequeñas fugas más a menudo.

—¡Pero para eso estamos aquí! —dice, dándose unos golpecitos en el pecho—. Por el momento no hay ningún escape. Puede rellenarlo todo con argamasa y volver a instalar los azulejos, señora Bogner. Pero antes espere a que se seque bien, para que no salga moho.

Lo cierto es que la reparación ha sido un éxito, porque, cuando vuelven a dar el agua, no sale ni una gota por el punto parcheado. Satisfecho, el hombre recoge sus herramientas, se toma el café con leche y azúcar que Luisa le ha preparado y luego se despide.

—Le enviaré la factura por correo. Que tenga un buen día, señora Bogner.

—Que tenga un buen día, señor Bäumler. Y muchas gracias de nuevo. Adiós.

«Pero ¿por qué le doy las gracias?», piensa cuando el fontanero se sube a su pequeña camioneta de tres ruedas. Volverá a enviarles una factura bien abultada. Precisamente ese mes, como en el teatro aún están de vacaciones de verano, Fritz solo ganará algo de dinero con las clases del Conservatorio. «¿Por qué no contrataríamos un seguro del hogar? Por muy altas que sean cuotas, ya lo habríamos amortizado».

Echa un vistazo al reloj y constata que ya son las diez y media. Todavía tiene que acabar la colada del caldero, frotar con una pastilla de jabón las manchas que no hayan salido, retorcer las prendas para escurrirlas y luego meterlas en la tina, donde las aclara dos veces con agua limpia. Después pondrá la colada de color a remojo en el caldero; el fuego con el que ha calentado el agua ya se habrá consumido parcialmente, y esa temperatura basta para la ropa de color. A la una llegarán las niñas del colegio en autobús, y la comida tiene que estar lista. Luisa sale corriendo al jardín para arrancar un manojo de zanahorias del huerto, corta unas cuantas judías verdes y vuelve a entrar con la verdura. Tiene que lavarla bien y luego pelar patatas y cebollas. Todavía le queda un poco de tocino ahumado que puede sofreír con la cebolla. Volverá a preparar menestra de verduras del huerto; hasta final de mes no les llega para comprar más carne. Aun así, preparará en dos minutos un flan de vainilla y lo pondrá en un cuenco con agua fría para que se atempere y puedan comérselo de postre con una salsa de frambuesa.

No, no se morirán de hambre. Sus raciones son abundantes, disfrutan de buenos platos caseros y en invierno recurren a las conservas de fruta y verdura del huerto. Los domingos se dan el lujo de un pequeño asado, y de vez en cuando hay *bratwurst* entre semana, aunque Luisa casi siempre compra recortes de carne barata para echar en la sopa. Es cierto que no pueden permitirse grandes inversiones; una lavadora, o incluso un televisor, son cosas que les quedan muy lejos, pero al menos viven en el campo, todas las mañanas miran por la ventana de la cocina y ven las cimas del Taunus en el horizonte, y además está el huerto. Con el tiempo han conseguido tenerlo bien cuidado. El jardín delantero sigue siendo algo caótico, pero detrás de la casa han conquistado la vegetación salvaje con esfuerzo y han plantado bancales de hortalizas. El año pasado todavía creía que no lo lograrían. Tuvieron que arrancar muchas raíces y echar más estiércol. Las malas hierbas crecían apenas se daba uno la vuelta, y la cosecha, pese a todos sus empeños, fue escasa. Pero han aprendido mucho. Por desgracia, el trabajo en el huerto casi siempre le toca a ella, porque Fritz, como violinista profesional, debe cuidarse las manos. Petra se libra de arrancar malas hierbas siempre que puede y pone como excusa que tiene que practicar con el violín. Solo la buena de Marion está dispuesta a ayudar, pero Luisa no quiere exigirle más de la cuenta a su hija mayor, que solo tiene nueve años. De todas formas, es demasiado seria y ya tiene que esforzarse mucho en el colegio, porque parece que le cuesta algo más que a sus compañeros.

Cuando las niñas llegan a casa charlando con alegría por el camino del jardín, ella tiene la mesa de la cocina puesta y ha sacado una botella con zumo de manzana. Las dos se le echan encima y le cuentan cómo les ha ido el día en el colegio.

—Mamá, he vuelto a suspender el dictado.

—En el autobús, una señora mayor ha dicho que montábamos mucho escándalo. Nos ha llamado «mocosas», y eso que estábamos portándonos muy bien.

—Petra ha perdido los pasadores de las trenzas.

—¡Quiero cortarme el pelo, mamá! ¡Por favor! Dile a papá que tengo piojos, y así me dará permiso.

Dejan las carteras del colegio en la entrada y llevan las bolsas del bocadillo a la cocina. Petra ha vuelto a dejar el suyo, de fiambre de hígado, intacto.

—No me gusta el fiambre de hígado, mamá, ¡ya lo sabes! Sina siempre tiene jamón cocido. Y panecillos. Se los lleva todas las mañanas el chico de la panadería. ¿A nosotros por qué no nos traen panecillos, mamá?

—Lavaos las manos antes de sentaros a comer, por favor.

—Ah, ¿otra vez menestra?

—¡Bien! ¡Flan de vainilla!

—Mamá, esta tarde quiere venir Sina con Laika.

—Primero hay que hacer los deberes, Marion. Y tu hermana tiene que practicar con el violín.

—¿Papá no viene a comer?

—Está dando clase en el Conservatorio, Petra, ya lo sabes.

—Pues practicaré más tarde —decide la pequeña por su cuenta.

Luisa suspira. Fritz quiere que Petra toque el violín un mínimo de dos a tres horas al día, pero la niña casi nunca tiene ganas.

Marion devora la menestra con hambre, Petra va comiendo cucharada a cucharada, lenta, y deja todos los trozos de cebolla que encuentra apartados en el borde del plato. Tampoco le gusta el tocino sofrito, así que la colección del borde es cada vez mayor. Luisa la riñe, pero al final se sirve los trocitos descartados. Si Fritz comiera con ellas, seguro que ahora tendrían una larga discusión. Él opina que hay que comerse todo lo que está en el plato. Marion obedece sin rechistar, pero Petra es muy obstinada y se resiste. Ya ha tenido que quedarse dos veces castigada en la cocina durante horas delante de su tostada del desayuno porque no le gustaba la miel que su padre le había puesto. Al final consiguió tragarse el pan haciendo de tripas corazón, pero sin dejar de protestar todo el rato. Fritz no es capaz de entenderlo. Viene de una familia campesina con una disciplina muy estricta. Querer «repetir», como pide Petra cuando hay salchichas, es algo que en su casa no se hacía.

Después de comer, Luisa friega los platos y Marion los seca. Petra se escaquea, como casi siempre, y sube a su habitación a tocar el piano. Improvisa, interpreta melodías propias o alguna que ha oído por ahí, y se inventa los acompañamientos. ¿Eso que suena ahora no es esa horrible canción de Mina que tanto ponen en la radio? La radio sí que se la compraron. Fritz insistió porque retransmiten conciertos de música clásica. Con qué facilidad y qué entusiasmo toca el piano Petra, aunque ya no va a clase, porque debe dedicarse por entero al violín. A veces se atreve con una obra muy difícil, pero después vuelve a divertirse con alguna pieza popular pegadiza que interpreta a un tempo aceleradísimo, o se inventa sus propias canciones. ¿Será tal vez porque, sin obligaciones ni exigencias, puede disfrutar de la música?

Después de fregar los platos, Luisa envía a Marion arriba, a su habitación, para que haga los deberes del colegio. También tiene que recordarle a Petra que haga los suyos. En verano, en las habitaciones de las niñas hace un calor horroroso porque quedan justo debajo del tejado, pero eso aún puede aguantarse. En invierno, en cambio, tienen que hacer los deberes en la mesa de la cocina, porque las habitaciones de arriba no se pueden caldear.

Luisa tiene la sensación de haber tocado fondo. Cómo le gustaría sentarse por lo menos media horita a descansar... Pero tiene que aclarar la ropa blanca y escurrirla bien para tenderla en la cuerda. Con el buen día que hace, seguro que las camisas y las sábanas ya estarán secas por la tarde.

Lo que más trabajo le da es escurrir la ropa de cama grande; las manos se le hinchan y se le enrojecen. Si por lo menos tuviera una centrifugadora eléctrica como la que usan en el Café del Ángel desde hace unos años... Pero no disponen de dinero para algo así. Al terminar tiene que ponerse crema en las manos, porque el detergente le seca la piel y se la deja escamosa. Mañana, como tiene turno, Fritz se quedará en casa por la tarde y se ocupará de las niñas. Atender a los clientes del café le resulta un cambio agradable, casi le sirve para recuperarse del agotador trabajo de la casa y el huerto. Y, sobre todo, allí tiene trato con otras personas. Puede charlar con Hilde y con el simpático Heinz Koch, ver cómo la gente con posibles se pasea por Wilhelmstrasse y, además, ganar algo de dinero, que buena falta les hace. Ay, sí, en realidad hace tiempo que quiere pedir un pequeño aumento de sueldo, pero le da mucho apuro porque los Koch son unas personas encantadoras y, claro, entonces también tendrían que pagarle más a Swetlana. Aunque a ella no le hace ninguna falta el dinero. Solo trabaja de camarera para no aburrirse.

Está colgando la última sábana en la cuerda cuando oye llegar un coche. Ahora Swetlana tiene un Opel Kadett blanco con el techo negro. Un vehículo elegante que incluso despierta la envidia de Hilde, quien sigue conduciendo su viejo Volkswagen Escarabajo. Sin embargo, como August ha abierto también una notaría y gana una fortuna, no deja que a su mujer y a la pequeña Sina les falte de nada. Luisa no está celosa del desahogo económico de su amiga. Swetlana se lo merece, después de la dura época que tuvo que vivir siendo una refugiada rusa obligada a trabajar y con un hijo ilegítimo, Mischa. Aun así, que Swetlana pueda vivir rodeada de lujos y sin ninguna preocupación mientras que Luisa y su familia tienen que estirar hasta el último penique, le parece un poco injusto. Al fin y al cabo, Fritz trabaja de la mañana a la noche, pero su sueldo y lo que se saca con las clases del Conservatorio apenas alcanza para pagar los gastos, ya que tienen que saldar el crédito de la casa.

En cuanto Sina abre la verja, la peluda Laika entra a la carrera en el jardín. Da tres vueltas al gran abeto de delante de la casa corriendo como una posesa y luego pasa por debajo de la ropa tendida a toda velocidad, con lo que está a punto de arrancar de la cuerda las sábanas húmedas.

—¡Laika! ¡No! Ven aquí. ¿Me has oído? —exclama Sina con enfado, y corre tras el animal, aunque no la impresiona en absoluto.

Ni Swetlana ni Sina son capaces de educar a la perra. Laika solo obedece cuando August está en casa.

Swetlana va cargada con bolsas y paquetes, como siempre, y Luisa tiene que ayudarla a entrarlo todo en la casa.

—Ay, cuánta colada... —comenta Swetlana—. ¿Quieres que te ayude a tender las toallas? Mira, te he comprado un cestito nuevo para las pinzas. Puedes colgarlo de la cuerda y no se estropea porque es de plástico.

Su amiga siempre le lleva regalos. A Luisa le incomoda que la trate con tanta generosidad, porque ella no puede corresponderle. Pero Swetlana es incorregible; tiene un gran corazón y está contentísima de poder darle una alegría a alguien. Se recorre los almacenes Hertie y Karstadt con entusiasmo, gasta el dinero a manos llenas, compra todo lo que le gusta y ya está pensando a quién podría regalarle esos chismes nuevos, tan prácticos y maravillosos. A Luisa suele llevarle cosas del todo innecesarias, aunque a veces aparece con algo que le hacía mucha falta. Hoy, Swetlana saca con orgullo una plancha eléctrica nueva que acaba de salir al mercado y que un joven vendedor de Hertie le ha aconsejado encarecidamente.

—Es ligera como una pluma, Luisa. Puedes ponerla así, de pie, que no se cae. Tampoco necesita una base de hierro grueso, y por aquí se regula la temperatura: al mínimo para las camisas de nailon y la ropa interior de seda buena, en la mitad para el algodón, y en el nivel tres para el hilo. ¿No es una maravilla? También le he comprado una a la señora Wegener, que me plancha la colada.

Lo cierto es que Luisa se alegra de recibir ese regalo, aunque le dé apuro, porque seguro que ha sido caro. Pero la vieja plancha eléctrica pesa un quintal, y el cable ya se ha estropeado un par de veces.

Mientras, Sina ha subido la escalera con Laika y desde ahí arriba llegan frases sueltas de las niñas, que hablan nerviosas, y algún que otro ladrido de la perra.

—Esto no lo he entendido, Sina. ¿Me ayudas?

—Jolín, todavía tengo que calcular tres casillas más.

—Dame el lápiz, que te lo hago enseguida.

Luisa deja plantada a Swetlana y sale un momento al pasillo.

—¡Aquí no se copia! —exclama hacia las habitaciones—. ¡Petra y Marion tienen que hacer los deberes solas!

A la severa advertencia le sigue el silencio. Luego se oyen unos susurros y las tres niñas se meten en la habitación de Petra.

A Sina, el colegio le resulta fácil. Si por su profesora fuera, en realidad ya habría saltado de curso y habría entrado en el instituto femenino, pero Swetlana opina que su hija debe acabar tranquilamente la primaria con sus compañeros. «Mírala bien, Luisa —le dijo un día—. Es bajita, los demás niños son mucho más altos que ella. Si se salta un curso, parecerá una enana entre las demás alumnas».

Es cierto que Sina se ha quedado un poco rezagada en cuestión de altura, y además está algo gordita, así que en educación física nunca saca más que un suficiente, porque es muy lenta. Por si fuera poco, y para espanto de Swetlana, también tiene que llevar unas gafas gruesas que le dan cierto aire de sabelotodo. «¡Eso es porque siempre está leyendo con el libro delante de las narices! —se lamenta su madre—. ¿Cómo va a encontrar marido cuando sea mayor? ¿Quién va a querer casarse con una cuatro ojos?».

Media hora después, Swetlana ha sacado de las bolsas dos macetas con flores, una cafetera nueva con sus filtros correspondientes y varios pañuelos de perlón translúcido, en azul claro, rosa y verde lima, que tienen mucho éxito entre las niñas. Luisa prepara café. Swetlana también ha pensado en los pasteles, por supuesto: una bandeja de cartón llena de trozos de tartas del Café del Ángel preside la mesa puesta del salón. Petra y Marion enseñan sus cuadernos con los deberes hechos, y Luisa les da el visto bueno a pesar de tener muy claro que Sina las ha ayudado a escondidas. Las tres devoran con placer la tarta de chocolate y los rollitos de moka, después estrenan los preciosos pañuelos de perlón. Petra, como siempre, es quien decide a qué juegan: se imaginan que son princesas orientales y tienen que cubrirse con velos. Swetlana se los sujeta hábilmente al pelo con horquillas, y entonces las princesas salen a construir un «palacio» entre la vegetación del jardín delantero con la sombrilla y dos mantas de lana. Laika se va con ellas, que se ponen a gritar cuando la perra se cuela en el palacio y arranca una manta.

Luisa y Swetlana están sentadas en el salón, junto a la

mesa donde han tomado el café, porque allí la temperatura es fresca y agradable. De vez en cuando entra una de las niñas a pedir zumo de manzana, vasos, pinzas de la ropa o galletas. Entonces Luisa se levanta y va a buscar lo que sea. Swetlana comenta que esa mañana ha estado trabajando en el café y que ha vuelto a haber pelea entre Hilde y su madre, Else.

—No entiendo a Hilde —dice, negando con la cabeza—. Quiere hacerlo todo ella. La pobre Else no puede ni acercarse al mostrador de los pasteles para servir un trozo.

Luisa está al tanto de los roces que se producen en el café desde hace un tiempo. Else, en opinión de Hilde, corta porciones muy escasas: dieciséis trozos por pastel, mientras que ella cree que deberían ser doce. ¿Qué van a decir ellas? Lo mejor es no entrometerse; se trata de un asunto entre madre e hija. Ahora Swetlana se queja de August, que siempre se queda en el bufete hasta después de cerrar y a menudo llega tarde a la cena.

—Es porque ha contratado a una secretaria nueva —cuenta—. Helga Schuster... O Schneider, no recuerdo el apellido.

—A lo mejor tiene que enseñarle el trabajo —señala Luisa.

—¿Cómo que enseñarle? Tiene un título de secretaria, no hay que enseñarle nada. Pero ya sabes que August es muy bueno y se toma muchas molestias con la chica nueva de la oficina...

¿Son celos eso que detecta? A Luisa le hace gracia. ¡Precisamente August Koch, que es un marido irreprochable, listo y bueno como un trozo de pan! No, seguro que Swetlana se equivoca. Luisa empieza a ponerse nerviosa porque se está quedando sin tiempo. Petra todavía no ha tocado ni un compás de violín, hay que destender la colada, en el lavadero la espera la ropa de color, aún tiene que prepararle la cena a Fritz y regar el huerto a fondo, porque, si no, con el tiempo tan seco que hace no cosecharán nada. Pero Swetlana no tiene prisa. En su preciosa villa de Biebricher Landstrasse no hace falta que limpie ni que planche nada, del jardín se ocupa un jardinero, y seguro que ya tiene lista la cena para August. Después se sentará a tomarse una copa de vino con su marido en la terraza o a ver la televisión.

—Perdona, tengo que ir un momento a destender la ropa...

—Espera, te ayudo.

No, no tiene ningún motivo para enfadarse con ella. Juntas destienden la ropa de la cuerda, recogen la vajilla del café y protegen la mesa para la plancha.

—Deberías tener una tabla de planchar, Luisa —dice Swetlana—. Yo te la compro, y así no tendrás que recoger siempre la mesa.

—Ay, si no me importa...

Cuando están probando la plancha nueva —que, efectivamente, es muy ligera y se maneja de maravilla—, oyen una acalorada discusión fuera, en el jardín. ¡Oh, no! Fritz ha llegado ya.

—¿Has practicado con el violín, Petra?

—Iba a hacerlo luego.

—¿Luego? Si ya casi es de noche. ¿No te he dicho que tienes que tocar estudios durante una hora después de acabar los deberes?

—¡Pero es que hemos construido un palacio, papá! Mira. Hasta tenemos galletas y zumo de manzana.

—Todo eso está muy bien, ¡pero antes hay que practicar con el violín, Petra!

—Es que ha venido Sina y...

—Eso no tiene nada que ver. Primero la obligación y después la devoción. ¡Entra ahora mismo a lavarte las manos!

Luisa apaga la plancha antes de salir corriendo al jardín. Swetlana la sigue resollando, porque últimamente ha ganado unos kilitos. Juntas recogen el «palacio» y entran mantas y demás cacharros en casa mientras Fritz sube con Petra a su habitación.

—Ay, Dios mío —suspira Swetlana—. Yo creo que la música debería ser fuente de alegría, y no una pesada obligación para una niña.

Luisa es de la misma opinión, pero sabe que Fritz lo ve de otra manera. Quiere darle a su talentosa hija todo lo que a él le fue negado a causa de sus orígenes humildes y los duros años de la guerra. Recibir clases de nivel, actuar desde pequeña y practicar sin descanso es necesario para que en el futuro disfrute de una deslumbrante carrera como solista. No se cansa de decírselo y Petra, que ambiciona convertirse en una violinista famosa y tocar ella sola delante de una orquesta, acata la voluntad de su padre. Aun así no le hace mucha gracia tener que practicar todo el rato, pero a Fritz eso le parece normal. Ahora su labor consiste en insistir, en no aflojar, por mucho que le cueste. «Más adelante nos lo agradecerá, Luisa», dice.

De pronto Swetlana tiene prisa. Llama a su hija y a la perra y las hace subir al coche. August no tardará en llegar del bufete y ella quiere tenerlo todo a punto. Luisa escucha acongojada las furiosas notas de violín que llegan desde arriba y, como no quiere entrometerse, sale al jardín a regar con Marion.

Durante la cena, Petra se sienta a la mesa con cara de pocos amigos. Marion, cohibida, guarda silencio. Fritz se muestra sucinto y hermético. Ni siquiera se alegra al ver el trozo de pastel que Luisa le ha guardado en la nevera. Después de cenar, mientras Petra ensaya varias piezas más con su padre, Marion ayuda a su madre a fregar los platos. Cuando acaban, le deja probar la plancha nueva.

—Es increíble, mamá. ¡A partir de ahora plancharé yo siempre la ropa!

A las ocho, las niñas se acuestan y Fritz le lee un cuento a Marion. Petra prefiere que se lo lea Luisa. El que más le gusta es el de *Los músicos de Bremen.*

—Buenas noches, cielo —dice Luisa, y le da un beso a la pequeña.

Después acaba de planchar con el nuevo electrodoméstico mientras Fritz le habla de lo torpes que son sus alumnos de violín del Conservatorio. Apenas le da importancia a la abultada factura que les enviará el fontanero. Su marido es un soñador, nunca le preocupa el dinero. De algún modo les alcanzará. Hasta ahora, siempre lo ha hecho.

—Este otoño tendré tres alumnos nuevos, Luisa —comenta—. Así que ganaré algo más.

—¿Y si se enteran?

—Pero qué dices... Hay otros compañeros que también dan clases.

Según su contrato, en realidad no debería dar más de un número determinado de clases particulares, porque los músicos del teatro deben concentrarse en el trabajo de la orquesta. Y Fritz ya sobrepasa ese número de horas. ¡Ojalá le salga bien! Para espanto de Luisa, su marido tiene pensado organizarle varias actuaciones a su hija en otoño. Ha escrito a empresas, asociaciones e iglesias, no solo de Wiesbaden, sino también de otras localidades cercanas. Luisa se marea solo de pensarlo. Habrá que comprarle vestidos y zapatos nuevos a la niña, y también un buen abrigo de invierno, porque no puede presentarse en esas actuaciones con el que ha heredado de Marion. A eso habrá que sumarle los costes del trayecto, que por supuesto no se los paga nadie. Porque, claro, a Fritz nunca se le ha pasado por la cabeza pedir honorarios a cambio de esos recitales.

—El año que viene, la cadena ARD organizará una competición musical, Luisa —explica—. Las finales se retransmitirán por televisión. Tengo que apuntar a Petra como sea.

Lo ve tan contento que no es capaz de expresarle sus reparos. Tal vez esté en lo cierto; Petra tiene mucho talento, podría conseguirlo. Pero también podría ocurrir que su hija, de solo siete años, fracasara ante un desafío tan grande.

Jean-Jacques

Deja el cubo en el suelo y, satisfecho, vuelve a contemplar las rectísimas hileras de vides. No queda mucho más por hacer: arrancar unas cuantas hojas y cortar los racimos más rezagados. Del resto se encargará la naturaleza. Sobre todo el sol, que malcría las uvas con su prodigalidad. Septiembre acaba de empezar; este año podrá ponerse con la vendimia antes que nunca, dentro de solo catorce días, quizá. El borgoña necesitará unas semanas más, pero, si el calor aguanta, de esta cosecha sacará un tinto que podrá medirse con el de su hermano, en Francia. Y entonces, por fin, el empeño que siempre ha puesto en cuidar y mimar su viña habrá valido la pena. Los viticultores de Eltville y alrededores le decían que el pinot noir no se daba bien allí. «A ver si te enteras de una vez, *comecaracoles*». En Francia la cosa es diferente, porque allí tienen más sol.

Al principio le costó un poco acostumbrarse a las bromas de sus vecinos. Aquí llaman «comecaracoles» a los franceses porque cocinan los caracoles de los viñedos y los sirven con una salsa de ajo. Para los alemanes solo son bichos, y nadie se come eso. Ahora Jean-Jacques se lo toma con calma e incluso le gusta contestarles diciendo que, en Francia, a ellos los llaman «boches», que viene a significar algo así como devoradores de hombres. Con su vecino Jupp Herking sí tiene buena relación, y el hombre lo visita a menudo para pasar el rato. Dos de sus hijas, que ya son mayores, se turnan para servir en la tasca de Jean-Jacques.

Se lleva las manos a los riñones y se enfada porque vuelve a notar esa molesta tirantez en la parte baja de la espalda. No es nada grave, ni siquiera puede considerarse un dolor de verdad, pero no le hace mucha gracia. Antes nunca le pasaba. Tampoco su padre, que trabajó hasta una edad avanzada en sus viñedos, allí abajo, en la Provenza, sufrió nunca dolores de espalda. Probablemente sea un simple agarrotamiento, ya se le pasará. *Ça va passer.*

Vuelve a levantar el cubo, lo vacía en el montón de compost y lo guarda en su sitio, dentro del cobertizo. ¡Menudo año llevan! La primavera fue demasiado fría y luego, en mayo y junio, llovió mucho durante la floración, lo cual puede ser fatal para la polinización de las vides. Por suerte, en la zona del Rin no resultó tan grave como en otras comarcas, donde han registrado pérdidas enormes en las cosechas. Es cierto que aquí hay menos vides, pero, en cambio, el resto del verano han tenido sol para aburrir. El caso es que ha sido una estación muy seca y Jean-Jacques ha tenido que regar, pero el contenido de azúcar de las uvas promete unos vinos excepcionales.

Cierra el cobertizo y se sube a la polvorienta furgoneta, su Goélette, que todavía lo lleva a todas partes, por mucho que tenga un par de abolladuras y se la esté comiendo el óxido. Él se aferra a su viejo vehículo porque le resulta práctico, es un auténtico todoterreno y en el espacio de carga cabe de todo.

Unos cuantos turistas se han acercado al pueblo para disfrutar de la pintoresca orilla del Rin, y luego se repartirán por las numerosas tascas de la zona. Ahora mismo no hay mucho movimiento entre semana, porque hace demasiado calor y la gente, cuando acaba de trabajar, se deja caer agotada en el salón, donde se está más fresco. Durante las vacaciones de verano, mientras que otros años había familias enteras invadiendo el lugar, la afluencia de público ha sido algo más contenida esta vez. Los alemanes han descubierto los viajes al extranjero: todo el que se cree importante se va con la familia a Italia para tostarse al sol y hacerle fotos a la abuela junto a la torre inclinada de Pisa. *Tant pis!* Él es viticultor, no camarero. Solo tiene la tasca porque su antecesor ya la había abierto y porque le garantiza unos pequeños ingresos extra.

En el patio cubierto de la vieja propiedad que compró hace unos años junto con el viñedo, las mesas están ya preparadas con sus manteles de cuadros. También tienen puestos ya los ceniceros y las cartas de vinos; solo faltan los clientes. En la cocina trabaja la fornida Meta Rubik, una mujer de la Prusia Oriental que llegó desplazada por la guerra y hace años que prepara pequeños platos para la clientela.

—¡Ya está usted aquí, señor Perrier! —exclama desde la ventana de la cocina—. Necesito que me suba un saco de cebollas del sótano. Y también algunas patatas para las *pommes frites*.

—¡Enseguida voy, *madame*!

Jean-Jacques carga todo lo que le ha pedido la mujer, lo deja en la despensa y luego se queda muy quieto un momento, frotándose la espalda. Meta trocea cebollas y pepinillos en vinagre para la ensalada de patata. Los huevos duros ya los tiene pelados y preparados en un cuenco mientras que lavará y picará los ramilletes de hierbas aromáticas para el queso *quark* en el último momento. Jean-Jacques mira el reloj: dentro de apenas media hora, Edith, la hija mayor de su vecino Jupp Herking, entrará a trabajar. Ya va siendo hora de que se quite de encima el polvo y la mugre y se convierta en un afable bodeguero limpio y bien vestido.

Arriba, en el pequeño cuarto de baño, descubre un librito colorido y arrugado que se ha caído detrás del retrete. Lo rescata de ahí y tuerce el gesto al ver que es de Mickey Mouse. Un recuerdo de sus hijos, que han pasado tres semanas en el viñedo con él durante las vacaciones. Esta vez se ha contenido mucho y solo les ha hecho subir a las vides un par de veces, para que lo ayudaran a regar. Ellos, por supuesto, estuvieron haciendo tonterías, apuntándose el uno al otro con las mangueras y mojándose más entre sí que regando las hileras. Pero Jean-Jacques ha comprendido que no puede inculcarles el amor por la viticultura obligándolos a trabajar duro. Tampoco sus entusiastas discursos sobre la composición del suelo, variedades de uvas, escala de Oechsle y el cuidado de las cepas han obtenido casi nunca el éxito deseado. Una vez más, Hilde tenía razón. Sucederá o no, pero no puede forzarlo.

Este año ha dejado que Frank y Andi se pasearan por la zona como les viniera en gana. Que se fueran de acampada con otros jóvenes del pueblo, que salieran de excursión en bici y disfrutaran del agradable clima estival. Ellos lo han aprovechado al máximo. Sobre todo Frank, a quien Jean-Jacques le ha visto poco el pelo. A Andi, en cambio, se lo encontraba de vez en cuando arriba, en el viñedo, comiendo uvas sentado a la sombra, sumergido en sus libros y sus revistas. Su hijo tenía una mochila entera llena, incluso con novelas gruesas que ha devorado a una velocidad asombrosa. Por desgracia, también un montón de esos estúpidos libritos de dibujos animados que se compran todas las semanas con el dinero que les dan sus abuelos. Incluso Frank, que en la vida abriría un libro por propia voluntad, está como loco con esos tomos. Los lee hasta en el baño, lo cual ha hecho que a menudo tuviera el servicio ocupado mucho rato.

Los gemelos son muy diferentes entre sí. Físicamente se parecen mucho: el mismo pelo negro y rizado, los ojos oscuros, una piel que adopta un tono moreno con el primer rayo de sol de la primavera. De todos modos, ese último año Andi ha dado un buen estirón y está casi tan alto como su padre. Frank está tardando un poco en crecer, y ahora mismo tiene un aspecto más bien compacto, pero es mucho más activo que el larguirucho de su hermano. De carácter, en cambio, son como la noche y el día. Andi es callado, suele estar metido en sí mismo, habla poco pero piensa mucho. Frank es dicharachero y alegre, enseguida hace amigos, es el que lleva la voz cantante, un hombre de acción que arrastra a los demás. En el pueblo reúne a su alrededor a toda una pandilla, que ahora también incluye a chicas. Jóvenes rubias y vivarachas de la zona, que seguramente están mucho más enteradas de todo lo que puede pasar entre chicos y chicas que esos dos bobos inocentones. O al menos Jean-Jacques está convencido de que, por el momento, sus hijos muestran muy poco interés por el sexo femenino, y de que los evidentes acercamientos por parte de ellas chocan con su incomprensión. No es lo peor que podría ocurrir; al fin y al cabo, solo tienen quince años, así que aún les queda mucho tiempo.

Por suerte, sus dos hijos se llevan muy bien. Eso hace feliz a Jean-Jacques porque él de niño no disfrutó de una buena relación con su hermano pequeño. Frank y Andi, pese a lo diferentes que son, casi siempre están de acuerdo. Pocas veces se pelean y, desde fuera, parece que están a partir un piñón.

Antes de bajar otra vez, abre la puerta de la pequeña habitación donde han dormido sus hijos durante su estancia y lanza el librito de Mickey Mouse a una cama. De lo que no hay duda es de que son unos desordenados. Todavía hay por ahí un par de sandalias olvidadas, la parte de arriba de un pijama cuelga en el respaldo de una silla y en el alféizar ve dos botellas de Coca-Cola vacías y un cenicero. ¿No habrán fumado a escondidas? Los cree capaces. Cuando él tenía esa edad, también lo probó, pero tras unas cuantas caladas le dio tal ataque de tos que no quiso repetir. Examina el cenicero más de cerca, lo levanta a la luz, le pasa un dedo. No, no hay ceniza. Aunque también han podido lavarlo en el baño después de usarlo. Entonces ve que debajo del cenicero había un papelito doblado y, como su paternidad conlleva cierto deber de protección y además siente curiosidad, decide leer la nota.

Lo primero que ve es un corazón dibujado con un lápiz rojo y atravesado por una flecha. *Qu'est-ce que c'est?* Las palabras de debajo están escritas con una letra muy esmerada, la caligrafía típica de una chica.

Querido Andi:

¡Me gustas! Hoy te he visto sentado en el viñedo de tu padre, muy solo. Si mañana por la tarde también estás allí, pasaré a verte. A las seis.

Con cariño,

Margit

Incroyable! ¿Margit? ¿Quién es esa Margit? Tiene que preguntarle por esa chica a Jupp Herking, o mejor a Edith, pero con discreción. Se ha atrevido a escribirle una carta de amor a su hijo y ya le ha propuesto una cita. Nada educado y discreto, del estilo de «¿Podríamos vernos algún día?», sino directamente «Pasaré a verte».

¿Cuándo debió de ser? No hay ninguna fecha, por supuesto, pero es de suponer que la muchacha hizo realidad su intención. ¿Y Andi? ¿Su hijo callado e inocente? ¿Se sentó a las seis de la tarde a leer en el viñedo esperando a Margit? Seguro que no. Puede que Frank lo hubiera hecho, pero el tímido de Andi... De ninguna manera. ¿O sí? ¿Acaso le ocultan algo sus hijos? ¿Cosas que, como padre, debería saber antes de que alguno de ellos se meta en un lío del que no pueda salir indemne?

«Qué va —se dice, y vuelve a doblar el papelito—. ¿Por qué me altero tanto? Si esa chica de verdad hubiera sido importante para Andi, no se habría olvidado aquí la nota. Seguro que fue algo del todo inofensivo. Esos dos apenas son unos niños aún». Vuelve a dejar el papel debajo del cenicero y baja las dos botellas vacías para meterlas en una caja.

Mientras, los primeros clientes han llegado al patio de la tasca: un matrimonio mayor de Maguncia que, a pesar del calor, ha salido de excursión con su Escarabajo y ha parado a tomar una copita refrescante. Jean-Jacques ya los conoce; todos los años pasan un par de veces por allí. La mujer es de Alsacia y chapurrea un poco de francés con él. Casi siempre se llevan también unas cuantas botellas de vino. Piden un riesling ligero y una ensalada de patata con salchichitas para acompañarlo, y prueban el tinto francés que le envía su hermano. Edith se deshace en atenciones con ellos; sabe que puede esperar una buena propina. Está casada y ya ha tenido un hijo, pero su marido no consigue que los trabajos le duren y ahora mismo está en el paro por tercera vez. «¿Qué le vamos a hacer? —comenta él, encogiéndose de hombros—. Hay mucha oferta de empleo, así que ya encontraré algo en otra parte».

Como ahora mismo Jean-Jacques no tiene nada más que hacer, baja a la bodega para echar un vistazo a los depósitos donde prensará las uvas. Antes de la vendimia hay que lavarlos a fondo con agua y jabón, y también aclarar los barriles vacíos solo con agua. Mañana pasará a buscar a Max y a Soldan para que lo ayuden. Soldan es el marido de Meta. Acabó cojo en la guerra y no puede trabajar en el viñedo, pero de esas otras tareas sí puede encargarse. Vuelve a revisar los vinos del año anterior, que están madurando en los barriles, y comprueba la temperatura y la humedad del sótano porque podrían haber aumentado con el calor. Pero los valores son constantes, y eso tiene que agradecérselo al constructor de la vieja casa, que fue muy hábil al enterrar la bodega en el lecho de roca.

Arriba, en el patio, además de otros clientes ha llegado también un grupo de jóvenes que no piden vino, sino Coca-Cola y limonada, y ni siquiera quieren vasos, sino beber con pajita de la botella. Jean-Jacques no soporta a esos chavales. Su tasca no es un quiosco ni una zona de camping. Las chicas le lanzan miradas lánguidas y los chicos parecen molestos. Se siente halagado sin querer; ya se acerca a los cuarenta, pero se conserva muy bien.

—Ah, señor Perrier —le dice una cuando él iba a entrar en el bar para preparar tres copas de vino con soda—. ¿Vendrán Frank y Andi a Eltville este fin de semana?

Touché! No lo miran con tanta abnegación a él, son sus hijos los que les interesan. Jean-Jacques, a ojos de esas jovencitas, seguramente es un viejo. Qué bien que Hilde no lo haya visto, porque se habría reído a gusto.

—Es posible —miente con astucia antes de entornar los ojos y pasar al ataque—. ¿Tú eres Margit?

—No, soy Erika.

—Ah, te he confundido...

Jean-Jacques ríe, despliega su encanto y funciona. Las chicas lo miran con curiosidad y ríen con él. Los chicos sonríen, más relajados.

—Margit soy yo —dice una rubia con coleta.

«Ajá —piensa Jean-Jacques—. Pues no es nada fea». Por desgracia, resulta que la chiquita de pelo castaño que se sienta a su lado también se llama Margit. *Merde.* ¿Cómo es que los alemanes son tan poco ocurrentes con los nombres de sus hijas? Se pone a hablar de tonterías sin parar, explica que en su país las chicas se llaman Chantal, Simone o Margot, y al final uno de los chicos se estira y pide un plato de patatas fritas para todos. Bueno, pues qué bien... No es que vaya a hacer el agosto con eso, y ni siquiera ha conseguido averiguar quién es la dichosa Margit.

Mientras está en la cocina, echando las patatas ya cortadas en el aceite caliente, más clientes llegan al patio. Meta prepara rebanadas de pan de centeno con jamón y huevo frito. Él tiene que atender la barra, las comandas de vino no dejan de aumentar y Edith no puede con todo ella sola.

—Tres minutos —le dice a Meta, que tendrá que sacar las patatas fritas del aceite hirviendo en cuanto estén listas—. Para la pandilla de chavales de la mesa cinco.

Cuando avanza por el patio haciendo equilibrios con una bandeja en la que lleva tres riesling y dos Gotas de Ángel, repara en un joven que se sienta a una mesa que acaba de quedar libre. Es un muchacho apuesto y de tez bronceada, tiene el pelo de un rubio claro y parece que hace tiempo que no se lo corta, porque unos atractivos mechones le cubren la frente y las orejas. El joven deja un abultado petate de una gruesa tela de algodón azul oscuro en el banco, junto a él, y luego se inclina hacia atrás buscando el sol con el rostro.

—¡Mischa! —exclama Jean-Jacques—. ¡Si casi no te he reconocido!

Este lo mira y sonríe.

—He cambiado bastante, ¿verdad?

—*En effet* —señala Jean-Jacques—. Y que lo digas. ¡Espera, que enseguida estoy contigo!

¡Menuda sorpresa! Hace algo más de dos años, Mischa, el hijo de Swetlana, decidió «largarse» de Wiesbaden sin decirles ni a su madre ni a August, que es su tutor, qué planes tenía ni adónde pensaba ir. De vez en cuando les llegaba alguna postal suya en la que, con pocas palabras, les comunicaba que se encontraba bien y enviaba recuerdos para todos. Swetlana les enseñaba esas postales con lágrimas en los ojos: una era de Buenos Aires, otra de Génova. Jean-Jacques no recuerda de dónde más, pero sí que Mischa había tenido la intención de hacerse a la mar. Igual que Addi, el paternal amigo del que tanto cuidó hasta su muerte. Si eso que está a su lado en el banco es un petate, entonces es que el chico hizo realidad su sueño.

Jean-Jacques sirve lo que lleva en la bandeja y regresa corriendo a la barra para preparar dos copas de vino con soda para la mesa de Mischa.

—Qué bien que vuelvas a estar en tierra firme —comenta, y se sienta con él—. Brindemos por ello. *Bienvenu, Mischa!*

—*Merci, mon ami!*

Vaya, parece que ha aprendido idiomas en sus viajes. El recién regresado Mischa está muy crecido y maduro. Hasta la expresión de sus ojos castaños se ha transformado. Parece tranquilo, expectante y algo cauto.

—Debes de haber recorrido mucho mundo, ¿no?

—Puede decirse que sí —responde el muchacho, y se limpia la boca con el dorso de la mano después de dar un trago largo y sediento.

También su ropa apunta a cierta experiencia acumulada: lleva una camisa de rayas no muy limpia y unos pantalones con remaches de una tela azul oscuro. Unos vaqueros. El año pasado, Hilde se negó a comprarles esos pantalones yanquis a los gemelos, pero, ¡cómo no!, la abuela Else burló la prohibición y les regaló dos pares por Navidad. Ahora los llevan incluso las chicas, y bien ceñidos, además, de manera que se les marca todo el trasero. A algunas les queda muy bien, Jean-Jacques tiene que reconocerlo, pero se alegra de no tener hijas de esa edad.

—Qué bien montado tienes esto —comenta Mischa, y estira las extremidades—. Muy acogedor. Y romántico, con todas esas parras que crecen por encima del patio y los viejos muros. Muy *good old Germany*...

A Jean-Jacques no acaba de gustarle ese cumplido. Suena a «encantadora casita de muñecas». Es evidente que el bueno de Mischa se siente algo superior después de sus viajes por el mundo.

—Aquí me encuentro como pez en el agua —declara—. No querría estar en ningún otro lugar.

—Tiene algo especial —comenta el joven, pensativo, antes de vaciar su copa—. Te hace sentir en casa. Un sitio donde estás a gusto y puedes echar raíces. Eso es maravilloso...

Y empieza a contarle sus peripecias. Primero estuvo en Bremerhaven, donde enseguida se enroló en un carguero con el que fue a Sudamérica. Allí pasó una temporada haciendo toda clase de «trabajitos» para sobrevivir y luego regresó a Europa. También en un carguero, que transportaba azúcar. Pasó por Marsella, Génova, cruzó a Marruecos, donde se quedó un tiempo, y después continuó hacia...

Jean-Jacques lo escucha, pero empieza a impacientarse. Edith saca platos combinados, tablas de fiambres y cestos de pan. Sirve vino, Coca-Cola, refrescos. Va con la lengua fuera y le lanza miradas de socorro a su jefe.

—En fin, las cosas ya no son como antes, en los tiempos de Addi. Eso se acabó. Hoy en día solo se curra. Te pasas el día metido en la sala de máquinas, sin salir a cubierta más que un momento. Te deslomas y casi no ves el mar. Claro que he conocido a gente interesante, eso es verdad... Pero, en general, no está hecho para mí. Lo he probado y ya he tenido suficiente.

—Te entiendo —dice Jean-Jacques—. Espera, voy a buscar algo más de beber. ¿Otra copa como esta? ¿O prefieres un Gotas de Ángel?

—No, deja... Estás muy ocupado, ¿verdad?

—Enseguida vuelvo.

Jean-Jacques se dispone a descargar un poco de trabajo a la pobre Edith. Recorre el patio con bandejas llenas de copas de vino y deja un riesling y una ración de ensalada de patata con huevo delante de Mischa.

—Invita la casa, por supuesto —informa.

—¡Muy amable!

El joven debía de tener bastante hambre, porque la ración desaparece en un abrir y cerrar de ojos. Es probable que también esté sin blanca. Jean-Jacques se pregunta si habrá pasado por su casa, en Wiesbaden. No cree, porque, si no, no llevaría consigo ese enorme petate. Vaya, vaya... Ahí debe de haber gato encerrado.

Al caer la noche enciende los farolillos eléctricos. Los clientes están alegres, y hasta algo entonados. Algunos empiezan a marcharse ya. Mañana es sábado, día de trabajo; hay que madrugar y los niños van al colegio. Los currantes solo pueden dormir hasta tarde los domingos. Mischa sigue ahí. Primero se ha quedado un buen rato sentado en su banco, pensando, luego se ha levantado y se ha puesto a charlar con algunos clientes. Ahora está en la mesa de unas señoras mayores, haciéndose el gallito, y deja que lo inviten a vino y *brezel* mientras ellas lo miran encandiladas. Hay que ver... ¿No habrá usado también ese talento para buscarse la vida en Sudamérica? No, seguramente allí les rompió el corazón a damas más jóvenes. Por tal como se maneja, no hay duda de que Mischa ha ganado mucha experiencia en cuestión de mujeres. Jean-Jacques casi está celoso. ¿Por qué no se atrevió él a hacer algo así? Dar la vuelta al mundo, respirar los aromas de tierras lejanas, asomarse a cocinas (y camas) extrañas y aprender costumbres exóticas. Espera hasta que las señoras por fin se levantan y, mientras ve cómo Mischa deleita a cada una de ellas con un abrazo, se pregunta qué tendrá pensado hacer el joven con el resto de su vida.

—¿Quieres quedarte a dormir? —le ofrece—. Arriba hay sitio.

Resulta que, en realidad, el joven ya esperaba poder pasar la noche allí. Jean-Jacques lo envía arriba con su petate y empieza a recoger las mesas y limpiarlo todo. Mischa baja otra vez al patio enseguida y se pone manos a la obra sin que tenga que pedírselo. ¡Mira qué bien!

—Me gustaría quedarme unos días aquí contigo —comenta—. Verás, es que tengo que respirar un poco antes de ir a ver a mi madre.

Jean-Jacques lo entiende, pero también se huele problemas con Hilde. Seguro que a ella no le hace gracia que le ofrezca asilo a Mischa ahora que ha regresado, mientras la pobre Swetlana sigue muerta de preocupación por su hijo.

—Quiero mucho a mi madre —confiesa el joven mientras friegan y secan copas en la barra—, pero es muy exagerada con sus atenciones y sus miedos. Me agobia mucho. Seguro que volverá a pasarse horas pegada a mí, llorando y contándome lo terriblemente preocupada que la he tenido.

—Por mí, puedes quedarte unos días. Pero después tendrás que ir a verla, Mischa. Es tu madre y te quiere por encima de todo.

—Ya lo sé... —rezonga el joven, y levanta una copa a contraluz.

Lo hace con gesto experto. Limpia una mota con el trapo y deja la copa en el estante. ¿Habrá trabajado también en bares durante sus viajes? La verdad es que no le vendría mal alguien como él: fuerte, enérgico y habilidoso.

Jean-Jacques hace caja con Edith y les paga el sueldo a Meta y a ella; las propinas se las reparten entre las dos. Después sirve otras dos copitas, para Mischa y para él mismo, y se sienta con él a una mesa del patio. Le habla al joven de su ambición como viticultor, de su esperanza en conseguir cosechar un buen borgoña, de lo contento que está con el viñedo y de su familia en la Provenza, que se dedica al vino desde hace generaciones. Mischa lo escucha con interés, hace alguna pregunta y parece receptivo.

—Mañana hay que limpiar a fondo los contenedores de acero y aclarar los barriles —explica Jean-Jacques—. Si quieres, puedes echarnos una mano. Y también me vendrías muy bien durante la vendimia.

—No suena mal —dice el chico, y estira los brazos mientras bosteza, con lo que enseña su fuerte musculatura.

—Bueno, pues *bonne nuit!*

A la mañana siguiente, Mischa se levanta temprano y ambos se sientan a desayunar en la cocina. Jean-Jacques prepara café y tuesta unas rebanadas de pan mientras el joven cocina unos huevos fritos con jamón que devora él solo.

—Después vendrá Soldan, que puede enseñarte lo que hay que hacer con los contenedores de acero. Yo me acercaré un momento a ver a un proveedor, porque se nos están acabando las Coca-Cola, el agua y los refrescos.

—¡Entendido, jefe! —exclama Mischa con una sonrisa, y hace un saludo militar.

Satisfecho, Jean-Jacques arrastra las cajas vacías hasta la Goélette, luego saluda deprisa a Soldan, que justo en ese momento entra renqueando en el patio, y le dice que le ha encontrado un ayudante al que tendrá que explicar en qué consiste el trabajo.

—¿Ese de ahí? Pensaba que era un vagabundo, por la pinta que trae...

—Es sobrino político de mi mujer.

Soldan asiente con la cabeza; esa relación de parentesco ligeramente complicada no parece desconcertarlo. Allí, en el pueblo, hay familias con vínculos todavía más enrevesados. Contento, Jean-Jacques pone en marcha la Goélette, que ese día, para variar, arranca al primer intento. Sí, ha sido buena idea. Mischa puede resultar útil y, si el chico de verdad disfruta de la faena, espera conseguir también a un buen trabajador para la vendimia.

Al regresar, sin embargo, le aguarda una decepción. Soldan está en la bodega, sentado junto al cubo de agua jabonosa... y no hay ni rastro de Mischa por ninguna parte.

—Se ha ido a Wiesbaden —explica el hombre mientras saca el cepillo del cubo—. A ver a su madre o algo así.

Hilde

El verano no tiene ninguna intención de dejar paso a la nueva estación. Durante los primeros días de septiembre, el tiempo cálido aguanta, las temperaturas apenas bajan de los veinticinco grados y solo por las noches refresca algo, pero a los habitantes de Wiesbaden les parece incluso agradable. La ciudad se asienta sobre una red subterránea de manantiales calientes que ya los romanos conocían y utilizaban, y que también en la actualidad son responsables de que la localidad sea un auténtico centro termal. El calor soterrado es la causa de que los inviernos resulten bastante suaves; en verano, en cambio, ese suelo radiante natural es una tortura porque solo hace que intensificar el bochorno de calles y edificios.

Esta mañana, a primera hora, Hilde ha subido las persianas del café como de costumbre y ha contemplado el cielo con preocupación. El día está tapado, el sol ha quedado oculto tras un telón de nubes grises. «Bueno, un poco de lluvia tampoco vendría mal», piensa. Los plátanos del parque de Warmer Damm ya tienen algunas hojas amarillas porque la sequía empieza a afectarlos. Por otro lado, la lluvia espanta a los clientes, y eso sería una lástima, ya que los últimos días de verano siempre suponen unos buenos ingresos. Cuando las tormentas otoñales empiecen a tomar las calles, habrá que decir adiós al negocio de las mesas exteriores, y dentro solo quedarán los clientes del mediodía y unos cuantos habituales del café que, pese al viento y el frío, se acercan a disfrutar de un trozo de tarta.

Al ver los coches que pasan por delante del local, Hilde reconoce el de Swetlana. Su cuñada encuentra un sitio para aparcar justo delante del Café Blum, y Hilde contempla divertida la naturalidad con la que saca la enorme olla del maletero para llevarla al Café del Ángel ante la mirada de asombro de un joven camarero. Swetlana ha sabido saltarse con astucia la prohibición de su marido: cuando tiene turno en el café, lleva sopa de gulasch con champiñones. Se supone que es para que coma la familia, pero lo cierto es que Hilde incluye la sopa de su cuñada en la carta de «platos», y los clientes del mediodía siempre se la acaban.

—¡Buenos días, Hilde! —exclama Swetlana, casi sin aliento—. No, deja, puedo yo sola. Soy fuerte. Solo tienes que ayudarme con la puerta giratoria.

Hilde se apresura a impulsarla para que ella pueda cruzar con su carga sin ningún impedimento. ¡Ay, menudo engorro es esa vieja puerta giratoria! Ahora, en verano, para atender fuera pueden usar una puerta normal que instalaron entre los altos ventanales. Pero también esa resulta poco práctica, porque hay que pasar por entre las mesas del interior. En realidad tendría mucho más sentido desmontar esa antigualla y sustituirla por una puerta de entrada moderna, de cristal. Pero Hilde ni se lo plantea; su padre, sobre todo, le tiene mucho cariño a la vieja puerta giratoria, por la que tantos artistas famosos han entrado en su establecimiento.

Dentro, en el salón del café, las reciben unas fuertes voces que proceden de la cocina. ¡Ay, madre mía, es Richy! Hilde también oye a sus padres. Se alegra de que todavía no haya llegado ningún cliente que pueda ser testigo de la discusión.

Abre la puerta de golpe y se encuentra ante un altercado. Por lo visto, se debe a un cuenco cuyo contenido Hilde no logra identificar a primera vista. Else lo aferra con ambas manos mientras Richy se esfuerza por arrebatárselo. Heinz está de pie junto a ellos sin saber qué hacer, con los brazos extendidos y dirigiéndose a ambos.

—Déjalo de una vez, Else. Te lo pido por favor, cariño, piensa en tu salud. ¿Adónde vamos a llegar si te pones así por cualquier pequeñez?

—Que no, Heinz —insiste ella—. Esto no puede seguir así. Con la nata que se tira en esta casa se podrían hacer tres pasteles. Esta nata de moka está perfecta todavía, que la he probado yo...

—¡Está rancia! —protesta Richy, que, para espanto de Hilde, tiene toda la cara colorada—. No pienso ponerla en mi tarta de moka. Va contra mi honor profesional. Si me obligan, me marcho del café.

Lo que faltaba. Hilde coge aire para cantarle las cuarenta a su madre cuando Swetlana pasa junto a ella con la olla. Su cuñada jadea con fuerza y necesita dejar su pesada carga cuanto antes en los fogones, pero los dos bandos enfrentados le cortan el paso. Richy suelta el cuenco de nata y enseguida se hace a un lado para dejarla pasar. También Else se aparta, y entonces el cuenco se le resbala de las manos y el objeto de la amarga disputa cae al suelo y se estrella provocando un estropicio. La marronosa nata de moka salpica toda la cocina de gotitas y goterones. Mancha el suelo, los armarios, los cajones... Tampoco se libran las faldas ni los pantalones de los presentes.

—¡Vaya por Dios! —exclama Swetlana, sobresaltada, y con un último esfuerzo deja la pesada olla en los fogones—. Pero ¿qué he hecho? ¡Ay, qué horror! Ha quedado todo sucio de nata. ¡Voy a buscar un cubo y un paño para limpiarlo!

Los demás siguen todavía consternados, mirando los añicos y las manchas marrones que los rodean. Else es la primera en reaccionar.

—¡Esto es inaceptable! Antes, nunca habría pasado algo así. Seguid por este camino... ¡y ya veréis cómo acabamos!

Tras decir eso, sale de la cocina hecha una furia y Heinz la sigue para tranquilizarla. Hilde oye su exaltado diálogo en el café:

—Solo era un cuenco, Else. No es para tanto.

—¡Un cuenco precioso de porcelana buena! ¡Y tus pantalones! Ayer fui a buscarlos a la lavandería y ahora están para tirar.

—Pero si son los de diario, cielo. De todas formas me quedan estrechos de la cinturilla. Quería apartarlos para darlos.

—¿Para darlos? ¿Esos pantalones tan prácticos? ¿Te has creído que somos millonarios? La cinturilla puede ensancharse. Quítatelos y déjame a mí.

—Como tú digas, cielo. ¿Puedo comentar, ya que estamos, que tu falda también ha quedado algo perjudicada?

—¡El único que tiene la culpa es el bobo ese de los pasteles, que es un derrochador y no tiene mesura!

—Haz el favor, amor mío. ¡Si es un pastelero extraordinario!

Hilde se alegra de oír que sus padres suben a su piso. Swetlana ya está recogiendo los añicos, Richy se mira con congoja los zapatos manchados y el delantal blanco salpicado de marrón.

—No... No era mi intención, señora Koch —dice avergonzado.

—No ha sido culpa tuya —lo tranquiliza Hilde—. Últimamente mi madre está algo... difícil. En realidad, ni siquiera debería entrar en la cocina.

—Ya, ya —dice él mientras limpia con un dedo un pegote

de nata de la mesa—. Pero así no podemos seguir, señora Koch. Mis nervios no lo aguantan más.

Hilde se inquieta al ver cómo le tiembla la barbilla a causa de la agitación. ¿No hablará en serio? ¿No se planteará dejarla tirada? Richy es imprescindible para el Café del Ángel, no querría perderlo por nada del mundo. No solo porque sus tartas son exquisitas, sino porque también está dispuesto a hornear panecillos, decorar las bandejas de fiambres y preparar pequeños platos. Y todo lo hace con creatividad y un gran amor por el detalle. Richy posee un alma sensible, de artista, que se expresa mediante la preparación de alimentos.

—Levanta el pie, por favor —pide Swetlana, que se acerca con un trapo húmedo—. Y ahora quieto, que te limpio los zapatos. No te enfades, Richy. Hoy estoy muy torpe.

Los zapatos de Richy son de piel cara; él le da mucho valor a esas cosas. Después Swetlana se yergue y se lo queda mirando con una sonrisa. Es regordeta, maternal, un derroche de afabilidad. El pastelero relaja su rictus.

—Déjelo, señora Koch, ya lo hago yo. Usted no tiene ninguna culpa de esta desgracia. Han sido... las circunstancias.

—Aún queda un pegote en el tirador de ese cajón. Menudo estropicio. Pero ¿quién va a querer comer nata agria?

—¡En eso lleva mucha razón, señora Koch!

Hilde ve que la situación se destensa sola, así que sale de la cocina sin llamar la atención. Su cuñada y Richy se llevan bien, nunca tienen desavenencias. Incluso cuando Swetlana calienta su sopa o prepara algo en los fogones, Richy siempre está dispuesto a ayudar, le deja sitio, le acerca platos y cubiertos y alaba su arte culinario. Debe de ser por el carácter maternal de Swetlana. En el fondo, Richy sigue siendo un niño que necesita a una persona cariñosa en quien apoyarse.

Hilde se acerca a dos jóvenes que se han sentado fuera, bajo el toldo. Un flautista y su novia; él está a punto de hacer una audición para el teatro, porque ha quedado una vacante en la orquesta y espera que le den la plaza. El chico coge fuerzas con un café y ella pide una tartaleta de piña y un té negro.

Hilde usa la cafetera nueva, pone el platito con la tartaleta en una bandeja y se dispone a infusionar el té. Sus padres siguen arriba, en su piso, así que en el salón reina un silencio que ahora mismo resulta muy agradable.

¡Siempre las mismas discusiones en la cocina! Por supuesto, la culpa es sobre todo de su madre, que cada vez está más rara y últimamente no hace nada a derechas. Durante la posguerra, cuando los alimentos y el dinero escaseaban, la frugalidad estaba a la orden del día y no se tiraba nada. Todas las sobras se aprovechaban. Pero eso ya pasó. Ya no hace falta escatimar tanto, porque puede comprarse de todo en todas partes. Al mismo tiempo, sin embargo, la exigencia de los clientes también es mayor: esperan productos frescos, recetas originales y buena calidad. No pueden intentar colarles una nata que está pasada. Ay, sí, su madre aprendió a organizarse en tiempos de escasez, pero no se lleva bien con la abundancia.

También el joven Richy está más susceptible que de costumbre. ¿Será porque ya no puede ir a Berlín a visitar a su tía? Tal vez. Se puso fuera de sí cuando anunciaron que Ulbricht había ordenado construir un muro que atravesará la ciudad. Su tía vive en el Berlín oriental. Antes, cuando tenía días libres, iba a verla a menudo. Es posible que ahora ya no pueda volver a hacerlo.

Aun así, por mucho cariño que le tenga a su vieja tía, tampoco parece que sea motivo suficiente para que Richy esté tan nervioso. ¿No será que no lleva bien lo de convivir con su hermana? Johanna Wagner es un par de años mayor que él, una mujer delgada y modesta que no se deja ver mucho. Para Hilde es un misterio a qué se dedica todo el santo día ahí arriba ella sola, en el piso. Cuando se la cruza por la escalera, apenas dice lo justo y necesario antes de salir corriendo. La Künzel suele comentar que a la señorita Wagner le falta un tornillo. Que alguna vez se ha asomado a su piso y lo tiene todo lleno de polvo y pelusas, hecho una auténtica pocilga.

La puerta giratoria se mueve y Willi entra en el café con un periódico doblado. Se acerca a Hilde con paso tranquilo y le pone un brazo sobre los hombros para saludarla.

—Buenos días, hermanita. ¿Qué? No hay mucho movimiento, ¿verdad? Seguro que papá aún está durmiendo…

—No tienes ni idea, hermanito —se lamenta ella—. En la cocina ya ha estallado la primera tormenta del otoño.

—¡No puede ser! —replica él sonriendo, y se sienta a la mesa de siempre, donde abre el periódico—. Déjame adivinar: mamá ha vuelto a inspeccionar la nevera.

—Algo parecido.

—Se siente apartada y eso la entristece.

—Solo provoca el caos, Willi. Richy ha estado a punto de presentar la dimisión.

—Mamá necesita algo que hacer —comenta su hermano.

—¿Algo como qué? Ya les prepara la comida a los gemelos. Además, ahora también tiene el televisor.

—¡Si te da por comprarle una mecedora y un par de pantuflas, seguro que la haces completamente feliz! —bromea Willi—. ¡Hilde, por favor! Mamá no está dispuesta a poner los pies en alto y olvidarse de sus responsabilidades.

Ella se impacienta. Por supuesto que su hermano se pone de parte de su madre. Es el hijo comprensivo con el que Else puede quejarse de su desaprensiva hija. Y eso que ella solo desea lo mejor para sus padres.

—¿Café o té? —pregunta, algo seca.

—Un cafecito.

—Enseguida, caballero —contesta ella con burla, y entra en la cocina para preparar tres desayunos.

Karin, la mujer de Willi, lleva casi cuatro semanas en Hamburgo, trabajando en unos estudios cinematográficos, y él se ha quedado en casa con la suegra. La señora Langgässer está absolutamente volcada en el cuidado de su nieta, Nora, a la que prepara papillas, y le lava y plancha su ropita infantil. En ocasiones, incluso saca a pasear a la pequeña en su cochecito. No es de extrañar que Willi sienta que estorba y desaparezca a la menor oportunidad. Sus padres, por supuesto, están encantados de desayunar todos los días con él y, si la aguda mirada de Hilde no la ha engañado, su madre incluso le pasa algo de dinero de vez en cuando a su hijo preferido. A este no le sobra; en el cabaret no gana mucho y le sabe mal gastarse el sueldo de su mujer.

Cuando lleva el desayuno a la mesa familiar, ve que sus padres ya han bajado otra vez y Willi les cuenta que ayer Karin llamó desde Hamburgo y se quejó del director y de dos compañeros de trabajo.

—Pobre chica —comenta su madre con un suspiro—. ¿Por qué se obliga a pasar por eso? La verdad, sería mucho mejor que se quedara en casa con la pequeña. Una madre, al fin y al cabo, tiene que estar con sus hijos, ¿o no?

—Dentro de poco, cuando me contraten en el Teatro Estatal, ganaré lo suficiente para mantener a la familia y mi mujer podrá bajar el ritmo —se jacta Willi.

—¿Ya has ido a la audición?

—Dentro de poco.

Hilde está harta de escuchar sus embustes. Ese contrato en el Teatro Estatal de Wiesbaden queda aún muy lejos, y lo sabe por Sofia Künzel, que conserva amigos y conocidos allí dentro. Para la próxima temporada ya han contratado a dos actores jóvenes de la misma categoría que Willi. Su hermano lo intentó también en Maguncia, pero por lo visto allí tampoco tuvo mucho éxito, porque no ha contado nada al respecto.

—Y tenemos la esperanza de que tu familia crezca pronto, Willi —oye que susurra su madre.

Hilde pone los ojos en blanco y abre la puerta nueva de la calle porque ha visto que se sientan más clientes bajo los toldos. Swetlana debe de estar limpiando aún los últimos restos de nata de moka; ni siquiera ha colocado los ceniceros en las mesas, y mucho menos los jarroncitos con flores ni las cartas. Hilde le pone remedio a eso, anota las comandas y corre con ellas a la cocina, donde su cuñada sale a su encuentro vestida ya con el delantal y la cofia de encaje.

—Yo me encargo, Hilde —dice con diligencia.

—Tres cafés, un té negro. Dos trozos de tarta de queso y nata. Mesa cuatro.

—¿Algo más?

—Una Coca-Cola y una limonada para la tres.

Richy decora la tarta de moka con pequeñas flores de nata sobre las que coloca con esmero un grano de café hecho de chocolate. Parece haber recobrado la serenidad, porque está muy concentrado en su trabajo. Hilde repara en que hoy todavía no ha visto a los gemelos. Será mejor que suba un momento a comprobar cómo están, no vaya a ser que se hayan dormido y sigan aún en la cama. Suspira y sube a su piso. Lo del televisor, por desgracia, no ha salido como ella esperaba. Su padre prefiere pasarse las tardes abajo, en el café, compartiendo un vino con viejos amigos, y no sube hasta que ya no quedan clientes. Su madre, en cambio, la que con tanta vehemencia afirmó que no necesitaban un televisor para nada, se sienta delante de la pantalla todas las tardes a las ocho en punto, saca a la mesa unos frutos secos y alguna galletita para picar, y tiene siempre refrescos en la nevera. El tentempié no es ni mucho menos para ella, sino para Frank y Andi. Los dos bajan sin falta a la sala de estar de su abuela, se repantingan en el sofá y lo dejan todo perdido de migas mientras ven la tele.

Hilde, por supuesto, le ha pedido a su madre que mande a los gemelos a la cama como muy tarde a las nueve si al día siguiente tienen clase. Pero, como ella está ocupada abajo, en el café, le resulta difícil controlar la hora, y la abuela Else no se ve capaz de interrumpir a sus queridos nietos en mitad de una película emocionante. Así que, luego, a los chicos les cuesta lo suyo levantarse por las mañanas.

Hoy, sin embargo, parece que todo ha ido bien: las camas están vacías, en la cocina encuentra platos sucios y, cómo no, la botella de leche se ha quedado sin guardar en la nevera otra vez. Al menos se han acordado de coger los bocadillos para la hora del patio. Madre mía... Bueno, podría ser peor. Está a punto de meter la ropa sucia en el cesto cuando se sobresalta al oír un trueno. ¿Hay tormenta? Menudo fastidio; eso ahuyentará a la clientela.

Al bajar al café, todo el mundo se bate en retirada. En efecto, se ha puesto a llover y Swetlana está fuera, cobrando, mientras los clientes apuran deprisa sus tazas de café, se ponen los sombreros y abren los paraguas. Algunos se han refugiado bajo los toldos, pegados a la pared, y parecen decididos a esperar ahí a que pase el chaparrón. Hilde entra la vajilla a todo correr, Willi tiene la decencia de colaborar y recoge las cartas y los ceniceros. La lluvia se convierte en un aguacero. Las gruesas gotas tamborilean en la acera y en los techos de los coches que están aparcados delante del café. Wilhelmstrasse queda engullida por un vapor grisáceo; del teatro, al otro lado de la calle, ya solo se divisa una sombra detrás de la cortina de agua que cae.

—¡Los toldos! —se lamenta Else—. ¿Por qué no los has recogido, Hilde? ¡Ahora se estropearán!

El fuerte viento que arrecia en la calle empuja la lluvia y hace que la lona de los toldos ondee de forma alarmante. Se ven figuras corriendo a toda prisa y paraguas vueltos del revés. Los coches tocan la bocina, un sombrero de paja sin dueño rueda por el asfalto. Los pocos valientes que se habían refugiado bajo los toldos abandonan ahora sus cafés y sus pasteles y buscan la salvación en el salón interior. Else reparte toallas para que se sequen la cara o el pelo, según lo necesiten, y Heinz, preocupado, le pone su chaqueta sobre los hombros a Swetlana, que está calada hasta los huesos.

—¡Menudo está el tiempo! —exclama—. De repente se ha puesto a diluviar. Casi diría uno que el mundo se va a...

Se interrumpe porque en ese momento estalla un trueno enorme sobre ellos. Hilde se tapa los oídos, Willi encoge los hombros sin querer. En la cocina se oye volcar una silla.

—¡Madre del amor hermoso! —protesta Else—. La tenemos justo encima.

—Ahí viene alguien —dice Heinz.

Todos miran hacia la puerta giratoria, donde se ha quedado atascado un cliente que va mojado de arriba abajo. Parece que el pobre tipo no puede salir de ahí; no consigue ir ni hacia delante ni hacia atrás. Golpea la madera con ambos brazos, lo intenta primero con cuidado y luego con un fuerte empujón. La vieja puerta giratoria cede entonces con un gemido y escupe primero un saco enorme y luego a su propietario. Ambos están chorreando como si los hubieran rescatado del agua, y a su alrededor se forma un charco.

—¡Oiga! —se indigna Hilde—. ¡Que nos va a estropear todo el suelo!

El cliente se aparta unos mechones mojados de la cara.

—Lo siento muchísimo, tía Hilde, pero es que fuera llueve mucho.

—¡Mischa! —exclama Swetlana—. ¡Es Mischa! ¡Mi Mischa!

Se deshace de la chaqueta de Heinz y se lanza hacia su hijo. Se agarra con fuerza a sus hombros y solloza tanto que no puede ni hablar. Mischa abraza a su madre con fuerza y le habla en voz baja mientras ella no deja de llorar.

—Tranquila, mamá. Ya he vuelto, no llores, todo va bien…

¡Dios mío, qué bochorno! Los clientes que quedan observan atónitos el abrazo de madre e hijo. Algunos sonríen, otros parecen incómodos. Si al menos Swetlana dejara de sollozar a ese volumen… Richy está en la puerta de la cocina, contemplando el espectáculo con la boca abierta. Else rescata la chaqueta de Heinz del suelo.

—Una perfecta escena teatral —murmura Willi con una sonrisa.

Hilde decide tomar la iniciativa. Se acerca a ellos y le pone una mano en el hombro a su cuñada.

—¿Podéis ir a la cocina, por favor? —pide con tanta amabilidad como firmeza.

—Disculpa —solloza Swetlana—. No me he dado cuenta. Ay, Mischa… Has estado fuera dos años enteros. No sabía si estabas vivo o muerto.

—Pues ahora ya lo sabes, mamá —contesta este, a quien el numerito le resulta a todas luces bochornoso.

El chico se la lleva a la cocina pasando junto al emocionado Richy, y Hilde cierra la puerta tras ellos y se ocupa de los últimos clientes. Cobra, sirve dos cafés y un trozo de tarta de moka, explica con una sonrisa de disculpa que el hijo de su camarera se ha presentado por sorpresa después de un largo viaje.

—¡Ay, qué emotivo ha sido! —comenta una señora mayor—. ¡Qué reencuentro más bonito! Me ha llegado al corazón.

Hoy Willi se está ganando el cielo: arrastra el pesado petate hasta la cocina y reaparece con una bayeta para secar el charco de agua, pero Else se la quita de las manos al instante.

—¿Qué va a pensar la gente si te ve limpiando el suelo? —dice enfadada—. Siéntate con tu padre. Ya lo hago yo.

Hilde se guarda un comentario y prefiere ir a ver cómo va todo en la cocina. Allí, Swetlana se ha quitado la cofia y el delantal y anuncia que no va a poder acabar su turno.

—Mischa está calado de arriba abajo. Tengo que llevármelo a casa para que se ponga ropa seca. Y que coma algo. ¡Ay, menuda alegría se va a llevar Sina cuando vuelva del colegio! No te enfades, Hilde. Hoy es un día especial porque mi Mischa ha vuelto con su madre.

El chico, avergonzado, se despide de Hilde con un apretón de manos.

—Lo siento mucho —se excusa—. Le he dicho que no tiene por qué irse del café por mí, pero ya sabes cómo es…

—No pasa nada, Mischa —asegura Hilde—. Nos las apañaremos. Conducid con cuidado al volver a casa y celebrad tu regreso. ¡Madre mía! Sí que estás calado hasta los huesos, sí.

Le echa un vistazo y constata que bajo la camisa empapada se marcan unos músculos impresionantes. En los dos años que ha estado viajando por el mundo, se ha convertido en todo un hombre. Está muy guapo. Apuesto. Enamoraría a cualquiera. Hilde le sonríe.

—Gracias, tía Hilde —dice él, y le devuelve la sonrisa—. Es bonito regresar al Café del Ángel. Aunque también un poco triste, porque Addi ya no está.

—Nosotros también lo echamos de menos, Mischa.

—Hasta otro día —dice el chico, y se despide con un gesto de la cabeza—. ¿Dónde tienes el coche, mamá? ¿Está muy lejos? ¿Has traído paraguas? Todavía llueve.

—El coche está ahí al lado, en el Blum. ¿Qué bolsa tan fea es esa? ¿Qué llevas ahí dentro? ¿Piedras?

—Es mi petate, mamá. Dentro están mis cosas.

—Yo te compraré una bonita maleta de piel, Mischa.

—¡Pero si no la quiero!

Hilde los acompaña hacia la salida lateral para que no tengan que atravesar otra vez el salón del café. Después cuelga el delantal mojado y la cofia arrugada de Swetlana en el respaldo de una silla, para que se sequen.

—Es incomprensible —comenta Richy indignado.

Deja la vajilla sucia en el fregadero y enciende el calentador. Parece que tiene intención de fregar los platos en lugar de Swetlana.

—Deja. Ya lo haré yo después —dice Hilde.

—¡Con qué frialdad trata ese joven a su madre! —continúa diciendo el pastelero—. La pobre no se lo merece. ¡Estoy horrorizado!

—Bueno, no era su intención —contesta Hilde, intentando calmarlo.

—¡Yo estaría orgulloso y feliz de tener a una madre tan cariñosa!

A Hilde no se le ocurre nada más que encogerse de hombros. En su opinión, Swetlana malcrió demasiado a su hijo, y eso no le hizo ningún bien a un niño que necesitaba mano dura. Ahora que Mischa se ha convertido en un joven adulto, está absolutamente fuera de lugar ponerse a hacer tantos aspavientos. No es de extrañar que a Mischa no le guste.

Alguien la llama por señas desde el salón. La lluvia ha remitido un poco y unos clientes quieren pagar y marcharse. Algo más allá, por encima del teatro, el cielo ha empezado a despejarse. Se ve un poco de azul claro y brilla el sol. Sobre el parque del Balneario se extiende un amplio arcoíris que, con sus numerosos colores, destella a través del velo de lluvia y termina entre los árboles más altos.

Hilde se pregunta cómo se las apañará sin Swetlana durante la hora punta del mediodía. Podría llamar a Luisa y preguntarle si le va bien acercarse. Pero Luisa tiene el tiempo muy justo y, además, con el autobús tardaría casi media hora en llegar al centro.

—¿Te apetece ayudarme a servir, Willi? —le pregunta a su hermano.

—¡Claro! Será un placer —responde él, bien dispuesto.

Pero su madre vuelve a impedirlo. Su hijo no atenderá a los clientes del café bajo ningún concepto, porque eso arruinaría su reputación artística.

—¡Prefiero ayudarte yo misma!

—Pero, Else —no puede evitar señalar Heinz—. ¡Piensa en tus pobres pies!

—¡Mis pies están perfectamente! —afirma ella.

Hilde no quiere empezar otra discusión. Else servirá la sopa y los platos de comida; ella se ocupará de la cocina. Así evitará que las raciones sean demasiado pequeñas, para empezar, y además su madre y Richy no acabarán enzarzados. Primero se acerca al teléfono e intenta localizar a Luisa. No lo consigue; parece que se ha cortado la línea. ¡Ay, qué fastidio! ¿Habrá tirado la tormenta algún poste? Podría ser.

«Hoy vuelve a ser uno de esos días —piensa—. Frank y Andi llegarán enseguida del instituto y tendré que ocuparme de que hagan los deberes y no salgan pitando con las bicicletas. Y por la tarde estaré desbordada. ¡Ojalá mamá no monte más escándalos y no me espante a los clientes!».

Al mediodía, Else sube a su piso con decisión, se pone una blusa blanca y una falda oscura y se coloca la cofia de encaje en el pelo. Así ataviada, baja al café y empieza a tomar comandas.

Hilde está en la cocina, muy tensa, dispuesta a salir corriendo al salón en caso necesario para solucionar cualquier problema. Sin embargo, para su sorpresa, su madre se ha metido del todo en su papel. Más que eso: Else parece transformada. Está alegre y charla con los clientes, les aconseja entre los diferentes platos, elogia la maravillosa sopa de gulasch con champiñones al estilo de la casa, y solo una vez se le cae una botella de refresco por cargar demasiado la bandeja.

—¡Bueno, bueno! —dice cuando el grueso de los clientes del mediodía se ha ido ya—. Pues me lo he pasado muy bien, Hilde. Qué bien organizado lo tienes. Todo ha salido a pedir de boca.

Y entonces sube a sentarse y poner las piernas en alto un ratito.

«Puede que Willi tenga razón —se dice Hilde—. Está mucho más tranquila cuando dejo que colabore».

—Si quieres, también podrías echarme una mano por la tarde, mamá —propone.

Eso, sin embargo, no tiene muy buena acogida.

—¡Pero qué dices! —replica la mujer, sacudiendo la cabeza—. En la tele dan una serie policiaca que queremos ver. No te importa que me suba dos botellas de Coca-Cola para los chicos, ¿verdad?

Petra

—¡Ahí está mi madre! —exclama Sina, señalando el coche blanco y negro que espera delante del patio del colegio.

Marion echa a correr con la mochila saltando a su espalda. La sigue Petra, cargada con el estuche del violín y la cartera llena hasta los topes. Es la última en llegar al coche; como tiene que arrastrar todos esos trastos, hasta Sina es capaz de adelantarla. En la cartera, además de los libros de texto, lleva también un atril plegado y tres cuadernos de partituras con estudios.

Por suerte, la madre de Sina mete todos los bultos en el maletero, lo cierra y luego inclina hacia delante el asiento del conductor para que las tres se sienten en la parte de atrás. Delante, en el asiento del acompañante, no hay sitio porque están las cosas que ha comprado: dos bolsas grandes de Hertie, una de Karstadt y un bolso de mano de piel lleno a reventar.

La madre de Sina siempre compra una barbaridad de cosas; puede hacerlo porque su marido es rico. En casa de Petra, por desgracia, la situación es muy diferente. Su padre gana muy poco dinero y por eso tienen que ahorrar. Ni siquiera pueden permitirse tener un perro para jugar y para que vigile la casa. Todo por culpa del estúpido dinero.

—¡Quedaos sentaditas, nada de moveros de aquí para allá! —advierte Swetlana, y recoloca el asiento del conductor—. Si no, al final tendremos un accidente. Sina, ¿dónde está el bonito pasador de pelo que te compré?

—Lo siento, mamá —contesta ella en voz baja—. Creo que lo he perdido.

—Ay, qué pena —dice su madre con un suspiro, y pone el motor en marcha—. ¡Has de tener más cuidado, Sina! Por suerte, hoy te he comprado otros dos nuevos que son preciosos.

Al oírlo, Sina calla, afligida, y se aparta de un soplido un mechón rizado que le cae por la cara. Tiene el pelo rubio y muy fino, y su madre se lo recoge todas las mañanas en una trenza lateral. Por el otro lado, donde no hay trenza, siempre se le escapan mechones rebeldes, y ahí es donde su madre le pone esos pasadores. Los compra en una tienda de artículos de peluquería porque allí venden unos con lazos. Pero a Sina los lazos le parecen horribles; antes de que la profesora entre en clase, ella se los quita enseguida y los guarda en la cartera. Marion lo sabe, pero nunca la ha delatado.

Petra y Marion siempre se alegran cuando su madre tiene que trabajar en el Café del Ángel, porque entonces, después del colegio, pueden ir a casa de Sina hasta que su padre las pasa a buscar por la tarde. Lo único malo es que Petra tiene que cargar con el violín, porque todos los días debe practicar sus estudios después de hacer los deberes. Llevar el estuche del violín es un auténtico fastidio, sobre todo por las mañanas, en el autobús. Pero después del colegio, por suerte, la madre de Sina pasa a buscarlas con el coche.

—¿Nosotros por qué no tenemos coche? —le preguntó Petra a su padre hace unas semanas—. Sería muy práctico. Así no tendríamos que cargar con las cosas del violín, no habría que pagar el autobús y, además, iríamos más deprisa.

Su padre le explicó que, a causa de su mala visión, no puede sacarse el carnet de conducir, y que por eso no tienen coche.

—Pero mamá sí podría sacárselo.

—Conducir no es cosa de mujeres, Petra —contestó su padre.

Ella no quiso aceptar esa respuesta.

—Pues la madre de Sina conduce —insistió—. Y la tía Hilde también. ¿Por qué no va a poder conducir mamá?

—Mira, te he comprado partituras nuevas —dijo su padre, cambiando de tema—. *La primavera*, de Vivaldi. Es una pieza muy bonita. Se oye el canto de los pájaros, y también tiene una tormenta con rayos y truenos. En realidad todavía es un poco difícil para ti.

Más tarde, su hermana Marion le dijo que era tontísima y que había puesto tristes a sus padres con tanta preguntita.

—Los coches son muy caros, Petra. No podemos comprarnos uno porque tus clases de violín y las partituras cuestan mucho.

Su hermana Marion es así. Según Petra, finge ser una mosquita muerta, pero luego, cuando están las dos solas, puede ser muy mala. Y le echa la culpa a ella de que vayan tan justos de dinero.

La madre de Sina vive en una casa grande que es muy antigua y tiene muchos saledizos y esquinas. Las paredes están todas cubiertas de hiedra, y en el jardín no hay huerto, sino césped y setos. A Petra le parece más bonita la casa de sus padres en Bierstadt. Sobre todo el jardín, porque allí se puede jugar mucho mejor. Aunque, eso sí, Sina tiene a Laika.

Swetlana detiene el coche frente a la verja de entrada y las hace bajar. Tienen que sacar del maletero el violín y las cosas del cole. Mientras ellas entran en el jardín y Laika corre a recibirlas ladrando de alegría, la madre de Sina aparca en el garaje. El padre de Sina lo mandó construir para dos coches, porque él también tiene uno. Ese garaje es casi tan grande como toda su casa de Bierstadt. Solo que más feo.

La señora Wegener, que es la asistenta de la madre de Sina, abre la puerta de la casa. Es gorda y tiene el pelo gris, pero es muy simpática.

—Subid las cosas del colegio directamente al cuarto de Sina —les ordena—. Luego id al baño a lavaros las manos y bajad a comer, ¿de acuerdo?

Laika sube la escalera corriendo y olfatea a conciencia todas las cosas del cole, que ellas dejan tiradas de cualquier manera en la habitación. A veces todavía queda algo en las fiambreras y ellas dejan que se lo coma. Lo que más le gusta es el bocadillo de fiambre de hígado de Petra.

La comida que prepara la madre de Sina está buenísima. Siempre hace un asado que huele de maravilla y les deja repetir todo lo que quieren. Lo normal es que sobre un trozo, y entonces Swetlana se lo lleva otra vez a la cocina y, si por la tarde tienen un poco de hambre, les prepara bocadillos de carne fría con mayonesa y pepinillos encurtidos. Cuando Marion y Petra se van a su casa, tienen el estómago tan lleno que casi nunca quieren cenar nada.

Sin embargo, en casa de Sina el ambiente es un poco más estirado. Tienen una sala especial para las comidas, el «comedor», donde solo se hace eso, comer, y el resto del día siempre está vacío. Swetlana pone en la gran mesa un mantel blanco con flores, y todos los platos son iguales. No es como en su casa, donde hay tres platos con un estampado verde y cuatro con florecitas de color rosa. También las fuentes y las soperas hacen juego, pero los cubiertos son tan grandes y pesan tanto que resultan incómodos para comer. Marion siempre vigila que Petra use bien el cuchillo y el tenedor y, si mancha el mantel, le da una patada por debajo de la mesa.

—No hay que hablar con la boca llena —dice cuando Petra explica algo del colegio.

A veces, su hermana mayor es peor que una profesora.

Por suerte, la madre de Sina no es tan estricta. Se alegra de que Petra hable en voz alta y haga payasadas. Al padre de Sina, que siempre come en casa, tampoco le molesta. Lo único que no le gusta es que Laika esté debajo de la mesa. Por mucho que se esconda, él la ve. Entonces la llama —«¡Laika!»—, y ella obedece y se acerca. August es la única persona a la que hace caso. Tal vez porque le habla con mucha calma y siempre le da las mismas órdenes. O a lo mejor le gusta porque es un hombre y tiene la voz grave.

Desde hace dos semanas, Mischa también come con ellas al mediodía. Es el medio hermano de Sina, hijo de su madre y su primer marido. El caso es que August Koch no es su padre. Petra y Marion conocían a Mischa de antes, porque iba mucho por el Café del Ángel y se ocupaba del señor mayor que vivía en la buhardilla del edificio. Addi, se llamaba. Había sido un cantante famoso, pero entonces se puso muy enfermo. A Petra le caía muy bien porque le dejaba tocar el piano arriba, en su piso. Cuando murió, se lo dejó en herencia y ahora lo tienen en casa. Fue un detalle muy bonito por su parte.

A Petra, Mischa no le cae nada bien. Casi siempre llega tarde a comer, no se peina y lleva la ropa muy desgastada. A Marion le parece maravilloso porque es muy alto y fuerte y tiene unos ojos castaños muy bonitos. Sina también está encandilada con su medio hermano. Siempre quiere hablar con él en la mesa, aunque Mischa solo contesta con monosílabos. Con su madre también habla muy poco. Solo responde en detalle cuando August le pregunta algo.

—¿Ya tienes algún plan para el futuro, Mischa?

—Estoy en ello. Hay varias profesiones que me interesan, y tal vez me anime a ir a la universidad.

El padre de Sina es un hombre muy calmado, pero, cuando dice algo, va a misa.

—Para entrar en la universidad necesitas el bachillerato —señala con sobriedad.

—Claro —dice Mischa, y se encoge de hombros—. Todavía puedo sacármelo. En el instituto nocturno o algo así.

—Para eso tendrías que informarte en algún centro y hacer las gestiones necesarias.

—Por supuesto. De momento estoy indagando un poco e informándome bien.

—¡Me alegro!

August no dice nada más, pero su «Me alegro» suena más bien como si hubiera dicho: «Me parece que esto no llegará a ninguna parte».

Siempre que llevan un rato hablando, la madre de Sina se entromete y pregunta si Mischa quiere otro trozo de asado o una cucharada de rica salsa con las patatas.

—Venga, August, déjalo comer tranquilo —le pide a su marido—. Acaba de volver a casa y ahora tiene que descansar. Ya habrá tiempo para hacer planes.

El padre de Sina no dice nada más, y también Mischa cierra la boca, así que de pronto el comedor se queda en silencio y todos se alegran cuando Petra empieza a hablar del colegio o de alguna de sus actuaciones. Mischa la mira de vez en cuando y le sonríe con una expresión rara. A Petra le molesta, porque tiene la sensación de que se está riendo de ella.

Después de comer, Mischa enseguida se levanta y sube a su cuarto. Sina dice que se pasa casi todo el rato ahí arriba tumbado, mirando las musarañas. A veces lee el periódico, pero ni siquiera toca los libros que ella le ofrece. A Sina eso le entristece, pero de todas formas sigue llevándole novelas y tomos de poesía a la habitación, porque cree que en algún momento les echará un vistazo.

Hoy Mischa se ha levantado antes del postre. A Petra le ha parecido de muy mala educación, porque en realidad debería preguntar si tiene permiso para retirarse de la mesa, pero él hace lo que le viene en gana.

Después de comer Sina tiene que dormir media hora, pero, como Marion no ha entendido lo que han explicado en clase, se sientan las tres juntas a hacer los deberes en el cuarto de su amiga. Esta ayuda a Marion a hacer los ejercicios de cálculo y le corrige los fallos mientras Petra escribe frases en su pizarra con el pizarrín. Lo odia, porque el pizarrín no hace más que romperse y entonces tiene que volver a sacarle punta. Cuando por fin terminan, Sina y Marion pueden salir al jardín a jugar con Laika. A Petra le gustaría ir con ellas, pero le ha prometido a su padre que practicaría una hora con el violín después de los deberes. Es importante que lo haga porque, si no, no progresará, y entonces su padre estará triste.

Abajo, en el jardín, oye a Laika ladrar con alegría. Sina tiene una pelota de goma de color rojo que le lanzan, y la perra va a buscarla y la devuelve. Por lo menos a veces, cuando le apetece. Petra mira un rato por la ventana. Luego monta el atril plegable con el que siempre se pilla los dedos, coloca las partituras y empieza a afinar el violín. Los estudios son aburridísimos. No son música de verdad, solo están pensados para fortalecer los dedos de la mano izquierda, practicar los saltos y tocar varias líneas melódicas. Petra tensa bien el arco, le pasa la colofonia y se pone a ello. Cuanto antes empiece, antes habrá terminado con ese rollo.

Acaba de tocar el segundo estudio y va a empezar con el tercero cuando la puerta se abre y Mischa entra en la habitación torciendo el gesto.

—¡Esto no hay quien lo aguante! —exclama—. ¿No puedes tocar el violín en tu casa?

Petra se sobresalta; la nota que estaba atacando termina en un chirrido espantoso.

—Tengo que tocar estudios todos los días —dice molesta—. Porque así un día seré una virtuosa muy famosa.

Él la mira entonces como si le estuviera hablando en chino.

—¡Vir-tu-o-sa! —se burla, imitándola—. Cuando yo tenía tu edad, ni siquiera sabía decir esa palabra.

Petra lo mira de arriba abajo. No lleva puestos los zapatos; seguro que estaba ganduleando.

—¡Y tampoco sabes tocar el violín! —exclama con cara de enfado.

—¿Cómo que no? —replica él, sonriendo—. Yo también aprendí a tocarlo. Y con tu padre, además.

Eso Petra no lo sabía. Y no se lo cree.

—¡Pues toca algo! —le reta, tendiéndole el violín y el arco.

¡Ahora sí que lo ha pillado! Mischa niega con la cabeza y rehúsa.

—De eso hace mucho. Se me ha olvidado.

—Porque no has practicado, ¿a que no? —contesta ella, triunfal.

—Puede ser —dice el chico con indiferencia—. Supongo que no estaba hecho para mí, así que lo dejé en cuanto pude.

—Ya, claro... —comenta ella, incrédula—. Pues yo sí quiero practicar. Se lo he prometido a mi padre. Si no te gusta, tápate los oídos. O súbete al tejado.

Se coloca el violín con toda tranquilidad y empieza a tocar el siguiente estudio. Mischa la observa sin decir nada. Incluso la escucha un momento, y luego se va.

Pero hoy la interrumpen todo el rato. Ahora llegan Sina y Marion corriendo, y empiezan a sacar ropa del armario sin ningún cuidado porque su amiga tiene que cambiarse de vestido.

—Nos vamos a la ciudad con la madre de Sina —anuncia Marion—. Tiene que ir a buscar un traje de su marido a la lavandería y luego tomaremos un helado.

Petra baja el violín. Los helados le encantan. Cuando van con la madre de Sina a la heladería italiana, siempre pueden pedirse una tarrina de las grandes. Hasta con frutas y nata.

—Pero tú no puedes venir —suelta Marion con malicia—, porque tienes que practicar y, si no, papá se enfadará con la madre de Sina.

—¡Puedo seguir practicando después! —protesta Petra—. Además, casi he terminado.

Sina se alisa el vestido rosa que ha conseguido ponerse tras varios tirones. Le queda bastante estrecho en la barriga y por detrás cuesta de cerrar. Marion tiene que acabar de subirle la cremallera.

—Mi madre ha dicho que te traeremos algo —señala—. Y también puedes jugar con Laika cuando hayas terminado de practicar.

Lleva unos calcetines blancos hasta las rodillas y unos zapatos brillantes de charol negro con hebilla. Su madre le compró a Petra unos como esos, pero solo puede ponérselos cuando tiene actuación.

—¡Tú sé buena y practica! —le dice Marion con mala intención, y luego las dos amigas bajan corriendo la escalera.

Petra oye la voz de Swetlana abajo.

—Sina, debo pasarte el peine por ese pelo. Mira, tengo un precioso lazo rosa para ti. Hace juego con el vestido. Marion, súbete los calcetines. ¿Dónde he puesto la llave del coche? Ah, ahí está, en la cómoda.

Entonces se cierra la puerta de la casa y se oye el motor del coche. Petra está a punto de echarse a llorar. «¡Qué injusticia! ¡Ellas pueden disfrutar de un helado de vainilla y chocolate en la heladería, y yo tengo que quedarme a practicar con el violín!». Enfadada, le da un empujón al atril, que se inclina hacia atrás. Las partituras caen en la cama de Sina. ¡Siempre con sus estúpidos ensayos! Después de hacer los deberes, Marion puede salir a correr por el jardín o jugar con sus muñecas, pero ella tiene que tocar el violín. Una hora de estudios todos los días y luego, por la noche, dos horas más con su padre. Los miércoles va a Frankfurt con su madre para asistir a las clases de la Escuela Superior y, después, cuando vuelven a casa, todavía tiene que hacer los deberes antes de irse directa a la cama.

«Papá está muy orgulloso de ti, Petra —le dice siempre su madre—. No querrás que se ponga triste, ¿verdad?». No, Petra no quiere eso. Pero a nadie le importa si ella está triste. Ni siquiera a su padre.

Furiosa, recoge las partituras de la cama, endereza el atril torcido y acaba de tocar los estudios. Le da igual si comete errores o desafina en alguna nota; lo principal es tocar todo ese tostón, porque así habrá cumplido con su deber. ¿A quién le importa si ha sido una hora entera o solo cuarenta y cinco minutos? Guarda el violín en el estuche con cuidado, destensa el arco y lo deja en el soporte. Eso es importante, porque los violines y los arcos son muy caros y a su padre le han costado mucho dinero. Luego, libre al fin, baja corriendo la escalera y llama a Laika.

La perrita no acude. ¿Estará fuera? Petra sale a la terraza por las puertas de cristal y la busca con la mirada por el jardín.

—¡Laika! ¡Laika! —llama.

Entonces ve a Mischa en el camino. Lleva a Laika de la correa porque va a sacarla a pasear.

—¿Puedo ir con vosotros? —pregunta Petra.

—¡No!

—¿Por qué?

—¡Porque eres muy borde conmigo!

El chico se aleja con la perra hasta la verja y desaparece detrás de los altos arbustos que crecen junto a la valla de hierro. Se han ido y Petra se ha quedado sola en el jardín, sin nadie con quien jugar.

—¡Tonto del culo! —masculla—. No pienso volver a dirigirle la palabra. ¡Se ponga como se ponga!

Ese jardín es aburridísimo, no hay ningún rincón con vegetación crecida donde se pueda construir una cueva, ni fresas o frambuesas para picar, solo césped bien cortado y unos setos que el jardinero recorta en forma de bolas o figuras triangulares. Petra se pasea sin ganas por ahí. Mira el jardín de los vecinos, que tienen una piscina rectangular con un agua azul que destella de manera tentadora. Allí vive un matrimonio mayor que a veces se baña en la piscina. A lo mejor podría preguntarles si la dejan nadar un poco. Pero, por desgracia, no ve a nadie, y de todas formas tampoco tiene el bañador.

En la terraza hay muebles blancos de jardín y dos hamacas muy cómodas, pero no tienen puestos los cojines. La madre de Sina siempre los recoge porque tiene miedo de que llueva.

La casa está desierta y en silencio. La señora Wegener casi siempre se marcha por la tarde, después de fregar los platos y recoger la cocina. Petra mira en la nevera y encuentra las sobras del postre de fresas que han comido al mediodía. Duda un segundo, porque seguro que a su madre no le parecería bien que se tomara la libertad de coger algo de la nevera de la madre de Sina. Pero no hay que olvidar que en ese mismo momento Marion y Sina están en una heladería, delante de una tarrina de helado de vainilla y chocolate, así que ella también tiene todo el derecho a disfrutar de algo dulce. Lleva el cuenco de cristal al salón con una cuchara, enciende la tele y se sienta en la alfombra con las piernas cruzadas y el cuenco entre las rodillas. No está cómoda, porque el cristal está muy frío, pero el postre está tan rico que enseguida se olvida de todo lo demás. Se lo acaba todo. Rebaña los últimos restos y relame la cuchara con placer. Bueno, pues también estaba frío, y casi tan bueno como un helado.

En la tele dan *La hora infantil*. Siempre salen dos chicas que juegan con los niños, les enseñan a hacer flores de papel o les cuentan un cuento que luego ellos tienen que representar. Para eso les dejan disfrazarse. El disfraz más bonito es el de la niña, que hace de princesa y lleva un vestido largo, con una falda muy ancha que llega hasta el suelo y también una pequeña corona en el pelo. Se supone que es de oro, aunque no se ve bien porque el televisor es en blanco y negro. Aun así da el pego. A Petra le encantaría tener un vestido de princesa como ese. La representación del cuento de los niños de la tele es bastante aburrida; ella lo habría hecho mejor. Después dan unas sombras chinescas móviles que son para quedarse dormida.

Se levanta para devolver el cuenco a la cocina. Lo deja en el fregadero y lo llena de agua. Cuando le echa lavavajillas, oye los ladridos de Laika. ¡Por fin!

Por desgracia, la perra no es la única que entra en la cocina, porque Mischa la acompaña. Abre la nevera, vuelve a cerrarla y se gira hacia ella.

—¿No te habrás acabado el postre?

Petra no responde. Por algo se había propuesto no volver a dirigirle la palabra.

—¿Te has quedado muda?

Ella frota el cuenco de cristal con el estropajo, lo aclara con agua y lo deja en el escurreplatos.

—¿Qué? ¿La señorita es demasiado fina para contestarme? —exclama Mischa, y le tira de una de sus gruesas trenzas.

—¡Déjame! —grita ella.

—¡Déjame, déjame! —replica él con burla—. ¿Qué te has creído, abriendo la nevera de mi madre y sirviéndote así?

—Antes no has querido postre —dice Petra, furiosa—. Pues ahora ya no queda. ¡Mala suerte!

Mischa resopla. Parece desdeñoso, pero entonces se la queda mirando.

—No han dejado que fueras con ellas, ¿verdad? —pregunta.

Ha metido el dedo en la llaga. Petra seca el cuenco de cristal con el paño de cocina y no contesta.

—Porque tenías que tocar el violín, ¿a que sí?

A Petra le parece que, como mínimo, es igual de cruel que su hermana Marion. Deja el cuenco con cuidado en la mesa de la cocina y se ocupa de la cuchara mientras piensa que ojalá Mischa subiera a su cuarto de una vez y la dejara en paz.

—¿De verdad te gusta tanto tocar el violín? —insiste el chico.

—¡Sí! —replica ella, tozuda.

—Pues no lo parece.

Mischa abre la despensa y saca una lata de cacahuetes, pilla una botella de Coca-Cola de la nevera y se lo lleva todo al salón para sentarse delante del televisor. Ahora dan *Lassie*, y a Petra también le habría gustado ver la serie, pero no le apetece estar allí con él. Prefiere salir al jardín a tirarle la pelota a Laika. A la perra le vuelve loca ese juego. Echa a correr como el rayo por el césped y le devuelve la pelota dos veces, pero luego Petra tiene que perseguirla. Cuando ha conseguido acorralarla en un rincón del jardín, Laika deja que le quite la pelota de la boca y levanta la mirada hacia ella con expectación.

«¡Venga! ¡Tírala!», parecen decir sus ojos. Ella toma impulso y lanza la pelota de goma todo lo lejos que puede. Pasa volando por encima de tres arbustos y también de la valla, hacia el jardín de los vecinos, donde choca contra el murete del borde de la piscina, rebota hacia arriba y... ¡Plas! Se hunde en el agua azul.

¡Menuda faena! Petra corre hacia la valla de hierro y mira al otro lado. Laika está junto a ella. Ladra con fuerza y mueve la cola sin parar, nerviosa.

—No la recuperaremos —le dice a la perra—. La hemos perdido para siempre.

Justo en ese momento sale Mischa al jardín.

—Ha ido a parar a la piscina, ¿no? —pregunta con una sonrisa, y se une a ellas junto a la valla.

—La he tirado demasiado fuerte —reconoce Petra.

—Es de goma maciza —señala él—. Pesa mucho. No flota.

De pronto se agarra a los barrotes de la valla con las dos manos y trepa como un mono. En lo alto, los barrotes terminan en unas puntas de hierro afiladas y Petra contiene la respiración cuando Mischa pasa por encima y salta al otro lado. «Sí que es valiente... Y ágil. Podría haberse pinchado fácilmente ahí arriba».

—¡Como te vean...! —exclama en voz baja.

—No están en casa. Se han ido de vacaciones a la *bella* Italia —contesta Mischa mientras avanza despacio hacia la piscina.

¿Qué va a hacer? ¿No pretenderá sacar la pelota? Seguro que la piscina es muy honda, su brazo no es tan largo.

Pero Mischa tiene otro plan. Con un movimiento elegante, se mete en el agua y se sumerge en ella. Petra está en la valla, atónita, y Laika ladra sin parar, pero a Mischa ya no se le ve. ¿Recuperará la pelota buceando? Pues sí. ¡Madre mía! ¡Que no llegue ahora su madre con Sina y Marion a casa!

Ahí vuelve a estar Mischa. Sale del agua y lanza la pelota

por encima de la valla. Laika corre tras ella a toda velocidad y Petra observa sin aliento mientras él salta por segunda vez.

—A partir de ahora ve con más cuidado —le dice el chico.

—Hala, qué bien buceas... —comenta ella con asombro.

—Es que soy marinero —responde él con una sonrisa antes de entrar en la casa.

—¡Muchas gracias por ayudarme a recuperar la pelota! —exclama Petra.

—¡Lo he hecho por Laika!

Poco después el coche blanco y negro se detiene ante la verja y las niñas se acercan a Petra corriendo por el jardín.

—¡Me he comido una tarrina así de grande! —explica Marion, indicando con las manos el tamaño que tenía.

El helado de Sina era pequeño, pero su madre le ha comprado otro pasador de lazo. A Marion le ha regalado un biberón de juguete muy mono que está lleno de bolitas de azúcar de colores. A Petra le han traído un pasador con un lazo de color verde, casi tan feo como el rosa de Sina.

Cuando llega su padre para acompañarlas a casa, Marion está tumbada en la cama de Sina, gimiendo. Ha tenido que vomitar dos veces y ni siquiera se le ha pasado con la manzanilla que le ha preparado Swetlana. A Petra no le da ninguna lástima. Le parece justo que su hermana tenga dolor de tripa. Ahora le tocará ir con ellos a casa en el autobús, y no será nada divertido porque está muy mareada y no sabe si vomitará más.

Por la noche, Marion vuelve a estar mejor. Su madre la cuida, le pone compresas calientes en la tripa y le lee un cuento. Petra se pone a tocar el violín con su padre. La semana que viene tiene una actuación.

Hoy no le apetece nada, pero aun así se esfuerza, claro. Le

gusta tocar y no quiere que su padre se ponga triste. Quiere que esté orgulloso de ella.

Cuando se mete en la cama, horas después, no puede evitar pensar en el medio hermano de Sina. «Él dejó de tocar el violín y punto. Mischa es una persona que hace lo que quiere, pero también es mayor, y además es chico».

Wilhelm

Por mucho cuidado que ponga al girar la llave, la mujer se entera. Incluso cuando llega a casa por la noche, después de la función del cabaret, y recorre el pasillo de puntillas, siempre oye rechinar la puerta de su habitación.

—¿*Eref* tú? —pregunta su suegra con voz ronca.

—No, soy un ladrón —protesta él—. ¡Venga esos brillantes!

—Déjate de *bromaf*... —replica la mujer, ofendida.

Cuando se quita la dentadura, cecea.

—Buenas noches, Edita.

—No *hagaf* ruido, ¡que *fe* puede *defpertar* la niña!

Willi asiente y está a punto de meterse en el baño cuando la mujer dice algo más.

—Ha llamado Karin. Mañana ya *eftará* aquí.

¡Karin! Por fin vuelve a casa. De la emoción, el picaporte de la puerta del baño se le resbala de la mano, la puerta golpea contra la pared... y enseguida se oye llorar a la pequeña Nora.

—Acabo de *defirte* que no *hagaf* ruido...

Su suegra, con camisón largo y pantuflas, corre por el pasillo hasta la habitación de la niña, donde la pequeña ya está de pie en su cuna, berreando. Willi la sigue, nervioso.

—¿A qué hora llegará?

La pregunta se queda sin responder porque el llanto de Nora no ha dejado que la mujer la oyera. Su suegra la saca de la cuna y la lleva en brazos por la habitación. La pequeña tiene los rizos castaños un poco húmedos y pegajosos, la carita enrojecida a causa del sueño, y lágrimas en las pestañas.

—El malo de Willi te ha *afuftado*... —la consuela la abuela Edita.

«Tendría que ponerse la dentadura. Si no, la niña nunca aprenderá a hablar bien», piensa él, molesto.

—Digo que a qué hora llegará Karin a Wiesbaden —repite, levantando algo la voz.

—Ha *disho* que cogerá el tren nocturno y llegará a *Wiefbaden fobre laf* nueve.

—Fantástico. ¡Pues iré a buscarla a la estación! —exclama él, contento.

—¿Tú? —pregunta la mujer con sorpresa—. Tú *tienef* que trabajar. No, ya iré yo a *bufcarla* con Norita. Verdad que *fí*, Norita...

La pequeña sigue llorando sin parar y, cuando la abuela Edita quiere volver a acostarla en la cuna, patalea con rabia.

—Démela a mí, que jugaré un rato con ella para cansarla —propone Willi, y estira los brazos.

Su suegra lo aparta, indignada.

—¡Ni hablar! Te huele el aliento a alcohol. ¡*Afí* no te *aferquef* a la niña!

—Qué aliento ni qué aliento... Me he bebido una cerveza nada más.

—*Efo ef* alcohol. ¡No *pienfo* dejarle a Nora a un *borrasho*!

Qué ganas tiene de decirle que se vayan al diablo ella y sus prejuicios provincianos... Pero se contiene. Primero, por la pequeña. Pero también porque, justamente ahora que Karin por fin regresa a casa, no quiere provocar rencillas. Su suegra es rencorosa y, solo con que él se desahogue un poquito, se pasará todo el día vagando por el piso con cara de pena.

—Mañana me tomaré el día libre para ir a buscar a Karin a la estación —declara—. Así no tendrá usted que empujar el cochecito con Nora hasta allí. Sobre todo porque dicen que va a llover.

—*Fi* tan importante te *parefe*... —replica la mujer—. Aunque no *fé fi ef* muy inteligente que te *tomef* el día libre. ¡Ahora que por fin *tienef* un trabajo como *Diof* manda!

—No se preocupe —dice él con una sonrisa—. Mi jefe es comprensivo con estas cosas.

Le ha mentido diciéndole que lo han contratado en la administración del Balneario, porque sus constantes lamentos lo ponían de los nervios. «¡Tuvo que casarse con un actor! Le dije mil veces a Karin que alguien así nunca sería capaz de mantener a la familia, pero ella no quiso hacerme caso. ¡Y ahora ya es demasiado tarde!».

Esa pequeña mentira piadosa ha sido vital para él; si no, tarde o temprano le habría dado un arrebato de cólera. Ahora todos los días sale de casa a las siete y media, desayuna con sus padres en el Café del Ángel, se queda allí tan a gusto y al mediodía pide algo para picar. Después se da un paseo por el parque del Balneario mientras piensa en algún nuevo número para el cabaret. En verano ponía las ideas por escrito sentado en un banco; ahora que el tiempo es más inestable, se mete en el Café Maldaner o en el Bossong. De vez en cuando tiene que ir a ensayar al cabaret. Actúa tres veces por semana, de noche, y entonces le dice a su suegra que ha tenido que asistir a un acto en el Balneario por motivos profesionales.

No es que se sienta muy cómodo con todo ese teatro. Resulta bastante deprimente haber caído en una racha de mala suerte y que no lo contraten en ninguna parte. Le mina la autoestima. Se pregunta si no habrá sobrevalorado sus aptitudes interpretativas. ¿Acaso no es más que un actor de tres al cuarto, incapaz de convencer al público? Antes, nunca había dudado de sí mismo... Sin embargo, después de tres rechazos, su positividad empieza a agotarse. Ni en Wiesbaden ni en Maguncia ni en Frankfurt han querido trabajar con él. ¿Y por qué no, maldita sea? ¿Qué tienen otros que no tenga él?

Karin es la única que lo trata con comprensión. Conoce la profesión, a fin de cuentas. Ella misma trabaja desde años en esto y sabe enfrentarse a los fracasos y las vacas flacas.

—Aquí, en la zona del Rin-Meno, son una camarilla muy cerrada —le dijo para consolarlo—. Se pasan los trabajos entre ellos y, o estás dentro, o estás fuera.

Willi no está tan seguro de que eso sea así, pero oírlo lo tranquilizó y le dio seguridad. Al fin y al cabo, Karin tampoco ha conseguido un contrato con el Teatro Estatal de Wiesbaden. Aunque ella solo lo intentó a medio gas, porque se ha metido en la industria cinematográfica, donde le va estupendamente. Por lo que le ha dicho, ya ha firmado el contrato para la siguiente película. Willi se alegra de su éxito porque se lo merece; también ella pasó por una época difícil. Pero, por otro lado, no es sencillo para un hombre ver que su mujer progresa en su carrera profesional mientras que a él le sale todo mal.

Parece que mañana por fin regresará a Wiesbaden después de tres semanas de rodaje. Está tan emocionado que al principio no consigue conciliar el sueño. Menos mal que su suegra ha aceptado su propuesta; cualquier otra cosa habría sido una catástrofe. Mañana, primero irá al Café del Ángel para explicarles a sus padres por qué no puede quedarse a desayunar. Si no, seguro que su madre se preocuparía. Después se pasará por la floristería de la esquina de Rheinstrasse con Bahnhofstrasse a comprar un bonito ramo de bienvenida para Karin. Desde allí solo se tardan diez minutos a pie hasta la estación, y así se ahorrará el dinero del autobús. Va bastante mal de liquidez. En el andén le dará un fuerte abrazo, por supuesto. Eso nadie va a impedírselo, por mucho que ella insista en que le da vergüenza demostrar cariño delante de los demás. Luego, cuando vayan a la parada del autobús con su equipaje, le explicará de pasada lo de su pequeña mentirijilla y le pedirá que le siga el juego por el momento. Seguro que a Karin no le hace ninguna gracia, pero lamentablemente no encuentra otra forma de salir del atolladero.

Al día siguiente llueve. Vaya, hombre... Tendrá que llevarse el paraguas y acabará con los pies mojados. Ahora su suegra está contentísima de poder quedarse en casa con Nora. Quiere hacer café y preparar un buen desayuno. Bueno: pan con margarina, salchicha curada y mermelada, todavía de la fruta que cosechó en el huerto de Bochum. Él prefiere coger un par de panecillos recién hechos en el Café del Ángel. Seguro que su madre no pone ninguna pega.

En el andén espera con un ramo de rosas de un rojo suave. Está helado de frío y no deja de mover los pies. El tren va con retraso, pero por fin llega. «Tren nocturno con procedencia Hamburgo-Altona. Por favor, retírense. Tengan cuidado con la llegada del convoy».

Su paciencia se ve sometida a una dura prueba, porque Karin es una de las últimas pasajeras en apearse del tren. Él saluda agitando el ramo de rosas, emocionado, y corre hacia ella. Cuando la tiene delante, arranca a toda prisa el papel que aún envuelve las flores.

—Para ti, cielo. ¡Ven que te abrace!

—¡Ay, Willi! —protesta ella riendo—. ¡Que vas a aplastar estas flores tan bonitas!

La encuentra muy flaca y pálida. El trabajo en plató ha resultado estresante, según parece. En casa podrán mimarla y alimentarla un poco mejor.

—Qué ganas tengo de volver a ver a mi pequeña Nora —dice Karin—. La he echado muchísimo de menos.

¿Y a él no? Espera que sí, la verdad. Bueno, seguro que esta noche, cuando por fin se queden solos y sin su suegra, Karin le demostrará que también tenía ganas de verlo, y él le confirmará que, por su parte, ha sentido lo mismo. Hasta ese precioso y excitante reencuentro, sin embargo, todavía tiene que superar un par de pequeños obstáculos.

El primero, de camino a la parada del autobús.

—¡¿Que le has dicho a mi madre qué?! —exclama ella, horrorizada—. Pero ¿es que te has vuelto loco, Willi? ¿No habrás creído en serio que voy a participar en ese jueguecito?

—¿Y qué más te da, Karin? Tu madre está contenta, hemos convivido con armonía y, para que no tengas que mentirle, dentro de unos días diré que he renunciado.

—¡No doy crédito a lo que estoy oyendo! ¿Cómo voy a creerme a partir de ahora una sola palabra de lo que me digas? ¡Eres un mentiroso consumado y un charlatán!

—Ha sido una mentira piadosa, Karin. Tengo los nervios destrozados, ¿no lo entiendes? Todos los días me decía que soy un fracasado.

El autobús llega y ellos se ponen en la cola. Willi la deja pasar a ella primero y luego sube su pesada maleta al autobús.

—¡Mi pie! —protesta una mujer mayor—. ¡Tenga cuidado, joven!

—Mil perdones, señora —dice él con galantería, y se levanta un poco el sombrero—. Por desgracia, no soy muy hábil como porteador.

Su sonrisa aplaca a la mujer al instante. Eso se le da bien: es encantador, se hace querer, sabe ser gracioso. Su máscara de alegría y despreocupación resulta muy creíble, aunque por dentro sienta algo por completo diferente.

Karin permanece impasible. Durante el trayecto no hablan.

Ella mira por la ventanilla con una expresión dura; él está compungido porque lo ha llamado mentiroso y charlatán. Bueno, tiene tendencia a soltar pequeñas mentiras sin importancia, pero en las cosas fundamentales siempre ha sido sincero con ella. Si Karin tiene dudas al respecto, no hay nada que hacer.

Se bajan en Rheinstrasse, donde tienen el piso en la segunda planta de un antiguo edificio guillermino. Es una vivienda amplia, de cinco habitaciones, con cuarto de baño y calefacción central. En la parte de atrás tiene un pequeño balcón en el que su suegra ha plantado geranios y hierbas aromáticas. Es un piso bonito, y muy céntrico, además; normalmente se tardan meses en encontrar una oportunidad así, pero su padre se lo consiguió a través de un buen conocido. En aquellos momentos todavía creían que él, tarde o temprano, conseguiría un contrato con el Teatro Estatal, y así podría llegar al trabajo en solo diez minutos.

Karin ha agarrado el asa de su maleta ya en el autobús. Quiere dejar claro que piensa llevarla ella misma hasta el portal, y también en la escalera rechaza la ayuda que le ofrece él. Arriba, su suegra los espera en la puerta del piso con la pequeña Nora. Las tres se saludan con cariño. La niña está algo tímida al principio, pero luego deja que su mamá la coja en brazos. Willi las mira sin decir nada y se siente excluido de esa alianza entre madre, hija y nieta.

—¿Piensas dejar la maleta ahí fuera, delante de la puerta? —le pregunta su suegra al entrar.

—¿La maleta? Ah, sí...

El desayuno transcurre tal y como él había imaginado. Karin se sienta a la pequeña Nora en el regazo y le da de comer pan con mermelada mientras le cuenta a su madre cómo le ha ido en Hamburgo. Habla de sus éxitos, de los simpáticos compañeros, de los nuevos contratos que le han ofrecido. En cambio, de los problemas que ha tenido con el director no dice una palabra, por supuesto. La mujer se muestra orgullosa del éxito de su hija; a Willi solo le queda el papel de espectador silencioso. Cuando sale a colación su trabajo en la administración del Balneario, Karin por lo menos hace como si ya estuviera al tanto y cambia de tema enseguida. Willi se siente aliviado. Lo ha apoyado, no lo ha delatado, y eso es buena señal. Cuando estén a solas, volverá a explicárselo todo con más detenimiento. Karin debe entender que se encuentra en una posición difícil y que solo por eso ha recurrido a esa pequeña artimaña.

De momento, por desgracia, no tiene oportunidad de hacerlo. Después de desayunar ven que ha parado de llover y ha salido el sol, así que su suegra y Karin deciden ir al parque con la pequeña Nora.

—Willi, podrías bajarnos el cochecito en un momento. Luego tendrás que irte a trabajar, ¿verdad? —dice su suegra.

—Hoy me he tomado el día libre —responde.

La mirada de Karin lo dice todo; tiene que acabar cuanto antes con esa historia, pero explicar justo ahora que quiere dimitir le parece poco apropiado. Seguro que su suegra volvería a ponerlo verde y le fastidiaría el día.

Juega con la pequeña Nora en la arena y la ayuda a subir al tobogán mientras Karin se coloca en el otro extremo para atraparla. De pronto está contenta. Ríe con la niña, la levanta en alto y la hace girar, se acuclilla junto a ella y prepara pastelitos de arena que la pequeña enseguida destroza con entusiasmo. A Willi le parece precioso estar así, con su mujer y la hija de esta. Adora a la pequeña y, si su suegra se lo permitiera, le gustaría ocuparse más de ella. También a él le gustaría tener un hijo. Niño o niña, le da igual. Un hijo suyo con Karin. Tener una pequeña familia de verdad. Actuar en el Teatro Estatal de Wiesbaden mientras ella acepta un par de papeles en películas de los estudios Unter den Eichen y el resto del tiempo cuida de la familia. Sin embargo, no es así como han salido las cosas.

—¿Pasamos por el Café del Ángel de camino a casa? —propone—. Mis padres se alegrarán de verte, Karin.

Ella niega con la cabeza.

—Estoy agotada —dice, y se frota los ojos—. Aunque no me extraña, porque en el tren apenas he podido dormir. Primero debería echarme una horita.

Su suegra quiere preparar la comida, y además hay que limpiar y cambiar a la pequeña Nora, que está llena de arena. De vuelta a casa se queda dormida en el cochecito. Karin la coge en brazos para subir la escalera mientras su madre las sigue con los juguetes y él carga con el cochecito. Como la niña está durmiendo tan a gusto, Karin la deja en la cuna sin limpiarla y luego va a la habitación de matrimonio. La suegra de Willi pela patatas y raspa zanahorias. Él decide que esa es su oportunidad.

Karin se ha quitado el vestido y se ha echado en la cama; la verdad es que se la ve muy cansada. Exhausta. Él se sienta en el borde del colchón y empieza a desatarse los cordones de los zapatos.

—Pero ¿a ti qué te pasa, Willi? —pregunta ella, enfadada.

—Hablémoslo con calma, cielo.

—¿Qué hay que hablar? Te comportas como un niño pequeño. ¡Le cuentas historias a mi madre en lugar de ponerte a buscar un trabajo en serio!

Su tono de reproche le hace daño. ¿Es que ya no se compadece de su situación? ¿Qué le pasa hoy?

—Sí que lo he hecho, Karin. Pero, por desgracia, de momento no me ha salido nada.

Se quita los zapatos y se mete con ella bajo las sábanas. La abraza con cariño, la besa, empieza a acariciarle los rincones del cuerpo que más le gustan.

—Déjame tranquila, Willi. Estoy cansada de verdad.

Consternado, se aparta de ella. En la cocina se oye ruido de ollas. Tal vez no sea el momento más oportuno para retozar juntos.

—¡Espero que arregles este asunto con mi madre hoy mismo! —exige Karin.

—Claro —rezonga él, y se vuelve de espaldas, resignado.

—Además... —continúa ella—. Podrías haberlo intentado también con el cine, por ejemplo.

—Pero si hace dos años que me tienen en no sé qué lista. ¡Y nunca me han llamado!

—Justamente. Deberías recordárselo.

—¡Soy demasiado bueno para un mísero papel secundario!

Karin explica que en el cine siempre hay que empezar desde abajo para ir ascendiendo. Conseguir contactos, hacerse notar con buenas interpretaciones. Él la escucha a regañadientes. Pero ¿qué tonterías dice? A ella le dieron un papel protagonista a la primera, y desde entonces no ha parado de trabajar. ¿Y él tiene que «ir ascendiendo» gracias a ridículos papeles de reparto?

—Es que yo soy actor teatral, Karin. Necesito la conexión con el público, esa sensación de que están conmigo, que sufren conmigo, que se ríen en los momentos oportunos. Y el aplauso, también necesito el aplauso.

Ella se ha tapado con la manta y solo se le ve el pelo oscuro, que lleva corto.

—Pues entonces tienes que asumir que ahora mismo prácticamente no tienes trabajo. ¿Y qué más da? Yo gano lo suficiente para que vivamos todos.

Al oír esa frase, él tiene que tragar saliva. Karin gana dinero, su suegra tiene la jubilación, así que lo que él saca con sus funciones de cabaret no es más que una propina. No, no le parece bien. No había imaginado así su vida de casado.

—Podría presentarme a algún puesto en Bochum, o en Múnich —comenta sin pensarlo—. Tú misma has dicho que aquí, en el Rin-Meno, la cosa no es fácil.

—¿Qué? —espeta Karin, horrorizada, y se sienta en la cama—. Eso es un disparate, Willi. ¡No podemos dejar a mi madre aquí sola con Nora!

—¡Pues deberías estar en casa más a menudo!

Ha sido una frase irreflexiva que ha salido de él impulsada por su baja autoestima. De inmediato sabe que ella lo malinterpretará.

—¡Ya veo! —dice Karin, y mira al techo—. Estás celoso de mi éxito y preferirías tenerme aquí haciendo de mujercita dócil...

—Yo no he dicho eso —la interrumpe él.

—¡Pero es lo que querías decir! —se indigna ella—. Porque no soportas que sea tu mujer quien trae el dinero a casa mientras que tú tienes que ocuparte de las tareas del hogar. Vaya, no imaginaba que fueras tan provinciano...

Por si fuera poco, de pronto se echa a llorar. Willi contiene el impulso de abrazarla y asegurarle que no lo decía en ese sentido, que solo ha perdido los nervios. No, también él tiene su orgullo. No piensa dejar que lo llamen «provinciano».

—Si eso es lo que piensas, no tenemos nada más que decirnos —sentencia, y se sienta para volver a calzarse.

¿Cederá ella ahora? Ha dejado de llorar y se enjuga las lágrimas con una esquina de la sábana.

—Escucha, Willi —dice, y se sorbe la nariz—. Por una vez en mi vida tengo suerte, y no estoy dispuesta a...

Llaman a la puerta de la habitación. No muy fuerte, pero con insistencia.

—¿Karin?

—¿Qué pasa, mamá? —pregunta ella, molesta.

—Los escalopes están en la sartén. Voy a poner la mesa.

—Ahora voy.

—Nora se ha despertado. Todavía hay que limpiarla y cambiarla.

—¡He dicho que ahora voy!

—Cuando tú quieras...

Karin se levanta enfadada de la cama, revuelve nerviosa en la maleta y se pone una falda y una blusa. También los zapatos. Willi piensa, y no por primera vez, que su vida matrimonial sería mucho más fácil sin su suegra. Ahora saldrán de la habitación peleados y, para colmo, cae en la cuenta de que esa noche tiene función en el cabaret.

Se sienta con ellas a comer. Mira cómo su suegra le da patatas aplastadas con salsa a la pequeña Nora y ve que Karin pasea la comida por el plato. Qué horror... Está sentada a su lado y, sin embargo, le resulta inalcanzable. No puede decirle lo que piensa, lo que siente. Tampoco que la quiere y que ahora lamenta mucho haber dicho esa frase sin reflexionar. En lugar de eso, tiene que seguir la conversación sobre la grasa para freír, la harina y lo malas que son las cebollas que venden en Konsummarkt. También Karin parece incómoda. Aparta el aceitoso escalope a un lado y pincha dos trozos de patata con el tenedor.

—¿Por qué no comes nada, Karin, cielo? El escalope empanado siempre te ha gustado mucho.

—No tengo apetito, madre.

La suegra de Willi suelta un suspiro de preocupación y le mete a la pequeña Nora una cuchara cargada de puré de patatas en la boquita abierta.

—Te estás quedando muy flaca —le dice la mujer a su hija—. ¿Es que no te dan comida decente en Hamburgo?

—Claro que sí, pero el trabajo es muy estresante.

Willi se acaba su escalope. Aunque está de mal humor, no

pierde el apetito. Coge la mitad del escalope que Karin no se ha comido y lo pone en su plato.

—Eso de rodar películas será muy bonito —opina su suegra, preocupada—, pero a veces creo que te supera, Karin.

—¿Cómo se te ocurre decir eso, madre? —se indigna ella—. Es un trabajo variado y emocionante. ¡Me hace muy feliz!

—Pero te agota más de la cuenta —replica la mujer—. Se te ve muy consumida, hija. Y tienes ojeras. Cualquiera pensaría que ya has cumplido los cuarenta.

—¡Es que hoy he dormido mal!

Willi nota que Karin está a punto de perder los nervios. Casi siente lástima, pero, por otro lado, puede que el acoso materno le sirva de lección. Así entenderá mejor por qué ha recurrido él a la imaginación y se ha inventado un puesto de trabajo.

—El insomnio es síntoma de un sobreesfuerzo físico y mental —pontifica su suegra, infatigable—. Me parece que deberías pensar más en tu salud. No olvides que tienes una hija pequeña, Karin. No deberías aceptar todas las películas que te ofrecen.

Y entonces sucede. Karin lanza la servilleta sobre las patatas y se levanta con tal brusquedad que la silla se vuelca hacia atrás. Willi, sobresaltado, ve que se ha quedado muy pálida. Tiene los labios casi blancos, está temblando.

—¡¿Queréis dejarme tranquila los dos de una vez?! —grita—. Una cosa os voy a decir: ¡yo como lo que quiero y cuando quiero! Y pienso aceptar tantas ofertas de trabajo como me venga en gana. ¿Lo habéis entendido? ¿Os ha entrado en vuestras provincianas cabecitas?

Da media vuelta y cierra de un portazo al meterse en el dormitorio. La suegra de Willi, horrorizada, se deja caer contra el respaldo de la silla sin decir más. La pequeña Nora se echa a llorar. Él está completamente sobrepasado. ¿Sigue siendo esa su Karin? ¡Nunca la había visto ponerse de esa manera!

—Ya lo ves —dice su suegra mientras sienta a la niña, que no deja de llorar, en su regazo—. Todo esto le pasa por querer ser actriz. Se ha destrozado los nervios, mi pobre hija. Pero ella a toda costa tenía que casarse con un actor. Ay, si yo ya se lo advertí, pero no quiso hacerme caso…

Es asombroso lo bien que se le da tergiversar las cosas para que, al final, el culpable vuelva a ser él.

Un rato después, cuando abre la puerta del dormitorio con cuidado, solo un resquicio, Karin está tumbada de espaldas a él y con la cabeza hundida en la almohada.

—¿Karin? —la llama en voz baja.

No contesta. Bueno, como ella quiera. De todas formas, ya es hora de ir a Burggasse, que sus compañeros de trabajo lo estarán esperando. Mañana, con calma, hablará con ella. Y entonces todo se arreglará.

Jean-Jacques

Lo cierto es que está siendo un domingo tranquilo en casa, con la familia. Un bonito y agradable día juntos antes de que él tenga que regresar a Eltville durante varias semanas. Toca empezar con la recolección de las uvas, y eso conlleva un montón de trabajo, así que no le da tiempo a regresar a Wiesbaden mientras dura la vendimia. Es así todos los años desde que tiene el viñedo, y Hilde ha acabado por acostumbrarse. Pero de todos modos sigue protestando, no lo puede evitar.

—¡Podrías quedarte esta noche por lo menos!

—Me encantaría, *mon chou*, pero los jornaleros llegan mañana a las seis y hay que tenerlo todo a punto.

Ella hace un mohín para demostrarle que lo echará muchísimo de menos, pero él la abraza y la besa con tal ardor que al final Hilde tiene que apartarlo.

—Si crees que puedes besarme todo lo que quieras, estás muy equivocado —dice riendo.

—*Dans quelques semaines...* Entonces tendrás la segunda ración. ¡Y con propina! —bromea él, y vuelve a intentarlo.

—La propina puedes quedártela —contesta ella entre risas, y le da un cachete cariñoso.

Jean-Jacques finge pelear con ella y la ataca con otra tanda de besos en represalia. No le importa en absoluto que la puerta de la habitación de Andi se abra y los gemelos salgan al pasillo. Susurran algo y luego entran en el salón, donde están ellos.

—Nos bajamos a casa de la abuela —informa Andi, que carraspea cohibido porque sus padres siguen fundidos en un intenso abrazo.

—¿Tan pronto? —pregunta Hilde, y mira el reloj.

—Es domingo, después de comer dan *Immenhof* en la tele.

—Vaya por Dios. ¿Habéis terminado los deberes para mañana?

Los dos llevan los vaqueros que les regaló su abuela. Hilde le ha contado a Jean-Jacques que prácticamente es lo único que se ponen, y que cada vez que hay que lavar los preciados pantalones se monta una buena.

—¡Los deberes están listos, mamá!

—Pues enseñádselos al abuelo, que yo ahora tengo que bajar al café.

Los dos muchachos, que se las prometían muy felices, ponen los ojos en blanco y dan media vuelta para ir a buscar los cuadernos, cada uno a su habitación.

—*Eh, attendez!* —les pide su padre.

—*Qu'est-ce qu'il y a?* ¿Qué pasa?

Sus hijos hablan un poco de francés, aunque solo sea porque en verano suelen ir a visitar a su hermano. Este año, por primera vez solos, sin padres. Fueron en tren hasta Montpellier, y allí Pierrot los recogió con el coche.

—El sábado, justo después de clase, *d'accord?* —les recuerda.

—*D'accord, mon général!* —contesta Frank con un saludo militar.

No parecen muy contentos. Antes les gustaba participar en la vendimia y hacer de refuerzo familiar, pero ahora les parece una lata. Y eso que han alcanzado una edad en que podrían ser una ayuda de verdad: unos muchachos fuertes que saben la importancia que tiene la cosecha y son capaces de cargar con los pesados cuévanos llenos de uva. Por desgracia, entre semana tienen instituto, pero los sábados van en tren a Eltville nada más salir de clase. Comen allí con su padre y luego suben todos juntos al viñedo. Los domingos por la noche, Jean-Jacques los lleva de vuelta a Wiesbaden. Casi siempre se quejan de que tienen agujetas y las manos destrozadas. *Tant pis!* Son hijos de viticultor; él, a su edad, durante la vendimia no podía ni ir al colegio porque tenía que pasarse todo el día trabajando. Allí solo se descansaba durante el calor del mediodía, pero por la tarde había que seguir recogiendo uvas hasta bien entrada la noche.

Jean-Jacques reúne sus cosas y prepara la mochila, pero no sabe dónde ha dejado el llavero, así que reniega y se pone a sacarlo todo otra vez. Encuentra el objeto extraviado en el bolsillo de la chaqueta, que, por supuesto, estaba en el fondo de la mochila. Tiene la Goélette en el patio, y los elegantes y endomingados paseantes de Wilhelmstrasse volverán a poner cara de estupor cuando, tras varios intentos fallidos, arranque la furgoneta sucia y renqueante y la saque a la magnífica avenida principal de Wiesbaden. Él se lo pasa en grande. Saluda en todas las direcciones como si fuera Charles de Gaulle y se aleja recorriendo las abarrotadas terrazas.

Está a punto de bajar a tomarse un último café, como siempre, antes de despedirse de sus suegros y plantarle un beso más a Hilde, cuando oye la voz de su mujer en la escalera. Le sorprende oírla porque pensaba que ya estaría abajo, atendiendo a los clientes, pero se equivocaba.

Su mujer está en el descansillo de la primera planta, delante del piso de sus padres, hablando con dos hombres. Uno es ese pardillo de Richy, el gran maestro pastelero que tan amorosamente decora sus tartas con florecillas de nata. El otro es un tipo más bien fornido, con algo de barriga y una cabeza redonda que luce una calva incipiente. En el suelo, entre ambos, hay una maleta marrón.

—Serán solo un par de días, señora Koch —dice Richy, abriendo mucho esos ojos azules y saltones que tiene—. Es que Otto todavía no ha encontrado dónde alojarse.

¿Acaso pretende el calvorota instalarse ahí arriba con Richy y su hermana? Otro parásito más. ¡Que la casa no es un refugio para vagabundos sin hogar! Parece que Hilde lo ve igual que él, porque pone cara de pensárselo.

—Pero ¿cómo vais a caber? —pregunta—. Ahí arriba el espacio ya es justo para dos personas. Y tu hermana necesita mucho sitio para su... trabajo, ¿verdad?

—Nos las apañaremos —tercia el hombre al que han llamado Otto. Pese a lo ralo que tiene el pelo, Jean-Jacques solo le echa unos treinta y tantos años—. Johanna tiene su habitación, y yo dormiré en la de Richy. Nos llevamos bien. No habrá peleas.

Hilde mira la maleta sin saber qué decir, luego otra vez al tal Otto y, por último, a Richy.

—Si son solo unos días... Está bien —cede, no demasiado contenta—. Pero después has de buscarte algo para ti solo. Si no, tendré problemas con el ayuntamiento.

En lo alto del edificio, en realidad, hay tres viviendas, y todas cuentan con una habitación, cocina y baño. Una la ocupa la Künzel, las otras dos se unieron tras la muerte de Addi y las tienen alquiladas Richy y su hermana.

—Qué va —replica Otto, haciendo un gesto negativo con las manos—. Le aseguro que no tendrá usted ningún problema, señora Koch. Solo debo ocuparme de la burocracia, inscribirme y eso. Luego me marcharé. Se lo prometo.

A Jean-Jacques le da la sensación de que ese tipo es un charlatán. Le cae aún peor que Richy, que por lo menos no resulta tan bocazas. Aunque parece que ha puesto a Hilde en una situación embarazosa. Como ese Otto acabe instalado ahí arriba... ¡apaga y vámonos! Seguro que no será fácil librarse de él.

—Miles de gracias, señora Koch —murmura el soseras del «tartaletero»—. Nos ha sacado de un apuro enorme. Otto le estará muy agradecido, por supuesto.

—¡Desde luego! —lo interrumpe este—. Me tiene a su disposición para cualquier tarea en la que necesite ayuda. Barrer el patio, fregar el suelo, clavar un clavo en la pared, ocuparme de los platos sucios... Lo que sea. Ante la duda, llame a Otto. Allá donde me envíe, cumpliré con mi deber.

Hilde sonríe. ¿Acaso ha conseguido camelársela? No parece propio de ella.

—Primero instálate y ocúpate de los trámites necesarios. Luego ya veremos —contesta con ciertas reservas.

—También podría echarme una mano en la cocina —propone Richy—. Me vendría muy bien. Ya le he dicho que, en realidad, me hace falta un refuerzo.

¡Es increíble! El pastelero pretende buscarle trabajo a su amigo en el Café del Ángel. A un tipo que dice cosas como «cumpliré con mi deber». ¡A Hilde no le hace ninguna falta semejante fanfarrón! Ya es más que suficiente con tener al enclenque de las tartas haciendo de las suyas.

—Eres muy amable por proponerlo —oye que contesta Hilde con educación—. Me lo pensaré.

—¡Se lo ruego! —exclama Otto en la escalera.

Los dos hombres suben entonces y reaccionan con cierto bochorno al encontrárselo en la segunda planta, delante de su puerta.

—*Bonjour, messieurs!* —saluda Jean-Jacques con una gran sonrisa—. Veo que estamos al completo. ¿Cómo es eso que dicen? ¿Donde caben dos, caben tres?

Es evidente que a Richy le incomoda que haya oído la conversación, porque se le ponen las orejas coloradas. Su amigo, Otto, tiene otro temperamento; deja la maleta en el suelo y le tiende la mano con alegría.

—Buenos días a usted también. Me llamo Otto Kupke. Acabo de llegar de Berlín y busco darle un giro a mi vida. Allí, encerrado por un muro, no podía esperar nada bueno. Se siente uno como en una cárcel. El ambiente de Berlín ya no es lo que era. ¿A que no, Richy?

Jean-Jacques corresponde el fuerte apretón de manos. *Nom d'un chien*, al joven no le falta fuerza. Tiene que aplicarse para quedar a la altura.

—*Bonne chance* —dice—. Espero que lo consiga.

Da media vuelta y baja al café. Hoy tiene turno Luisa, que está sacando un Gotas de Ángel a las mesas de fuera, donde hay varios clientes sentados. Llevan puestas chaquetas y abrigos porque, conforme la tarde avance, empezará a refrescar. Aun así, los últimos coletazos del verano ofrecen un sol intenso durante el día, y hace varias jornadas que no llueve. Él, en el fondo, espera que el buen tiempo dure un poco más. Si empezara a llover con ganas o incluso cayera algo de granizo, tendría que despedirse de sus elevadas expectativas de conseguir un buen vino.

Pide un café, charla un poco con sus suegros y pregunta por su cuñado Wilhelm, que hoy aún no se ha presentado. Al fin y al cabo, Willi tiene tiempo y podría ayudar con la vendimia.

—Ay, este Willi —dice Else con un suspiro—. Anteayer llamó para decir que Karin ya ha regresado, y parece que están celebrando el reencuentro desde entonces.

—Bueno, es muy comprensible —señala Heinz—. ¡Hacía tres semanas que no se veían!

—Eso no les impide pasarse por aquí —opina Else—. Tampoco hay que estarse el día entero... retozando.

Jean-Jacques, como hombre, comprende muy bien a su cuñado, pero no puede evitar tomarle un poco el pelo a su suegra.

—¡Una pareja feliz necesita tiempo para el amor! —señala a media voz—. Creía que querías tener más nietos, *maman.*

La mujer lo mira arrugando la frente.

—Para eso no hacen falta dos días y dos noches enteras —declara ella—. ¡Basta con cinco minutos!

Jean-Jacques reprime una risotada, se termina su café y va a la cocina, donde acaba de entrar Hilde.

—*Au revoire, ma petite colombe* —dice con teatralidad, y la abraza—. Te dejo, pero ahora tienes a un hombre fuerte en la casa al que puedes usar para cualquier tarea.

—Ah, ¿nos has oído?

—*Par accident.* Iba a bajar justo en ese momento.

—Vaya...

—Ve con cuidado, *ma chérie.* ¡Ese tipo no me hace gracia!

—A mí tampoco —reconoce ella—. ¿Y no podría ayudarte a ti con la vendimia?

—*Non, merci!* —se niega Jean-Jacques—. Pero, por favor, pregúntale a Willi cuando vuelva a pasarse por aquí si puede venir a ayudarme.

—Willi, claro —replica ella, pero entonces duda un instante.

¡Ajá! Conque hay algo más... Jean-Jacques conoce bien a su mujer.

—*Encore quelque chose?* —pregunta con una sonrisa.

—Se me había olvidado por completo —explica ella—. Anteayer llamó Simone.

—¿Simone? —pregunta él con alegría—. ¿Y no me lo dices hasta ahora?

—Es que se me había pasado —se excusa Hilde—. Por fin ha terminado con los trámites del divorcio y preguntaba si podía venir a echar una mano en el café un par de semanas.

—¿En el café? *Mais non!* ¡Puede ayudarme a mí con la vendimia!

—¡Pero es que dijo explícitamente que quería trabajar en el café! —insiste ella—. Y justo ahora nos vendría de perlas, porque podría ayudar a Richy en la cocina. ¿Entiendes?

—*Bon. Je comprends* —contesta él a regañadientes—. Si Simone viene a ayudar a Richy, ese Otto no se nos podrá colar.

—Eres muy listo, cielo —dice ella sonriendo—. Ese es precisamente mi plan.

—No tengo nada en contra —debe reconocer—. *Dommage!* Me habría venido muy bien tenerla en Eltville.

—¡Es mejor así, Jean-Jacques!

Cuando Hilde no lo llama «cielo», sino «Jean-Jacques», hay que andarse con ojo. Prefiere guardar silencio y no remover viejas historias. Le da un beso rápido en la mejilla y se marcha. No tarda en estar sentado en la Goélette, con la mochila en el asiento de al lado, peleándose otra vez con el estárter. Prueba a arrancar dos, tres, cuatro veces... Como hoy hace mal tiempo, le cuesta hasta cinco intentos, pero el motor ruge por fin. Cruza la ciudad para salir hacia Eltville, pero conduce desconcentrado y no respeta la preferencia de un Mercedes Benz, que le suelta un bocinazo furioso. Jean-Jacques hace un gesto de disculpa, pero se enfada cuando ese tipo presuntuoso en su cochazo de lujo le contesta con uno ofensivo. ¿Qué se ha creído? Ya le ha pedido perdón y, además, él no está de paseo con su coche, tiene que ir a trabajar. Prefiere tomar la carretera general en Schierstein, porque seguro que la orilla del Rin estará llena de domingueros, y sigue traqueteando con su furgoneta mientras por la cabeza le van pasando ideas diferentes. ¡Simone irá a Wiesbaden! Es la hermana de su cuñada, y una vez, hace muchos años, le salvó literalmente la vida cuando a su hermano Pierrot y a él se les fue de las manos una pelea. Dos años antes estuvo con ellos una larga temporada, huyendo de un matrimonio bastante horrible que, por suerte, ya es agua pasada. Sin embargo, en aquella ocasión la bella Simone provocó una terrible crisis matrimonial entre Hilde y él. No fue nada divertido, porque estuvieron a punto de divorciarse. Aunque, en opinión de Jean-Jacques, la culpa no fue de Simone ni suya, sino únicamente responsabilidad de Hilde. Con lo histérica que se pone a veces, se imaginó que Simone y él estaban liados. Pero entre ellos nunca hubo nada. Solo sentía simpatía por la joven y comprensión ante la difícil situación que atravesaba. Si bien es cierto que Simone le gusta mucho y podría haber caído en la tentación, él no es de los que andan con dos mujeres a la vez, y sabe muy bien la suerte que tiene con Hilde.

Bon. Esa historia terminó, Hilde recuperó el juicio a tiempo y rectificó, y Simone regresó a Francia para enfrentarse a su divorcio.

«¿Por qué querrá venir ahora?», se pregunta. Han intercambiado alguna que otra carta y también han hablado por teléfono alguna vez. Simone pasó una temporada en el viñedo del hermano de Jean-Jacques, ayudando con el trabajo y ocupándose de la pequeña Céline. Después parece que tuvo un desencuentro con su hermana, porque la siguiente carta le llegó desde Montpellier. Allí encontró una habitación de alquiler y un trabajo en Correos.

«Si ahora quiere echar una mano en el café —reflexiona Jean-Jacques—, es que habrá dejado el empleo de Correos. ¿No tendrá pensado quedarse en Alemania? Pero ¿dónde la alojará Hilde? Quizá en el piso de sus padres, que tienen dos habitaciones vacías. A Heinz seguro que no le importaría que Simone viviera con ellos; le tiene cariño. Pero ¿estará de acuerdo Else? ¿Y cómo debe comportarse él cuando la vea? Intuye que Hilde lo vigilará con cien ojos, y eso le molesta. Más le valdría asegurarse de que ese repostero tísico no se pase de la raya. Y de que ese hombretón tan bocazas, el tal Otto de Berlín, no se les apalanque para siempre en el café.

Pasado Walluf, casi se salta la primera salida hacia Eltville, pero gira justo a tiempo y oye rechinar los neumáticos de la Goélette.

—*Pardon, vieille fille* —murmura, y le da unas suaves palmaditas al salpicadero, que está lleno de polvo.

Solo le faltaba estropear su fiel furgoneta por un despiste.

En el pueblo, enseguida se da cuenta de que no es el único que quiere empezar con la vendimia. Por todas partes hay gente cargando cajas, cestos y herramientas en sus vehículos. Algunos suben ya los trastos a los viñedos, otros los dejan preparados en los patios. Han reunido a amigos y parientes dispuestos a echar una mano y están sentados con ellos al aire libre, charlando, bebiendo y riendo. Él se detiene aquí y allá, cruza un par de frases con alguien, saluda con alegría y por fin entra en el patio de su tasca. Han recogido las sillas y las mesas; el establecimiento está cerrado porque durante la vendimia no tiene tiempo de atenderlo y necesita ocupar el patio.

Ahora que tiene algo que hacer, los pensamientos que lo inquietaban desaparecen por fin y Jean-Jacques se concentra en lo primordial. Saca cestos y cuévanos del cobertizo, busca las tijeras de podar, las comprueba, las afila y las engrasa si se atascan en algún punto. Primero hay que meter en la Goélette los recipientes más voluminosos, los que usa para trasladar las uvas cosechadas al patio, desde donde las bajarán a la bodega para lavarlas, prensarlas y convertirlas en mosto. Los más pequeños los carga al final. ¿Olvida algo? De la bebida y la comida se encargará mañana Meta, que también es quien le encuentra ayudantes para la vendimia todos los años, porque tiene parientes en Polonia.

Se ha hecho tarde. Los últimos rayos de sol tiñen de dorado las viñas y lanzan tenues destellos al posarse sobre el río. Las sombras de los edificios se alargan. Un par de nubecillas se deslizan por el cielo, pero no hay peligro; aguantará sin llover. Le apetece subir un momento a su viñedo. Podría darse un paseo por allí, comprobar las uvas una vez más, probar lo dulces que están después de haber madurado todo el verano. Coge una linterna por precaución; cuando anochece, es fácil tropezar en los estrechos senderos. Ha llegado a amar ese paisaje fluvial, tan distinto del de su hogar, la Provenza, y que produce unos vinos muy diferentes porque aquí hay más humedad, hace más frío y el suelo es de loes y arcilla. Encontrar el momento perfecto para vendimiar es un juego de azar todos los años. Si se empieza a cosechar demasiado pronto, los niveles de Oechsle se quedan cortos y la concentración de azúcar en el mosto no es la adecuada; si se espera demasiado, el mal tiempo puede desbaratarlo todo. Arriba, en lo alto, Jean-Jacques se estira y baja la mirada hacia el río, donde el sol poniente se refleja en tonos rojizos. A lo largo de la orilla se reparten pequeñas localidades con casas de tejados rojos, y entre ellas se extienden las carreteras y también la línea del ferrocarril. Por todas partes se ven viñas, hileras verdes que trepan hasta las cimas rocosas más altas por el oeste, donde el paisaje es más montañoso. El aire del atardecer todavía está claro, los insectos zumban, los pájaros cantan, pero ya se atisban las primeras nieblas que por la noche ascenderán desde el río para envolver protectoramente las orillas y las laderas.

Jean-Jacques recorre sus hileras de vides, examina las cepas, arranca una uva podrida aquí y allá, retira los pámpanos que molestan y se siente satisfecho. Entonces encuentra un rincón que ha sufrido daños: algún animal debe de haberse metido entre las vides y se ha enredado con los alambres, porque hay dos postes arrancados. *Merde!* ¿Cuándo ha podido suceder? Un zorro es demasiado pequeño. ¿Un perro salvaje? Aquí no hay jabalíes. Se pone a recolocar los postes. Las ramas de las vides cuelgan cargadas de racimos, algunas uvas han quedado aplastadas y se han echado a perder. Endereza el primer poste, arrastra tierra con un pie y la apisona bien para compactarla. Después se pone con el segundo e intenta clavarlo bastante hondo para que vuelva a agarrar bien. Se inclina hacia una piedra que podría usar como apoyo y, cuando quiere incorporarse otra vez, un dolor infernal le recorre la espalda.

Nom de tonnerre! Se marea tanto que tiene que arrodillarse. Gime y se lleva las dos manos a los riñones. ¡La espalda! Es el lumbago. Le ha pasado ya dos veces, pero el dolor nunca ha sido tan intenso como ahora. Intenta ponerse de pie con cuidado... No hay manera. En cuanto endereza un poco la columna, le hace un daño terrible y se le nubla la vista.

Misère sanglante! Y justamente quería empezar a vendimiar al día siguiente. Tiene que regresar a la casa como sea. Allí guarda un ungüento que puede ponerse en la espalda y tal vez por la mañana se encuentre mejor. Si hace falta se tomará una aspirina, que va bien para el dolor, y así por lo menos podrá cortar racimos y conducir la Goélette; los cestos ya los cargarán los jornaleros. Pero, para eso, antes tiene que bajar al pueblo. A cuatro patas si es necesario. Con sumo cuidado, intenta mover las piernas y al instante vuelve a notar un dolor que le hace ver las estrellas. Esta vez le ha dado muy fuerte, y todo por culpa de ese maldito animal que ha tirado los postes. Ojalá supiera qué bicho ha sido, maldita sea... Aunque también han podido ser unos jóvenes peleándose.

O una parejita; dos estúpidos turistas que ni se imaginan el daño que han hecho. Vuelve a probar: desliza una rodilla hacia delante con mucha suavidad e intenta no cargar la espalda con el movimiento. Le duele, pero es soportable. Avanza unos centímetros, jadea del esfuerzo y con la mano busca la linterna, porque además ha empezado a anochecer. Al sacar la linterna del bolsillo de la chaqueta y encenderla, el dolor vuelve a desatarse porque ha tenido que tensar la espalda. La sujeta con la boca e ilumina el camino entre las vides. De subida no le ha parecido más que un paseo; ahora se le hace un trayecto interminable. Desde su viñedo hasta el pueblo hay un cuarto de hora largo a pie, veinte minutos a paso tranquilo. Arrastrándose a cuatro patas a la velocidad de una tortuga, seguramente tardará hasta la medianoche.

Al final de la hilera, de pronto deja de notar las piernas. Se tumba en el suelo, se vuelve entre gemidos para ponerse boca arriba e intenta sentarse. El dolor es tan intenso que se le saltan las lágrimas.

«Descansa un poco —se dice—. Luego podrás seguir». Se apoya en los codos y, aunque así el dolor no desaparece del todo, al menos es soportable. No consigue sentarse, sin embargo, porque hasta el movimiento más pequeño se venga de él con un dolor punzante. Jean-Jacques se deja caer de nuevo poco a poco, se tumba boca arriba y mira el cielo, cada vez más oscuro. La linterna se le ha caído al suelo. El cono de luz ilumina un trozo de sendero pedregoso que, algo más abajo, desaparece en la niebla blanquecina que lo devora a medida que sube.

No hay nadie cerca. A lo lejos se percibe el rumor del río; nadie oirá sus gritos. Se queda tumbado y contempla el cielo nocturno, donde aparecen las primeras estrellas y la luna asciende poco a poco. Está casi llena. La niebla húmeda lo cubre todo, las criaturas nocturnas se deslizan por el viñedo, susurran entre la vegetación y se arrastran provocando crujidos entre la maleza.

Agotado, cierra los ojos. Tiene que descansar un momento, hacer una pausa. Después volverá a intentarlo. Solo ha de quedarse quieto un rato...

Hilde

A las seis y media, cuando acaba de prepararse un café en su piso y unta con mermelada un panecillo del día anterior tostado, suena el teléfono. «Maldita sea —piensa—. ¿No será ya Simone? ¿Estará en la estación con las maletas, pensando que vamos a ir a buscarla? Y un cuerno. Que venga ella solita en autobús, que no somos una empresa de transportes».

—Domicilio de los Perrier, buenos días —dice al auricular con la voz aún ronca.

—Soy Meta Rubik, señora Perrier. Tiene que venir enseguida. Su marido está arriba, en el viñedo, y no puede mover las piernas.

El sobresalto le cala hasta la médula. ¡Jean-Jacques ha tenido un accidente! ¡Por el amor de Dios!

—¿Cómo que no puede mover las piernas? —pregunta horrorizada—. Pero ¿qué ha pasado? ¿Se ha caído?

La voz de Meta parece preocupada pero serena.

—Me ha dicho que es un ataque de lumbago. Le dio ayer por la noche…

—¿Ayer por la noche?

—Sí. Lo hemos encontrado esta mañana.

Hilde nota que la cabeza le da vueltas. ¿Lo han encontrado esta mañana?

—¿No se habrá pasado toda la noche tirado en el viñedo sin poder moverse? —Ella misma se percata de que le tiembla mucho la voz.

—Me temo que sí —contesta Meta con su tono calmado—. Porque desde el pueblo no se oye nada cuando alguien...

—¡Llego dentro de veinte minutos!

Cuelga el auricular de golpe e intenta ordenar las ideas. Ese día está previsto que pasen por el local diferentes proveedores, hay que recibir los pedidos y guardarlos; algunas facturas las paga en mano, otras por transferencia. Se termina el café, coge el abrigo y el bolso, la llave del coche... Cuando está a punto de salir, vuelve a sonar el teléfono.

—Domicilio de los Perrier.

—Buenos días, Hilde —saluda Swetlana con la voz tomada—. Tengo un terrible dolor de garganta y no he podido dormir en toda la noche.

Lo que faltaba. Cuando las cosas se tuercen, se tuercen del todo.

—¿Has llamado a Luisa para que te cubra?

—La he llamado, pero tiene el teléfono estropeado.

Es verdad, maldita sea. Luisa y Fritz llevan días sin poder usar el teléfono. Luisa les ha dicho que pasa algo con la línea.

—Pues envíame a Mischa. Tengo que ir a Eltville. ¡Jean-Jacques está mal!

—¿Jean-Jacques? —se sobresalta Swetlana—. Que Dios nos proteja. ¿Está...?

—Solo es un ataque de lumbago —la tranquiliza Hilde—. Pero tengo que ir a verlo enseguida.

—Pues iré a trabajar, aunque me duela la garganta. Es lo mínimo que puedo hacer —dice Swetlana—. No te preocupes, Hilde, enseguida llego.

—¡Ay, Swetlana, eres un cielo!

—¡Conduce con cuidado! ¡No vayas a tener otro accidente!

—No te preocupes. ¡Y mil gracias!

Oye un ataque de tos en respuesta. La situación puede ser crítica si tose en los pasteles de los clientes. Ahora sí que les vendría muy bien que Simone hubiera llegado. Hilde da unos golpecitos en la puerta de los chicos.

—¡No olvidéis levantaros! —exclama.

Abajo, su madre está sola en su salón, con un café en la mesa y leyendo el periódico, mientras su padre sigue en la cama, disfrutando de un poco de remoloneo matutino.

—¿Jean-Jacques? —repite Else, sobresaltada, y deja caer el periódico encima de la mantequilla—. Dios mío, ya lo sabía yo. Cuántas veces no le habré dicho que vaya a mirarse esa espalda… Pero tu marido es incorregible.

Hilde, de hecho, comparte esa opinión, pero de todas formas le molesta que su madre se las dé de sabelotodo. Además, en ese momento no hay tiempo para discusiones.

—Me voy ahora mismo a Eltville, mamá. Por favor, ten la bondad de comprobar que todo vaya bien en el café. Staudner vendrá sobre las nueve con el pedido de harina, y también Früger con la mantequilla, la manteca y la nata. Y ya sabes que…

Su madre guarda silencio. Podría echarle en cara que desde hace un tiempo ya no se encarga de todos esos aspectos organizativos porque Hilde ha querido llevarlo todo personalmente, pero también ella comprende que no es el momento de empezar con sus riñas.

—Swetlana vendrá a hacer su turno, pero tiene dolor de garganta.

—Nos las apañaremos, Hilde —dice Else—. Tú ocúpate de tu marido.

—¡Gracias, mamá!

Son casi las siete cuando se sube al Volkswagen Escarabajo. ¿Veinte minutos? Ni en broma. Tiene que cruzar la ciudad peleándose con el tráfico habitual de las mañanas, que además se ve entorpecido por numerosas obras. En las calles hay colas enteras de coches, en las paradas de autobús se apean multitud de personas que ocupan las aceras para dirigirse a sus puestos de trabajo, los ciclistas pasan a toda velocidad entre los vehículos, giran de repente, tocan el timbre a todo volumen y cortan el paso a peatones y conductores por igual. Hilde se alegra cuando por fin llega a la carretera del río, donde encuentra la salida en dirección a Eltville despejada, mientras que el carril contrario va cargado de tráfico en dirección a Wiesbaden.

En el Rin, el viento matutino despeja la niebla. Sobre los viñedos flotan todavía delicados velos de un vapor blanquecino, pero por todas partes se ven vehículos y jornaleros yendo de un lado a otro con cuévanos a la espalda. Abajo, en el pueblo, los primeros viticultores regresan ya a sus bodegas con uvas cosechadas. ¡Ay, por Dios! Tal vez Jean-Jacques tenga que retrasar la vendimia.

Encuentra a su marido en el patio de su propiedad; los jornaleros polacos lo han bajado del viñedo al pueblo. Está sentado en una silla, envuelto en mantas que Meta le ha colocado con mucho cuidado. Los tres polacos y Soldan están en una mesa bebiendo café.

—¿Qué haces tú aquí? —pregunta Hilde algo enfadada mientras baja del coche—. Tendrías que estar en la cama. ¿Ya ha venido el médico?

La respuesta es una interminable maldición en francés que, aparte de ella, solo Soldan entiende, porque durante la guerra lo enviaron a Francia.

—Acabo de llamar al doctor Kleinschmidt —anuncia Meta mientras sale de la cocina con una bandeja llena de bocadillos de salchichas—. Ha dicho que vendrá enseguida.

Hilde se ocupa del enfermo con amor, cosa que no es sencilla, porque él no quiere atenciones, solo pastillas para el dolor.

—Antes tienes que comer algo, cielo. Si no, te destrozarás las paredes del estómago.

—*Je ne veux pas manger!* No quiero comer nada. Aparta ese pan con fiambre. Me pongo malo solo de verlo.

—Intenta mover las piernas al menos, cariño.

—¡Deja mis piernas en paz! ¡Tráeme un café y la caja de aspirinas!

—Primero come algo, Jean-Jacques. Si no, no pienso darte ni una sola pastilla.

Hilde se pone firme. Su marido se está portando como un niño pequeño, sentado ahí, en el patio, en lugar de estar tumbado en la cama con la almohadilla eléctrica, y dando órdenes furiosas sin parar, cuando en realidad debería escuchar los sensatos consejos de la gente que le quiere bien. Y eso que esta vez parece un ataque de lumbago muy fuerte; está pálido como una pared y se nota que le duele mucho. Hilde está muy preocupada. ¿No acabará parapléjico? Eso sería una catástrofe. Conoce muy bien a su Jean-Jacques. Si no puede seguir trabajando en el viñedo porque va en silla de ruedas, perderá la ilusión por vivir. «Eso no —piensa—. ¡Por favor, Dios mío! Que pueda volver a caminar».

Por lo menos de momento hace de tripas corazón y finalmente se come uno de los riquísimos bocadillos de fiambre casero que ha preparado Meta y se bebe la tercera taza de café. Solo entonces Hilde le lleva dos aspirinas.

—¿Cuánto tardan en hacer efecto? —gime él, agotado.

—Un rato —contesta Meta con lástima—. Pero seguro que el médico llegará enseguida y le pondrá una inyección.

Hilde le acaricia las mejillas. Lo consuela diciéndole que pronto estará mejor y añade que, sobre todo, tiene que hacer caso de las indicaciones del médico.

—*Quelle merde!*

—Tu salud es lo más importante, amor mío.

Jean-Jacques, sin embargo, parece pensar otra cosa.

—Coge la Goélette y sube al viñedo —le pide—. Empezad sin mí. Ya sabéis lo que hay que hacer. Yo iré más tarde.

Los tres polacos se miran con ciertas dudas. Soldan asiente con la cabeza.

—¡Muy bien! —contesta—. Si su mujer consigue que ese trasto obstinado arranque, del resto nos ocupamos nosotros.

Hilde no está en absoluto entusiasmada. Preferiría mil veces quedarse y asegurarse de que su marido obedece al médico sin rechistar. Pero, por otro lado, también lo entiende. Hay que vendimiar las uvas ya; si espera un par de días, podría ser demasiado tarde. Además, los jornaleros están ahí y habrá que pagarles, aunque se pasen el día sentados en el patio. Y, aparte de Jean-Jacques, ella es la única que puede conducir la Goélette.

La llave la tiene él en el bolsillo del pantalón, así que tuerce el rostro de dolor al sacarla con esfuerzo.

—Trátala con cariño —murmura—. Mi vieja chica es muy sensible.

Hilde la ha conducido en un par de ocasiones, aunque nunca ha hecho muy buenas migas con esa carraca traqueteante. ¡Cuántas veces no le habrá propuesto a Jean-Jacques que se compre una nueva! ¿Y le ha hecho caso él? Por supuesto que no. Bueno, pues ahora el problema lo tiene ella.

Todos miran cómo se sube a la furgoneta bien cargada y le da al estárter. El motor rechina y no hace nada más.

—Prueba otra vez. ¡Pisa el acelerador! —exclama Jean-Jacques desde su silla.

Segundo intento. Un breve aullido, un resuello y punto. Los espectadores parpadean con escepticismo, Soldan menea la cabeza.

—*Doucement*… ¡Con cariño! —la anima su marido.

Hilde nota que empieza a enfurecerse. ¡Jean-Jacques no tiene tanta paciencia con ningún ser viviente como con esa cafetera escacharrada! Se serena y vuelve a empezar. Da gas, se esfuerza por tirar del estárter con delicadeza. Madame Goélette resuella, tose dos veces, escupe una nubecilla negra por el tubo de escape y se hunde en el silencio.

—¡No te rindas! Enseguida lo tendrás. Por las mañanas siempre se hace de rogar.

Hilde está al límite de su paciencia.

—Como no arranques ahora, maldito vejestorio, ¡te envío directa a la chatarrería! —masculla con rabia.

Madame Goélette entiende la sutil advertencia. Escupe dos veces más, estornuda y luego petardea obediente en el fresco aire matutino. ¡Por fin! Hilde da una osada vuelta por el patio; los jornaleros se apartan de un salto y Meta pone la cafetera a salvo. Luego enfila la calle traqueteando en dirección al viñedo. Cuando *madame* se ha puesto en marcha, la verdad es que a Hilde no le resulta tan difícil de conducir. Como tiene la carrocería alta, se maneja bastante bien por los estrechos caminos que suben hasta las viñas. De vez en cuando se bambolea con cierta inseguridad, pero los lleva sanos y salvos a su destino. Hilde deja la furgoneta en el sendero de abajo y se sorprende al darle unos golpecitos de agradecimiento en el salpicadero. Enseguida baja para abrir las puertas del espacio de carga y sacar cestos, cuévanos y demás aperos. Los jornaleros no se hacen esperar; la han seguido a pie. Primero llegan los tres polacos, que se equipan con podadoras y cuévanos para ponerse a trabajar, como si fueran expertos. Soldan es el último. Por culpa de su pierna mala, camina más despacio y tiene que descansar un poco antes de empezar. Entonces se mete en el espacio de carga, coloca bien los contenedores y le alcanza a Hilde un cuévano y unas tijeras de podar.

—Las uvas malas se tiran directamente —le indica—. Y las que están verdes se dejan; las recogeremos más adelante. Cuidado, no vaya a cortarse los dedos, que este trasto está afilado.

Hilde se queda algo desconcertada porque solo pretendía hacer de conductora. Seguro que en el Café del Ángel reina el caos y ella debe volver allí. No tiene ni un minuto para vendimiar. Solo ha ido porque quería cuidar de su marido. Pero, ya que está ahí, también puede cortar unos cuantos racimos. Las uvas están buenísimas, dulces de verdad. Se llevará un cesto lleno para que Richy las convierta en exquisitas tartaletas. El sol ya ha salido del todo y ella incluso disfruta del trabajo. Aparta las hojas que molestan y escoge los racimos más bonitos. De vez en cuando se mete una uva en la boca —no hay que olvidar que aún no ha desayunado— y mirando por entre las vides contempla el río, allá abajo. Las gabarras pasan flotando con sus ondeantes banderas y banderines de colores. En una embarcación han instalado una cuerda de tender de la que cuelgan camisas secándose al viento matutino. Los jornaleros polacos pasan junto a ella de camino a la Goélette, vacían sus cuévanos y vuelven a desaparecer por los senderos de las vides. Con el transcurso de los minutos, el cuévano que lleva a la espalda va pesando cada vez más. Hilde se endereza, se seca el sudor de la frente y decide que prefiere bajar al pueblo a pie para ver cómo se encuentra Jean-Jacques. Seguro que el médico ya ha llegado, y quiere saber cuál ha sido el diagnóstico. Quizá no sea nada grave, solo un entumecimiento temporal de las piernas que pronto pasará.

—¡Señora Perrier! —exclama Soldan cuando ve que echa a andar con el cuévano a la espalda.

—¿Qué pasa?

—¡Dentro de una hora más o menos habrá que bajar las uvas al patio! No podemos llenar demasiado los cestos porque, si lo hacemos, las uvas se aplastan y el mosto se pierde.

—Entendido. Volveré a tiempo.

¿Qué tiene de malo que las uvas se aplasten? De todas formas, después las prensarán. ¿Acaso va a tener que pasarse el día subiendo al viñedo cada dos horas con la terca *madame* Goélette? Ah, no. Eso que lo haga su hermano Willi. Al fin y al cabo, también es de la familia y no tiene nada que hacer en todo el santo día. Además puede llevarse a Karin; un poco de trabajo al aire libre le sentará bien después de tanto rodaje en esos estudios asfixiantes.

Baja tan deprisa que, cuando llega a la bodega, está empapada en sudor. La silla en la que se había sentado Jean-Jacques está ahora vacía, la manta ha caído al suelo y se oyen voces en el salón de la tasca; parece que el médico ya está ahí. Menuda suerte haber bajado justo a tiempo.

—¿Una semana? *C'est impossible!* ¡De ninguna manera! —protesta su marido—. Deme algo que me quite el dolor.

Han tumbado a Jean-Jacques boca abajo en un banco de madera de los de la mesa principal. Le da mucha pena verlo así, con la cara desfigurada por el dolor, más caído que tumbado, con la camisa y los pantalones apartados para que el médico pueda examinarle la espalda. El doctor Kleinschmidt es muy querido en el pueblo. Un hombre rubio y delgado, miembro muy activo del Club Gimnástico, que siempre transmite optimismo y buen humor. También en esta ocasión parece enfrentarse a la situación con alegría; charla animadamente y rebusca en su maletín médico.

—Por ahora le pondré una inyección, señor Perrier. Para el dolor. Pero le advierto que el efecto solo durará unas horas.

—¡Píncheme ya! —exige el enfermo—. ¿A qué espera?

Hilde no puede mirar. Las inyecciones le dan mucho miedo y lo pasa peor que su marido, que no dice ni mu mientras el médico le clava la aguja.

—¿Alguien puede ayudarlo a subir al dormitorio? —pregunta el doctor Kleinschmidt.

—¿Qué voy a hacer ahí arriba?

—Tumbarse. Como ya le he dicho, señor Perrier, tiene una hernia discal y debe cuidarse.

—Eso también puedo hacerlo aquí abajo —replica el susodicho—. Además, ya me encuentro mucho mejor. Vuelvo a notar la pierna derecha... ¡Aaah! *Merde!*

—Buena señal —comenta el médico con simpatía—. Precisamente por eso debe ir con cuidado y no hacer ningún movimiento en falso. Lo mejor sería que guardara cama.

—¡Necesito analgésicos!

—Le extenderé una receta. No se tome más de cuatro al día. Mañana volveré a pasarme por aquí para ver cómo está.

El doctor Kleinschmidt cierra su maletín y entonces ve a Hilde, que ha entrado en el salón sin hacer ruido.

—¡Señora Perrier, muy buenos días! —exclama, alegre—. Qué bien que haya venido a ayudar a su marido. ¿Cómo va todo por el Café del Ángel? Mi mujer estuvo en el teatro hace poco y me habló muy bien de ustedes.

Le pone la receta en la mano, reitera que ha aconsejado al enfermo que repose y se despide diciendo que tendrá la sala de espera llena de pacientes con los habituales catarros de otoño, que este año han empezado pronto.

Hilde se ocupa del enfermo, lo ayuda a ponerse otra vez bien la camisa y los pantalones, y luego Jean-Jacques quiere sentarse y ella tiene que sostenerlo.

—Ya puedo yo —protesta su marido—. Ahora noto también la pierna izquierda. Esperaré un rato más y luego intentaré caminar.

Hilde tiene claro que ni con suaves palabras ni por la fuerza conseguirá convencerlo para que se tumbe en la cama. Además, ¿cómo? Si ni siquiera puede subir la escalera...

—Quédate aquí sentado y espera a que yo vuelva —le ordena—. Bajo ningún concepto intentes ponerte de pie tú solo, ¿me oyes?

Va a buscar a Meta, que está en la cocina, donde ha preparado un cesto con bocadillos y bebidas para los jornaleros. Le dice a Hilde que se lo lleve luego, cuando vuelva a subir con la Goélette después de descargarla. Para el «jefe» ha ido a buscar pan blanco de la panadería y lo ha rellenado con jamón.

—¡En algún momento tendrá que comer algo!

Hilde empieza a ver que no podrá regresar a Wiesbaden tan pronto. Mientras Meta le ofrece el pan blanco con jamón al enfermo, ella descuelga el teléfono y marca el número del Café del Ángel.

Contesta su padre, y de fondo se oyen voces y ruido de cacharros.

—Hola, papá. ¿Cómo va por ahí?

—¿Hilde? ¡Mi pobre hija! Aquí va todo de maravilla. ¿Cómo se encuentra Jean-Jacques?

—Hernia discal. Tiene que guardar reposo un tiempo.

—Bueno, ¡gracias a Dios! —Heinz parece aliviado—. Tu madre ya decía no sé qué de paraplejia y silla de ruedas. Estaba preocupado...

—Bueno, mamá siempre tiene que exagerar. ¿Ha llegado Swetlana?

—¿Swetlana? Sí, pero está metida en la cocina. La pobre no para de toser. Me temo que tiene fiebre, pero no hay manera de que la enviemos a casa.

—¡Madre mía! ¿Es que Luisa no puede sustituirla? Swetlana quería mandar a Mischa a su casa, porque no les funciona el teléfono.

—Hoy Luisa está en Frankfurt con Petra, en la Escuela Superior.

«¿Hoy, por qué?», piensa Hilde, extrañada. Normalmente van los miércoles.

—Y... ¿quién está atendiendo a los clientes? —pregunta con espanto—. ¿Ha llegado ya Simone?

—¿Simone? Eso estaría muy bien, tengo muchas ganas de verla. No, todavía no está aquí. Está atendiendo tu madre.

—¿Mamá? Ay, Dios mío —gime Hilde—. Eso no le irá nada bien para las varices.

—Y también ese joven tan simpático que se ha instalado arriba —sigue explicando su padre—. Ese tal Otto Knoppke. No, ¿Köppke?

Hilde tiene un mal presentimiento. Apenas hace un par de horas que ese tipo está en el café y ya se ha torcido todo.

—Otto Kupke. ¿Qué dices que hace? No estará atendiendo a los clientes, ¿verdad?

—Claro que no. Ayuda en la cocina y trabaja de maravilla con Richy.

—¡Vaya, pues qué bien! —se le escapa a ella—. ¿Y Willi? ¿Sigue todavía en su tercera luna de miel? Aquí necesitamos su ayuda con urgencia.

—¿Willi...? —dice Heinz, alargando el nombre—. Ni idea. Llámalo. Hace días que no lo vemos.

—¡Fabuloso!

Hilde suspira y explica que todavía tendrá que quedarse en Eltville un poco más, pero que como muy tarde después de comer volverá a estar en Wiesbaden. Luego le desea a su padre mucho ánimo y cuelga.

Mucho ánimo, más que otra cosa, es lo que necesita ella también. Jean-Jacques les pide ayuda a Meta y a ella para ponerse de pie; ha comido algo y afirma encontrarse mucho mejor. Todo mentira. La inyección le ha hecho efecto y él enseguida se ha envalentonado. Al final consigue mover un poco las piernas y dar un par de pasos.

—Vamos al patio. Tengo que ocuparme de las uvas.

—¡Tienes que recuperarte!

—Me estaré sentadito en mi silla y les diré a los demás lo que tienen que hacer.

Empieza por Hilde, y le dice que ya va siendo hora de que vuelva al viñedo y baje con la Goélette cargada. Y que se traiga a dos jornaleros con ella, porque los necesitará abajo para descargar.

—Después vuelves a subir al viñedo...

—¡A sus órdenes, mi capitán! —refunfuña ella.

—*Je t'aime, mon chou!* —contesta él sonriendo.

Hilde le pide a Meta que vigile al «jefe» y bajo ningún concepto permita que camine por ahí. Luego se monta en su Escarabajo con el cesto de comida y sube al viñedo. Teniendo vehículo, ¿para qué va a subir a pie? Con el esfuerzo de la bajada ya ha tenido suficiente.

Arriba, los jornaleros descansan sentados todos juntos. Los cuévanos están llenos, los contenedores de la Goélette no pueden cargar más uvas. La reciben con alegría. Soldan y uno de los polacos se quedan con el cesto del tentempié, los otros dos se aprietan con Hilde en la Goélette y le ofrecen buenos consejos para arrancar el motor.

—Despacio... Ahora gas... Espere... Paciencia... Otra vez...

—¿Podríais callaros todos? —protesta ella.

Madame se digna arrancar al tercer intento; por lo menos la vieja furgoneta se muestra razonable. Mientras Hilde maniobra con la Goélette justo al lado de su Escarabajo para regresar a la bodega y no hace más que darle vueltas con desasosiego a qué hacer a continuación. Querría estar al lado de su marido, por supuesto, pero no puede pasarse semanas enteras aquí, en Eltville, mientras en el Café del Ángel reina el caos. Seguro que esa noche su madre tendrá los pies hinchados. Mañana irá a servir Luisa, pero ¿y pasado mañana? ¿Se habrá recuperado ya Swetlana? Además, mientras tanto, el tal Otto se les ha metido hasta la cocina; cuando quiera echarlo, seguramente Richy se opondrá. ¿Y Simone? En cuanto llegue, Hilde tiene que encomendarle alguna tarea, instalarla en el piso de sus padres y... y... y...

—Hoy es buen tiempo —dice uno de los jornaleros polacos—. Podemos trabajar hasta noche. Lo hacemos por el bueno señor Perrier. Cuando trabajo aprieta, hay que arrimar hombros.

A Hilde le da vueltas la cabeza. ¿Hasta la noche? Entonces no podrá regresar a Wiesbaden hasta que anochezca. Y mañana a primera hora, antes del amanecer, tendrá que volver a Eltville. Qué mala pata que, aparte de Jean-Jacques y ella, nadie más sea capaz de conducir esa furgoneta. «No hay nada que hacer —piensa, abatida—. No puedo estar en misa y repicando, y ahora Jean-Jacques me necesita, así que me quedaré a su lado. Lo principal es que recupere la salud».

Cuando entra en el patio, le espera una sorpresa. Su marido cojea por las losas apoyado en el fuerte brazo de un joven que va a su lado.

—¡Mischa! —exclama con asombro, y baja de la Goélette de un salto—. ¿Has venido a ayudar con la vendimia? ¡Qué maravilla!

—Hola —saluda él, y se aparta un mechón de pelo rubio—. He pensado pasarme a ver qué tal. Tengo tiempo, y siempre he querido conducir esa vieja cafetera. —Señala la Goélette con una sonrisa.

—¡Pero si no tienes carnet de conducir! —exclama Hilde, negando con la cabeza.

—No, pero sé cómo va.

Y también es capaz de trabajar, cuando quiere. En esos momentos ya está echando una mano para descargar la furgoneta. Arrastra los pesados contenedores con los jornaleros hasta el sótano y, como Jean-Jacques tiene que explicarles lo que hay que hacer ahí abajo, Mischa no pierde el tiempo y se lo carga a la espalda para bajar la escalera con él a cuestas.

—Fuerza no le falta —comenta Meta, meneando la cabeza—. Pero le tiene un poco de alergia al trabajo. Hace unos días desapareció de repente.

Hilde también tiene sus dudas, aunque parece que las cosas van bien en la bodega. Mischa ayuda a Jean-Jacques a subir la escalera, lo deja sentado en su silla y le pide a Hilde la llave de la furgoneta.

—Ese cacharro tiene su truco —comenta ella con vacilación.

—Ya lo sé.

Mischa abre el capó con un par de gestos, trastea en el interior del vehículo, cierra otra vez y se sienta al volante. La Goélette resuella, pero enseguida se pone en marcha.

—Tiene mano con las máquinas —dice Jean-Jacques, impresionado—. ¿Sabes qué, *ma colombe*? Vuélvete a Wiesbaden, que aquí los hombres nos apañamos solos.

Wilhelm

Ya no entiende nada. Pero ¿qué es lo que ha hecho para que Karin se aparte constantemente de él y no quiera ni dirigirle la palabra? ¿Qué ha hecho para que por las noches se dé media vuelta y le haga saber así que sus caricias no le interesan? Ha intentado hablar con ella de buenas, explicarle sus motivos. Incluso ha llegado a disculparse, aunque en realidad no sabe por qué. De todas formas lo hizo, en aras de la concordia, para demostrarle que está dispuesto a acercarse a ella. Porque la ama. También le ha repetido eso varias veces. Pero nada, como si hablara con la pared. Por mucho que diga o haga, ella le vuelve la espalda.

Casi siempre está sentada con la pequeña Nora en la cocina, junto a su madre, y él oye a la niña dar grititos de alegría y a la suegra hablar de recetas de cocina y de hacer conservas de frutas para el invierno. Karin apenas dice nada. Cuando Willi entra en la cocina, las dos lo miran como si fuera un intruso que pretende robarles la ropa tendida.

—¿Necesitas algo? —pregunta la mujer.

—No, solo quería...

—¡La comida no estará hasta la una!

—Quería tomarme un café.

—Te lo saco al salón.

—¿Al salón por qué? Me siento aquí con vosotras —insiste él, y acerca una silla.

—Pues yo me voy al parque con Nora —anuncia Karin, que se levanta y se lleva a la pequeña para ponerle los zapatos y el abrigo.

Wilhelm está tentado de decir que le gustaría acompañarla, pero empieza a estar harto de correr tras ella, así que se queda sentado en la cocina, con su suegra. La mujer está en el fregadero, pelando patatas y dejando caer las peladuras dentro. Luego corta las patatas peladas por la mitad y las echa en la olla. Es increíble la rapidez y la habilidad que tiene con el cuchillo; probablemente haya pelado montañas enteras de patatas en su existencia como ama de casa.

—Si no tienes nada más que hacer, podrías bajar el cubo de la basura y vaciarlo —pide la mujer sin girarse.

—Ahora mismo...

Wilhelm se bebe el café frío y algo amargo, y añora el Café del Ángel, donde preparan la negra infusión de una forma muy diferente, y sobre todo con mucho más amor. Pero de momento evita el establecimiento de su familia porque su madre, por supuesto, enseguida preguntaría cómo es que Karin no se ha pasado aún a verlos con la pequeña Nora. Ayer llamó y quiso saber si por fin abandonaría su «isla de la felicidad marital» para hacerles una visita a sus queridos padres.

—Es que antes Karin quiere descansar un poco —le mintió—. Nos pasaremos un día de estos, mamá.

—¿No tendréis problemas? —se extrañó ella, preocupada.

Las madres se lo huelen todo. Claro que tienen problemas, y no pocos, pero no piensa contárselo a sus padres de momento. Si lo hiciera, aún tendría que oír algo como «Te lo advertí, Willi. Una actriz no es para ti. Tú necesitas una mujer hogareña y cariñosa que te respalde y te apoye en tu carrera profesional».

—¿Problemas? Pero ¿qué te has creído, mamá? No, todo va de maravilla —dijo al auricular.

En el escenario es buen actor. En la vida, sin embargo, no siempre consigue engañar de manera convincente. Y menos a su madre.

—Si hay algo que te preocupe, Willi —dijo la mujer con pena—, sabes que nos tienes a tu padre y a mí.

—Ya lo sé, mamá. Pero no te inquietes, que todo va bien. Pronto pasaremos a veros.

—¡Eso nos alegraría mucho, hijo!

También las conversaciones con su suegra resultan muy desagradables. Al final le contó que el trabajo en la administración del Balneario solo era temporal y que, por desgracia, no podrá seguir contratado allí.

—¡Ya me lo veía yo venir! —Fue su reacción.

Y no dijo más al respecto, pero su tono despectivo le hizo mucho daño. Esa mujer a la que debe aguantar en su casa y en su vida es una espina constante clavada en el costado. ¿Cómo fue tan ingenuo al acceder a acogerla? Maldita sea, lo hizo por amor a Karin, que estaba muy preocupada por ella, y también porque la señora Langgässer cuida de la pequeña Nora con mucho cariño. Pero podrían haberlo hecho de otro modo; a su propia madre también le habría hecho mucha ilusión encargarse de la niña. En el Café del Ángel, seguramente la pequeña Nora se lo habría pasado mejor que con su suegra, que no hace más que padecer por ella, no deja que nadie se le acerque y siempre la aísla de los demás.

Deja el café sin terminar y va a sacar el pestilente cubo de la basura para bajarlo, pero su suegra lo retiene porque antes quiere tirar también los restos de patata.

—Esta semana nos toca a nosotros barrer la escalera —anuncia mientras retira las peladuras húmedas del fregadero—. Llévate la escoba. Empieza arriba del todo y ve barriendo hacia abajo. No al revés. El recogedor y el cubo están en el escobero.

¿Acaso ahora es un criado? Por supuesto que está dispuesto a barrer la escalera o bajar la basura de vez en cuando, pero si es por decisión propia, no por orden de su suegra. No contesta, pero baja la escalera con el cubo, vacía las inmundicias en el contenedor y vuelve al piso. No hace ni caso de la escoba, el cubo y el recogedor que la mujer le ha dejado junto a la puerta. En lugar de eso, devuelve el cubo vacío a la cocina y se lava bien las manos.

—Ese cubo hay que limpiarlo, y poner papel de periódico en el fondo —oye decir a la mujer.

Ya está hasta las narices. Que limpie ella misma el maldito cubo de la basura; él no es su lacayo. Todo eso no son más que vejaciones porque no tiene un trabajo como el que ella espera de un yerno «decente».

—¡No tengo tiempo! —protesta Willi—. ¡He quedado!

—Comemos a la una en punto —advierte la mujer tras él, que ya está en el pasillo, poniéndose el abrigo y el sombrero.

Sale del piso como si estuviera huyendo. Baja por Rheinstrasse hasta el cruce con Kirchgasse y dirige sus pasos hacia el Bossong. Allí se sienta junto a una ventana y pide un café, coge un periódico y finge que ha ido a leer el *Wiesbadener Kurier* con calma. Pero, en lugar de sumergirse en un artículo sobre los problemas de la rehabilitación del parlamento del *land* de Hesse, no hace más que cavilar.

¿Podría ser que Karin se hubiese enamorado de otro? ¿De un compañero de la película? ¿O quizá de ese director a quien por teléfono calificó de «asqueroso»? Ya se sabe: los que se pelean se desean. ¿Es ese el motivo de su extraña conducta?

Cuantas más vueltas le da a esa idea, más probable le parece. Karin busca pelea donde no hay ningún motivo para encontrarla, más que el de querer apartarlo de su lado. Nada de caricias, de besos ni de encuentros nocturnos; no quiere saber nada de él. ¿Y por qué? Porque está pensando en otro.

Esa idea lo deja conmocionado. ¡Qué idiota y qué crédulo ha sido! ¿Cómo no le ha visto el juego hace tiempo? ¿No había dicho Karin al principio que solo tendría que estar en Hamburgo dos semanas? Y luego, de repente, fueron tres. ¿No se hicieron cada vez menos frecuentes sus llamadas? Y al teléfono sonaba más… ¿fría? Desde luego. Willi enseguida se extrañó, pero, ingenuo de él, lo achacó al estrés del trabajo y la falta de sueño.

—Disculpe, señor —le dice el joven camarero—. Tiene una esquina del periódico metida en el café.

—¿Qué? ¡Ay, vaya! Muchas gracias —balbucea él, confuso.

Levanta el periódico y seca la esquina con la servilleta de papel. Luego lo dobla y contempla la animada acera de Kirchgasse por la ventana. Los coches pasan por delante. Algunos son todavía vehículos de antes de la guerra, pero de vez en cuando se ve un coche yanqui que recibe admiración y también miradas de envidia por parte de los transeúntes. De los grandes almacenes salen mujeres cargadas con bolsas y cestos de la compra llenos, un hombre mayor toca un acordeón. ¿Qué canción es? Conoce la melodía. Es un viejo éxito…

«Ay, pobre Agustín, esto es el fin. Adiós a su dinero, adiós a su mujer…». ¡Vaya por Dios! ¡Justamente esa canción! A Willi le entran ganas de llorar. Karin ya no lo quiere, es evidente que tiene a otro, de nada sirve engañarse. ¡Ay, qué cobarde por su parte! ¿Por qué no le expone la situación con sinceridad? ¿Por qué juega a ese miserable juego con él? No está siendo honesta. Él no se merece eso. Willi se reclina contra el respaldo de la silla y cierra los ojos un momento. Bueno, puede que ni ella lo tenga del todo claro. Que no sea capaz de decidirse entre sus obligaciones como esposa y ese nuevo amor. O algo mucho más prosaico: que le dé miedo el divorcio, porque a fin de cuentas cuesta dinero y trae muchos problemas.

También es posible que el nuevo novio no esté dispuesto a hacerse cargo de la suegra como ha hecho él, el muy idiota. Entonces Karin se encontraría entre la espada y la pared, porque su futuro con su amante no estaría decidido aún.

Intenta recordar si ayer o anteayer la vio hablar por teléfono. Es de esperar que quiera intercambiar algunas palabras con su nuevo amante para tranquilizarlo. El pobre estará celoso porque Karin haya vuelto con su marido. Con el que aún es su marido...

Por fin lo invade una ola de ira abrasadora que enseguida hace que se encuentre mejor. ¡Esa mentirosa lo ha tomado por tonto todo el tiempo! ¿Ofertas de películas? ¡Y un cuerno! Seguro que esos dos ya están planeando el viaje de novios. Y a él lo dejan con la niña y la suegra. «¡Pues espera, bonita, que tú a mí no me tratas así!». Él es un buen hombre, alguien capaz de perdonar una equivocación o un error, pero eso de andar ocultándose a sus espaldas, ese vil engaño, es demasiado. No piensa tolerarlo.

El establecimiento se ha ido llenando de clientes que quieren comer algo rápido durante la pausa del mediodía. Willi paga su café, se pone el sombrero y sale. No le apetece oír el tenue rumor de las conversaciones de oficinistas y secretarias; lo conoce hasta la saciedad del Café del Ángel.

Fuera tiene que esquivar a los transeúntes apresurados. Un coche toca la bocina cuando él cruza la calle. Varios obreros se han sentado en un solar a comerse el bocadillo y beber cerveza en botella. Willi se descubre envidiando la felicidad de todas y cada una de esas personas; le da la sensación de que a su alrededor reinan la dicha y la concordia, de que solo él es desgraciado, solo a él lo ha maltratado el destino. La mujer a la que ama lo ha engañado, quiere abandonarlo vilmente y ni siquiera tiene el valor de decirle la verdad a la cara.

Necesita a alguien a quien poder confiarle todo eso. Una persona que lo entienda. ¿Hilde? No, ella siempre se cree que lo sabe todo. Jean-Jacques sería mejor; le resultaría más sencillo hablar de hombre a hombre. Pero ahora solo piensa en la vendimia inminente y no tiene tiempo para nada. ¿Su hermano August, quizá? Bah, demasiado objetivo y profesional. Además, de todas formas a él lo necesitará cuando tenga que divorciarse. ¡Julia! ¿Cómo no se le ha ocurrido antes? Julia, su primer gran amor. La delicada y pelirroja modista del teatro a quien Addi y sus padres ocultaron de los nazis durante la guerra porque es judía. Julia Wemhöner, que con el paso de los años se ha convertido en una exitosa mujer de negocios. Aunque ya hace mucho tiempo que no están juntos, entre ellos sigue existiendo una buena amistad, si bien algo olvidada desde que él se casó. Lo cual, por una parte, se debe a que no quería poner celosa a Karin y, por otra, a que Julia es una mujer muy ocupada que tiene negocios en Londres y París, donde vende sus prendas de ropa.

Julia es a quien necesita en ese momento. Lo que no es seguro es que la encuentre en casa. Por desgracia viaja mucho. Será mejor que la llame.

Se dirige a la cabina telefónica más cercana, mete dos monedas de diez peniques y tiene que pararse a recordar su número. Hace mucho que no la llama.

—Residencia Wemhöner —contesta una voz masculina.

Sus esperanzas se van a pique. Tiene un amigo, un tipo que se ha encariñado con ella. Bueno, y ¿por qué no? Julia ya ha cumplido los cincuenta, pero sigue siendo muy atractiva. Es una mujer maravillosa, comprensiva e inteligente. Tiene ganas de colgar el auricular, pero eso sería una tontería.

—Muy buenos días —dice con fingida cordialidad—. Soy

Wilhelm Koch. ¿Podría hablar con la señora Wemhöner, por favor?

—¡Julie! ¡Es para ti!

La llama «Julie». *Shulíii...* Es francés, al parecer. Seguro que es un petimetre de la moda al que ha conocido en París.

—¿Diga?

—Hola, Julia. Soy Willi.

—¡Willi! ¡Qué alegría oírte! ¿Cómo estás?

Enseguida se queda tranquilo. Está tan cariñosa como siempre y se alegra de recibir su llamada. ¡Julia es una mujer extraordinaria!

—Ay, pues muy bien —dice él con vacilación—. Había pensado pasar por tu casa. Hace mucho que no nos vemos.

¿Sospechará ella que algo lo inquieta? Seguramente.

—Estaré en Wiesbaden hasta pasado mañana, Willi. Si tienes tiempo, ven. Me alegraré mucho de verte. ¿Qué tal si te pasas hoy mismo por aquí?

—Eso... sería maravilloso. ¿A la hora del café va bien? Podría llevar pastel.

—Suena muy bien. Pero no vengas muy tarde, por favor. Esta noche me han invitado a cenar.

—Entiendo. Pasaré a por unos deliciosos trozos de pastel y me acercaré enseguida. ¿Y a tu... amigo también le gusta el pastel?

No es capaz de renunciar a preguntarlo.

—¿A Bertrand? —dice ella, y se ríe—. No, él cuida mucho su línea. Bueno, hasta ahora, Willi.

—Hasta ahora, Julia. Y... ¡gracias!

—¿Por qué?

—Bueno... Porque sí.

¡Ha salido de maravilla! Irá a por pasteles al Café del Ángel, ya que allí sirven las mejores tartas y no tiene que pagar nada. Su liquidez ha vuelto a disminuir de forma alarmante.

Se ahorrará el autobús a Geisberg yendo a pie hasta allí. Aprieta el paso por Mühlgasse en dirección a Wilhelmstrasse y se enfada al ver otra vez a un montón de clientes en las mesas exteriores del Blum, mientras que algo más allá, en el Café del Ángel, solo se han sentado tres señoras mayores: la oronda Alma Knauss, su íntima amiga Ida Lenhard y Gerda Weiler con un periódico. Vaya, hombre… Ahora tendrá que saludar a las damas con educación, ofrecerles alguna chanza e irradiar buen humor.

—Ay, si es Willi, del cabaret —señala Gerda Weiler—. Qué lástima que ya no actúe en el teatro, señor Koch. Yo fui a verlo cuando hizo de Ferdinand en *Intriga y amor*, de Schiller. Aquello sí que fue espectacular, ¿se acuerda?

—De vez en cuando hay que variar, muy señora mía —replica él con una sonrisa—. Tengo muchos talentos.

—¡Uy, sí, ya lo sabemos! —comenta Alma Knauss con su lengua viperina.

Willi siente ganas de estrangular a esas viejas pellejas. Le encantaría actuar en el Teatro Estatal, por supuesto, pero por desgracia no quieren contratarlo.

En cuanto cruza la puerta giratoria, ve a su madre con una bandeja llena de tazas de café y platitos con pasteles. ¡Está sirviendo a los clientes! ¿Cómo lo ha permitido Hilde? Normalmente intenta por todos los medios que su madre no se acerque al local.

—¡Hombre, Willi! —exclama Else con alegría—. ¡Veo que por fin has sabido encontrar el camino hasta el café! ¿Dónde está Karin? En fin, siéntate con tu padre, que ahora te saco una sopa de gulasch. —Y se acerca a los clientes que esperan sus trozos de pastel junto a la ventana.

Willi saluda a su padre con la mano, pero no va a charlar con él, sino que se dirige al mostrador de los pasteles. La puerta de la cocina se abre enseguida y por ella aparece un tipo al que no conoce. Está medio calvo, tiene la cabeza muy redonda y los ojos coronados por unas pobladas cejas castañas. Se ha atado un delantal blanco que le cubre la barriga, pero a todas luces le queda pequeño.

—Muy buenos días, caballero. ¿En qué puedo ayudarle? —pregunta con una sonrisa complaciente.

Willi tarda un segundo en sobreponerse a su desconcierto. ¿Es que Hilde ha contratado a ese joven? Increíble. Apenas está unos días sin ir al café y ya hay toda clase de cambios.

—Querría cuatro trozos de tarta. De chocolate y nata, de licor de huevo, de fresas y de queso y nata. Para llevar, por favor.

El calvorota se queda perplejo.

—No somos una pastelería, señor. No solemos preparar pasteles para llevar.

¡Esto no hace más que mejorar!

—Pero es que yo soy de la familia —informa él con cierto aire de superioridad—. No pasa nada.

—Ah, vaya... Entonces mis disculpas.

Al menos le corta unos trozos decentes. Su madre habría hecho dos de cada uno. El joven se apresura a colocar los trozos de tarta en un plato y lo deja encima de la vitrina.

—Serán seis marcos con cincuenta.

—Corre a cuenta de la casa —replica Willi—. Envuélvamelos, por favor.

El calvorota mira alrededor como buscando algo, pero no encuentra papel para envolver, así que vuelve a entrar en la cocina. Esta vez es su madre quien aparece tras el mostrador. Deja la bandeja y contempla el plato repleto de pasteles.

—¿Es que no te dan de comer en tu casa? —comenta.

—Bueno, voy a hacerle una visita a Julia y quería llevarle pasteles del Café del Ángel.

—¡Julia!

El rostro de su madre muestra a las claras que está a punto de sumar dos más dos. Ni rastro de Karin, pero sí de Julia. Mira tú por dónde...

—Qué bien que vayas a verla —dice con una sonrisa conspirativa—. Dale recuerdos de nuestra parte.

—Será un placer, mamá.

—Por cierto, Hilde ha preguntado por ti.

—Ah, ¿sí? ¿Y dónde está?

—En Eltville. Imagínate, Jean-Jacques tiene una hernia discal que casi lo mata y ha tenido que ir a cuidarlo.

—¡Dios mío! ¿Qué ha pasado?

—Fue ayer a última hora. El pobrecillo se ha pasado toda la noche en el viñedo, al raso. Hilde está desesperada y le habría venido bien tu ayuda.

No hay más que catástrofes por doquier. Ahora entiende por qué está su madre atendiendo a los clientes y le entra el maldito cargo de conciencia. Su hermana lo necesita, también a su madre le iría bien un poco de ayuda, y él... ¡se va a Geisberg a ver a Julia con un plato lleno de pasteles!

—Pero tú vete, Willi, que Julia te está esperando. Hilde se las apañará, y aquí todo va a las mil maravillas.

—Volveré pronto, mamá. Y te ayudaré con los clientes —promete.

—No digas tonterías. Puedo yo sola. ¡Piensa que todavía no estoy para llevar a la chatarrería!

Wilhelm se pone en camino con los pasteles envueltos en papel de seda. Mientras sube por Sonnenberger Strasse en dirección a Geisberg, se lamenta por el pobre Jean-Jacques. ¡Madre mía! Pasarse toda la noche en el viñedo con una hernia discal no es cosa de risa. Pero al menos tiene a Hilde, que lo cuida con lealtad e incluso deja el Café del Ángel a su suerte para estar al lado de su marido. ¿Qué haría Karin si él tuviera un accidente o enfermara? Ay, será mejor que no piense en eso. Seguro que lo abandonaría vilmente a su destino.

La villa que Julia compró hace años es una romántica construcción de ladrillo rojo que está medio cubierta de hiedra y tiene un aspecto de ensueño. Apenas ha tocado el timbre y Julia le abre la puerta. Lleva un vestido elegante, de corte sofisticado, en un azul oscuro que le realza mucho la exuberante melena pelirroja. ¿Se la teñirá? No consigue verle ni una sola cana.

—¡Willi! ¡Qué alegría! —exclama—. ¡Menudo paquete de pasteles has traído! ¿Pretendes alimentar a un ejército entero?

—Solo son unos bocados.

Julia le quita el paquete de las manos y lo conduce al salón, que ha decorado con una mezcla de antigüedades y muebles modernos. La mesa está preparada con un servicio de café para dos.

—Bertrand me ha pedido que lo disculpe —explica sonriendo—. Tenía que trabajar.

Willi se entera entonces de que el tal Bertrand es diseñador de moda, y que lo conoció en casa de un colega en París y decidió promocionar su talento.

—Es de ascendencia humilde y le costaba salir adelante. Le falta confianza en sí mismo, por eso cuido de él. Tiene un talento extraordinario y unas ideas magníficas.

Willi no quiere saber más. Al fin y al cabo, no es asunto suyo si Bertrand es solo su protegido o tal vez su amante. No está celoso; su corazón pertenece a Karin. Esa es su gran desgracia ahora mismo.

—Necesito tu consejo, Julia —confiesa cuando ya están delante del café y los pasteles—. Se trata de mi matrimonio. Y de Karin.

Ella no se extraña. Sonríe con compasión, le pide que le cuente más y asiente comprensiva mientras le sirve café.

—¿Por qué estás tan seguro de que te engaña?

—¡Es más que evidente!

—También podría tratarse de otra cosa. ¿No tendrá problemas laborales? Es muy ambiciosa, ¿verdad?

—Sí, sin duda lo es. Y no le va nada mal. Ya tiene un pie dentro, como suele decirse.

—También podría ser que algo se haya torcido en su carrera. Tú mismo sabes que la interpretación es una profesión difícil. Hay compañeros que harían cualquier cosa por desbancar a un competidor.

Él niega con la cabeza. Karin podría haberle contado tranquilamente algo así.

—No. Ya tiene firmado el nuevo contrato, y por lo visto ha recibido más ofertas.

—¿Estará enferma y no te lo dice para no preocuparte?

—Pero entonces no tendría por qué rechazarme de esa manera. Más bien sería un motivo para mostrarse tierna y cariñosa.

—El caso, Willi, es que no podéis evitar una conversación seria. Tal como lo pintas, parece que de verdad existe un problema de peso.

—Es lo que me temo —dice él—. Otro hombre.

—Puede... Y puede que no —opina ella, y le acaricia el brazo para consolarlo—. Si en algún momento me necesitas, llámame. El amor es un asunto complicado, Willi, y a veces resulta que uno ha estado preocupándose sin motivo.

Él suelta un hondo suspiro, le da las gracias por su paciencia y se despide porque lo necesitan en el café.

—Te deseo lo mejor —dice Julia, y le da un último abrazo—. Si me necesitas, llámame, ¿vale?

—Te lo agradezco, Julia.

Baja desde Geisberg con ánimo pensativo y decide volver directo a casa en lugar de pasarse horas sirviendo en el Café del Ángel. Sencillamente no aguanta más la tensión; necesita saber cuanto antes lo que sucede. Tendrá la valentía de hablar con Karin, no permitirá que le venga con excusas, será vehemente. Se acabaron los jueguecitos. Mejor un final de horror que un horror sin final.

Mientras sube la escalera, oye que arriba suena el teléfono. «Ajá —se dice—, tengo que darme prisa. Con un poco de suerte, será ese tipo».

Se apresura a subir los últimos escalones, abre la puerta del piso en un tiempo récord y se lanza hacia el teléfono. Demasiado tarde, por desgracia, porque quien llamaba ha colgado ya.

Su suegra entra en el salón con la pequeña Nora de la mano y le lanza una mirada de reproche.

—¡Por fin llegas! Karin se ha ido a Hamburgo a toda prisa hace una hora. ¿Me lo puedes explicar?

¿Cómo que se ha ido? No se lo puede creer. Y sin decirle nada. Sin avisar. Ha hecho la maleta y se ha marchado sin más. Seguramente porque su amante la habrá llamado desde allí. ¡Esto ya es el colmo!

—¡No tengo ni idea! —le grita a su suegra—. ¿Por qué no se lo preguntas a tu hija? Seguro que ella lo sabrá.

El teléfono vuelve a sonar y él siente el impulso de estampar el maldito aparato contra la pared. En lugar de eso, descuelga el auricular.

—¿Diga?

—¿Señor Koch? Soy Sigrid Benz, la auxiliar del doctor Meinhard. Disculpe que lo moleste, pero resulta que su mujer ha olvidado dejarnos el volante médico.

—¿El... volante? —tartamudea él, desconcertado.

De repente todo le da vueltas en la cabeza. ¿Tendrá razón Julia? ¿Está Karin enferma? ¿Es algo grave? ¿Cáncer? ¿Se va a morir?

—Exacto, el volante —oye por el auricular—. Se ha marchado tan deprisa que se le ha olvidado. Ah, sí, y mi enhorabuena, señor Koch.

Wilhelm traga saliva, nervioso. ¿De qué está hablando?

—¿Enhorabuena?

—Bueno, porque va a ser padre. Acuérdese de hacernos llegar el volante, por favor. Lo necesito esta misma semana para hacer la factura.

—Sí, sí, desde luego.

—Muchísimas gracias. ¡Y mis mejores deseos para ambos!

Clic. La conversación ha terminado. Willi no es capaz ni de dejar el auricular otra vez en su sitio porque tiene que sentarse en el suelo. ¡Está embarazada! ¿De quién? De él seguro que no, porque, si no, habría sido el primero en saberlo. ¡Dios santo! Por eso se ha marchado tan repentinamente a Hamburgo.

Mischa

El trabajo en el viñedo no es algo nuevo para él. Una vez estuvo vendimiando en los alrededores de Génova porque se había quedado sin dinero. No es que fuera divertido; se trabajaba a destajo, el *padrone* se pasaba el día entero gritándoles, desde primera hora de la mañana hasta entrada la noche, y no dejaba de despotricar. Por suerte, él no entendía todo lo que refunfuñaba el italiano, aunque los gestos eran bastante claros y le hacían saber que era un vago rematado y que trabajaba demasiado despacio. Al cabo de tres días se hartó, pidió su paga y siguió su camino.

Aquí es diferente, aunque solo sea por el paisaje: el río, que fluye amplio y tranquilo allá abajo; la luz dorada; el sol, que calienta, pero sin abrasar, como en el sur; la niebla fresca, que por la noche cubre el río y la ribera, y por la mañana se disipa al amanecer. Además, aquí sabe lo que hace y por qué. Está ayudando a Jean-Jacques, que es un tipo decente y simpático al que le caído encima una terrible desgracia.

Mischa lleva cuatro días aquí, pero parece que Jean-Jacques no ha mejorado nada. Más bien ha empeorado. Durante el día sufre enormes dolores, se sienta en el patio, baja un rato a la bodega o le pide que lo acompañe al viñedo para comprobar si han avanzado mucho. Con lo complicado que es sentar al pobre en la Goélette... ¡Menuda pesadilla! El propio Mischa casi acaba también con dolor de espalda cada vez que lo ayuda a subir. Pero Jean-Jacques es duro de pelar. Si quiere ir al viñedo, no deja que nada se lo impida, por mucho que tenga la sensación de partirse en dos. Se sienta hecho un cuatro en la furgoneta y, una vez llegan arriba, cojea por entre las vides.

—¡Tendríais que empezar ya con esas hileras de más allá! —protesta—. Y por aquí os habéis dejado una barbaridad de uvas maduras. ¡Menudo desastre! ¡Pero ¿dónde tenéis los ojos?!

Es bastante quisquilloso, pero nunca los insulta. Jean-Jacques puede enfadarse y salirse de sus casillas, pero enseguida se calma y elogia su trabajo.

—¡Sois *merveilleux*! —exclama—. A mediados de la semana que viene habremos terminado, y dentro de quince días empezaremos con el borgoña.

A él lo presentó como «Mischa Koch, un buen amigo de la familia», y luego le presentó a los demás.

—Estos son Max y Soldan. Y ese de ahí es Marek, que hace años que viene a vendimiar con su hermano, Lukatsch. A Meta ya la conoces. Es la responsable de la comida, así que tienes que llevarte bien con ella...

Mischa les estrechó la mano a todos, y con eso fue aceptado en la «familia». Lo tratan muy bien; más aún, le tienen incluso respeto porque es capaz de conducir la Goélette. Es normal, ya que se requiere cierto tacto para poner el viejo trasto en marcha. Aun así a Mischa le parece un tanto exagerado el paripé que montan.

—¡Eres buen maquinista! —le dice Marek—. Furgo va mejor que con jefe. Pero, chisss, no dices nada. Esto entre nosotros.

—Claro. Los motores se me dan bien —reconoce él—. Esta furgoneta es una vieja dama simpática.

Todos ríen y le dan palmadas en el hombro. A él le gusta, se siente aceptado. Claro que se pasa el día currando como un condenado, pero no le importa. Por las mañanas ayuda a Jean-Jacques a bajar la escalera hasta la cocina, donde todos se sientan a desayunar. Meta Rubik es una mujer estupenda. Mima a toda la cuadrilla, les cocina huevos con tocino y hasta le prepara una silla con cojines al jefe. Meta no entiende el desayuno francés; ella tiene que sacar a la mesa jamón y fiambre, mantequilla en abundancia y también esos panecillos que les compra. El café es negro y tan fuerte que la cucharilla casi se aguanta de pie.

—¡Meta, Meta! —se queja Jean-Jacques, que solo quiere un poco de pan blanco y un café solo—. Los alimentas tanto que luego, arriba, se quedarán dormidos trabajando en el viñedo.

—¡El que trabaja también tiene que comer, señor Perrier!

Todos se dan cuenta de que al jefe no le gusta nada tener que estarse sentado. No hace más que removerse en la silla. Se toma las pastillas y maldice porque el médico todavía no ha llegado. Y eso que el doctor Kleinschmidt se pasa religiosamente todos los días a las siete de la mañana para leerle la cartilla a su paciente, que en lugar de guardar cama no hace más que pasearse por ahí. De todas formas le pone una inyección para el dolor, y parece que le hace efecto durante unas horas. Pero hacia el mediodía Jean-Jacques ya se toma la siguiente pastilla.

—Ni una palabra a Hilde, ¿entendido? —le advierte a Mischa.

—Deberías hacerle caso al médico y tumbarte —le ha contestado él ya un par de veces.

—¡Eso querríais vosotros! —refunfuña Jean-Pierre.

Antes de ir al viñedo con la Goélette, Mischa lo ayuda a bajar a la bodega. Como la escalera es bastante estrecha y empinada, Jean-Jacques simplemente se cuelga de su espalda y así van más deprisa, aunque no se ahorra el dolor. Mischa lo oye gemir mientras baja los escalones encorvado bajo su peso, pero, cuando están abajo, Jean-Jacques vuelve a bromear.

—Eres un buen ascensor, Mischa. Rápido, silencioso y nunca te quedas atascado. *Attends,* primero tengo que estirarme, luego ya puedo yo.

Ahí abajo están los contenedores con las uvas, que hay que volver a seleccionar para retirar las malas y las podridas, separar tallos y hojas y también cualquier otra cosa que no deba estar ahí. Un incordio que destroza incluso las espaldas de los que están sanos. Pero Jean-Jacques no deja que eso lo detenga. A veces lo ayuda Meta, o Hilde, que de vez en cuando pasa a ver cómo se encuentra su marido. Pero, claro, ella no puede tener la boca cerrada y todo el rato le repite que debería cuidarse más porque, si no, tarde o temprano acabará en el hospital.

—*Comme tu as raison, mon chou!* —contesta Jean-Jacques entonces.

—¿Y por qué no lo haces? —se indigna ella.

—*Le travail avant le plaisir!* —Que significa: «Primero el trabajo, después el placer».

La verdad es que tiene humor negro.

—¡Qué hombre más terco! —se lamenta Hilde.

—*Je t'aime, ma colombe!* —replica Jean-Jacques, infatigable.

La ama. Es cierto. Solo que no se deja mangonear. A Mischa le parece que así es como tiene que ser.

Solo oye las conversaciones del matrimonio cuando baja con un cargamento de uvas desde el viñedo. El resto del tiempo está entre las vides, cortando racimos y arrancando las uvas arrugadas antes de lanzar el resto al cuévano que lleva a la espalda. Se pasa horas así, sin nadie con quien hablar, porque los demás están repartidos por todo el viñedo y cada uno trabaja en lo suyo. Solo de vez en cuando se oye que alguien se acerca con paso pesado a la Goélette porque el cuévano está lleno y hay que descargar las uvas en los contenedores. Sobre las once, Mischa baja una segunda vez con la furgoneta, saca los pesados contenedores con Marek y recoge el cesto bien lleno que les ha preparado Meta. Después se sientan todos juntos allí arriba a comerse los bocadillos y beber vino con soda. A los polacos, de todas formas, no les gusta mucho el vino aguado, así que se toman su *wino* a palo seco, aunque luego no se les nota nada de nada. Lukatsch le explica que el *wino* no es alcohol, sino alimento. Y que es mucho mejor el *wódka*, por supuesto, «la agüita», porque da más fuerza y llega más deprisa a la sangre. Le confiesa que se han traído un par de botellas consigo, pero que no las abrirán hasta la noche, y que está invitado.

—Vodka es agua de la vida. ¡Ya tú verás, chico!

Mischa conoce ese dicho. Lo ha oído muchas veces en bares, y también en los barcos en los que ha trabajado, pero a él no se lo parece. Ha probado el vodka dos o tres veces y luego se ha encontrado fatal. También ha visto a demasiados tipos que se han destrozado el hígado y la cabeza con la bebida y han quedado hechos una piltrafa. No le apetece acabar así, de modo que se bebe su vino con soda; no necesita más. De todas formas no le lleva la contraria a Lukatsch. Que cada cual haga lo que considere oportuno.

Al mediodía sube a Jean-Jacques a la furgoneta y lo lleva al viñedo para que eche un vistazo y vea cómo van con el trabajo.

—*Pas mal* —dice este mientras cojea por las hileras, encogido por el dolor—. Pero deberíais acelerar un poco, porque dicen que la semana que viene va a cambiar el tiempo. Tenemos que haber acabado antes de que empiece a llover.

—Claro —dice Mischa—. Lo conseguiremos.

Cuando lleva a Jean-Jacques de vuelta, baja con él a la bodega porque ya hay que prensar las primeras uvas. El trujal que heredó del propietario anterior es un artefacto antediluviano que parece un enorme barril de madera y debe de tener más de cien años. En la parte de arriba tiene un travesaño que hay que girar para que la prensa vaya descendiendo y aplaste las uvas. Se requiere muchísima fuerza, así que Mischa suda profusamente, pero le gusta pelearse con ese maldito travesaño, que cede milímetro a milímetro y hace gotear el zumo por debajo. Jean-Jacques está a un lado, dándole consejos. Seguro que le gustaría echarle una mano, pero la espalda no le da opción.

—¿Haces esto tú solo todos los años? —pregunta Mischa cuando por fin ve cómo caen las últimas gotas.

—A veces me ayuda Marek —reconoce Jean-Jacques—. Pero a mí me gusta hacerlo. ¡Huele! Prueba. Te juro que va a ser el mejor vino que he conseguido nunca.

El mosto que han extraído es amarillento y sabe a zumo de uva normal y corriente. Mischa lo encuentra bastante dulce. La vendimia le parece un trabajo pringoso, más que nada. Los dedos, los brazos, la ropa... Todo se pega. Incluso la espalda, porque del cuévano siempre rezuma un poco de líquido de las uvas aplastadas. Los mosquitos que al anochecer zumban a su alrededor se lanzan sedientos sobre ese líquido dulzón. Aunque también pican, los malnacidos.

Pese a ello, se entrega a la labor con entusiasmo. Es muy diferente a desriñonarse trabajando para un tipo tacaño por un sueldo de mierda. Jean-Jacques le ha contagiado su pasión por el viñedo. Mischa comprende su preocupación, pero también su alto nivel de exigencia. Sabe lo que está en juego: el trabajo tiene que terminarse antes de la semana que viene o la lluvia les aguará la cosecha. Por eso vale la pena echar el resto.

Aunque por las noches caiga derrumbado en la silla con unas agujetas terribles y casi se quede dormido de agotamiento mientras los polacos siguen charlando alegremente y pasándose sus botellas de vodka. Son unos tipos duros, esos jornaleros. Bastante mayores que él, pero muchísimo más rudos y resistentes. Le caen bien. Aquí se siente a gusto. Meta también es una mujer muy cariñosa. Pero al que más aprecia es a Jean-Jacques. Resulta digno de admiración ver la obstinación con la que lucha contra esos terribles dolores por el bien de su vino.

—¿Siempre quisiste ser viticultor? —le pregunta una noche, cuando lo ayuda a subir a su habitación y le retira la sábana.

—No, no siempre —reconoce Jean-Jacques—. Cuando tenía tu edad, estaba más que harto de trabajar en las viñas. Quería ver mundo, y ni una vid más...

Mischa lo entiende. Si desde niño has tenido que deslomarte en un viñedo, con tu padre agobiándote porque quiere convertirte en viticultor, y además estás peleado con tu hermano pequeño, es normal no tener ganas de seguir ese camino.

—Pero no me atreví —confiesa Jean-Jacques—. No quería hacerles eso a mis padres, ¿entiendes? En lugar de marcharme, me casé. Luego llegó la guerra y enseguida me reclutaron. *Pour la patrie! La victoire!* En fin, las cosas salieron de otro modo...

Mischa se sorprende. Los alemanes ocuparon el norte de Francia en 1940, y el resto del país quedó gobernado por el régimen de Vichy, que era lacayo de Alemania. Eso fue tres años antes de que él naciera. En el colegio no le hablaron mucho de ello, aunque también puede ser que no prestara mucha atención.

—Podría haber regresado a casa —sigue contando Jean-

Jacques, y gime en voz baja porque tiene que encontrar la postura adecuada en la cama—. Ponme ese cojín debajo de la rodilla, Mischa. Así está bien. Gracias.

—¿Y por qué no volviste?

Jean-Jacques sonríe un poco. Volver a casa, con su familia, con su mujer. Eso habría sido lo más normal del mundo. En cambio, decidió quedarse en Alemania y se inscribió como trabajador extranjero.

—Y entonces ocurrió, Mischa. Wiesbaden. El Café del Ángel. Mi Hilde. *Coup de foudre.* Contra eso no hay nada que hacer. Un hombre solo, ni hablar...

—Pero después sí que te hiciste viticultor —afirma Mischa—. Justo como había querido tu padre.

—*C'est ça!* Así es —confirma Jean-Jacques—. Era mi destino. Se quedó grabado en mí. Soy viticultor.

Mischa está impresionado. Esa noche le da por reflexionar. Piensa que es bonito tener un objetivo en la vida. También Addi lo decía siempre. Aferrarse a algo y llegar hasta el final, de eso se trata. Addi fue cantante de ópera, esa era su vocación y la siguió. Jean-Jacques es viticultor, esa es su pasión y por ella vive y lucha. «¿Y yo qué voy a hacer? ¿Me saco el bachillerato? ¿Me matriculo en la universidad? A mamá le gustaría, pero a mí no tanto. De marinero no me veo, ahora lo sé. Ser hombre de negocios tampoco es lo mío. ¿No me atraerá más hacerme viticultor?».

—Mañana vienen mis hijos —anuncia Jean-Jacques cuando están desayunando—. Se les da bastante bien, así que la siguiente generación no pinta nada mal.

Mischa tiene ganas de ver a Frank y a Andi. Cuando eran pequeño jugaban juntos, pero Jean-Jacques le cuenta que esos tiempos han quedado atrás.

—*Les filles...* Las chicas. Hay una tal Margit que va detrás de Andi. Imagínate. Si acaba de cumplir los quince...

Mischa se ríe de él. Es gracioso lo anticuados que pueden ser los padres.

—¿Acaso no mirabas tú a las chicas cuando tenías quince años? —le pregunta con una sonrisa.

—Mirar, puede —rezonga Jean-Jacques—. Pero las chicas, en Francia, están muy bien educadas. No van detrás de los chicos ni les escriben cartitas de amor.

—¿De verdad? —pregunta Mischa con una sonrisa de incredulidad.

—*Bien sûr.* En nuestro país, los padres todavía tienen mucho que decir en esos asuntos. Y así es como debe ser.

En realidad, Mischa tiene otra opinión, pero no quiere discutir. De todos modos, le da la sensación de que al bueno de Jean-Jacques todavía le esperan más sorpresas.

El sábado al mediodía quiere dejar un cargamento de uvas en el patio, pero el coche de su madre está bloqueando la puerta del sótano. A Frank y a Andi no los ve por ninguna parte, pero Swetlana sale entonces de la casa.

—¡Mischa! —exclama—. Te he traído el sombrero de paja, no vaya a darte una insolación durante la faena. ¡Qué trabajador eres, hijo mío! Meta me ha dicho que, si no hubieras venido, aquí todo estaría perdido.

Por suerte, en ese momento no pasa nadie por la calle, porque le da vergüenza que su madre lo abrace y lo bese de esa manera. El único que está cerca es Lukatsch, que tenía que ayudarlo a descargar, y sonríe de medio lado.

Swetlana no ha dejado pasar la oportunidad de llevar a los chicos a Eltville, porque así podría ver a su hijo.

—Ya vale, mamá. Estoy todo pegajoso, cuidado con tu vestido.

—Tienes la piel muy morena. Y el pelo muy claro y desgastado por el sol. Te he traído Nivea para que te la pongas por todas partes, y así no te quemarás.

—No hacía falta, mamá, pero muchas gracias. Eres muy amable. ¿Dónde están Frank y Andi?

—Dentro. Están comiendo ya.

—¿Cómo que comiendo?

¿Por qué hace unas preguntas tan tontas? Por supuesto, su madre les ha llevado una olla de gulasch, y también albóndigas y esa ensalada de tomate que él no soporta.

—Tienes que comer algo, Mischa.

—Ahora no, mamá. Aquí comemos por la noche, cuando el trabajo está listo. Si no, nos cansaríamos, ¿entiendes?

—Hay que comer bien siempre. Luego, por la noche, comes otra vez.

Dicho eso, por fin lo suelta y baja a la bodega.

—¡Tienes que apartar el coche, mamá! ¡Para que podamos descargar! —exclama tras ella.

No hay respuesta. En cambio, ahora oye cómo habla con Jean-Jacques, que está abajo con Meta, seleccionando uvas.

—Esto es bálsamo de caballo. Siempre funciona. Te lo pongo en la espalda.

—¡Ahora no, Swetlana! ¡Tengo que trabajar! —protesta él.

—Será un momento. Date la vuelta, que te levantaré la camisa y te lo aplicaré. Ya verás como el dolor desaparecerá.

—*Merde!* ¡Quema como el fuego!

—Tiene que quemar. Después estarás bien. Quieto, que enseguida acabo…

Así es su madre. Siempre dispuesta a ayudar. Lo hace con buena intención, y a lo mejor ese ungüento funciona, ¿quién sabe? Bálsamo de caballo. Suena a cura contundente. Una cura para caballos.

Como todavía no pueden descargar, entra en la casa con Lukatsch a beber algo. Frank y Andi están sentados a la mesa de la cocina, cada uno delante de un plato lleno, y comen gulasch de buena gana. La ensalada ni la tocan; él los entiende. ¿Quién va a querer lechuga con tomate?

—¡Hola, Mischa! —exclama Frank con la boca llena—. ¿Qué? ¿Te diviertes?

—Claro —contesta él, y saca una botella de agua de la nevera.

—¿Ya te has cortado los dedos? —pregunta Frank.

—Qué va.

—Pues te cortarás —profetiza el chico.

Debe de hablar por experiencia. Qué raro que Jean-Jacques haya obligado a sus hijos a trabajar en el viñedo durante años. Justo lo que su padre le hizo a él. Con eso no ha despertado en ellos entusiasmo por el oficio precisamente.

—Es un auténtico rollo —comenta Frank—. Cuando tenga los mismos años que tú, no vendré más.

—¿Y por qué vienes ahora? —pregunta Mischa.

—Bueno, es que papá nos necesita. Tiene la espalda fastidiada.

Andi escucha sin decir nada. En cambio, vuelve a servirse en el plato.

—Tu madre cocina de maravilla, Mischa —señala entonces—. ¡Esto está buenísimo!

Él se alegra y, ya que están aquí, prepara un par de platos para Lukatsch y para él. El gulasch de su madre es extraordinario; las tortitas de huevo y el estofado de judías de Meta no son rival para él. Lukatsch ha sacado una botella de riesling de la nevera sin pedir permiso a nadie, cosa que no extraña a los gemelos en absoluto. También ellos se han preparado un poco de vino con soda. Son cosas normales de la vendimia.

No tienen mucho tiempo de charlar y disfrutar de la comida porque su madre reaparece enseguida y anuncia que Andi debe bajar a la bodega para seleccionar uvas y Frank tiene que subir al viñedo con los demás.

—Ahora aparto el coche, Mischa. Andi, todavía tienes que sacar las mochilas. Hijo, te he traído mudas y ropa limpia. Calcetines y zapatos. Y una chaqueta. Mañana por la tarde volveré para recoger a los gemelos.

—Déjalo, mamá —protesta él—. Ya los llevaré yo con la Goélette.

—Eso no puede ser. ¡No tienes carnet de conducir, Mischa!

—¡Pero nadie lo sabe!

Ella no piensa permitirlo de ninguna manera, porque además August se enfadaría muchísimo. Sin embargo, Frank y Andi están de parte de Mischa y quieren ir como sea en la vieja furgoneta, así que al final Swetlana cede un poco.

—Ya veremos...

La tarde transcurre como de costumbre. Frank trabaja con pericia. Sabe lo que hace y se divierte dándole lecciones a Mischa.

—Esas no. Aún no están lo bastante maduras. Hay que tener mejor ojo, Mischa. Y ahí detrás, mira, ahí cuelga otro racimo. Es fácil pasarlo por alto si no prestas atención...

—¡No te des tantos aires, chaval!

A Mischa le molesta que se meta en su trabajo, así que le hace saber que no es ni mucho menos un principiante y le deja claro que tiene más fuerza y resistencia que él. Después de eso, Frank se concentra en la tarea. Quiere seguirle el ritmo a toda costa y competir con el mayor.

—Como sigues así los dos —comenta Marek con una sonrisa—, esta noche caeréis muertos en cama.

—¡Anda ya! —exclama Frank, y vacía su cuévano en el contenedor con impulso.

Por la tarde, en efecto, están bastante cansados. Frank está hecho polvo, y Mischa, para el arrastre. Cuando entran en el patio, ve que hoy Meta no ha puesto la mesa en la cocina, sino en la tasca.

—Han venido las chicas —dice Frank en voz baja—. Voy un momento al baño.

—¡Haz lo que tengas que hacer!

Mischa descarga con Marek el último contenedor y luego busca a Jean-Jacques, que, para su sorpresa, no está abajo, en la bodega, sino en la tasca, con su hijo Andi.

—Es cosa del diablo —le dice a Mischa—. Primero he pensado que me abrasaba la piel, pero ahora estoy mejor de verdad. Incluso he podido subir la escalera yo solo.

—Sentado y arrastrando el trasero, ¿no?

—Qué va. Agarrándome a la barandilla. Andi me ha ayudado un poco.

El chico parece algo avergonzado cuando asiente con la cabeza para corroborarlo. Mischa lo ve muy pálido. No es de extrañar; el trabajo en la bodega es intenso y ahí abajo no hay aire fresco. Huele a moho, más bien. A vino y a levaduras, o sencillamente a sótano viejo. La alegría con la que Jean-Jacques inhala el aire de su bodega y alaba la temperatura constante es algo que Mischa no acaba de entender.

Entonces le presenta a las chicas. Son tres jovencitas de la zona que sin duda están ahí por Frank y Andi. Una de ellas se llama Margit. Otra, Erika, y la tercera es Gertraude. Tienen como mucho catorce o quince años, son rubias y de tez rosada, y lo miran con unos ojos azules llenos de curiosidad.

—Tú eres el del petate de marinero, ¿verdad? —pregunta Erika.

—¿Cómo sabes lo del petate?

—Bueno, es que hace poco te vimos aquí… ¡y llevabas un petate enorme!

—Es verdad.

—¿Eres marinero?

—No. Solo estuve enrolado en barcos una temporada.

Están entusiasmadas. Le hacen preguntas y se le echan encima como una bandada de gansos exaltados. Andi está sentado en silencio a un lado. Se limita a escuchar y parece algo incómodo. Jean-Jacques sonríe, bebe de su vino y come un par de bocados de lo que ha preparado Meta. También hay gulasch recalentado.

—¡Pues tienes una musculatura impresionante, Mischa!

Vaya, las chicas del Rin no son precisamente tímidas. Más bien atrevidas. Se ríen mucho y le lanzan miraditas pícaras. A él le divierte. Coquetea un poco y les habla de sus viajes. Entonces se abre la puerta y aparece Frank. Recién duchado, con el pelo mojado todavía, una camisa limpia y los zapatos cepillados.

—¡Hola! Qué animado está esto —comenta, y mira con recelo a Mischa, que parece el rey del gallinero.

—¡Tu primo ha estado en Sudamérica! ¡No nos lo habías contado, Frank!

Mischa le deja su sitio y va a sentarse con los jornaleros polacos. Habla con Lukatsch sobre su familia y le pregunta a Soldan cómo tiene la pierna. Al principio las chicas parecen afligidas, pero luego siguen charlando con Frank y Andi, tan contentas. Que se diviertan; a él, de todas formas, no le interesan las gallinitas rubias. Enseguida se percata de que Jean-Jacques se remueve otra vez en su silla con gesto de dolor. Vaya... Parece que el bálsamo milagroso no tiene tanto efecto como esperaba.

—Ya es hora de que me retire —dice el jefe poco después, y le hace una señal.

Mischa lo ayuda a subir la escalera y le pregunta si quiere que le aplique más bálsamo.

—Mañana, quizá —contesta él—. Ahora, mejor vuelve abajo y vigila que no pase nada. Ya sabes a qué me refiero.

Mischa se ríe de él. ¿Qué va a pasar? Al fin y al cabo, también está Meta, que no les quita ojo de encima a los jóvenes.

—Además, seguro que esos dos están agotados.

—¡No los conoces!

En efecto, abajo han encendido las guirnaldas de luces del patio y parecen estar esperándolo.

—¡Balón prisionero! ¡Chicos contra chicas! —le grita Erika, y le lanza un viejo balón de fútbol al pecho.

—¿Estáis mal de la cabeza? ¿En plena noche?

—¿Te da miedo la oscuridad, marinero?

—¡Párala, caracol de viñedo! —refunfuña él, y le devuelve la pelota.

Debe de estar loco; corre por el patio bajo las guirnaldas de luces, atrapa balones y se los lanza a las chicas, que corren para escaparse entre gritos. Debe ir con cuidado para que nadie se caiga. También asegurarse de que los cristales de las ventanas quedan intactos y, al final, incluso aplicar tiritas en varias rozaduras. El jueguecito no termina hasta casi la medianoche. Frank y Andi acompañan a sus amigas a sus casas y él se va directo al catre. Duerme arriba, en el desván, porque les ha dejado la habitación libre a los chicos.

El domingo, ya entrada la tarde, los apremia para salir temprano y los gemelos no protestan. El día ha sido duro, sobre todo porque casi no han dormido. Ahora solo quieren volver a casa y meterse en la cama. Lo guardan todo en las mochilas. Mischa carga también las ollas de su madre, vacías y fregadas, además de tres cajas de vino para el Café del Ángel y dos botellas extras de Gotas de Ángel para August.

—El próximo sábado ya habréis acabado con la vendimia, ¿verdad? —pregunta Frank, esperanzado.

—Creo que sí.

Durante el trayecto van sentados a su lado. Andi ya se ha dormido; Frank mira por la ventanilla, ensimismado.

—¿Y qué? ¿La acompañaste a casa anoche? —pregunta Mischa.

—¿A quién?

—A Erika.

—Claro.

—¿Y?

—Y nada. Entró y cerró la puerta. Dentro estaba su padre, que le pegó una bronca.

—Un hombre decente.

Aparca en el patio del Café del Ángel, donde tienen que despertar a Andi, que casi se resbala del asiento. Mischa les deja las mochilas y las ollas a los gemelos, porque él quiere bajar las cajas de vino al sótano.

—Ya está cerrado. Tendrás que pedirle la llave a mamá —explica Andi bostezando, y tropieza al subir la escalera hacia el piso.

Mischa maldice y entra en el café, donde hay varios clientes bien vestidos, disfrutando de un vino. Ah, sí, hoy hay función en el teatro y algunas personas se toman antes una copita en el Café del Ángel.

No ve a la tía Hilde por ninguna parte; estará en la cocina preparando una comanda. Mischa se mueve con toda la discreción posible entre los ilustres clientes, a los que no quiere espantar con sus pintas desastrosas, y entonces la puerta de la cocina se abre de golpe y allí aparece una muchacha.

¿Una muchacha? No, más bien una joven. Pelo negro, ojos oscuros, figura ágil y esbelta. Lo mira de arriba abajo. ¡Pero qué mirada! Mischa tiene la sensación de que le han disparado con un lanzallamas.

—¿En qué puedo ayudarte? —pregunta con acento francés.

Pero ¿qué le pasa? De pronto tiene la lengua pegada al

paladar y es incapaz de moverla. Esa joven es una preciosidad, algo muy especial, no todos los días se ve a alguien como ella. Seguramente lo ha tomado por un vagabundo, con la pinta que lleva.

—Buenas tardes —consigue decir Mischa al fin—. Yo... traigo el vino. Necesito la llave del sótano.

—¡Ah, vaya! —exclama ella, y le sonríe—. Voy a buscar a la jefa. Un momento, por favor, *monsieur.*

Desaparece en la cocina y él se queda como un pasmarote sin moverse del sitio, hechizado por su sonrisa.

—Ah, Mischa —dice la tía Hilde—. Qué bien que hayas traído el vino. ¿Los chicos ya han subido arriba? ¿Qué tal se encuentra Jean-Jacques? ¿Mejor? Swetlana me ha dicho que conocía un remedio milagroso. Bueno, mañana me pasaré por allí.

Él deja todas esas cuestiones sin contestar, coge la llave que le entrega su tía y al final se obliga a preguntar:

—¿Habéis... contratado a una camarera nueva?

Hilde sonríe con alegría.

—Es Simone. ¿No te acuerdas de ella? Ah, claro, hace dos años estuvo casi todo el tiempo en Eltville, así que no tuviste oportunidad de verla.

—Ah —dice él, y tiene que carraspear porque de pronto se ha quedado sin voz—. Simone...

Después sale al patio para sacar las cajas de vino de la Goélette y bajarlas al sótano. Le resultan ligeras como una pluma; apenas es consciente de lo que hace.

«Simone... —piensa durante el trayecto de vuelta—. Es pariente de Jean-Jacques. Pero ¿no estaba casada? Algo de eso había. Madre mía, con esta ropa tan sucia parezco un vagabundo. Tengo que cortarme el pelo pronto. Simone... Debe de tener más de veinte años. Simone... Qué sonrisa...».

Luisa

La profesora de primaria ya no es joven, pero tiene unos afables ojos castaños y un rostro delicado. Refugiada de la Prusia Oriental, llegó con su madre a Hamburgo a través de una ruta complicada y ahora hace unos años que tiene una plaza en Wiesbaden. A Luisa le cae muy bien. Se conocieron algo mejor durante una fiesta escolar y descubrieron que sus trayectorias habían sido similares. También Luisa sobrevivió a una terrible huida desde las antiguas regiones orientales de Alemania.

Ayer encontró una nota arrugada en la cartera de su hija Marion.

Apreciada señora Bogner:

Le ruego que venga a la escuela el viernes 29 de septiembre, a las 14 horas, para que tengamos una reunión.

Saludos cordiales,

Irina Rutzen

—¿Cómo es que no me has dado esta nota, Marion? —le pregunta a su hija, molesta.

La niña se encoge de hombros.

—Se me ha olvidado.

—¿Cómo puedes olvidar algo así? Es importante.

—Lo siento, mamá.

A veces Luisa no entiende a su hija mayor. Es una niña cariñosa y buena, siempre dispuesta a ayudar en casa y arrancar las malas hierbas del jardín. Nunca desobedece ni tiene berrinches, como hace Petra en ocasiones. Y, sin embargo, cada vez es más frecuente que Marion le oculte cosas, que esconda la verdad e incluso esté dispuesta a mentir. A Luisa le angustia, porque sabe que Marion siempre queda en un segundo plano por detrás de su prodigiosa hermana pequeña, Petra, a quien sobre todo Fritz dedica todo su amor y su atención. Su marido solo ha accedido a que Marion reciba clases de piano a regañadientes y, cuando la niña le pide a su padre que escuche las piezas que ha practicado, sus ruegos caen en oídos sordos. «No tengo tiempo, cielo. Sigue practicando, que lo haces muy bien».

Marion practica con gran empeño y parece que está avanzando a grandes pasos. Eso, por lo menos, es lo que dice Sofia Künzel, su profesora de piano. Pero es evidente que no posee un talento musical tan extraordinario como el de Petra.

Donde sí tiene bastantes problemas es en el colegio, así que Luisa sospecha que esa tarde no le dirán nada bueno.

La escuela de primaria se construyó justo después de la guerra y ocupa un edificio bajo que rodea el patio del recreo por tres lados. También dispone de gimnasio y campo de deportes. La señora Rutzen la recibe en el aula, una sala luminosa con grandes ventanas que tiene dibujos hechos por los niños pegados en las paredes. El suelo está fregado y han colocado las sillas boca abajo sobre las mesas.

—Querida señora Bogner —dice la maestra, y le tiende una mano—. Siéntese conmigo.

Ha preparado una silla para adultos especialmente para Luisa, para que no tenga que sentarse ante ella en una de las sillitas de los alumnos.

—Estoy preocupada por Marion —empieza a decir—. Se trata de su rendimiento, señora Bogner. Ahora mismo tiene unas notas bastante bajas, pero podrían ser mucho mejores si consiguiera interesarse por las clases.

Es una buena profesora. Le gustan los niños y tiene mucha paciencia con ellos, así que formula su crítica con benevolencia. Luisa, de todas formas, se alarma. ¿De verdad le está hablando de Marion? No conoce ese lado de su hija.

Luisa se entera de que su hija casi siempre está «distraída» y mira por la ventana en lugar de seguir la materia, que contesta a las preguntas encogiéndose de hombros y que, en los dictados, deja el lápiz en la mesa y no escribe nada.

—Al principio pensé que solo era un poco más lenta y necesitaba más tiempo y paciencia que los demás —reconoce la señora Rutzen—. Pero me he dado cuenta de que las aptitudes de su hija son del todo normales, solo que algo le impide sacar partido de sus capacidades.

Luisa tiene que oír lo que ella ya sabe: que Marion está muy unida a su compañera Sina Koch, que le deja copiar sin problema y a menudo le susurra las respuestas correctas. Así consigue seguir más o menos el curso sin tener que poner esfuerzo alguno por su parte.

—Sina tiene una inteligencia excepcional, señora Bogner. En realidad, la niña debería estar en un internado donde fomentaran sus capacidades como corresponde. Pero en Alemania existen muy pocas escuelas así, y la mayoría solo aceptan a niños.

La señora Rutzen propone entonces, por motivos pedagógicos, trasladar a Marion a la otra clase de ese mismo curso.

—Lo he reflexionado mucho, señora Bogner. Soy consciente de que será duro separar a las dos niñas. Pero los incidentes que se han dado últimamente son tan graves que no veo otra solución.

Luisa apenas puede creer lo que le cuenta a continuación. Su dulce y obediente Marion se ha pegado con otras compañeras tanto en el patio como en el aula. Y no poco; a dos de las niñas tuvieron que curarles las heridas con tiritas, y otra sufrió contusiones en la espinilla.

—Pero ¿por qué ha hecho algo así? —quiere saber Luisa, horrorizada.

—Para proteger a su amiga Sina —explica la señora Rutzen—. Tal vez sepa que a menudo Sina es objeto de burlas. Los niños pueden ser muy crueles. Es muy bonito que Marion defienda a su amiga, pero esto no puede seguir así. Entiéndalo, es normal que los chicos se peleen en el patio del colegio porque ellos son así. Pero en una chica no es conveniente en absoluto. No podemos permitirlo.

Por supuesto, no puede ser.

—¿Y de verdad cree que cambiará algo si ponemos a Marion en la otra clase de ese mismo curso? —reflexiona Luisa—. De todas formas se verán en el patio, durante el recreo.

La señora Rutzen reconoce que así es. La mejor solución sería que Marion fuera a otro centro, pero eso significaría que el trayecto al colegio se alargaría mucho.

—Le he pedido esta reunión porque tengo la esperanza de que usted, como madre, pueda influir en ella.

—¡Por supuesto que lo intentaré, señora Rutzen!

Luisa le da las gracias por la conversación y, antes de despedirse, recibe unos buenos consejos. Por lo visto, Marion necesita mano dura para volver a encontrar el buen camino. No deben tener miedo a poner reglas estrictas y castigos, pero siempre acompañados de amor y comprensión, etcétera, etcétera.

Algo después, Luisa va sentada en el autobús, dándole vueltas a todo lo que acaba de oír. ¿Cómo no se le ha ocurrido pensar a la maestra que Marion también tiene un padre que podría influir en ella? Siempre responsabilizan a la madre. Ella es la que debe castigar, educar, ofrecer comprensión, controlar que hagan los deberes, ir a las reuniones del colegio. Si la niña se hace notar, ¿de quién es la culpa? De la madre, por supuesto. Porque es ella quien educa a los hijos. En ese momento comprende con acritud que los problemas de Marion tienen mucho que ver con el comportamiento de su marido. Desde luego que sí. La niña se rebela a su manera porque su padre no quiere saber nada de ella y solo se ocupa de su hermana pequeña.

En casa, tres niñas alegres corretean con Laika por el jardín. Hoy Swetlana tenía turno en el café, así que por la mañana les ha dejado a la perra, porque Mischa está en Eltville y no puede ocuparse de ella. Fritz está en la cocina, devorando lo que ha sobrado al mediodía; ha regresado de un intenso ensayo con la orquesta y parece cansado. Esta noche toca en una ópera, así que a las seis y media tiene que coger el autobús para llegar a tiempo al teatro.

—¿Te has calentado las patatas salteadas y les has puesto un huevo encima? —le pregunta a su marido.

—Ay, ¿para qué? Así también están ricas.

Fritz es el hombre más frugal del mundo. Está a la mesa de la cocina en mangas de camisa, comiéndose las patatas medio frías sin protestar. Deja que Luisa le corte el pelo para ahorrar dinero, se limpia él mismo los zapatos, y para los conciertos se pone el viejísimo traje oscuro que tiene desde antes de que se conocieran.

—He ido a una reunión en el colegio —informa ella, sentándose a su lado—. Tenemos problemas serios con Marion.

—¿Marion? ¿Ha vuelto a sacar malas notas? —pregunta Fritz sin prestar demasiada atención mientras aparta el plato vacío y saca su agenda del bolsillo.

—Eso también, pero además se ha pegado con otras niñas porque a Sina...

—Oye, Luisa —la interrumpe él—. Pensaba que por fin habías pagado la factura del teléfono. ¿Cómo es que no tenemos línea todavía?

De pronto su tono es brusco. La mira indignado, exigiendo una respuesta. Porque se trata de Petra. Estos últimos meses ha mantenido incontables conversaciones telefónicas para organizarle actuaciones a su hija. Varias de esas llamadas fueron a Frankfurt, Maguncia y otras ciudades. Se han retrasado dos meses con los pagos, así que les han cortado el teléfono.

—Saldé una de las dos facturas, Fritz —explica ella, molesta—. Y también la penalización. La segunda, por desgracia, aún está por pagar.

—¿Y por qué no lo haces?

Nada más casarse, Luisa empezó a administrar el dinero. Fritz se alegró de que fuera ella la encargada de eso porque opina que a ella se le da mejor. Con el tiempo, sin embargo, Luisa ha comprendido que sencillamente no quiere saber nada de dinero ni de administrarlo; prefiere vivir la mar de tranquilo haciendo sus castillos en el aire.

—¡Porque no tenemos ese dinero, Fritz! —responde enfadada—. Hiciste llamadas por un total de casi trescientos marcos, y una cantidad así no puedo pagarla de una sola vez. ¡O no tendríamos para comer!

Su marido se desinfla. La cruda realidad no está hecha para él; Fritz vive de sus sueños y sus esperanzas, que vuelca en su hija pequeña. Su otro yo. Él no pudo cumplir su ambición de convertirse en un gran violinista, y ahora Petra debe hacerla realidad. A veces, Luisa tiene la sensación de que debería zarandearlo para que abriera los ojos. Sin embargo, en cuanto lo intenta, él parece escurrírsele de entre las manos.

—¿Me estás diciendo que tardaremos todavía otro mes en poder llamar por teléfono? —pregunta con horror—. ¿Es que no entiendes que eso es una catástrofe, Luisa? ¿Qué pasará si hay que acordar un concierto para Petra y no me pueden localizar? ¡No puedo tramitarlo todo por correo!

No, exacto, porque también las numerosas cartas que envía cuestan una fortuna en sellos.

—Pues compra palomas mensajeras —dice con sarcasmo—. O unos tam-tams.

Él la mira con sus enormes ojos azules, que parecen más grandes y soñadores aún tras los gruesos cristales de las gafas.

—No le veo la gracia, Luisa.

—Tampoco yo, Fritz. No somos una agencia de representantes. Todo lo que organizas para publicitar a Petra como niña prodigio sobrepasa nuestras posibilidades económicas.

Él se levanta de la silla y empieza a caminar de un lado a otro de la cocina sin dejar de agitar los brazos, exaltado.

—¡Dinero! —protesta—. ¡Siempre el vil dinero! Estamos hablando de arte. De un gran talento musical que está por descubrir. ¿Es que no ves que con tu racanería arruinas el futuro de Petra? Me veo obligado a mantener importantes conversaciones telefónicas desde la secretaría del teatro, ¡que es muy desagradable y no está bien visto!

Luisa ya lo imaginaba. Fritz llama a cuenta del teatro. A los músicos contratados les está permitido en casos especiales, pero no cuando se trata de asuntos privados. Sin duda le traerá problemas, y es posible que incluso una amonestación. Luisa siente pánico; terribles visiones cobran vida ante sus ojos. Se dirigen inevitablemente a una catástrofe. Pronto no podrán pagar tampoco los plazos mensuales del crédito hipotecario, y entonces les quitarán la casa. De repente está furiosa con su marido. ¿Por qué cree que tiene derecho a seguir sus sueños a costa de la familia?

Y entonces brotan de su boca palabras y frases que hasta ahora solo había pensado, pero nunca se había atrevido a decir en voz alta.

—¡¿El futuro de Petra?! —exclama—. ¿De verdad es el futuro de tu hija lo que te importa?

Él se queda quieto sin apartar los ojos de ella.

—¿De quién, si no?

—¡Se trata de ti y de nadie más! —grita Luisa, furiosa—. De tu propia ambición. De tu búsqueda de la fama. De tu vanidad. ¡Eres el hombre más egoísta que conozco!

Fritz sigue inmóvil, como convertido en estatua de sal. La mira con sus grandes ojos infantiles, como si ella se hubiera transformado en un fantasma. Entonces da media vuelta y se va. Luisa lo oye subir la escalera y cerrar la puerta del dormitorio.

Ella se queda en la cocina con el corazón desbocado. ¿Qué acaba de hacer? ¿Cómo ha podido recriminarle algo así? Ay, ha ido demasiado lejos. Ahora él se sentirá injustamente tratado y estará muy herido.

«Y aun así es cierto —piensa con tristeza—. ¿Por qué voy a callarme? ¿No hay que ser sincero con el otro cuando se ama a una persona?».

Los gritos de las niñas en el jardín la distraen de sus cuitas. Por lo visto, Petra y Marion están peleándose y Sina intenta mediar entre ambas.

—¡Te voy a dar una buena, renacuaja! —oye que grita Marion.

Horrorizada, se levanta de la silla enseguida y sale corriendo.

—¡Marion! ¡Petra! ¡Adentro ahora mismo!

La primera que obedece la orden es Laika. Luego aparece Petra con las trenzas revueltas y cara de enfado. Por último, Sina y Marion. Su hija mayor pone cara de inocente; Sina, en cambio, está agitada y se le nota la culpabilidad.

—¿Qué ha pasado ahí fuera? —les pregunta a las niñas.

La respuesta es un caos de voces. Petra afirma que Marion le ha puesto la zancadilla, Marion explica que lo ha hecho porque su hermana quería trepar al manzano para coger las primeras manzanitas medio maduras, algo que Luisa les había prohibido terminantemente. Petra lo niega con vehemencia.

—¡No te permito que pegues a tu hermana, Marion!

—¡No la he pegado!

—La has amenazado con hacerlo. Te he oído.

Marion siempre tiene respuesta para todo.

—Pero, mamá, solo se lo he dicho porque me había tirado de la trenza.

—¿Has hecho tú eso, Petra?

Petra se enciende enseguida, pero es una niña sincera.

—Porque ella me ha arañado. ¡Mira!

En efecto, Petra tiene un rasguño en la cara.

Luisa ya no sabe qué hacer. Sus hijas se pelean de vez en cuando, claro, y a menudo es Petra quien llega a las manos. ¿Habría tenido que amenazarlas antes con un castigo mayor? ¿Es culpa suya que ahora Marion se pelee también en la escuela?

—Si no sabéis comportaros, se han acabado los juegos por hoy —dice, furiosa—. Daos la mano y disculpaos. Y luego entrad en casa, que quiero ver vuestros deberes.

Las niñas intercambian unas disculpas desganadas. Marion aprieta los labios, Petra resopla con enfado. Sina está junto a ellas sin saber qué hacer. Avergonzada, se agacha y acaricia a Laika.

—Ya está todo arreglado —le dice entonces a Marion—. Vamos, le enseñaremos a tu madre los deberes que hemos hecho.

Abren cuadernos y libros sobre la mesa del comedor. Los deberes de Petra se comprueban enseguida: las palabras que ha copiado en su pizarra son correctas, aunque tiene una letra horrible; los ejercicios de cálculo están bien.

—Eso lo borraremos y lo escribes otra vez, pero que pueda leerse —indica Luisa.

Petra tuerce el gesto. Enseguida tendrá que ir a practicar con su padre, ¿cómo va a escribir antes dos líneas enteras de «tomate» y dos de «ensalada»? Luisa no se lo deja pasar. Le dice que suba a su cuarto y empiece de nuevo.

—¡Marion puede tocar el piano y yo siempre tengo que practicar solo con el violín! —protesta desde la escalera.

Luisa no dice nada. Fritz debe de haberlo oído también... ¡A ver si le da que pensar!

—Y ahora vamos contigo, Marion.

La niña sabe muy bien de qué han hablado su profesora y ella en el colegio y se muestra muy arrepentida.

—¡No volveré a hacerlo, mamá!

—Sabes que si vuelve a ocurrir algo así, te cambiarán de clase. ¡O incluso te enviarán a otro centro!

Marion agacha la cabeza y asiente.

—Sí, lo sé.

O sea que la profesora ya se lo había advertido. Sina no lo sabía y se lleva un buen susto.

—¡Te dije que no lo hicieras, Marion! —se lamenta—. ¿Por qué no me hiciste caso?

Marion se siente atacada desde los dos flancos y, obstinada, guarda silencio.

—¡Prométeme que nunca volverás a pegar a nadie, Marion! —exige Luisa.

—¡Si acabo de hacerlo!

—¡Quiero oírlo claramente otra vez!

Su hija entrelaza las manos a su espalda y declama:

—Prometo que no volveré a pegar a nadie.

Sina, que parece conocer mejor a su amiga, levanta la mirada hacia Luisa con gesto interrogante y añade:

—¿Y tampoco arañarás, escupirás, morderás, pondrás la

zancadilla, tirarás de la trenza ni pellizcarás fuerte? Eso también tienes que prometerlo.

—¡Que sííí! —protesta Marion con gesto de exasperación.

—¡Y tampoco retirarás la silla desde atrás!

—Tampoco.

—¡Y prohibido dar patadas!

—¡Vale!

—¡Nada que les haga daño a las demás! —insiste Sina.

Luisa se escandaliza con la amplia gama de agresiones que, por lo visto, despliega su hija en el colegio. Cuando Marion ha aceptado las exigencias de Sina, Luisa les pide ver los deberes. La letra de Marion, al contrario que los garabatos desganados de Petra, es muy bonita, y todas las soluciones de los ejercicios de cálculo también son correctas. Sin embargo, solo con mirar a Sina, que no es capaz de disimular su mala conciencia, comprende quién ha calculado esos resultados. Enseguida copia los ejercicios en un papel cuadriculado y se lo da a su hija.

—Sube a tu habitación y vuelve a hacer los cálculos. Sina se quedará conmigo mientras tanto.

—Pero si ya lo he hecho antes —protesta Marion.

—Si ya lo has hecho antes, no tardarás mucho.

Mientras Marion sube a su habitación a regañadientes, Luisa se lleva a Sina al jardín. Las manzanas y las peras no están del todo maduras, pero ya se puede recoger alguna fruta caída. También cogen unas cuantas fresas y frambuesas, y cortan un ramillete de hierbas aromáticas. Mientras trabajan en los parterres, Sina no deja de parlotear y Luisa se queda pasmada con la cantidad de conocimientos y la fantasía desbordante que tiene la niña. Se sabe los nombres de todas las plantas, incluso de algunas que para ella no son más que «malas hierbas».

—Eso es diente de león, eso son ranúnculos, y aquello, grama. Eso de ahí se llama cola de caballo, y esto es un álsine...

—¿Cómo sabes todo eso, Sina?

—Tengo un libro en casa. Ahí salen también historias sobre plantas. Sobre los elfos de las flores y los niños de los pétalos. Durante el invierno, todos tienen que ocultarse bajo tierra con la bella Dama de las Nieves para no congelarse. Pero en primavera, cuando el gran Rey del Verano llega a la región, vuelven a salir del suelo.

A Luisa le cuesta seguir el cuento del Rey del Verano y la joven y hermosa Dama de las Nieves porque está absorta en sus preocupaciones. ¿Mantendrá Marion su promesa? Eso espera. ¿Y Fritz? ¿Entrará en razón y reflexionará sobre lo que le ha dicho? Ay, seguro que no. Sentirá que ella lo ha ofendido injustamente y se regodeará en la autocompasión.

—Eso de ahí son endrinos, señora Bogner. ¿Sabe por qué tienen pinchos? Porque el viejo Mago se olvidó de crearlos con sus hechizos, así que luego decidió ponerle cerezas a un grosellero y... ¡Laika! ¡No caves ningún agujero!

Hasta el jardín llegan las notas del violín; Fritz está practicando con Petra, solo una horita porque luego tiene que irse al teatro. Cuando entran en la casa con su cosecha, Marion va a su encuentro.

—Ya estoy. ¡Ahora quiero jugar con Sina y con Laika!

—¡Primero vamos a ver esos ejercicios!

La hoja está en la mesa del comedor. Los cálculos son correctos, pero la letra es apresurada, como si los hubiera hecho a todo correr. Luisa empieza a tener la terrible sospecha de que su hija, mientras estaban en el jardín, ha bajado al salón porque los cuadernos seguían abiertos en la mesa. ¿Ha copiado las respuestas en un momento? ¿Es Marion una mentirosa rematada? No quiere creerlo y, sin embargo, todo apunta en esa dirección.

En la cocina, mezcla queso *quark* con hierbas aromáticas en un cuenco, saca mantequilla, un poco de queso, un resto de salchicha curada y corta unas rebanadas de pan. Para beber hay infusión de menta fría, porque no tienen dinero para comprar refrescos caros y los zumos caseros del año pasado ya se han terminado.

—¡La cena! —exclama por la escalera, y también en el jardín.

Arriba se abre una puerta y Petra baja corriendo.

—¡Me muero de hambre! —informa.

—¡A lavarse las manos!

Las niñas del jardín se lo toman con calma. En cambio, el que aparece ahora es Fritz, que mira en la cocina como si buscara algo y quiere saber dónde se ha metido Marion.

—En el jardín, con Sina. Ahora viene.

Sale hecho una furia y la llama a gritos. Se lo oye desde tres jardines más allá.

—Ahora se va a enterar, por haberme arañado —dice Petra, satisfecha, y muerde una rebanada con *quark*—. Porque, encima, la semana que viene tengo actuación.

Luisa menea la cabeza con tristeza. Su marido se ha enfadado porque Petra tiene un rasguño en la mejilla y alguien podría pensar que le pega. No le interesa el trasfondo de la historia; para él, lo único importante es presentar a Petra en su actuación como una monísima niña prodigio.

—¡Castigada sin tocar el piano durante una semana! —lo oye gritar—. Y, si vuelve a pasar, ¡no tendrás regalos por Navidad!

«Así solo empeorará el problema —se dice Luisa—. Tengo que hablar con él. ¡Ojalá me hiciera caso de una vez, en lugar de ir con anteojeras por el mundo!».

La cena transcurre en paz. Sina charla, Petra cuenta chistes, Fritz está callado, Marion no aparta la vista de su plato. Laika, como siempre, espera debajo de la mesa por si a alguien se le cae algún bocado. Al terminar, las niñas se reparten por la casa; Swetlana no irá a por Sina más o menos hasta las ocho, cuando ya casi ha oscurecido.

Fritz tiene muy poco tiempo, pero se queda sentado con ella en la cocina. Según parece, quiere anunciarle algo antes de irse a trabajar.

—Escucha, Luisa —dice—. Lo he estado pensando. Tal vez tengas razón. También hay un poco de amor propio en todo lo que hago por Petra. Pero, en el fondo, lo único que me importa es nuestra hija, tienes que creerme. Algún día nos agradecerá que hayamos hecho tantos sacrificios por ella.

Luisa, en realidad, opina que todo eso no son más que palabras bonitas, pero por lo menos Fritz ha sabido sobreponerse hasta cierto punto a su arrebato.

—No quería hacerte daño, cariño —dice con suavidad.

—Ya lo sé, Luisa. Pero es que hay días que todo se junta y pierde uno los nervios. Y, bueno, es verdad que tenemos que ahorrar un poco. En eso llevas razón.

—¿Un poco? —pregunta ella con tono irónico—. Fritz, tenemos que...

—Podrías coser tú los vestidos nuevos para las actuaciones de Petra —la interrumpe—. Seguro que eso sale más barato que comprarlos. Tal vez podrías confeccionarle incluso un abrigo de invierno...

Qué fácil se imagina que es ahorrar. A costa de ella, claro, que tendrá que pasarse todas las noches delante de la máquina de coser. Y, además, la tela y el hilo tampoco salen gratis.

—Fritz, eso es buena idea, pero no es más que un grano de arena.

Él mira el reloj y se levanta. Ya va siendo hora de subir a ponerse el traje oscuro, porque el autobús sale dentro de diez minutos.

—¡Piénsalo, cielo! —dice, y le da un beso en la frente para despedirse.

Karin

Ha ido a sentarse en un compartimento de fumadores. ¡Qué molesto! ¿Cómo no se ha dado cuenta? En realidad debería levantarse y buscar otro sitio, pero está tan cansada que no es capaz de decidirse. Además de ella, solo hay un señor mayor, bien vestido, con zapatos caros y una barbita gris en ese compartimento. Fuma en pipa. Normalmente a Karin le gusta el olor del tabaco para pipa, pero en estos momentos le resulta del todo repugnante.

—¿Le importaría apagar la pipa? —pide—. No me encuentro muy bien y me molesta.

—Es un compartimento de fumadores —replica él de mala gana—. Pero tal vez podríamos bajar un poco la ventanilla.

—¡Si es tan amable!

El hombre se levanta para bajar la ventanilla unos centímetros. Se queda un rato de pie y mira fuera antes de volverse de nuevo hacia ella.

—Fumar es un mal hábito en el que, por desgracia, caí hace años —explica con simpatía—. Viajo mucho por trabajo y me sirve para matar el tiempo.

Se sienta frente a ella, da una calada a su pipa y parece decidido a empezar una conversación. Lo que le faltaba. Karin tiene los nervios a flor de piel, cualquier pequeñez le molesta, la cháchara de ese hombre amenaza con sacarla de sus casillas.

—Verá, es que trabajo en la industria textil. Vendo telas inglesas, sobre todo tejidos de lana, también género de Escocia. Jerséis, chalecos, faldas plisadas, que ahora se llevan mucho aquí en Alemania.

Karin nota una nueva oleada de náuseas. No aguanta más.

—¡Si sigue molestándome, me quejaré al revisor! —lo increpa.

—¿Molestarla? —pregunta él, ofendido—. Solo pretendía darle un poco de conversación por ser amable, nada más. ¡No hay motivo para ponerse histérica, joven!

Ella se levanta de repente, abre la puerta corredera y ve al revisor, que está a punto de entrar en el compartimento de al lado.

—¡Ayúdeme, por favor! —pide—. ¡Este caballero es un impertinente y me ha ofendido!

El revisor tendrá unos cincuenta años, es un hombre delgado, pelirrojo y con los ojos claros y pequeños. Levanta las cejas y la fulmina con la mirada.

—Tranquilícese, señora. Enseguida estoy con ustedes.

La escena que se desarrolla entonces en su compartimento es digna de los escenarios y podría encajar en cualquier pieza de comedia ligera. Por desgracia, ese día Karin no tiene ni pizca de sentido del humor.

—Esta mujer afirma que la ha ofendido usted —declara el revisor al entrar, y con ello inicia la contienda.

—Eso es ridículo, señor revisor. ¡Solo le he dirigido un par de frases amables! —se defiende el viajero.

—¡Me ha llamado histérica! —exclama Karin.

—¡Porque se ha puesto a gritarme como una codorniz espantada! —la increpa el hombre.

El revisor los mira al uno y a la otra y se esfuerza por calmar los ánimos.

—¡Serénese, caballero! Si no, tendré que pedirle que cambie de compartimento.

—¿Yo? ¿Por qué? Esta mujer parece creer que el tren es suyo. ¡Quería prohibirme que fumara!

—Ya ve, señor revisor, que está fumando, y eso que le he explicado que no me encuentro bien.

—¡Maldita sea mi estampa! ¡Pero si hasta he abierto la ventana!

—La ventana debe permanecer cerrada durante el viaje —informa el revisor, y vuelve a subirla.

—¿Cuánto más tengo que seguir aguantando esto, señor revisor? —se lamenta ella con teatralidad—. ¡Estoy al límite de mis fuerzas!

Es evidente que el hombre está acostumbrado a tenérselas con viajeros difíciles, así que busca una solución salomónica.

—En el compartimento de no fumadores quedan asientos libres, señora. Allí viajan dos damas que, sin duda, no la molestarán.

—¡Pues muy bien!

El revisor la ayuda a bajar su maleta de la red portaequipajes e incluso carga con ella. El fumador desvergonzado sigue su partida con semblante satisfecho y expulsa una nube de humo tras ella cuando por fin se va. A Karin le da rabia que se haya salido con la suya y se haya quedado con el compartimento para él solo.

En el de no fumadores, las dos señoras mayores ocupan los asientos de ventanilla, una con las manos entrelazadas en la tripa, dormida, y la otra mirando el paisaje mientras mordisquea una galleta Leibniz y bebe infusión de menta de un termo. Karin se acomoda en el asiento central en la dirección de la marcha mientras el revisor le sube la maleta a la red.

—Muchas gracias.

—No hay de qué, señora. Los billetes, si tienen la bondad.

—Desde luego.

Despiertan a la mujer que dormía y entonces se desata cierta confusión porque las dos señoras afirman que los billetes los tiene la otra. Al final los encuentran en la bolsa de los tentempiés y el revisor los marca con un agujerito.

—¡Que tengan buen viaje!

De repente Karin está agotada. Tiene el corazón acelerado y nota el cuerpo pesado como el plomo. ¡Este embarazo...! Hace semanas que sufre unos cambios de humor terribles; tan pronto se siente completamente indiferente como le molesta hasta el vuelo de una mosca. Las nimiedades más ridículas la sacan de quicio.

—¿La han molestado? —pregunta una de las señoras mientras se sirve infusión de menta en el vasito.

—Sí, por desgracia.

El olor de la infusión le resulta casi tan desagradable como el del tabaco. También los ruidos que la mujer hace al masticar, todo ese crujir y rechinar... Seguro que lleva dentadura postiza.

—Es increíble —se indigna la señora—. ¿Cómo es que los hombres se creen con derecho a lanzarse sobre una mujer que viaja sola? ¡Menudo descaro!

—Es usted muy amable. Gracias.

Se reclina en el respaldo y cierra los ojos para dar a entender que no le apetece conversar. La señora mayor hace más ruido con su paquete de galletas y sigue masticando.

«¿Por qué he montado semejante escena? —se dice Karin—. En el fondo no me ha hecho nada. Al contrario, se ha mostrado muy amable. Solo han sido los nervios. Seguro. Ese hombre viaja por negocios, y ya se sabe que a esos tipos les gusta ligar con mujeres en los trenes. Lo ha intentado y le ha salido mal. Tampoco había motivo para ponerse histérica».

En fin, hay mujeres que se prestan a ello. Sylvia, una compañera de trabajo, le contó una vez en confianza que solía viajar en tren porque así conocía a hombres simpáticos. Luego entró en más detalle y Karin se quedó de piedra.

—Verás, primero los estudio de arriba abajo. Todo el que pase de los cuarenta queda descartado. A partir de los cuarenta y cinco, un hombre ya no sirve para nada porque la cosa no le funciona bien y solo da problemas...

Sylvia prefería jóvenes tímidos que se atrevían a vivir una aventura así por primera vez. Ella los animaba, los guiaba y les enseñaba que podían poner algún que otro destello de luz en su vida.

—Ni te imaginas lo agradecidos que se muestran esos pobres chicos cuando por una vez pueden soltarse de verdad.

—Pero ¿y si te quedas embarazada?

—Hay que tener cuidado, claro, tomarse la temperatura y eso. Pero, si alguna vez me pasa, conozco una dirección.

Ya había acudido allí dos veces, y decía que era una señora mayor muy agradable, una antigua doctora, muy competente y de fiar.

—En veinte minutos está todo listo y te vuelves a casa la mar de ligera.

En aquel momento le pareció una atrocidad. Ella jamás sería capaz de deshacerse de un niño que creciera en su vientre. Trajo al mundo a Nora pese a que la relación con su padre llevaba tiempo rota. El parto fue un auténtico horror, porque la niña venía de nalgas y el médico tuvo que girarla en la matriz, antes de nacer. Karin no olvidará ese dolor mientras viva. Y, sin embargo, está muy feliz de tener a su hijita, a la que quiere con toda el alma. Por suerte, desde el principio su madre estuvo dispuesta a ayudarla con la crianza. A su manera, claro está. Pero es una abuela constante y cumplidora.

El reposacabezas no contribuye a calmarla, porque martillea contra su cráneo al ritmo del tren. Ratata-ta-tá, ratata-ta-tá...

La señora de la ventana saca ahora del bolso una botellita de agua de colonia y vierte unas gotitas en un pañuelo bordado. El olor dulzón le revuelve el estómago y Karin tiene que luchar contra las arcadas. Está de tres meses. Pese a que todas las señales eran bastante claras, no quería aceptar la realidad. Los nervios, el estresante trabajo en plató, el cambio de ambiente... Encontraba miles de motivos para el retraso de su menstruación. Las náuseas matutinas las achacaba al café, que era demasiado fuerte, a las comidas irregulares, a la mala ventilación de la pequeña habitación que comparte con Waltraud, otra actriz. Waltraud, que solo puede dormir con la ventana cerrada, porque tiene miedo a que por la noche se les cuele un ladrón.

Sin embargo, desde esta mañana lo sabe con certeza: va a tener un hijo. Y eso pese a tomar la píldora anticonceptiva, ese nuevo método de planificación familiar que solo está disponible en Alemania desde el verano pasado. Ahora es oficial; el médico lo ha corroborado, no puede seguir negándolo. Y también es una catástrofe que pondrá su vida patas arriba.

Lo tenía todo tan bien planeado... Willi es el hombre al que ama, el hombre adecuado, con el que podría construir la vida que desea. Tendrían una gran familia en Wiesbaden, en un piso amplio y bonito, donde hubiera sitio para todos. No una familia en el sentido más tradicional y habitual; eso a ella no le apetece. Una familia en la que cada cual disfrutaría de la libertad que necesita. Ellos dos son personas trabajadoras que aman su profesión por encima de todo y que se respetan mutuamente. Willi actuaría en el Teatro Estatal, ella probaría suerte como actriz cinematográfica, y seguirían teniendo a su madre, que se ocuparía de Nora cuando ellos estuvieran trabajando.

Lo ha hablado con él muchas veces y de verdad creía que compartía su visión. Pero, por desgracia, ahora resulta que se equivocaba. La comprensión de Willi solo era fingida, su generosidad era falsa; en realidad es un provinciano estrecho de miras y un déspota del hogar, como todos los hombres.

Abre un momento los ojos y ve colinas con bosques de tonos otoñales por la ventanilla. ¿Ya están en Kassel? ¿En Wilhelmshöhe? Allí fueron de viaje de novios hace dos años. Subieron juntos por el bosque hasta el monumento a Hércules y contemplaron la fuente luminosa.

¡Qué felices eran y qué enamorados estaban! ¿No estará viéndolo todo demasiado negro? ¿Cómo puede haberse convertido una persona tan cariñosa como Willi en un tirano? No, es lo de estar sin trabajo, que lo tiene muy abatido. Está deprimido porque solo recibe rechazos, y eso le duele y lo deja hecho polvo. ¿Cómo va a reprochárselo? A ella le pasaría lo mismo.

Pero también están esos celos latentes causados por su éxito y que ella percibe en todas sus conversaciones. Es más: en lugar de apoyarla, Willi le pone piedras en el camino. Sí, señor. Eso hace. Cuando está en Hamburgo rodando, la llama casi todas las noches, como si tuviera que asegurarse de que se porta bien y se acuesta temprano. ¿Es que no comparte su alegría por haber logrado afianzarse en el negocio? No, él solo protesta porque ella quiere firmar más contratos cinematográficos. Es muy evidente que le tiene envidia. Tal vez lo siguiente sea amenazarla con retirarle su permiso como marido. Sin ese permiso, la esposa no puede firmar ningún contrato. ¡Para ella sería el fin!

No, la frustración y la baja autoestima de Willi no pueden

excusar algo así. Es más, ¿por qué no hace nada por cambiar su situación? No ha conseguido el contrato con el Teatro Estatal; de acuerdo, eso da rabia, pero al menos sigue teniendo el cabaret, y también podría dar clases de interpretación, esforzarse por conseguir un papel cuando viene una compañía invitada, intentar participar en alguna película. Pero no, él no quiere nada de eso. Él es actor teatral y está por encima de los telefilmes. Así que se pasea deprimido por el barrio, se sienta a perder el tiempo con sus padres en el Café del Ángel y se pelea con su madre en el piso. A eso hay que sumarle el correspondiente malhumor, y ahora incluso ha amenazado con buscar trabajo en Bochum, cosa que acabaría con lo de vivir juntos en Wiesbaden. ¿Para qué necesitarían un piso, si él no estaría nunca en casa?

Seguramente saltaría de alegría si supiera que está embarazada. ¿Cuántas veces le ha dicho lo mucho que le gustaría tener un hijo con ella? Niño o niña, eso le da igual. Pero un hijo propio, su pequeña familia de verdad; ese es el gran sueño de Willi.

Ay, sí. En el fondo tiene un corazón pequeñoburgués. Como decía Schiller, más o menos: «Y dentro reina la virtuosa ama de casa», mientras el marido sale «a la vida hostil del exterior» para hacer frente a las tormentas y ganarse el pan. Ja, ja... Ahí está el quid de la cuestión, porque, con lo que él gana ahora mismo, no podría mantener a la familia. Por supuesto, le atormenta saber que ella tiene un sueldo tan generoso. Wilhelm Koch es demasiado orgulloso para gastar el dinero que gana su mujer, así que prefiere que lo alimenten sus padres e ir a pie a todas partes para ahorrarse el billete del autobús.

Karin no quiere tener ese niño. Acabará con todo lo que ha construido. La obligará a renunciar a oportunidades profesionales para convertirse en ama de casa. Justo ahora, que acaba de firmar un contrato para un papel protagonista. Es una película con tres personajes, una obra escrita originariamente para teatro, pero que van a rodar como telefilme. La producción se realizará en los estudios de Unter den Eichen, en Wiesbaden, por lo que no tendrá que desplazarse a Hamburgo. Podrá estar la mar de a gusto en su piso. El rodaje empieza en enero y la película estará lista para la televisión a finales del año que viene.

Pero en enero ella estaría de siete meses, de modo que no podría interpretar a una joven enamorada y despreocupada que va saltando en vestiditos cortos por ahí. Si fuera una estrella de cine conocida, el productor retrasaría el rodaje y ya está. Pero ¿una principiante que por una vez en la vida ha tenido suerte? No, con alguien así no tendrán consideración. La sustituirán por otra. La competencia es feroz, muchas de sus compañeras esperan desde hace tiempo una oportunidad como esa.

En Hannover tiene que hacer transbordo, y luego se queda dormida de agotamiento en el tren nocturno a Hamburgo y no despierta hasta que llegan a la estación principal en plena noche. Todavía medio dormida, baja del tren y piensa si no sería mejor llamar a Waltraud. Es posible que no esté en casa, o quizá le haya ofrecido la cama a otra compañera. Pero las cabinas telefónicas de la estación no resultan muy acogedoras a esas horas intempestivas, así que decide coger un taxi para ir a Lehmweg, donde su amiga tiene alquilada una habitación amplia y bonita, con lavabo y bañera.

Cuando se apea del taxi frente al edificio se tranquiliza: las ventanas de la primera planta están iluminadas, o sea que Waltraud no está disfrutando de una de sus salidas nocturnas. Tarda un poco en abrir. Seguro que primero mira por la mirilla para comprobar quién llama a su puerta tan tarde.

—¿Tú? —pregunta, sorprendida—. ¿Pensaba que habías

bajado a Wiesbaden, con la familia? ¿Es que te ha echado de casa tu marido?

Va en camisón, tiene la cara cubierta por una crema pastosa y lleva puestos los rulos.

—Muy graciosa... —replica Karin, y deja la maleta en la entrada—. ¿Sigue libre mi cama, o ya tienes a alguien más?

—Pero ¿tú qué te has creído? —se indigna Waltraud—. ¿Que meto a hombres en mi habitación?

—Claro que no —la calma Karin—. Solo era una posibilidad lógica, puesto que yo no iba a ocupar la cama durante una temporada.

Waltraud se encoge de hombros y se recoloca el pañuelo de nailon translúcido que se ha atado en la cabeza para sujetar bien los rulos.

—Si quieres quedarte, por mí no hay problema. Instálate, pero no hagas ruido, por favor, que ya estaba en la cama.

—Lo siento. No he podido llegar antes. ¿Queda algo de cena?

No ha comido nada desde el desayuno y está muerta de hambre. Waltraud bosteza y señala con un pulgar la cocinilla del rincón.

—Coge lo que quieras. No hay mucho, pensaba ir a comprar mañana.

Karin deja la maleta junto a la cama y mira en la nevera. Las provisiones de Waltraud son muy escasas, en efecto. Debe de estar sin blanca. Media botella de leche, un resto de margarina, un pepino, dos huevos. En casa, en Wiesbaden, habría podido disfrutar de una cena decente, pero después de la visita médica solo ha tenido tiempo de hacer la maleta a toda prisa y coger un taxi para ir a la estación.

—¡El pepino no, que mañana lo necesitaré para la cara! —exclama su amiga desde la cama.

El pepino alisa la piel; es un viejo remedio casero. Waltraud tiene cinco años más que Karin y se preocupa mucho por cuidar su aspecto. Con treinta y tantos años, si quieres interpretar a la joven amante de alguien, la cosa se complica.

Karin fríe los huevos y, de postre, prepara leche con copos de avena.

—Pero friégalo todo ya, ¿quieres? —le pide su amiga—. Si no, olerá mal toda la noche.

Karin friega los platos y la sartén, limpia el fogón y por fin se deja caer en la cama, exhausta. En realidad debería llamar a Willi, asegurarle a su madre que ha llegado bien. Preguntar por Nora y decirle un par de palabras a la niña por teléfono. Pero está baldada y no consigue hacer el esfuerzo de levantarse e ir hasta el teléfono. El aparato está en el pasillo y lo comparten las cuatro habitaciones que tiene ese piso de alquiler. Mañana. Mañana llamará a Wiesbaden. ¿O mejor pasado? Tal vez para entonces ya lo haya hecho y por fin pueda olvidarse de todo.

—Dime, Waltraud, ¿todavía estás en contacto con Sylvia?

Su amiga deja el libro que estaba leyendo y la mira con curiosidad.

—La vi hace poco en Real Film, cruzando un pasillo a toda prisa. ¿Por qué te interesa?

—Quería preguntarle una cosa. ¿No tendrás su número de teléfono, por casualidad?

Waltraud busca una posición adecuada en la almohada. No es sencillo, porque los rulos le pellizcan el cuero cabelludo.

—Es posible. Mañana lo miro.

—Muchas gracias.

Karin abre la maleta, se desnuda y se pone el pijama. La goma del pantalón le aprieta. También tiene los pechos algo hinchados. Vaya por Dios. Con Nora, a esas alturas todavía estaba muy flaca. Más bien había adelgazado, porque no era capaz de comer nada.

—Estás embarazada, ¿verdad? —pregunta Waltraud de repente.

—¿Qué? ¿Qué te hace pensar eso?

Su amiga se vuelve hacia un lado y le dedica una caída de ojos.

—No es difícil adivinarlo, viéndote inclinada en el lavabo todas las mañanas. ¿Ya has ido al médico?

De nada sirve seguir negándolo; Waltraud lo sabe. Lo ha sabido desde el principio, pero no había dicho nada.

—Sí —confiesa ella—. Estoy de tres meses.

Su amiga se queda callada un momento. Luego habla en voz baja:

—Menuda mierda, ¿no? Entonces, de rodar en enero nada.

—Puede ser...

Karin se tumba en la cama y se tapa con la manta. No le apetece mucho confesarle sus inquietudes. Es simpática y está dispuesta a ayudar, pero no es capaz de tener la boca cerrada, y todos lo saben.

—Vamos a dormir, estoy agotada. Mañana iré a comprar, que, si no, nos moriremos de hambre.

—Como quieras.

Waltraud apaga también su lamparilla y la habitación se queda a oscuras. Solo de vez en cuando pasa un coche por la calle, y entonces la luz de los faros cruza la habitación y desaparece tras la ventana del rincón. Karin está tumbada boca arriba, mirando el techo. Una mosca zumba alrededor del rosetón de yeso blanco en cuyo centro antes colgaba una araña de luz.

«Veinte minutos y ya está —piensa—. Te vuelves a casa, te tumbas un rato y todo volverá a ser como antes. Luego regresaré a Wiesbaden y les diré que recibí una llamada diciendo que fuera urgentemente a Hamburgo, pero que todo está arreglado». Se pone una mano en la tripa. «Todavía es muy pequeñito —piensa—. Aún no es una persona, solo un embrión, no siente ni piensa. Incluso podría tener un aborto espontáneo. Eso pasa mucho...».

—¿Karin? —oye preguntar a Waltraud en voz baja.

Se hace la dormida y no responde.

—No lo hagas —susurra su amiga.

Ni que le hubiera leído la mente. Bueno, claro, no es la primera a la que le sucede esto, y Sylvia ofrece esa dirección a todas sus amigas.

—Marianne estuvo allí —dice Waltraud—. Casi se desangró y no podrá volver a tener hijos.

—Pero ¿qué disparates dices? —rezonga Karin—. No quiero oírlo.

—También comentan que incluso puedes morir.

—¡Déjame en paz! ¡Quiero dormir!

—Yo solo te lo digo. Porque algo así hay que pensarlo muy bien.

Karin se da media vuelta hacia el otro lado y se tapa hasta arriba con la manta. Lo último que necesita es una voz agorera. No quiere tener el niño, no quiere convertirse en un ama de casa. Quiere rodar esa película y ascender un par de peldaños más en la escalera del éxito. ¿Por qué no va a poder? ¿Solo porque es mujer? ¿Por qué puede un hombre dedicarse a su carrera sin que los hijos y la familia se lo impidan, mientras que una mujer siempre debe tener miedo a quedarse embarazada?

El sueño llega de repente y con fuerza. Sin darse cuenta, desde el salvaje torbellino de sus pensamientos se desliza al oscuro reino de los sueños.

Por la mañana despierta con ganas de vomitar. Waltraud ya se ha levantado y está haciendo ejercicios gimnásticos junto a la cocinilla. Dobla el torso hacia abajo y se toca las puntas de los pies con las manos. Karin se arrastra hasta el cuarto de baño y vomita en el lavabo, luego deja correr el agua y se lava la cara. Las extrañas y terroríficas imágenes oníricas que ha visto esa noche regresan a ella. Una joven pálida con ojeras oscuras le devuelve la mirada desde el espejo.

«Tengo que acabar con esto —se dice—. Lo antes posible. Y volveré a encontrarme mejor».

—No queda leche —informa Waltraud cuando regresa a la habitación.

Karin decide darle veinte marcos para que pueda hacer la compra.

—¿Qué quieres que traiga? ¿Café? ¿Manzanilla? ¿Pepinillos en vinagre? —bromea su amiga mientras se guarda el dinero en el bolsillo de la falda.

—Lo que quieras, pero antes dame el número de Sylvia.

—¿El número de Sylvia? Ah, bueno... No te hace falta.

Resulta que Waltraud tiene el nombre, la dirección y el teléfono de la «doctora» en cuestión anotados en su agenda de mano. Karin no pregunta por qué. Espera a que su amiga se marche con la bolsa de red para hacer la compra y entonces sale al pasillo, donde el teléfono, un aparato negro, está en una anticuada mesita de patas curvas junto a dos sillones de terciopelo. No hay nadie cerca que quiera usarlo, así que se da prisa en marcar el número.

—¿Diga? ¿Con quién hablo? —pregunta una voz de mujer.

—Buenos días. Soy Karin Koch. Llamo por un embarazo.

—¿De cuántos meses está?

—De tres. Una amiga me ha dado su número.

Oye susurros de papel... ¿Está tomando nota? ¿Comprueba el calendario en busca de fechas libres?

—Venga sobre las dos de la tarde. Para examinarla.

¿Examinarla? Bueno, claro, seguramente por teléfono tiene que andarse con cuidado.

—¿Y en ese mismo momento… lo hará?

—Venga a las dos. Es el ciento veinte de Cäcilienstrasse. ¿Cómo ha dicho que se llamaba? ¿Koch?

—Karin Koch.

—Hasta luego, señora Koch.

Se oye un clic. La conversación ha terminado. ¿Ha sido buena idea darle su verdadero nombre? ¿No habría sido mejor inventar uno ficticio? Se ciñe la chaqueta de punto alrededor de los hombros y siente un escalofrío. A las dos. Aún tiene cinco horas. Un plazo brevísimo.

Se abre una puerta y la señora Neumeyer, que también comparte el piso, sale al pasillo con paso firme.

—Ah, está usted aquí, señora Koch —dice con una voz ronca mientras se alisa la blusa sobre su generoso busto—. Ayer llamó su marido, a primera hora de la tarde, y le dije que no estaba.

¡Willi! Claro, estará enfadado porque se marchó de una forma muy precipitada. No, ahora no tiene presencia de ánimo para hablar con él.

—Muchas gracias, señora Neumeyer. Sí, por desgracia el tren llegó con retraso. Acabo de llamarlo ahora.

La mujer la mira fijamente y ella repara en que solo lleva puestos el pijama y la chaqueta de punto por encima.

—Debe de estar aquí para rodar otra película, ¿verdad? —pregunta la mujer con curiosidad—. Vaya, ¡tiene usted suerte, señora Koch! Su amiga hace años que lo intenta, y de momento nada le sale bien.

Hilde

No se cree eso de «¡Ya estoy mucho mejor, *ma colombe*!». Se da perfecta cuenta de lo mucho que sufre su marido, de cómo se traga el dolor cuando se levanta de la silla. Tiene toda la espalda enrojecida a causa de ese bálsamo del demonio que le ha dado Swetlana y que debe de funcionar durante un rato, pero luego le quema la piel como si fuera fuego.

—¿No estarás tomando analgésicos todos los días, Jean-Jacques? —intenta averiguar—. No es bueno para la salud.

—¡Claro que no! Ya no los necesito. ¡Voy por ahí dando saltos como un cervatillo, *mon chou!*

—Más bien como un burro cojo —replica ella.

Normalmente la habría agarrado y le habría hecho saber a su manera lo que piensa de esa respuesta. De viva voz. Pero esta vez se limita a castigarla con una mirada de reojo, y Hilde sabe lo que significa eso.

—¡Si no te cuidas, no mejorarás! —exclama, negando con la cabeza—. Pero no sé para qué digo nada, si no me escuchas.

—¿Cómo puedes pensar eso? —contesta él con una sonrisa—. Claro que te escucho cuando hablas. Pero ahora tengo que bajar, porque el trabajo me llama. *Donne-moi un baiser, ma petite colombe!*

Hilde lo abraza con fuerza y le da un beso con delicadeza.

«Ay, qué tozudo es... Esperemos que no se provoque daños irreversibles». Hilde ya ha ido a Eltville tres veces esta semana para intentar que entre en razón, pero no lo ha conseguido. Las uvas de riesling ya están en la bodega, el trabajo va a toda máquina ahí abajo y dentro de dos semanas habrá que vendimiar el borgoña. Los jornaleros polacos siguen ahí. Meta los alimenta y ellos arriman en hombro. Algo es algo. También Mischa parece colaborar, y Jean-Jacques habla maravillas de él.

—¡Si sigue así, algún día será un gran viticultor!

Hilde solo puede reírse al oírlo. Mischa es un joven inconstante que no sabe lo que quiere ni qué va a hacer con su vida. Ser viticultor seguro que no. Tal vez le divierta vendimiar la uva y utilizar el trujal de la bodega durante una temporada, pero en algún momento se hartará y desaparecerá de la noche a la mañana. ¿Para qué va a esforzarse en aprender una profesión? Cuando cumpla veintiún años, recibirá la fortuna de su abuela, que murió hace dos y lo declaró heredero universal. Hasta entonces, August administra el dinero y las propiedades inmobiliarias de su hijo adoptivo, y Hilde sabe que su hermano mayor realiza ese cometido a conciencia y con sumo cuidado. Pese a todo, ella opina que ese dineral que le espera no le hace ningún bien al chico. Seguro que se dedica a derrocharlo hasta quedarse sin nada, y entonces volverá a encontrarse con una mano delante y otra detrás, y sin una profesión de verdad. Casi todos los miembros de la familia comparten esa opinión. Solo su padre, que siempre ve lo mejor de las personas, suele decir: «Dadle tiempo al chico, que un día encontrará su lugar en esta vida».

Ese lugar no parece que vaya a ser la bodega, al menos a la larga. Hilde está a punto de subirse al Escarabajo cuando oye a Mischa.

—¡Hola, tía Hilde! Me gustaría volver contigo.

Lo mira de arriba abajo y está a punto de pedirle que por lo menos se ponga unos zapatos limpios, pero él se le adelanta.

—Solo un momento, enseguida estoy listo.

Hilde se sienta al volante a esperarlo con impaciencia. Precisamente ese día, que va tan justa de tiempo... Hay que hacer preparativos porque esa tarde Alma Knauss va a celebrar su cumpleaños en el café. Para eso hay que adornar la sala contigua con flores, y Hilde quería pasar un momento por casa de Luisa para preguntarle si puede ir a echarles una mano. El teléfono de los Bogner sigue sin funcionar. A Hilde empieza a parecerle sospechoso y está algo preocupada.

Cuando Mischa cruza corriendo el patio en dirección al coche, ella tiene que frotarse los ojos. Americana azul marino, camisa blanco nuclear, pantalones con la raya planchada y zapatos recién lustrados. Sabe que Swetlana le lleva una muda y ropa limpia a su hijo cada pocos días, pero hasta ahora Mischa no se había puesto nada de todo eso ni una sola vez.

—¿Qué planes tienes? —pregunta, sonriendo satisfecha—. Te has puesto muy elegante, Mischa.

—Es por deferencia, tía Hilde —comenta él con simpatía, y se sienta a su lado—. Si quiero que me lleves, no puedo ir con pintas de vagabundo.

Ella no se cree una palabra. Sobre todo porque ahora le dice que también quiere cortarse el pelo. ¡Ahí hay gato encerrado! ¿No irá a ver a Julia Wemhöner? Ella lo acogió tras la muerte de Addi, y Hilde llegó a sospechar que Mischa estaba enamorado de esa mujer. Pero solo aguantó una temporada trabajando para ella y luego se hizo a la mar, siguiendo el ejemplo de Addi.

Ahora va sentado en el asiento del copiloto y no deja de hablar de los niveles de Oechsle que ha tenido que medir con el refractómetro, del mosto que está fermentando en los contenedores y del maravilloso riesling que esperan conseguir este año.

—Una prensa eléctrica, eso tendría que comprarse tu marido de una vez —opina—. Así se acabaría lo de deslomarse tanto. Ese viejo trasto es una pieza de museo.

Hilde sonríe. Sabe que Jean-Jacques le tiene mucho cariño al viejo trujal porque se parece al artefacto que usaba su padre. Su hermano, en la Provenza, hace tiempo que lo sustituyó, pero a su marido le gusta lo tradicional.

—Y una furgoneta nueva tampoco sería mala idea —añade Mischa, a quien Jean-Jacques ha acabado por prohibirle que conduzca.

—En eso es como darse contra una pared —comenta Hilde—. No renunciará a su Goélette hasta que deje de funcionar del todo.

—Con esa tasca se podrían hacer muchas cosas —fantasea Mischa—. Solo habría que invertir.

Se ha puesto a llover. El chico espera en el coche mientras Hilde cruza corriendo el jardín de la casa de Luisa y llama al timbre. Los parterres del huerto están medio arrancados. Todavía quedan un par de repollos y también coles de Bruselas, que se pueden cosechar hasta bien entrado el invierno. En las plantas de fresas se ve algún fruto rojo aquí y allá. Luisa abre la puerta con su bata sin mangas, en zapatillas de andar por casa y con un pañuelo atado en la cabeza. A Hilde le parece que está afligida. Luisa es una mujer muy guapa, pero últimamente no se saca mucho partido. Sería una lástima que siguiera descuidándose tanto.

—Ah, Hilde, eres tú —dice—. Pasa, pasa. Estoy haciendo conservas.

Huele a manzana cocida. Debe de estar preparando compota con las manzanas caídas. Ahorra en todo lo que puede.

—Gracias, pero tengo que irme enseguida. Solo quería preguntarte si esta tarde podrías pasarte por el café.

Luisa se seca las manos en la bata y parece alegrarle la oportunidad.

—Claro que sí, tengo tiempo. Fritz se quedará en casa esta tarde, así que puede cuidar de las niñas. ¿A qué hora quieres que vaya? ¿Sobre la una?

—Con que llegues a las tres es suficiente. Empezaremos sobre las cuatro.

—Pues a las dos y media me tienes ahí.

—Oye, ¿qué os pasa con el teléfono? —pregunta Hilde.

Luisa sonríe avergonzada y se encoge de hombros.

—Yo tampoco lo entiendo, pero me han asegurado que se solucionará pronto.

—Bueno, eso espero. Por algo se paga una cuota, ¿verdad?

—Disculpa, tengo que ir a la cocina. Nos vemos luego.

Al regresar a la verja, Hilde se tapa la cabeza con el abrigo para no mojarse el pelo. Mischa tamborilea impaciente con los dedos en el salpicadero; parece que tiene prisa por acicalarse. El trayecto se hace pesado a causa de los numerosos baches del adoquinado, y Hilde tiene que pisar el freno de repente al cruzarse ante ella una pelota de unos niños que juegan al fútbol. Es una lástima que haya tan pocos parques infantiles en Wiesbaden. Por todas partes construyen edificios anodinos, pero nadie piensa en los niños.

—Por desgracia, para hablar con Luisa tengo que venir a su casa porque no les funciona el teléfono —le explica a Mischa.

—Correos se lo ha cortado porque no han pagado las facturas —dice el chico.

Hilde se sobresalta. ¡Conque era eso!

—¿Y tú cómo lo sabes? ¿Te lo ha dicho tu madre?

—¡Qué va! —contesta él, y se aparta el pelo hacia atrás—. Me lo dijo Sina. No quieren que nadie se entere porque les da vergüenza. No tienen dinero.

«Ay, Dios mío —piensa Hilde con cargo de conciencia—. La semana pasada le dije a Luisa que solo la necesitaría de vez en cuando porque ahora tendremos a Simone en el café. Y yo que creía que, como va tan apurada con las niñas tiene mucho que hacer en casa, incluso le hacía un favor. ¿Cómo es que no me dicho nada?».

Le da vueltas a cómo podría ayudar a los Bogner. Podría quitarle horas de trabajo a Swetlana, desde luego, pero ella es imprescindible para los platos del mediodía; su sopa de gulasch es una delicia, y nunca acepta que se la paguen. Bueno, puede permitírselo. Pero Luisa necesita el dinero. Aun así no puede contratarla si no hay nada que hacer. Tiene que ocurrírsele algo.

Deja a Mischa en Rheinstrasse, delante de una peluquería, y tuerce por Wilhelmstrasse. La entrada al patio del Café del Ángel vuelve a estar obstruida por un vehículo aparcado. ¡Qué fastidio! Tiene que dejar el coche cerca del Teatro Estatal y correr hasta el café bajo la lluvia. Por supuesto, justamente hoy no lleva ningún paraguas en el coche. Cuando las cosas se tuercen, se tuercen pero bien.

Entra en el café por la puerta giratoria con el pelo y los zapatos mojados y descubre que dentro el ambiente está muy cargado. Los caballeros habituales se han reunido alrededor de su padre para compartir un aperitivo. Hasta Paul Reblinger está hoy con ellos; dos amigos han ido a sacarlo de su piso porque él ya no puede bajar solo la escalera. Y Hubsi Lindner, que antes tanto disfrutaba tocando el piano en el café. El pobre tiene artritis en los dedos y ya no puede tocar, pero se esfuerza por dar clases. Casi todos los señores beben vino y fuman, o cigarrillos o en pipa, y también más allá hay tres jóvenes actrices fumando con placer en una mesa. Hilde saluda a la concurrencia, le hace una señal a su padre y abre discretamente la ventana.

—¡Que va a entrar la lluvia! —protesta el director de coro Firnhaber.

—¡Hay corriente! —se queja alguien más.

Es un cantante de ópera, un tenor. Fuma como un carretero, pero va por ahí con un chal en el cuello porque tiene un miedo horrible a pillar un resfriado. Hilde cierra un poquito el batiente de la ventana.

—Solo cinco minutos. El aire fresco es sano. ¿Puedo traerle otro café?

—Sí, un Rüdesheimer. ¡Con su brandi y mucha nata!

—Enseguida, señor.

El «café Rüdesheimer» lo preparan con brandi Asbach Uralt y es muy apreciado, sobre todo en otoño. «Ha empezado la estación de los catarros», piensa Hilde. Tendrán que pedir tres botellas de Asbach, y ron para hacer el *grog* caliente. Especias también. «Necesitaremos una caja de borgoña del año pasado, que salió ácido y, con el azúcar y las especias, quedará muy bueno como *glühwein*. Qué tonta... Hoy podría haberme traído la caja directamente de Eltville». Entra en la cocina para anotarlo enseguida en la lista de compras pendientes que tiene colgada en la pared. Le resulta práctico, porque así también Richy puede apuntar lo que necesita.

—¿Todo bien por aquí? —pregunta al entrar, y mira a su alrededor.

—¡Todo de maravilla, jefa!

Simone está colocando varias copas de vino en la bandeja, Richy y Otto trabajan juntos detrás, en el anexo de la repostería. Para la fiesta de cumpleaños de esa tarde, Alma Knauss ha encargado cinco pasteles y tartaletas variadas. Todo tiene que estar recién hecho, porque la mujer es muy exigente.

Después del café, los invitados del cumpleaños tienen una visita guiada por el Teatro Estatal, y luego la anfitriona ha reservado una mesa para un exquisito menú de cinco platos en el restaurante del Blum. Así que la competencia volverá a llevarse la mejor parte, por supuesto, pero Hilde ya está acostumbrada.

Envía a Otto a la floristería. El joven es un poco pesado con su incesante palabrería, pero le va muy bien tenerlo a mano. La semana pasada guardó bien apiladas en el sótano las mesas y las sillas de fuera, que ya no usan, y enrolló los toldos a la perfección. Sigue viviendo arriba, con Richy y Johanna; nadie ha vuelto a mencionar que esté buscando habitación. Hilde estudiará un poco más la situación y luego les comentará con amabilidad a sus inquilinos que un invitado solo puede quedarse en un piso durante un periodo limitado. Y que no les está permitido subarrendar. Tiene que actuar con tacto, desde luego, porque en modo alguno querría molestar a Richy. Jamás encontraría a otro pastelero de su categoría.

Se dispone a colocar las mesas de la sala contigua formando una única hilera larga. A continuación pone los manteles blancos y almidonados y los deja perfectamente lisos. Después sacarán el precioso servicio nuevo que lleva el emblema del café: un pequeño ángel dorado con una taza de café dentro de un corazón. Las cucharillas y los tenedores de postre también hacen juego. Los encargó iguales que el remanente que les quedaba de los difíciles años de posguerra. Por entonces tuvo que vender muchos de ellos en el mercado negro para mantener el café a flote. ¡Fueron tiempos muy complicados!

«Ya hace dieciséis años que terminó la guerra —piensa—. Nuestros hijos, gracias a Dios, solo la conocen de oídas. Las cicatrices que dejó en la ciudad han desaparecido hace tiempo, se han levantado nuevos edificios de los escombros, tenemos pleno empleo, podemos permitirnos ese dispendio».

Pero las cicatrices que el conflicto armado dejó en el corazón y el ánimo de las personas no son tan fáciles de borrar, y tampoco las numerosas heridas de guerra que mucha gente arrastra todavía. A su padre cada vez le cuesta más caminar con la prótesis de la pierna, y el pobre Fritz sigue temiendo perder la vista.

Otto llega con las flores y la saca de sus cavilaciones. Ha traído crisantemos, rosas y velo de novia; tendrán que cortar los tallos a medida fuera, en el patio, porque dentro lo ensuciarían todo. Le encarga a Simone que prepare los ramos en los jarrones y va a ver cómo lo llevan en la cocina. Swetlana ya ha llegado con la ineludible sopa de gulasch. Al final, August ha dado su brazo a torcer y deja que cocine habitualmente para el Café del Ángel.

—Le he dicho a August que la vida ya no me hace feliz. Él está siempre en el bufete, Mischa en Eltville y Sina en el colegio. Si no puedo cocinar para el café, ¡ya no sé qué voy a hacer!

—Eres una gran ayuda para nosotros, Swetlana. ¡No sé cómo agradecértelo! —contesta ella.

Su cuñada deja la olla y sonríe, feliz.

—¿Sabes, Hilde? El Café del Ángel es como un hogar para mí. Aquí me encuentro con personas, puedo vivir y respirar, hablar y reír. En casa, en la villa, no hay más que silencio toda la tarde. La señora Wegener es la única que va por allí, pero quiere limpiar, no charlar. Me siento muy sola, como en una isla remota.

—Nosotros nos alegramos mucho de que vengas —dice Hilde, emocionada.

«Ay, madre mía —piensa—. No puedo reducirle horas a Swetlana. ¿Cómo voy a hacerle eso? Pero, entonces, ¿qué le digo a Luisa? Si le cuento a Swetlana los problemas que tiene, se irá corriendo a verla y le ofrecerá dinero, pero Luisa no querrá aceptarlo de ninguna de las maneras. Eso solo lo complicaría todo más aún...».

Hoy Swetlana no tenía turno, solo ha ido a llevarles la sopa y luego recogerá a Sina del colegio y se la llevará al zoo de Frankfurt. En realidad, debería llevar también a Petra y a Marion, pero Fritz lo ha prohibido. Marion se ha portado mal y está castigada en casa, y Petra tiene que practicar con el violín. La semana que viene actúa en Maguncia, ante un círculo de damas ilustres o algo así. De manera que Swetlana dejará a Laika en casa de los Bogner y se irá al zoo sola con su hija.

—No entiendo por qué tienen que amaestrar a una niña pequeña como si fuera un mono con traje —le dice indignada a Hilde—. Petra siempre está tocando el violín, y la pobre Marion es una niña tan dulce... ¿Por qué la castigan?

Otto se inmiscuye en la conversación porque siempre tiene que meter cuchara.

—¿Cómo puede hacerle alguien eso a sus hijas? —se exaspera—. Una niña es un ser vivo. Necesita aire y libertad para poder crecer. Si no, acabará siendo un bonsái.

—¿Un qué? —pregunta Swetlana, que nunca había oído esa palabra.

—Un árbol en miniatura del Japón.

Antes de que la discusión se alargue más, por suerte aparece Simone.

—¡Tres de sopa de gulasch con pan! —exclama—. Y una ensalada con huevo.

Ya están aquí los clientes del mediodía. Hilde cobra deprisa a los caballeros de la mesa de los habituales y pide un taxi para Hans Reblinger. Todo está saliendo a pedir de boca: Simone atiende a los hambrientos clientes del almuerzo, Otto prepara los platos en la cocina, ella se encarga de las bebidas. Pero su madre vuelve a entrometerse; ya ha preparado la comida para Frank y para Andi, y ahora baja al café a ver qué hacen en la cocina.

—¿Por qué sirves la sopa en los cuencos grandes? —le pregunta con reproche—. ¡Eso es para una comida completa, no para un pequeño tentempié!

—Ve a ver qué quiere papá —dice ella para distraerla—. Acaba de preguntar por ti.

Su madre resopla con rabia, sale al café y abre todas las ventanas.

—¿Habéis vuelto a fumar como energúmenos? —le recrimina a Heinz—. Casi se asfixia una con esta peste. ¡A vuestra edad tendríais que ser algo más sensatos!

—¿Por qué te enfadas, cariño? —dice su marido, que está algo achispado después del aperitivo—. En todo el café huele de maravilla: a la sopa de Swetlana.

—Aderezada con nicotina —gruñe Else, y se sienta a su lado—. Simone, tráenos dos cafés, por favor. ¡Y una sopa para mi marido!

—¿Y tú, cielo? —pregunta este—. ¿Es que no quieres un poco de sopa?

Todos los mediodías le hace la misma pregunta, así que en realidad está de más, pero es casi un ritual entre ambos y nunca renuncian a él.

—Ya he comido arriba con los chicos, Heinz. Huevos duros con mostaza y patatas nuevas. Pero, si prefieres la sopa de gulasch de Swetlana, ¡eres muy dueño de hacer lo que quieras!

Hilde escucha la pequeña riña de sus padres mientras llena cuencos de sopa y prepara rebanadas de pan como guarnición. Detrás, en el anexo de la repostería, ya tienen listos los pasteles para la celebración del cumpleaños. Richy ha vuelto a decorarlos con su particular finura. Hojitas verdes, rosas rosadas y una inscripción con una letra preciosa: «¡Feliz cumpleaños!». También ha preparado unos bocaditos dulces que ahora coloca con cariño en expositores de varios pisos. Alma Knauss y sus invitados estarán encantados. Algunas de las damas han perdido bastante la línea en los últimos años, cosa que, sin embargo, no ha disminuido su pasión por los pasteles y los dulces. «Nunca viene mal tener un poco de reservas —suele comentar Alma Knauss—. En cuanto caes enferma, todo se pierde».

A las dos y media llega Luisa para empezar su turno. Está algo pálida, pero aun así se ha arreglado. Lleva el pelo recogido en un bonito moño y se ha puesto pintalabios. La blusa oscura y la falda negra están ya bastante gastadas, pero con la cofia de encaje y el delantal blanco de camarera se la ve muy decente. Servirá en la fiesta de cumpleaños de la sala contigua. Simone será la responsable del salón principal y Hilde estará de apoyo, se encargará del café, preparará las bebidas y lo supervisará todo.

La Künzel aparece con su habitual vestuario llamativo y empuja el piano para colocarlo mejor; Alma Knauss le ha pedido que toque música de la buena mientras toman el café. Por unos honorarios razonables, se entiende. También se supone que actuará Willi, aunque todavía no está claro que se presente. Desde que anteayer se llevó una cantidad considerable de trozos de pastel, no ha vuelto a aparecer por el café.

—El pobre chico tiene problemas —comenta su madre con un suspiro—. Lo noto hasta en los huesos: nuestro Willi no está bien. ¡Ay, yo siempre me opuse a que se casara con esa actriz!

Hilde está harta de oírla. El «pobre Willi» tiene problemas matrimoniales, el «pobre August» trabaja demasiado. ¿Acaso nunca se preocupa por su hija? No logra recordar ni una sola vez que se haya inquietado por ella. A ella siempre le exigen: que haga, que corra, que prepare... Y, cuando quiere descargar de faena a su madre, aún tiene que soportar contestaciones de lo más desagradables. Si su hermano Willi tiene problemas matrimoniales, seguro que la culpa no es solo de Karin, sino también de él mismo. Hilde está convencidísima. En lugar de dejar que su madre lo mime tanto, debería arremangarse y ganar dinero. Si actuando no puede, pues de otra forma; al fin y al cabo, en el periódico hay páginas llenas de anuncios.

Sobre las tres y media llega Alma Knauss acompañada de Ida Lenhard para supervisar la sala y colocar los cartelitos impresos con los nombres. Espera a quince damas y tres caballeros; una amiga ha tenido que cancelar a causa de una fuerte infección de garganta, uno de los señores padece de la próstata y tendrá que sentarse cerca del baño. A la Künzel le indica que no toque muy alto, porque quiere que se pueda conversar. Los pasteles que Luisa le presenta reciben el beneplácito de la anfitriona. Hilde felicita a Alma Knauss por su cumpleaños de todo corazón, pero la mujer apenas la escucha.

—Gracias, gracias... Las florecitas son un poco pobres, pero bueno. Cuatro de los invitados prefieren té, cinco damas toman café descafeinado. ¿Te has acordado del licor de menta? Ah, sí, ahí está. Y el aguardiente Goldwasser de Danz. Muy bien...

Los invitados empiezan a llegar. Hilde se hace cargo de abrigos y sombreros y los conduce a la sala contigua, desde donde ya llega la tenue música del piano. Simone está liadísima en el salón principal; fuera ha empezado a llover, así que el iluminado salón interior del café atrae a parroquianos y paseantes por igual para tomarse un agradable cafecito. En la pequeña mesa de la ventana, que está pensada para solo dos personas, Simone se entretiene más de lo normal. Hilde tiene que mirar dos veces: ¡pero si es Mischa con su nuevo corte de pelo! Está muy guapo, con esos brillantes ojos oscuros y el pelo claro. ¿De qué hablarán esos dos? Ve que Mischa levanta la mirada hacia Simone, le sonríe con su encanto característico y le dice algo. Entonces se sonroja y baja la vista. ¿No habrá intentado invitarla al cine o al teatro? Seguro que ella le ha dado calabazas. Simone trabaja todas las tardes en el Café del Ángel y no se coge ni un día libre. Menos aún para salir con un chaval de dieciocho años.

—¡Anda, Willi! —oye exclamar a su madre entre el rumor de voces y el tintineo de tazas—. ¡Qué alegría verte, hijo mío!

—Luego, mamá —contesta él.

Vaya. Con problemas matrimoniales o sin ellos, su hermano no deja que le estropeen la entrada en escena. Es todo un profesional. Cuando abre la puerta de la sala contigua, se oyen las ampulosas palabras de un discurso en honor a la homenajeada.

—... nuestra querida Alma, cuyo gran corazón todos conocemos. Incansable defensora de los artistas de Wiesbaden, mujer de exquisita educación y cultura...

Se oyen los corchos de las botellas de champán, que estaban preparadas en cubiteras llenas de hielo y con las copas a un lado, en una bandeja plateada. Luisa sirve y todos brindan enseguida por Alma. Seguramente Willi y la Künzel disfrutarán también de una copita antes de empezar la función.

Willi canta tres cuplés de los que suele interpretar en el cabaret. Lo hace tan bien que hasta los clientes del café interrumpen sus conversaciones para escucharlo. La canción que siempre le gusta más a Hilde es la del abrigo ligero, compuesta por Otto Reutter, a quien su padre llegó a ver aún sobre el escenario. Cuando Willi ha terminado su actuación, recibe un entusiasta aplauso en la sala y después regresa al salón principal, donde le espera otra ovación. Él se inclina, sonríe con su encanto pícaro y avanza contento hacia la mesa familiar.

—¡Ay, Willi! —exclama su madre, embelesada—. Estás

hecho todo un artista. No entiendo que no quieran contratarte.

Hilde se alegra de no poder seguir escuchando porque está demasiado ocupada. Parece que la actuación de Willi ha sido el punto culminante de la celebración y los invitados quieren marcharse ya. Hay que devolverles los abrigos, los bastones y los sombreros, y en los servicios de señoras se ha formado cola porque todas tienen que pasar por el baño antes de la visita al Teatro Estatal.

—Ha sido fantástico, como siempre, querida Hilde —dice Alma Knauss, animada por el champán, y acepta con discreción el sobre que le entrega esta.

Es la cuenta, que tiene preparada desde ayer. Los negocios son los negocios.

Cuando los satisfechos invitados salen del café para cruzar Wilhelmstrasse y acercarse al Teatro Estatal, el local se queda mucho más tranquilo. Luisa y Simone recogen la sala contigua, llevan la vajilla y los restos de pastel a la cocina y se disponen a fregar los platos.

La voz de Willi ha perdido su tono alegre. Está sentado con su madre, abriéndole su corazón con el rostro demudado.

—Todo ha terminado. Tiene a otro.

—¡Lo sabía! —exclama Else.

—Se marchó a Hamburgo a toda prisa y no la he localizado en la habitación de su amiga.

—Está muy claro, Willi. ¡Se ha quedado a dormir con ese sinvergüenza! Tendrías que haber hecho caso a tu madre.

—Jamás habría imaginado algo así de ella.

—Es que has sido muy ingenuo. Esas mujeres tan sofisticadas se aprovechan sin piedad de los hombres y luego se deshacen de ellos como si fueran un pañuelo de papel.

Hilde está muy sorprendida; no había esperado eso de

Karin. De todos modos, reprime la tentación de sentarse con su hermano y sus padres, porque la exagerada compasión de Else con «su Willi» vuelve a sacarla de quicio. Además, una crisis matrimonial como esa siempre tiene dos caras. ¿No habrá también motivos para que Karin haya abandonado a su marido? Entra en la cocina para ayudar con los platos y luego paga a Luisa con generosidad. Le da un paquete con restos de pastel y envía a Simone al salón del café, donde todavía queda una pareja joven disfrutando de unas copas de vino.

Entonces se fija en Richy y en Otto, que por lo visto están revisando la despensa en el anexo de la repostería. ¡Ay, qué tierno! Otto ha rodeado con un brazo el cuerpo flacucho de Richy y le frota el hombro; esos dos son muy buenos amigos, la verdad.

—¡Hora de cerrar! —exclama, y da unas palmadas.

Lo que no acaba de explicarse, de todos modos, es por qué se sobresaltan tanto y se separan enseguida.

«Los hombres son unos seres muy susceptibles —se dice—. Tal como puede comprobarse con el llorica de Willi».

Petra

Hoy vuelve a ser uno de esos días. Por la tarde tiene que coger un tren con su padre porque por la noche tiene actuación. Aunque en realidad no le apetece lo más mínimo.

A Petra le gusta tocar el violín. También le gusta tocar para otras personas y recibir elogios. Se alegra mucho cuando su padre se siente orgulloso de ella, pero todo el esfuerzo que hay que hacer para conseguirlo le resulta una auténtica lata. Además, también le parece cruel que ella siempre tenga que tocar el violín mientras que otros niños pueden salir a jugar. Sina estuvo hace poco en el zoo con su madre, y a Petra le habría encantado acompañarlas. Pero no pudo ir. Su padre se lo prohibió. Porque le ha comprado un violín nuevo, un violín tamaño tres cuartos, que es casi tan grande como uno de verdad. Antes tocaba con uno de tamaño medio, y le iba muy bien. Pero el violín nuevo es más largo y a veces le cuesta llegar a las cuerdas con la mano izquierda, así que tiene que practicar mucho.

No le gusta el nuevo violín. Para empezar, porque por su culpa sus padres han discutido esta noche en la cocina. Siempre se meten ahí para que Marion y ella no los oigan, pero Petra ha bajado la escalera sin hacer ruido y se ha puesto a escuchar junto a la puerta.

—¿Y tenía que ser justo ahora, Fritz? —ha preguntado su

madre con tono de reproche—. Sabes muy bien que vamos justos de dinero.

—Ahora o nunca —ha contestado su padre con mucha calma—. Petra ha crecido un poco, así que le hacía falta ese violín, Luisa. Podía conseguirlo a buen precio a través de un compañero y he aprovechado la oportunidad.

—Ciento veinte marcos, Fritz —se lamenta su madre en voz baja—. No teníamos previsto semejante dispendio. Ahora no podré pagar la segunda factura del teléfono y nos aplicarán más gastos de penalización.

—¿No trabajaste más horas en el Café del Ángel hace poco? Seguro que ganaste algo extra, ¿verdad?

—Ese dinero lo gasté en comida hace tiempo...

—¿En comida? ¿No dijiste que podríamos vivir todo el invierno con lo que habíamos cosechado en el huerto? ¿No habías preparado algunas conservas?

—Pero eso solo son... Un momento, Fritz, por favor.

Petra oye que su madre retira la silla, señal de que se ha levantado, y enseguida sube corriendo otra vez y se acuclilla en lo alto del descansillo.

—¿Petra? ¿Marion? —oye que llama su madre en voz baja desde el pie de la escalera.

No mueve ni un dedo, pero de pronto se da cuenta de que su hermana también lo ha oído, porque está ahí de pie, junto a la puerta de su habitación.

Su madre aguarda un momento más y ellas temen que vaya a subir y las pille ahí, pero entonces oyen que la puerta de la cocina vuelve a cerrarse.

—Otra vez discuten por tu culpa —sisea Marion.

—¡Eso no es verdad!

—¡Claro que sí! Porque tus clases de violín son muy caras, y ahora, encima, tienes un violín nuevo. Y por eso no tenemos dinero.

—Ese maldito violín me importa un bledo —murmura Petra con rabia—. Puedes quedártelo si quieres.

Pero Marion no quiere el violín. Solo quiere chinchar a su hermana pequeña. Como siempre, últimamente.

—Por tu culpa no me compran zapatos nuevos. Porque los tuyos tienen que ser de charol.

Los zapatos de charol que su madre le compró en la zapatería salieron bastante caros. Son un número más que el suyo para que los pueda usar durante más tiempo, y Petra no los soporta porque con ellos camina como un pato. Pero en las actuaciones tiene que llevar calcetines blancos subidos hasta las rodillas y zapatos negros de charol; su padre considera que es importante. Cree que es cruel que ahora Marion, encima, le reproche esos zapatos horribles.

—Y tú sacas malas notas en el colegio porque eres muy tonta —replica Petra, furiosa.

Pero entonces tiene que irse corriendo porque Marion quiere darle un bofetón. Lo hace bastante a menudo, así que Petra ha aprendido a esquivarlos con habilidad. Por eso su hermana se da contra el panel de la puerta y se hace daño en los dedos.

—¡Mañana te vas a enterar! —amenaza, agitando la mano herida.

—Más tonta que hecha de encargo —remata Petra, triunfal, y cierra la puerta de su habitación.

Dentro, se mete en la cama y se tapa con la manta. Aguza los oídos, preocupada: sus padres siguen discutiendo en la cocina. Oye las voces, pero desde su habitación no entiende lo que dicen. Una especie de tristeza le oprime el corazón. Esta vez, por desgracia, cree que Marion tiene razón: se pelean por culpa del violín que le ha comprado su padre. Ha costado tanto que ahora no pueden pagar el teléfono. Hablar por teléfono sale bastante caro, solo puede hacerlo su padre, y a veces también su madre. Marion y ella lo tienen terminantemente prohibido. Pero ahora nadie puede, y cree que la culpa es de ella. Igual que cree que es culpa suya que Marion no tenga zapatos nuevos y deba ir por ahí con esas viejas botas de invierno que le obligan a encoger los dedos de los pies. Todo por su culpa.

Se acurruca en la cama y sigue escuchando. Abajo se ha hecho el silencio. Alguien abre la puerta de la cocina y sube la escalera. Es su padre; reconoce sus pasos. Se mete en el baño, abre el grifo y luego va a su dormitorio. Su madre sigue en la cocina. Petra está acongojada. Siempre que discuten pasa lo mismo. Su padre se marcha al cabo de un rato y deja a su madre allí sentada mientras él va a esconderse porque no quiere seguir peleándose. Ahora oye sollozar flojito a Marion en su cama.

«Está igual de triste que yo —piensa Petra—. Pero no quiere que nadie lo sepa. Por eso se porta mal conmigo y dice que todo es culpa mía».

Se tapa más la cabeza con la manta, porque de repente siente que algo oscuro y tenebroso se arrastra hacia ella desde un rincón de la habitación. Está convencida de que si se queda muy quieta bajo la manta, el espíritu de las sombras no la encontrará, solo vagará un rato por la habitación y luego saldrá por el agujero de la cerradura. Pero no se va de la casa, solo sube al desván y ahí roe las vigas de madera, que crujen, y a veces también sacude las paredes, que sueltan chasquidos y se les desconcha el enyesado. El oscuro espíritu de las sombras es malo, hay que guardarse de él.

Por la mañana, cuando la luz del sol entra a través de las cortinas, la sombra ha desaparecido. Entonces su madre se acerca y le acaricia la mejilla.

—Estás toda sudada, Petra —le dice—. Ya es la hora, cielo, tienes que levantarte.

Cuando ha salido de la cama, se encuentra la puerta del baño cerrada. Marion siempre consigue meterse justo antes que ella y, como no quiere que Petra esté delante cuando va al retrete, cierra con pestillo. Así que tiene que esperar al otro lado de la puerta hasta que su hermana haya acabado ahí dentro y le abra. Cae en la cuenta de que hoy vuelve a ser uno de esos días: tiene que ir a una actuación con su padre. En realidad preferiría quedarse en casa y, si no tiene más remedio que tocar, le gustaría hacerlo con su antiguo violín. Pero ayer su padre se lo llevó porque quería venderlo.

No reparó en ello enseguida. Marion abre la puerta y, al entrar desprevenida en el cuarto de baño, su hermana le suelta un bofetón.

—¡Esto, por lo de anoche!

Petra no se lo devuelve. ¿Para qué? Marion es más fuerte, tiene dos años más que ella y le saca bastantes centímetros. Ni siquiera protesta; no piensa darle ese gusto a su hermana. Chivarse no es una opción, porque entonces su madre vuelve a empezar con que quiere saber cómo es que se han peleado y se monta una escena interminable. Ya encontrará algo para vengarse...

Abajo, en la cocina, su madre ha encendido la cocina de carbón. Hace calorcito, huele a batido de cacao caliente y a rebanadas de pan tostado, que su madre siempre pone encima de la placa para que estén crujientes. Marion se ha sentado en su silla, obediente, y deja que su madre le haga las trenzas. La cara de inocente le sale tan bien que nadie imaginaría que, arriba, acaba de darle un bofetón a su hermana pequeña. Petra mordisquea una tostada con mantequilla. Para beberse el batido de cacao, se tapa la nariz. No le gusta el chocolate; en realidad, por las mañanas no le apetece comer nada. Solo beber algo, como mucho, pero no ese cacao grasiento.

—Dios bendito, Petra —dice Luisa con un suspiro, y se

quita de la boca la goma del pelo para atarle la trenza a Marion—. Qué enredado vuelves a tener el pelo. Espérate que ahora te peino.

—Petra se tapa la cabeza con la manta —dice Marion—. Por eso acaba con todo el pelo revuelto.

Siempre encuentra algo que criticar. Por suerte, su madre no le sigue la corriente y, en lugar de eso, quiere ver la cartera de su hija mayor para comprobar que lleva todos los libros y los cuadernos. Entonces Marion tiene que oír cómo su madre le dice que debe portarse bien en el colegio.

—¡Le he prometido a tu profesora que no volverá a pasar, Marion!

—Sí, mamá.

—Y contesta en clase cuando sepas la respuesta. No te quedes embobada, hija. Presta atención para seguirles el ritmo a los demás.

Petra no recibe ninguna regañina, y eso molesta muchísimo a Marion. Pero a ella le va bien en la escuela. No tiene que esforzarse en absoluto, a veces incluso se aburre porque los demás son muy lentos.

—Segundo aún es fácil —dice Marion con retintín—. Espera a llegar a tercero, ahí sí que vas a alucinar.

Su hermana va a cuarto, pero a lo mejor no aprueba y tiene que repetir curso. Entonces Petra solo iría un curso por detrás de ella, y eso sería una vergüenza enorme para Marion.

A las siete y media tienen que ponerse los zapatos y el abrigo y colgarse la cartera en la espalda. Sin olvidarse de las gorras, porque sopla un frío viento otoñal. Por fin salen hacia la parada del autobús. Al menos hoy no ha de cargar con el violín y los demás trastos, porque no irán a casa de la tía Swetlana. Pero esta noche tiene que actuar y no le apetece. En Maguncia, ante un público de «elegantes damas». Seguro que son una abuelas viejísimas que la encuentran «tierna» y «mona», y se asombran de que una niña tan pequeña sepa tocar tan bien el violín. Ni siquiera la escuchan como es debido. Se susurran comentarios, a veces comen pastel y hasta parlotean en voz alta. Seguramente la mayoría están medio sordas, que es algo que les pasa a los viejos.

Hoy solo tiene cuatro horas de clase. Después dejan que se vaya sola a casa en autobús, porque Marion tiene dos horas más de clase. Antes, Petra esperaba a su hermana en el colegio y aprovechaba para hacer los deberes en la sala de descanso. Ahora se alegra de no tener que esperarla para coger el autobús. Marion se pelea a menudo con sus compañeras de clase y varias veces ha involucrado también a Petra.

En casa, su madre está atareada con la máquina de coser. Ha hecho un vestido para ella con la tela de las cortinas del salón que la madre de Sina le regaló hace dos años. Tiene el delantero fruncido y luego cae recto como un saco. Su madre le ha añadido un volante abajo del todo porque le ha quedado muy corto.

—¡Listo! ¡Pruébatelo!

—Rasca, mamá.

—Tonterías. La tela es suave. ¡No te inventes cosas!

Petra le ha dicho que el vestido le parece feo, pero su madre ha contestado que es muy especial y que esa tela de flores verdes queda de maravilla con su pelo pelirrojo.

—¡Se nota mucho que eran unas cortinas! ¡No quiero ponérmelo!

—Solo te lo pondrás para las actuaciones, Petra.

Al colegio va con las faldas plisadas de Marion y una blusa o un jersey. Se siente mucho más cómoda así. Si no tiene más remedio que llevar vestido, le gustaría que fuera blanco y con una cintura de verdad, como los que les vio a algunas niñas en la fiesta del colegio. Llevaban una cinta atada alrededor del talle y parecían jóvenes damas. Cree que un vestido holgado tan soso, y encima con un volante abajo del todo, es para niñas pequeñas.

Por desgracia, cuando su padre llega de los ensayos del Teatro Estatal y la ve opina, por supuesto, que el vestido es «precioso» y dice que Petra es su «princesita inglesa». Luego tiene que quitárselo para que no se le ensucie.

Marion no está en casa para la hora de comer; seguramente ha perdido el autobús y llegará tres cuartos de hora más tarde, de manera que empiezan sin ella. Su padre está nervioso e impaciente, su madre intenta tranquilizarlo y Petra tiene que soportar toda clase de advertencias. Su padre siempre está muy inquieto cuando ella tiene actuación. Antes le parecía divertido, pero ahora la agobia.

—No comas tan deprisa, Petra. Y no bebas tanto zumo de manzana, ¡que te dolerá la tripa! Lávate bien las manos enseguida y volveremos a repasar las piezas de hoy.

—¡Si ya me las sé de memoria! —protesta ella.

—Sabes que con el violín nuevo no te salen del todo bien.

Cuando por fin aparece Marion, Petra está con su padre en el salón, tocando las tres piezas que interpretará esa noche. Nunca dejan que toque una obra completa, siempre tiene que ser un fragmento nada más. Una parte del concierto para violín de Mozart, una pieza del concierto para violín en Sol Mayor de Haydn y, para terminar, algo de Sarasate, porque es muy resultón y así el público aplaude con entusiasmo. A veces también la acompaña un pianista, y entonces tiene que «entenderse» con él. Eso no siempre sale bien. En ocasiones ha de tocar más despacio de lo normal porque el pianista no le sigue el tempo.

«Una profesional debe ser capaz de hacerlo, Petra», suele comentar su padre. Pero lo que pasa es que no se atreve a decirle al pianista que no sabe tocar. Su padre es siempre demasiado amable. Le da miedo que no vuelvan a ofrecerle más actuaciones.

En casa, en cambio, no es nada simpático.

—¡Otra vez, Petra! —exige, golpeando el atril con el arco—. Has vuelto a bajar demasiado, ¿es que no lo notas?

Claro que nota cuándo la música sale sucia, pero le ha llegado el sonido del piano desde la planta de arriba y se ha desconcentrado. Es Marion, que justamente ha tenido que ponerse a practicar, aunque en realidad no debería, porque sigue castigada.

—Pero ¿qué se ha creído esta niña? —refunfuña su padre y se asoma a la puerta del salón—. ¡Marion! —grita hacia la escalera—. ¡Deja de aporrear el piano ahora mismo!

Marion termina su sesión con una cacofonía furiosa. Luisa sale de la cocina, donde estaba fregando los platos, sube corriendo y se oye cómo trata de convencerla. Su padre regresa al salón, molesto, y le dice a Petra que repita el pasaje, pero ella está tan alterada que toca la nota demasiado alta.

—¡Presta atención, Petra! ¡Otra vez! Así, muy bien. Y una vez más por seguridad.

—¿Por qué tengo que tocar con este estúpido violín? —protesta ella—. Con el violín bueno es mucho más fácil.

—Necesitas este violín porque has crecido, Petra. Cuando tengas diez años, tendrás un violín de tamaño completo, de los de verdad, como los que usan los músicos adultos.

—¿De Stradivarius? —pregunta.

Su padre sonríe. No, al principio no será un instrumento tan caro. Pero algún día, cuando sea famosa, tendrá uno de esos violines a su disposición. Son grandes empresas o ricos mecenas quienes poseen violines de Stradivarius, Amati o Steiner y ellos se los ofrecen en préstamo a virtuosos conocidos, porque un instrumento de tantísimo valor tiene que ser tocado, no puede quedarse guardado en una caja fuerte.

—¿Qué es una caja fuerte?

—Un armario de acero. Esos violines están valorados en

millones de marcos, por eso hay que tenerlos bien vigilados. Un día, cuando consigas interpretar sin fallos el concierto para violín de Beethoven, Petra, también tú podrás tocar uno de esos violines. Sin embargo, para eso tienes que seguir practicando mucho.

—Yo preferiría tocarlos ya —refunfuña ella—. Este asco de violín no me gusta. Puedes tirarlo a la basura.

—¡Ya basta, Petra! —exclama su padre con severidad—. Todos nos deslomamos para que puedas convertirte en una gran violinista, y eso significa que tienes que practicar, practicar y practicar. ¡Y obedecer a tus profesores! ¡Eso, sobre todo!

Entonces le suelta todas esas frases hechas que ya se conoce de memoria.

«Nadie nace sabiendo».

«*Per aspera ad astra!*».

«¡El arte es un diez por ciento inspiración y un noventa por ciento transpiración!».

Y eso que su padre suda más que ella misma en sus actuaciones. A Petra no le impresiona tocar delante de un público. Al contrario: cuando hay gente escuchándola es cuando mejor le sale. Solo el Teatro Estatal le impone mucho respeto. Ya se verá si, cuando llegue el momento, seguirá haciéndolo.

Después de practicar tiene que echarse una hora; es importante, para que esté descansada esta noche. Toda la casa debe quedarse en silencio. Su madre no puede hacer ruido con los platos ni usar la máquina de coser, y Marion debe hacer los deberes muy callada. Aunque Sina haya ido a verlas con Laika, tienen que ser silenciosas como ratoncillos porque Petra está descansando. Sina obedece, pero Laika ladra cuando quiere. A Petra no le molesta en absoluto, porque de todas formas no consigue dormir. Se tumba en la cama, mira el techo y se inventa cuentos. A veces escucha música en su cabeza. En casa de Sina hay un tocadiscos y muchos discos que ha comprado su padre. A su madre no le gusta mucho esa música porque le parece muy «triste», pero Petra convenció a Sina para ponerlos. Los ha escuchado todos y la mayoría se le han quedado en la cabeza. Son sinfonías de Beethoven, Schubert y Brahms, y también conciertos para piano. A ella le encantaría tener un tocadiscos, pero su madre ha dicho que pueden escuchar música en la radio. No tienen dinero para un tocadiscos. De todos modos, ahora Petra también es capaz de inventarse su propia música. Es muy fácil, le sale de manera natural, así que no necesita tocadiscos, y eso es muy práctico.

Cuando el estúpido descanso ha terminado, su madre entra en la habitación y la prepara para la velada. Le da un baño y le lava el pelo con champú. Ella se tapa la cara con la manopla porque el champú le escuece en los ojos. Odia lavarse el pelo. Después se sienta en el baño en ropa interior y su madre le seca la larga melena rizada. Le hace daño, porque el viejo secador marrón se recalienta y tarda una eternidad en secar. Su madre le hace las trenzas y le ata unos grandes lazos de la misma tela de las antiguas cortinas. Luego tiene que ponerse ese estúpido vestido, pero con los zapatos viejos. Los buenos, y los calcetines blancos hasta la rodilla, no se los pondrá hasta que lleguen al lugar del acto. Porque podrían ensuciarse por el camino.

En la cocina hay café para su padre y pan con fiambre y huevos revueltos para los dos. Petra tiene que volver a tomarse un batido de cacao; se supone que es bueno para los niños porque la leche fortalece los huesos. No ve a Marion por ningún lado. Probablemente esté arriba, en su habitación, enfadada. Su madre le ha revisado los deberes y seguro que tiene que repetirlos porque se ha equivocado en algún cálculo. Hoy Petra no ha hecho deberes, pero no pasa nada. Su madre le escribirá una nota de disculpa para mañana.

Fritz está nervioso y no hace más que mirar su reloj de pulsera. En realidad, esa noche debería tocar con la orquesta, pero le ha pedido a un compañero que lo sustituya para poder acompañar a Petra. Luisa le dijo una vez que no debería hacer eso, pero él lo hace de todas formas.

Entonces llega la hora de coger el autobús. Su padre va a buscar el estuche del violín al salón, su madre la ayuda a ponerse el abrigo que le hizo con la tela de un traje de lana de la madre de Sina. Le queda un poco estrecho de mangas, pero por lo demás es muy bonito. Los zapatos y los calcetines hasta la rodilla van en una bolsa. Su padre coge también las partituras, porque habrá un pianista acompañándola. El atril no lo necesita; Petra toca las piezas de memoria.

—No olvidéis el paraguas —les dice Luisa, que le da un abrazo a su hija y finge que le escupe por encima del hombro izquierdo—. ¡Mucha suerte, cielo!

Es lo que se hace en el teatro. Hoy no hay abrazo para su padre, y Marion sigue arriba, en su habitación. Bueno. Siempre pone mala cara cuando Petra se va con su padre a una actuación.

Fuera hace viento y ella tiene que aguantarse los lazos de las trenzas. Van en autobús hasta la estación principal, donde toman el tren a Maguncia. Allí podrán ir a pie desde la estación, porque el edificio del acto se encuentra en el céntrico barrio de Grosse Bleiche, que está muy cerca.

En el tren van solos en un compartimento y su padre le explica entonces que la actuación de ese día es importante.

—Se trata de una fundación para el fomento de artistas jóvenes, Petra. Invitan a varios de ellos a su reunión anual y eligen a tres para concederles una beca.

—Entonces es como un concurso de violín, ¿no?

—No exactamente. También habrá otros instrumentos, e incluso vocalistas.

—¿Cantantes?

—Exacto. Cantantes.

—Yo también quiero aprender a cantar, papá. Y tocar más el piano. También el timbal y el violoncelo...

—De momento sigue con tu violín.

—«Mi violín» lo has vendido, papá. ¡El del estuche no me gusta!

—¡No quiero oír ni una palabra más sobre eso, Petra!

Se ha enfadado mucho y no le dirige la palabra en lo que queda de viaje. Petra mira con obstinación el estuche, que está en el regazo de su padre. Sina se sabe una historia sobre un huevo mágico dentro del que se puede hacer crecer todo lo que uno quiera solo con pronunciar su nombre. Cómo le gustaría tener un huevo así... Lo primero que pediría sería su querido violín viejo, y luego metería en el huevo ese feo violín de tres cuartos y lo tiraría por la ventanilla.

El trayecto a pie hasta el edificio, que está en Bleichstrasse, resulta más largo de lo que pensaban porque su padre no encuentra la dirección correcta. Pasan de largo dos veces antes de dar con la casa. Es por culpa de su mala visión, y porque no quiere hacerle caso a ella.

—Papá, es aquí. Este es el número ciento veinticuatro.

—Que no, Petra. Tiene que ser más cerca del centro de la ciudad. La señora Kortner me dio indicaciones exactas...

Al final siguen a un joven que lleva un estuche de violoncelo y sube una escalinata de piedra.

—Buenas tardes. ¿Por casualidad no estará invitado también a la actuación de la fundación Arte y Cultura? —le pregunta Fritz.

—Pues claro, y llego tarde. ¿La pequeña toca el violín?

—Sí. Mi hija es violinista.

—Bueno, ¡pues mucha suerte!

Dentro tienen que subir otra escalinata. Una vez arriba,

ven una puerta blanca con arabescos que se abre antes de que lleguen a ella.

Una joven con un vestido azul claro los recibe y los conduce a una sala muy bien iluminada. Todo es tan bonito como en los cuentos: la alfombra roja del suelo, los numerosos espejos con marcos dorados de las paredes y los dos silloncitos tapizados con terciopelo rojo.

—¿Señor Blumenthal? —le pregunta la joven al músico—. Es un placer. Sígame, por favor. Puede ensayar un poco más antes de que lo llamemos.

Entonces se vuelve hacia Petra.

—¿Y tú eres la pequeña violinista que solo tiene seis años y toca el concierto para violín de Mozart? Tenemos muchas ganas de oírte, Petra.

—Ya tengo siete.

—Aun así eres muy joven.

¡Su padre siempre está haciendo trampa para que parezca más pequeña de lo que es! La señora le estrecha la mano y le sonríe. Huele a perfume dulzón y en el vestido lleva un broche enorme que reluce con todos los colores del arcoíris. ¿Será un diamante? A su padre solo le dirige un breve saludo y luego los conduce a una pequeña sala muy elegante y sencilla, pero en la que hay una mesa con café, refrescos y una fuente plateada llena de rebanaditas de pan negro con jamón y huevo, salami muy fino, un queso amarillo y pescado ahumado. Los deliciosos bocados están decorados con florecitas de mayonesa. El huevo tiene unas extrañas bolitas negras por encima.

—¿Qué es eso, papá?

—Caviar. Pero ahora no puedes comer nada, Petra. Si no, acabarás con los dedos pegajosos.

—¡Es que tengo hambre!

—Luego. Después de la actuación.

Tiene que dejar el abrigo, quitarse los zapatos y los calcetines que lleva y ponerse los calcetines largos y los zapatos de charol. Su padre le pasa un peine por el pelo y luego abre el estuche del violín.

—Recuerda que la actuación de hoy es muy importante, Petra —dice, y saca el arco para tensarlo.

Como su padre está mal de la vista, no ha visto aún algo en lo que ella se ha fijado enseguida. Sin embargo, se ha quedado tan perpleja que no consigue decir ni una palabra.

El violín del estuche está destrozado. Alguien ha presionado la madera con fuerza y la ha hundido hacia el interior de la caja de resonancia. Todavía quedan algunos restos de madera en los bordes, pero en el centro no hay nada; se ve perfectamente la etiqueta del lutier, que siempre está pegada en el interior de la tabla de fondo. Por encima, las cuatro cuerdas cuelgan flojas porque les falta el apoyo del puente.

Su padre no se da cuenta hasta que saca el instrumento del estuche, y entonces Petra ve su cara de espanto y cómo se le abren los ojos, que parecen enormes detrás de los gruesos cristales de sus gafas.

—¡Petra! —susurra sin dar crédito—. ¿Cómo has podido hacerme esto?

Jean-Jacques

El trueno retumba como una carreta vieja por el cielo oscuro. Jean-Jacques maldice en voz baja y se apoya en las manos para incorporarse un poco en la cama. Maldita espalda, que no quiere mejorar. Baja las piernas del colchón con dificultad, gime, suelta otra maldición y se lleva la mano derecha al punto de la espalda que le duele mientras se pone de pie. Entre seis y ocho semanas, le dijo el médico. Ya han pasado cinco, pero ese dolor horrible y desmoralizante sigue sin remitir.

¡Y ahora, encima, este tiempo! En cuanto ha tenido todo la uva riesling en la bodega, adiós al agradable sol otoñal. Se ha instalado una lluvia que por momentos se convierte en un aguacero, y entre lo uno y lo otro apenas hay breves pausas en las que el cielo está tapado. Casi no ven el sol. Todo el día esa maldita llovizna... El viento del otoño tampoco ayuda; las uvas están húmedas, empiezan a enmohecerse y no siguen endulzándose. Ya puede olvidarse del borgoña que tanto había esperado. Como todos los años, los viticultores de Eltville se reirán de él por creerse capaz de producir un tinto madurado al sol en la región.

Jean-Jacques se acerca a la ventana arrastrando los pies y baja la mirada al patio. Han vuelto a abrir la tasca, pero con esa lluvia apenas hay clientes. La verdad es que no sale a cuenta pagar al personal. Abajo, en el patio, Mischa vuelve a meter en el cobertizo las pocas mesas que habían sacado, para que no se estropeen más aún con la tormenta que se espera. Lo ayudan tres o cuatro chicas, vecinas del pueblo que desde hace un tiempo se pasan por la tasca porque Mischa les parece genial y lo idolatran.

Al principio se quedaban junto a la verja, luego una se atrevió a entrar en el patio y preguntó si podía ayudar. Mischa no lo dudó; enseguida le encargó que regara los geranios de los maceteros. Desde entonces se pelean por realizar pequeñas tareas, se aplican con ganas a todo lo que él les pide y parecen disfrutar solo con tenerlo cerca. Ahora están ayudándole a llevar las sillas plegables al cobertizo. Lo siguen mientras charlan y ríen sin quitarle los ojos de encima. Él las trata con simpatía, les indica dónde tienen que dejar las sillas y les da las gracias educadamente por su ayuda. Nada más. A veces se sienta con ellas a una mesa, les ofrece algo de beber y cuenta emocionantes anécdotas de sus travesías. El bueno de Mischa es un tanto vanidoso; le encanta que lo admiren.

—Mis chicas —le dice a Jean-Jacques cuando hablan de su tropa de admiradoras.

—Algunas parecen majas —comenta él, y le guiña el ojo con picardía—. Flora autóctona. Trabajadoras, serias, leales. ¿No te gusta ninguna?

—Son de jardín de infancia —masculla Mischa con una sonrisa, y niega con un gesto—. Eso no va conmigo.

Un rayo cruza el cielo por encima del patio y una de las chicas suelta un grito, deja caer la silla y echa a correr. Directa a los brazos de Mischa, por supuesto; ha tenido buen cuidado de ello. Él la atrapa, se ríe, la deja en el suelo y coge la silla. Justo entonces empieza a caerles encima un auténtico diluvio. *Merde!* Las enormes gotas de lluvia son como pequeños proyectiles. Tamborilean en el tejado, se estrellan contra los cristales de las ventanas y cubren el patio como un telón de rayas grises. Al cabo de solo unos minutos, el agua ya cae por los canalones a los toneles que Jean-Jacques tiene colocados en varios lugares y que todo parece indicar que acabarán desbordándose. Normalmente, cuando llueve así, sube corriendo al desván, donde hay una ventanita desde la que se alcanza a ver el viñedo. Esta vez se lo ahorra. No solo porque subir escaleras sigue haciéndole un daño de mil demonios, sino porque sabe de sobra lo que verá. Densas cortinas grises de agua que azotan las vides, arrancan pámpanos y racimos y arrastran la tierra nutritiva. No le apetece verlo; ya está bastante deprimido.

Su cuñada ha escrito desde la Provenza preguntando por Simone y, de paso, le ha informado de que el tinto de este año ha vuelto a ser excepcional. La mayor parte la tienen en la bodega, y ya casi han vendido la mitad. Su hermano, el muy holgazán, solo ha añadido un par de frases al final: *Comment ça marche pour toi? Le rouge dans la cave? Salut. Pierrot.*

«¿Cómo estás? ¿Ya tienes el tinto en la bodega? Adiós. Pierrot».

Aún no ha contestado porque, en principio, escribir le da tanta pereza como a su hermano. Además está algo molesto con esa pregunta sobre el vino tinto. Ni está en la bodega ni va a ser un caldo decente. *Nom d'un chien!* Cómo lo compadecerá su hermano pequeño, mientras por dentro se ríe del tozudo de Jean-Jacques, que sigue creyendo en su borgoña del Rin. «¡Pero espera y verás, Pierrot!». Está convencido de que un día lo conseguirá. Se pregunta si no habrá plantado una variedad equivocada. Dicen que hay una cepa nueva. En Geisenheim, donde hacen pruebas con las vides.

El siguiente trueno resuena como un lanzagranadas disparando por encima del patio. Justo cuando iba a apartarse de la ventana con resignación, ve llegar el Escarabajo de su mujer.

Lleva los faros encendidos, los limpiaparabrisas se deslizan como locos sobre la luna delantera, pero seguro que ni así ve apenas por dónde va con esa densa cortina de lluvia. Hilde detiene el coche, apaga el motor y abre la puerta del conductor. Jean-Jacques ve cómo se pelea con un gigantesco paraguas negro que no quiere abrirse, y enseguida cojea hasta su cama y se tumba entre gemidos.

—¡Hace un día de perros! —la oye protestar abajo—. Cuando he salido de Wiesbaden, ya la teníamos encima, pero no imaginaba que fuera a caer de esta manera. ¿Jean-Jacques está en la bodega?

—Qué va, señora Koch —dice Meta, que preparaba la comida—. Está arriba, en la cama.

—¡No puede ser! ¡Eso quiero verlo con mis propios ojos!

Mientras sube la escalera, él se tapa deprisa con el edredón y coge un folleto de la mesita de noche para que crea que estaba leyendo.

—¡Cielo! —exclama Hilde al entrar—. ¡Te vas a dejar la vista leyendo con tan poca luz!

Es verdad, el dormitorio está en penumbra porque la tormenta ha oscurecido el día. Pero Hilde es así: cuando por fin lo tiene tumbado en la cama, recuperándose, de todos modos encuentra algo que criticar.

—¡Ha salido el sol! —replica él con teatralidad, y deja el folleto—. ¡Mi Hilde ha llegado! ¿Has venido nadando o en barca?

—Bromea todo lo que quieras —dice ella, y se pasa una mano por el pelo mojado—. Caía tanta agua que a medio camino he pensado que me arrastraba al Rin. El camión que llevaba delante no hacía más que deslizarse de un lado a otro, y el viento empujaba ramas caídas a la carretera desde el arcén.

Ahora sí que se preocupa. Hilde es buena conductora,

pero cuando hace ese tiempo es fácil tener un accidente. Alarga un brazo hacia ella y la acerca al borde de la cama.

—Ven un rato conmigo, *ma petite colombe*. ¿No tienes frío? Se te ha mojado todo el hombro…

—¿Frío? Todavía estoy sudando de los nervios —afirma ella, que quiere saber cómo va él con la espalda.

—¡Mucho mejor!

—¿Lo ves? Porque has guardado cama.

—Tienes razón, como siempre, *chérie* —dice él con dulzura, y tira de ella hacia el colchón—. Imagínate, hasta te he echado de menos aquí.

Ella se resiste un poco, pero luego se acurruca bajo las mantas y Jean-Jacques la abraza. Es agradable notarla a su lado, pegada a él, tocar las mullidas curvas de su cuerpo…

—Ya lo veo, ya —murmura ella—. Estás muy recuperado.

—Como nuevo —le susurra él al oído—. Eres una sanadora, una *sorière*…

—¿Una… bruja? —se indigna ella, y le pellizca en la tripa.

—*Mais non*, una… maga.

Se entregan a esos viejos y maravillosos juegos que él, en efecto, ha echado mucho en falta. Aunque con cuidado; en realidad no llegan a consumar eso que a Jean-Jacques tanto le apetece. No quiere forzar la espalda, y bajo ningún concepto desea quedar en ridículo delante de Hilde. Aun así, todos los arrumacos le sientan muy bien. Los rayos iluminan la habitación, el trueno retumba…

—¡Señor Perrier! —llama Meta desde abajo—. Se ha ido la luz y los fogones no funcionan. ¡Creo que han saltado los plomos!

Se detienen y se quedan inmóviles el uno al lado del otro.

—¿Y Meta no sabe dónde está el cuadro eléctrico? —pregunta Hilde de mala gana.

—Sí, pero no se atreve a tocarlo.

No hay más remedio, tiene que levantarse y, claro, la maldita espalda vuelve a protestar.

—¿Para qué necesita la luz? —protesta Hilde—. Si es de día.

—De día, sí, pero como si fuera de noche —replica él con un suspiro—. ¿Y quién me convenció para que comprara una cocina eléctrica? Tú, cielo.

Se esfuerza por caminar con normalidad y todo lo erguido que puede, pero fracasa estrepitosamente. El cuadro eléctrico está en la bodega y Jean-Jacques no encuentra la linterna, así que va palpando a tientas hasta dar con el interruptor general y constata que no ha saltado. «Debe de haberse ido la corriente en toda la zona; habrá caído un rayo en alguna parte», piensa.

—Esto pasa por tener esos trastos tan modernos —protesta Meta en la cocina—. Los viejos fogones de carbón no necesitan electricidad. ¡Habría encendido el fuego y ahora no tendríamos las salchichas medio crudas en la sartén!

No les queda otra que esperar a que arreglen la avería. Jean-Jacques va a la puerta de la casa y mira fuera. Todavía llueve, pero algo menos. Los toneles de los canalones están desbordados, el agua se concentra en el patio y forma una corriente que baja arremolinándose hacia la calle. Un coche que pasa por allí delante desaparece tras una salpicadura de agua sucia. Más allá, la puerta del cobertizo está entreabierta; Mischa está dentro con su grupito de admiradoras, medio a oscuras. Más les vale no estar haciendo nada raro.

—Quería hablar contigo de una cosa —dice Hilde.

Dejan a Meta en la cocina, cortando col para la ensalada, y vuelven a subir al dormitorio porque Hilde insiste en que él tiene que descansar. Así que lo obliga a tumbarse mientras ella se sienta en el borde de la cama, le recoloca las almohadas y lo tapa con la manta.

—Es sobre Luisa y Fritz —empieza a contar—. Imagínate, van tan justos de dinero que ni siquiera han podido pagar la factura del teléfono.

Él se horroriza. Le exaspera que esos dos no sepan administrarse. Al fin y al cabo, Fritz no cobra un mal sueldo en el Teatro Estatal y, además, da clases particulares. ¿Dónde se les va todo el dinero?

—Me temo que la mayoría se lo gastan en las clases de Petra en Frankfurt —dice Hilde—. Las partituras son caras, y a eso hay que sumarle los gastos de desplazamiento. Ahora tiene que ir a Frankfurt dos veces a la semana porque toca con la orquesta de jóvenes, y Luisa la acompaña.

Jean-Jacques niega con la cabeza. Fritz es un buen tipo, pero también está un poco chiflado. Es cierto que él no lo tuvo fácil. Viene de una pequeña granja del Taunus, donde tener un violinista en la familia era algo impensable. No recibió su primera clase hasta los once años, algo tarde ya, pero se le dio tan bien que consiguió una beca y emprendió su carrera musical. Aun así, la guerra lo paralizó todo. Estuvo a punto de perder la vista y, pese a todo, consiguió trabajar como violinista en una orquesta. Su hija debería tenerlo más fácil, debería lograr el éxito.

—¡Pero Luisa también gana algo!

—No mucho, porque ahora tenemos a Simone trabajando en el café. Por eso se me ha ocurrido que...

Jean-Jacques se queda sin habla. Lo que se le ha ocurrido a Hilde es enviar a Simone a Eltville para que Luisa pueda volver a trabajar más a menudo en el Café del Ángel. ¡Sí, señor! Y eso que él sabe muy bien lo celosa que es su mujer. En realidad se trata de una gran demostración de confianza. Sí, así es Hilde. Tiene un gran corazón y justamente por eso la ama.

—No me vendría nada mal tener a Simone aquí —comenta con cautela—. Pronto habrá que vendimiar el borgoña.

Y también podría ayudar en la tasca. ¿Le has preguntado a ella qué le parecería?

—No, todavía no —reconoce Hilde—. Quería hablarlo contigo primero.

—¿Se llevará bien con Mischa?

Hilde pone esa sonrisa pícara tan suya, y él piensa entonces que tal vez tenga un plan oculto.

—¿Por qué no? Es un joven muy simpático —responde su mujer como si tal cosa.

—Pues sí, la verdad. Aunque a lo mejor a Simone le molesta su séquito. Las chicas de la zona están loquitas por él y no hacen más que rondar por aquí.

—¿Por qué iba a molestarle eso a Simone?

Bueno, tampoco él lo sabe muy bien. Las mujeres son un misterio para los hombres. Solo tiene la vaga sensación de que podrían surgir problemas. Por otro lado, tiene ganas de volver a ver a Simone. Y, además, lo hacen por Luisa, que necesita el dinero.

—Si ella está de acuerdo, la traeré el domingo por la tarde, cuando venga a recoger a Frank y a Andi —propone su mujer—. Así podrá instalarse en la habitación de los niños.

—¡Por mí, perfecto!

Hilde le habla entonces del éxito de la fiesta de cumpleaños de Alma Knauss, que supuso unos buenos ingresos, y dice que luego ella le regaló a Richy una botella de champán que había sobrado.

—Willi vuelve a tener problemas de pareja —sigue explicando—. Esta vez parece que es serio. Quiere instalarse en su antigua habitación, en el piso de mis padres, y ya le ha pedido cita a August en el bufete.

—Dile que la semana que viene puede ayudarnos a vendimiar —comenta Jean-Jacques sin mucha compasión—. Así se distraerá.

—¿No creerás de verdad que va a venir aquí? —pregunta Hilde, riéndose de él.

—¿Y por qué no? Para variar, alguna vez podría probar a trabajar, ¿no?

—¡En eso tienes toda la razón, cielo!

Le da un beso para despedirse ya y él la abraza con fuerza para demostrarle que en su interior arde el deseo. Después, de pie junto a la ventana, oculto por las cortinas, mira cómo el Escarabajo maniobra y sale del patio. Más allá, la puerta del cobertizo se abre y Mischa mira el cielo con ojo experto. Jean-Jacques se da cuenta de que las nubes se están abriendo, da media vuelta y exclama:

—¡A sacarlo todo otra vez!

El sábado, después de comer, Frank y Andi llegan a la tasca. Esta vez han ido en tren. Llevan anoraks gruesos y calzado recio. Como siempre, la mochila de Andi está más llena de libros que de ninguna otra cosa, mientras que Frank carga con un montón de discos que quiere poner en casa de alguna chica. El nuevo baile de moda es el *twist*. Los jóvenes se menean y hacen girar las caderas como si estuvieran en éxtasis. Jean-Jacques lo vio una vez por televisión; solo con recordar las imágenes, el dolor de la espalda le estalla de nuevo.

Ya no hace tan mal tiempo. Pasada la tormenta, parece que se ha instalado un suave sol otoñal, los bosques y los viñedos relucen en tonos claros y atraen al Rin a turistas y entendidos en vinos por igual. Mischa y Edith sirven a los clientes, Meta mantiene su posición en la cocina y Jean-Jacques está sentado con su vecino Jupp Herking y una copa de vino mientras charlan de temas profesionales. Hablan de los niveles de Oechsle y del momento adecuado para recoger la uva, de los daños que ha provocado el temporal y de la filoxera que parece estar extendiéndose. Lo que no mencionan en ningún momento son los aditivos, o sea, lo que se añade al vino para su fermentación. Cada viticultor tiene una receta secreta y una filosofía propia, y no las comparte con nadie.

Frank y Andi han bajado a la bodega a cumplir con sus obligaciones, y luego su padre les ha ordenado que ayuden en la tasca. Lavar copas, vaciar ceniceros, llenar los cestos del pan para los platos de fiambres o abrir las botellas de Coca-Cola y limonada antes de que Edith las ponga en la bandeja. No puede decirse que estén entusiasmados con esas tareas, sobre todo porque han ido las chicas y han pedido unos refrescos. Sobre las cinco, cuando las mesas del patio se vacían y los clientes prefieren entrar en el cálido salón interior, Frank se escabulle discretamente con su mochila llena de discos y arrastrando consigo a un séquito de simpáticas jovencitas. Andi desaparece arriba para sumergirse en su literatura. Mischa está en la barra, sirviendo copas que Edith lleva a los clientes.

Por el momento todo va de maravilla. A Jean-Jacques solo le preocupa Frank, que sin duda ha ido a una *party* de las suyas, donde habrá alcohol. Sus hijos conocen los efectos del vino desde una edad temprana, porque al fin y al cabo su padre es viticultor, pero no tienen experiencia con alcoholes más fuertes, así que Frank, que se apunta a un bombardeo, podría acabar mal hoy. «*Tant pis* —piensa Jean-Jacques—. Algún día tiene que pasar. Y al menos estoy yo aquí y puedo ayudar si hace falta».

Sobre las once de la noche constata que su hijo no ha vuelto todavía. Andi, arriba, también tiene la luz encendida aún. Los turistas de la tasca están poniéndose bastante a tono y piden una ronda tras otra; las mujeres, sobre todo, son las que tienen más aguante. Cantan y se balancean al ritmo de las canciones, y Jean-Jacques espera de corazón que los controles de la policía —que ya estarán esperando en Wiesbaden a los que regresan de la región del Rin— sean benévolos. A las doce y media cierra el garito. Mischa acompaña a los últimos clientes a la puerta y Edith pide taxis por teléfono para dos que ya no se tienen en pie. Turistas, por supuesto: uno de la Frisia Oriental y otro de los Países Bajos. Los autóctonos conocen sus límites.

Después de hacer caja y pagarles el sueldo y las propinas a sus tres trabajadores, sube a asomarse a la habitación de los chicos. Andi duerme tranquilamente con el libro caído sobre el pecho y la lamparita encendida. Jean-Jacques le quita el grueso mamotreto de las manos y lo deja en la mesilla. ¿Qué está leyendo su hijo? *Tarzán de los monos*, dice en la cubierta. Ay, madre mía. Una vez vio la película, con Johnny Weissmüller. Menuda antigualla. De hecho, lo ha sacado de la biblioteca de Wiesbaden.

Después se tumba en la cama, pero no consigue dormir porque Frank todavía no ha llegado. Ya es la una. A estas alturas, Hilde saldría a buscar a su hijo. Su mujer no vacila en hacer algo así, pero a él le parece una tontería. Los jóvenes tienen que acumular experiencias, darse algún trompazo... Es lo que les toca. De todos modos, le cantará las cuarenta cuando llegue; eso también es lo que le toca.

Sobre las dos, oye que alguien sube la escalera intentando no hacer ruido. ¡Ajá!

—¿Frank?

Tras un larguísimo segundo, llega la respuesta:

—Sí, papá.

—¡Es muy tarde, hombre!

—Sí, papá.

—¿Ha ido todo bien?

—Claro, papá.

—*Bonne nuit!*

—Buenas noches, papá.

El domingo por la mañana vuelve a llover, así que deja dormir algo más a los gemelos. Sobre las diez, Andi baja a la cocina, donde hoy es Jean-Jacques quien se encarga de todo porque Meta tiene el día libre. Frank sigue durmiendo, según le dice.

—Esta noche se ha encontrado mal.

—¿Y ahora está mejor?

—Creo que sí.

El salón de la tasca todavía está tranquilo, pero algunos vecinos se acercarán a tomar el aperitivo en cuanto acabe la misa. Con este mal tiempo, no espera a muchos turistas. Es una lástima, porque esta tarde Hilde traerá a Simone, que se habría puesto a atenderlos nada más llegar. Todavía no sabe si empezar con la vendimia la semana que viene. Esa terrible lluvia tiene que parar algún día. ¡No va a estar lloviendo hasta Navidad!

Frank aparece poco antes de las doce con la cara pálida y forzando una sonrisa. Se toma un café y una rebanada de pan blanco con mantequilla.

—¡Coge jamón, que está delicioso! —lo anima Jean-Jacques.

—Gracias, papá. Puede que luego...

—Ahora mismo os preparo unos huevos con beicon. Y también queda ensalada de patata de ayer.

Frank palidece más aún, dice que quiere echar un vistazo en la bodega y sale de la cocina a toda prisa.

—¡Eso ha sido muy cruel, papá! —exclama Andi.

—*Ce qui ne tue pas, rend plus fort!* Lo que no te mata, te hace más fuerte.

—¡Aun así...! —insiste Andi defendiendo a su hermano.

A la hora de comer, sin embargo, Frank hace acto de presencia y se sirve una cucharada de ensalada de patata y un poco de huevos revueltos en el plato. El beicon lo deja en la sartén.

—¡Menudo campeón! —dice Mischa con una sonrisa.

Aparte de él, nadie comenta nada. Andi devora una montaña de huevos revueltos con beicon, y también Mischa se pone las botas. Frank consigue tragar su ración. Bebe un vaso de agua y explica que todavía tiene que hacer algo para el instituto.

—Bueno, me vuelvo arriba.

—No te olvides la palangana —le recuerda Mischa.

—¡Cierra el pico! —se oye con rabia desde la escalera.

Mischa se lo toma bien. Se ha puesto una camisa limpia y hasta se ha cepillado los zapatos.

—Porque es domingo —afirma, algo avergonzado, cuando Jean-Jacques le pregunta por ello.

—Ah, es por eso —replica este con una sonrisa—. Y yo que creía que te habías arreglado tanto por una chica.

—¿Una chica?

Jean-Jacques señala la ventana con el pulgar. Margit y Erika acaban de aparecer en el patio vestidas de domingo; van cogidas del brazo porque comparten un paraguas. Detrás de ellas, Gertraude avanza con pasitos cuidadosos para no pisar los charcos. Se ha puesto un impermeable gris por encima del vestido bueno y lo usa para proteger también algo que lleva en los brazos. Parece que las tres han sobrevivido dignamente a la fiesta de anoche.

—Una Coca-Cola con tres pajitas… —masculla Mischa.

—El trabajo es el trabajo —replica Jean-Jacques, divertido—. A lo mejor se presentan también un par de turistas perdidos.

—Con este tiempo, se quedarán todos en el hotel para tener los pies bien calientes.

Mischa sale a la tasca y Andi lo sigue con curiosidad. Jean-

Jacques se termina lo que queda en la sartén, acaba con la ensalada de patata y se pone a fregar los platos. No le irá nada bien para la espalda, pero después se tumbará una hora larga, mientras Mischa se encarga de esa pandilla. Cuando la cocina está despejada, sube la escalera gimiendo en voz baja. Arriba se cruza con su hijo Frank, que pasa a toda prisa a su lado para bajar a la tasca.

—¿Y los deberes? —pregunta Jean-Jacques tras él.

No recibe respuesta. Por un momento se dice que sería mejor bajar, pero la verdad es que no le apetece estar con la chiquillería; prefiere descansar. Si al final puede empezar con la vendimia la semana que viene, necesitará todas sus fuerzas.

—¡Hola, Mischa! —se oye abajo, en el patio—. Ayer te echamos mucho de menos…

—No tengo tiempo para fiestas. ¿Qué es eso que traéis?

—Aguanta la puerta abierta. ¿Dónde hay un enchufe? ¡Te vas a quedar de piedra!

Jean-Jacques se tumba, se coloca bien la almohada y no le da más vueltas a la cabeza. Entonces cree oír música. O, en todo caso, ese griterío que los jóvenes de hoy en día consideran música. *Nom de tonnerre!* ¡La maldita mocosa se ha traído el tocadiscos! Eso sí que no. En su tasca no se baila el *twist*. Y menos un domingo por la tarde, a la hora de la siesta. Furioso, se levanta de la cama pese al dolor y maldice su permisividad y esa comprensión paternal de la que se están aprovechando sin cuartel. Se acabó lo que se daba; si creen que pueden ponerse a bailar delante de sus narices, se van a enterar de lo que vale un peine. Tarda un rato en calzarse otra vez, porque todavía le cuesta mucho agacharse. Luego baja la escalera y cruza la cocina para salir directo a la tasca.

Allí se encuentra ante una imagen insólita. Han corrido las cortinas y solo han dejado encendidas las luces de encima de la barra, de modo que la sala está en penumbra. El tocadiscos tiene el volumen al máximo y los jóvenes bailan sin parar: se agachan y agitan el cuerpo como los patos tras darse un baño. La mayoría hacen bastante el ridículo. Solo a uno le sale bien de verdad: a Mischa. ¿Quién lo habría dicho? El muchacho se mueve como un bailarín. Elegante, fuerte y, aun así, ágil. Sigue el ritmo con una sonrisa que deja ver sus dientes blancos. Las chicas están entusiasmadas. Bailan con él, mueven los brazos, dan vueltas, se exhiben...

Jean-Jacques toma aire para soltar una bronca paterna, pero, antes de que pueda levantar la voz, las cosas toman un giro inesperado. De repente la música para y él se queda con las palabras en la punta de la lengua. Los bailarines se detienen medio aturdidos. Se les oye jadear, alguien arrastra una silla.

—Pero ¿qué pasa? —pregunta una chica.

—¡Se acabó!

Ese es su hijo Frank, que ha tirado del cable del tocadiscos, lo ha desenchufado y se ha quedado plantado delante del aparato con las manos clavadas en las caderas.

—Tranquilo, chaval —dice Mischa.

—Largo de aquí, ruso de mierda —replica Frank—. ¡En esta casa no se te ha perdido nada!

—¡Para, Frank! —exclama Andi, angustiado—. Déjalo. ¡No tiene ningún sentido!

¡Y ahora, encima, una pelea!

—¡Basta ya, Frank! ¡Maldita sea! —vocifera Jean-Jacques, y enciende la luz del techo.

Su aparición no tiene ni de lejos el efecto que esperaba. Frank y Mischa se han enzarzado y no se sueltan. Las chicas los miran asustadas. Una se echa a llorar, otra intenta apartar a Andi, que quería interponerse entre su hermano y Mischa.

—¿Es que no me habéis oído? —grita Jean-Jacques—. ¿Tengo que ir a tirarte de las orejas, Frank?

Agarra a su hijo por el cuello, pero el quinceañero ya no es ningún niño y, ciego de ira, no se deja separar de su contrincante así como así. Mischa solo se limita a defenderse y Andi quiere ayudar a su padre, pero recibe un golpe por parte de su hermano y, sobresaltado, se hace a un lado.

Entonces ocurre algo inesperado que lleva el asunto a una conclusión asombrosa. La puerta de la tasca se abre y se oye una voz exaltada de mujer:

—*Mon Dieu!* Mischa. Frank. *Êtes-vous complètement fous?*

Mischa se vuelve hacia la entrada como hipnotizado y se queda fascinado al ver a Simone, momento en el que recibe un fuerte puñetazo bajo la barbilla. Se tambalea, pestañea varias veces y se desploma.

—Sí, ¿es que os habéis vuelto todos locos? —exclama Hilde, furiosa.

Se lanza hacia su hijo Frank, que todavía está estupefacto por el grandioso efecto de su derechazo, y le suelta dos buenos bofetones.

—No os he enviado a Eltville para esto —increpa, y zarandea a su hijo, que sigue sin reaccionar—. Mira que pelearos como carreteros... ¡Qué vergüenza! ¡Y tú aquí, sin hacer nada!

Esa última frase va dirigida a Jean-Jacques, pero él ni siquiera la oye porque se ha arrodillado junto a Mischa y le levanta un párpado. Está vivo... Gracias a Dios. Ahora vuelve a moverse.

—¿Qué ha pasado? —masculla el joven, tocándose la barbilla.

Se incorpora poco a poco hasta quedar sentado, pero entonces ya tiene a Simone a su lado con un paño frío.

—*Ne bouge pas!* No te muevas. Iré con mucho cuidado —le dice, y le da unos toquecitos en la barbilla.

Mischa la mira y parpadea. Parece que todavía no ha recuperado del todo el sentido, porque da la sensación de que sonríe.

—*Bonjour*, Simone —murmura.

Ella le pasa el paño mojado por los labios con mucha delicadeza y lo obliga a callar.

Karin

Va hasta allí a pie. La dirección no queda demasiado lejos, así que solo tarda veinte minutos. El trayecto de vuelta lo hará en taxi, de eso no hay duda. Waltraud le ha contado toda clase de historias horribles sobre hemorragias y desvanecimientos repentinos, y no quiere arriesgarse. Por supuesto que esas cosas no pasan en los casos normales, pero podría suceder, así que más vale prevenir. Además, abortar es ilegal: si se desmaya y la llevan a un hospital, enseguida verán lo que ha hecho y acabará en los tribunales. Según el Artículo 218, por un aborto ilegal, una mujer se enfrenta a entre seis meses y cinco años de cárcel.

—Normalmente no hay ningún problema —ha añadido Waltraud al terminar sus explicaciones—. Muchas lo han hecho. Incluso conozco a algunas que han pasado por ello dos o tres veces.

Karin no se ha sentido demasiado alentada al oír todo eso. ¿Acaso no atrae ella siempre la mala suerte? Tuvo una hija con un hombre al que no quería. Un director teatral la extorsionó y acabó con su carrera en los escenarios. Su marido no la entiende. Y ahora, cuando creía que por fin estaba ascendiendo, se queda embarazada. Pero no piensa rendirse; lo conseguirá. Aunque sea ella sola, si hace falta.

El edificio de vecinos de Cäcilienstrasse es una construcción de ladrillo visto de solo dos plantas que carece de decoraciones. El cielo se cierne oscuro sobre la ciudad; el follaje otoñal, húmedo y de un marrón amarillento, barre la calle, cuyos adoquines brillan porque están mojados. Hay que tener cuidado para no resbalar. Karin lee los nombres de los timbres. Edita Mittenhauser vive en el bajo derecha. No aparece el tratamiento de doctora; o bien no tiene el título, o no le parece necesario utilizarlo. Respira hondo una vez más y llama al timbre. Se oye un zumbido, tenue y discreto.

La señora Mittenhauser es una mujer mayor y delgada. Lleva el pelo gris recogido y, tras las gafas de pasta, tiene unos ojos de un azul cristalino que miran con intensidad.

—¿La señora Karin Koch?

—Yo misma. Buenos días.

—Adelante. Por aquí, por favor.

Abre una puerta. La pequeña sala está amueblada como una habitación de invitados: armario, cómoda, una mesa con dos sillas y una cama. Sobre el cobertor azul claro hay dos cojines de sofá, y entre ellos, un osito de peluche blanco que lleva pantalones bávaros de cuero y un sombrero tirolés. La señora Mittenhauser aparta los cojines y el osito de la cama y los deja en las sillas. Retira el cobertor y debajo aparece una sábana blanca. Karin se siente indecisa unos instantes, pero se quita el abrigo.

—Descálcese antes de tumbarse, por favor —le indica la mujer—. Puede dejarse puestos el liguero y las medias, solo tiene que quitarse el calzón. Doble las piernas. Y sepárelas. ¡No se ponga tensa!

¿Qué está haciendo la mujer? Karin nota algo frío, metálico, que entra en ella. Es el espéculo, para ensanchar la vagina; lo sabe de sus visitas al ginecólogo. Luego nota algo en su interior. Bueno, allá va. ¿Cómo es que no le ha puesto anestesia? Waltraud le dijo que ponen anestesia local y que apenas duele.

—Pensaba que iba a dormirme…

—Solo la estoy examinando. Si está de demasiadas semanas, no podré hacerlo.

Le sube la falda y la camiseta interior para palparle el vientre. Trabaja con pericia, igual que el ginecólogo. No resulta agradable; ni en el médico ni con esta mujer de ojos fríos. Karin nota que el miedo le cierra la garganta. ¿Y si se niega a deshacerse del niño? ¿Qué hará entonces?

¿Por qué ha tardado tanto en decidirse? ¿Por qué ha querido convencerse de que no estaba embarazada? De haber venido directamente, ya se habría librado del problema.

—¿Cuándo tuvo la última menstruación?

—En julio… A finales de julio.

La mujer extrae el espéculo y ella se queda inmóvil, con la falda levantada y el vientre al aire. ¿Y ahora qué?

—Ya puede vestirse.

Se sienta, se pone el calzón, se recoloca la falda y la camiseta. Las manos le tiemblan tanto que se hace un lío con la ropa.

La señora Mittenhauser deja el espéculo en un recipiente que parece una maceta y está lleno de líquido.

—Es un poco justo —dice con brusquedad—. ¿Por qué no ha venido antes?

—Pensaba que no podía ser —contesta ella, balbuceando—. Tomaba la píldora.

—Vaya… —comenta la mujer con una sonrisa algo despectiva—. Y se olvidó de tomarla solo tres veces, ¿a que sí?

Karin guarda silencio. Por desgracia, así es. Se olvidó de tomar la dichosa pastilla dos veces, pero por lo visto con eso basta.

—Mañana a las siete de la tarde —dice la señora Mittenhauser—. No coma nada después del mediodía, y traiga los trescientos marcos que cuesta la intervención. En billetes pequeños.

¡Está dispuesta a hacerlo! No hoy, como ella había creído al principio, pero sí al día siguiente. Karin siente alivio. Solo tiene que dormir una noche más. Pasar otro día más. Será duro, pero lo conseguirá.

—Después de la intervención tendrá que estar dos horas tumbada. Pida un taxi para las nueve y media. Pero no en esta dirección, sino en la esquina de Dorotheenstrasse. ¿Lo ha entendido?

—Sí —confirma Karin—. A las nueve y media. Dorotheenstrasse.

—Si quiere, puede venir con una amiga. Así la acompañará. A esa hora ya está oscuro.

—Sí... Quizá...

—Hasta mañana. No olvide traer el dinero.

—No, claro que no. Y muchas gracias.

—No hay de qué.

Antes de lo que creía, vuelve a verse en el vestíbulo del edificio. La puerta del piso se ha cerrado, la escalera huele a cera y madera mohosa. Fuera, en la calle, el viento arremolina las hojas caídas. Durante el trayecto de vuelta se pone a llover. A Karin le cuesta abrir el paraguas plegable, y al final se rinde porque el viento no hace más que volverlo del revés. Se acerca a su banco y saca cuatrocientos marcos, luego va deprisa a comprar algo, porque Waltraud tiene la nevera vacía, y regresa mojada y helada de frío a la habitación que comparte con ella en Lehmweg.

Su amiga está en casa, hablando por teléfono en el pasillo, pero no ha cerrado la puerta con llave, así que ella puede entrar en la habitación y meter la compra en la nevera.

—¿Y bien? —pregunta Waltraud al entrar—. ¿Cómo ha ido?

—Mañana por la tarde, a las siete. Puedo llevar a una amiga.

Waltraud mira en la nevera y saca la tarrina de queso *quark* y el medio pepino que queda.

—No cuentes conmigo —dice, y alcanza un cuenco de una estantería—. No soy capaz de verlo, Karin. Me desmayo solo con que alguien se corte un dedo.

—Ya lo imaginaba.

—Lo siento mucho. De verdad.

Entonces se quedan calladas. Karin se quita el abrigo mojado y lo cuelga en una percha para que se seque. Mete papel de periódico en los zapatos para empapar la humedad y poder ponérselos al día siguiente. Luego se sienta en su cama, dobla las rodillas y las rodea con los brazos. ¿Se ha movido algo en su vientre? No puede ser, todavía es muy pronto para eso. Debería comer algo, pero no tiene apetito. Observa con repugnancia cómo Waltraud revuelve el *quark*, ralla el pepino hasta convertirlo en una pasta y lo echa en el queso. Su amiga se chupa los dedos, pone los ojos en blanco con entusiasmo y se recoge el pelo con un pañuelo. Después se aplica la mezcla en la cara.

—Pareces un fantasma de color verde —señala Karin.

—Tendrás que aguantarme así media hora. Después voy a salir.

—No te dejes el paraguas. Llueve a cántaros.

—Nada extraordinario aquí, en la costa norte.

Su amiga extiende una toalla sobre la almohada antes de tumbarse en la cama. Cierra los ojos y se entrega al efecto de la papilla que ahora mismo le tensa y le rejuvenece la piel. Karin se da la vuelta hacia el otro lado y piensa cómo pasar el día siguiente de una forma más o menos sensata. Cómo distraerse. Podría dar un paseo por el lago de la ciudad, el Binnenalster. O ir a ver escaparates. También llamar a una compañera de trabajo y quedar con ella... Ay, no, eso no es buena idea. No está de humor para conversaciones triviales. Tal vez lo mejor sea quedarse en casa, atrincherarse, leer un libro...

—¿Ya has llamado a tu marido? —pregunta Waltraud desde debajo de la mascarilla verde de queso fresco.

—Todavía no.

—Estará preocupado por ti.

—Lo llamaré mañana.

En realidad habría tenido que hacerlo hace rato, pero esta noche Willi tiene cabaret, así que ya habrá salido. Será mejor llamarlo mañana, a poder ser antes de las diez, porque, si no, ya estará desayunando en el Café del Ángel. Claro que también podría llamar ahora a su casa, pero contestará su madre, que le hará mil preguntas molestas, le soltará dos mil reproches y luego le pondrá el auricular en la oreja a la pequeña Nora, y ella tendrá que cruzar un par de frases con su hija. Pero solo de imaginar su tierna vocecilla infantil se le saltan las lágrimas. Ahora no; justamente ahora, que está a punto de matar al niño que lleva en el vientre. Pasado mañana todo habrá acabado, regresará a casa y se ocupará de Nora. Le llevará un juguete. ¿Un coche o una pelota? ¿Un muñequito articulado? Un peluche. Cualquier cosa que no sea una muñeca. Un bebé de juguete.

Waltraud mira la hora y va al baño para quitarse el queso de la cara. Después se hidrata con una crema carísima, se pinta los ojos, se pone rímel y se aplica pintalabios. Por último se pone un vestido con un cuidado terrible para no estropearse el maquillaje.

—¿Me cierras la cremallera? —pide, y se acerca a la cama de Karin—. Ten cuidado, que se atasca. ¿Llevo las medias bien puestas? ¿Sabes que hace poco Margy se puso unos pantis? Son muy prácticos, la verdad. Aunque no demasiado eróticos. A los hombres les resultan imposibles...

—Estate quieta, que no consigo subir la cremallera.

—Vuelvo a llevar el pelo fatal. ¿No tendrás un poco de laca?

—En la maleta.

—Ay, eres un tesoro, Karin.

Waltraud deja el baño lleno de niebla de la laca de Karin, se pone los zapatos de tacón y se acerca con paso inseguro a la cocina, donde saca un par de rodajas de fiambre y un trozo de queso del papel en el que están envueltos y se los zampa de pie.

—Seguramente volveré tarde —le dice entonces a Karin, y se ata un pañuelo en la cabeza para proteger el rígido peinado—. Me llevo la llave, así no tendré que despertarte. Ponte cómoda. ¡Hasta luego!

—¡Que lo pases bien!

—Mañana estaré contigo y haremos algo juntas. Te lo prometo.

—No te preocupes.

Pasar esa noche sola en la habitación es una auténtica tortura. Tiene hambre pero no le apetece comer nada, está agotada pero no puede dormir, se tumba en la cama y mira el techo, intentando no pensar en nada mientras una infinidad de imágenes, ideas y sensaciones se abalanzan sobre ella. Desesperada, coge uno de los libros de Waltraud e intenta leer, pero no es capaz de concentrarse. Además, ya ha visto *Lo que el viento se llevó* en película. Es noche cerrada, la lluvia golpetea contra el cristal de la ventana, Karin oye el ruido de los coches al pasar, el siseo que se produce cuando salpican al cruzar un charco, el petardeo de una moto, un timbre de bicicleta. Más tarde ya solo se percibe el rumor de la lluvia, y entonces es el edificio el que cobra vida: sillas que se mueven de sitio, algo que se cae y se rompe en pedazos, una mujer que exclama indignada, una voz masculina que le contesta. En el pasillo, alguien habla por teléfono y Karin entiende casi cada palabra.

Después oye el televisor de la vivienda de arriba. Dan una película, y por la música debe de ser una historia de amor. En enero, ella se pondrá ante la cámara, y en verano o en otoño aparecerá en las pantallas de toda Alemania. Los títulos de crédito dirán: «En el papel de Amanda Bertram: Karin Koch». A eso le seguirán otras ofertas. Los telefilmes son el futuro. Siempre hay producciones alemanas nuevas con buenos actores que hacen la competencia a las películas y las series estadounidenses de la televisión. Quien consiga meterse ahora en el negocio, habrá triunfado. Ella habrá triunfado. Nada podrá detenerla.

No logra conciliar el sueño hasta la medianoche, y entonces se desliza por entre borrosos mundos oníricos hasta quedar profundamente dormida. En sueños vaga por una casa desconocida, cruza habitaciones extrañas, abre armarios, corre cortinas, se arrastra por debajo de los muebles. Busca algo que no logra encontrar. Revuelve en cajas llenas de ropa, lo desordena todo y llora de desesperación. Abre un cajón y dentro encuentra la vieja muñeca articulada con la que había jugado de pequeña, que se la queda mirando con sus azules ojos de cristal.

Al despertar vuelve a tener náuseas, y peores que nunca. Casi no llega al baño para vomitar en el lavamanos.

«Mañana, esto habrá acabado», piensa mientras se pasa una toalla húmeda por la boca y deja correr el agua fría. Waltraud está enterrada entre el edredón y la almohada, solo se ven de ella un par de rizos rubios alborotados. Acaban de dar las nueve; todavía faltan diez horas. ¿Por qué no es posible cerrar los ojos y adelantar el tiempo hasta entonces? ¿Por qué hay veces que las horas parecen minutos, mientras que otras se alargan y parecen días o semanas?

Prepara café y se encuentra algo mejor después de tomar una taza. Waltraud gruñe en voz baja y se vuelve hacia el otro lado. Seguramente no se podrá hablar con ella hasta dentro de un buen rato, así que Karin se viste, vuelve a respirar hondo para controlar las náuseas que nota de nuevo y sale al pasillo a hablar por teléfono.

—Diga.

La voz de Willi suena dura y desalentadora. Qué extraño; por teléfono suele ser encantador cuando contesta diciendo: «Wilhelm Koch al habla. Buenos días».

—Soy yo. Karin.

Silencio en el auricular. En la habitación de la señora Neumeyer, una tapa de olla se cae al suelo con gran estrépito.

—Karin. Dime...

«Está enfadado conmigo —piensa ella—. Y con razón. ¿Qué voy a decirle?».

—Por desgracia, tuve que venirme sin previo aviso... Había surgido un problema. Ya sabes cómo es la gente del cine. Ruedan a una velocidad de locos.

—Vaya... ¿Y dónde estás?

—En la habitación de Waltraud. Como siempre. No he podido llamar hasta ahora.

—Con Waltraud, claro.

Suena como si no la creyera. ¿Dónde va a estar, si no? ¿En una suite del hotel Atlantic?

—Mañana vuelvo a casa —promete a toda prisa—. Entonces te lo explicaré todo.

—Muy bien —murmulla él—. Ya va siendo hora de que hablemos claro.

Karin no entiende esa respuesta. ¿Qué quiere decir con «hablar claro»?

—Hablaremos con calma, ¿de acuerdo? —dice con vaguedad—. Llegaré por la noche, no sé exactamente qué combinación de trenes encontraré. Saluda a Norita de mi parte. Y a mi madre.

Él no dice nada. ¿Es que no ha entendido esas últimas frases? Lo oye respirar, ¿por qué no contesta?

—¡Hasta mañana, Willi!

Un chasquido en la línea. Ha colgado. Sin más. Sin un «adiós», un «hasta mañana», un «que te vaya bien». Ella sigue un rato con el auricular en la mano, pensativa, antes de volver a dejarlo en la horquilla, y entonces se levanta despacio para regresar a la habitación. Parece que Willi está furioso con ella. Bueno, también ella se siente mucho más que incomprendida por él. Si le ha mentido, ha sido por causa justificada. ¿Acaso habría sido mejor contarle que tiene pensado abortar? Seguro que lo habría vuelto completamente loco.

Fuera se ve algún que otro rayo de sol, pero las veloces nubes vuelven a tragárselo enseguida. Karin se pone el abrigo todavía húmedo y va a la panadería. Compra panecillos redondos, bizcocho de mantequilla y un tarro de mermelada de fresa. Regresa helada de frío. No, hoy no saldrá a pasear por la ciudad. Se quedará en la cálida habitación hasta que llegue el momento de ir a Cäcilienstrasse. Pero antes tiene que pedir el taxi para la noche; eso no puede olvidársele.

Cuando saca el bizcocho de mantequilla de la bolsa, vuelven a entrarle náuseas. Tiene que tumbarse, no puede pensar en comer. A veces le va bien imaginar una cascada de agua fría que se precipita desde una roca y se convierte en delicados velos de agua blanquecina.

—¡Ay, mi cabeza! —protesta Waltraud desde la cama de al lado—. Creo que va a explotarme el cráneo. ¿No tendrás una pastilla para el dolor de cabeza, Karin?

—En mi bolso.

—Eres un tesoro. ¿Me lo acercas? No soy capaz de levantarme.

Karin se compadece de ella, busca las pastillas, llena un

vaso de agua y se lo lleva a la cama. Su amiga se toma una pastilla y bebe justo después.

—Malditos Jamaican Dream —se lamenta, y vuelve a dejarse caer en la almohada—. Te tomas tres y estás para el arrastre. El ron es la bebida más asquerosa del mundo. ¿Tienes otra pastilla? Por si esta no me hace efecto…

—Me quedan muy pocas, y las necesitaré para mí.

—Entonces da igual.

Media hora después, Waltraud consigue levantarse e ir al baño. Al salir de ahí en albornoz y con el pelo envuelto en una toalla, descubre los panecillos redondos y el bizcocho y se lanza con hambre sobre ellos.

—¿Tú ya has desayunado? —le pregunta a Karin.

—No tengo apetito.

—Deberías comer algo ahora. Después no podrás. Venga, te preparo un panecillo. ¿Quieres fiambre o queso?

—Mermelada de fresa, si no hay más remedio.

—Buena elección.

Waltraud unta una generosa capa de mantequilla en el pan y saca una cucharilla de café para añadirle la mermelada.

—¡Toma! Tienes que coger fuerzas. ¿Un café?

—Sí, por favor.

—Mañana a esta hora ya estarás mejor —dice su amiga para animarla mientras corta un trozo de bizcocho—. Será un mal trago, pero hay que hacerlo, ¿verdad?

—Claro…

Karin da un mordisco al panecillo, mastica y traga. El alimento le sienta bien en el estómago; quizá solo se encontraba mal porque llevaba demasiado tiempo sin comer nada.

—Mittenhauser es muy buena en su trabajo. Todavía no he oído ninguna queja.

—Creía que antes era doctora. ¿Cómo es que no pone el título delante de su nombre en el timbre?

Waltraud se encoge de hombros. No lo sabe.

—Es rapidísimo —sigue explicando—. Te da algo de beber y entonces te notas rara y estás como en otro mundo durante un rato. Después ya no te enteras de nada de lo que te hace.

—Pensaba que te dormían. ¿O es solo anestesia local?

—Ya te digo que no te enteras de mucho. Al terminar estás un rato atontada y luego vuelves a encontrarte normal.

A Karin no le hace mucha gracia. ¿Qué clase de mejunje le da esa mujer a sus pacientes? ¿Un estupefaciente? ¿Alcohol? ¿Morfina? ¿Y si no consigue aguantarlo en el estómago?

—¿Duele?

Waltraud vuelve los ojos hacia el techo. Probablemente la pregunta le parece inadecuada.

—Un poco sí. Pero se puede aguantar. Te cierra el orificio uterino con unas pinzas para que no se salga nada y...

—Tampoco quiero tantos detalles —la interrumpe Karin enseguida—. Solo en general.

—Después te mete un tubito o algo así en la matriz. También tiene como una cucharita con la que te lo raspa. Tarda un poco, pero es que tiene que limpiarlo a fondo. Para que no quede nada después. Si no, puede haber infecciones o cosas por el estilo.

Karin asiente. Desde luego está bien saber lo que van a hacerle a una. Para estar preparada. Pero, por otro lado, esa información no la tranquiliza. Ahora está muerta de miedo por la intervención.

—¿Tú te lo has hecho alguna vez? —le pregunta a Waltraud.

—Qué va. Sé todo eso porque me lo contó una amiga que abortó con ella.

—Ah...

Waltraud le pone una mano comprensiva en el brazo y la acaricia.

—No es divertido, pero, si no hay más remedio... En poco más de media hora estará listo.

Antes eran solo veinte minutos, ahora ya habla de media hora.

—No quieres tener ese niño, ¿verdad?

—¡No! ¿Por qué preguntas eso?

—Bueno, es que... —Le sonríe, luego se quita la toalla del pelo y se levanta—. Pero es de tu marido, ¿verdad?

—¿De quién, si no?

—¿Y él sabe que quieres deshacerte de él?

Karin hace un gesto de impaciencia y aparta el plato del panecillo. ¡Qué poco tacto tiene Waltraud! ¿Por qué le hace esas preguntas tan estúpidas?

—¡Claro que no!

—Sí, es mejor así —confirma su amiga—. Los hombres son raros en estos casos. Cuando te dejan embarazada, no quieren saber nada. Pero si te libras del problema, te miran como si fueras una asesina.

—A Willi le gustaría tener un hijo —dice Karin—. Y en algún momento lo tendremos. Pero ahora no. Más adelante.

—Claro. Ahora no es el momento adecuado, ¿verdad? Por lo del contrato para la película con Real. Algo así no se consigue todos los días.

Karin no responde, solo se levanta para lavar los platos. No le apetece hablar de cosas que Waltraud sabe desde hace tiempo, que son evidentes, sobre las que no hay nada más que decir. Tiene un contrato, así que no puede tener un niño. Y punto.

—¿Te he contado que Sylvia nunca podrá tener hijos? Ella también acudió a Mittenhauser...

Karin no lo soporta más. Arruga el paño de cocina, furiosa, y estalla frente a su amiga.

—¡Calla de una maldita vez! ¡Tanta cháchara me está sacando de quicio!

—Lo siento, Karin —dice ella con un suspiro de culpabilidad—. Entiendo que estés nerviosa. ¿Quieres que te acompañe esta tarde? No tengo por qué estar presente, puedo esperar fuera.

—¡Ni te me acerques! —exclama ella —. ¡Eres la última persona a la que llevaría conmigo!

—¡Pero si lo decía con buena intención!

Sale del piso ya a las cuatro para escapar de la odiosa conversación de Waltraud. Pide el taxi para después desde una cabina telefónica y empieza a andar sin rumbo por la ciudad. En una pastelería se compra un café con leche, pero solo consigue beberse la mitad porque le entran náuseas al inhalar los aromas del pequeño establecimiento. Bollos dulces, café y humo de tabaco se mezclan en un hedor insoportable; paga deprisa y sale huyendo de ahí.

Poco antes de las siete llega al edificio de ladrillo visto de Cäcilienstrasse. Está mareada, nota el corazón acelerado, tiene que agarrarse al pomo de la puerta mientras aprieta el timbre.

La señora Mittenhauser abre enseguida; debía de estar esperando ya en el recibidor.

—Buenas tardes. ¿Trae el dinero?

—Sí, claro.

Saca el monedero del bolso como puede y le entrega los billetes. La mujer los cuenta a conciencia y luego asiente.

—Pase. Quítese el abrigo y los zapatos. También el calzón. Enseguida vengo.

La señora Mittenhauser desaparece en su cocina. Probablemente antes quiere guardar el dinero a buen recaudo. Karin mira las molduras de la puerta pintada de blanco, el anticuado picaporte de latón con arabescos que cuelga muy torcido, el suelo de linóleo gris, sucio.

Entonces da media vuelta y sale del piso.

Luisa

—¡Por el amor de Dios, Luisa! —exclama Hilde—. Llevas la blusa mal abotonada.

Luisa se mira la ropa con sobresalto. Es verdad. Con el caos de esta mañana no se había dado cuenta. Qué vergüenza; acaba de atender a tres jóvenes del Teatro Estatal y ahora sabe por qué la miraban tan raro.

—Discúlpame, por favor.

—¡En la cocina no! ¡Vete a la sala contigua!

Por supuesto. En la cocina está Richy, preparando una tarta de licor de huevo, así que no puede desabrocharse la blusa ahí. Otto está limpiando el mostrador de los pasteles con agua caliente y lavavajillas. Para ello coloca cada una de las bandejas en la encimera, frota su sitio, lo seca con un paño limpio y vuelve a colocar el pastel donde estaba. Cuando ha acabado, va a por agua limpia y repasa el cristal de la vitrina desde fuera para dejarlo reluciente.

Con la blusa perfectamente abotonada y el delantal de encaje bien colocado, Luisa vuelve al salón del café justo a tiempo para atender a los clientes que acaban de llegar. Una pareja joven pide dos desayunos; se han sentado uno al lado del otro y se dan las manos mientras hojean un folleto colorido. Quieren comprar muebles, según parece.

Ay, qué bonito... Están construyendo el nido de su joven familia.

Luisa pone panecillos en un cestito y prepara dos cafés, dos jarritas de crema de leche, mantequilla, mermelada y miel. También saca de la nevera varias rodajas de fiambre y dos de queso. El azucarero ya está en la mesa. Fuera, para variar, hoy ha salido el sol y el follaje amarillento de los plátanos reluce con un brillo dorado. Los transeúntes llevan el abrigo desabrochado, una señora con un perro salchicha espera junto a una farola a que el animal se alivie.

—¡Menuda guarrada! —se indigna Otto—. ¡Justo delante del café! ¡Podría llevarse a su chucho a hacer caca ahí delante, al parque de Warmer Damm!

A Luisa no le cae bien Otto. Le parece cargante, es un impertinente y se expresa de una forma muy ordinaria. Además, siempre se entromete en todo. Si Hilde no le parase los pies con firmeza, haría tiempo ya que se habría puesto un delantal para servir pasteles a los clientes. Pero, por suerte, la jefa solo le deja hacer determinados trabajos. Esta mañana, temprano, le ha pedido que barriera la acera del café, y ahora seguramente lo llamará porque acaba de llegar una furgoneta con una entrega al patio. Que descargue cajas con tranquilidad... Lo principal es que no le quite el trabajo a ella. La única buena noticia que le han dado a Luisa esos últimos días es que Simone estará en Eltville, y no atendiendo en el Café del Ángel. Por lo demás, en su casa ahora mismo la situación no pinta muy bien.

Richy sale con la tarta de licor de huevo recién terminada y hay que hacerle sitio en el mostrador de los pasteles. Luisa ya está preparando la mesa del desayuno de Heinz, que bajará enseguida. Le deja también el *Wiesbadener Tagblatt*, y acerca el taburete que utiliza desde hace un tiempo porque la prótesis de la pierna vuelve a darle problemas. Else bajará algo después, como de costumbre, porque arregla un poco el piso y les prepara la comida a los gemelos.

La puerta giratoria se mueve y ella se sobresalta. Es Fritz, su marido, quien entra en el café. Busca impaciente con la mirada y enseguida se dirige a ella.

—¿Tienes dos minutos, Luisa?

—¡Estoy trabajando, Fritz! —dice ella en voz baja—. ¿Qué es tan importante?

—Vamos un momento a la otra sala.

Su marido nunca la interrumpe cuando trabaja en el café, pero ahora mismo todo está patas arriba y él parece desesperado, así que a Luisa le inquieta que pueda hacer alguna locura.

—¿Qué ha pasado? —pregunta, nerviosa, cuando cierran la puerta de la sala contigua.

Él levanta los brazos con impotencia y la mira apesadumbrado con los ojos aumentados por los cristales de las gafas.

—He ido al banco, Luisa, pero no han querido darme dinero...

Ah, es eso. Sabe que quería comprar un violín nuevo para Petra, pero ya le dijo claramente que ahora mismo no les llega.

—No me extraña, Fritz. Tenemos la cuenta vacía. Ya te avisé.

—Sabes muy bien que Petra tiene que practicar. Lleva dos días enteros sin tocar el violín.

—La señora Künzel dijo que el Conservatorio podría prestarnos uno.

—¡Pero no disponen de ninguno de tamaño tres cuartos! Solo hay de medio y de tamaño completo.

—Pues pregunta en la Escuela Superior de Frankfurt —replica ella, enfadada.

—¡Necesita su propio instrumento, Luisa! —Se le acerca más y le pone las manos en los hombros, implorante—. Pídele un adelanto a Hilde, cariño. Hazlo por tu hija. Detenerse es retroceder, ya lo sabes. Si Petra está tantos días sin tocar, no será capaz de brillar en las próximas actuaciones.

¿Por qué ama a ese hombre? Es un soñador ciego y testarudo que va detrás de una quimera. Su hija, la niña prodigio. Una Wolfgang Amadeus. Una Shirley Temple del violín. Ay, sí, lo ama. Y precisamente por eso tiene la obligación de poner límites a su locura.

—No pienso hacer nada parecido, Fritz —dice con vehemencia—. Estoy muy contenta de volver a trabajar más a menudo en el café y no quiero arriesgarme a perderlo.

—¿Y tu hija te es indiferente? —le reprocha él, llevándose las manos a la cabeza con horror.

—Quiero a mis hijas, Fritz, pero no creo que vaya a pasar nada por que Petra no toque durante dos semanas.

Él deja caer los brazos y parece derrumbarse.

Sin decir una palabra, da media vuelta y se va. Luisa sabe que esa noche no querrá hablar con ella; se meterá en el dormitorio y rumiará en silencio. Le duele verlo tan triste. Sí, hace poco perdieron una gran oportunidad. Petra podría haber conseguido una beca de esa fundación. Aunque tampoco era seguro, porque había muchos competidores. Sin embargo, por desgracia ni siquiera pudo tocar. Su violín estaba destrozado y todavía es un misterio qué pasó. El culpable guarda silencio.

Cuando regresa al salón del café, Hilde está cobrando a los tres músicos. Ay, Dios mío, qué vergüenza. Tendría que haberlo hecho ella. ¡Sabe que los ensayos de la orquesta empiezan a las diez! También Fritz tiene que darse prisa para llegar a tiempo al teatro. Hilde le lanza una mirada no demasiado amable.

—¿Ya te has abrochado bien la blusa? —le pregunta.

—Sí... Me había dejado algo ahí dentro. Perdona.

No quiere confesarle que Fritz ha ido a molestarla con sus

problemas. Esa noche volverá a dejarle claro que no quiere que algo así se repita en el futuro. Ella no va a interrumpirlo en los ensayos de la orquesta porque crea que tiene que hablar algo con él.

Hilde le da el dinero de la cuenta más la propina que repartirán por la tarde, y deja que sea ella quien recoja la mesa. Después se apresura a la cocina, donde hay que guardar en la despensa y la nevera las provisiones recién entregadas. Luisa oye que Richy se queja de la calidad de la nata: dice que es demasiado grasa y los pasteles quedan muy pesados, que necesita una más ligera. Ella niega con la cabeza; en casa solo les queda un trocito diminuto de mantequilla y aún no sabe qué les pondrá a las niñas en el bocadillo del colegio. Esta noche, cuando cobre, las tiendas ya habrán cerrado.

Hoy Heinz baja algo más temprano que de costumbre. Saluda alegre como siempre, pregunta qué tal le va, qué hace su talentosa hija, y se sienta en su sitio.

—¡Ay, vaya! —dice con un suspiro, y apoya la pierna de la prótesis en el taburete—. Así es la vida. Siempre pasan cosas inesperadas, pero es lo normal en una familia: niños pequeños, problemas pequeños; niños grandes, problemas grandes.

Luisa le lleva una jarrita de café y piensa que ella en casa tiene niñas pequeñas, pero que de todas formas sus problemas son grandes.

—¿Wilhelm sigue fastidiado? —pregunta con compasión.

—Fastidiado no es la palabra adecuada —señala Heinz de mal humor—. No quiere andarse con medias tintas, como diría él. Imagínate, Luisa, se vuelve a vivir con nosotros.

«Ay, vaya por Dios —piensa ella—. Entonces es que las cosas van mal en el matrimonio. Primero la separación, luego el divorcio».

—¿Se traslada arriba? —pregunta, apenada—. ¡Pero si en Rheinstrasse tiene un piso precioso!

—Cierto —confirma Heinz—, pero eso no parece importarle. Hace un rato se ha presentado en nuestro piso con dos maletas para tomar posesión de su antigua habitación. No entiendo nada. ¡Karin es una joven estupenda!

—A mí también me extraña —dice Luisa—, pero tal vez tenga sus motivos.

Heinz menea la cabeza y se concentra en su desayuno. Pocas veces lo ha visto Luisa tan atribulado. En realidad, siempre es él quien media en las discusiones y calma a Else, que enseguida se enciende.

—Si por mí fuera —refunfuña el hombre—, no le habría dejado entrar. Un hombre adulto que quiere volver a refugiarse en la casa de sus padres... Si yo hubiera hecho algo así de joven, en fin, habría tenido que oírme más de cuatro cosas bien dichas. Pero no depende de mí. ¡Mi opinión no le interesa a nadie en esta casa!

Luisa ya imagina lo que ha ocurrido. Else adora a su hijo Willi. Sin duda lo habrá acogido con los brazos abiertos, aunque a su marido no le guste la idea. El amor de una madre a veces empuja a hacer tonterías, sobre todo cuando se trata de hijos varones.

—Seguro que será solo durante un tiempo —dice para intentar consolar al padre.

Heinz rompe la cáscara de la parte superior de su huevo a la copa.

—Dios te oiga, Luisa. Pero me temo que, ahora que Willi se ha instalado con nosotros, no será fácil conseguir que se marche. Manutención y alojamiento gratis, más apoyo emocional, ¿dónde va a encontrar algo así? Y yo que creía que mi hijo pequeño por fin se había hecho mayor...

—Es un artista de gran sensibilidad —comenta Luisa con cautela.

Heinz siempre ha estado orgulloso de que su hijo Willi se

hiciera actor y cosechara éxitos en el escenario. Ahora, sin embargo, mira a Luisa de reojo y suspira.

—Justamente eso es lo terrible, que los grandes artistas a menudo tienen una vida personal caótica —murmura, abatido—. No sería el primero, y seguro que no será el último.

Hilde sale entonces de la cocina y Luisa comprende que se ha enterado de lo que ha ocurrido arriba, en el piso de sus padres. No parece hacerle mucha gracia, porque va directa a la mesa de su padre para desahogarse. Ella se retira por precaución, ya que al fin y al cabo se trata de un asunto familiar en el que no pinta nada. Además, la pareja joven pide la cuenta y Sofia Künzel ha bajado a desayunar.

—Buenos días, Luisa —saluda la mujer—. Querría dos huevos a la copa y una jarrita de café, como siempre. Y tostadas. Bastante hechas. No esos panecillos blancuzcos.

—Enseguida, señora Künzel.

—¡Espera un momento! —dice la Künzel para retenerla—. ¿Qué historia es esa del violín? ¿Cómo es que Fritz se ha presentado en el Conservatorio pidiendo que le presten uno de tres cuartos?

—El violín nuevo de Petra, por desgracia, se ha roto —explica Luisa con cautela.

—¿Roto? —se extraña la Künzel—. ¿Cómo ha podido pasar eso?

—Tampoco nosotros nos lo explicamos.

—Los violines no se rompen solos. ¿O es que tenéis termitas en casa? ¿Carcoma? ¿Moho?

—Claro que no.

—Si quieres saber lo que opino —dice la Künzel, y se apoya en el respaldo de la silla—, tendríais que ocuparos más de Marion. También tiene talento musical. Se lo he dicho a tu marido por lo menos diez veces, pero parece que a ninguno de los dos os importa. ¡Bueno! ¡Y ahora me gustaría desayunar!

Sofia Künzel no tiene pelos en la lengua. Pero, por lo visto, a Fritz su advertencia le ha entrado por un oído y le ha salido por el otro.

Sobre las once, Swetlana llega al café con la sopa de gulasch. Ahora entra en la cocina por la parte de atrás porque Hilde le ha pedido que deje el coche en el patio para no tener que cargar tantos metros con la olla. Por supuesto, ni los clientes ni la competencia deben ver que entra todos los días en el Café del Ángel con su enorme olla. Y August menos aún.

Swetlana ha llegado justo a tiempo, porque acaban de entrarles las primeras comandas. Luisa prepara los cuencos para la sopa y pone las rebanadas de pan de guarnición en los platitos, pero tiene que esperar a que el gulasch se caliente lo bastante en los fogones; nadie quiere tomar una sopa tibia. Swetlana, mientras remueve, está parlanchina como siempre.

—Mischa ha cambiado mucho, Luisa. ¡Qué contenta estoy! Se ha cortado el pelo, ¡imagínate! August ha dicho que ha ocurrido un milagro. Está muy guapo, mi Mischa. Y se pone ropa bonita, de la que compro yo. Ay, Luisa, a veces no puedo evitar recordar a su padre, que fue un hombre muy apuesto. En aquel entonces me enamoré. Fui una tonta y una insensata, porque me trajo muchas desgracias. Pero también me dio a Mischa, y eso fue una gran suerte.

Hoy Luisa no tiene la paciencia necesaria para escuchar sus recuerdos nostálgicos. Sin embargo, se alegra por Swetlana de que Mischa parezca ir por el buen camino. Nadie sabe cuánto durará eso. Con Mischa hay que estar preparado para todo. Con los hijos, en general, nunca se sabe cómo saldrá la cosa; una puede esforzarse mucho, y aun así hacerlo todo mal. ¡Ay, sí!

—Tengo que marcharme ya —anuncia su amiga, y le pasa

el cucharón a Luisa—. Voy a buscar a las niñas al colegio. He preparado macarrones con salsa de tomate. ¿Tú lo entiendes, Luisa? Cocino buenos *blinis*, les hago deliciosos asados con cebolla y ajo, escalopes rebozados con rodajas de limón por encima, y Sina solo quiere macarrones con tomate. Bueno, también les he hecho flan y lo he metido en el congelador. ¡Les encantará!

—Qué buena idea —comenta Luisa distraída mientras llena los cuencos.

Está pensando en su nevera vieja, que no tiene compartimento congelador, pero que últimamente produce unos zumbidos muy fuertes. Espera que no se estropee, porque de ninguna manera podrían comprarse una nueva. Hilde aparece en la cocina y la ayuda a servir las sopas de gulasch a los clientes. Entran comandas de ensalada con huevo y pan con jamón y pepinillos, y Richy las prepara con Otto. Sofia Künzel ha terminado de desayunar y se asoma un momento a la cocina antes de irse.

—¿Qué hay, guapos? —les dice a Richy y a Otto.

Otto le corresponde con una sonrisa descarada, Richy agacha la cabeza y se pone colorado. El bueno de Richy es timidísimo, y eso que es un maestro en lo suyo. Cuando prepara una ensalada con huevo, parece un bodegón de un pintor famoso. Casi demasiado bonita para comérsela.

A esas horas también Else está en la mesa familiar, y a su lado se ha sentado su hijo Willi.

—Una sopa de gulasch —pide este.

—Y una ensalada con huevo —añade su madre—. El café me lo serviré yo misma.

Hilde pasa junto a la mesa con la cabeza bien alta y hace como si no hubiese oído nada. Luisa se ve contra la espada y la pared; tiene que encargarse de la comanda, desde luego, pero no quiere disgustar a Hilde.

Esta estalla en la cocina. Parece que le da lo mismo que Richy y Otto la oigan, está fuera de sí.

—¡Ya está mi hermano otra vez como siempre! —le dice a Luisa—. Se refugia en el nido que le prepara mi madre y se deja mimar. El alquiler del piso de Rheinstrasse sigue llegando, pero eso a Willi no le interesa. ¿Ha hablado las cosas con Karin? No, pero ya ha ido a ver a August porque quiere divorciarse.

—¡Ay, madre mía! —exclama Luisa con un suspiro—. Apenas llevan dos años casados y ya se están separando. ¿Por qué no habla con ella?

Hilde se encoge de hombros, saca un par de salchichas de la olla y las pone en un plato. Sirve un poco de ensalada de patata a su lado sin ningún miramiento y luego echa un poco de perejil picado por encima.

—Karin está en Hamburgo. Tenía que volver ayer, pero no vino. En fin. Tampoco es que ella esté siendo muy considerada, pero de todas formas Willi no debería venir a esconderse entre las faldas de su madre, ¡el muy calzonazos!

—¿Por qué no va a verla a Hamburgo?

Hilde pone el plato en una bandeja y saca una botella de Coca-Cola de la nevera de bebidas.

—Por lo visto, allí tiene a otro hombre, y Willi no sabe exactamente dónde está.

—Qué triste —opina Luisa—. Y eso que parecían tan enamorados, ¿verdad?

—Un matrimonio requiere algo más que un simple enamoramiento —señala Hilde, y le pone la bandeja en las manos—. Requiere confianza, comprensión con el otro, respeto y tolerancia. Toma, para la mesa siete.

Luisa le sonríe. Hilde sabe de lo que habla. No hace tanto que ella misma estaba decidida a divorciarse de Jean-Jacques. Al final cambió de idea, sin embargo, cosa que los tiene muy felices a ambos. Luisa lleva las salchichas a la mesa siete, regresa a la cocina y vuelve a cargar la bandeja con dos ensaladas con huevo y una sopa de gulasch. Hilde, por suerte, está distraída porque han bajado los gemelos.

—La abuela ha vuelto a preparar potaje —protesta Frank—. ¿Queda gulasch? Si no, unas salchichitas con ensalada de patata.

Hilde prepara dos platos con salchichas, huevo y ensalada de patata. La sopa se acabará enseguida, pero les dejará rebañar la olla.

—Primero haced los deberes, y cuando acabéis podéis ver la tele —les dice con una mirada severa.

—Está bien, mamá.

Los dos están castigados en casa toda una semana. Por haberse metido en una pelea o algo así. Y eso que tienen quince años y ya no son dos niños. De todos modos, como dijo Hilde, ahora empieza la edad difícil. En especial porque entran en juego las chicas.

—Si por mí fuera, se quedarían en Wiesbaden los fines de semana —le contó su jefa—. Pero están con la vendimia y tienen que ayudar a su padre.

Por la tarde vuelve a caer una llovizna fina. Apenas entran unos pocos clientes, que se eternizan con un solo trozo de pastel y una taza de café, fumando cigarrillos. Algunos se leen el periódico entero. Sobre las seis, Hilde le dice a Luisa que ya puede irse. No hay mucho que hacer, y a los pocos clientes que se pasen a tomar una copa de vino después, cuando acabe la función del Teatro Estatal, puede atenderlos ella sola.

—Ah, sí. Hemos subido la paga un marco a la hora —le informa—. Todo está más caro, ¿verdad?

Luisa casi siente vergüenza. Hilde, además, se muestra extrañamente generosa con las propinas, redondea la cantidad al alza e incluso le da un paquete enorme con pasteles.

—Hay que acabárselos —dice—. También tenemos demasiada mantequilla, llévate dos trozos. Y una botella de nata, que Richy no la quiere porque dice que es demasiado grasa. Saluda a Fritz y a las niñas de mi parte, ¿quieres? ¡Que paséis muy buena noche, Luisa!

Cargada de regalos y con el monedero lleno, Luisa coge el autobús agradecida por la generosidad de su jefa. Hilde también tiene toda clase de preocupaciones y problemas, pero es una buena persona. Y esos obsequios llegan justo a tiempo; mañana a primera hora pasará el carbonero, y habrá que pagarle en mano. Después, Luisa irá a comprar para llenar la despensa y la nevera. Le quedan algunas patatas en el sótano, y las zanahorias están en recipientes de loza llenos de arena para que aguanten frescas más tiempo. También tiene las conservas. Podrán pasar el invierno. Algo es algo.

Al llegar a casa, sin embargo, se le acaba el buen humor. Fritz ya se ha puesto el traje negro, se echa el abrigo por encima, se coloca el sombrero y pasa junto a ella sin decir palabra para salir por la puerta. Esta noche hay estreno, un musical de Ralph Siegel: *El señor Kayser y el ruiseñor*. Luisa sabe que a Fritz no le gusta mucho esa música, y tampoco soporta ese nuevo género al que denominan «musical». Una vez le dijo que era «música yanqui», que no puede compararse con las grandes composiciones de Beethoven, Bach, Mozart o Richard Strauss.

Si ese día ni siquiera la ha saludado ni le ha dado un abrazo como acostumbra a hacer, sin embargo, tiene poco que ver con ese odiado musical. Luisa sabe que está enfadado y decepcionado, y que la responsabiliza a ella de que Petra no pueda practicar con el violín. Es angustiante, pero ni puede ni quiere hacer nada para cambiarlo. De ninguna manera piensa invertir el dinero que gana en el Café del Ángel en un violín nuevo.

Swetlana ha llevado a las niñas a casa esa tarde. Marion está sentada en la cocina, jugando sola a las damas chinas; Petra está arriba, en su habitación. Desde que se rompió el violín, las dos se evitan y no se hablan. Pero tampoco discuten, como solían hacer. La noche misma de la tragedia, Fritz las sometió a un duro interrogatorio. Al principio sospechó que Petra había destrozado el violín porque no le gustaba, para que le dejaran tocar otra vez con el suyo.

—Como mucho lo habría escondido, o regalado —se defendió la niña—. ¡Cómo voy a romper yo un violín, papá! ¡Por nada del mundo!

El violín se había quedado en el salón mientras Petra dormía la siesta. Después, Luisa preparó a su hija para la actuación y el instrumento seguía en el sofá, sin supervisión.

—¡Marion! ¿Has abierto tú el estuche del violín de Petra?

—No, papá. He estado todo el rato en mi habitación.

—¿Es eso verdad, Marion? ¿No me estarás mintiendo?

La niña miró a su padre a los ojos sin titubear ni parpadear siquiera.

—Te digo la verdad, papá. No he tocado el violín.

Fritz se retiró meneando la cabeza y luego miró a Luisa, que había seguido el interrogatorio desde la puerta del salón.

—¿Puedes explicártelo, Luisa?

—No. Yo tampoco lo entiendo.

Pero notó que la sospecha destellaba un instante en los ojos de él, y se quedó abatida. ¿De verdad pensaba Fritz que ella, Luisa, su mujer, podía haber cometido algo tan descabellado solo porque opinaba que invertían demasiado dinero en el futuro musical de Petra? ¿Habían llegado ya al punto de no poder confiar el uno en el otro?

Esta historia es mucho peor de lo que Luisa había creído en un principio. Ha abierto un profundo abismo en la familia. Todos desconfían de todos. Las niñas no quieren saber nada la una de la otra, y Fritz se ha distanciado con rencor. Luisa sufre muchísimo por ello. Necesita amor y armonía a su alrededor; si no, se siente enferma. ¿Qué ocurrirá ahora? ¿Debería ceder y comprar un nuevo violín a plazos para recuperar la paz? ¿Actuar en contra de sus convicciones?

Llama a las niñas para cenar. Hay pastel del Café del Ángel, y eso normalmente les encanta. Hoy comen en silencio, mirando cada una su plato y bebiendo el zumo de manzana a tragos sedientos. Luego, Marion pregunta si puede ir a tocar el piano.

—Como quieras.

Fritz no está, y a ella le parece que la prohibición carece de sentido. ¡Que toque! La señora Künzel comparte su opinión. Petra se queda un rato más en la mesa de la cocina y luego, para sorpresa de Luisa, pregunta si puede ayudarla a secar los platos.

—Eres muy amable, Petra.

En los platos quedan gotas y los cuchillos no los seca bien, pero lo que cuenta es la intención. Petra detesta secar, casi siempre se escaquea diciendo que tiene que practicar con el violín.

—Me subo ya —informa al terminar.

—Puedes entrar en el baño. Yo subo enseguida.

Luisa recoge la cocina, guarda los restos de pastel en la nevera y saca paños de cocina limpios. Después se dispone a subir la escalera porque ya se ha hecho tarde y las niñas tienen que irse a dormir. Arriba todavía suena el piano. Primero acostará a Petra, así Marion podrá tocar unos minutos más.

—¡Que no es así! —oye decir a Marion—. ¡Deja!

«Ya vuelven a pelearse», piensa Luisa, y no sabe si eso es bueno o malo.

—Que sí, que es así. Tú toca la melodía.

Marion está aprendiendo el motivo y las variaciones de

Mozart sobre una canción infantil francesa, «Ah, vous dirai-je maman». Ya ha llegado a la cuarta variación, que todavía le sale a trompicones porque no ha podido practicar mucho. Ahora toca la melodía, que es fácil. A Luisa le parece que le sale muy bien.

Pero ¿qué es eso? Se oyen trinos y figuras de tiple que se entrelazan con la melodía principal, pero que sin duda no aparecen en la partitura.

—Queda raro —dice Marion.

—Ahora haré otra cosa —propone Petra—. Tócala otra vez, pero no tan deprisa.

Están tocando juntas. ¿Quién lo habría dicho? Marion lleva la melodía y Petra inventa sus propios acompañamientos.

—¡Ahora, la primera variación!

Las dos voces se entrecruzan, se abrazan, crean pequeñas disonancias que se resuelven otra vez.

—Suena fatal. Déjame tocar arriba. ¡Toca tú abajo! —pide Marion.

Luisa se queda quieta y las escucha con el corazón palpitante. ¿Qué ha ocurrido? ¿Cómo es posible que de pronto sus hijas estén tocando juntas con tanta naturalidad, sin odiarse ni pelearse?

¿Son los niños más sabios que los adultos?

Mischa

«Soy un idiota —piensa Mischa—. ¿Por qué me enamoro de una mujer con la que no tengo ninguna oportunidad? Se cree por encima de mí. Me desprecia llamándome "joven bobo". Se burla, no quiere saber nada de mí. Es para volverse loco... Pero no consigo quitármela de la cabeza».

Ya le ha pasado dos veces antes. Una en Italia, otra en Sudamérica. Siempre ha sido con una mujer mayor que él. Guapa, con experiencia, inteligente, culta. Una mujer con clase que no aceptaría a cualquiera, y menos a alguien como él, que no ha estudiado nada y no sabe lo que quiere. Todas las veces ha sufrido miserablemente, ha acabado hecho polvo, ha padecido toda clase de situaciones vergonzosas y derrotas, y al final ha salido huyendo. El mundo es grande y lo tiene a su entera disposición; ellas vivirán felices sin él. Pero la decepción y el dolor se le han quedado dentro, los lleva en lo más hondo de su ser y no consigue librarse de ellos.

Esta vez es peor aún que las anteriores. Esa mirada desdeñosa de sus ojos oscuros, que lo atraviesan por entero... Simone posee una sonrisa especial. Tiene una dulzura increíble que le llega al corazón, pero al mismo tiempo está cargada de ironía. Como si por dentro se riera de él. El caso es que Mischa está prendado de ella. Nada más verla en el Café del Ángel fue como si lo fulminara un rayo. ¡Zas! Enamorado. Sin escapatoria. Simone se ha atrincherado en su cerebro y es la dueña de sus pensamientos, de sus sueños salvajes y, por desgracia, también de su corazón.

Aquella misma noche le estuvo preguntando a Jean-Jacques por ella. Si tenía novio, qué había pasado con su marido, por qué había ido a Alemania. De hecho recuerda con vaguedad que una vez Hilde y él tuvieron una crisis matrimonial por culpa de Simone, pero, por si las moscas, no tocó ese tema. Sabe que Jean-Jacques siente cierta debilidad por su pariente, cosa que lo puso un poco celoso, pero enseguida se quedó tranquilo: para empezar, Jean-Jacques es demasiado viejo y, además, ama a Hilde. Eso es evidente, y está bien así.

Desde luego, Jean-Jacques se olió el pastel.

—¿Por qué te interesa tanto Simone? Tiene más de veinte años, es muy mayor para ti.

Mischa se hizo el inocente y se encogió de hombros.

—Es solo por preguntar. Por interés familiar.

Jean-Jacques cerró un ojo y se llevó la punta del dedo debajo del otro como diciendo: «A mí no me tomes por tonto, chaval».

—*Laisse la tranquille* —le aconsejó—. Ha dejado atrás un matrimonio difícil con un malnacido y, antes que nada, tiene que reponerse.

—Lo entiendo —se apresuró a asegurar Mischa—. Seguro que ha sido una experiencia terrible para ella.

—*C'est ça.* —Jean-Jacques asintió y lo miró con insistencia—. Y justo por eso, lo último que necesita ahora es una aventura que no acabará en nada. Espero que me hayas entendido, Mischa.

—¡Pero qué opinión tienes de mí! —se indignó él.

—Solo la mejor —contestó Jean-Jacques, sonriendo—.

Eres guapo y tienes encanto. Si además te cortaras el pelo y te pusieras ropa decente, serías irresistible.

Por supuesto, eso no se lo decía en serio, pero aun así Mischa se quedó abochornado.

—Eso no es lo mío —repuso—. No me siento a gusto tan emperifollado y almidonado.

—*C'est bon!* —dijo Jean-Jacques, y le dio unas palmadas en el hombro—. Te necesito aquí, en la bodega, y también para la vendimia. Tienes mano con el vino, Mischa. ¡Sería una lástima que perdieras el tiempo con historias de faldas!

Le gustó que Jean-Jacques lo valorara. Incluso se sintió un poco orgulloso. Pero aun así no ha logrado olvidar a Simone. Porque para él no es una «historia de faldas» ni una «aventura». En eso Jean-Jacques se equivoca de medio a medio. Cuando Mischa se enamora, lo hace de verdad. Perdidamente. Y que Simone haya tenido malas experiencias con un hombre solo hace que sus sentimientos sean más fuertes aún. Desea demostrarle que existe otra clase de hombre. Un hombre decente, con intenciones serias. Y que él, Mischa, es uno de ellos.

Ha tardado un poco en decidirse a cortarse el pelo, porque seguro que después tendrá que oír comentarios estúpidos por parte de Jean-Jacques, pero al final le ha dado lo mismo y se ha ido con la tía Hilde a Wiesbaden. El peluquero ha montado toda una escenita y ha estado cortándole un mechón aquí y otro allá, y además pretendía embadurnarle el pelo con un mejunje que apestaba, pero él se ha negado. La imagen que le devolvía el espejo ya le resultaba bastante extraña. No le ha gustado mucho el resultado, porque con el pelo corto parece más joven. Tal vez debería dejarse barba, aunque la tiene muy rala. Mejor ir afeitado.

Ha estado dando vueltas un rato más por la ciudad, se ha sentado en el parque del Balneario y, por aburrimiento, ha jugado una ronda de minigolf en el césped de al lado del Teatro Estatal. Allí se ha dado cuenta de que las mujeres y las chicas lo miran de una forma diferente y ha pensado que lo del peluquero ha sido buena idea. Las chicas siempre lo han mirado, eso no es nuevo. Pero las miradas de las mujeres adultas, que antes le dedicaban cierto desdén, son ahora de aprecio y reconocimiento. Tal vez sí sea por la ropa que se ha puesto, la que le compró su madre.

De modo que se ha armado de valor y ha ido al Café del Ángel. Lo ha encontrado bastante lleno, pero ha entrado con desenfado y se ha sentado a una mesa que justo ha quedado libre. Entonces ha visto a Simone, que iba de aquí para allá haciendo equilibrios con la bandeja, y de repente el corazón se le ha desbocado y han empezado a sudarle las manos. Con qué agilidad se mueve luciendo ese ceñido vestido negro y el pequeño delantal blanco de encaje. Todo le da vueltas cuando la sigue con la mirada. A veces la ve reír con alegría. Les dice algo a los clientes y sus rostros se iluminan en respuesta. Cuando prepara una cuenta, se la ve muy seria, concentrada para no cometer ningún error. Qué espabilada es... Tres segundos y la mesa queda recogida. Vuelve a colocar el azucarero y el servilletero en su sitio y ya se marcha con la bandeja.

—Buenos días. ¿Qué le pongo? —le pregunta.

Se le nota un poco el acento francés, aunque seguro que ha practicado mucho esa frase. Mischa levanta la mirada hacia ella y le sonríe. ¿Lo ha reconocido? En tal caso, no lo demuestra.

—Una jarrita de café y un trozo de tarta de frambuesa, por favor.

—Enseguida. ¿Con nata?

—¿El café o la tarta?

Ahora la ha desconcertado, porque lo mira arrugando la frente.

—*Comme vous voulez.* Le traigo el café con crema de leche y la tarta con nata también.

—Nata solo para la tarta, por favor.

—Enseguida, *monsieur.*

Monsieur! Ni siquiera sabe su nombre. Simone da media vuelta y se aleja. Se detiene junto a otra mesa donde toma otra comanda y la anota en su libreta. Ya se ha ido, y ahora él tiene que esperar hasta que vuelva para servirle.

Parece que en la sala contigua hay un acto. La puerta se abre de vez en cuando, y entonces ve a varias señoras mayores sentadas a una mesa con decoraciones festivas, comiendo pastel mientras alguien da un discurso. ¿No es esa Alma Knauss? Pues claro, la conoce de antes. Es una de las que se creen mejores que nadie porque tienen dinero. En el Café del Ángel le hacen la rosca, porque al fin y al cabo es una buena clienta. Con dinero se gana uno a la gente, y él lo sabe bien. Lo ha visto muchas veces en sus viajes. Pero los amigos de verdad no se compran; solo los falsos, y esos no le interesan a nadie.

Simone aparece otra vez con su bandeja, pero no va hacia él, sino que lleva tres trozos de pastel a otra mesa, donde deja también dos cafés y las minúsculas jarritas de crema de leche, además de unas servilletas de papel. Hay un niño regordete al que sus padres han dejado comer tarta, y Simone le pone delante un vaso en el que sirve una Bluna amarilla. Deja en la mesa la botella con el resto del refresco y dice algo que hace reír a los padres. Después vuelve a desaparecer en la cocina.

¿Cuándo irá por fin a su mesa? ¿Por qué le sirve el último? Está muerto de impaciencia, no aparta los ojos de la puerta de la cocina y se enfada con el tipo fondón que está tras el mostrador de los pasteles. Es nuevo en el café, pero se da muchísimos aires. Con esa calva que tiene es bastante feo, pero, en fin, no puede evitarlo.

Entonces Simone va directa hacia Mischa y le deja una

taza y una jarrita de café en la mesa, también un poco de nata y el plato con la tarta que llevaba en la bandeja.

—Muchas gracias —dice él—. Por cierto, soy Mischa.

—Ah, ¿sí? —replica ella con amabilidad, pero fría—. Qué nombre más bonito.

Lo ha malinterpretado. Cree que es una frase torpe para ligar. ¿Cómo es que precisamente ahora no se le ocurre nada que decir? ¿Por qué no puede pensar en algo interesante, emocionante o fascinante que contarle?

—Quería decir que soy Mischa. Estuve por aquí hace poco, aunque con otro corte de pelo —empieza a explicar.

Pero ella no tiene tiempo. Solo le dedica con una sonrisa indiferente.

—Qué bien. ¡Le deseo *bon appétit, monsieur Mischa*!

Y vuelve a marcharse.

—Tres trozos de tarta de chocolate —le pide al tipo del mostrador—. Uno de licor de huevo, uno de *framboises*..., frambuesas. *Compris?*

—*Compris!* —exclama el calvorota, y sonríe como una calabaza.

Mischa se queda en su mesa, deprimido y con ganas de darse un bofetón. La ha pifiado desde el principio. No se le han ocurrido más que bobadas y ha hecho el ridículo; no le extrañaría que Simone lo haya tomado por un auténtico idiota. ¿Por qué no le ha dicho que es de la familia? Que es el hijo de Swetlana, la cuñada de Hilde. Eso lo habría entendido, y entonces lo habría saludado con cariño. Claro, habría sido lo correcto. Por desgracia, no lo ha pensado hasta ahora, cuando ya es tarde. También podría explicárselo cuando vuelva a acercarse para recoger la mesa, pero ya no tiene valor. Todo ha salido mal. Ha quedado como un auténtico bobo, justamente delante de ella, de Simone, a quien en realidad deseaba impresionar.

Cuenta el dinero, incluye una propina generosa y deja las monedas junto al platito. Se levanta y sale dejando el café y la tarta sin tocar.

Mientras regresa a Eltville en tren, intenta aclararse las ideas. No, no ha sido solo culpa suya. Vale, no ha estado muy hábil, pero ella tampoco tenía por qué haber sido tan arisca. Habría podido escucharlo en lugar de interrumpirlo enseguida. Además, ¿cómo es que no se acordaba de él? Hace poco, cuando entró en el Café del Ángel buscando la llave del sótano, estuvieron el uno frente al otro. Él la habría reconocido entre mil mujeres más, pero ella ni siquiera ha llegado a mirarlo bien.

«No le intereso —piensa—. ¿Por qué me vuelve tan loco? Si quisiera, podría tener a otras mil, más guapas y jóvenes. Jean-Jacques está en lo cierto, tengo cosas más importantes que hacer que ir detrás de Simone».

Los días siguientes intenta aferrarse a esa idea. Se vuelca en el trabajo, escucha atentamente las peroratas de Jean-Jacques en la bodega, limpia a fondo los toneles para el borgoña y también ayuda en la tasca. Durante el día la táctica le funciona; solo de noche se encuentra despierto en la cama mientras su imaginación le hace ver toda clase de tonterías que no son buenas para él. Imagina que estaba equivocado, que ella solo se mostró arisca porque no quería que se le notara nada, pero que en realidad también está enamorada de él, y por eso debe regresar como sea a Wiesbaden, para comprobar qué posibilidades tiene. Por la mañana, en cambio, cuando vuelve a recuperar el juicio, se dice que está loco y que no hace falta exponerse a otro rechazo.

Sin embargo, de pronto todo toma un giro muy inesperado.

Jean-Jacques, el muy zorro, no le ha dicho ni una palabra

de que Simone iría a Eltville. Mischa se ha pasado todo el día trabajando en la tasca sin sospechar nada, se ha ido tarde a dormir y por la noche ha oído que Frank entraba a hurtadillas, pero que su padre lo pillaba. No ha sentido compasión por el chico. Al contrario; un padre como Jean-Jacques, que se queda media noche despierto y preocupado por su hijo, es algo que le habría gustado tener. Pero su propio padre se largó antes aún de que él viniera al mundo. Fue así, por mucho que su madre le cuente otra historia. Frank, el muy bobo, no sabe valorar el padre maravilloso que tiene, por supuesto. De todas formas, ahora mismo está en una época difícil, porque las cosas no le salen como él desea.

Eso Mischa lo entiende, pero tampoco es culpa suya que las chicas le vayan detrás. Él no las anima, lo hacen porque quieren. Entre ellas hay una tal Erika, que a Mischa le importa un bledo pero que por lo visto es muy importante para Frank. Vale que no ha sido buena idea instalar el tocadiscos en la tasca el domingo, pero de repente le ha apetecido mover el esqueleto al ritmo de la música. Quizá lo necesitaba, después de tantos disgustos. Enseguida ha entendido por qué Frank estallaba de esa manera; debía de estar furioso por dentro desde hacía tiempo. Mischa solo se ha defendido a medias porque no quería hacerle daño, pero entonces ha oído la voz de Simone y, segundos después, ha visto las estrellas.

Primero ha pensado: «¡Fantástico! Voy y dejo que un chaval me deje KO delante de sus narices. Ahora sí que pensará que soy un pringado».

Sin embargo, se equivocaba, porque a partir de ese momento Simone ha sido otra persona. Se ha metido en el papel de enfermera, cosa que a él le ha resultado bochornoso al principio, pero luego, cuando se ha sentado en una silla y ha conseguido que su nuca y su cabeza recuperaran poco a poco la normalidad, ha hablado con ella por primera vez de verdad.

De repente Simone se muestra abierta y cariñosa, le explica que ahora ya sabe quién es y le dice que lamenta mucho haber sido tan distante en el café.

—Fue culpa mía —contesta él—. Empecé con mal pie.

—*Mais non!* —exclama ella—. No pensé con la cabeza. Después, en la cocina, le pregunté a Hilde si conocía a algún Mischa. *Elle m'a tout expliqué.* Me lo explicó todo. Entonces volví a tu mesa, pero ya no estabas. Y habías dejado ahí el café y la tarta...

Mischa sonríe, pero deja de hacerlo enseguida porque le duele.

—Se me quitó el apetito porque había quedado como un tonto.

La mira y le parece mucho más guapa aún. Tal vez sea porque no lleva el pelo recogido hacia atrás, sino suelto. Tiene unos rizos oscuros y gruesos, y se le marcan dos hoyuelos en las mejillas cuando le sonríe.

—*Non, Mischa.* Es que yo soy un *hérisson*... Un... No sé cómo se dice en tu idioma. Ese animal que tiene muchos pinchos largos, y los yergue cuando tiene miedo...

—¿Un erizo? ¿Que levanta las púas? —pregunta él riendo—. ¿Por qué crees que eres un erizo?

Entonces ella se pone muy seria, y él comprende lo que quiere decir.

—Porque has tenido malas experiencias y no te fías de la gente, ¿verdad? —pregunta.

—Es posible —contesta ella en voz baja—. Tal vez soy un poco... rara. Pero eso se acabó. Quiero que seamos amigos, Mischa.

Simone le ofrece una mano y, cuando él la estrecha, hace un gesto firme para confirmarlo. Mischa está aliviado, y contento. Ella es muy amable. Dice en serio lo de la amistad, incluso se ha disculpado con él y le ha ofrecido una confesión que lo ha conmovido. Es más de lo que había esperado. Pero, aun así, mucho menos de lo que anhela.

«Ya se verá —piensa—. Todavía no hay nada perdido. De momento se quedará en el viñedo, nos veremos todos los días, trabajaremos codo con codo, nos sentaremos con Meta en la cocina, pasaremos las tardes juntos. Pueden pasar muchas cosas. No debo precipitarme; si lo hago, volverá a levantar las púas. Debo demostrarle despacio y con mucha calma que no debe tener miedo de mí, porque mis sentimientos por ella son sinceros».

Los días siguientes va flotando en una nube de emoción y dicha. Jean-Jacques, a regañadientes, ha decidido que hay que bajar ya la uva del tinto a la bodega. No tiene sentido seguir esperando, porque ha empezado a salirle moho y, además, los pronósticos del tiempo anuncian nuevas lluvias. De manera que el equipo al completo sube al viñedo. Incluso Jean-Jacques los acompaña esta vez, y también Simone. La joven se lleva bien con todo el mundo. Conoce a Soldan y a los jornaleros polacos de antes y ellos la tratan como a una hija. Mischa no tarda en comprobar que está atenta a todo y no se pierde un solo detalle.

En especial se preocupa por Jean-Jacques.

—No es bueno para tu espalda que cargues ese cuévano pesado lleno de uvas —le reprocha.

—Cuando me parta en dos, Mischa me recogerá y me llevará a casa —replica él con sarcasmo.

—¿Tan fuerte es Mischa?

—Como un toro. ¡Ha cargado conmigo escalera arriba y escalera abajo! Pero ahora ocúpate de tu trabajo, *ma belle.* Si no, no acabaremos nunca.

Mischa casi siente vergüenza cuando Jean-Jacques lo pinta como a un Goliat. Sobre todo porque el francés es un bromista y Simone no sabe si habla en serio o no. Pero tampoco le perjudica, porque así se entera de que es un buen tipo y ayudó a Jean-Jacques cuando lo necesitaba.

Simone entiende muchísimo de lo que hay que hacer en el viñedo, nadie tiene que explicarle nada. Es rápida y trabaja a conciencia. Desecha las uvas podridas, retira las hojas pegadas en los racimos, deja en la vid la fruta que no sirve. Le ha cogido prestados unos pantalones viejos y una chaqueta de punto a Jean-Jacques para vendimiar; está muy rara, pero a ella no le importa en absoluto. Se hace un moño improvisado en la nuca y el viento siempre le suelta algunos rizos que luego le cuelgan junto a la cara. Mischa intenta trabajar cerca de ella dentro de lo posible. A veces consigue que sus cuévanos se llenen a la vez, y entonces le pregunta si quiere que le baje el suyo a la Goélette.

—Qué caballeroso eres —comenta ella riendo—. Si te ofreces, acepto con gusto.

Él baja a todo correr, vacía las uvas en el contenedor y regresa en un tiempo récord. Ella ha seguido recolectando y ha dejado las uvas cortadas en un cubo, porque no pueden perder el tiempo.

—Si llega la lluvia, tendremos que parar —dice—. Nadie vendimia las uvas con lluvia.

Sobre las cinco y media empieza a oscurecer, y entonces tienen que forzar la vista para no dejarse ningún racimo, pero intentan seguir trabajando hasta lo más tarde posible. El cielo lleva días nublado y de vez en cuando cae una llovizna fina; el sol se ha tomado un descanso, parece haberse ido de vacaciones al otro lado del mundo. En cambio, el fuerte viento sopla y les tira de los pantalones y las chaquetas.

—Mientras haya viento, no lloverá —afirma Jean-Jacques, lleno de esperanza.

La mañana del tercer día de vendimia, san Pedro les demuestra que eso no es cierto. Nada más despertarse, Mischa oye ráfagas y golpeteos en el exterior: el viento lanza gruesos telones de agua sobre el paisaje, sacude los postigos, tira dos maceteros al suelo y le arranca de las manos el paraguas a una mujer que pasa por delante del patio, de camino a la tienda. Abajo, en el salón de la tasca, donde todos se han reunido a desayunar, los ánimos están por los suelos. Simone se ha echado el chubasquero de Jean-Jacques por encima y ha ido a la panadería a comprar panecillos. Meta ha cortado un poco de rico jamón ahumado y ha preparado un café capaz de despertar a los muertos. A pesar de todo, la conversación es parca. Jean-Jacques no hace más que levantarse y cojear hasta la ventana, ve caer la lluvia y masculla oscuras maldiciones en francés que solo Simone entiende.

—Eso no se dice si uno es un buen cristiano, Jean-Jacques —le riñe en voz baja—. Dios se enfadará.

—Pues yo también estoy enfadado con este tiempo —refunfuña él—. Dos días más y lo habríamos conseguido. Ahora nos quedaremos sin las últimas uvas buenas que quedaban en las vides.

—A lo mejor para dentro de un rato —señala ella.

—¡Eso sería un milagro! ¡No ha hecho más que empezar!

No les queda más remedio que seguir trabajando en la bodega, seleccionando las uvas cosechadas y haciendo mosto con ellas. A la hora de comer, la lluvia remite un poco y también el viento amaina. Por entre las nubes brilla un cauteloso y esquivo sol otoñal. Jean-Jacques no lo soporta más, tiene que subir al viñedo para ver con sus propios ojos los daños que ha provocado la tormenta. Se monta en la Goélette e intenta arrancarla. Después de tres intentos llama a Mischa a gritos, furioso.

—¡Haz que este maldito cacharro se ponga en marcha! —vocifera—. Lo que me faltaba, que hasta la Goélette me deje tirado.

Mischa va a por la caja de herramientas y quiere abrir el capó, pero entonces un coche entra en el patio salpicando una gran cantidad de agua de lluvia que baja como un río hacia la calle.

—Veo que llego en el momento oportuno —le dice Hilde a su marido, alzando la voz mientras baja la ventanilla—. ¡Mira a quién os traigo!

Junto a ella va su hermano Wilhelm, el actor. Willi saluda con la mano, se apea y baja una maleta enorme del asiento de atrás.

—He pensado que os irían bien dos manos más —le dice a Jean-Jacques—. Hola, Mischa. ¿Se ha estropeado algo? Lo pregunto porque te veo con la caja de herramientas.

—Todo va de primera —responde él mientras abre el capó.

Apenas conoce a Wilhelm, porque antes casi siempre trabajaba en el teatro de otra ciudad. Cuando iba al Café del Ángel, a menudo representaba números divertidos. Los clientes estaban entusiasmados con él y la familia se sentía orgullosa. La madre de Mischa siempre dice que Willi es un gran artista y que algún día será muy famoso. Bueno, por el momento no parece que le vaya demasiado bien; si no, seguro que no tendría tiempo para ayudar con la vendimia.

—Me habrías venido muy bien hace tres días —comenta Jean-Jacques—. Pero ahora la maldita lluvia nos ha estropeado los planes.

—Ay, qué rabia —dice Wilhelm—. Aun así, si no tienes nada en contra, me gustaría quedarme un par de días. Necesito recuperarme un poco, ¿sabes?

Mischa toquetea el carburador y tiene la certeza de que no soportará a ese Willi. Llama a Jean-Jacques para que tire del estárter. La Goélette arranca y Jean-Jacques se lleva una mano plana a la frente, como si fuera un soldado que saluda a su oficial. Al salir del patio, casi roza el Escarabajo de Hilde.

Esta, entretanto, se ha acercado a Meta y a Simone; parece que las mujeres están decidiendo dónde alojar al nuevo huésped. Por su conversación, Mischa también se entera del motivo por el que Wilhelm Koch ha cambiado el acogedor Café del Ángel por el viñedo de Eltville, donde está previsto que ayude con la vendimia.

—Su matrimonio va mal —explica Hilde en voz baja—. Así que le he dicho: el trabajo es la mejor distracción.

—*Pauvre Guillaume*... —señala Simone con un suspiro compasivo.

—Es lo que tiene el amor —comenta Meta, meneando la cabeza.

—Pero qué dices... —replica Hilde—. Es todo comedia. Deja que arrime el hombro de verdad, y ya verás como enseguida se encuentra bien.

Wilhelm, mientras tanto, se pasea por el patio mirando en todos los rincones y luego le pregunta a Mischa si le apetece ir a dar un pequeño paseo por Eltville.

—No tengo tiempo —contesta él, escueto.

Lo que le faltaba, tener que hacerle de guía turístico a ese actorzucho. Se mete en el cobertizo para guardar la caja de herramientas y, al salir, ve que el señor Willi sale del patio con paso tranquilo. Por lo visto, ha decidido dar él solo esa vuelta por el bonito Eltville. Y encima ha dejado la maleta en el patio, sin duda con la esperanza de que algún sirviente la entre en la casa. Mischa no se siente llamado a hacerlo. Tampoco la tía Hilde, que vuelve a montarse en su Volkswagen Escarabajo y regresa a Wiesbaden, dejando la maleta ahí.

El día termina igual que ha empezado, con los ánimos por los suelos. Jean-Jacques regresa de mal humor tras su inspección; la tormenta ha hecho mucho daño. Todos se afanan en el sótano. Seleccionan uvas y ponen la prensa a funcionar. Wilhelm reaparece al cabo de un rato, curiosea con interés y mueve la cabeza para comentar:

—¡Esto está igual que en la Edad Media!

Si de verdad tiene problemas de pareja, se nota muy poco. Entrada la tarde, cuando en la tasca hay clientes, se pone a servir vino tras el mostrador desplegando toda su vis cómica. La gente se ríe mucho con él, y él parece disfrutar complaciendo especialmente a las mujeres. Mischa queda completamente eclipsado mientras atiende a los clientes. Incluso Meta está encandilada con ese farsante que no hace más que soltar expresiones rimbombantes y ocurrencias chistosas. Sobre todo, sin embargo, parece gustarle a Simone, que no puede parar de reír con su espectáculo.

—Si estás aquí todas las tardes —le dice a Wilhelm—, tendremos que reformar la tasca para que quepan más clientes.

—Me contento con complacerte a ti, Simone —replica Willi con galantería—. Eso ya es suficiente pago.

«¿Amistad? Y un cuerno —piensa Mischa—. A mí me ha dado pasaporte. Parece que ese payaso le interesa más que yo».

Cuando los clientes se han ido y Simone, Willi y Jean-Jacques están tomándose una última copita, él se retira.

—Ha sido un día largo. Necesito dormir un poco.

Arriba, se sienta en su camastro y se plantea si no sería más inteligente hacer el petate y desaparecer sin más.

Karin

No puede. No es capaz de matar a esa vida que crece dentro de ella. Y menos aún dejar que lo haga esa mujer de mirada fría que hasta ahora no le ha dirigido ni una sola palabra amable. ¿Por qué realiza abortos ilegales si, en el fondo, desprecia a las jóvenes que acuden a ella? ¿Qué clase de conducta esquizofrénica es esa? El dinero sí que lo acepta de buen grado, pero a la mujer que llega buscando su ayuda la hace sentir como una degenerada.

Ha estado vagando un rato sin rumbo por el barrio. Entonces ha descubierto las luces de un bar, ha entrado y se ha acercado a la barra. Es un local pequeño, decorado con el ambiente mágico de los Mares del Sur. Hay una palmera de papel maché de la que cuelgan cocos falsos, y el camarero rubio lleva una colorida camisa hawaiana.

—Un Jamaican Dream —pide, y se sienta en un taburete.

—Buenas —dice él, mirándola con desprecio—. Un Jamaican Dream, entendido.

Ella lo observa mientras vierte diferentes zumos amarillentos y varios tipos de ron en la reluciente coctelera, que luego cierra y agita. Pero en realidad Karin no ve lo que hace, simplemente posa los ojos mientras su cabeza es un torbellino de pensamientos.

La mujer ha cogido el dinero pero no ha realizado ningún servicio. En realidad debería regresar y reclamar los trescientos marcos. Son suyos; no ha recibido nada a cambio. Por otro lado, la señora Mittenhauser se había preparado, había reservado la cita, tal vez había rechazado a alguna otra mujer. Podrían negociar: trescientos marcos no son moco de pavo, al fin y al cabo, y ha tenido que trabajar mucho para ganarlos. Podría recuperar al menos una parte. Necesita ese dinero, porque pronto no podrá ganar más. Va a tener un hijo que crece imparable en su vientre, que se moverá, pataleará, hará que su cuerpo se hinche. Karin sabe lo que es eso; después del parto de Nora, juró no volver a quedarse embarazada. Pero ¿de qué sirven los juramentos pasados? ¿De qué sirven los buenos propósitos? Ha sucedido y ya no puede evitarlo.

El camarero rubio le acerca el vaso con un trozo de piña en el borde y se va a atender a otros clientes. Karin bebe a tragos largos. Tiene sed. Habría sido mejor pedir un agua con gas, pero el ron hace que por todo su cuerpo se extienda una sensación de calidez que tranquiliza sus pensamientos. La agitación se calma, la desesperación remite; nada es tan terrible. Podrá organizarse. Irá a recuperar su dinero y mañana hablará con el productor. Si el rodaje empezara antes, podría actuar en la película. De momento no se le nota nada, o casi nada, todavía tiene el vientre prácticamente plano. El vaso se vacía más deprisa de lo que esperaba. Pide una segunda bebida y un agua con gas, de la que da un sorbito antes de volver a abalanzarse sobre el brebaje de los Mares del Sur. Imagina suaves nieblas de colores que se posan en sus preocupaciones y las camuflan. La realidad se aleja y unas imágenes evocativas la llaman: Jamaica, una isla verde con playas blancas y palmeras meciéndose en el viento, un mar azul claro que envía pequeñas olas suaves hacia la arena. Un paraíso. ¿Por qué no puede ir allí, olvidarlo todo, tumbarse bajo las palmeras, comer cocos y beber ese mejunje amarillento y dulzón que le transmite una calidez tan agradable, como si tuviera un pequeño horno dentro del estómago?

Charla con otros clientes. Una pareja joven y una mujer mayor que le cuenta su triste historia. En cierto momento, un hombre se sienta a su lado. Huele a sudor, se ha arremangado la camisa y quiere tocarla. Ella ríe como una boba, pero lo rechaza.

—Gracias, ya estoy embarazada —le suelta.

No recuerda qué ocurre después. Solo sabe que está sentada en un taxi y que repite «Jamaica» sin parar, pero de pronto llega al edificio de Waltraud. Le cuesta trabajo pagar al taxista porque no hace más que equivocarse con los billetes. Cuando está ante el portal, los timbres le bailan tanto ante los ojos que levanta una mano y aprieta todos los que consigue alcanzar con la palma abierta. Después sube la escalera a trompicones y se tambalea hasta los brazos de su amiga.

—¿Quién es? —pregunta la señora Neumeyer—. ¿Quién llama?

—Silencio, maldita sea, o llamo a la policía —protesta otro inquilino.

—Estás como una cuba —susurra Waltraud, horrorizada, y enseguida la mete en la habitación.

—Jamaican Dream —murmura Karin—. Sueños de los Mares del Sur... El rumor de las olas... La arena caliente... Viene un barco...

Se tumba en la cama. La habitación da vueltas a una velocidad vertiginosa y el rostro de Waltraud gira en círculo.

—¿Es que te has vuelto loca? —oye que le recrimina—. No puedes beber alcohol después de eso. ¡Podrías sufrir una hemorragia!

—No me he hecho nada.

Ve a su amiga por partida triple. Las tres Waltrauds se han

atado un pañuelo de nailon encima de los rulos y sus rostros brillan a causa de una crema grasienta. Ahora se acercan a ella y se sientan en el borde de la cama. A Karin le entran náuseas.

—¿Cómo que... no te has hecho nada? —preguntan las Waltrauds a coro.

—Déjame. Me encuentro mal.

—¿No te has hecho la intervención?

—No. Apaga la luz. Tengo ganas de vomitar. Todo me da vueltas...

Durante un rato se quedan en silencio. Karin surca un mar revuelto, se balancea en el vaivén de las olas, que son muy altas y rompen por encima de ella. A lo lejos, entre la niebla, ve una isla. El estómago le burbujea como un vaso de agua con gas.

—Me alegro por ti —oye que dice Waltraud—. Has hecho bien. Ten a tu niño, a tu dulce niñito... y deja de beber de esa manera, que no es bueno para el embarazo.

Esa noche lucha contra todos los mares y los océanos de la Tierra, sobrevive a tormentas y huracanes, se ve zarandeada por los elementos y expulsa todo el líquido que había ingerido por la tarde. Por la mañana sigue teniendo ganas de vomitar y nota unos martillazos que retumban en su cabeza. Tiene que aunar todas sus fuerzas para ir al baño, donde una fantasmagórica cara blanca con ojeras oscuras le devuelve la mirada desde el espejo.

—Túmbate, Karin, cielo —dice Waltraud con cariño—. Te prepararé una manzanilla y enseguida estarás mejor. ¿Qué te dijo Mittenhauser? ¿O ni siquiera llegaste a ir?

—Le di el dinero, pero luego me marché —masculla Karin.

—¿Qué? ¿Cogió el dinero pero no te hizo nada? Eso no puede ser. Tienes que ir a recuperarlo.

En estos momentos a Karin le da todo igual. Regresa tambaleándose a la cama y se tumba mientras Waltraud prepara algo en la cocinilla.

—Primero tómate la infusión, luego te haré algo de comer. El arroz con leche va bien. Además tienes que beber mucha leche, porque el niño la necesita para formar los huesos. Y vitaminas. Ahora mismo salgo a comprar. ¿Te queda algo de dinero?

Solo con pensar en el arroz con leche, a Karin se le revuelve el estómago. Detesta la leche. En especial cuando está caliente, porque apesta.

—Tendría que ir al banco —murmura.

—No me extraña que estés siempre sin blanca —comenta Waltraud—. Tanto ir en taxi a todas partes... cuesta lo suyo. Coge el metro o ve a pie. La señora Neumeyer tiene una bicicleta que podría prestarte.

Karin no contesta. Después de la noche horrible que ha pasado, está completamente exhausta y solo quiere dormir. Da un par de sorbos de manzanilla caliente, se deja caer otra vez en la almohada y, pese al dolor de cabeza y las náuseas, se queda traspuesta. Poco a poco, entre imágenes oníricas vagas y espantosas que la torturan, va cayendo en el silencio liberador de un sueño profundo que la envuelve en su suave y curativa penumbra.

Cuando se despierta, es por la tarde y el cielo está oscuro. Busca el interruptor de la lamparita de la mesilla y se sienta. Está sola. Su amiga le ha dejado una nota: «He salido. No te olvides de ir al banco. Un abrazo, Waltraud».

No es necesario que vaya al banco; echa un vistazo al reloj y ve que ya son las ocho y diez, así que los mostradores hace rato que han cerrado. Se estira y, contenta, constata que el dolor de cabeza y las náuseas han pasado. Se encuentra mejor. Tiene hambre. Mucha, incluso.

En la nevera no hay casi nada. Dos tarrinas de queso

quark, un pepino, una cajita de bombones abierta y, abajo, en el compartimento de la verdura, un par de patatas arrugadas. Da igual, ahora mismo tiene que comer algo. Pela las patatas, las hierve, echa sal y pimienta en el *quark*, corta el pepino en rodajas y, hambrienta, se abalanza sobre su cena. Los bombones los disfruta de postre y, cuando por fin está llena, se prepara un café para terminar. Suelta un suspiro y se reclina en la silla para reflexionar sobre qué hacer a continuación.

Lo primero que debe hacer es llamar a casa. Espera que Willi no haya ido a buscarla a la estación. Eso sería terrible, porque aumentaría su enfado. Aun así, como no sabe en qué tren llega, seguramente estará esperándola en el piso.

Tiene suerte: el teléfono del pasillo está libre. Marca el número y espera hasta que contestan al otro lado.

—Residencia Langgässer.

Vaya, ha descolgado su madre.

—Hola, mamá. Soy Karin.

—¡Karin! ¡Menos mal que das señales de vida! Aquí está todo patas arriba, me he quedado sola y nadie me ayuda. Y tú hace días que estás ilocalizable. Pero ¿qué te has creído? ¿Es que te da igual tu familia? Norita pregunta por su madre y todo el rato tengo que consolarla.

—He estado enferma, mamá —miente—. Por eso no he podido llamar. ¿Está Willi en casa? Me gustaría hablar con él.

Para su madre, la enfermedad siempre lo disculpa todo, y al menos eso tiene sus ventajas.

—¿Enferma? Bueno, no me extraña, con la vida desordenada que llevas, hija. Siempre de aquí para allá. Hoy en Wiesbaden, mañana en Hamburgo, pasado mañana a saber dónde... Es por culpa de todos esos rodajes, Karin. No es sano para una mujer. Antes estabas contratada en el teatro y allí tenías una rutina. Por las mañanas eran los ensayos, por las tardes la función. Sabía una a lo que atenerse, pero ahora...

—Sí, mamá. ¿Puedo hablar con Willi?

—¿Willi? A ese tendrías que cantarle las cuarenta, Karin. Tu marido está teniendo un comportamiento inaceptable. Este mediodía le he dicho que bajara el cubo de la basura y ha tenido el descaro de contestarme: «¡Bájalo tú misma!». ¿Te lo puedes creer? Tu marido no tiene decencia alguna, pero supongo que es lo normal en una persona que ha crecido en un café. ¿Quién puede pensar que esa es educación para un niño? Pero ya te advertí en contra de ese hombre, Karin.

—¿Puedes decirle que se ponga al teléfono, por favor? —la interrumpe con impaciencia—. Tengo que hablar urgentemente con él.

—Voy a ver. Se ha atrincherado en vuestro dormitorio.

«¿Cómo que "atrincherado"? —piensa Karin, desconcertada—. ¿Se ha cerrado con llave? Ay, madre mía, eso suena a pelea de las gordas».

En fin, convivir con su madre tampoco es fácil. Karin espera un buen rato con la mirada fija en el contador instalado en el teléfono, que va marcando unidades. Al terminar, tiene que anotarlas en una lista. Las unidades que se han utilizado pero no se han contabilizado se reparten entre todos los ocupantes de la casa. Karin ve que va en segunda posición; solo Waltraud ha hablado por teléfono más que ella.

—¡Koch! —oye por el auricular. Una voz cortante como un disparo.

—Hola, Willi, soy Karin. Oye, lo siento muchísimo, he estado enferma. Mañana vuelvo a casa. Hasta ahora he estado en cama con uno de esos virus estomacales, pero ya me he recuperado y mañana por la tarde estaré en Wiesbaden, te lo prometo.

Él no responde enseguida, se hace un breve silencio.

—Mañana, claro. No sé si estaré en casa.

—No tienes por qué ir a buscarme, Willi. Cogeré el autobús. ¿Tú estás bien? Te noto muy parco...

—No hay mucho que decir, ¿no crees?

Está tan cortante que ella casi se enfada. De acuerdo, sí, se marchó a toda prisa y regresa más tarde de lo que había dicho. Pero esas cosas pasan en la industria del cine, hay que estar preparado para ello. No puede ser que Willi le exija explicaciones sobre todo lo que hace y le pida cuentas de cada día que pasa fuera de casa. Así no se puede convivir, esa no es la confianza fundamental que necesita toda pareja. Aunque, bueno, desde hace un tiempo sabe que en ese punto se equivocó con Willi.

—Sí, Willi, hay algo que debemos aclarar.

—Yo también lo veo así, Karin.

¡Caray! ¡Cuánto enfado y cuánto reproche se percibe en su voz! Ha salido a relucir el tirano. Y pensar que ha tenido que quedarse embarazada de él... Un hijo en el momento equivocado y con el hombre equivocado. Eso le pasa porque atrae la mala suerte.

—Hasta mañana, Willi.

—Hasta mañana. ¡O hasta cuando sea!

Él cuelga y ella casi se alegra, porque entonces la señora Neumeyer sale de su habitación para llamar por teléfono.

—Vaya, señora Koch —comenta, y se ciñe el camisón sobre su generoso busto—. ¿Todavía por aquí? ¿No se enteró del ruido de ayer por la noche? Parece que alguien se puso a llamar a todos los timbres. Seguro que fue un borracho. Me llevé un susto de muerte, y el señor Nothnagel, el de arriba, quería llamar a la policía.

—Ah, ¿sí? Estaba durmiendo y no oí nada. Buenas noches, señora Neumeyer.

—¿No? Bueno, debe de ser el sueño profundo de los jóvenes. A mi edad ya no se consigue tan fácilmente.

¿Sospechará de ella? Es posible, pero no puede demostrar nada. Karin pone cara de inocente y regresa a su habitación.

Allí se encuentra con Waltraud delante de la nevera, que la mira con reproche.

—¿Qué ha pasado con mi *quark*? ¿Y el pepino? ¡No queda nada!

—Es que me ha entrado un hambre canina.

Su amiga pone los brazos en jarras y toma aire con indignación.

—¡Pues menuda gracia! Mañana tendré que pasearme con la cara llena de arrugas porque no podré ponerme la mascarilla de *quark*. ¡Y justo tenía una cita para una audición!

—Mañana temprano iré a por dinero y te compraré tu *quark*. Después regresaré a Wiesbaden, y te librarás de mí.

Waltraud, enfadada, cierra la nevera y se va al baño a lavarse el pelo y ponerse los rulos.

—Pues no olvides que me debes tres noches —dice antes de cerrar la puerta—. Y cuando vayas a comprar, trae también pepino, además de café, algo de queso y fiambre. Ah, sí, y mantequilla. Y la mermelada también se ha terminado.

—No lo olvidaré —refunfuña Karin.

—También has llamado por teléfono. A veinte peniques la unidad.

—¡Que sí!

—¡No todos ganamos tanto como tú! Ya sabes que voy muy justa.

Karin no dice nada más. Eso de ganar tanto se acabará durante una temporada. Y, si no tiene suerte, incluso le pedirán que devuelva el adelanto que le dieron al firmar el contrato. Pero todavía tiene esperanzas de salvar el trabajo. Al fin y al cabo fue el gremio quien la eligió. Se mostraron muy amables y le dijeron que era exactamente la actriz que se habían imaginado para ese personaje. El director la había visto hacía poco en un pequeño papel y afirmaba que se había fijado en ella enseguida. Mañana irá a negociar. Se da un baño, luego hace la maleta y se mete en la cama. No consigue conciliar el sueño, por supuesto, porque casi se ha pasado el día entero durmiendo. En cambio, nota que algo se mueve en su vientre. Es el niño, no hay duda. Empieza a echar cuentas y llega a la conclusión de que podría estar de casi cuatro meses. Tal vez ha sido mejor que no le practicaran el aborto. Sí, seguro que ha sido la decisión correcta. Aunque ahora tenga que enfrentarse a las consecuencias. ¿Cómo es eso que dice siempre su madre? «Mejor seis en la mesa que uno en la conciencia».

—El uso de la bañera tiene suplemento. Lo sabes, ¿verdad? —comenta Waltraud.

—¿Por baño o por número de ocupantes?

Su amiga suelta una risilla; le ha hecho gracia el chiste. Un poco de humor negro.

—Por baño. No voy a ser tan mala...

A la mañana siguiente, para variar, no tiene náuseas. Se levanta temprano, va al banco y se da el lujo de tomar un buen desayuno en una pastelería. Después compra un par de cosas de comer y regresa a Lehmweg, donde Waltraud está haciendo sus ejercicios matutinos.

—Dejo la maleta aquí todavía —dice Karin mientras guarda las cosas en la nevera.

Su amiga no parece entusiasmada; está haciendo flexiones y las va contando. Casi siempre consigue llegar a seis, hoy le salen ocho seguidas.

Karin está llena de energía. Se enfrentará a sus problemas y los resolverá uno detrás de otro. Primero se dirige a Cäcilienstrasse para hablar con la abortera codiciosa. Se propone mantenerse firme y, en caso necesario, amenazarla con contárselo a sus compañeras. Al fin y al cabo, nadie puede quedarse un dinero que no se ha ganado.

Sin embargo, para su completa estupefacción, todo resulta muy sencillo. La señora Mittenhauser abre la puerta, asiente y le entrega los billetes.

—Imaginaba que vendría. Tenga. Le deseo lo mejor.

La puerta se cierra. Ya está. Muy decente por su parte. Karin cuenta el dinero deprisa: trescientos marcos. No se ha quedado con nada, e incluso le ha deseado «lo mejor». Tal vez se equivocara con ella y, en realidad, es una mujer muy honrada.

Envalentonada, coge el metro para ir a Wandsbek y preguntar con discreción por el director o el productor de Studio Hamburg.

En los estudios cinematográficos no parece haber mucha actividad. Se oyen martillazos, así que deben de estar construyendo escenarios. Echa un vistazo, pero no ve a ningún conocido y se dirige a las oficinas. Allí encuentra a la señora Jakubowski, la secretaria y chica para todo, una mujer de unos cincuenta años, vivaracha y regordeta, que siempre está de buen humor y recibe a todo el mundo como si lo esperaran con impaciencia.

—¡Ah, querida señora Koch! —exclama, y se quita las gafas. Lleva el pelo teñido de un negro intenso, como siempre, y su pintalabios rojo brilla como un semáforo—. Me alegro mucho de verla. Deme el abrigo, por favor. ¿Le apetece un café? Acabo de prepararlo. ¿Con leche y azúcar? ¿O lo prefiere solo?

—Ay, muchas gracias. La verdad es que quería ver al señor Wegener.

La señora Jakubowski prepara una taza y desenrosca el termo.

—¿A Wegener? Hoy todavía no ha llegado. Pero el señor Meyerbrink sí que está, aunque ahora mismo se encuentra reunido y no se le puede molestar. ¿Cómo lo quería? ¿Con leche y azúcar?

—Solo azúcar, gracias —dice Karin, y se sienta en uno de los sillones, que están cubiertos con fundas de plástico colorido porque ya han sufrido varios rasgones.

Meyerbrink es el productor, del que ella guarda un recuerdo más bien frío. Es un hombre delgado con una calva incipiente y gafas de concha, algo tímido y no muy atento. Habría preferido hablar con Wegener, el director. ¿No habría sido mejor llamarlo por teléfono en lugar de presentarse en su puerta?

—Me han dicho que toca felicitarla —comenta la señora Jakubowski con cariño cuando le deja la taza de café en una mesita baja con forma de riñón.

—¿Felicitarme? ¿Por qué?

—¡Pues porque espera un niño! Eso siempre es motivo de alegría, ¿verdad?

Karin se queda sin habla. ¿Cómo sabe eso la mujer? ¿Quién ha podido contar que está embarazada? ¿Sylvia? No, no llegó a llamarla. ¿La señora Mittenhauser? Imposible. O sea que solo ha podido ser…

—Si supiera usted la cantidad de mujeres que quieren tener un hijo más que ninguna otra cosa y no lo consiguen… —parlotea la secretaria mientras le dedica una sonrisa maternal—. Cuesta creer las locuras que hacen para quedarse embarazadas. Una conocida mía fue a ver a un supuesto médico milagroso y pagó una fortuna. No sirvió de nada. Siguió sin quedarse preñada, y su marido la dejó.

Waltraud es la única que lo sabe. Su amiga le ha hecho un doble juego. Karin empieza a sospechar dónde era esa audición de hoy. «Por Dios, pero qué persona más insidiosa y malvada… ¿Cómo ha podido traicionarme así?».

De todos modos, espera hasta que Meyerbrink tiene tiempo de atenderla, pero la conversación transcurre como se temía; también él está al tanto.

—Embarazada, ¿verdad? En fin, son cosas que pasan. Miraré a ver qué puede hacerse. Recibió usted un adelanto, ¿verdad? Una irresponsabilidad por nuestra parte, ja, ja, ja... ¿Adelantar el rodaje? No, eso es imposible. Pero ya lo arreglaremos, usted no se preocupe, señora Koch. El mundo se extinguiría si las mujeres no tuvieran niños. Le deseo lo mejor, ya la llamaremos...

Apenas han pasado cinco minutos y ya vuelve a estar en la antesala con la señora Jakubowski, que habla por teléfono desde su escritorio y la saluda efusivamente con la mano antes de señalarle la taza de café, junto a la que ahora hay un plato de dulces. Karin sonríe distraída y se pone el abrigo.

—Muchas gracias. Hasta otro día. Adiós.

«Así son las cosas —piensa, abatida, cuando está en el metro—. Yo ya lo sabía. ¿Cómo es que me he hecho ilusiones? Una actriz no puede permitirse tener un hijo, porque la echan. La industria del cine es despiadada. Hay mucho dinero en juego, ¿por qué habrían de tener ninguna consideración conmigo? Nadie es irremplazable y la competencia hace cola. La primera de todas Waltraud, a quien yo creía mi amiga. Pero seguro que no le darán el papel. Es mala actriz y, además, muy mayor». Aunque pensar eso le supone una pequeña satisfacción, no encuentra consuelo. Se acabó. Anularán el contrato y le reclamarán el anticipo. Contra eso no puede hacer nada. Lo único que le queda es regresar a casa y, por lo menos, calmar las aguas allí. Ahora necesita apoyo, un refugio acogedor, personas dispuestas a ayudar, que le ofrezcan ánimo. De alguna manera saldrá adelante porque no está enferma ni muerta, solo va a tener un hijo.

Después se reincorporará a su querida profesión y seguro que cosechará muchos éxitos. Es una actriz muy buena, lo conseguirá.

Waltraud le ha dejado la maleta frente a la puerta y ha cerrado la habitación con llave. Debe de sospechar que ha descubierto su traición y no quiere enfrentarse a ella. Mejor así; Karin tiene muy pocas ganas de verla. Saca treinta marcos del monedero y le pasa el dinero por debajo de la puerta. Con eso bastará, porque no piensa darle más. En realidad no debería pagarle nada, pero ella es de las que saldan sus deudas; no está al mismo nivel que otras. Sobre las once llega a la estación y consigue coger el expreso a Frankfurt. Si tiene suerte, por la tarde encontrará conexión con Wiesbaden y por fin estará en casa. Solo quiere alejarse de Hamburgo, de esa ciudad que ella consideraba su puerta de entrada al gran mundo del cine y que solo le ha deparado disgustos, rechazos y una amarga decepción con una amiga. Es mucho más bonito el pequeño Wiesbaden, bellamente situado en la región del Rin, donde la vida discurre tranquila e indolente. Ay, el precioso Teatro Estatal y el romántico parque del Balneario, las villas blancas de estilo guillermino y, sobre todo, esas amables personas que tanto cariño le tienen… Se reclina en el asiento, agotada, y nota que su cuerpo se relaja. Esta noche volverá a tumbarse en su propia cama. Willi olvidará todo su rencor al verse embargado por la emoción y la alegría ante la buena noticia. Y, tal vez lo más bonito de su regreso, mañana por la mañana estrechará en sus brazos a la pequeña Nora.

Se queda dormida en varias ocasiones a lo largo del trayecto. De vez en cuando habla con una mujer mayor que va a Frankfurt a visitar a su hijo. Después un matrimonio y sus dos hijos adolescentes se sientan en el compartimento y ella juega a las cartas con la niña. En Frankfurt llega a tiempo de coger el último tren a Wiesbaden. Está sola en su compartimento. Fuera ha oscurecido y solo cuando se detienen en una estación aparecen el andén y el pequeño edificio en el brillo de las farolas.

En Wiesbaden está lloviendo. Karin coge un taxi para ir a

Rheinstrasse, porque a estas horas ya no hay autobús y no quiere arrastrar la maleta de noche por media ciudad.

«A partir de ahora tengo que ahorrar —se dice, inquieta—. Si me exigen que devuelva el anticipo, no me quedará mucho más». Abatida, piensa que ese innecesario viaje a Hamburgo le ha hecho gastar un dineral y no le ha reportado absolutamente nada. Para eso, podría haberse quedado en casa, pero todo se ve más claro *a posteriori*, desde luego.

Abre la puerta del piso sin hacer ruido, deja la maleta en el pasillo y va de puntillas al dormitorio.

—¿Willi? —susurra.

No contesta nadie. Enciende la luz y ve que la cama está vacía.

—¡Por fin estás aquí, Karin! —dice su madre desde el pasillo, detrás de ella—. Ven a la cocina, que te he preparado algo de comer.

—Muy amable, mamá. ¿Willi está todavía en el cabaret?

—¿Willi? Ese ya no vive aquí. Ayer hizo las maletas y se fue.

Hilde

Sofia Künzel es una persona peculiar. Hay quien menea la cabeza al pensar en ella, porque es brusca y no se calla sus opiniones, pero Hilde la tiene en alta estima. No solo porque la mujer vive arriba, en la buhardilla, desde hace veinticinco años y es casi como de la familia, sino también porque es absolutamente honrada.

Ya hace un tiempo que Hilde se ha dado cuenta de que a la mujer la reconcome algo, y anteayer, cuando le sirvió el desayuno, de repente se sinceró.

—¡Ese *ménage à trois* que tengo al lado es el acabose! —exclamó—. Por las noches no hay más que peleas, gritos, ruido de cacharros, y siempre están abriendo y cerrando las ventanas. Esto no puede seguir así. Ya les he avisado varias veces. Si tengo que pasarme el día entero con mis torpes alumnos de piano, ¡por lo menos quiero poder dormir tranquila por las noches!

Con lo del *ménage à trois* se refiere a Richy, por supuesto, que ha acogido a su amigo Otto en el piso y a la tercera ocupante de la pequeña vivienda, Johanna, la hermana de Richy, una mujer entrada en años, tranquila y de vida bastante recluida a la que casi nunca le ven el pelo. Hilde también ha reparado en el alboroto que hay ahora en el piso de arriba, pero, como Richy le ha prometido que será algo temporal, por el momento ha hecho la vista gorda.

—Tiene usted razón —le dice a la Künzel en voz baja para que el pastelero no la oiga desde la cocina—. Ayer mismo le pregunté al señor Wagner si ya ha encontrado habitación para su amigo. Por lo visto ha puesto un anuncio, pero no ha salido nada adecuado.

La Künzel unta la tostada con mantequilla y mira malcarada por la ventana, donde ve a Otto barriendo la acera del Café del Ángel.

—Porque ese no tiene ningunas ganas de abandonar el nido —comenta—. La pobre Johanna Wagner me da pena. Siempre la oigo discutir con su hermano, pero parece que no tiene nada que hacer.

A Hilde le incomoda ese asunto. La verdad es que se ha acostumbrado a Otto, que sin duda es un poco bocazas y tiene una conducta que no es del gusto de todos, pero echa una mano en el café y el trabajo no se le da nada mal. Pero si la Künzel se queja, tendrá que hacer algo. Incluso a riesgo de molestar a Richy.

—Yo me encargo, señora Künzel —dice con decisión.

—Muy bien —contesta la mujer—. Quizá tenga algo que te ayude a poner la cosa en marcha...

—¿De verdad? Soy toda oídos.

—Ayer estuve charlando con Hubsi en el Conservatorio —dice la Künzel—. Ya sabes cómo son los artistas. Hubsi siempre ha vivido al día. Solo estuvo contratado en el Teatro Estatal una breve temporada, luego trabajó en locales de baile y ahora la artrosis lo ha dejado incapacitado por completo. Parece que con la pensión de jubilación no le llega, así que quiere subarrendar una de sus dos habitaciones.

—Entiendo.

—Es una habitación muy bonita —asegura la mujer con

vehemencia—. En Sonnenberger Strasse, con vistas al parque del Balneario. Construcción antigua, segunda planta, a diez minutos a pie del café. En ninguna parte encontrará nada mejor.

—¿Ya se lo ha dicho al señor Kupke?

—No —contesta la Künzel, y le da un buen bocado a la tostada—. Solo le he comentado a Hubsi que quizá conozca a alguien. Para que de momento no se la alquile a nadie más.

—Muy bien —dice Hilde—. Veré qué puedo hacer.

—¡Ponle una pistola en la sien y échalo de aquí! —le aconseja Sofia Künzel, y se concentra en su café.

Hilde no contesta a eso. La mujer tiende a la exageración; tampoco hay que tomárselo tan a pecho. Conseguir esa habitación, en realidad, sería un golpe de suerte para Otto. Pero allí tendría que pagar religiosamente el alquiler, claro, y ese es el quid de la cuestión. Hasta ahora no se ha esforzado mucho por conseguir trabajo, que en principio era lo que pretendía, sino que ha centrado su actividad en el Café del Ángel. Ella, sin embargo, no va a contratarlo, y él lo sabe. De manera que ya va siendo hora de que piense en su futuro profesional. Al fin y al cabo, Otto Kupke es un hombre adulto, tiene talento y capacidad, y hay empresas que están desesperadas por encontrar a buenos trabajadores. «Visto así, la perspectiva de tener una habitación propia en una buena ubicación sería un motivo para dar el salto —piensa Hilde—. Dos pájaros de un tiro: para Otto será un paso en la dirección correcta, y para la Künzel supondrá dormir tranquila por las noches».

La diplomacia no es lo suyo, pero de todos modos se esfuerza por presentarles la oferta de forma apetecible a Richy y a Otto. Después de servirle el desayuno a su padre, se lleva al pastelero aparte y, exultante, le cuenta que ha encontrado «una habitación fantástica» para su amigo. Le describe el lugar, le dice lo cerca que está del café y que el alquiler sería asequible.

—Otto tiene que verla, Richy. ¡Una oportunidad así no se presenta dos veces!

Este reacciona con reservas.

—Cuando pueda, señora Koch. Aquí, en el café, siempre hay mucho que hacer. No sé yo si...

Richy quiere acompañarlo a ver la habitación sí o sí, porque Otto todavía no está muy familiarizado con las costumbres de la Alemania occidental y él tiene que aconsejarlo. Pero Hilde está decidida a conseguir que se comprometa.

—Si te parece bien, yo misma concierto la cita, Richy. Y te daría unas horas libres, por supuesto. ¿Qué te parecería mañana a las diez?

—Es muy amable por su parte, señora Koch. Aun así tendría que hablarlo con Otto.

—Dile que conozco bien al arrendador y que le he pedido que nos reserve la habitación. Si no, mañana ya estaría alquilada.

La conversación se interrumpe porque Swetlana aparece en la puerta del patio con su sopa de gulasch y Richy corre a cargar con la pesada olla. Hoy Swetlana está muy pálida, como si hubiera trasnochado. ¿No habrá dormido bien?

—Hace un tiempo espantoso —se lamenta mientras se sujeta la cofia con unas horquillas—. Solo hace frío y llueve, y tengo la casa vacía porque la señora Wegener no ha venido. Está resfriada. Odio el otoño, es la estación más triste del año.

En fin, vuelve a llover y eso es una lata porque hay que limpiar más a menudo los ventanales del café. También Jean-Jacques, con quien ha hablado por teléfono hoy temprano, se queja del clima. El borgoña solo servirá para hacer vino caliente especiado por Navidad. Ella le ha preguntado cuándo volverá a casa y le ha insinuado que lo añora.

—Cuando sea el momento —ha respondido él a regañadientes—. Soy viticultor, *ma chérie.* Tengo trabajo que hacer.

—Como quieras —ha replicado ella, ofendida.

Y eso que se ocupa con cariño de su marido lesionado. Llama al médico, va a visitar al enfermo, se preocupa por él... A cambio, cuando le reclama un poco de cariño, resulta que es «viticultor» y no tiene tiempo para ella. ¿Acaso no lo ha consolado suficiente por el fracaso del borgoña? Madre mía, ella también está hasta arriba de trabajo. Hay clientes que atender, el pedido de la harina llegará sobre las once y aún tiene que asegurarse de solucionar el problema con los inquilinos. En ese punto parece que ha avanzado bastante, porque, cuando le pide a Otto que ayude con los sacos de harina, este se muestra inesperadamente receptivo.

—Richy me ha hablado de esa habitación —dice sonriendo—. No podía ser usted más amable. Mañana a las diez me va muy bien. Además es aquí al lado. En media horita volveremos a estar en el café.

—Pues espero que te guste y llegues a un acuerdo con el señor Lindner. Es un viejo amigo y una persona encantadora.

—Suena muy bien. Le haremos una visita al caballero.

«Ha mordido el anzuelo», piensa Hilde, contenta, y va al teléfono para llamar a la Künzel al Conservatorio y que concierte la cita con Hubsi. Es un hombre muy sociable y se llevará bien con Otto.

Entretanto, ya han llegado los primeros clientes del mediodía y Swetlana tiene mejor cara porque ahora está rodeada de gente. Su forma de tratar a los clientes es cálida y maternal, y le gusta quedarse un ratito en cada mesa para cruzar un par de frases con ellos. La mayoría aprecia ese gesto. Sobre todo, los artistas del teatro porque entre ellos hay algunas personas muy solas que agradecen la atención de Swetlana. Hilde echa una mano en la cocina, luego sube un momento al piso de sus padres para ver si todo va bien. Los gemelos están con la abuela Else en la cocina, comiendo.

—Haced los deberes —les recuerda—. Después, si queréis, podéis ver la televisión. Y si os aburrís, podríais lavarme el coche.

—¿Con esta lluvia? —protesta Frank—. Se lavará solo.

—Como veáis. Seguís castigados hasta pasado mañana.

Su madre, desde la mesa de la cocina, niega con la cabeza porque esa medida le parece innecesaria. Pero, como los ha castigado Jean-Jacques, no dice nada; aprecia a su yerno y respeta sus decisiones. Si la del castigo hubiese sido Hilde, la cosa sería diferente. Las madres, al fin y al cabo, también son mujeres.

Cuando Hilde baja otra vez al café, le espera una sorpresa. Su cuñada Karin está con la pequeña Nora junto al guardarropa, esforzándose por quitarle el chubasquero a la niña. Lo cual significa que ha regresado de Hamburgo. ¿Lo sabrá Willi? En todo caso es buena señal que se deje ver por el café. Qué lástima que justo ahora él esté en Eltville.

—¡Cómo me alegro de volver a verte, Karin! —le dice con alegría—. ¡Madre mía, cómo ha crecido Nora! Si ya parece toda una señorita.

Su cuñada sonríe con reservas, pero parece alegrarse al ver la naturalidad con que la recibe Hilde.

—Hasta ayer no volví a Wiesbaden —explica—. Pero ahora seguramente me quedaré una temporada larga. Ven, Nora, vamos a sentarnos y te pedimos un chocolate caliente.

Mira alrededor con inseguridad para ver si hay alguna mesa libre, pero entonces Heinz la llama desde la suya.

—¡Hola, Karin! Ven a sentarte conmigo, hija. Imagínate, ¡han dejado solo a este viejo!

Heinz se muestra cariñoso, como de costumbre. Hilde sabe que su padre le tiene aprecio a Karin y opina que esa crisis matrimonial acabará pronto y para bien. Es un optimista incorregible. Su madre ve la situación de otra forma; es una suerte que todavía esté en su piso, porque, de lo contrario, seguro que Karin no se atrevería a sentarse con Heinz. Colocan a Nora en una silla, y la niña mira asustada a su alrededor. Un café con tantos desconocidos parece ser algo nuevo para ella. No es de extrañar; Willi les ha contado que su suegra nunca la saca por la ciudad porque opina que las emociones fuertes y las novedades son perjudiciales para los niños. Cuando Karin se sienta junto a la pequeña, Nora alarga los brazos hacia su madre y quiere subirse a su regazo.

—¿Todavía eres una niña pequeñita? —pregunta Heinz con simpatía—. Dime, ¿cómo te llamas?

Nora se lo queda mirando sin decir nada.

—¿Te llamas Adele?

Niega con la cabecita.

—Entonces... ¿te llamas Auguste?

La niña vuelve a negar, pero ya se ríe un poco, porque ese hombre es muy tonto y no sabe su nombre.

—Bueno, pues ¿cómo te llamas? Ah, ya lo sé: ¡te llamas Eulalia!

Ya se ha ganado a la pequeña, que se ríe y exclama:

—¡Nooo! ¡Nora!

—¡Nora! —repite Heinz con asombro—. ¡Qué nombre más bonito!

Entonces mira con reproche a Hilde, que está ahí al lado fascinada, escuchando su conversación.

—¿Qué ocurre, señora Perrier? —pregunta arrugando la frente—. Una taza de chocolate caliente para mi pequeña amiga Nora. Con nata, por favor. ¿Y tú qué quieres, Karin?

Ella pide un café, y Hilde se va a la cocina a preparar la comanda. Allí, Swetlana está colocando en una bandeja tres platos de ensalada con huevo y una sopa de gulasch.

—Lo que hay que ver, Hilde —le susurra—. Presentarse aquí, en el café, y encima con la niña. ¿Qué te parece? Cuando resulta que tiene a otro...

—A saber si eso es verdad —replica ella, molesta—. A mí me parece bien que haya venido a vernos.

Swetlana no comparte su opinión.

—Es la mujer de tu hermano, Hilde, y tiene a otro hombre. ¡Deberías apoyar a Willi y no ser amable con ella!

—¡Bobadas! Eso es algo entre ellos dos y yo no tengo por qué entrometerme. A lo mejor se reconcilian... ¿Quién sabe?

Swetlana se encoge de hombros. Eso sería lo más deseable, desde luego.

—La niña, en todo caso, no tiene culpa de nada —comenta entonces—. Es una monada, con esos ojos tan azules y el pelo oscuro. Una pequeña belleza. ¿La has visto? Lleva dos trencitas con lacitos de colores en la cabeza. ¿El chocolate es para ella?

—Sí. —Hilde vierte leche caliente sobre la mezcla de trocitos de chocolate, cacao amargo en polvo y azúcar.

En el Café del Ángel todavía sirven chocolate caliente de verdad, no esos batidos de cacao que ahora venden por todas partes y que llevan toda clase de ingredientes que no tienen ningún sentido en una taza de chocolate. Le pone un poquito de nata montada encima, prepara un café y saca ambas cosas al salón.

Mientras, su madre ha bajado y ha ocupado su sitio a la mesa, así que la conversación espontánea se ha acabado.

—¿Willi? —le pregunta a Karin con vehemencia—. No, nuestro hijo no está aquí.

—Ah —contesta Karin—. ¿Y dónde puedo encontrarlo?

Else toma aire con sonoridad y cruza los brazos en el pecho.

—Si tú no sabes dónde está tu marido, es que la situación es bastante extraña, ¿no te parece?

—Hemos tenido un desencuentro —explica Karin con cautela—. Y me gustaría aclararlo. Pero, por desgracia, Willi se ha ido del piso y no ha dicho adónde.

—Bueno, pues él sabrá por qué ha hecho eso —le suelta Else—. Yo no quiero meterme, tendrás que esperar a que regrese. Si es que tiene pensado regresar.

Hilde deja el chocolate y el café en la mesa con intención. Entonces cruza una mirada con su padre, que desaprueba la actitud hostil de su mujer pero no se atreve a intervenir.

—Willi se ha ido a Eltville y está echando una mano con la vendimia —dice sin extenderse.

—¡A ti no te ha preguntado nadie! —exclama su madre, enfadada.

—Yo también soy de esta familia —replica Hilde, imperturbable—. Y creo que Karin tiene derecho a recibir una respuesta clara.

Su madre guarda silencio porque no quiere empezar una discusión familiar en el café. Baja las cejas y fulmina a Heinz con la mirada, como si él tuviera la culpa de toda esa historia. Él elude sus ojos y se ocupa de la pequeña Nora, que mete una cucharita en la nata montada.

—¿Y qué, señorita? ¿Te gusta nuestra nata? —le pregunta en voz baja.

A Hilde le parece que Karin es admirable. Seguro que no le resulta fácil conservar la compostura. Pero se controla, actúa con una amabilidad contenida y se vuelve hacia ella.

—Gracias, Hilde. Te agradezco la sinceridad —le dice, y sonríe—. Seguro que pronto se aclara todo.

Saca el monedero y deja el dinero para pagar el café y el chocolate caliente en la mesa.

—¡No hace falta! —exclama Heinz.

—¿Por qué no? —pregunta Else, guardándose el dinero.

Karin se mantiene impasible y se queda ahí sentada hasta que la niña se ha acabado su chocolate. Luego le limpia la boquita manchada y vuelve a ponerle el chubasquero rojo acharolado.

—Adiós —dice con simpatía.

—Os deseo lo mejor, Karin —se despide Hilde, aunque no queda claro si se refiere a madre e hija o a su matrimonio con Willi.

En la mesa familiar, Else alarga su silencio cargado de reproche. Mientras Hilde recoge la vajilla, no se digna mirarla. Su padre se siente especialmente incómodo porque no soporta las peleas ni el mal ambiente. Necesita armonía a su alrededor.

—¿No es una niña encantadora? —dice con una sonrisa débil y, como su mujer no contesta, sigue hablando—: ¿Te acuerdas de lo mona que era nuestra Hilde a esa edad? La cabecita llena de rizos rubios...

Pero Else no es de las que se ablandan con agradables recuerdos. Y menos aún de su hija, que hace apenas unos minutos le ha llevado la contraria.

—Esa niña no tiene nada que ver con nosotros, Heinz. No es hija de Willi. Karin la aportó sola al matrimonio.

—¡Pero, Else! —exclama él con un leve tono de reprimenda—. ¿Acaso importa eso?

—No tengo nada en contra de la niña —replica su mujer—. Pero me da pena nuestro pobre Willi. Ese piso tan caro, su suegra, la niña... Todo depende de él. Su mujer se marcha a recorrer mundo y a rodar películas, y para colmo se lía con otro...

—Yo eso no me lo creo —comenta él con un suspiro—. Es una chica encantadora.

—Solo me alegro de tener a un buen abogado en la familia. Así, el divorcio se tramitará deprisa.

Hilde lleva la vajilla a la cocina, donde Swetlana está apurando lo poco que queda en la olla del gulasch. Richy y Otto están en el anexo de la repostería, inmersos en una conversación exaltada. Ajá, seguramente Richy le está dejando claro a su amigo que debe buscarse un trabajo. La Künzel tenía razón, la cosa ha empezado a ponerse en marcha.

En realidad quería pedirle a Otto que fregara el suelo del café en un momento cuando los clientes del mediodía se marcharan. Es increíble que nadie se tome un segundo para limpiarse las suelas de los zapatos en el paño húmedo que colocan fuera, delante de la entrada. Pero, como no quiere interrumpir a los dos amigos en mitad de esa importante conversación, saca ella misma el cubo, el cepillo y la bayeta para limpiar las huellas del claro linóleo.

A lo largo de la tarde vuelve a instaurarse cierta calma en el establecimiento. Hace tan mal día que pocos clientes entran a por un café y un trozo de pastel. Dos señoras mayores están ya con un Gotas de Ángel, y algo después aparecen tres músicos del Teatro Estatal y preguntan si todavía pueden picar algo, porque el nuevo director de orquesta general, Heinz Wallberg, es un negrero y los ha tenido ensayando hasta ahora.

—Dentro de menos de una hora tenemos que presentarnos para la función. ¡Habría que protestar al sindicato! —exclama uno.

Hilde les sirve pan con huevo y mayonesa, y los músicos recuperan fuerzas con un poco de vino caliente especiado que Swetlana ha preparado a toda prisa.

—Espero que no se emborrachen —comenta—. Luego tienen que tocar *Lohengrin*.

—Lo tocarían hasta dormidos —contesta Hilde riendo—. Son trombonistas, lo aguantan todo.

En la mesa de la familia todo va bien. Su madre ha subido al piso; seguramente estará con los gemelos delante del televisor, viendo *Furia*, esa serie juvenil que tanto les gusta, la del caballo negro y el pequeño Joey. En la mesa de Heinz están también el director de coro Firnhaber y el músico Benno Olbricht. Hablan sobre la función de esta tarde y comparan al nuevo director de orquesta con los anteriores que han trabajado en Wiesbaden. El padre de Hilde, por supuesto, opina que el *Lohengrin* de Karl Elmendorff es insuperable; ni siquiera en Bayreuth han disfrutado nunca de una representación mejor. Y menos ahora, que hasta participan cantantes estadounidenses y a la Venus de *Tannhäuser* la interpreta una mujer negra, una tal Grace Bumbry.

—Una Venus negra... ¿Dónde se ha visto algo así? ¡Richard Wagner se revolverá en su tumba!

—Pero canta como los ángeles —señala Firnhaber, que este verano se ha podido permitir una velada operística en Bayreuth—. Esa mujer tiene una voz extraordinaria. La Callas, con sus caprichos de diva, ya puede hacer las maletas.

—La Callas es la mayor cantante de todos los tiem...

Heinz interrumpe su alegato en defensa de Maria Callas porque la puerta giratoria escupe entonces a dos visitantes inesperados: Fritz Bogner, acompañado de su hija Petra. Los dos están empapados por culpa de la lluvia. La niña lleva un estuche de violín que parece recién estrenado, y Fritz carga con una maleta que muestra claras señales de haberse enfrentado al chaparrón.

—Vaya, qué recuperación más rápida... —le comenta Benno Olbricht en voz baja a Heinz—. Como Fritz siga así, no le veo mucho futuro. Ha dicho que no iba a ensayar porque estaba enfermo, y ahora se presenta aquí con su hija.

Hilde, que está en el mostrador de los pasteles, lo ha oído, por supuesto. Parece que Fritz ha aprovechado la tarde para comprarle un violín nuevo a Petra. En eso se habrá ido el dinero que tanto le cuesta ganar a Luisa. Qué fastidio. Y seguro que todavía no han podido pagar la factura del teléfono.

Fritz no parece sentirse muy cómodo. Saluda a su compañero Benno Olbricht con una sonrisa apocada y corre hacia el mostrador.

—Buenas tardes —le dice a Hilde en voz baja—. Tengo que pedirte un gran favor. ¿Podría dejar a Petra aquí, en el café, hasta que Swetlana acabe el turno? Después, como de todas formas irá a nuestra casa a recoger a Sina y a la perra, podría llevar a Petra.

—Por mí no hay problema —responde Hilde—. Pero ¿qué haces con esa maleta? ¿Acaso te vas de viaje?

—Claro que no. Si me lo permites, me gustaría ir al servicio de caballeros a cambiarme de ropa. Es que enseguida tengo que ir al teatro. Hoy toca *Lohengrin*.

En la maleta lleva su traje negro, la camisa y los zapatos, además de su violín. Este mediodía ha ido a buscar a Petra al colegio y se la ha llevado a Frankfurt, donde han visitado varias tiendas de música y por fin han encontrado un violín de tres cuartos con el que está contenta.

—Vaya, qué bien —comenta Hilde, aunque mantiene su entusiasmo a raya.

¿Qué favor le estará haciendo Fritz a su hija si por su culpa pierde su puesto de trabajo? ¿Cómo puede tolerar Luisa esa locura? Es demasiado blanda con él. Hilde, en su lugar, habría puesto freno a esa barbaridad hace tiempo.

—¡Pero no vayas al servicio de caballeros! —le advierte—. Espera, te doy la llave de mi piso para que puedas cambiarte arriba.

—Ay, pero si no es necesario... ¡Mil gracias! Ahora mismo te devuelvo la llave.

Tiene que darse prisa, porque en ese momento ve salir a su compañero Olbricht. Los tres trombonistas ya no están y en el teatro ya se han encendido los focos. También las Kolonnaden y el Balneario están pintorescamente iluminados.

Entretanto, Petra ha desaparecido en la cocina, donde Swetlana le prepara un poco de pan con jamón cocido.

—La pobre niña lleva desde esta mañana sin comer nada

—se indigna la mujer—. ¿Qué clase de padre deja que su hija se muera de hambre solo porque tiene que comprarle un violín nuevo?

Petra mastica con ganas su pan con jamón, devora dos huevos duros y deja que Swetlana le sirva un trozo de tarta de moka de postre.

—La invito yo —dice la mujer—. Réstamelo del dinero que me pagarás hoy.

—Tonterías —rezonga Hilde—. Invita la casa. Pero alguien tendría que hablar seriamente con Fritz para hacerle entrar en razón.

Swetlana abre una botella de refresco y la deja junto al plato de Petra.

—A lo mejor tienes razón, Hilde —dice bajando la voz—. La vida es dura. Solo le he dado el dinero para el violín porque me ha prometido que Petra no tendrá que practicar todo el día.

—¿Tú le has dado el dinero para ese violín? —pregunta Hilde, perpleja—. ¿Lo sabe Luisa?

—Si se lo ha dice o no, él sabrá —comenta Swetlana, angustiada—. Aunque tal vez no haya hecho bien. August también se ha enfadado conmigo por eso. Dice que es como tirar dinero a un pozo sin fondo.

—Puede que sea así —opina Hilde.

Petra, mientras tanto, se ha terminado la comida y se ha bebido la mitad del refresco.

—Me llevo la botella fuera —anuncia antes de levantarse—. Puedo tocar el piano, ¿verdad, tía Hilde? ¡Chaaachi! El piano es mucho más bonito que el violín, porque se pueden tocar muchas notas diferentes a la vez.

Wilhelm

Es desesperante. Cuanto más se alarga esta horrible historia, más le pesa en el alma. Karin dice que vuelve pero no aparece, él no sabe dónde está ni cómo ponerse en contacto con ella. No le queda más remedio que esperar. La situación es exasperante. No hace más que oscilar entre el ayer y el mañana, se da toda clase de esperanzas e imagina todo tipo de desastres, no encuentra su lugar en la vida y se siente bloqueado. Aun así no hay nada que desee más que dar largas al asunto. La ineludible conversación que tiene por delante se balancea sobre su cabeza como una espada de Damocles pendiendo de un fino cordel. De momento aún pende; cuando caiga, será el fin. El final de su amor.

Porque, por desgracia, Willi sigue queriendo a Karin. Seguramente eso es lo peor de todo.

Al principio lo salvó la ira, la indignación que sintió ante su pérfida traición. Su hipocresía, su silencio cobarde. Por primera vez consiguió hacerle frente a su suegra y soltarle una contestación brusca, aunque lo lamentó enseguida, porque la pequeña Nora lo miró asustada. La pobrecilla tiene una madre desleal que va detrás de otros hombres y destruye su familia. El caso es que se decidió a actuar, hizo la maleta y se marchó del piso. Después llamó a su hermano August y le explicó su situación.

—¿Quieres divorciarte? —le preguntó August.

Típico de su meticuloso y objetivo hermano. Le habría gustado recibir de él un poco más de compasión y unas palabras de consuelo, pero tal vez no debería haberlo llamado justo después de comer, cuando el bufete está lleno de clientes.

—No me queda más remedio —le dijo.

—Lo lamento mucho, Willi. Pero puedes contar con mi apoyo, por supuesto. No hace falta que te lo diga.

—Eso es estupendo, August. Verás, es que ahora mismo voy algo justo de dinero…

—No te preocupes —le aseguró su hermano—. Todo queda en familia. Si finalmente llega el momento, llámame y concertaremos una cita.

¡Una cita! Su hermano podría pasarse por el Café del Ángel el domingo, hacerles una visita a sus padres y a Hilde, tomarse un cafecito con todos y aprovechar para comentar el asunto con él sin tanta ceremonia. Pero, desde que tiene ese bufete, August se ha convertido en un burócrata cada vez más volcado en el trabajo.

Después de esa fase de nerviosismo, la ira de Willi se evaporó y quedó sustituida por la pena ante su desgracia. Se sorprendía recordando los buenos tiempos en los que ellos dos estaban tan enamorados, cuando amueblaban el piso y planeaban su luna de miel en Italia. Entonces empezaron a aplazar el viaje de novios una y otra vez, porque Karin tenía rodaje. Bueno, ahora ya ha quedado del todo descartado. Aun así, con su suegra y la pequeña Nora tampoco habría sido la luna de miel que él había imaginado. Pero los dulces recuerdos de Karin lo atormentan: las noches con ella, las horas felices y despreocupadas que pasaron juntos, su carácter tranquilo y casi tímido, que tanto le gustaba. También su capacidad de salir de sí misma en el escenario y convertirse en una persona completamente diferente, en alguien rebosante de energía, apasionante, fascinante. Eso siempre lo ha impresionado.

Pero ¿de qué sirve ahora? Se ha equivocado con ella. Karin es una moneda que tiene dos caras; a menudo parece angustiada y en apuros, pero en realidad es dura como una roca y sabe muy bien lo que quiere y lo que no quiere. Y a él, a Willi, está claro que ya no lo quiere. Willi Koch ha cumplido con su cometido y puede marcharse.

Si ahora está en Eltville, en el viñedo, tiene que agradecérselo a su hermana. Hilde, por supuesto, se dio cuenta de que lo estaba pasando muy mal, a pesar de que él intentaba ocultar su dolor tras toda clase de chistes e historias divertidas.

—El trabajo te servirá de distracción —le dijo con su habitual franqueza—. En lugar de hundirte en la miseria, prueba a ejercitar los músculos.

Dejó su trabajo en el cabaret —de todas formas, ya no se le ocurrían buenos números— e hizo la maleta. Sí, señor. Su hermana tenía razón, para variar: lo que necesitaba era un cambio de aires. Su madre es muy buena con él, pero sus constantes atenciones y lamentos no son lo más indicado para devolverle la seguridad en sí mismo. La naturaleza exuberante, los viñedos, el majestuoso río y las alegres gentes del Rin; eso lo ayudará a superar la tristeza.

De momento todo ha ido bien, aunque la región del Rin bajo la lluvia tampoco es lo mejor para animar a nadie. Abajo, en la bodega, ya han prensado las uvas. Le pareció muy interesante, pero, cuando Jean-Jacques lo animó a que echara una mano, enseguida se le pasaron las ganas de arrimar el hombro. También le molestó que Mischa lo mirara con desprecio y luego soltara: «Esto no es trabajo para un actor. Hace falta tener músculos en los brazos».

Siendo sincero, Willi debe reconocer que el chico está bastante crecido para la edad que tiene. ¿No debería muscularse él un poco? ¿Levantar pesas? ¿Le gustan a Karin los tipos atléticos y fuertes? Bah, qué tontería... ¿Cómo se le ocurre pensar esa bobada? Ella solo busca a un hombre que baile al son que le marca, que apoye su maldita carrera y no tenga metas propias.

Jean-Jacques, que en realidad en Wiesbaden siempre está de buen humor, en Eltville se pasea con cara de dolor de muelas. Y eso que dice que ya tiene la espalda mucho mejor, que casi no nota nada. «Solo me duele cuando me río», comenta con rabia. Es posible que por eso se ría tan poco. Sobre todo pone cara de amargura en la bodega, cuando anda toqueteando ese aparato de medición con el que comprueba el nivel de azúcar de las uvas. Aunque lo cierto es que el mosto no está nada mal. Algo ácido, quizá. Pero a Willi le gusta mucho más así que cuando es demasiado dulce. De todos modos, la viticultura parece ser toda una ciencia, o al menos Soldan le ha explicado que no depende solo del contenido de azúcar, sino también de otros índices, pero que aun así no debería haber acidez.

Al día siguiente suben al viñedo porque por la noche no ha llovido y esa mañana hace sol. Entonces se queda maravillado ante la belleza del paisaje, los colores intensos, el río con sus destellos de plata y la vegetación otoñal de las viñas, que relucen como oro rojo bajo el sol. Unos bancos de niebla penden aún por encima de las vides, y desde lejos tienen un aspecto misterioso, como si los elfos danzaran todavía en corro por allí. Sin embargo, cuando han bajado de ese desvencijado vehículo del que su cuñado, incomprensiblemente, no quiere desprenderse, se acabó la naturaleza idílica. Jean-Jacques le ha puesto una podadora oxidada en la mano y le ha pasado un cuévano para que se lo cuelgue a la espalda. Con él a cuestas, se ha sentido como la Liebre de Pascua buscando huevos.

—Tú te vienes conmigo —le ha dicho Jean-Jacques—. Así aprenderás lo que significa ser viticultor.

—¡Encantado!

Lo cierto es que no entiende el ansia pedagógica de su cuñado, porque su intención no es aprender el oficio, sino solo ayudar un poco para distraerse y no pensar en sus problemas. Pero ha echado a andar con decisión junto a Jean-Jacques por entre las vides.

No ha tardado en comprender por qué su cuñado está tan enfadado. ¡Menudo desastre! Las preciosas uvas están en el suelo, sucias y aplastadas. Las moscas se abalanzan contentas sobre ellas, pero ya no pueden aprovecharse para hacer vino, claro.

—Solo una maldita tormenta —refunfuña Jean-Jacques, y señala las hojas y las uvas que están repartidas por el suelo, a su alrededor—, y así ha quedado todo.

—Vaya faena —dice Willi.

De todos modos, cosechan alguna que otra uva que les ha dejado el granizo. No son demasiadas, porque muchas de las que todavía cuelgan de las vides están podridas y no le sirven de nada al viticultor.

Al principio Willi se esfuerza mucho por contentar a Jean-Jacques, pero enseguida pierde las ganas. Por un lado, porque se ha destrozado completamente los zapatos en el suelo húmedo y ha acabado con la chaqueta llena de unas manchas que no se podrán limpiar. Eso por no hablar de las hojas mojadas que se pegan en la ropa, los bichos y las arañas que viven en ellas y, sobre todo, el jugo pegajoso que le pringa los dedos; es repugnante. Llega un momento en que solo ve uvas aplastadas y hojas dentadas amarillas y rojizas, y tiene la sensación de estar haciendo algo del todo inútil. ¿Por qué se enfada tanto su cuñado por haber perdido unas cuantas uvas? De todas formas, el borgoña de esta añada no será de mucho valor. Ya puede alegrarse de que el granizo le haya ahorrado tener que vendimiar.

Pero los viticultores son así. Protestan por cada uvita que no pueden bajar a la bodega, en lugar de alegrarse por que los caracoles y los pájaros tengan algo que comer. Por suerte, a primera hora de la tarde terminan y regresan al patio de la tasca. Allí, mientras los jornaleros descargan los contenedores y los bajan al sótano, él sube al cuarto de baño para recuperar el aspecto de persona.

—¿Y bien, señor actor? —pregunta Mischa cuando aparece en la tasca con ropa limpia, todo almidonado y emperifollado—. ¿Con qué nos va a deleitar hoy?

Al principio, Willi se preguntó por qué era Mischa siempre tan impertinente con él y le hacía comentarios maliciosos, pero enseguida se dio cuenta de que tenía que ver con Simone. Parece que el chico bebe los vientos por ella. Bueno, Willi es capaz de entenderlo, porque Simone es absolutamente encantadora. No se puede comparar con Karin, pero es muy atractiva. Una joven de lo más agradable.

—Hoy tenemos una función especial —contesta sonriendo con superioridad—. *Romeo y Julieta.* Un amor trágico con desenlace feliz.

—¿Cómo que feliz? —se extraña Mischa—. Si al final mueren los dos.

—¡Lo que yo decía!

El joven lo ha mirado como si no estuviera en sus cabales y luego ha salido a colocar los ceniceros en las mesas.

Al contrario que el desagradable trabajo en el viñedo, la tarde en la taberna sí que es muy de su gusto. Incluso ahora, hundido en su mal de amores, consigue resultar divertido y fascinar a la clientela. Sin duda es un animal de circo: en cuanto oye música y ve espectadores, salta a la pista y se pone a hacer cabriolas.

El caso es que a los clientes les gusta. Se reúnen en la barra y nunca se cansan de él. Incluso Meta y los jornaleros se divierten. Sin embargo, es sobre todo Simone quien disfruta de su talento. Eso le sienta especialmente bien porque es una joven encantadora e inteligente; la única que lo entiende. Ya la primera noche estuvieron mucho rato sentados juntos, charlando. Al principio los acompañó Jean-Jacques, que fue a por una botella de la bodega para servirles un vino. Sin embargo, durante la alegre e inocente conversación, Willi empezó a ver cada vez más recelo en la mirada de su cuñado. «Deja en paz a la chica», advertían sus ojos. Por supuesto, eso le molestó. ¿Acaso le parece un seductor sin escrúpulos? Además, Simone es una mujer adulta y no le hace falta ningún protector paternal. Es posible que Jean-Jacques acabara por darse cuenta de ello, porque subió a acostarse bastante temprano mientras, entre bostezos, les aconsejaba hacer lo mismo.

—Ya es hora de ir a dormir, *mes amis.* ¡Enseguida oiremos cantar otra vez a los gallos!

Pero Simone se limitó a desearle *bonne nuit* con una sonrisa y se quedó en la mesa con Willi.

—Eso es lo que pasa con el amor, ¿verdad? —le preguntó—. Que no siempre sale como uno desearía.

—No —repuso él con un suspiro—. Un bonito sueño enseguida puede convertirse en una pesadilla. ¿Cómo se dice eso en francés?

—*Un cauchemar.* Yo lo sé bien. ¿También tú vives un mal sueño, Willi?

Y entonces, por fin, pudo abrir su corazón. Simone lo escuchó y le acarició la mano mientras él percibía compasión en su mirada. Después ella le habló de su propia pesadilla, de los años que pasó esperando que su marido cambiara, que volviera a ser el hombre del que se enamoró una vez.

—Eran falsas esperanzas —dijo en voz baja—. Y luego vino el divorcio, que fue un largo camino durante el que me lanzó muchas piedras.

Lo que le contó sobre su divorcio le pareció horrible. Willi se quedó horrorizado. ¡Qué calvario le esperaba! Seguro que Karin negaría el adulterio e incluso pretendería hacerle creer que el hijo que esperaba era suyo. Él tendría que poner pruebas sobre la mesa, encontrar testigos, quizá hacer que la espiaran. Ella lo presentaría como un cónyuge incapaz, un egoísta voluble y un artista en paro que vivía a costa de ella. Ay, Karin sabía muy bien lo mucho que lo humillaría y el daño que le haría con eso. Su suegra, por supuesto, se pondría de parte de ella y entonaría el mismo cántico que su hija. ¿Cómo sobreviviría él a eso? Era un hombre conciliador, detestaba las peleas y la discordia en su vida personal. Pero gracias a Dios que tenía a August, que impediría lo peor. Aun así se trataba de un asunto terrible. Ojalá hubiera pasado ya.

—Tal vez en tu caso sea diferente —le dijo Simone, sonriendo para animarlo—. La vida nunca cuenta dos veces la misma historia.

—Sí —respondió él, abatido—. Siempre se le ocurre un nuevo horror.

Entonces ella se rio de él. Pero con buena intención, no para herirlo.

—Eso es para que aprendamos a caminar sobre las piedras, Willi. Así nos convertimos en una persona nueva con un comienzo nuevo. Es lo que yo estoy descubriendo ahora. *Ce n'est pas facile…* No es fácil, pero es posible.

Simone le contó que tenía a alguien. Lo había conocido en Nimes, donde había estado trabajando una temporada. Era viudo, propietario de un pequeño bistró.

—Es cariñoso. Como un padre, ¿sabes? Un hombre decente y bueno, no un embustero. Un hombre que quiere protegerme y con el que me siento segura.

—¿Lo amas?

Ella puso una expresión reflexiva. ¿Tenía que pensárselo? Entonces seguramente no había sido ningún *coup de foudre*...

—¿Y qué es el amor? —preguntó Simone, y se encogió de hombros—. «Fuego de paja», como decís los alemanes: tan solo una llamarada que enseguida se extingue. Con él tengo confianza. Afecto. Cariño. Cuando estoy a su lado, me encuentro a gusto.

Willi tuvo que darle la razón. Sí, justo eso era lo que echaba de menos en su relación con Karin. La confianza. Una sensación buena cuando estaban juntos. Ya hacía tiempo que tenían problemas, y la culpa era de ella. Porque había encontrado a otro y siempre estaba pensando en él. Claro, por eso ya no le quedaban buenos sentimientos para Willi.

—Me preguntó si quería casarme —explicó Simone—. Pero le dije que no lo sé. Que todavía no estoy preparada. Que necesito tiempo.

—¿Y entonces viniste a Alemania? ¿Qué dijo él de eso?

—Que esperará. Hasta que regrese y le comunique mi decisión.

«Pobre tipo —pensó Willi—. Se ha enamorado y ahora está en ascuas». Sintió compasión por él porque su situación era parecida. Solo que el pretendiente a la mano de Simone al menos tenía la esperanza de una futura felicidad conyugal. Él carecía hasta de eso. Al contrario: lo que le esperaba era la guerra y el caos. O piedras, como lo había expresado ella. Un enorme montón de piedras que encontraría en el camino y tendría que esquivar. Y salir lo más ileso posible.

—Por favor, no le cuentes nada de esto a nadie —le susurró Simone cuando pusieron fin a su conversación nocturna para irse a la cama—. Es un secreto, solo lo sabes tú.

—Te lo prometo —dijo Willi, y se sintió halagado por que le hubiera confiado algo que ni siquiera Jean-Jacques sabía.

Su alojamiento en el viñedo es lamentable. La casa es viejísima. Solo tiene dos dormitorios en la primera planta, y están ocupados por Jean-Jacques y Simone. Arriba, en el desván, existe una especie de cuarto trastero en el que hay toda clase de objetos que seguramente dejó allí el bisabuelo del difunto propietario anterior. A la izquierda, bajo la vertiente del tejado, Mischa se ha construido una guarida con cajas y baúles; a la derecha, Meta ha dejado un par de mantas, cojines de sofá y un viejo saco de dormir para Willi. Tampoco hay calefacción, claro, así que se puso el abrigo y durmió vestido.

Mientras intentaba encontrar una postura más o menos aceptable sobre el duro suelo, pensó con nostalgia en su cómoda cama de matrimonio de Rheinstrasse, que debía de estar vacía. Esa cama la compraron juntos al principio, pero él tendría la generosidad de cedérsela a Karin, porque al fin y al cabo aún conservaba su habitación en el Café del Ángel.

Durante los días siguientes piensa varias veces en regresar a la ciudad. ¿Qué está haciendo ahí? La vendimia ha terminado, los simpáticos jornaleros polacos se han despedido y han partido ya, el trabajo en la bodega no le gusta, tampoco lo necesitan, y Mischa, ese pequeño malnacido, no desaprovecha ninguna oportunidad para demostrarle que está de más. Pero la perspectiva de sentarse igual de ocioso en el café de sus padres mientras ve desayunar a sus compañeros del teatro, los que han tenido suerte de conseguir un contrato, también le resulta angustiosa. Además, aquí está Simone, que se esfuerza por ser comprensiva con él, admira las actuaciones que ofrece por las noches en la tasca, y de día lo tiene hechizado con su alegría. De modo que se entrega a la incertidumbre, se instala en ella y descubre que tranquilamente puede seguir así un poco más.

El teléfono es el único peligro acechante. Durante el día, Jean-Jacques mete el aparato en la casa y lo encierra en un cuartito diminuto donde ha montado una especie de despacho. Por las noches lo lleva a la tasca, donde lo necesitan, por ejemplo, para llamar a un taxi para algún cliente borracho. Siempre está sonando. Unas veces es un vecino; otras, un cliente que quiere encargarles vino; Swetlana, que quiere saber cómo está su hijo Mischa; o alguien que quiere reservar mesa en la tasca. Hilde también llama de vez en cuando y se interesa por la espalda de su marido, inquieta. Hasta ahora no ha habido nada que deba preocuparle, pero aun así a Willi se le desboca el corazón cada vez que oye ese molesto timbre.

Y entonces sucede. El cordel se rompe, la espada de Damocles cae sobre él y lo atraviesa de arriba abajo.

—¡Eh, Willi! —exclama Jean-Jacques una mañana—. Acaba de llamar Hilde. Karin ha ido al café con la pequeña, te estaba buscando.

Él todavía está enterrado bajo las mantas en su refugio del desván, porque no le va mucho eso de levantarse temprano, y menos aún con el mal tiempo que está haciendo este otoño. La noticia, sin embargo, lo despierta de repente. Se sienta en su camastro improvisado y se da un golpe en la cabeza con el techo inclinado. La conmoción hace que se quede unos segundos con la vista perdida. Maldita sea. Ha llegado el momento: hay que actuar, debe enfrentarse a Karin, hablar con ella, dejarle clara su postura, mantenerse firme.

—Baja a la cocina, anda —añade Jean-Jacques para tranquilizarlo—. Te prepararé un buen desayuno, que te va a hacer falta.

—Gracias… —consigue contestar él casi sin voz, y se frota el cráneo, donde le duele.

Un cuarto de hora después ya está en la cocina, vestido y afeitado, y deja que le sirvan huevos revueltos, jamón y un café fuerte.

—A veces las cosas no son tan complicadas como parece. *Reste calme* —le aconseja Jean-Jacques—. Deja que ella hable primero y no la interrumpas. Tal vez todo se aclare y no haya sido más que un… *malentendu.* Un malentendido.

—Sí, claro… Buena idea —murmura él, distraído.

Willi devora el pan blanco con huevos revueltos, se ayuda a tragarlo todo con el café y luego pregunta por Simone.

—Está abajo, en la bodega. Ayudando a Mischa a llenar los toneles de mosto. *Tu as besoin d'elle?* ¿Necesitas su apoyo emocional?

No pasa por alto su ironía, pero está demasiado agitado para enfadarse.

—Solo quería despedirme.

—Puedes bajar más tarde —contesta Jean-Jacques—. Come un poco más de jamón. Luego haz la maleta con tranquilidad y yo te llevo en coche. De todas formas tengo que llevar dos cajas de vino al café.

Sí que está dispuesto a ayudar su cuñado… A Willi le sienta bien su actitud práctica y activa, que mantiene a raya el caos de sus pensamientos y lo obliga a pensar solo en el siguiente paso. Desayunar. Hacer la maleta. Ordenar las ideas.

En la bodega, su despedida provoca reacciones muy diferentes.

—¡Pues adiós! —exclama Mischa con frialdad.

Simone le da un abrazo y dos besos en las mejillas.

—*Bonne chance, mon ami.* Sé fuerte, Willi, y confía. Todo saldrá bien, lo sé.

Él también le da dos besos; ese día se permite el gusto de

hacerlo solo porque Mischa los está fulminando con miraditas furiosas, hasta que se vuelve con brusquedad hacia otra parte. El chico debería olvidarse de esos celos tan ridículos e infundados, y cuanto antes, mejor. Se pone el sombrero con decisión y sube a la Goélette con Jean-Jacques. Durante el trayecto charlan sobre otras cosas. Su cuñado está molesto con el repostero, Richy, que le está causando problemas a Hilde porque ha acogido a un amigo en su piso.

—Cuando lleguemos a Wiesbaden, voy a cantarle las cuarenta —amenaza—. *Nom de tonnerre!* Ese pardillo se ha creído que puede hacer lo que quiera con Hilde solo porque se le dan bien los pasteles.

Willi asiente para darle la razón, pero no está mucho por la labor. En el patio del Café del Ángel, el coche de Swetlana bloquea la entrada del sótano. Jean-Jacques aparca la Goélette justo al lado. Se apea y entra en la cocina, donde abraza a Hilde con ímpetu y le da un beso bien dado. Willi contempla la hermosa escena por la ventana, luego saca su maleta de la furgoneta y la sube al piso de sus padres. Allí, la deja y se sienta él también.

«Tengo que hacerlo ya —se dice—. No aguanto más esta tensión». Respira hondo y vuelve a bajar la escalera. Se alegra de no cruzarse con nadie y decide salir ya a Rheinstrasse. Estar tranquilo. Dejarla hablar. Reaccionar con mesura e inteligencia. Ser resuelto. No aceptar concesiones. Ya que ama a otro, Karin debería por lo menos respetarlo.

Al llegar a la puerta de su piso tiene que detenerse un instante para coger fuerzas. Entonces abre y entra en el recibidor. Su suegra sale corriendo de la cocina y se lo queda mirando como si fuera un vendedor que ha ido a endosarle una aspiradora.

—¡Karin! —exclama la mujer—. ¡Tu marido está aquí!

La puerta de la cocina se cierra otra vez de un portazo.

Entonces se abre la de la habitación de la niña y aparece Karin. Willi constata que está muy cambiada. Más delgada, pálida y muy seria. Lleva el pelo recogido hacia atrás, y la bata con el estampado de rosas que él le regaló una vez. ¡Vaya, justamente tenía que ponerse esa!

—Hola, Willi —dice en voz baja—. Me alegra que hayas vuelto.

Él no es capaz de contestar. Le resulta abrumador estar tan cerca de ella, mirarla a los ojos, sentir su presencia. Tiene que hacer un esfuerzo para no venirse abajo.

—Solo quiero hablar contigo de todo con calma —dice.

—Me alegro —responde ella, y le sonríe—. Pero, antes de que empieces, tengo algo que decirte. Estoy embarazada, Willi.

En un abrir y cerrar de ojos, cualquier asomo de confianza que pudiera tener ha desaparecido. De manera que eso se propone. Colarle el hijo del otro. Con toda su frialdad. ¡Pues no piensa permitirlo!

—Ya lo sé —dice con rabia—. Estás embarazada de tu amante. ¡Reconócelo ya y ahórranos la discusión!

El efecto es más fuerte de lo que esperaba. Karin se lo queda mirando con los ojos muy abiertos, como si no pudiera creer lo que acaba de oír. Entonces se acerca a él y se detiene a pocos centímetros.

—¿Eso es lo que piensas de mí? ¿Lo dices en serio, Willi?

—Totalmente —replica él—. No pienso dejar que me tomes por tonto.

Ella levanta la mano a toda velocidad y le suelta un bofetón con tal fuerza que Willi cree que la cabeza le ha salido volando.

—¡Fuera de aquí! —le grita Karin—. ¡Si eso es lo que piensas de mí, no quiero volver a verte en la vida!

Petra

Ha llegado a un pacto con su hermana Marion. Sucedió así: los primeros días después de que se rompiera el violín, Marion no quería saber nada de Petra. En el autobús no se sentaba nunca con ella y, si por la tarde estaban con Sina, Marion no quería incluir a su hermana en sus juegos. Pero, entonces, una mañana, el autobús iba tan lleno que se quedaron de pie la una junto a la otra y tuvieron que agarrarse a la misma barra. A su alrededor había mucho jaleo y mucho alboroto porque había más niños que iban al colegio. Las chicas charlaban y un par de chicos se hacían muecas. Sin embargo, como estaban tan juntas, Marion entendió perfectamente lo que dijo Petra:

—Fuiste tú.

—¡No!

—Sí. Pusiste tu abrigo encima y luego lo pisaste con el pie. Todavía tienes una astilla enganchada.

—¡Esto es una mota!

—Sé que lo hiciste tú. ¡Fuiste muy mala!

—¡La culpa es tuya! —siseó Marion y se volvió hacia otro lado.

Petra estaba convencida de que su hermana había roto el violín. ¿Quién más había podido ser? Su madre seguro que no. Tampoco un ladrón ni un fantasma. Marion destrozó el violín porque tenía celos de Petra. Pero a ella, en el fondo, eso no le parecía tan mal. Para empezar, porque de todas formas tampoco podía soportar ese violín de tres cuartos y, además, así no tendría que practicar todo el rato ni ir a las clases de Frankfurt. En el recreo buscó a su hermana y la encontró sola junto a la vieja haya que había en mitad del patio. Marion solía pasar el recreo sola porque al final la habían cambiado de clase. Ni siquiera Sina estaba con ella, ya que jugaba a saltar las gomas con otras niñas.

—¡Vete! —le dijo su hermana con rabia cuando la vio acercarse.

Pero Petra no le hizo caso y Marion no tuvo más remedio que hablar con ella.

—¿Por qué lo hiciste? —insistió Petra.

—¡Que no fui yo!

—Si papá y mamá se enteran, te vas a meter en un buen lío.

Marion guardó silencio y puso cara como de que le daba igual.

—No diré nada —añadió Petra.

Su hermana no movió ni un pelo. Solo la miró de reojo una fracción de segundo. Incrédula, con recelo.

—Pero con una condición —dijo Petra.

Marion hizo como si no hubiera oído nada. Levantó una hoja de haya del suelo y la rompió en trocitos.

—¡Quiero que dejes de tratarme tan mal!

Su hermana la miró con vacilación. No sabía si podía fiarse de ella. Esa condición no era demasiado difícil de cumplir. En comparación con lo que ocurriría si Petra la delataba, era más bien ridícula.

—De todas formas ya no te trato mal —dijo—. Me aburre mucho.

—¿Me lo prometes? —exigió Petra.

—Te lo prometo —accedió su hermana.

—¡Dame la mano para cerrar el pacto!

En condiciones normales Marion se habría negado, porque eso no iba con ella. Pero sabía lo que se jugaba, así que le tendió una mano a su hermana.

—Lo prometido es deuda —dijo Petra en voz baja.

Y así quedó sellado el pacto entre hermanas. Ahora comparten un secreto. Ellas dos frente a sus padres. No es que sea muy bonito, pero, como sus padres discuten tanto, está bien tener al menos a su hermana. Si no, una niña puede sentirse como en una isla desierta.

Al día siguiente vuelven juntas a casa con Sina. Como la madre de Sina tiene turno en el Café del Ángel, puede quedarse con ellas hasta que la pasen a buscar por la noche. Petra y Marion se hablan de nuevo; es por el pacto. Y ayer por la noche incluso tocaron juntas el piano. Sina también ha notado la diferencia. Se ha alegrado mucho y les ha dicho que ha escrito una historia maravillosa y que luego se la leerá a las dos. Marion ha puesto los ojos en blanco; casi siempre se aburre cuando Sina declama sus poemas o lee sus cuentos, pero a Petra le parecen preciosos y, si le queda algo de tiempo después de practicar, representan esas historias como si estuvieran en el teatro. Hoy tiene mucho tiempo, porque no ha de practicar con el violín, y está muy contenta.

Su madre ya ha puesto la mesa en la cocina y su padre ha sacado el zumo de manzana de la despensa y les ha servido un poco. Marion y Petra han notado claramente que el ambiente estaba algo tenso. Sina también se ha dado cuenta, pero todas han hecho como si no pasara nada, porque sus padres nunca se pelean cuando ellas están delante. Para comer hay tortitas de patata rallada con compota de manzana, todo hecho por su madre. Como siempre, cuando una sartén está llena de tortitas listas, las reparte. Lo hace así porque hay que comérselas recién hechas o se quedan pastosas y ya no están buenas. Su madre no ha comido hasta el final, cuando ya estaban todos llenos. Petra y Sina han llevado la voz cantante y han hablado del colegio. Marion solo ha añadido algo de vez en cuando, y su padre les ha hecho alguna pregunta, pero se notaba que tenía la cabeza en otra parte. Igual que su madre, que no ha dicho nada de nada, pero no ha llamado la atención porque estaba en los fogones, friendo las tortitas, que siseaban en la sartén.

Después de comer han tenido que hacer los deberes. Marion se ha sentado en la sala de estar porque su madre no quiere que se copie de Sina, pero esta y Petra han subido juntas a su habitación. Han acabado los deberes enseguida. Sina solo ha tardado diez minutos; Petra algo más, porque tiene que esforzarse para escribir con buena letra y porque a menudo se le rompe el pizarrín.

Casi han terminado cuando oyen a los adultos hablando abajo, en el pasillo.

—No es posible, Luisa —dice su padre—. He preguntado y la reparación sería más cara que un violín nuevo.

—¿Has preguntado también en la Escuela Superior de Frankfurt?

—Todavía no —responde él con un suspiro—. Pero los violines que prestan allí no valen para nada.

—¡Tendrá que valer temporalmente, Fritz! No vamos a comprar ningún violín nuevo. ¡Me niego!

—Está bien, Luisa. Ahora tengo que irme al ensayo. Hasta luego.

Oyen que la puerta de casa se cierra. Ha sonado con fuerza, no con suavidad, como suele cerrarla su padre. Su madre ha ido al salón para ver si Marion está haciendo los deberes de cálculo y luego todo ha vuelto a quedarse en silencio.

—¿Quieres que te lea el cuento? —pregunta Sina en voz baja.

—Sí, léemelo.

Su amiga ha escrito el cuento en su libreta, pero todavía no está terminado porque es muy largo. Trata de un rey y una reina que tienen una hija muy bella.

—Un día llegó a la corte del rey un juglar que cantaba canciones y tocaba hermosas melodías. Toda la corte real se quedó maravillada con su música, y la princesa incluso se echó a llorar de lo bonita que era...

—Cuando la música es bonita, nadie llora —apunta Petra con incredulidad.

—Sí, mi madre siempre se pone a llorar cuando oye canciones de Rusia —explica Sina.

Bueno, eso es verdad, piensa Petra. La madre de Sina también lloró con el regreso de Mischa. Hay personas que son «de lágrima fácil», como dijo una vez la tía Hilde.

—¿Y entonces qué? —quiere saber Petra.

—Entonces el juglar quiso que el rey le pagara, pero este dijo que por esa música no pensaba pagarle ni una mísera moneda de plata.

—No tenía oído musical, ¿verdad? —opina Petra.

—Era un tacaño. Pero el juglar era en realidad un mago y, como el rey había sido tan mezquino con él, se puso furioso.

Abajo, en el salón, se oye la voz de Luisa. Está riñendo a Marion, que por lo visto ha vuelto a equivocarse con los cálculos. Es más estridente que otras veces y molesta en los oídos.

—Entonces el juglar convirtió a la hija del rey en una corneja —continúa Sina.

—Eso estuvo muy mal por parte del mago —opina Petra—. Al fin y al cabo, no era culpa de la princesa que su padre fuera tan rácano.

—Pues fue más malo aún. Anunció que la princesa solo

podría ser liberada con una melodía, pero que únicamente la conocía él y no se la desvelaría a nadie.

Una melodía puede liberar a la princesa. A Petra le parece maravilloso; este cuento se puede contar con música.

—¿Y entonces?

—El rey reúne en la corte a todos los músicos de su reino para que toquen algo delante de la princesa, pero ninguno encuentra la melodía correcta, así que el rey anuncia que concederá la mano de su hija a aquel que logre liberarla del hechizo del mago.

—Y entonces llega el príncipe, ¿verdad?

—Entonces llega a la corte un juglar extranjero que se enamora de la princesa.

—Pero si es una corneja...

—Aun así, él puede ver cómo es en realidad, porque también es mago. Pero un mago bueno.

—¿Y descubre la melodía secreta y se casa con ella?

Petra ya se ha sentado al piano y está probando melodías. La melodía secreta tiene que ser extraordinariamente bonita. Ya se le han ocurrido varias ideas, pero todavía no ha dado con la adecuada.

—No se casa con ella enseguida —relata Sina—. Primero tiene que ir al reino del mago malo y sonsacarle la melodía. Para eso hace falta ser muy valiente, pues el mago podría convertirlo en una rata. O en una cochinilla.

—¡Qué asco! ¿Y cómo lo consigue?

—Lo reta a un duelo para ver quién sabe hacer mejor magia, y entonces el mago malo se delata y canta la melodía secreta.

—¿Y el mago bueno mata al malo? —pregunta Petra.

—No, lo convierte en una lombriz.

A Petra, el final de la historia le parece mejorable, pero el principio y la parte central son fantásticos. Al cabo de un rato, cuando Marion sube a su habitación, ya han colocado una silla sobre la cama de Petra como si fuera un trono y Sina está sentada en ella porque interpreta al rey. Marion puede sentarse al lado y ser la princesa, y Petra representa al juglar malo. Utiliza la flauta dulce del colegio de Marion, y a veces también canta e incluso toca el piano.

Sina representa muy bien al rey avaro.

—¡Me duelen los oídos con ese horrible sonsonete! —exclama.

Lo más difícil es la transformación en corneja del final de la escena. Deciden coger el abrigo gris de su madre para que Marion se lo eche deprisa sobre la cabeza... y entonces ya es un ave.

—¡Cra, cra, cra! —grazna mientras Petra reproduce sonidos estridentes con el piano.

La obra las tiene tan fascinadas que todos los días la representan de nuevo. A veces interpretan una escena, a veces otra, pero el momento álgido es cuando los dos magos luchan. Entonces Petra y Marion se atacan con toda clase de melodías inventadas, hasta que el mago malo por fin canta la correcta. La compuso Petra, por supuesto, y Marion reconoció que era «muy chula» y que podía valer. En ocasiones, incluso tararean la melodía en el autobús o en el patio del colegio, y luego se guiñan un ojo y se ríen porque los demás se extrañan y no entienden nada. Pero ellas nunca dicen de qué se trata, porque es una melodía secreta.

—Qué lástima que con ella no se pueda hacer magia de verdad —opina Marion—. Si no, convertiría a mi profesora en una hormiga.

Ya llevan así una semana entera, y Petra no ha vuelto a acordarse de que existen las clases de violín ni las actuaciones, porque hacer teatro e inventar música le gusta muchísimo. Ha sido como estar en otro mundo, uno en el que las tres se refugian al salir de clase y en el que los adultos y sus preocupaciones no tienen cabida. Pero entonces llega un día en que su padre va a buscarla al colegio.

—Ahora iremos a Frankfurt y escogerás un violín nuevo y bonito.

—Pero es que no necesito un violín, papá. Prefiero tocar el piano.

—Date prisa, Petra, que vamos a perder el tren.

Hablar con su padre es difícil porque nunca la escucha de verdad. Así que hoy Marion se ha ido sola con la tía Swetlana, y Petra ha tenido que irse con él a comprar un violín nuevo. A ella le ha extrañado, porque su madre había dicho que pidieran uno prestado. Aun así ha pensado que su padre la habría convencido, porque casi siempre lo consigue. Su padre le compra un violín bastante caro, que es el único de la tienda que a ella le gusta, pero Petra no está nada contenta. Esos pocos días sin la obligación de tener que practicar han sido maravillosos. Ahora eso se habrá acabado, tendrá que tocar sus estudios a diario e ir a Frankfurt con su madre dos veces por semana. Ya no le apetece nada hacerlo, ni ir a clase con la nueva profesora ni estudiar esa teoría tan aburrida. Incluso le parece aburrido que le dejen tocar en la orquesta de jóvenes.

Y lo peor es que sus padres vuelven a estar peleados desde que su padre le ha comprado el violín. Todo ha empezado por la tarde, cuando la tía Swetlana las ha acompañado a casa y su madre ha visto el estuche de violín que Petra lleva en la mano.

—¡Mira por dónde! ¿O sea que en el Conservatorio han podido prestaros un bonito violín? —pregunta Luisa.

Tal vez habría hecho mejor cerrando la boca, pero Petra no es capaz. Porque lo cierto es que no le gusta mentir.

—No nos lo han prestado, mamá. Me lo ha comprado papá.

Su madre abre mucho los ojos y la fulmina con la mirada.

—¿Comprado? —pregunta en voz baja—. ¿Te ha comprado un violín?

Petra asiente. Es entonces cuando comprende que su padre le ha comprado el instrumento en contra de los deseos de su madre, y que ahora volverán a discutir mucho.

Su madre respira hondo y vuelve la mirada hacia la tía Swetlana, que está en la puerta de la cocina poniéndole a Sina el gorro de lana.

—Tenemos que irnos ya —dice la tía Swetlana con prisa—. He dejado la sopa de gulasch de mañana en el fogón y no quiero que se queme. Sina, ¿dónde está tu cartera? ¿Y la correa de Laika?

Luisa se despide de ellas y luego saca el pan de la panera sin decir nada. Después corta unas rebanadas y pone la mesa para cenar.

—Quítate el abrigo, Petra, y lávate las manos.

—Sí, mamá.

Arriba, Marion toca el piano en la habitación de Petra. Mira con envidia el estuche nuevo y comenta que podrían haber aprovechado el del violín viejo, que no estaba estropeado.

—¡Enséñame el violín!

Petra abre el estuche y entonces Marion ve que también le han comprado dos arcos.

—Debe de haber sido muy caro, ¿verdad?

—Sí. Papá ha tenido que dar todos los billetes que llevaba en la cartera.

—No te hacían falta dos arcos —opina Marion.

—Papá quería comprarlos sí o sí —responde ella, encogiéndose de hombros—. ¿Quieres tocarlo alguna vez?

Su hermana quiere, así que Petra afina el instrumento. No necesita el afinador que viene en el estuche del violín nuevo porque ella tiene las notas en la cabeza.

—No agarres el arco con tanta fuerza —le aconseja a su hermana, porque las notas suenan como si usara un serrucho.

—¡Déjame en paz!

Petra se sienta al piano y toca una de las melodías que se le han ocurrido en el tren. Después prueba cómo suena añadiendo una segunda voz. A veces las notas riñen entre sí, y eso le gusta, pero después hay que conseguir que vuelvan a reconciliarse. Eso le gusta aún más. La semana pasada se inventó muchas melodías bonitas para el cuento que ha escrito Sina. Pero ahora, si tiene que volver a practicar tanto como antes, seguramente se acabó lo de representar el cuento.

Marion sabe tocar el violín, pero a ella no le dejan ir a clase. Pone los dedos de la mano izquierda sobre las cuerdas y no saca sonidos muy limpios, pero no está nada mal para ser la primera vez después de tanto tiempo.

—¿Me dejas el violín para practicar cuando papá no esté?

—Claro. Pero no lo rompas.

Las niñas cruzan una mirada. Marion arruga la frente, Petra pone una sonrisa conspirativa. Se entienden sin necesidad de palabras, tienen un acuerdo tácito. Claro, porque cerraron un pacto.

Por la noche, sus padres discuten en la cocina. Esta vez es muy grave, han oído a su madre gritar mucho y luego llorar.

—No los escuches —le dice Marion a Petra cuando sale al pasillo—. Solo te va a doler.

Aun así, ella se queda en el pasillo y las dos se sientan juntas en el escalón más alto. Pero también podrían haberse quedado cada una en su habitación, porque su madre grita tanto que se la oye por toda la casa.

—¿Has tenido la desvergüenza de aprovecharte de Swetlana?

—¡Pero, Luisa! Si ha sido ella quien me lo ha ofrecido, más o menos... Ya sabes que tienen mucho dinero y una cantidad así no les hace ningún daño.

—Y hacerme daño a mí no te preocupa, ¿no? ¿Cómo voy a mirar a Swetlana a la cara ahora? No entiendo por qué ha hecho esto.

—¿Por qué te alteras tanto, Luisa? Swetlana me lo ha dado con gusto, es una persona cariñosa que quiere ayudar.

—No, Fritz, las cosas no son así. ¡Te exijo que devuelvas ese violín!

—¡Ni hablar, Luisa! Hace más de una semana que Petra no practica, y ya sabes lo que significa eso. Parar es retroceder.

—Vas a devolver el violín, Fritz. ¡Insisto!

—No sabes lo que estás diciendo, Luisa. Petra tiene una gran carrera por delante, ¿quieres ponerla en peligro por esta tontería?

—Fritz, ha llegado un punto en el que ya no quiero seguir con esto. O devuelves el violín... ¡o me marcho de esta casa!

—Luisa, estás alterada. Consultémoslo primero con la almohada.

—Ya has oído lo que he dicho, Fritz. ¡O ese violín o yo!

—Pero eso es un disparate...

La puerta de la cocina se abre y las niñas corren enseguida a meterse en la habitación de Marion, porque su padre sube la escalera como un poseso. Luego, todo se queda en silencio y ellas se meten juntas en la cama de Marion y se abrazan.

—Mamá se marcha —dice Petra en voz baja, y no puede contener las lágrimas.

—Mamá no se marchará —contesta Marion—. Cederá, como siempre. Mañana harán las paces. Ya lo verás.

Sin embargo, por la mañana la pelea no se ha terminado.

Su madre ha dormido en el salón; se dan cuenta porque la manta no está doblada. Y no acaba ahí la cosa.

—Hoy, después de clase os venís directas a casa —les informa.

—Pero si tienes turno en el Café del Ángel, mamá. Normalmente vamos a casa de la tía Swetlana.

—Pues hoy no. Le daré una llave a Marion. Tenéis la comida en la nevera y os la podéis calentar. Papá vendrá más tarde, que tiene clase en el Conservatorio.

—Pero ¿por qué no podemos ir a casa de la tía Swetlana? —insiste Petra.

—Porque yo no quiero.

En el autobús piensan qué es lo que puede estar pasando, y Marion opina que seguramente ahora su madre y la tía Swetlana están peleadas. Durante el recreo le preguntan a Sina, pero ella no sabe nada y se queda muy triste porque tendrá que volver a casa sola con su madre. Después del colegio, Petra y Marion van a la parada del autobús y ven de lejos a Sina hablando con Swetlana. Ella tampoco debía de saber que Petra y Marion volverían directas a casa hoy, porque está muy extrañada. Pero entonces llega el autobús y ellas suben.

En casa, Marion enciende la cocina de carbón y pone la olla encima. No deja de protestar, porque la tía Swetlana tiene una preciosa cocina eléctrica, y aquí, en cambio, solo disponen de esa vieja cocina con la que siempre hay que ensuciarse las manos. Luego comen un poco de estofado de patatas con las carnes del caldo y zanahoria, pero no les sabe bueno y se dejan la mayor parte.

Marion friega los platos y a continuación, en realidad, tendrían que hacer los deberes.

—Yo los haré después —dice su hermana—. Primero voy a descansar un poco.

Petra se va a su habitación y toca un poco el piano. Hace frío y nota los dedos agarrotados. También la música de su cabeza está congelada. No se le ocurre nada; la magia del cuento de Sina ha desaparecido. En lugar de eso ve el nuevo violín encima del piano, como una afrenta. Lo cierto es que debería practicar y tocar los estudios, pero no le apetece. Va a la habitación de Marion, que está tumbada en la cama, mirando el techo.

—¿Jugamos a algo? —propone Petra.

—No.

Se sienta en la cama de Marion y mira alrededor. Sobre ellas se cierne algo que parece una nube negra.

—¿Y si mamá no vuelve esta noche? —pregunta Petra en voz baja.

—No digas bobadas. Claro que volverá.

—Pero ¿y si no vuelve?

—¡Cállate de una vez!

En la estantería de la pared hay un rechoncho cerdito rosa hecho de loza que la tía Hilde le regaló a Marion por su cumpleaños. Dentro tiene ya varias monedas. A Petra le regalaron el mismo cerdito en color azul. A veces su padre les echa una moneda dentro, y su madre también. Cuando han sido buenas y la han ayudado en el jardín. Les dicen que, si ahorran, un día podrán comprarse algo bonito. Aunque nadie sabe cuándo es ese «un día».

—¿Y si las rompemos? —pregunta Marion, que ha seguido su mirada.

—No podemos hacer eso.

—No tenemos por qué hacerlas añicos. Podríamos sacar las monedas con una horquilla.

Marion es muy lista para algunas cosas. Es verdad que no se le da bien el cálculo, pero sabe cómo sacar dinero por una ranura estrecha. Petra va a por su cerdito azul y se ponen manos a la obra. Primero hay que menear la hucha hasta que la moneda está bien colocada, y luego atraparla con la horquilla. A Marion le sale mejor y consigue sacar cuatro monedas de diez peniques de su cerdito; Petra solo dos.

—Lo juntaremos todo —decide su hermana con generosidad—. Así tendremos seis monedas de diez peniques y compartiremos lo que podamos comprar.

Casi se les olvida coger la llave de casa, pero Marion se acuerda en el último momento. Entonces suben calle arriba hasta la parada del autobús, donde hay un quiosco en el que venden toda clase de chucherías. Se deciden por ositos de goma, chicles y dos bolsitas de pastillas de regaliz con forma de rombo, que son muy fuertes y a Petra le gustan mucho. Guardan su botín en los bolsillos del abrigo y corren a casa lo más deprisa que pueden. Allí se instalan juntas en la cama de Marion y reparten sus tesoros. Se lo comen todo de una sentada. A final solo les quedan los chicles, pero después de las pastillas de regaliz, por alguna razón, no están buenos. Petra pega el suyo debajo del banco de la ventana, Marion vuelve a envolverlo en el papel de aluminio. Para después.

—Ahora estoy aún más triste —dice Petra.

Marion no contesta, pero a ella le pasa lo mismo.

A media tarde, su padre llega a casa y entonces se apresuran a hacer los deberes mientras él come algo de estofado frío en la cocina. Después sube a la habitación de Petra y quiere saber si su hija ha practicado con el violín.

—Todavía no. ¡Tengo que hacer los deberes, papá!

—Volveré dentro de diez minutos, y entonces practicas.

Petra deja el lápiz y de repente sabe lo que quiere hacer. En realidad lo sabe desde hace tiempo, pero no lo tenía tan claro. Era solo una sensación que la asaltaba a veces y luego desaparecía. Ahora, sin embargo, está segurísima: el violín tiene la culpa de todas sus desgracias.

Cuando papá entra en la habitación con su propio violín, ella se planta ante él con los brazos cruzados en el pecho.

—No voy a practicar con el violín —anuncia—. Ni hoy ni mañana. No voy a practicar más. ¡Nunca más!

Mischa

Ya es noviembre y el mosto ha superado la fase de fermentación, un proceso que Jean-Jacques ha supervisado día a día con amor. Al finalizar la jornada siempre hacía bajar a Mischa al sótano, le dejaba probar una muestra y le soltaba charlas interminables. Este lo escuchaba con interés y le daba su opinión, con la que Jean-Jacques, no obstante, rara vez se mostraba satisfecho. «Tienes que entrenar tu sentido del gusto —le decía—. Entonces notarás hacia dónde quiere ir el vino, cuándo hay que echarle una mano y cuándo hay que dejarlo en paz. *Mais ça arrive.* Todo llegará. Para empezar, no lo haces mal».

Mischa ya no tiene tan claro eso de hacerse viticultor. Es cierto que estaría bien saber mucho de algo, tener los pies en la tierra y ser dueño de su propia parcela, donde nadie podría decirle lo que tiene que hacer. Por otro lado, un viñedo representa una cantidad increíble de trabajo y, por mucho arte que tenga el viticultor, siempre es un juego de azar descubrir si ha valido la pena. Porque depende mucho del clima, por ejemplo. Hay que ser un fanático como Jean-Jacques para empezar de cero todos los años, aceptar los contratiempos y las malas cosechas y, aun así, esperar conseguir un día «el vino del siglo». Mischa no siente esa ambición, pero de momento está decidido a quedarse. No para aprender el oficio, sino por otros motivos.

El vino joven está ahora en los toneles y tiene que «madurar». Jean-Jacques ha informado a Hilde de que podrá pasar un par de días en su casa, en Wiesbaden, y le ha pedido a Mischa que lo sustituya durante ese tiempo. Tampoco quiere cerrar la tasca todavía, porque los días que hace bueno siguen llegando clientes. Eso significa que también Simone se quedará en Eltville.

—¿De verdad puedo dejaros solos a los dos? —pregunta un día, mientras están los tres comiendo en la cocina.

Simone mira hacia Mischa con alegría.

—¿Y por qué no? —dice—. Mischa me protegerá.

Él no se siente a gusto cuando dice esas cosas, porque sabe que no es más que una broma, que no lo piensa en serio. Pero actúa con indiferencia y consigue que nadie note nada.

—Claro —afirma como de pasada—. Cuidaré de ella.

—*Bonne idée* —opina Jean-Jacques—. Al fin y al cabo serás el hombre de la casa. Lo cual, sin embargo, no significa que todo tenga que hacerse a tu manera.

—Nos llevamos bien —insiste Simone, y le sonríe—. Cada uno se dedicará a lo suyo, ¿verdad, Mischa?

Su sonrisa siempre lo avergüenza, maldita sea, y por desgracia no es capaz de ocultarlo y todo el mundo se da cuenta. Jean-Jacques sonríe también con reservas y se sirve un segundo escalope en el plato.

—Meta no querrá dejar de venir por las tardes para preparar su ensalada de patata —informa—. Aunque, con tan pocos clientes, no sé si vale la pena que venga.

—¿Quieres decir que será nuestra... *chaperon*? ¿Cómo se dice? —bromea Simone.

—Carabina —traduce Jean-Jacques, y mira a Mischa con insistencia.

—¡No la necesitamos! —afirma este con rabia.

—Nos portaremos bien también sin carabina —añade Simone, fingiendo poner cara de seriedad.

—Pues fantástico —murmura Jean-Jacques.

Mientras mete sus trastos en la maleta, Mischa somete el motor de la Goélette a una revisión completa. Aprieta varios tornillos y al final declara que lo más inteligente sería instalarle un motor nuevo, porque, si no, constantemente tendrán que hacer reparaciones.

—*Certainement pas!* —se niega Jean-Jacques—. El motor es el alma de este vehículo. Si cambio el motor, ya no será *ma vieille Goélette.*

En ocasiones, su amigo Jean-Jacques se pone muy sentimental. Incluso Simone se ríe de él por lo bajo.

—Entonces ¿Mischa es un «médico del alma»? Como se encarga del motor... —pregunta con sutileza.

—Ya veo que os lleváis muy bien, ya... —comenta Jean-Jacques—. El sábado *je suis de retour*, defended el castillo hasta entonces. ¡Que no me llegue ninguna queja!

Cuando Jean-Jacques sale del patio petardeando con la Goélette, Mischa siente alivio y tensión a partes iguales. Estar unos días solo en Eltville con Simone es algo que no se habría atrevido ni a soñar. Tiene que aprovechar la oportunidad, porque sin duda no volverá a presentarse otra igual.

Por desgracia, no parece que tenga muchas probabilidades de triunfar. Simone no lo trata como a un hombre, sino como a un hermano con el que le gusta bromear. A veces es irónica, a veces pícara, pero siempre actúa con camaradería, no con coquetería.

A pesar de todo, él sigue teniendo la esperanza de cambiar eso. Es tenaz. Cuando se enamora, no afloja. Solo se da por vencido si ve que no hay nada que hacer. Sobrevivió a los días que ese actor se cruzó en su camino. Maldita sea, qué duro fue tener que ver cómo lo admiraba Simone. Y peor aún era saber que por las noches se quedaban los dos despiertos hasta tarde, charlando. Un par de veces bajó a la cocina a hurtadillas y pegó la oreja en la puerta que comunica con la tasca. Entendió muy poco de lo que decían, pero le tranquilizó comprobar que estaban hablando, y no haciendo otras cosas. No, no cree que Simone sea de las que se lían con cualquiera. Ni mucho menos. Aun así, un tipo acostumbrado a interpretar a seductores profesionales en los escenarios merece cierta desconfianza. En cualquier caso, Mischa se alegró muchísimo de librarse de él cuando Willi se volvió a Wiesbaden con Jean-Jacques.

Tiene que actuar despacio, no precipitarse. Eso sería un error. Simone no es una mujer a la que pueda irle con bobas declaraciones de amor. Debe impresionarla para que por fin se dé cuenta de que no es un joven idiota, sino un hombre. Solo así logrará ganarse su amor.

De momento la bodega se ha quedado bastante tranquila. Los viñedos ya no están dorados, la vegetación ha adoptado una tonalidad marronosa. El viento arranca las hojas y las arremolina, aquí y allá asoma todavía algún racimo de uvas entre las vides. Jean-Jacques las ha dejado para el «vino de hielo», aunque no está claro que consiga convertirlas en nada aprovechable. Dependerá de si el sol y las heladas llegan en los momentos oportunos.

Simone busca ocupaciones en la tasca. Limpia las ventanas, friega el suelo, recoloca la decoración y pone manteles nuevos. Le gusta hacerlo. A veces incluso cambia de sitio las mesas y afirma que así quedan más bonitas y que, sobre todo, es más práctico. Casi siempre tiene razón. Mischa la observa un rato y pregunta si puede ayudarla, pero ella contesta que se las apaña sola.

Pues muy bien. Entonces nada.

Jean-Jacques lo ha dejado a cargo de los pedidos telefónicos de restaurantes y tiendas, lo cual conlleva una gran responsabilidad. Mischa se lo toma muy en serio. Tiene una lista con las existencias de cada variedad de vino y su precio; si llama alguien para hacer un pedido, comprueba si todavía les quedan botellas de ese caldo en concreto, toma nota del encargo y pide una confirmación por escrito. Por la noche Jean-Jacques llama para preguntar qué tal va todo, y entonces es él quien prepara la factura y concierta la cita para la recogida.

Para ese trabajo, Mischa puede utilizar el pequeño despacho, cosa que le da cierto aire a hombre de negocios. Mientras habla por teléfono y repasa sus listas, a veces Simone entra en la cocina, lo saluda con la mano por la puerta abierta y levanta un puño con el pulgar hacia arriba.

Eso puede significar: «¡Qué bien que el vino se venda tanto!».

Pero también podría querer decir: «¡Lo haces de maravilla, Mischa!».

Él, por supuesto, espera que sea eso último. Por lo menos el trabajo le gusta. Se le da bien tratar con la gente. Recomienda este vino o aquel, charla sobre la nueva añada y no tiene ningún problema para recordar cantidades y precios.

Noviembre trae consigo densas nieblas matutinas, pero hacia el mediodía el cielo se despeja y hace su aparición el sol otoñal. Eso es bueno para la tasca, porque los clientes acuden a disfrutar de una tardía excursión de otoño por la hermosa región del Rin. Sin embargo, no ayuda mucho a los planes de Mischa, porque Simone está ocupada hasta entrada la noche y él tiene pocas ocasiones de pasar una velada a solas con ella. Cuando todos los clientes se han ido, los dos hacen caja juntos, apartan su paga del día y dividen las propinas en tres. A Meta, que se va a casa más temprano, le dejan su parte en un plato en la cocina. Después Simone dice: «Buenas noches, Mischa», y se va a la cama. Ni un besito ni una última copita de vino entre los dos; es hora de acostarse, está cansada.

Él se tumba arriba, en su frío refugio, y no deja de torturarse pensando por qué se pasaba ella la mitad de la noche charlando con ese actor, mientras que ahora apenas son las doce y ya tiene tanto sueño que se le cierran los ojos aun estando de pie. ¿De verdad no pueden hablar de nada? Al fin y al cabo, él también ha vivido lo suyo. Ha recorrido los mares, ha conocido países lejanos y se ha enfrentado a más de un peligro. En efecto, podría relatarle las veces que estuvieron a punto de zozobrar, cómo tuvieron que huir de unos piratas en el Cuerno de África, o aquella vez que lo atacaron en un callejón oscuro de Génova y consiguió escapar por los pelos. Todavía ostenta la visible cicatriz de un navajazo en el muslo. Pero parece que a ella le interesan poco esas historias; tal vez piense que simplemente se las inventa.

En general, Mischa tiene la sensación de que durante el día también lo evita. Por las mañanas, casi siempre se levanta antes que él y deja preparado el desayuno y lleno el termo de café. Apenas le dedica un breve «Buenos días», le desea «Buen provecho» y desaparece a saber dónde, para limpiar, fregar o recoger algo. Esa parece ser su pasión, porque incluso sube a poner orden en el desván y rebuscar entre los trastos viejos. Ayer bajó una jarra de barro antiquísima y una rueca carcomida y las dejó en la tasca. Él echa un vistazo a esas «antigüedades» y enseguida frena el entusiasmo de Simone.

—Pero si tiene carcoma. Se extenderá a las mesas y los bancos —le advierte.

—¿Y qué puede hacerse, Mischa? —pregunta ella, mirándolo esperanzada.

«Me necesita —piensa él—. Esta es mi oportunidad».

—Bajaré a la tienda de pinturas. Seguro que tendrán algún producto.

De modo que se ha pasado toda la tarde en el cobertizo, empapando con un líquido venenoso la rueca de la bisabuela de un difunto viticultor. El mejunje huele que apesta y el olor se le mete por la nariz.

—Ahora tiene que secarse y, cuando todos los bichos estén muertos, la pintaremos con un barniz incoloro —informa, y se pone a toser.

—*Mon Dieu!* —exclama ella, que de pronto está preocupada—. Estás muy pálido, Mischa. ¿No te habrás intoxicado?

—No del todo —bromea él, y se lava las manos con una pastilla de jabón—. No soy una carcoma.

Entonces Simone dice algo que hace que se le desboque el corazón.

—Qué bien que hagas esto por mí, Mischa. ¡Eres un encanto!

—Lo hago con gusto —masculla él, y se seca las manos a conciencia con el paño de la cocina.

No consigue decir más. Ese es justamente su problema. No es parlanchín como el actor, no es capaz de abrirle su corazón a Simone. Cuando se enamora, solo dice bobadas. De modo que el resto del día transcurre como de costumbre: sirven a los clientes, después recogen, hacen las cuentas y Simone anuncia que está *morte de fatigue* y sube a su habitación. Mischa se ha dado cuenta de que no se duerme enseguida, porque ve el brillo de la luz que sale de su ventana y que ilumina el patio. Escribe cartas que al día siguiente lleva a Correos, o lee los libros que están en la habitación de los hijos de Jean-Jacques. Para eso utiliza un diccionario alemán-francés. Lo sabe porque a veces se lo deja en la mesa del desayuno.

Poco a poco empieza a invadirle el pánico, ya que el tiempo pasa y él no ha hecho ningún progreso. Ha pulido podadoras oxidadas y otros viejos aperos para que Simone decore con ellos las paredes de la tasca. Pero ella lo ha tratado como a un operario, diciéndole exactamente dónde y cómo tenía que colocar cada herramienta. También le ha dado las gracias, pero ni de lejos con tanto cariño como la primera vez. Entonces, sin embargo, llega la noche en que por fin puede demostrarle lo que siente por dentro.

Empieza sobre las once. Mischa está aclarando vasos mientras Simone le sirve otra copa de riesling al último cliente. Es un hombre de unos cuarenta años que visita la tasca a menudo desde hace un tiempo, un tipo rubio y corpulento que está acostumbrado al vino, porque se bebe una copa tras otra sin que le hagan efecto. Mischa lleva un rato observándolo porque, cuando Simone le lleva el vino, él siempre intenta entablar conversación. Ella, sin embargo, le sirve con su actitud amable pero profesional; está acostumbrada a los clientes pesados y sabe tratar con ellos.

Esta noche, sin embargo, es diferente. Mientras Mischa está de espaldas al salón de la tasca, colocando una hilera de copas en la estantería, oye un grito airado tras de sí.

—*Mais non! Laissez-moi!*

Se vuelve como el rayo y, al hacerlo, rompe una copa, pero no se da cuenta hasta más adelante. El rubio barrigudo ha agarrado a Simone de la cinta del delantal y está tirando de ella; Simone agarra el delantal con fuerza y se resiste.

Mischa salta la barra con una pirueta espectacular y enseguida se planta delante del tipo, lo coge de la camisa y lo levanta de la silla.

—¡No la toques o lo lamentarás! —amenaza.

El gordo suelta el delantal de Simone y quiere darle un puñetazo a Mischa, pero él es más rápido y lo aparta de golpe, de modo que su contrincante cae de nuevo en su asiento con impulso. Se oye un crujido. La silla resbala un poco hacia atrás y vuelca de lado porque se le ha roto una pata. Mischa se agacha hacia el hombre, que está tirado sobre lo que queda de la silla, dando bocanadas de aire. Lo agarra de la chaqueta con ambas manos y lo levanta a pulso hasta ponerlo de pie. Es toda una proeza que seguramente podría haberse ahorrado, pero, como Simone lo está mirando, quiere demostrarle que tiene músculos y sabe usarlos.

—¡Paga y lárgate ya!

Funciona a las mil maravillas. El borrachín está controlado. Saca la cartera como puede de su bolsillo trasero, deja un billete en la mesa y escupe a los pies de Mischa.

—¡No volveréis a verme por aquí!

—Mucho mejor. ¡De todas formas tienes prohibida la entrada!

El tipo va haciendo eses al salir. Simone lo mira con ojos asustados, luego se ata bien el delantal y se pone a recoger la mesa. Mischa se recoloca la camisa porque, con tanta acción, se le ha salido del pantalón, y espera a que ella diga algo. Por lo menos podría darle las gracias. Al fin y al cabo, la ha defendido.

—Habría sido mejor pedirle un taxi —comenta Simone en cambio—. Como ahora tenga un accidente…

Increíble. En lugar de admirar su heroicidad, ¡se preocupa por ese gordo borracho!

—No va muy lejos —refunfuña Mischa—. Es de por aquí.

—¿Seguro?

No, Mischa no está seguro. Pero, si hasta ahora ese tipo siempre ha vuelto a casa en coche, ¿a qué viene tanto teatro? ¿Porque les ha roto una silla con su gordo trasero? En realidad tendrían que habérsela añadido a la cuenta.

—Has sido muy… ¡brusco, Mischa! —dice ella, recriminándoselo.

Ni agradecimiento ni reconocimiento; solo reproche. Ha sido muy «brusco».

—¡La próxima vez me pondré guantes de terciopelo!

Simone sacude la cabeza y abre la puerta de la alacena para sacar el cubo y la escoba y recoger los añicos de cristal que han quedado esparcidos detrás de la barra. Mischa ya ha tenido suficiente. Sale de la tasca y sube al desván, donde se sienta furioso en su camastro. Que haga caja ella sola hoy, a él le da igual. Que se quede con sus malditas propinas, la muy engreída. La próxima vez no le hará ningún caso, y ya puede ocuparse ella de los clientes borrachos, que no son cosa suya.

Pero el enfado no le dura mucho y enseguida se deja llevar por la decepción y se pregunta qué puede haber hecho mal. Cuando él mismo se vio en el suelo tras encajar el gancho de Frank en la barbilla, Simone reaccionó con compasión. Le tocó la cara con dedos delicados e incluso lo acarició. ¿Tiene algún problema con los hombres que son «bruscos» y pegan? ¿Se pone siempre del lado de los perdedores porque tiene vocación de enfermera? No deja de darle vueltas a lo que Jean-Jacques le contó de su exmarido. Le habló de negocios turbios. ¿No sería un tipo violento, que incluso se volviera contra su mujer? Es posible. Pero ¿cómo podría averiguarlo? No consigue acercarse a ella. Simone lo rehúye, no le cuenta nada y tampoco quiere saber nada de él. Sin duda, Jean-Jacques y el actor Willi Koch saben mucho más sobre ella. Porque, a él, Simone lo ve como un jovencito tonto en el que no puede confiar. Es desesperante. Y Mischa que pensaba que podría lucirse ante ella... En lugar de eso, ha conseguido justo lo contrario. Ahora también lo considera un hombre violento y seguramente no querrá saber nada más de él.

Por la mañana se siente aliviado al ver que Simone ha preparado el desayuno como siempre y, mientras se toma el café en la cocina, perdido en sus pensamientos, se acerca a él.

—Ayer olvidamos hacer caja, Mischa —le dice con amabilidad—. He hecho las cuentas. Por favor, comprueba que estén bien.

Simone lo ha anotado todo con detalle. Deja el dinero en la mesa y quiere que él lo revise. Mischa la mira un instante, asiente con la cabeza y dice que es correcto.

—Estás enfadado conmigo por lo de ayer, ¿verdad? —pregunta ella, y lo mira con tristeza.

Al menos parece que también le ha dado vueltas al asunto durante la noche.

—Solo reaccioné así porque quería ayudarte —dice él.

—Lo sé, Mischa, y fuiste muy amable. Pero, si se hubiera dado con la nuca contra el canto de la mesa al caer, podría haberse matado.

Madre mía. Ese tipo tiene una cabeza muy dura, un golpecito de nada en la nuca no habría hecho más que quitarle un poco de capacidad intelectual, como mucho. Y no se habría notado demasiado.

—La próxima vez iré con más cuidado —promete, y le acerca su paga y la propina por encima de la mesa.

—Es demasiado...

—¡Plus de peligrosidad! —dice él con una sonrisa.

—Qué graciosillo eres, Mischa.

¿Graciosillo? Bueno, es francesa y no domina el idioma a la perfección, aunque le pone mucho empeño. Él intenta no mostrar su consternación y se va al salón de la tasca a comprobar si la silla rota puede salvarse, pero el respaldo se ha soltado y el asiento también ha sufrido daños. Ese borracho tuvo suerte de que no se le clavara ninguna astilla en el trasero. Recoge los pedazos y se los lleva al cobertizo para convertirlos en leña.

Cuando termina y deja la madera en la pila de leña, un coche entra en el patio. Ay, Dios. Lo que tanto temía desde el principio: es su madre, que viene a comprobar cómo se encuentra.

—¡Mischa! —exclama Swetlana al bajar—. ¿Por qué no te has puesto una chaqueta con este viento tan frío que hace? ¡Ven y ayúdame a descargar todo lo que he traído!

Su madre siempre piensa que está a punto de morirse de hambre. Lleva a la cocina dos cestas con fruta, verdura, dulces y también la enorme olla llena de gulasch.

—Tenéis que vaciar el gulasch en otros recipientes, porque esta olla tan grande la necesito para el Café del Ángel. Eso de ahí es redondo de ternera. Podéis cortarlo y comerlo frío, pero los blinis os los tenéis que acabar hoy mismo, porque mañana ya no estarán buenos.

Mischa no tiene mucho que hacer, ya que Simone se ocupa de todo en la cocina y parece que las dos mujeres se entienden bastante bien. Simone le ofrece a Swetlana una taza de café y saca a la mesa una fuente con galletas que ha hecho ella misma. Mischa se sienta con las dos y pregunta qué tal va todo por Wiesbaden.

—Muchos problemas —dice su madre con un suspiro—. Estoy muy triste, Mischa, porque paso mucho tiempo sola, ya lo sabes.

Entonces les explica que August no hace más que trabajar y que, cuando está en casa, pasa más tiempo con Sina que con ella. Eso no es nada nuevo, y en eso Mischa tampoco entiende a su padre adoptivo, pero es un adicto al trabajo y no tiene remedio.

—Luisa ya no me habla. Eso es lo peor de todo. Con los años que hace que somos amigas... ¿Te imaginas lo mal que lo estoy pasando?

Swetlana le prestó dinero a Fritz para que le comprara un

violín nuevo a Petra, y Luisa se lo ha tomado fatal. Porque, por lo visto, estaba en contra de que compraran ese violín. En fin, parece que su madre ha metido la pata hasta el fondo.

—No debería reaccionar así —opina Simone—. Usted lo hizo con buena intención, ¿verdad?

—¡Solo quería ayudar! —exclama Swetlana—. Ay, lo he hecho todo mal...

A Mischa no le apetece seguir escuchando. Al fin y al cabo, no puede ayudarla y, además, parece que a su madre le sienta bien contarle sus penas a Simone. La joven está muy atenta, sentada con ella a la mesa de la cocina. La escucha con paciencia y solo da su opinión de vez en cuando.

—Tengo que ir a comprobar que todo vaya bien en la bodega —se disculpa él, y las deja.

Se pasa un rato ocupado en el sótano. Saca un par de muestras y ve que, poco a poco, el mosto empieza a saber a alcohol. Realiza los controles rutinarios de temperatura y humedad, que en esa antigua bóveda no cambian prácticamente nunca, y luego vuelve a subir a la planta baja. El coche de su madre sigue en el patio, así que las dos están charlando aún.

Cuando suena el teléfono, entra corriendo en la tasca. El aparato está ahí porque ayer no se lo llevó al despacho. Es una llamada de un restaurante de Rüdesheim que encarga varias cajas de riesling. Mischa anota el pedido en una libreta y enseguida le recomienda la añada actual. El cliente reserva tres cajas. ¡Magnífico! En cuanto cuelga, llama el siguiente: una bodega de Wiesbaden que quiere Gotas de Ángel. Con ese vino debe ser cuidadoso, porque la cosecha de hace dos años casi se ha agotado y la del año pasado todavía tiene que madurar. Negocia, invita al propietario a una cata y concierta una cita por su cuenta.

Satisfecho, desenchufa el aparato para llevárselo al despacho. Siempre es mejor tener las listas a la vista, si llama alguien más.

Su madre sigue en la cocina con Simone. Mientras él entra en el despacho con el teléfono bajo el brazo, oye frases sueltas de lo que dicen.

—Fue una época difícil, porque yo en realidad amo Rusia. Pero al ver a mi Mischa inconsciente, tumbado como un muerto, porque un niño del colegio le había pegado, me dije: «Ese ya no es mi hogar».

A Mischa se le ponen los pelos de punta. Lo que faltaba. Pero ¿qué le está contando su madre? ¿Le explicará también que se puso a limpiar casas para ganar dinero? ¿Que vivieron en aquel cuchitril del casco antiguo, donde ni siquiera había cuarto de baño? ¿O que su padre fue un oficial alemán con el que se habría casado si no hubiera muerto en la guerra? Seguro que Simone se habrá enterado de que es hijo ilegítimo y que August solo es su padre adoptivo.

Entra en la cocina para impedir daños mayores y anuncia que tiene hambre. Es el mejor método para frenar la palabrería de su madre y, en efecto, la mujer le sirve ahora sus blinis y un plato de sopa de gulasch.

Conversan sobre la bodega, el tiempo, el tráfico, y él explica que han llegado más pedidos.

—Este es mi Mischa —le dice su madre a Simone—. Un hábil hombre de negocios, listo y capaz, pero que también ha visto el mundo entero. Y aun así sigue siendo mi niño, un chiquillo que no sabe lo que quiere.

Lo de su madre es desesperante. Solo con que Simone se crea la mitad de lo que le ha contado, ya puede olvidarse de ella.

Por suerte, Swetlana tiene que regresar a Wiesbaden porque va a buscar a Sina al colegio. No le extraña que su medio hermana esté tan rellenita y no le guste el deporte; siempre la llevan en coche a todas partes.

Carga con la olla hasta el coche de su madre y se despide de ella con la mano mientras sale del patio. Luego regresa a la cocina, donde Simone está fregando los platos. No tiene demasiadas esperanzas, pero quizá todavía pueda salvar algo.

—Tu madre es una mujer encantadora —dice ella con una sonrisa—. Cuando habla, transmite calidez desde le corazón.

—Siempre con el corazón en la mano, sí.

Su respuesta no ha sido demasiado entusiasta, y Simone lo nota y lo mira, pensativa.

—Me ha hablado mucho de tiempos pasados. De la guerra. Y de Rusia.

Eso era lo que temía. Mischa se levanta y se acerca a la ventana porque necesita pensar cómo reaccionar para que Simone no se forme una imagen equivocada de él. Entonces ve que un grupo de clientes entra en el patio y va hacia la puerta de la tasca. ¡Justamente ahora!

—No debes creer todo lo que cuenta —masculla.

—Pues ayúdame, Mischa. Para que lo entienda bien y no crea cosas de ti que no son —dice ella en voz baja.

Él se vuelve y no sabe muy bien cómo interpretar eso. Pero la sonrisa de Simone, de pronto, es cálida. Casi lo mira con timidez.

—Ahora tenemos clientes —dice ella mirando por la ventana—. Pero esta noche, cuando se marchen, podemos hablar. Bueno, solo si tú quieres, Mischa.

—Sí... —contesta él, y carraspea con fuerza porque de repente tiene algo atascado en la garganta—. Sí, claro. Hablar esta noche tú y yo... Eso... estaría muy bien.

Wilhelm

Había creído que el frío viento otoñal se encargaría de que no se le notara, pero su hermana Hilde, por desgracia, tiene muy buena vista. Apenas ha entrado por la puerta giratoria del Café del Ángel, se detiene con la bandeja en la mano y lo mira fijamente.

—¡Madre del amor hermoso, Willi! ¿Con quién te has peleado?

—¿Cómo? ¿Qué dices? —pregunta él, espantado.

Se lleva la mano a la mejilla izquierda y se acerca al perchero de los clientes, donde hay un espejo. Vaya por Dios. Tiene una marca rojiza en la cara y casi se notan hasta los dedos. Se frota con fuerza, pero con ello solo consigue que la rojez se le extienda más aún. Esa loca lo ha dejado marcado. Le ha estampado la deshonra en la cara. Menos mal que en el café apenas hay clientes. Será mejor que suba enseguida al piso de sus padres a ponerse un paño frío.

Pero no había contado con su madre, a quien casi nunca se le escapa nada de lo que ocurre en el edificio.

—¡Willi! —exclama la mujer—. No te vayas tan deprisa, hijo. Ven, cuéntame qué tal ha ido la vendimia en Eltville.

—Muy bien —comenta él deprisa—. Ahora mismo bajo, mamá.

Arriba, en el piso, va al cuarto de baño y se mira con rabia en el espejo. Había esperado cualquier cosa: lágrimas, reproches, mentiras, amenazas o excusas. ¡Todo menos eso! Un bofetón con toda la mano abierta. Todavía nota la sacudida. Se ve tambaleándose hacia atrás y recuerda que de repente se ha encontrado otra vez en el descansillo y la puerta del piso se ha cerrado justo detrás de él. Y con tanta fuerza que el temblor ha debido de notarse en todo el edificio. Es un milagro que no se haya caído el revoque de las paredes.

Al principio se ha quedado aturdido en el rellano, con la mano en la mejilla, preguntándose si de verdad ha sido Karin la que ha estallado de esa manera. Luego, llevado por la ira, ha metido la llave en la cerradura para pedirle explicaciones, pero, en cuanto ha abierto la puerta, ahí estaba su suegra, escoba en mano, muy decidida a defender a su hija hasta las últimas consecuencias.

—¡Ni te atrevas! —lo ha amenazado.

—¡Quiero hablar con ella, nada más!

—¡Fuera de aquí o llamo a la policía!

—¡Pero si vivo aquí, maldita sea!

—¡Largo! —le ha gritado la mujer, blandiendo la escoba contra él.

No le apetecía enfrentarse a su suegra de esa forma tan ridícula, así que se ha batido en retirada. Fuera, se ha calado bien el sombrero y se ha subido el cuello del abrigo, cosa que no habrá extrañado a nadie, porque hace frío y por las calles sopla un viento desagradable. En Wilhelmstrasse ha girado por el Balneario para entrar en el parque y seguir el camino que rodea el estanque. Luego se ha sentado un rato en un banco, rodeado de hojas marrones caídas. Ha estado mirando con rabia el estanque gris, con su superficie rizada por el viento, mientras sopesaba cómo actuar. No piensa dejar que lo traten así, eso está claro. ¿Qué ha dicho para que se le echara encima con semejante furia? Solo la verdad. Pero ella ha montado toda una escena.

«¡Si eso es lo que piensas de mí, no quiero volver a verte!». Se ha hecho la inocente y la ofendida. Normalmente solo es tan emotiva y convincente en el escenario. Bueno, pues resulta que con él también actúa. Pero que no se crea que se lo ha tragado; al fin y al cabo, Willi también es del ramo.

¿No pensará Karin que de verdad puede hacerle creer que el niño es suyo? Eso es ridículo. Hace tres meses... ¿O son más de tres meses? Qué más da. Entonces ella estaba... en Wiesbaden. Cierto. Rodando en los estudios de Unter den Eichen. Un papel secundario en un largometraje. A veces se le hacía tarde, pero por las noches siempre volvía a casa. Bueno, esas cosas no tienen que hacerse siempre de noche; durante el día también están las habitaciones de hotel.

«El señor Tal y señora, una habitación doble. Bienvenidos. Su pasaporte, señor. Faltaría más. Firme aquí, por favor. La llave de la habitación, aquí tiene». Si se hace así, no se llama la atención de nadie. Willi suelta un hondo suspiro, se inclina hacia atrás y de pronto le sobreviene un profundo abatimiento. Él no es más que el bufón en esta obra. Karin no lo ama, lo ha engañado, le ha dado un bofetón y su suegra incluso lo ha amenazado con una escoba. Ya va siendo hora de poner fin a esta farsa, antes de que pierda la poca dignidad que le queda.

Con esa firme decisión se ha levantado y ha ido al café de sus padres. Ahora está ante el espejo del baño, refrescándose la mejilla, pero debe reconocer que sirve de muy poco. Va a su habitación y saca el maquillaje teatral de la maleta. Se pone un poco de base y el resultado le satisface bastante.

—¿Willi? ¡La comida está lista! —exclama su madre desde la cocina.

Ha subido al piso a prepararles el almuerzo a los gemelos, que deben de estar a punto de llegar del instituto.

—¡No tengo hambre!

Else aparece al instante en la puerta de su habitación y no tiene ningún problema en entrar sin llamar. Al fin y al cabo es su madre.

—No te hará ningún bien encerrarte en tu cuarto, Willi —le dice con reproche—. Ven conmigo a la cocina y cuéntame cómo estás. Piensa que nos preocupamos por ti, hijo.

Su curiosidad y su inquietud maternal son perjudiciales para la autoestima abatida de Willi. Ya no tiene quince años, es un hombre adulto que se formó en una profesión en la que logró el éxito, aunque en estos momentos esté pasando por un bache. Pero no hay forma de que su madre lo entienda. Siempre le viene con esa bonita frase: «Una madre siempre es una madre. Eso no cambia, por mucho que sus hijos sean mayores».

Debería alquilar una habitación en algún sitio donde pudiera estar tranquilo, pero no puede ser, porque ahora mismo no va bien de dinero. No dispone de ingresos, ni siquiera le entran los cuatro chavos que ganaba en el cabaret. No tiene nada, y lo poco que ha sacado sirviendo en Eltville pronto se le habrá acabado. De todos modos no ha sido más que un extra, pero al menos ha estado alojado a pensión completa, así que no puede enfadarse con Jean-Jacques. Depende total y completamente de sus padres… ¡Qué horror!

En la cocina, las albóndigas hierven en su salsa de alcaparras y eso lo apacigua un poco, porque lo cierto es que tiene hambre. Le cuenta a su madre un par de anécdotas de Eltville: que estuvo entreteniendo a los clientes y, al final, iban tantos a verlo que los últimos ya no tenían sitio.

Ella lo escucha de buena gana mientras escurre las patatas y pone la mesa. Solo para cuatro; su padre no suele comer con ellos porque desayuna tarde. Y entonces, con su instinto infalible, la mujer mete el dedo en la llaga.

—¿Has ido a ver a Karin? —pregunta, y le pone un plato con cubiertos delante.

—¿A Karin? Ah... Sí. Pero solo un momento.

—¿De verdad? ¿Y habéis hablado? —insiste su madre.

—Un par de frases.

Ruidos en el descansillo. Los gemelos han llegado del instituto. Dejan las mochilas en el suelo, se quitan los zapatos y cuelgan las chaquetas.

—¡Ya estamos aquí, abuela!

—¡A lavarse las manos!

—¡Vale!

Mientras oyen el agua correr en el baño, su madre se gira otra vez hacia él.

—Puedes estar contento de tener a tus padres, Willi. Siempre estaremos a tu lado. Pase lo que pase, puedes contar con tu familia.

—Os lo agradezco mucho, mamá.

Está por los suelos, esto no puede seguir así. Buscará trabajo, se presentará a vacantes y audiciones. Donde sea. En Hamburgo, en Múnich o en Berlín. ¿Qué lo retiene en Wiesbaden? ¡Nada! Cuanto antes se largue de ahí, mejor.

Los gemelos entran corriendo en la cocina y montan jaleo. Arrastran las sillas sin ningún cuidado, hacen ruido con los cubiertos y hablan a todo volumen. Los dos están cambiando la voz: Andi ya habla con un tono grave, de hombre; el timbre de Frank todavía fluctúa y casi siempre suena ronco.

—¿Te ha salido una erupción en la mejilla, tío Willi? —pregunta Frank, extrañado.

—Solo es que me he rascado un poco.

—Pero no será contagioso, ¿verdad?

—¡Qué dices!

Desde hace un tiempo, Frank se preocupa mucho por estar guapo. Siempre se pone ropa limpia, se baña todos los días y utiliza la loción para el afeitado de su padre. A Andi no le importa tanto su aspecto, pero tiene problemas con un par de pelos oscuros que le salen en la barbilla.

Willi charla un rato con sus sobrinos, les cuenta un par de historias graciosas de cuando iba al colegio y consigue hacerlos reír. Le sienta bien: como actor, es capaz de dejar de lado sus propias desgracias y fascinar a los demás. Solo tiene que conseguir que vuelvan a admitirlo en la profesión. Dejar atrás lo malo y encontrar un nuevo comienzo.

Después de comer, los gemelos desaparecen en el piso de arriba, pero poco más tarde oyen que bajan la escalera a zancadas. Les han levantado el castigo, vuelven a disfrutar de su libertad y son el peligro de Wiesbaden con sus bicicletas. Se lo merecen. Benditos años de niñez. ¡Qué bonitos y despreocupados son! Mientras su madre recoge la cocina, él se apodera del teléfono, que tiene el cable largo, y se lo lleva a su habitación.

Está de suerte: August sigue en el bufete y contesta la llamada personalmente.

—Ha llegado el momento —le dice a su hermano—. He decidido divorciarme.

—Despacio —contesta August—. ¿Habéis hablado las cosas?

—¡Karin me ha agredido, de hecho! ¡Eso es lo que entiende ella por hablar las cosas!

Ya se imagina la cara de incredulidad que estará poniendo su hermano el listo.

—¿Que te ha... agredido?

—Le he dicho sin rodeos que sé que tiene un amante, y entonces me ha pegado.

August carraspea un par de veces. De modo que está reflexionando.

—Eso también podría indicar que es inocente —arguye.

Willi cree que no lo ha oído bien.

—¿Estás de mi parte o de la suya?

—Intento ver el asunto con objetividad. Hasta ahora solo tienes una sospecha, no cuentas con pruebas definitivas, Willi.

—Pues claro que es definitivo —asegura él—. Pero da igual. Si hace falta, estoy dispuesto a asumir la responsabilidad. Lo principal es que no divorciemos.

—Un momento, por favor.

Parece que la secretaria ha entrado y le está comunicando algo que Willi no llega a entender. Tiene una voz bonita, debe de ser joven.

—Deme diez minutos —oye que contesta su hermano—. Y ofrézcale un café, señorita Schuster.

August le ha concedido diez minutos. ¡Cuánta solidaridad familiar! Él está con el agua al cuello y su hermano tiene la generosidad de dedicarle diez minutos de su valiosísimo tiempo.

—Escucha, Willi —oye por el auricular—. Me parece que lo más sensato será que vengáis al bufete los dos para tener una conversación. ¿Qué te parecería?

—Mal. Escríbele y dile que exijo el divorcio.

—Eso me parece precipitado. Tendría mucho más sentido aclarar la situación en una conversación a tres bandas. Es posible que surjan puntos de vista importantes que hasta ahora nos han pasado por alto y que puedan resultar decisivos durante el procedimiento.

A Willi, esa propuesta le parece una tontería: él quiere hechos, un divorcio, firmar los papeles enseguida y listo. Pero, si se niega, August podría pensar que le da miedo verse en esa situación, y eso no piensa permitirlo.

—Si a Karin le parece bien, de acuerdo.

—Me pondré en contacto con ella —promete su hermano—. En cuanto tenga novedades, te lo haré saber.

—Pues muy bien.

—¡Mucho ánimo, Willi!

—¡Descuida!

Cuelga y mira al frente, abatido. Una conversación en presencia de August no le hace ninguna gracia. ¡Todo lo que podría salir a la luz! Información reservada sobre su matrimonio, cosas que no son asunto de nadie, ni siquiera del bueno de su hermano. Pero tal vez sea Karin quien se niegue y se pueda ahorrar él ese trago.

Se sobresalta cuando su madre, de pronto, vuelve a entrar en la habitación.

—¿Hijo? ¿Puedes dejar el teléfono en el pasillo, por favor? He estado a punto de tropezar con el cable.

—Enseguida, mamá —dice, molesto—. Por cierto, te agradecería que llamaras a la puerta antes de entrar en mi cuarto.

—¡Ay, por el amor de Dios! —exclama ella, y se encoge de hombros—. Bueno, si tienes secretos con tus padres…

—¡Se trata de mi intimidad, mamá!

—¡Pues muy bien!

Ahora la ha ofendido y lo lamenta, pero tenía que decírselo. Se levanta con un suspiro, se pone el abrigo y el sombrero. En el café ya han hecho su aparición los clientes del mediodía; entre los que se encuentran muchos de sus antiguos compañeros del Teatro Estatal. No le apetece cruzarse con ellos, así que no sale a Wilhelmstrasse por la puerta principal, sino por el patio. Los oscuros nubarrones se han abierto un poco y la fachada del teatro brilla a porfía iluminada por el sol. Bajo los pelados plátanos otoñales, los operarios municipales se encargan de retirar las hojas con rastrillos y carretillas. Willi piensa en hacerle una visita a Julia, pero seguramente estará fuera y, además, no quiere volver a molestarla con sus problemas. Julia, esa mujer tan inteligente, siempre lo mira con cierto menosprecio, y él tiene la sensación de que lo lee como si fuera un libro abierto. Prefiere ir a la oficina principal de Correos, en Rheinstrasse, para realizar un par de llamadas de larga distancia sin que lo molesten. A Hamburgo o a Múnich. Preguntará con discreción si ha quedado una vacante en algún sitio. También podría intentarlo en Bochum. No hay que olvidar que cuenta con éxitos en su haber; incluso tiene una carpeta en la que ha reunido recortes de sus críticas. Solo las buenas, desde luego. E incluso ha subrayado en rojo los fragmentos donde le dedican palabras de alabanza.

Al llegar al cruce con Rheinstrasse, de pronto le sobreviene una enorme reticencia a pasar por delante de su antigua casa y, en lugar de eso, se mete por Bahnhofstrasse.

«Pero ¿qué me pasa? —piensa—. Karin no estará arriba, mirando por la ventana por si me ve. Y, aunque así fuera, debería darme igual. ¿Acaso he llegado al extremo de huir de ella?».

Se enfada consigo mismo y tuerce a la derecha por Albrechtstrasse con la intención de dar la vuelta a la manzana para regresar a Rheinstrasse. Pero en Adolfsallee aminora el paso. En la zona verde que ocupa el centro de la calzada hay un pequeño parque infantil al que su suegra va a veces con Nora. Cuenta con un arenero, un tobogán algo abollado y un armazón del que en verano cuelgan dos columpios. También hay dos bancos para las madres y las abuelas de los pequeños. Qué tonto ha sido al no pensar en eso... Sería bastante desagradable encontrarse allí a su suegra con la niña, pero tiene que arriesgarse, porque no puede volver a dar media vuelta; eso sí que sería ridículo. Se acerca al punto crítico con cautela y constata que hay varios niños correteando por allí. En el tobogán ve a una señora mayor algo corpulenta que parece intentar convencer al chiquillo que está encaramado arriba con miedo de que se deje caer de una vez. También en los bancos hay varias mujeres sentadas. Una está concentrada haciendo punto, las demás charlan; no les ve las caras. Willi decide pasar pegado a los edificios del otro lado de la calle y avanzar deprisa. Aunque su suegra estuviera en uno de esos bancos, ¿qué podría pasar? La avenida es ancha, a izquierda y derecha de la zona verde circulan coches. Seguramente ni lo vería.

Pero se equivoca. Cuando está más o menos a la altura del parque infantil y vuelve la cabeza hacia el lado contrario para contemplar con fingido interés las ventanas y el portal de una casa, de pronto oye una clara voz infantil:

—¡Willi!

Se sobresalta, mira hacia el parque y ve a Nora, que corre hacia él con su abriguito rojo y la pala de arena todavía en la mano. Por la izquierda se acerca una furgoneta azul. Willi no se lo piensa y sale disparado hacia ella. Llega a oír vagamente un grito asustado, pero ya está en mitad de la calzada, donde con un movimiento rápido pasa justo por delante el radiador de la furgoneta y coge a la niña en brazos, apartándola de la trayectoria del vehículo. Detrás de él se oye el chirrido de los frenos. El conductor baja de la furgoneta y les grita a las mujeres que hagan el favor de vigilar a los niños. La señora corpulenta vocifera una respuesta furiosa y en algún lugar ladra un perro.

Willi sigue estrechando a Nora entre sus brazos. Él mismo está pasmado con la presencia de ánimo que ha tenido al reaccionar, y ahora debe serenarse. La pequeña lo mira asustada y se echa a llorar.

—No puedes cruzar la calle así, sin mirar —le dice él con severidad, y la deja en el suelo.

—Mi… Mi pala —se lamenta ella.

La pala azul se ha perdido en la operación de rescate. Willi la ve tirada en el asfalto. El conductor de la furgoneta le da una patada con rabia en dirección al parque y vuelve a subir a su vehículo.

—¡Mamá! —exclama la pequeña Nora—. ¡Mamá, mi pala!

Y entonces Willi se encuentra frente a Karin. Está pálida, todavía tiene el susto en el cuerpo. Coge a Nora en brazos y la aprieta contra sí. Al principio no es capaz de decir nada, porque la niña llora mucho. Willi no está menos asustado, así que permanece un momento delante de ella, indeciso, inseguro, sin saber si quedarse o salir huyendo. Al final se decide por la huida.

—Voy a por la pala —dice, y se aleja.

Recoge la pequeña pala del suelo y ve también su sombrero en un arbusto pelado. Debe de haberlo perdido durante la acción, así que vuelve a ponérselo. La mujer robusta se dirige hacia él con decisión, arrastrando consigo a su pequeño miedica; quiere estrecharle la mano al valiente salvador.

—¡Ha sido una auténtica heroicidad! —exclama con entusiasmo—. Casi lo atropellan a usted. ¡Cómo ha cruzado corriendo! Yo apenas podía mirar…

Willi balbucea un par de palabras sin relevancia y mira a Karin, que ahora está rodeada por las demás mujeres y más niños, recibiendo reproches y enhorabuenas, todavía con la niña en brazos. ¿Lo mira a él? No, habla con una mujer que no hace más que acariciarle la mejilla a la pequeña Nora. ¿Se ha dado cuenta de que acaba de realizar una proeza? No lo parece. Pero decide no importunarla, no quiere oír ningún agradecimiento forzado. Se marcha.

—¿Le importaría devolverle la pala a la niña? —le pide a la mujer corpulenta.

Se coloca bien el sombrero, le desea que pase un buen día y se apresura hacia Rheinstrasse. Su seguridad aumenta con cada paso. Sí, señor. Es un héroe, ha arriesgado su propia vida sin dudarlo para salvar a Nora. Ahora que lo piensa, casi se marea al imaginar lo que podría haber ocurrido. En el fondo ha sido una locura, la furgoneta podría haberlos atropellado a los dos. Pero los hados han estado de su lado; la suerte de los osados. Y sin duda también ha colaborado algún ángel de la guarda.

En la oficina central de Correos realiza dos conferencias, una con una antigua compañera de Bochum y otra con el guardarropa del Teatro Thalia, de Hamburgo. La información que consigue a través de ellos, sin embargo, no parece muy alentadora. La competencia no descansa. Otros actores también han cosechado éxitos entretanto y, además, ya se sabe que los directores artísticos tienen sus preferencias. Cuentan con sus favoritos y han invitado a realizar audiciones a actores jóvenes que aún no han pisado un escenario. Aunque él también puede intentarlo, desde luego, ¿qué tiene que perder?

Paga las llamadas de larga distancia y constata que vuelve a andar corto de liquidez; pronto se le acabará el dinero de Eltville. Lo invade una ira ardiente contra toda la industria teatral. Está una breve temporada sin trabajo y ya se olvidan de él, otros han ocupado su sitio y él pasa a formar parte de la vieja guardia.

Baja los escalones de la entrada de Correos todavía atribulado, así que no ve a Karin hasta que mira una segunda vez. Está frente al edificio. Lleva a la pequeña de la mano y es evidente que lo está esperando a él. Ay, Dios, ya no puede escapar. Se le acercan. Se detiene, inseguro. ¿Qué va a hacer Karin?

—Buenos días —dice Willi.

Entonces se da cuenta de que ya es por la tarde y se calla, aturdido.

—Muchas gracias, Willi —dice ella—. No importa lo que haya ocurrido entre nosotros. Te agradezco de todo corazón que hayas salvado a Nora.

Él traga saliva. En los ojos de ella percibe la calidez y el cariño de antes, los que creía haber perdido. Lo deja totalmente desconcertado.

—No hay de qué —balbucea—. Ni lo he pensado. He echado a correr sin más.

Ella asiente y mira más allá de él. Nora tira del brazo a su madre; ha visto un perro y quiere ir hacia allí.

—Siento mucho lo de esta mañana —se disculpa Karin—. Lo que has dicho me ha dejado horrorizada. Porque ha sido muy injusto y es mentira.

—Vaya... —masculla él.

—Pero en nuestro matrimonio se han roto tantas cosas que seguramente ya no viene de un malentendido más o menos —añade, y le sonríe.

Tras esa sonrisa acechan la tristeza y la desesperación, y eso lo conmueve.

¿Qué hacen ahí plantados como dos desconocidos en mitad de la acera? ¿Por qué no se sientan juntos, se escuchan, se hacen preguntas y aclaran las cosas que no se han dicho el uno al otro? Pero ¿dónde podrían hacerlo? ¿En el piso, con su suegra esperando con la escoba? ¿En casa de los padres de él, donde su madre los interrumpiría en plena conversación? ¿En un café, rodeados de los extraños de las demás mesas? Encuentra miles de obstáculos para tener esa conversación.

—Si tú lo dices... —se limita a contestar.

Él mismo repara en lo negativo que ha sonado y piensa qué más podría añadir para suavizarlo, pero entonces Nora se suelta de la mano de su madre y Karin tiene que seguirla. El perro al que la niña quería acariciar es un pastor enorme, negro y pardo, una bestia a la que Willi jamás habría querido acercarse por propia voluntad. Pero el dueño, un joven rubio con pantalones vaqueros, hace que el animal se siente y deja que Nora lo toque. Willi contempla un momento cómo la niña tira con suavidad de las orejas del perro, y entonces vuelve a invadirlo el deseo de escapar de esa complicada situación, así que aprieta el paso en dirección a Wilhelmstrasse.

Por el camino lo asaltan sentimientos contradictorios. ¿Ha vuelto a caer en otra de las tretas de ella? No, qué va, eso no era ningún teatro. Esta vez Karin ha sido sincera con él, se lo ha notado en la mirada. Era su Karin, la mujer a la que ama. No ha podido esconderse; ahí había algo de cariño, de la antigua confianza, tal vez incluso un resto de amor, ese que él creía irremediablemente perdido.

¿Y si no le ha mentido? ¿Y si no hay ningún otro? Le cuesta creerlo. ¡Entonces el niño que lleva en su vientre es de él! Su hijo. O su hija. ¡Maldita sea! Si pudiera tener la certeza... Pero, por desgracia, eso no se sabrá hasta que la criatura haya nacido y en algún momento empiece a parecerse a su padre. O no.

Ya no entiende nada, se siente confuso.

Se detiene en el Balneario y contempla la fuente, en la que no corre el agua porque ya han anunciado las primeras heladas nocturnas. Después atraviesa las Kolonnaden y mira los escaparates con sus artículos de lujo: modelos de París, bolsos de mano de piel de cocodrilo, camisones de seda. Desde las vitrinas de la sala pequeña lo observan los rostros maquillados de sus compañeros de profesión en blanco y negro. Las mira con desprecio. Mimos teatrales. Comediantes borrachos de público. Fachadas tras las que no hay verdaderos sentimientos, sino solo ambición y ganas de exhibirse. Qué grotesco resulta todo... De pronto le vienen a la cabeza unos versos de *Macbeth*:

La vida no es sino una sombra pasajera, un pobre
comediante
que se pavonea y se inquieta un rato en el escenario
y del que nunca más se vuelve a oír...

Le propina una patada a una columna y da media vuelta. Pasa por delante del Balneario con andar decidido, cruza Wilhelmstrasse y enfila hacia el Café del Ángel.

«Realizad vuestras ridículas cabriolas y contorsionismos —se dice—. Pero sin mí. Ya estoy harto de hacer bufonadas para vosotros. Os demostraré lo que valgo y de qué soy capaz».

Al pasar, saluda con simpatía a Swetlana, que está sirviendo una ensalada de patata con huevo en una mesa donde dos jóvenes actrices se han sentado para comer algo rápido. Willi las saluda también a ellas con un gesto desdeñoso de la cabeza, cuelga el abrigo y el sombrero en el perchero y se sienta a la mesa de sus padres.

—Aquí estás por fin, hijo —dice Else—. August ha llamado antes y dice que le devuelvas la llamada.

—Gracias, mamá. Un café me vendría muy bien.

Suena enérgico y resuelto, y su madre lo mira con alegría.

—¡Así se habla, Willi! —exclama—. Cuando esta desgracia haya pasado, te encontrarás mejor. Y así podrás volver a pensar en tu futuro profesional.

—Es lo que estoy haciendo ahora mismo —dice él con rotundidad—. ¿Qué os parecería que trabajara en el Café del Ángel? Como gerente, por ejemplo. Tengo un montón de buenas ideas.

Luisa

Ay, tiene que ponerle fin a esa tontería con Swetlana. Estaba enfadada, sentía que su amiga la había engañado; Swetlana sabía muy bien que ella estaba en contra de la compra de otro violín, y aun así le dio el dinero a Fritz. A eso hay que añadirle su orgullo herido. A Luisa jamás se le habría ocurrido pedirle dinero a su amiga. El hecho de que Fritz haya recurrido a eso, a ella le resulta profundamente humillante.

Evita a su marido, y él tampoco quiere tenerla cerca. Todavía no ha devuelto el violín a la tienda de música de Frankfurt. Aún sigue en la habitación de Petra, encima del piano, pero la tozuda de su hija no quiere ni tocarlo.

Luisa no sabe qué pensar de esa niña. Hace tres días, Petra le anunció a su padre que no quiere volver a tocar el violín nunca más. Al principio, Fritz lo tomó por un capricho, intentó que cambiara de opinión y la riñó. Cuando se dio cuenta de que así no conseguiría nada, le dio permiso para tomarse «una pequeña pausa».

Luisa no se enteró hasta el día siguiente. Le extrañó que Petra, en lugar de practicar con el violín al volver del colegio, tocara el piano, y eso le hizo pensar que Fritz había dado su brazo a torcer y había devuelto el instrumento. Pero el violín seguía intacto encima del piano mientras las niñas tocaban a cuatro manos.

—No volveré a tocar el violín —explicó Petra—. Ahora estamos representando un cuento con música. Esto lo he compuesto para ti, mamá.

—¿Para mí?

—Sí. Tienes que venir todos los días a escucharnos, y no puedes moverte de aquí.

Luisa no acabó de comprender el sentido de esa extraña petición, pero se alegra de que de pronto sus dos hijas se lleven tan bien. Desde hace unos días, no hay peleas entre Petra y Marion, que se sientan juntas a desayunar y cuchichean entre sí, van contentas a la parada del autobús y, por las tardes, tocan juntas en la habitación de Petra. Por lo visto, representan una de las historias que ha escrito Sina. A Luisa le parece precioso; a sus hijas les sienta muy bien dejar volar la imaginación y jugar juntas sin el peso de la obligación y el deber. Fritz todavía se contiene, pero seguro que tarde o temprano le insistirá a Petra para que vuelva a practicar con el violín a diario. Con un violín prestado, se entiende. Esta vez, Luisa está decidida a no ceder. Esa compra tan cara e innecesaria tiene que salir de la casa. Ya puede obcecarse él todo lo que quiera, que ella se mantendrá firme. Por supuesto que no lo abandonará; eso solo lo dijo porque estaba furiosa. Pero encontrará la forma. De momento le concede algo de tiempo, pero la semana que viene, como muy tarde, se lo recordará. Se lo ha propuesto muy en serio.

Sin embargo, antes quiere hablar con Swetlana. Aunque solo sea por las niñas. Pero sobre todo porque a la larga no soportará estar enfadada con su amiga. Swetlana actúa de manera irreflexiva con su generosidad desbordante, y eso sin duda tiene que ver con su «alma rusa».

Esa mañana, Luisa llega al Café del Ángel cargada de buenos propósitos, saluda a Hilde con una sonrisa afable y se extraña de recibir una respuesta muy escueta.

—Hola...

En la cocina, donde se ata el delantal y se pone la cofia de encaje en el pelo, Richy está trabajando desde hace rato, como siempre. Prepara una crema con la batidora eléctrica, y delante tiene la base de bizcocho oscuro recién hecho que está a punto de convertir en una tarta de moka y que luego decorará con fideos de chocolate. Otto friega el molde del horno, saluda a Luisa sonriente y señala hacia el salón del café con el cepillo.

—¡Ojo, señora Bogner! ¡Ahí se puede cortar el aire!

—Ah, ¿sí? —pregunta ella, preocupada.

—Hay drama familiar —dice Otto—. Todos contra todos.

Richy apaga la batidora y mira a su amigo con censura.

—¡Por favor te lo pido, Otto! No hables así.

—¡Pero si estamos entre amigos! —comenta este encogiéndose de hombros—. Mejor que la compañera esté sobre aviso y no meta la pata sin querer, ¿verdad?

Richy parece molesto, pero no añade nada más. Sostiene un colador por encima de la crema blanca, espolvorea un poco de cacao en polvo y vuelve a encender la batidora. Luisa no sabe qué hacer. Le gustaría preguntar qué ha ocurrido, pero como Richy mira tan fijamente su nata montada y Otto sigue fregando el molde, llega a la conclusión de que nadie va a darle más información. De manera que saca cinco jarritas de crema de leche y las rellena para luego poder ir más deprisa. Después sale al salón del café a preparar el mostrador de los pasteles.

Todavía no ha entrado ningún cliente a desayunar, pero la mesa de la familia sí está al completo; incluso Heinz ha bajado ya, con lo temprano que es, cosa que resulta insólita. Parece que Otto tiene razón: hay una fuerte discusión. Else y Hilde están sentadas la una frente a la otra, y sus palabras y sus réplicas airadas pasan volando por delante del pobre Heinz.

—¡De eso ni hablar! —exclama Hilde, y da una palmada con toda la mano en la mesa.

—No eres tú quien debe decidirlo —contesta su madre—. ¡Willi es tu hermano y tiene tanto derecho como tú!

Else Koch está tiesa como una vela y ha cruzado los brazos en el pecho. Es una fortaleza inexpugnable, pero Hilde arremete con furia.

—¿Tanto derecho como yo? Me parece que no he oído bien. ¿Quién se ha partido el lomo todos estos años por sacar adelante el café? ¡Te aseguro que Willi no! ¡Él tenía su carrera teatral y, siempre que ha venido a casa de visita, hemos tenido que servirle de la mañana a la noche!

Ahora Heinz se atreve a intervenir. Como siempre, lo hace en un tono suave, esforzándose por no molestar a nadie.

—A mí también me parece, querida Else, que sería mejor que Willi intentara seguir con su trayectoria artística.

—Eso no es lo que estamos discutiendo ahora —lo interrumpe su mujer—. Willi se encuentra en un momento difícil, y nuestro deber como padres es apoyarlo.

—Como si no lo hubierais hecho todo este tiempo —protesta Hilde, indignada—. Vive con vosotros, deja que lo alimentéis y, cuando se aburre, se apalanca en esta mesa y yo tengo que servirle café y pasteles. ¿Acaso ha intentado volver a consolidarse profesionalmente? ¡Porque yo no lo he visto!

—Lo cual es una lástima —dice Heinz, dándole la razón—. Un actor con tanto talento como nuestro Willi...

A Luisa le da apuro estar oyendo la discusión, pero, como ya ha deslizado el cristal corredizo del mostrador de los pasteles, saca dos bandejas para recolocar las últimas porciones que quedan en otra limpia.

Entretanto, Else ha vuelto a tomar la palabra.

—¡Actor! —dice con voz quejumbrosa—. ¿Qué clase de profesión es esa? ¡Y de cabaret, además! Siempre supe que eso, a la larga, no estaba hecho para Willi. Y ahora que por fin él también lo ha visto y quiere dedicarse a algo de provecho, no pienso ponerle ningún impedimento. ¡Porque a mí me importa mucho su futuro!

—¿Y el futuro de tu hija te da igual? —la increpa Hilde, furiosa—. No pienso dejar que me echéis del café, mamá. ¿Gerente? ¡No me hagas reír! Willi sabe tanto de dirigir un café como una vaca de hacer equilibrismos.

—Pues aprenderá —insiste su madre—. En Eltville llenó la tasca hasta los topes. Incluso tuvieron que rechazar a algunos clientes. ¡Me lo contó Jean-Jacques!

—Porque allí les hace sus numeritos —replica Hilde con enfado—. Por mí, contrátalo de payaso. ¡Pero, como gerente, acabará con el café en dos días!

—Por favor, Hilde —dice Heinz—. Mide tu tono, que no estamos solos.

Entonces todos miran hacia Luisa y le hacen sentirse fatal.

—No quería molestar —balbucea—. Ya he terminado.

Deja en la vitrina la bandeja nueva con las porciones de pastel y se apresura a llevar las dos sucias a la cocina. Aun así llega a oír la vehemente afirmación de Else:

—¡Tu padre y yo seguimos siendo los dueños de este café, Hilde!

Ya en la cocina, y después de lo visto, pone una cara de absoluto abatimiento.

—Todavía siguen, ¿verdad? —comenta Otto—. A la jefa joven tampoco le viene mal que le echen un poco la bronca. Se da demasiados aires.

—No pienso dejar que hables así de la señora Hilde Koch —se indigna Richy—. Es una mujer maravillosa. Su hermano, en cambio, ese actor...

—Tienes razón —lo interrumpe Otto—. Si ese tiene que venir a decir algo aquí, apaga y vámonos.

—Esperemos a ver —murmura Luisa, compungida—. Tal vez se pongan de acuerdo.

—Y yo soy Papá Noel, querida —dice Otto, riéndose de ella.

Luisa deja las bandejas sucias en el fregadero e inspira hondo antes de volver al salón. Allí, entretanto, se ha hecho el silencio porque han entrado los primeros clientes para desayunar. Heinz Koch está sentado solo a su mesa con una cara muy larga y el *Wiesbadener Tagblatt* delante. Hilde anota comandas. Else ha desaparecido; seguramente ha subido a su piso.

—¿Quieres que te traiga el desayuno? —le pregunta Luisa a Heinz con compasión.

El hombre la mira con gratitud y asiente.

—Una jarrita de agua caliente con el café —pide—. Y dos huevos a la copa.

—¡Enseguida!

En la cocina, Hilde prepara tres desayunos. Sus movimientos son raudos; su expresión, concentrada.

—¡Dos huevos a la copa llevan recargo! —le dice a Luisa, que está pelando los huevos cocidos.

—Son para tu padre...

—No debería comer tantos huevos. Por el colesterol. ¡Y tendría que cambiar la mantequilla por margarina!

—Sí, pero...

—¡Díselo!

Hilde ya está en la nevera, sacando fiambre y queso. Pone las lonchas en un plato con una ramita de perejil y listo. Otto sirve tres jarritas de café y las deja con sus respectivas tazas en la bandeja.

—¡No las llenes tanto! —protesta Hilde—. El café se me derrama en el mantel.

—¡Sí, jefa! —exclama Otto con un saludo militar.

—¡Y ahórrate esas tonterías!

Luisa espera a que Hilde salga con la bandeja llena y entonces le lleva el desayuno a Heinz. Dos huevos a la copa, mantequilla y café con agua caliente para alargarlo. Ella opina que el viejo tiene derecho a sus caprichos.

Sobre las once, Willi aparece en el café y le pide a Luisa un desayuno abundante. Hilde no hace ningún comentario al respecto, deja que sea ella quien le sirva y sube a poner orden en su piso. Willi está de buen humor, cruza unas frases con su padre, le pide el periódico y lo lee un rato.

—¿Luisa? Puedes recoger —dice, haciendo un gesto autoritario con la mano.

Después, para sorpresa de ella, entra en la cocina. Ve que Richy está amasando y manda a Otto a barrer la acera.

—Pero si barrí ayer —protesta este.

—Pues vuelve a haber un montón de hojas caídas. ¿Es que no lo ha visto?

—¡Podría pasarme horas barriendo!

—¡Adelante! —ordena Willi—. ¿Cómo va lo del traslado? Me han dicho que vas a alquilar una habitación.

—Ese es el plan —replica Otto, que cruza una mirada con Richy.

Este sigue trabajando la masa con diligencia y cada vez más energía.

—A partir de diciembre —le dice a Willi con amabilidad.

—¡Vaya! —comenta él y, silbando, se acerca a la despensa, que inspecciona con una curiosidad inaudita.

Swetlana llega entonces con su olla de sopa de gulasch y Richy cruza corriendo la cocina para quitarle el peso de los brazos.

—Gracias, muchas gracias —dice ella—. Buenos días a todos. ¡Menuda reunión hay hoy aquí! ¡Willi! Tú eres artista y no deberías entrar en la cocina. Ve a sentarte a la mesa de tus padres, que te sacaré un cuenco de buena sopa.

Él la mira sin saber cómo reaccionar, pero, como Swetlana le sonríe con tanta inocencia y bondad, se contiene y sale de la cocina.

—Tiene al futuro gerente comiendo de su mano —suelta Otto con una sonrisa satisfecha, y sale a barrer la acera.

Luisa aprovecha la ocasión para llevar a cabo su propósito.

—Tengo que hablar contigo, Swetlana —dice—. Por favor, no te enfades, pero es que...

Swetlana reacciona con efusividad, como suele hacer. Abre mucho los brazos y se acerca a ella con los ojos anegados en unas lágrimas que lleva días conteniendo.

—¡Hice una tontería! —reconoce—. Perdóname, Luisa. No quería importunarte, solo pretendía ayudar, porque Fritz parecía tan preocupado...

—Eso ya lo sé, pero...

Luisa no consigue explicarle su difícil situación y todo lo que va ligado a ella. Swetlana ya la está abrazando y la estrecha con fuerza.

—Dime que volvemos a ser amigas, Luisa —le pide—. No soporto que estemos tanto tiempo peleadas. Sina está muy triste porque no puede jugar con sus amigas, y a Laika le encantaría volver a corretear por tu jardín.

—Ay, Swetlana. Claro que somos amigas. Siempre lo hemos sido y eso no va a cambiar nunca. Pero tienes que entender que no puedo deberte...

Swetlana lo entiende. Lo entiende todo, aunque no está escuchando nada de lo que dice Luisa. No le interesa saber exactamente qué tenía contra ella; lo primordial es que ahora todo vuelve a estar bien.

—Qué peso me quitas de encima —dice, y saca un pañuelo del bolsillo del abrigo para secarse las lágrimas—. Esa horrible pelea me tenía tan acongojada que ya no podía ni respirar. Pero he prometido comprarle un piano a Sina, y así las niñas también podrán cantar y tocar música en mi casa.

—Compra lo que quieras, Swetlana. Pero, por favor, que no se te vuelva a ocurrir darles dinero ni a las niñas ni a Fritz —añade Luisa, intentando que al menos ese detalle quede claro de una vez—. No me gusta, ¿puedes entenderlo?

—Lo entiendo muy bien, Luisa. Sé que eres una mujer orgullosa. Pero volvemos a ser amigas.

Richy gira la cabeza hacia un lado con discreción, porque a eso le sigue un nuevo abrazo y más lágrimas aún. Adora ese carácter tan sentimental de Swetlana; a veces, Luisa tiene la sensación de que busca en ella algo parecido a una madre.

Cuando Hilde irrumpe de nuevo, toda emotividad se desvanece de repente.

—¿Qué pasa aquí? —inquiere, enfadada—. ¿Tenéis que poneros a haceros arrumacos en mitad de la cocina? Dos desayunos con huevo para la mesa catorce, Luisa. La cuenta de la dos. Una limonada y una Coca-Cola para la mesa cinco. ¡Y refréscate antes la cara, que la tienes toda hinchada!

Luisa busca a toda prisa un pañuelo en el bolsillo de la falda, pero Swetlana no pierde la calma. Claro, es la cuñada de la jefa y puede permitirse más libertades.

—Buenos días, Hilde —saluda, y le sonríe con cariño—. No te enfades, enseguida me marcho. Solo quería sacarle un cuenco de sopa a tu hermano Willi.

Esa información no es la más adecuada para aplacar la ira de Hilde.

—A ese no tienes que servirle ninguna sopa, Swetlana —dice, arisca—. Acaba de desayunar.

—Ay, un hombre joven siempre tiene hambre —replica esta sin inmutarse, mientras llena un cuenco—. Se lo saco en un momento, tú no te preocupes.

Hilde la mira con rabia mientras lo hace, pero no dice nada. Luisa coge una bandeja para preparar dos desayunos con huevo mientras Richy cubre una masa con un paño limpio y luego aplica crema de chocolate sobre una base de bizcocho; se le ve muy ocupado.

—¿Dónde está Otto? —pregunta Hilde.

—Barriendo la acera —responde el pastelero sin levantar la vista de su tarea.

—¿Y eso por qué?

—Su hermano se lo ha ordenado.

—¡Menuda tontería! Con el viento que hace, más le valdría ponerse a cazar mariposas. ¡Dile que lo necesito en el patio, Luisa! ¡El pedido de la lechería está a punto de llegar!

—Enseguida.

«Esto puede ponerse divertido —piensa ella mientras sale con la bandeja cargada—. Estamos atrapados en el fuego cruzado y no sabemos a quién obedecer. Ay, ¿por qué es tan complicada la vida? Apenas se libra una de una preocupación, ya tiene otra llamando a la puerta».

Como para confirmárselo, Swetlana susurra al despedirse:

—Recogeré a las niñas del colegio y luego nos iremos a comprar un piano a Pianos Schulz. Hasta esta noche, Luisa. Me alegro muchísimo de que volvamos a ser amigas.

Por supuesto, Swetlana se dejará aconsejar por Petra y Marion para comprar un piano muy bueno y caro. Y ella no puede impedírselo, porque tiene buena intención. Sin embargo, sus hijas pronto comprobarán que el piano de Petra, el que un día fuera de Addi, ya tiene algunos desperfectos y que ahora Sina dispondrá de un instrumento mucho mejor. Pues bueno, tendrán que conformarse.

El resto del día, por suerte, transcurre sin más incidentes. En cuanto se acaba la sopa de gulasch, Willi desaparece arriba, en el piso de sus padres, y Heinz pasa la mayor parte del tiempo en su mesa, aunque Else apenas se deja ver, y también Hilde parece esconderse. En sus escasas apariciones en el café se muestra muy escueta, y Richy incluso tiene que oír algún comentario descortés. Solo es amable como siempre con la clientela, y es por la profesionalidad que le corre por las venas desde pequeña.

Sobre las seis de la tarde, los últimos clientes de la hora del café se marchan. Dos señoras mayores están tomando una copa de vino y enfrente, en el teatro, hace rato que han encendido las luces.

—Ya puedes hacer caja —le dice Hilde a Luisa.

Comprueba un momento las ganancias y le da a Luisa las propinas; hoy no hay paquete de pasteles. Ella le da las gracias y le desea buenas tardes. No dice más, no se atreve a preguntar nada porque la cara de Hilde es un poema. Seguro que arriba, en el piso, han tenido otra fuerte discusión. El hecho de que Heinz, que es un hombre conciliador y evita toda pelea, haya renunciado a su habitual siesta al mediodía y no se haya movido de su mesa es bastante significativo.

Luisa se va a casa triste. El Café del Ángel siempre ha sido para ella un refugio en tiempos de inquietud, un lugar ajetreado y alegre en el que se ha recargado de esperanza y seguridad. Solo le queda desear encarecidamente que siga siendo así.

Al llegar a casa, ve una única ventana de la planta de arriba iluminada: la del cuarto de Petra. ¿Es que Fritz no ha vuelto aún del Conservatorio? Después del ensayo en el teatro tenía que dar una clase, pero en realidad debería estar en la cocina, comiendo algo deprisa porque enseguida tendrá que salir hacia la función de noche.

Cuando abre la puerta, encuentra la casa silenciosa y fría. No se oye ningún violín, pero tampoco el piano.

—¿Fritz?

En la cocina no está. Bueno, debe de evitarla porque tiene mala conciencia. Es posible que lo encuentre en el salón, a oscuras, porque no quiere verla. Atiza las brasas de la cocina de carbón, echa otra briqueta y se alegra de notar el calor que el fogón extiende por la pequeña cocina. Puede que unos fogones eléctricos como los que tiene Swetlana sean más prácticos y limpios, pero no calentarían tanto. Hará huevos fritos para cenar, y así Fritz podrá comer algo consistente en un momento. Las niñas no necesitarán mucho; seguro que Swetlana les ha preparado una buena comida y luego les ha dado pasteles y galletas.

Mientras los huevos danzan en la sartén, el silencio de la casa le sigue resultando extraño. Los retira del fuego para que no se quemen y sube la escalera.

Las niñas están sentadas en la cama de Petra, comiendo caramelos y leyendo esos horribles libritos de Mickey Mouse que Swetlana, por desgracia, les compra de vez en cuando. Seguro que Sina no lee esas historietas de dibujos, pero a Petra y a Marion les vuelven locas.

—¿Y vosotras qué? ¿Ya habéis hecho los deberes?

Ambas asienten enseguida con la cabeza. Petra le enseña la nueva libreta, en la que ha escrito tres frases. Ya les dejan utilizar libretas, así que no necesitará más su pizarra. Entonces saca el cuaderno de dictados: le han puesto un notable. Todas las palabras están bien escritas, pero le han quitado puntos porque tiene una letra ilegible, y además ha tachado dos palabras para escribirlas de nuevo. Marion tiene una letra muy limpia y bonita, pero comete muchos errores, y sus deberes de cálculo vuelven a estar mal.

Luisa está tan concentrada en las tareas de sus hijas que solo se fija en el piano al cabo de un rato.

—¿Dónde está el violín?

—Papá se lo ha llevado —dice Petra.

Luisa no puede creerlo. De manera que por fin Fritz ha decidido hacerle caso y llevarse el violín de vuelta a Frankfurt.

—Ha entrado aquí y me lo ha quitado de las manos —dice Marion, molesta.

—¿Estabas tocando tú el violín?

—Sí. ¡Yo también quiero tocar! Antes me daba clases papá, pero ahora me ayuda Petra.

A Luisa le parecen loables las ganas de aprender de Marion, pero, claro, no debería tocar justamente ese violín. Al fin y al cabo hay que devolverlo a la tienda, y para eso tiene que estar en unas condiciones impecables.

—¿Y dónde está papá ahora?

—En el dormitorio. Ha cerrado de un portazo.

«Bien —se dice Luisa—. Seguro que se ha enfadado porque no era Petra, sino Marion, la que tocaba el violín». Pero que Fritz vaya dando portazos es algo nuevo, y la asusta. Hasta ahora nunca había perdido el control. Más bien al contrario. Cuando discutían, él se retiraba y guardaba silencio.

Vacila un instante y luego abre la puerta de su habitación sin hacer ruido. Está a oscuras, pero un movimiento le delata que él está en la cama.

—¿Fritz?

—¿Qué pasa?

—Baja, que he hecho huevos fritos.

Espera un poco, pero no recibe respuesta. Vaya, sí que está enfadado. Pues que se enfade. Lo principal es que por fin comprenda que las cosas no pueden seguir así. Será duro para él, pero, desgraciadamente, necesario.

Mientras, las niñas ya han bajado a la cocina y hablan emocionadas de la visita a Pianos Schulz.

—¡Sina tiene mucha suerte! —exclama Petra con un suspiro—. Le han comprado uno de cola, mamá. Un piano negro y brillante, de Steinway. No es muy grande, sino pequeño, y la tapa se abre. Se lo entregarán la semana que viene.

¡Swetlana! Un piano normal debía de ser muy poco para ella, tenía que comprarle a su hija uno de cola. Bueno, en su bonita villa pega más que un piano sencillo.

—¡Pero si Sina ni siquiera sabe tocar!

—Nosotras le enseñaremos —asegura Petra con decisión.

—¿Es que ya no quieres tocar el violín, Petra?

—Ahora no. Más adelante, puede.

Luisa lo deja ahí. Es posible que solo sea una fase y que su hija vuelva a cambiar de opinión. Fritz ha exigido demasiado de la niña con sus imposiciones, el control férreo y las constantes actuaciones. Si se ha negado en banda, solo puede responsabilizarse a sí mismo. Por desgracia, los pagos de las clases siguen llegando aunque ahora mismo no estén yendo a Frankfurt.

Las niñas comen huevos fritos con pan, acaban con dos vasitos de compota de manzana y luego piden que su madre las lleve a la cama. Al subir las tres, se cruzan con Fritz en la escalera. Se ha puesto el traje negro y lleva el violín bajo el brazo. A Luisa le da la sensación de que tiene el semblante gris y chupado.

—Pero si no has comido nada...

Él pasa a su lado sin decir palabra, se pone el abrigo en la entrada y sale de casa. Luisa se queda angustiada. El asunto parece haberlo afectado mucho. ¿No acabará enfermo? Ay, cuando vuelva tiene que hablar con su marido. Ella no tiene nada en contra de que Petra reciba clases de violín, e incluso está dispuesta a ir dos veces a la semana a Frankfurt con la niña, aunque sea caro. ¡Pero ese violín no podía quedarse en la casa!

—Papá está muy enfadado —dice Petra, apesadumbrada.

—Y ha sido muy injusto con nosotras —se queja Marion.

—Papá tiene problemas —afirma Luisa—. Por eso ahora mismo está un poco nervioso. Venga, id al baño y luego leeremos un cuento.

—Nos lo lees tú, mamá, y nosotras escuchamos, ¿vale?

Le piden el de Hansel y Gretel, y ella se lo lee, aunque las dos se lo saben casi de memoria. Qué extraño que siempre quieran oír las mismas historias. ¿Será por los bonitos dibujos a color del libro? Ay, sí, también fue un regalo de Swetlana.

Después de varios besos de buenas noches, Luisa recoge la cocina y luego sube a su habitación. Todavía leerá un rato, pero bajo ningún concepto quiere quedarse dormida, porque tiene que hablar con Fritz cuando vuelva.

La colcha está arrugada porque él se ha tumbado encima, y también hay que ahuecar la almohada. Al levantarla, descubre un sobre debajo. Está abierto, y de él sale una esquina del papel de dentro. Tira de la hoja y la desdobla. Es del Teatro Estatal. Del director artístico; el nombre de Friedrich Schramm aparece en el membrete. Debajo, con letras gruesas, se lee: AMONESTACIÓN.

Jean-Jacques

Y él que creía que pasaría un par de días tranquilos y agradables en Wiesbaden con la familia... Pero las cosas han salido de otra forma. Sí, el reencuentro con Hilde ha sido movidito y lo han disfrutado mucho. También ha sido precioso despertar por las mañanas el uno al lado del otro, abrazarse otra vez y hablar un rato en susurros disfrutando de la intimidad.

—Podría ser siempre así —le ha dicho ella mientras le acariciaba la nuca con cariño.

—Pero entonces no sería tan excitante, *mon chou.*

—¡Te sorprenderías!

Se han puesto a hacer el tonto. Él le ha mordido la oreja y ella, en represalia, le ha hecho cosquillas. Y entonces ha ocurrido: su maldita espalda ha vuelto a dar señales de vida. Jean-Jacques ha gemido y Hilde se ha asustado mucho.

—¿Cuándo vas a ir a un traumatólogo para que te examine a fondo? —le ha preguntado, enfadada—. ¡No puedes seguir así! Podrías recaer en cualquier momento.

Él la ha tranquilizado. Le ha contado que en principio ya hace tiempo que no le duele, que esta vez solo ha sido un mal gesto, que ya casi no lo nota.

—¡No entiendo cómo puedes ser tan tozudo!

—*Mon Dieu!* ¿Para qué voy a ir al médico si me encuentro bien? ¿Para que diga que tengo todos los males posibles y acabe sintiéndome enfermo?

—¡Estás loco! —ha dicho ella, haciendo girar el dedo índice en la sien.

Él no le ha dado mayor importancia, pero en el desayuno, abajo, en el café, no hacía más que removerse incómodo en la silla porque cada vez le dolía más de lo que estaba dispuesto a reconocer. Aun así no ha ido al médico, sino que ha preferido pasar el rato con sus hijos. Los tiempos en los que jugaban al fútbol juntos en el patio ya han pasado, para empezar porque ahora, con la ampliación de la cocina y el salón del café, el patio ha quedado muy pequeño. Pueden estar contentos de que quepan dos coches, aunque sea muy juntos y al maniobrar haya que ir con cuidado para no causar daños en la carrocería.

Sin embargo, también hay otras cosas que un padre puede compartir con sus dos hijos de quince años. Pasa revista a Frank y a Andi cuando, después de hacer los deberes, salen al pasillo y se ponen la chaqueta.

—¿Adónde vais? —quiere saber.

Frank va a ver a un amigo; Andi, a la biblioteca municipal. Es extraño que cada uno tenga intereses tan diferentes.

—Venid un momento a la cocina, que quería hablar con vosotros de una cosa.

Ninguno de los dos está entusiasmado, pero lo siguen, obedientes.

—Sentaos.

Él se sienta frente a ellos y sopesa cuál es la mejor forma de empezar.

—Ya no sois dos niños pequeños, ¿verdad?

Silencio. Miradas expectantes. Frank interpreta la frase a su manera.

—Para Navidad, papá, teníamos la idea de...

Increíble. Ya están pensando en los regalos de Navidad.

Antes habrían estado la mar de contentos con un balón de fútbol o un juego de mesa. Ahora tiene que ser un tren eléctrico o un tocadiscos nuevo.

—No me refería a eso, Frank. Quiero hablar con vosotros de chicas.

—¿De chicas?, ¿por qué?

—Bueno, de las chicas en general. Ya tenéis una edad en la que esas cosas empiezan a ser importantes, *n'est-ce pas?*

Andi se pone colorado, Frank baja las cejas y mira de mala gana. Como ninguno de los dos dice nada, Jean-Jacques continúa con su charla pedagógica.

—En principio, es algo muy normal —dice—. Yo también salí con varias chicas cuando tenía vuestra edad.

—Pero eso fue antes de mamá, ¿no? —pregunta Andi.

—*Bien sûr.* Mucho antes. Un hombre, al fin y al cabo, debe aprender cómo son las cosas. Obtener experiencia.

—¿Estuviste con muchas? —se interesa Frank.

—Con alguna que otra —contesta él con vaguedad—. Pero todo fue muy inocente, porque siempre tuve cuidado.

Los dos lo miran sin entenderlo.

—¿Cómo que... tuviste cuidado?

Jean-Jacques carraspea porque ha llegado al punto que considera más importante.

—La cuestión es la siguiente: si no se tiene cuidado, pueden ocurrir cosas.

—¿Y qué va a ocurrir? —pregunta Frank sin entender nada.

¿Son así de bobos o solo fingen serlo?

—Que podría quedarse embarazada. Eso podría ocurrir —refunfuña—. Y por eso hay que andarse con cuidado. *Il faut faire attention!* ¿Lo entendéis?

Andi está rojo a más no poder, Frank lo mira con ciertas dudas.

—Yo tengo que irme ya, papá —dice Andi—. La biblioteca cerrará enseguida.

—Pero ¿habéis entendido lo que quiero decir? —insiste Jean-Jacques.

—*Compris, papa* —dice Frank—. ¿Querías algo más? Porque Erwin me está esperando, quiero decir...

Jean-Jacques no tiene la sensación de haber despertado un gran interés, pero por lo menos lo ha dicho. Y con mucho más tacto que su padre en su momento. El hombre lo agarró de la camisa un día que lo pilló con una chica y le dio un buen bofetón. «¡Como esto traiga cola, te muelo a palos, pequeño idiota!».

Se levanta y asiente hacia sus hijos con benevolencia.

—Está bien, marchaos. Y si tenéis preguntas, siempre podéis venir a hablar conmigo. Ya lo sabéis.

—¡Claro, papá!

—¡Adiós, papá!

Ha quedado bastante satisfecho consigo mismo, así que se ha echado una siesta generosa. Cuando se levanta de la cama, su espalda parece haberse recuperado. Por la tarde llama a Eltville y le alegra saber que Mischa ha anotado un montón de encargos.

—¡Se te da de maravilla! —lo elogia—. ¿Qué tal va por la bodega? ¿De momento todo bien?

—Creo que sí. No hay mucho que hacer.

—¿Y lo demás? ¿Cómo está Simone?

—Muy bien. Ayer salimos de excursión en bicicleta. Para que conozca mejor la región del Rin.

Mischa arregló las viejas bicis de los gemelos y recorrieron la orilla del río hasta Geisenheim. Visitaron el pueblo y la catedral, y luego regresaron. Jean-Jacques deja volar la imaginación y llega a la conclusión de que esos dos han estrechado su relación.

—No tardaré en volver —anuncia—. Ya es hora de cerrar la tasca. Dentro de un par de semanas hay que podar las vides.

—Tómate tu tiempo —le dice Mischa—. Nosotros defendemos el fuerte.

Después de colgar, Jean-Jacques decide no alargar mucho más su estancia en el Café del Ángel y regresar a Eltville cuanto antes para comprobar cómo va todo. No le ha pasado por alto que Mischa está enamorado de Simone, pero parece que ella también le ha tomado cariño, y eso no le gusta. Mischa es demasiado joven para ella; la cosa no acabará bien. Además, Jean-Jacques quiere convertir a Mischa en todo un viticultor, y para eso debe quedarse en Eltville, y no seguir a Simone a Francia.

Lo que no podía sospechar todavía es que solo dos días después saldría ya hacia su viñedo. La culpa la ha tenido esa estrepitosa historia con Willi.

Al principio ha pensado que lo que Hilde le contaba esa mañana hecha una furia era una broma.

—¡Mi madre piensa muy en serio nombrar a mi hermano gerente del café! ¿Qué te parece?

Jean-Jacques todavía no está del todo despierto.

—¿A August? —pregunta—. ¿Quiere dejar su bufete y ponerse a contar granos de café?

—¡A August no, hombre! ¡A Willi!

—¿A Willi? Eso es un disparate —se lamenta—. Willi de gerente... Eso sería como, ¿cómo se dice? *Enfermer le loup dans la bergerie*, poner al lobo a cuidar las ovejas.

—Mi madre está muy decidida, Jean-Jacques. Tienes que ayudarme. ¡A mí no me hace caso!

Él enseguida se muestra dispuesto a salir en defensa de Hilde. Willi es un tipo simpático, pero últimamente va de mal en peor. No es de extrañar: no tiene trabajo y se pasea ocioso por ahí. Algo así no le hace ningún bien a nadie, pero no por eso tiene que erigirse en jefe del café y hacerle la competencia a Hilde. Jean-Jacques va al cuarto de baño para afeitarse, se viste, se toma un café deprisa y luego baja al piso de sus suegros. Allí ya se ha armado una buena discusión. Llega justo a tiempo de impedir que Else y Hilde se salten al cuello.

—¡Jean-Jacques! —exclama su suegra al verlo—. Menos mal que has venido. ¡Dile, por favor, a tu mujer que trate mejor a su madre!

—¡Dile a mi madre que más le vale respetar los años de trabajo que le he dedicado a este café! —exige Hilde.

Él levanta las manos con ánimo conciliador.

—Así no vamos a ninguna parte —dice, intentando tranquilizarlas—. Hilde, *ma colombe,* no debes hablarle de esa forma tan ruda a tu madre. Y tú, querida *maman,* deberías pensar que Hilde ha dirigido este café durante muchos años.

El éxito de sus palabras es comedido; tanto Else como Hilde lo miran con hostilidad.

—¡Te lo digo por última vez! —exclama Hilde, furiosa—. ¡No quiero que Willi se meta en mis asuntos! ¡No quiero y no quiero y no quiero! ¡Y punto!

—Ya puedes darte todas las veces que quieras contra una pared —replica Else con tranquilidad—. El café nos pertenece a tu padre y a mí, y por eso Willi será el gerente.

—Pero, querida *maman* —intenta convencerla Jean-Jacques con su encanto—. Yo aprecio mucho a Willi como artista. *Un grand acteur de théâtre!* Pero, precisamente por eso, no debería desperdiciar su talento. El café no es un escenario…

—Querido Jean-Jacques —contesta Else con una mirada poco afable—. La decisión está tomada. Nuestro Willi se encuentra en un punto decisivo de su vida, por fin quiere sentar la cabeza, y yo, como madre, lo apoyaré.

—¡En contra de tu propia hija! —la increpa Hilde—. Ya puedo deslomarme en este café de la mañana a la noche, que solo recibo críticas y protestas. Pero llega Willi buscando refugio en vuestra casa tras haber fracasado en su carrera, y le dais de comer, lo mimáis y, para colmo, ¡ahora le entregáis también el café para que se entretenga!

Jean-Jacques opina que Hilde tiene razón, solo que, una vez más, se ha pasado de la raya. Si sigue hablándole así a su madre, no conseguirá nada.

—¿Y qué dice Heinz de esto? —pregunta en cuanto puede.

—¿Tú qué crees? —espeta Hilde—. Ha ido a esconderse como un cobarde abajo, a su mesa, y no dice nada.

—Por si quieres saberlo —añade Else—, Heinz opina lo mismo que yo.

—Nadie lo dudaba en lo más mínimo —replica Hilde con malicia.

Jean-Jacques intenta llevar la conversación por otros derroteros.

—Pero ¿económicamente será factible, querida *maman*? ¿Ya habéis pensado cómo lo haréis?

—Muy sencillo. Le pagaremos a Willi un sueldo, y también participará de las ganancias. Le corresponde como miembro de la familia.

Su intento, por desgracia, solo encona más la discusión.

—¿Un sueldo? —pregunta Hilde con ira—. ¡Yo he trabajado durante años y nunca me habéis pagado un sueldo!

—Sí, ¿y qué? No olvides que tú también vivías del café. ¡Y con toda tu familia! —replica su madre.

—¡Un momento! —interviene Jean-Jacques—. Yo contribuyo mucho al sustento de mi familia.

—¡Ah, claro, el viñedo! —dice Else con desdén—. Con eso nunca habéis ganado nada. ¡Solo es un capricho tuyo!

Ahora Jean-Jacques tiene que hacer un esfuerzo por controlarse y no soltarle una contestación inquina a su suegra. Pero Hilde sale en su defensa al momento.

—¿Un capricho? ¿Olvidas que el Gotas de Ángel se ha convertido prácticamente en la insignia del café? ¿Y os ha pasado Jean-Jacques alguna factura por sus vinos? Pues muy bien. Si así están las cosas, ¡también nosotros podemos apretar las tuercas!

—¿Acaso me estás amenazando, Hilde? —pregunta Else, hostil.

—Solo exijo lo que es justo.

Else toma aire para soltar una respuesta tajante, pero en ese momento Willi aparece en la puerta de la cocina. Mete las manos en los bolsillos del pantalón haciéndose el inocente y entra.

—¿No estaréis discutiendo? —dice con una sonrisa—. La cosa es muy sencilla. No pretendo hacerle la competencia a Hilde, solo aportar un par de ideas nuevas. Juntos, convertiremos el Café del Ángel en la mayor sensación del barrio.

Su hermana lo fulmina con la mirada. Ya conoce los grandes discursos que le gusta soltar a Willi.

—Te digo una cosa, hermanito —le espeta—. Tus ideas me importan un bledo. El café lo dirijo yo y, como te cruces en mi camino, ¡lo lamentarás!

—Lo siento muchísimo, hermanita —contesta él, impasible—. Por desgracia tendrás que hacerte a la idea de que ahora somos dos. Yo también le tengo mucho cariño al Café del Ángel. No olvides que he crecido aquí.

—Exacto, Willi —confirma Else—. Firmaremos un contrato oficial. Ya he avisado a August. Así todo quedará atado y nadie podrá quejarse.

Hilde se levanta de la mesa y agarra a Jean-Jacques de la mano.

—Vamos —dice, furiosa—. ¡No puedo seguir oyendo lo que dicen estos dos locos!

—*Ça ne va pas, Hilde* —le dice él cuando están en la escalera—. Si le haces todos esos reproches, tu madre se enfadará contigo pero de verdad.

—¿Y qué debo hacer, según tú? —pregunta ella—. ¿Felicitarla por su fantástica decisión?

—*Patience...* Espera un poco —le aconseja—. No soy capaz de imaginar a tu hermano actuando como gerente. Incluso tu madre tendrá que verlo en algún momento.

—¡No me hagas reír! —refunfuña Hilde—. ¿Quieres que me quede quieta mientras veo cómo Willi arruina el café, hasta que ninguno de nosotros sepa ya de qué vamos a vivir?

Él la estrecha entre sus brazos y le acaricia el pelo alborotado.

—Pues vente con los niños al viñedo, *mon chou.* Yo mantendré a toda la familia.

Ese gesto de consuelo bienintencionado, por desgracia, no consigue lo que pretendía. Hilde se enfada con él.

—¡Ya te gustaría a ti! —exclama—. Pero puedes esperar sentado. Yo no soy bodeguera, yo dirijo un café con tradición, y pienso seguir haciéndolo hasta que exhale mi último aliento.

—¡Era una broma! —protesta él—. *Une plaisanterie!*

Pero ella lo deja ahí plantado y baja al café, donde seguramente volcará su ira sobre la pobre Luisa y los dos «tartaleteros». No le apetece seguirla, así que se sienta en el salón a leer una revista. Sin embargo, el desprecio de su suegra sigue revolviéndolo por dentro. ¡Un capricho! Y eso que ahora gana un buen dinero con su vino y pronto habrá saldado las deudas que tuvo que contraer los primeros años. La rabia le hace decidir que, a partir de ahora, por cada encargo que le haga la mujer, él le presentará una factura considerable.

Su espalda vuelve a protestar entonces, y Jean-Jacques se tumba en el sofá. Cuando Hilde regresa al piso, ya de noche, y se acuesta sin decir palabra, él toma la decisión de huir de esa guerra familiar y marcharse otra vez a Eltville por la mañana.

Al día siguiente, cuando le dice a su mujer que tiene que ir a ver cómo va todo por el viñedo, ella lo mira con recelo.

—*C'est à cause de Simone et Mischa* —explica a toda prisa—. Me parece que se está cociendo algo.

—¿Y qué? —rezonga ella—. ¿Pretendes ir a hacer de apóstol de la moral? Esos dos ya son mayorcitos.

—Bueno, también tengo que ver cómo va el vino joven, y luego están los trabajos de...

—¡Ya lo he entendido! —lo interrumpe ella, molesta.

Jean-Jacques la abraza y le promete no estar fuera muchos días. Luego recoge sus cosas y sube a la Goélette.

Durante el trayecto le entran remordimientos de conciencia. ¿Ha hecho bien dejando sola a Hilde con sus problemas familiares? Aun así, tampoco tiene claro cómo podría ayudarla. Su suegra lo aprecia, eso lo sabe. Pero, en caso de duda, su hijo siempre será más importante para ella. Lo protege y lo defiende como una gallina clueca a sus polluelos.

Hace un día despejado y frío. La niebla matutina se ha levantado, el río baja gris e indolente. Los prados todavía están verdes, pero los árboles ya han perdido las hojas. También sus vides se han quedado casi peladas; los pámpanos que cuelgan de ellas tienen un aspecto marrón y reseco. Las ortigas crecen lozanas en algunos puntos del terreno; hay que arrancarlas, porque, si no, en primavera no podrán controlar la invasión. Dentro de poco, cuando llegue la primera helada, podrá vendimiar el vino de hielo. No será mucha cantidad, pero en fin... Ya tiene la venta apalabrada. ¿Capricho? ¡Y un cuerno!

Encuentra a Simone y a Mischa en la tasca, pintando las paredes de un color claro. Por todas partes hay trastos que sin duda son del desván, pero que han arreglado y dejado muy bonitos. Incluso ve una antigua rueca.

—¡Hola a los dos! ¿Qué estáis tramando?

Ellos lo saludan con alegría y no interrumpen su actividad. Simone se ha puesto una bata gris por encima del jersey y, en la cabeza, un sombrero hecho con hojas de periódico dobladas. Mischa lleva la gorra del revés, y en la camisa y los pantalones se le ven manchas de pintura.

—Estamos poniendo bonita tu tasca —explica Simone—. *Regarde ce que nous avons fait!* Mira, esto irá aquí, en la pared, y la rueca en el rincón, y estas viejas ollas...

Jean-Jacques contempla las paredes claras, admira las «antigüedades» y constata que Mischa debe de haber invertido bastantes horas de trabajo en ellas.

—Hemos cerrado —explica el joven—. De todas formas ya casi no venían clientes, y Simone ha pensado que sería un buen momento para renovar la tasca a fondo.

Jean-Jacques opina que, en realidad, esa capa de pintura no era demasiado necesaria y, además, la tasca también le gustaba sin todos esos cacharros del desván. Pero se lo guarda para sí.

—¡Qué trabajadores! —los elogia—. Vosotros dos os lleváis muy bien, ¿verdad?

—Ya lo creo —dice Simone con una sonrisa deslumbrante—. Mischa y yo... somos muy buenos amigos.

El chico asiente para corroborarlo, pero su sonrisa es algo comedida. A saber lo que significará eso...

Jean-Jacques baja al sótano, prueba el mosto que está fermentando, añade levadura, comprueba que los toneles ya están llenos de vino joven y se convence de que hay motivos de sobra para albergar esperanza y confiar. Después sube a la cocina, hace café y prepara una comida con los restos que encuentra en la nevera.

—¡Descanso! —exclama hacia el salón de la tasca.

—*On arrive!*

Ese ha sido Mischa. Parece que Simone le ha enseñado un par de palabras en francés. Se sienta a la mesa, absorto en sus pensamientos, y espera. Los dos se toman su tiempo, charlan, Simone suelta una carcajada... Y por fin entran en la cocina. Ella se ha quitado el sombrero de papel de periódico y la bata; él se sienta en una silla sin que le importe llevar la ropa manchada de pintura. Por lo menos se ha limpiado los dedos con aguarrás.

—¡A reponer fuerzas! Os lo habéis ganado —les dice Jean-Jacques, y señala el despliegue de la mesa: pan blanco, olivas, jamón, salchichón y pepinillos en vinagre, que sin duda son de Meta.

—Todavía tiene que secarse la última pared —informa Mischa—. Mañana estará terminado.

—Ya verás lo bonita que queda tu tasca —lo anima Simone mientras corta gruesas rebanadas de pan y las pone en el cesto.

—Es una lástima que haya que cerrarla —comenta él—. En invierno no merece la pena abrir.

Simone lo sabe. Ya no la necesita como camarera; debería empezar a pensar qué va a hacer los próximos meses. ¿Querrá regresar a Francia? ¿O se quedará en Alemania? Para eso necesitaría un permiso de trabajo. A la larga, no puede seguir estando indocumentada, como ha hecho hasta ahora.

—Si quieres, podrías alojarte en casa de mi madre —ofrece Mischa con entusiasmo—. Ya sabes que es una mujer muy familiar. Cuantas más personas tenga alrededor, mejor.

Simone niega con la cabeza.

—Tu madre me cae muy bien, Mischa —dice—. Pero en su casa me sentiría un estorbo.

—Podrías echarle una mano. O trabajar otra vez en el Café del Ángel.

Jean-Jacques arruga la frente. Justamente ahora que se ha desatado el caos en el café, sería mejor que Simone no estuviera por allí. Pero, por suerte, también ella pone objeciones a la propuesta del joven.

—No, Mischa. En el Café del Ángel le estaría quitando el puesto a alguien. No quiero hacer eso. Creo que regresaré a Francia. Allí está mi hogar, buscaré trabajo.

El chico parece bastante abatido. Hace alguna propuesta más, le pregunta a Jean-Jacques muy en serio si no podría contratar a Simone en la bodega, ya que siempre hay algún que otro trabajo del que ocuparse.

—No puedo permitirme pagar un sueldo fijo, Mischa.

—Pero, si organizaras catas de vino, necesitarías a una camarera. Y también hay que hacer reformas en la casa. Además, los meses de invierno pasarán enseguida, llegará la primavera y entonces...

—*Laisse* —dice Simone, y lo agarra de la muñeca—. Está decidido. Me iré pasado mañana.

Mischa guarda silencio y mira al frente con una expresión lúgubre. Jean-Jacques intuye lo peor. Tarde o temprano, el pobre enamorado la seguirá. Mischa se ha pasado dos años viajando por todo el mundo, no le hará falta pensárselo mucho para partir de nuevo. Y entonces él ya podrá enterrar sus esperanzas de haber encontrado por fin a un trabajador entusiasta, y tal vez incluso a un sucesor. *Toujours les femmes.*

Simone irá primero a casa del hermano de Jean-Jacques y luego buscará trabajo y una habitación en Nimes. Por lo visto, ya tiene una idea de dónde podría encontrar algo. En un bistró a cuyo dueño conoce bien.

—Quién sabe —le dice a Mischa con una sonrisa—. Cuando llegue la primavera, tal vez me tengáis aquí otra vez.

Él la mira con unos ojos que parecen decir: «Eso no te lo crees ni tú, ¿a que no?».

El día siguiente amanece bajo el signo de la despedida. La tasca vuelve a estar montada; no se ve ninguna mancha, las paredes están decoradas con cariño, Simone cuelga las cortinas recién lavadas y le ruega a Mischa que riegue las plantas de las ventanas con regularidad.

—No puedes dejar que se mueran, Mischa. ¡Si no, me enfadaré contigo!

Por la noche se sientan juntos a comer unas *crêpes* que Simone prepara con mucho arte en la sartén y beben un vino de la bodega privada de Jean-Jacques. Los ánimos, pese a todo, están abatidos. Mischa apenas abre la boca, Simone no deja de parlotear sin necesidad. Jean-Jacques se pregunta en qué punto están esos dos. Es evidente que se gustan, pero no son pareja. Ella dijo ayer que son muy buenos amigos. Eso no suena a que haya perdido la cabeza por él.

A la mañana siguiente, Mischa lleva la maleta de Simone a la Goélette, cierra el maletero y se queda de pie en el patio con las manos hundidas en los bolsillos.

—¿No vienes a la estación? —pregunta ella.

—No. Mejor me quedo aquí. Bueno, pues te deseo lo mejor, Simone.

Su voz de pronto es muy grave y ronca. Ella deja el bolso en el asiento del copiloto y se acerca al chico con los brazos abiertos.

—¡Mischa! —dice, y lo abraza—. Me resulta difícil marcharme de aquí. Te echaré mucho de menos, amigo.

Se despide como lo hacen en Francia, con un beso susurrado en la mejilla izquierda, otro en la derecha, y luego en la izquierda otra vez. Entonces se detiene y lo mira a los ojos.

—Y esto es para que no me olvides —dice, y le da un beso en los labios.

Es un beso tierno, no apasionado, pero tampoco como el beso que se da a un hermano o a un buen amigo. Cuando se separa de él, Mischa está inmóvil, como si lo hubieran clavado al pavimento del patio.

—*Adieu!* —dice casi sin voz.

Entonces da media vuelta y entra corriendo en la casa.

Una hora después, Jean-Jacques sube la escalera del desván con un mal presentimiento. En efecto: Mischa ha hecho el petate y está contando sus ahorros.

—¿De verdad crees que puedes conquistarla yendo tras ella como un bobo enamorado? —gruñe.

—¡Déjame en paz!

—Si quieres impresionarla, demuéstrale que eres un hombre. Uno que sabe lo que quiere y cuál es su lugar.

Mischa yergue la cabeza y el pánico asoma a su mirada.

—Ya tiene a alguien. El dueño de ese bistró, que la está esperando...

Jean-Jacques no sabía nada de eso.

—¿Y crees que vas a conseguir algo yendo allí a pegarle un puñetazo a ese tipo? —pregunta.

—¿Qué otra cosa puedo hacer? ¿Quedarme aquí sentado mientras él tiene a Simone donde quiere?

Jean-Jacques entiende al joven. Probablemente él habría hecho lo mismo a su edad. Pero ahora, como mínimo, le dobla la edad a Mischa, y por eso ve las cosas de otra manera.

—Simone ya no es una niña. Seguro que sabe lo que quiere. Es ella quien decide, nada de lo que hagas cambiará eso.

Mischa sacude la cabeza con obstinación y le da una patada al petate. La bolsa, llena hasta los topes, se vuelca y dos jerséis y un par de zapatos caen de su interior.

—Quédate aquí, Mischa —le pide Jean-Jacques, bajando la voz—. Sin ti, no podré apañármelas. La espalda...

El chico suelta aire con fuerza. Levanta la mirada hacia Jean-Jacques, se tira del pelo.

—¡Me volveré loco si me quedo! —exclama.

—Puedes llamarla por teléfono. ¡Y escribirle!

Mischa se lo queda mirando como si le estuviese pidiendo que cruzara el Rin a nado, ida y vuelta.

—¿Escribirle? ¿Yo? ¡No lo dirás en serio!

Hilde

¡Otra vez eso tan típico de su marido! Cuando la situación se pone fea y ella lo necesita a su lado, se esfuma. ¡Hombres! Su padre no es mejor; siempre se muestra diplomático e intenta decir lo que su madre quiere oír para no discutir con ella. Y eso que Hilde sabe perfectamente que, en el fondo, él está de acuerdo con ella.

Vuelve a encontrarse sola, pero ya está acostumbrada. Tiene que poder con todo sin ningún apoyo masculino.

El verdadero problema es su madre. No hay forma de que suelte su papel de jefa del café. Hilde se ha esforzado por quitarle todo el trabajo posible con la esperanza de que disfrutara de una agradable jubilación. ¿Y qué ha conseguido? No ha oído más que críticas y quejas. Antes ya era para enfadarse, pero, ahora que su madre cree que debe luchar por su queridísimo Willi, se ha vuelto insoportable.

Esa mañana, Else aún no ha aparecido por el café, pero Heinz está sentado a su mesa a primerísima hora, concentrado en el periódico.

—A las diez hay reunión arriba, en el salón —le comunica a Hilde cuando esta le sirve el desayuno.

—¿Qué clase de reunión?

Él se encoge de hombros y ella ve que se siente muy incómodo.

—Supongo que tu madre quiere explicaros a los dos cómo habrá que dirigir el café a partir de ahora.

Increíble. Su madre se ha convertido en una déspota. Reparte las tareas y se erige en vigilante de los demás.

—¿Y tú qué? —pregunta.

Su padre pasa una página del periódico y la alisa con parsimonia.

—Doy por hecho que no me necesitaréis.

—El café no es solo de mamá —insiste Hilde—. ¡Es de los dos, papá!

—Cierto. ¿Quieres traerme un poco más de mermelada de cereza, por favor?

Hilde se muerde los labios para que su enfado no la haga decir algo que luego pueda lamentar. Su padre no tiene madera de luchador, no podrá ayudarla porque, de todas formas, no tiene nada que hacer contra su madre.

Cuando le pone un cuenquito de mermelada en la mesa, él la coge de la mano y la mira con tristeza.

—Lo siento mucho por ti, hija. Con lo eficiente que eres.

—¡Gracias! —dice ella con brusquedad—. Muchas gracias por tu apoyo, papá.

A las diez, Swetlana le coge el relevo en el café y ella sube al piso de sus padres. Le ha dado tiempo a reflexionar y sabe que no hay manera de impedir que su hermano, de un modo u otro, entre a formar parte del café. Si su madre se empeña, lo conseguirá. Solo le queda salvar lo que pueda salvarse.

Else está sentada con Willi en el sofá. Según parece, ya están ocupados haciendo planes.

—¡Buenos días!

—Ah, Hilde —dice su hermano con alegría—. Ven, siéntate con nosotros. Mamá y yo estábamos hablando sobre el futuro del Café del Ángel.

Hilde se sienta en un sillón sin decir nada y se cruza de brazos.

—Os escucho —anuncia, seca.

—Como ya sabes, Willi tomará las riendas del café a partir del lunes —informa su madre.

—¡Un momento! —interrumpe Hilde—. Espero que podamos compartir la dirección del negocio.

—Desde luego que así será —añade su hermano enseguida—. Es solo por el contrato laboral. Hay que ponerle nombre al asunto, ¿sabes?

Pero Hilde no piensa dejar que le den gato por liebre tan fácilmente. Si Willi pasa a ser el gerente nominal, ella enseguida quedará excluida.

—En tal caso, debo renunciar a mi trabajo —dice con frialdad—. Le cedo a Willi el café en su totalidad y me marcho con los gemelos a Eltville, con Jean-Jacques. Ya lo he hablado con mi marido.

Ahora es su madre la que está desconcertada; no se esperaba algo así.

—¿Qué disparate es ese, Hilde? —dice, arrugando la frente de mala gana—. Tampoco hay que exagerar.

—Si vais a firmar un contrato, exijo que figuremos los dos. ¡Y mi nombre debe aparecer en primer lugar! —exclama.

Su madre se reclina en el respaldo, enfadada, pero entonces es Willi quien toma la palabra.

—En realidad, podríamos ahorrarnos todo el jaleo de las formalidades —señala—. Para mí no tiene importancia si me llaman o no «señor gerente». Más que en eso, pensaba en una colaboración fructífera con mi hermana por el bien del negocio familiar.

Su madre niega moviendo la cabeza con vehemencia, pero Hilde ve su oportunidad y enseguida se pone del lado de su hermano.

—Willi tiene toda la razón, mamá. No necesitamos ningún contrato, eso solo traerá problemas y gastos burocráticos. Lo acordaremos entre nosotros.

—Exacto, querida Hilde —responde Willi, contento—. Sería una tontería que nos peleáramos por el Café del Ángel. Tú y yo siempre nos hemos llevado bien, ¿verdad?

—Cierto.

«Mientras no te metías en mis asuntos», piensa Hilde, pero sonríe.

—No, Willi —interviene su madre—. Eso no me gusta nada. Soy de la opinión de que un contrato de trabajo siempre...

—Venga, cuéntame qué planes tienes pensados —la interrumpe Hilde enseguida.

—Con mucho gusto, hermanita.

Willi se pone a describirle sus ideas maravillosas, y su madre, por suerte, no vuelve a sacar lo del contrato de trabajo. Hilde está contenta de que ese obstáculo haya quedado eliminado, por mucho que las geniales ocurrencias de su hermano empiecen a provocarle dolor de estómago. Ya se temía que Willi querría desahogar sus ambiciones artísticas en el Café del Ángel, pero lo que está exponiendo le parece una auténtica locura.

—Tal como funciona el café ahora, es imposible que resista la competencia del Café Blum, que tenemos ahí al lado —empieza a decir su hermano—. Tienen un local más grande, un restaurante en la planta superior y, sobre todo, atraen a clientes con dinero en la cartera. Hombres de negocios, funcionarios del gobierno, políticos... La flor y nata de la sociedad, vamos.

—Así son las cosas, Willi —apunta su madre en defensa del Café del Ángel—. Nosotros somos un local pequeño pero elegante, ofrecemos unos pasteles excelentes y las mejores tartas de la ciudad. Ese es nuestro mayor capital, y nuestros clientes nos valoran por ello.

Hilde, en principio, solo puede secundarla. Pero, como ahora mismo tiene muy pocas ganas de hacer frente común con su madre, no abre la boca.

—Querida mamá —dice Willi con una sonrisa de superioridad—. Tengo la firme intención de volver a hacer de nuestro Café del Ángel lo que era en los viejos tiempos. Es decir: ¡una Meca del arte para artistas!

Su madre se queda de piedra. Hilde ya temía algo en esa línea, así que consigue mantener la calma de momento.

—Todos los jueves organizaremos veladas artísticas en las que actuarán cantantes, músicos y actores. Es posible que también haya algún número de cabaret, ¿por qué no? Desde luego, los clientes tendrán a su disposición un bufet, además de bebidas, y publicaremos el programa en el periódico. Invitaremos a la prensa, así como a las autoridades y demás personajes importantes de la ciudad...

—Pero, Willi —dice su madre con voz débil—, somos un café, no un teatro.

—Un café de artistas, mamá. No olvides que antes ya organizábamos actos de ese estilo.

—Sí, pero en los tiempos que corren, cuando por todas partes hay oferta cultural...

—Nosotros ofreceremos algo muy especial, mamá. Una excelente selección de primeras figuras de todas las artes. También deberíamos tomar una decisión en cuanto a la decoración del café. Colgaremos las fotografías de los artistas que actúen aquí. Podríamos pedirles discos firmados y, a ser posible, expondremos también cuadros. Ah, sí, y deberíamos poner música a un volumen bajo.

—No sé yo, Willi —dice su madre—. Me parece que tendríamos que reflexionar un poco más sobre todo eso.

Willi se exaspera. Lo ha planeado todo en detalle. Ya tiene pensadas las primeras representaciones, solo le falta contratar a los artistas. Y, por supuesto, él también se ofrece a actuar: preparará un recital.

Hilde está segura de que sus grandes planes acabarán en un fracaso estrepitoso. Eso, en principio, no sería nada nuevo, pero por desgracia dejará un agujero enorme en la caja y el café, en el peor de los casos, perderá a muchos de sus parroquianos más fieles. Por otro lado, que Willi organice todas las veladas artísticas que quiera; lo principal es que no se inmiscuya en la dirección del café. Si Hilde tiene suerte, su hermano pronto se desinflará y perderá las ganas, y su madre comprenderá al fin que no está hecho para ser «gerente» de nada. ¡Y un cuerno, «dedicarse a algo de provecho»! Por lo que ha podido ver ella hasta ahora, su hermano solo quiere actuar. Si no lo consigue en un teatro de verdad, pues ahí, en el Café del Ángel.

—No tengo nada que objetar —declara—. Salvo que no deberíamos pasarnos con los gastos destinados a los honorarios de los artistas.

Su madre se muerde la lengua y Willi asegura con vehemencia que, a la larga, esas veladas saldrán muy rentables e incluso supondrán un aumento en los beneficios.

—Aparte de eso, el resto del tiempo también colaboraré en el café con mi trabajo, por supuesto —informa—. Parece que algunos aspectos están algo descuidados y quizá podría ponerme con ello, mamá.

Hilde, que un instante antes estaba contenta de haber salido bien parada, aguza las orejas. Maldita sea, por desgracia eso suena a que su querido Willi piensa ir más allá de sus jueves artísticos y hacerle la competencia. Pero con eso no piensa bromear; que se prepare para encontrar una fuerte resistencia.

—Bueno, entonces, todo decidido —zanja su hermano de buen humor—. Bajo un momento para comunicarle las novedades a papá. Creo que se alegrará mucho.

—Te acompaño —dice Hilde.

Son las once, pronto empezarán a llegar los primeros clientes del mediodía y no puede dejar sola a Swetlana.

—Maravilloso, hermanita. Así podrás enseñarme los libros de contabilidad. Solo para ponerme al día.

—Con mucho gusto. Si estás seguro de querer verlos...

Su madre se queda arriba, en el piso, para preparar la comida de los gemelos. Hilde ve el semblante preocupado de la mujer y salta de alegría por dentro. Ya se ha dado cuenta de lo que ha provocado, solo que de ninguna manera está dispuesta a reconocerlo.

Abajo, en el café, la sopa de gulasch de Swetlana hierve en el fogón. Entran las primeras comandas, Willi se sienta con su padre a la mesa de siempre y le pone la cabeza como un bombo. Hilde ya se ve venir que el hombre apoyará los planes de su hijo, porque al fin y al cabo se trata del arte, cosa que él también valora mucho. Los negocios nunca le han interesado demasiado; eso fue cosa de su madre desde el principio.

—Si quieres ver los libros de contabilidad —le dice a su hermano al pasar—, los actuales están ahí atrás, en la cocina. Los de años anteriores están arriba, en la vieja habitación de August.

—¿En la cocina? —comenta Willi, meneando la cabeza—. No puede ser. Los libros deben llevarse en una oficina.

Hilde se guarda una contestación. Don Sabelotodo ya se dará cuenta de que las entregas, las facturas, los pedidos y demás se despachan abajo, en el café, por lo que sería un engorro tener que subir la escalera cada vez que hay que anotar algo. Sin embargo, en la planta baja no hay sitio para una oficina.

Justo cuando los clientes del mediodía han ocupado el café y en la cocina se trabaja a toda máquina, Willi aparece para echar un vistazo a los libros.

—Ahí detrás, en el cajón —dice Hilde.

La verdad es que ella ahora tiene otras cosas que hacer.

Richy, que está dibujando filigranas con chocolate sobre un papel de horno, tiene que apartarse. Willi vacía todo el cajón y dos facturas por pagar planean hasta el suelo, seguidas de un bolígrafo.

—¡No me lo desordenes! —protesta Hilde.

—Para eso no necesitas a nadie, hermanita.

Willi apila los papeles con parsimonia y se los lleva debajo del brazo.

—¿Qué te parecería ayudarme a servir? —le propone Hilde, furiosa—. Estamos a tope.

—Cada cosa a su tiempo —responde él, y quiere pasar con sus papeles junto a Swetlana, que entra en la cocina llevando una bandeja cargada de vajilla.

La bandeja empieza a balancearse y dos cuencos de sopa se estrellan contra el suelo.

—¡Bravo! —exclama con ironía Otto, que está en el fregadero—. ¡Así me ahorro trabajo!

—¡A barrer eso! —ordena Willi de mala gana, y desaparece.

Hilde no tiene más remedio que calmar los ánimos. Richy se ha enfadado, Swetlana está sobresaltada y Otto se lo toma con humor negro.

—Conservad la calma —les pide con insistencia—. Seguiremos como hasta ahora. Cada cual en su sitio.

—«El barco sigue su travesía, por mucho que el mástil se rompa...» —dice Otto, citando una vieja canción.

—¡Chitón! —pide Richy, y su amigo se calla al instante.

Willi no vuelve a dejarse ver por la cocina durante horas y

Hilde se teme lo peor. Debe de estar arriba, con su madre, pidiéndole que le explique la contabilidad, y ella, que hace bastante que no se ocupa de los libros, descubrirá un montón de información nueva que no va a gustarle. Para empezar, los ingredientes de las tartas de Richy, que para la mente ahorradora de Else son un auténtico despilfarro. Cuando el bullicio del mediodía remite un poco, Hilde se quita el delantal y sube a su piso. Los gemelos se han marchado y las mochilas del instituto están en el pasillo, o sea que no han hecho los deberes. Por supuesto. Su abuela estaba demasiado ocupada para encargarse de sus nietos.

Hilde decide que abordará el problema desde un flanco diferente. ¿Qué es lo que le pasa a Willi, en realidad? ¿No es la desavenencia con Karin, en el fondo, el motivo de que ahora mismo esté tan descontrolado?

Marca el teléfono de August. Contesta la secretaria.

—Bufete del señor Koch, le habla Schuster.

¡Qué voz más agradable! Debe de ser muy joven.

—Soy Hilde Koch. ¿Podría hablar un momento con mi hermano?

—Ahora mismo está con un cliente.

—Dígale que me llame lo antes posible, por favor. Es un asunto familiar urgente.

—Desde luego. Se lo comunicaré, señora Koch.

Hilde hace las camas, recoge, dobla la colada... y por fin suena el teléfono.

—Hola, Hilde. ¿Es por Willi? ¿Te está haciendo la vida imposible en el café?

—Podría decirse que sí.

—Mamá me ha pedido que prepare un contrato laboral.

—Eso está descartado, ya puedes tirar ese papelucho a la basura. Me gustaría saber cómo ves lo de la separación de nuestro hermano.

August carraspea con fuerza.

—Sobre eso, en realidad, no puedo darte información, Hilde.

—Venga, August —insiste ella—. Quedará entre nosotros. Se ha propuesto acabar con el café, y creo que esta locura está relacionada con su fracaso matrimonial.

—Bueno, ya os habrá contado que ha pedido el divorcio —señala August con cautela—. Yo, de todos modos, he propuesto una conversación a tres, y él ha accedido.

—¿Y qué ha dicho Karin?

—Está de acuerdo. Pero ayer, por desgracia, Willi me llamó por teléfono y me dijo que ahora se niega a tener esa conversación, y que tampoco quiere divorciarse.

—¿Te dijo por qué?

—No. Solo me explicó que quiere dejar el teatro y seguir otro camino.

—Eso es bastante descabellado, ¿no crees?

—En efecto. Me parece que ahora mismo nuestro Willi no sabe lo que quiere. Estoy muy preocupado por él.

—Qué bien que todos os preocupéis tanto por el pobre Willi —estalla Hilde—. ¿Es que nadie se preocupa por mí? ¡Ahora mismo soy yo la que está pagando los platos rotos por su arrebato de locura!

—Esto nos afecta a todos, Hilde —replica August, conciliador—. Somos una familia.

—¡Muchas gracias! —exclama ella con sarcasmo, y cuelga.

En el piso de abajo, su padre se ha echado a dormir la siesta, y su madre y Willi se han trasladado al café. «Ajá —piensa Hilde—. La situación ha cambiado». Respira hondo y se prepara para el siguiente enfrentamiento. Alguien tiene que cantarle las cuarenta a ese loco, o destruirá todo lo que ella ha levantado durante años con tanto esfuerzo.

Su mal presentimiento se confirma, porque al entrar en la

cocina se encuentra a Swetlana deshecha en lágrimas. Else está junto a ella, intentando calmarla, y Richy y Otto están detrás, en el anexo de la repostería, discutiendo acaloradamente.

—¿Qué pasa aquí?

—Nada de nada —contesta su madre—. Ya lo hemos aclarado todo, ¿a que sí, Swetlana? Willi solo ha dicho eso porque no quiere exigirte un sobresfuerzo.

—Pero es que a mí me gusta preparar la sopa —solloza ella—. ¡A los clientes les encanta! ¿Por qué no puedo seguir trayéndola?

Hilde comprende enseguida que es más grave de lo que pensaba. Esa locura les va a costar muchos clientes del mediodía, que se irán a otros cafés y restaurantes. Los del teatro, los primeros.

—De eso ni hablar —dice con vehemencia—. ¡Me opongo!

Su madre sale sin decir nada y se refugia en el mostrador de los pasteles porque no quiere discutir delante de los empleados. Richy corre hacia Swetlana para consolarla y entonces mira a Hilde en busca de ayuda.

—Lo solucionará usted, ¿verdad? La sopa de gulasch de la señora Swetlana es insuperable. ¡Sería un pecado prohibirle que la preparara!

Willi ha vuelto a dejar los libros y las facturas en el cajón, pero completamente desordenados. Lo encuentra en la sala contigua, donde oye a alguien arrastrando sillas y mesas. Debe de estar montando ya el escenario y el patio de butacas para las futuras representaciones.

—¿Qué estás haciendo? —le pregunta, y cierra la puerta porque en el café hay clientes.

Su hermano se ha quitado la americana; el trabajo le ha hecho sudar. Todas las mesas están arrimadas a las paredes, y las sillas forman hileras en semicírculo alrededor del estrado donde se encuentra el piano.

—Necesitamos un escenario más alto —explica—. Si no, desde la última fila no se verá bien a los artistas. También hay que instalar un telón, y por lo menos dos focos.

—Y podríamos tirar abajo nuestros pisos para que ahí arriba quepan las bambalinas —propone ella con sarcasmo—. ¿Te gustaría tener un foso para la orquesta? Quizá podría hacerse algo con el sótano.

Willi le da un empujón al piano, pero el instrumento no se mueve ni un centímetro. Se detiene, enfadado, y se frota el hombro.

—¿Qué tonterías estás diciendo? —espeta—. Un par de trabajitos de carpintería, un electricista y alguien que atornille una guía para cortinas en el techo. Ni que hiciera falta brujería. Mamá ya me ha dicho que está dispuesta a comprar la tela, y Luisa coserá el telón. De terciopelo rojo, con un ribete dorado abajo.

Y añade que en las ventanas también habría que poner cortinas a juego, cosa que no supondrá ningún problema porque de todas formas ya había que comprar la tela.

—Para empezar, colgaremos las fotografías antiguas —explica, sonriente—. Papá está entusiasmado con la idea. Todavía las conserva todas arriba, en una maleta. Kortner, Pallenberg, Klaus Mann. Richard Strauss, por supuesto. Todo el repertorio.

Hilde está de pie, escuchando sus rimbombantes ideas con los brazos cruzados en el pecho.

—¿Tienes en cuenta que pasado mañana se celebrará aquí una fiesta de cumpleaños? —pregunta entonces.

—¿Qué fiesta de cumpleaños? —dice él, desconcertado.

—El director de coro Firnhaber cumple sesenta años y quiere celebrarlo —contesta ella—. Está en el cuaderno con el rótulo de «Reservas sala contigua».

Por supuesto, Willi, el gran supervisor de libros, no le ha

prestado atención a esa entrada. Ahora sacude la cabeza, contrariado, y dice que no puede ser.

—¿Cómo que no puede ser? Ha invitado a más de treinta personas. Habrá café y pasteles, un bufet con comida y bebidas. Vendrán el pastor y algunos caballeros del presbiterio con sus esposas, y hasta el alcalde se pasará a felicitarlo. O sea que habrá personalidades.

—¡Maldita sea! —rezonga Willi—. A partir de ahora solo podemos organizar fiestas así de manera excepcional. Habrá que recolocarlo todo.

—¡Por eso! —exclama ella con malicia—. Será mejor que empieces ya, para que mañana esté todo en su sitio.

—¿Yo? —pregunta él, y vuelve a ponerse la americana—. Puede ocuparse Otto, que no tiene nada más que hacer.

Claro. Hilde ha llegado a la conclusión de que más les valdría ofrecerle un contrato de trabajo a Otto y no a su hermano, que por lo visto ha pensado convertir el café en su teatro particular.

—Siguiente punto —dice, infatigable, y le corta el paso—. La sopa de gulasch de Swetlana es indispensable para el café. Si deja de traerla, perderemos muchos clientes al mediodía.

—Los del teatro, ¿verdad? —replica él con desdén—. Podemos prescindir de ellos perfectamente.

Conque de eso se trata... Debería haberlo imaginado. Pero lo que viene después casi la deja sin habla.

—Además, tu coche está siempre en el patio y eso no puede ser. Necesito ese sitio porque tengo intención de comprarme un vehículo.

—¿Tú? —se extraña ella—. ¿Con qué dinero?

Willi la aparta con una sonrisa y pone la mano en el tirador.

—No te preocupes por eso, hermanita. Mamá me lo adelantará y yo se lo iré devolviendo *peu à peu*. ¿Me dejas pasar, por favor? Tengo que hacer unas llamadas arriba, en el piso.

Hilde está tan perpleja que no se le ocurre qué contestar. Su madre, la que normalmente protege sus ahorros como una leona, ¡quiere comprarle un coche a su querido Willi! Eso ya es la gota que colma el vaso. Y, conociendo a su padre, seguro que no pondrá ninguna objeción, por mucho dinero que cueste. ¿Para qué necesita Willi un coche? ¡Solo para fanfarronear, desde luego!

Furiosa, regresa al salón principal, donde Swetlana está sirviendo cafés y pasteles. Sus padres están en su mesa: Heinz con un periódico delante de las narices, Else escribiendo una especie de lista. Tal vez esté sumando ya las futuras pérdidas. Hilde lleva a Swetlana a la cocina y le pide que, por favor, continúe haciendo la sopa de gulasch como de costumbre, pero ella se niega.

—Si tu madre no quiere, no prepararé más sopa —dice—. No deseo ser motivo de discusión, ¿entiendes? Ya cometí un gran error con lo del violín de Fritz. He aprendido la lección. August también se alegrará, porque hace tiempo que me dice que no traiga sopa al café.

—Pero es que también lo haces por mí, Swetlana —intenta convencerla Hilde—. Necesitamos tu deliciosa sopa de gulasch. Pregúntale a Richy y verás que opina lo mismo que yo.

Es entonces cuando repara en que ni el pastelero ni su amigo están en la cocina. ¿Han terminado ya la jornada?

—Hoy tienen el traslado —explica Swetlana—. Están bajando muebles y cajas de su hermana.

Hilde se la queda mirando fijamente y al principio cree haber entendido mal.

—Querrás decir de Otto, ¿no?

—No, de Otto no. ¿Es que no lo sabes? La hermana de Richy se traslada a la habitación que han alquilado.

—¿Johanna?

—Sí, así se llama. Tengo que salir a atender, Hilde. Ha

llegado una familia con tres niños hambrientos y todos quieren pastel.

Johanna se marcha. ¿Quién lo habría imaginado? Hilde está algo desconcertada por ese giro de los acontecimientos. ¿Cómo es que Richy no le ha dicho nada? ¿No es una inmoralidad pedirle a Hubsi Lindner que acepte a una inquilina femenina? Al fin y al cabo utilizarán el mismo cuarto de baño, y también la cocina. En fin, los dos tienen ya una edad, pero de todos modos le parece una combinación extraña.

Recorre el café, toma nota de dos comandas y constata que delante del edificio hay un camión de mudanzas. Se asoma a la escalera con curiosidad y allí se encuentra con Otto, cargado con una enorme caja de cartón.

—Cuidado, jefa. No puedo frenar.

—En realidad, tenía entendido que... —empieza a decir Hilde, pero él ya ha salido a la calle.

Arriba se oye la puerta del piso de sus padres; por lo visto, Willi ha terminado con sus llamadas telefónicas. Tras un breve intercambio de palabras, Richy baja corriendo la escalera con dos bolsas y desaparece por la puerta de la calle sin reparar siquiera en Hilde. Su hermano lo sigue a un ritmo pausado y se detiene junto a ella.

—A ese hay que echarlo —comenta—. Cuanto antes, mejor.

—¡Basta! —se indigna Hilde—. Si sigues así, acabarás con nuestro café para siempre.

—Ya me darás las gracias —replica él en voz baja—. Cuando se corra la voz de que has contratado a esos dos en el Café del Ángel, y que incluso les alquilas una vivienda, se te acabaron los clientes. Solo te digo una cosa: artículo ciento setenta y cinco.

—Pero ¿qué tonterías estás diciendo? —exclama ella—. ¡Nunca había oído semejante disparate!

Él se encoge de hombros.

—Mira, chica, sé de lo que hablo. No olvides que vengo del teatro. Allí tenemos a algunos de estos, pero entre artistas somos más tolerantes...

—Pero si Richy no es... ¡homosexual! —susurra Hilde, horrorizada.

Willi le dedica una sonrisa arrogante.

—¡Ya lo creo que sí, hermanita! Pregúntale a la Künzel. Ella está muy al tanto.

Karin

De pronto ha resurgido algo que había olvidado hacía tiempo. Willi ha vuelto a ser el hombre del que se enamoró. Irreflexivo, espontáneo, un poco loco pero también valiente. Casi un héroe. Le ha salvado la vida a Nora, y él mismo ha estado a punto de acabar atropellado por un coche. En el momento casi se ha sentido tentada de lanzarse a su cuello a causa del alivio y la alegría. Bueno, al final no lo ha hecho, y seguramente es mejor así.

Ahora se siente confusa. Después de su disputa en el piso, cuando él la acusó muy en serio de estar embarazada de algún amante, para ella Willi Koch se había terminado para siempre. «¿Cómo ha podido dejarse llevar de esa manera por los celos y la imaginación? —se dijo—. No, no es más que un hombre de miras estrechas, desconfiado y envidioso». ¿Qué había visto en él? Cuando su hermano August llamó para comunicarle la intención de Willi de divorciarse de ella, no dudó ni un segundo en dar su consentimiento. Mantener esa conversación a tres bandas le resultaría bastante desagradable, pero accedió porque, por desgracia, forma parte de los formalismos de la separación. Hay que determinar quién asume la culpa para que el divorcio pueda llevarse a cabo, y ella dejará muy claro que no está dispuesta a hacerlo. Es él quien desea el divorcio, así que deberá cargar él con la responsabilidad. Un asunto molesto y pesado, pero habría que pasar por ello; su matrimonio no había sido más que una terrible equivocación y se alegraba de ponerle fin.

Sin embargo, ahora todo vuelve a ser terriblemente complicado. De repente recuerda que Willi también tiene cosas buenas. Puede ser un tipo simpático y un buen compañero. Pero, sobre todo, sería un buen padre. Sabe ser cariñoso cuando quiere. Lo siguió hasta Correos y esperó fuera porque quería darle las gracias. O tal vez algo más. Llevada por su arrebato emocional, estaba dispuesta a decir cualquier cosa. Sin embargo, cuando lo tuvo delante, le faltaron las palabras. Él tampoco se mostró muy accesible. La atendió con educación y frialdad. Aun así, su mundo emocional está bastante revuelto, sobre todo porque se ha dado cuenta de la tristeza que invade a Willi.

Después, ya en casa, se ha dicho que todo eso carece de importancia. Su matrimonio está roto, destrozado por los celos y la desconfianza de él. Si Willi quiere el divorcio, que así sea. Ella saldrá adelante sin él. Cuando haya dado a luz al niño, volverá al negocio del cine, y hasta entonces tendrá que alcanzarle con los ahorros y la pensión de su madre.

Sin embargo, cada vez tiene más claro que convivir con ella no es fácil. Empezando por el hecho de que su madre tiene unas ideas muy estrictas sobre cómo hay que criar a los hijos.

—Basta con ir al parque infantil una o dos veces por semana. Una niña necesita ante todo tranquilidad, nada de emociones fuertes. Tiene que saber entretenerse sola. Deja que se desgañite todo lo que quiera, que eso fortalece los pulmones. No tienes que coger a Nora tanto en brazos y darle tantos besos. Eso la ablanda e impide su desarrollo.

Todos los días le recrimina que la niña solo quiera estar con su madre y ya no obedezca a su abuela.

—Me he esforzado mucho por educar a la pequeña, y no lo he hecho para que ahora me la malcríes. ¿Por qué tienes que llevártela a la ciudad? Nora se pone nerviosa y está intranquila. Si no tienes más remedio que ir a hacer algún recado, ¡deja a la niña en casa!

—¡Es mi hija y me la llevo conmigo!

—Pues levántate tú por la noche para calmarla cuando grite.

—Ya me ocupo de ella, madre. Soy consciente de que necesitas dormir.

Ahora se lleva a la niña a la cama de matrimonio. Nora se acurruca con ella, suelta risitas y parlotea hasta que por fin se queda dormida, cosa que provoca una declaración furibunda por parte de su abuela:

—Una niña pequeña tiene que dormir en su camita. Debe aprender a hacerlo pronto, porque, si no, la cosa acaba mal.

Pero la situación se puso fea de verdad cuando le confesó a su madre que vuelve a esperar un niño. La mujer tuvo que tragar saliva, la miró horrorizada y entonces estalló:

—¿Que estás embarazada? Pero ¿en qué estabas pensando? Tener un hijo con ese hombre que no sirve para nada, que no tiene sueldo y, encima, te ha abandonado...

—Son cosas que pasan, madre. De alguna manera saldremos adelante.

Por supuesto, tuvo que oírse la vieja cantinela: que casarse con un actor había sido el mayor error de su vida, que ella ya se lo había dicho, pero Karin había hecho oídos sordos a las buenas advertencias de su madre y ahora se veía con una niña y sin un marido que cuidara de ella.

—Con dos niños, madre...

—¡No estoy de humor para tu grotesco sentido del humor! Ya es bastante horrible que no quieras hacerme caso, pero, si crees que voy a criar a otro niño más, ¡estás muy equivocada! Ocúpate de que tu marido trabaje en algo serio, igual que todo buen padre de familia. Al fin y al cabo, como futura madre tienes derecho a exigírselo.

—Willi me ha pedido el divorcio.

—¡El divorcio! —exclama la mujer, palideciendo—. Muy propio de él escurrir el bulto y dejarte en la estacada. ¡Divorciada! Dios mío, si me hubiera ocurrido algo así en mi época, no me habría atrevido a salir a la calle de vergüenza. Divorciada... ¡Y con dos hijos ilegítimos, nada menos! Ya puedes esperar sentada a encontrar a un tonto que quiera hacerse cargo de ti.

—Tengo mi profesión, madre. No necesito a ningún marido que me mantenga.

—¡Claro, tus peliculitas! Ojalá no hubiéramos empezado con esta locura. Ya ves lo que hemos sacado de eso. Nada más que libertinaje e inmoralidad. ¡Divorciada y con dos hijos ilegítimos! Habrías podido casarte con Peinemann, el asesor legal que iba detrás de ti. O con tu pareja de clase de baile, ese Lothar Gelbert, que ahora es catedrático de instituto en Mölln, y así habrías tenido una buena vida y una familia decente. Pero no, tú tenías que meterte en el teatro.

—Papá siempre estuvo orgulloso de mí.

—Tu padre también era un soñador. Si yo no hubiera administrado el dinero...

Todas las discusiones con su madre son iguales. Es una tortura insoportable tener que oír siempre las mismas cosas, ver cómo saca a colación los mismos argumentos y constatar que todo lo que le dice a la mujer le entra por una oreja y le sale por la otra. ¿Cómo aguantaba antes estar con ella? Aunque, claro, casi nunca estaba en casa, porque tenía función en el teatro. Luego empezó con el cine, así que también viajaba mucho. Ahora, en cambio, está casi todo el tiempo en el piso con ella, ocupándose de Nora y ayudando en las tareas domésticas.

—¿Has fregado también debajo de las camas? ¡Ayer vi que había pelusas!

Karin detesta pasar la aspiradora y fregar el suelo. Preferiría cocinar, pero la cocina es territorio de su madre y no está dispuesta a cederle el mando.

—Es que tú no sabes, Karin. Mejor ocúpate de lavar los pañales y asegúrate de que Nora vaya bien limpia.

Lavar los pañales es asqueroso. A pesar de la compresa de papel y los pantaloncitos de plástico, siempre queda mucha suciedad en la tela del pañal. También hay que cambiar a menudo las sábanas de la camita de la niña y, claro, ahora incluso la cama de matrimonio. A Karin le encantaría que Nora se decidiera por fin a usar el orinal para lo que sirve. Pero la pequeña no tiene ninguna prisa, y a ella le parece espantoso que su madre la obligue a estarse horas sentada en él.

—¡Cuando esté preparada, lo hará ella sola!

—Tú, con dos años, ya no te lo hacías encima, Karin. Porque fui insistente y no cedí. Los niños tienen que aprender pronto a obedecer. Si no, luego son rebeldes e indisciplinados.

Esa guerra diaria y las estúpidas tareas domésticas ponen a prueba sus nervios. A menudo sienta a Nora en su cochecito y sale a pasear con ella por la ciudad. Mira escaparates, hace la compra y luego da una vuelta por el parque del Balneario. Por desgracia, ya no hace muy buen tiempo para esas excursiones y llueve a menudo. Entonces tiene que quedarse en casa y entretenerse con la pequeña. Construye casitas con bloques de madera, dibuja algo con lápices de colores o le enseña libros ilustrados. Aun así se siente insatisfecha. Por las noches cae agotada en la cama y se pregunta qué ha hecho durante el día que sea tan agotador. Es por el embarazo, claro. Ya está casi de cinco meses. El niño se mueve, se revuelve en su vientre, le da puñetazos contra las paredes abdominales. Karin se ha hecho a la idea de traer a este niño al mundo. Sí, incluso ha llegado a alegrarse de no haber abortado. Aunque, por prudencia, no le ha hablado a nadie de su malograda visita a la señora Mittenhauser.

A principios de noviembre consigue un pequeño papel secundario en una producción cinematográfica. Son solo dos escenas que enseguida están rodadas, pero es como entrar en otro mundo: puede actuar otra vez, dar vida a un personaje, estar entre compañeros, realizar un trabajo artístico. Esa es su vocación, el lugar al que desea regresar. Sí, quiere a su hija con locura, igual que al nuevo bebé, pero también ama su profesión. No soporta oír las críticas de compañeros varones que, con una sonrisa jovial, comentan: «Una madre tiene que quedarse en casa con sus hijos, ¿verdad?».

Después de rodar las escenas regresa a su existencia de madre y ama de casa, y la perspectiva de estar encerrada en ese piso hasta la primavera siguiente la persigue como una lúgubre aparición.

Cuando suena el teléfono y oye la voz de su cuñado August, cree que la llama para concertar la cita de su conversación a tres bandas, pero se trata de algo muy diferente.

—Tal vez sea una buena noticia, Karin. Mi hermano ya no tiene intención de divorciarse, así que también anulamos la conversación que teníamos en mente.

Es extraño, pero se siente aliviada. Aunque no quiere reconocerlo, porque ya había accedido al divorcio.

—¿Te ha dicho qué le ha hecho cambiar de opinión? —pregunta ella, contrariada.

—Por desgracia, no puedo decirte mucho de eso. Ni yo mismo lo sé. Willi ha empezado a trabajar de gerente en el café de mis padres.

—¿Cómo dices?

—Ahora es el gerente del Café del Ángel.

La noticia deja a Karin sin habla unos segundos. ¿Willi,

gerente? Le parece tan descabellado que al principio cree haber oído mal.

—¿Cómo...? ¿Cómo se le ha ocurrido esa idea?

August carraspea y ella comprende que también él ve el asunto con cierta desconfianza.

—Lo único que me ha dicho es que quiere seguir un nuevo camino en la vida.

Un nuevo camino. En el Café del Ángel. Es más que un disparate; parece una auténtica locura.

—Bueno, pues muchas gracias por llamarme, August.

—No hay de qué. Y... te deseo lo mejor, Karin.

Cuelga el auricular, pensativa. Por supuesto, su madre enseguida siente curiosidad. Es imposible hablar por teléfono sin que ella pegue la oreja a la puerta.

—¿Qué pasa? Era ese abogado, ¿verdad? August Koch.

No le apetece compartir con ella los últimos acontecimientos porque sabe muy bien lo que dirá.

«¿Gerente del Café del Ángel? No lo habría creído capaz. Bueno, tal vez haya comprendido que todo eso del teatro no le traerá nada bueno y quiera sentar la cabeza. El Café del Ángel es un negocio próspero, con eso sí que puede alimentar a su mujer y sus hijos. No deberías divorciarte de él, Karin».

—Nada en concreto —le dice a su madre—. Un par de pequeñas discrepancias. Por lo demás, todo sigue su curso.

—Pues ya puedes ir a ocuparte de la plancha, hija.

Planchar, limpiar el polvo, jugar con la niña, cambiar pañales, recoger juguetes, pasar la aspiradora, fregar el suelo... En eso consistirá su vida durante los próximos meses. Por no hablar de secar los platos. Y oír constantemente a su madre, reprochándole lo bien que podría estar si en su época se hubiera casado con el catedrático Gelbert.

Fuera hace un día horrible. Junto a la lluvia caen también los primeros copos de nieve, por los bordillos corren abundantes regueros de agua sucia, y además el cielo se cierne encapotado y gris sobre la ciudad. Aun así prefiere salir. Cuando la lluvia remite un poco, abriga bien a la pequeña, le pone el chubasquero y la sienta en el cochecito.

—¿Qué bobada es esta? ¡Va a coger una pulmonía con el frío que hace!

—El aire fresco es sano.

Karin echa a andar por Kirchgasse. Empuja el cochecito entre los apresurados transeúntes y se detiene a mirar un escaparate aquí y allá. Las decoraciones son otoñales, pero entre ellas asoman ya velas rojas y alguna rama de abeto. Las tiendas están abarrotadas de clientes que hacen las primeras compras navideñas. La gente tiene dinero; este año volverán a abundar los regalos bajo el árbol. Ella, en cambio, tendrá que guardarse sus ahorros. Un par de juguetes para Nora y un detalle para su madre; con eso bastará. Sin duda, la mujer volverá a regalarle braguitas de algodón, una costumbre que no abandona. Entonces recuerda que Willi siempre la sorprendía con regalos generosos y escogidos con cariño. En fin, eso es agua pasada. Este año necesitará un abrigo nuevo. El elegante modelo que se compró en Hamburgo ya le queda muy estrecho. Solo consigue cerrar los botones con mucho esfuerzo, y luego va muy incómoda, claro. Compra un *brezel* en un puesto callejero, le quita la sal gorda que lleva encima y le pone el bollo en las manos a la pequeña Nora. Después se detiene ante el escaparate de una tienda de ropa en el que hay abrigos de invierno muy elegantes pero caros. La nueva moda es más holgada, ya no se lleva el cinturón y los abrigos caen sueltos alrededor del cuerpo sin ceñirse a él. ¿No sería inteligente pagar algo más, pero tener un abrigo que pueda ponerse también después del embarazo? Saca a Nora del cochecito y le da la mano, pero, cuando quiere abrir la puerta de la tienda, se detiene. Hay colgado un cartelito que, con letra bien gruesa, dice:

ACTUACIONES EN EL CAFÉ DEL ÁNGEL.
NUESTRO CAFÉ DE ARTISTAS OFRECE TODOS LOS JUEVES
UNA VELADA INOLVIDABLE A UN PÚBLICO SELECTO.

Debajo aparecen cuatro fechas: un recital, una velada operística, una función de cabaret y un concierto de cámara. La primera tarde actuará el famoso actor Wilhelm Koch, del mismo Wiesbaden, junto con su compañera Ida Lenhard, a quien muchos habitantes de la ciudad recuerdan de su época como joven dama de los escenarios en el Teatro Estatal.

La apertura de puertas es a partir de las seis y el acto empieza a las siete de la tarde. La entrada incluye un bufet, las bebidas se pagarán aparte. La organización ruega que se reserve con antelación, puesto que el aforo es limitado.

A Karin le cuesta leerlo del todo porque Nora le tira del brazo, pero al menos consigue memorizar la fecha de esa primera representación. El jueves que viene.

«Increíble —piensa—. De modo que ese es su nuevo camino». En el fondo es una idea descabellada. Sobre todo ahora, en invierno, cuando no solo hay función todas las tardes en el Teatro Estatal, sino que también el Balneario organiza desfiles de moda, bailes y conciertos. Por otro lado, tal vez para él sea mejor actuar que estarse sentado sin hacer nada.

Se compra un bonito abrigo de invierno de color azul cielo, luego entra en una tienda de juguetes y escoge para Nora un pequeño perro de peluche, blanco y con una correa roja, que la niña aprieta con alegría contra el chubasquero mojado. Durante el camino de vuelta no puede resistirse a cruzar de Burgstrasse a Wilhelmstrasse para acercarse al Café del Ángel. Aun así no quiere pasar justo por delante de los ventanales del café, de modo que va por la acera contraria, empujando el cochecito frente al teatro, mientras mira hacia el establecimiento con todo el disimulo que puede. No ve nada llamativo, solo unos cuantos jóvenes que entran a toda prisa porque la lluvia vuelve a apretar. Deben de ser compañeros del teatro que van a comer algo.

Entonces se fija en algo más: en todas las ventanas del café han colgado un cartel parecido al que ha visto en la puerta de la tienda de ropa. Se lo encuentra varias veces más en diferentes escaparates y portales; incluso lo han clavado con chinchetas en los troncos de los plátanos.

«Qué atrevido —piensa, divertida—. Willi, genio y figura».

En casa vuelve a tener una discusión con su madre, esta vez por el abrigo nuevo.

—¡Qué dispendio más innecesario! Podrías haberte puesto mi abrigo viejo, que es muy ancho. Y en ese color azul cielo tan llamativo, además. Eso no es para el invierno.

Por la noche, tumbada boca arriba, nota que el niño se mueve y no consigue quedarse dormida. No, no reservará un asiento. ¡No piensa ir detrás de él! Aunque podría salir a dar un paseo nocturno. Sería interesante saber si el recital consigue un lleno de público.

La tarde del jueves se pone el abrigo nuevo, se arma con un paraguas y le dice a su madre que ha quedado con una compañera del cine, que casualmente está en Wiesbaden.

—¡Una mujer embarazada no debería salir de casa a estas horas!

—Volveré enseguida.

Poco antes de las siete se planta delante del Teatro Estatal, que ya está iluminado, e intenta ver lo que ocurre al otro lado de la calle. De hecho, parece que la lectura teatral de Willi ha atraído a muchos espectadores. Hay varias personas delante de la puerta giratoria, y dentro también se percibe movimiento. Ve a Luisa, con un vestido oscuro y el delantal blanco, pasando entre la gente con una bandeja llena de copas. Ofrecen champán. No es mala idea; eso anima el ambiente y hace que el público esté más entregado. Al cabo de un rato, el salón se vacía. Debe de haber empezado la representación en la sala contigua, cuyas puertas se cierran ya. Lo cierto es que podría volver casa. Ya ha saciado su curiosidad y, además, se le han quedado los pies fríos porque su vanidad le ha impedido ponerse unas botas y lleva los zapatos azules de tacón. Sin embargo, algo que no logra explicar tira de ella hacia el otro lado de la calle y de repente se encuentra justo delante del Café del Ángel. Por la ventana ve a una mujer: su cuñada, Hilde Koch, que no parece tener ganas de ver la actuación de su hermano. La saluda desde dentro y corre hacia la puerta giratoria.

—¡Karin! —dice—. ¿Qué haces ahí fuera en la calle? ¡Pasa, pasa! Madre mía, ¡qué abrigo tan elegante! ¿Te lo has comprado en Gerich?

—Ay, si en realidad solo quería...

Pero Hilde ya la ha hecho entrar y le pone una copa de champán en la mano.

—Bueno, ¿qué te parece la fantástica idea de Willi? —pregunta—. Ha convertido la sala contigua en un teatro. Qué locura, ¿verdad?

—Pues sí —comenta Karin, y bebe un sorbito de champán—. Pero debe de haber venido mucha gente.

Hilde se encoge de hombros. A juzgar por su cara, es evidente que está en pie de guerra con su hermano.

—Hoy nos llenan el local porque es algo nuevo. Pero, si Willi cree que todos los jueves va a estar así de concurrido, se equivoca.

—Puede que tengas razón —señala Karin—. ¿Y quién es esa tal Ida Lenhard?

Hilde le quita importancia con un gesto de la mano.

—Bah, antes de la guerra estuvo contratada en el teatro para papeles de joven dama. Ahora, apenas logra ganarse la vida gracias a una amiga rica, Alma Knauss, que la financia. Pero Willi opina que es buena actriz.

Entonces se interrumpe, porque desde la sala contigua les llega la voz de su hermano. Suena diferente; su tono no es el de joven amante, el papel que había interpretado hasta ahora. Se trata de un personaje para el que, en realidad, aún es demasiado joven, pero que le sale de maravilla: el estrafalario y tacaño Harpagón de *El avaro*, de Molière.

—«... los jóvenes suelen amar solo a sus semejantes. Por eso temo que un hombre de mis años no sea de su agrado, y que eso dé lugar a situaciones delicadas»...

Ida Lenhard no encarna nada mal a Frosina. Los dos se dan mucho juego. Frosina le promete al viejo un matrimonio rico con una mujer joven que supuestamente solo es capaz de amar a hombres mayores de sesenta y cinco años y que llevan gafas. El público parece fascinado; ni rastro de los habituales arrebatos de risa que a Willi tanto le gusta provocar y tan bien se le dan.

—¿Quieres entrar? —pregunta Hilde—. Te saco una silla.

—¡Ay, no! —responde ella enseguida, porque Hilde ya va a por ella—. Gracias, pero tengo que irme enseguida.

—Qué pena. Después interpretarán algo de Brecht y al final recitarán poemas de Goethe.

Karin está siguiendo el diálogo que llega desde la sala contigua y apenas la oye. ¡Cómo modula Willi la voz! ¡Qué credibilidad le confiere a ese viejo grotesco! Esto es muy diferente a las payasadas triviales que tanto le gusta interpretar. Aquí la comicidad se mezcla con la seriedad. El estafador estafado, el parásito engañado; los abismos de los vicios humanos quedan expuestos y al mismo tiempo entran en juego la alegría y la broma. Ay, Willi es un actor extraordinario... Es una verdadera lástima que tenga que actuar en una pequeña sala auxiliar del café y no en un gran teatro.

Karin se queda hasta que rompe el aplauso y se oye a la gente moviendo las sillas.

—El entreacto —dice Hilde con sarcasmo—. Ahora servirán bebidas frías y correrá el champán. ¿Te apetece otra copita?

—Mejor que no —dice Karin, y deja la suya, que apenas ha probado, en una mesa—. De verdad que tengo que irme. Te lo agradezco mucho, Hilde.

—¿El qué? —pregunta ella, sonriendo.

—¡Todo!

La puerta de la sala se abre. Un montón de asistentes salen al café con copas en la mano y se dirigen al mostrador de los pasteles, que se ha convertido en una barra de champán y vino. Karin ya está en la puerta giratoria, pero entonces percibe una mirada en la espalda y se vuelve. Willi está en la sala contigua, todavía sobre el improvisado escenario y con un librito en la mano, y la mira a través de la puerta abierta. No es difícil verla; la luminosidad de su abrigo azul cielo llama la atención entre las prendas oscuras de la concurrencia.

Karin aguarda un momento, siente el impulso de correr hacia él y decirle lo mucho que le ha gustado. Pero entonces da media vuelta y sale por la puerta giratoria.

Mischa

Ha hecho el petate y ha estado a punto de subirse a un tren en dos ocasiones ya. Pero las dos veces ha dado media vuelta en el patio, porque ahí está la vieja Goélette, mirándolo con reproche. Luego ha vuelto a subir al desván, furioso, ha lanzado el petate sobre su camastro y se ha sentado en él. No, sería un canalla si dejara tirado a Jean-Jacques ahora. Las primeras heladas nocturnas ya han llegado, y ellos han salido al viñedo para vendimiar las uvas del vino de hielo. No han reunido muchas, pero de todos modos han tardado dos días porque, por las mañanas, el sol no sale hasta tarde y luego tienen que parar sobre las cinco, porque enseguida oscurece. Ahora toca podar las vides. Un tostón muy monótono que Jean-Jacques le enseña con paciencia.

—Hay que eliminar los brotes del año anterior, y se cortan justo junto al tronco. Así…

Cortar es muy fácil, pero, por desgracia, luego hay que entresacar los brotes podados de entre las otras ramas y desatarlos del alambre. Para eso deben hacerse muchos cortecitos, porque, si no, no hay manera de retirar esos brotes tozudos.

—¡Pero no seas bruto! —le advierte Jean-Jacques—. Si tiras tan fuerte, dañas los brotes buenos con el alambre.

También hay que saber identificar cuáles son los brotes buenos, que se recortan para dejar solo dos «ojos». Hacen falta dos, además del brote principal, que tiene más «ojos» y se curva por encima del alambre.

—¿De qué ojos me hablas?

—Pues de esos. Las yemas de donde brotan los sarmientos. Se llaman «ojos». ¿En qué ojos estabas pensando?

—¡En ningunos!

Lo que menos le apetece son esas insinuaciones bobas. Se pone a podar un rato las vides, luego llega el «maestro» y le explica que ahí se ha dejado todavía un par de ramas innecesarias que debe eliminar. Hay que cortarlas por abajo, de donde salen del tronco, pero no demasiado cerca de él, para no perjudicarlo.

—¿Y por qué hay que tomarse tantas molestias? —le pregunta a Jean-Jacques—. Si de todas formas van a crecer.

—Crecen, pero entonces saldrían muchas uvas pequeñas y ácidas. Sin calidad, *tu comprends?*

—*Compris, monsieur le maître!*

De hecho, Jean-Jacques estaría haciendo ese trabajo él solo si Mischa no lo ayudara. Los jornaleros se han marchado ya. Los demás viticultores de la zona trabajan con ayuda de la familia, pero los gemelos solo van el fin de semana y su entusiasmo por la poda, una labor que su padre les enseñó hace años, es bastante limitado.

Cuando volvieron a aparecer por la bodega después de una larga ausencia, Frank guardó las distancias con Mischa. El asunto de la pelea todavía flotaba en el ambiente. Aunque Frank había tenido que disculparse aquel mismo día porque Jean-Jacques insistió en ello, evidentemente lo hizo sin muchas ganas, ya que en el fondo se sentía muy orgulloso.

Con eso también se anotó algún tanto delante de las chicas. Este sábado, varias de ellas se han presentado por la tarde, cuando ellos regresan de trabajar en el viñedo, para preguntar si Frank y Andi querían ir a una fiesta con ellas. Cosa que ambos han hecho. Sin embargo, Andi ha regresado poco después de la medianoche, mientras que Frank no ha aparecido hasta casi el alba.

Mischa ha oído que Jean-Jacques, abajo, no podía dormir; no hacía más que levantarse, encender la luz exterior y acercarse a la verja para comprobar si llegaba su hijo. Por la ventanita del desván, Mischa ha visto que cojea. De tanto estar encorvado podando se le ha resentido la espalda. «Tiene todo mi respeto», se ha dicho. El maestro no deja que se le note nada mientras trabaja, pero seguro que sufre dolor. Mischa se conmueve porque le tiene cariño a Jean-Jacques, que casi ha llegado a ser como un padre para él. Por eso le molesta mucho que Frank, que se pasa la noche por ahí y le da todo igual, lo tenga tan preocupado.

En general, Frank es bastante odioso. Mischa tuvo la generosidad de dejarle claro que no le guarda ningún rencor y le ofreció la mano. Frank se la estrechó con una sonrisa, pero luego Mischa se arrepintió de su gesto, porque el chico no está en absoluto agradecido, sino que aprovecha cualquier ocasión para demostrar su superioridad.

Cuando trabajan en el viñedo, no le quita el ojo de encima. Se hace el experto y le da «buenos consejos».

—Lástima de ese brote, tendrías que haberlo dejado crecer. Y ahí abajo, mira, tienes que cortar el tallo viejo hasta que se vea lo verde. Bueno, estás empezando. Con el tiempo aprenderás.

—Ya puedes reunir las ramas cortadas de ahí —replica Mischa de mala gana.

—No tengo tiempo. Todavía he de acabar mi hilera.

—Pues que sea deprisa, chico.

—¡Deprisa tú, bocazas!

A veces, Mischa tiene tantas ganas de enseñarle a ese mocoso fanfarrón quién es el jefe del ring que nota un hormigueo en los puños. Pero se contiene. Jean-Jacques se tomaría fatal que le partiera la cara al chaval malcriado. Aun así, el domingo por la mañana, pese a haber trasnochado, Frank baja a desayunar a las ocho, escucha con paciencia el sermón que le echa su padre y luego sube con ellos al viñedo.

El otro, Andi, está bastante bien. Es un chico muy tranquilo que le recuerda un poco a su padre adoptivo, August. Cada vez se parece más a su tío, incluso físicamente: es alto y delgado, y ahora lleva gafas. También es listo. Mientras que Frank no se sacará más que la enseñanza media, y con esfuerzo, Andi va al instituto Gutenberg y hará la selectividad. Tiene una amiga con la que a veces se queda a charlar un rato en la verja, una tal Margit. Pero, aparte de unas cuantas conversaciones en el patio, Mischa tiene muy claro que entre ellos no hay nada más.

Él está deprimido porque ya ha pasado una semana y Simone no ha dado señales de vida.

—Estará en casa de mi hermano, ayudando con el trabajo e intentando encontrar un empleo en Nimes —dice Jean-Jacques para tranquilizarlo—. Debe de estar muy ocupada y no tiene tiempo para escribir cartas.

—Pero podría llamar. Para que sepamos que ha llegado bien.

—¡Las conferencias son caras!

—¿Por qué no llamas tú?

—Lo haré pronto. Pero, calma, ya nos dirá algo si lo cree conveniente.

—¿Y si no? —pregunta Mischa, sombrío.

—*Tant pis!* Da igual.

A Mischa, en cambio, no le da igual. Simone lo obsesiona día y noche. Trabajando en el viñedo la ve ante sí. A veces cree que ha aparecido de pronto entre las vides peladas, que le sonríe y se le acerca. En ese momento él se yergue y, distraído por su fantasía, de repente ha cortado los brotes que no tocaba. Por las tardes es peor aún, porque la tasca está cerrada y no tiene nada que hacer. Entonces baja a la bodega con Jean-Jacques, deja que le explique cuánto tiempo debe fermentar el mosto del vino de hielo y por qué, pero, por mucha buena disposición que ponga para asimilar todos esos conocimientos, sus pensamientos no hacen más que seguir otros derroteros. ¿Ha sido eso el teléfono? ¿De verdad no ha llegado ninguna carta hoy?

Y por fin llega al viñedo una carta de Francia. Va dirigida a Jean-Jacques, así que Mischa no se atreve a abrirla, aunque enseguida se anota la dirección del remitente. Simone se hospeda en Nimes, *rue Montfort, 21, IIème étage*.

Jean-Jacques se lleva la carta a la cocina, la abre con el cuchillo del pan y desdobla el papel. Mischa se sienta ante él, sudando de nerviosismo. Vida y muerte. Cielo e infierno. Dicha y desesperación. Todo parece estar contenido en esas líneas que Jean-Jacques descifra con calma delante de sus narices. Le encantaría gritarle, pero se obliga a cerrar la boca. La carta está escrita en francés, así que de todos modos solo entendería algunas palabras.

—¿Qué cuenta? —pregunta con voz ronca cuando su tío por fin baja la carta y alcanza la taza con el café de la mañana.

—Nada especial. Mi hermano y su familia están bien, Céline ha pasado el sarampión y contagió a su madre, pero las dos se han recuperado. Simone tiene ahora una habitación en Nimes y trabaja en un bistró.

—Vaya... —dice Mischa, abatido—. Con ese tipo que le va detrás, ¿no?

—Ni idea —contesta Jean-Jacques, y le pasa la carta—. También ha escrito algo para ti.

Mischa casi le arranca el papel de las manos. ¡Le ha escrito!

Querido Mischa:

Ya sabes que no escribo muy bien en alemán, pero quería decirte que pienso mucho en ti. A veces creo que debo regresar a Alemania, pero aquí tengo un trabajo y me va bien. Si quieres, podemos cartearnos para que no se me olvide del todo el idioma.

Je t'envoie un bisou!

Simone

Lo lee una segunda vez, y una tercera. Después quiere que Jean-Jacques le diga qué es un *bisou*. Por supuesto, lo pronuncia mal y dice «visón».

—Qué visón ni qué visón, tonto. *Un bisou*. Te envía un beso.

Un beso. Bueno, con eso ha sido generosa, pero en fin...

—¿Puedo quedarme la carta? Solo por... Por si le contesto.

—*Bien sûr* —dice Jean-Jacques con una sonrisilla—. Escríbele. Si quieres que te traduzca algo al francés, lo haré con gusto.

—Gracias, pero quiere que le escriba en alemán.

Después de trabajar sube al desván con la carta y empieza a darle vueltas. ¿Qué puede escribirle? ¿Que la echa muchísimo de menos? ¿Que está celoso y le gustaría ir a verla? ¿Que piensa en ella día y noche y está perdidamente enamorado? No, hasta ahora no se ha atrevido a decir nada de eso, así que a escribirlo menos aún. Prueba con un par de frases, pero le suenan vulgares, bobas, vergonzosas. Además, ya tenía problemas con la ortografía alemana cuando iba al colegio, y desde entonces no ha mejorado; en todo caso, al contrario.

Desanimado, arruga el papel con sus intentos. ¿Por qué dejó los estudios hace dos años? Ahora ella creerá que es un tonto inculto, incapaz de redactar ni una frase con sentido. Su hermana pequeña está hecha de otra pasta; ella sí que lo conseguirá. El año que viene empezará en el instituto y es probable que le hagan saltarse un curso, porque va mucho más adelantada que sus compañeros. Sina es una pequeña genio. Hace operaciones de cálculo difíciles a toda velocidad y lee libros gordísimos que él seguramente tardaría diez años en terminar. Su hermana escribiría unas cartas maravillosas, llenas de frases con una formulación bonita y mucho sentido, y sin una sola falta de ortografía. Reflexiona. Sina le cae bien. Es cierto que es un poco sabihonda, pero también una niña dulce y cariñosa. Tal vez podría ayudarlo...

El domingo, cuando Hilde llega con el coche para buscar a los gemelos, le pregunta si puede llevarlo a Wiesbaden con ellos. Solo para hacerle una visita a su madre, dormir allí una noche y mañana, temprano, regresar a Eltville. Hilde se conmueve y le dice que Swetlana se alegrará muchísimo, que es un gesto muy bonito por su parte. Puede sentarse en el asiento del copiloto; los gemelos tienen que ir detrás, custodiando una caja de Gotas de Ángel por la que Jean-Jacques ha emitido una elevada factura.

En el trayecto hablan muy poco. Frank está agotado y se queda medio dormido, Andi lee *Winnetou III* y se entristece porque su héroe acaba de morir. También la tía Hilde guarda silencio; a Mischa le da la sensación de que tiene una expresión más adusta de lo habitual. Ah, claro, su hermano el actor es ahora el gerente del café. No le extraña que esté enfadada. Seguro que ese tipo no hace más que liarla.

Al llegar a la estación quiere bajar para continuar a pie, pero la tía Hilde se niega a todo lo que no sea dejarlo delante de la villa de Biebricher Allee.

—Saluda a tu madre de mi parte. ¡Nos vemos mañana en el café!

Mischa mira por encima de la alta valla y enseguida ve que las ventanas del salón de la primera planta están iluminadas. Alguien toca el piano con un nivel de principiante. ¿Desde cuándo hay un piano en la villa? August le abre la puerta y Laika pasa junto a él para saltar hacia Mischa.

—Qué alegría verte por aquí —dice su padre adoptivo—. ¿Vas a quedarte mucho?

—No, será una visita corta.

Su madre lleva puesto el delantal de cocinar y se le echa al cuello.

—¡Mischa! ¿Cómo es que no has llamado? He preparado asado de ternera con albóndigas de pan y unas deliciosas verduras, pero ahora habrá muy poco.

—¡Seguro que sobra, mamá!

La ve tan contenta con su visita que casi siente mala conciencia. En el comedor ya está puesta la mesa para cenar: cubiertos de plata, platos con ribete dorado, vasos resplandecientes. August añade un servicio más mientras su madre llega con las fuentes humeantes, y entonces aparece también Sina. Una niña bajita y regordeta, con gafas, que corre hacia él y le da un abrazo.

—Has estado fuera mucho tiempo, Mischa. ¡Te he echado de menos!

La cena es abundante, como siempre, y él da buena cuenta de ella porque en el viñedo se alimentan sobre todo de pan blanco, jamón y huevos. Laika se sienta al lado de Sina y de vez en cuando mendiga un bocado, cosa que August permite, aunque con muda desaprobación. Las conversaciones giran primero en torno al viñedo, y Mischa explica qué trabajos están realizando ahora mismo, deja entrever que ha aprendido mucho y les dice que la profesión de viticultor le interesa.

August lo escucha en silencio, Sina hace preguntas con curiosidad, su madre alaba su empeño y pone por las nubes el trabajo que realiza para Jean-Jacques.

—¿Y qué tal va todo por aquí? —se interesa él.

—Yo estoy muy disgustada —contesta su madre con su tono sentimental—. Desde que Willi está en el café, las cosas han cambiado.

Le ha pedido que no siga llevando su famosa sopa de gulasch, y eso la ha alterado tanto que incluso ha pensado dejar de trabajar en el café.

—Pero entonces estaría todo el día aquí metida, en la villa, así que prefiero seguir yendo al Café del Ángel. Menos los jueves por la tarde, cuando organizan esas funciones. Que sirva Luisa en ellas, que a mí no me apetece.

Los jueves, Willi monta «veladas artísticas». Algo de eso había oído. ¡Pobre tía Hilde! La primera vez se les llenó hasta la bandera, pero la segunda semana apenas fue nadie. Y entonces su madre, indignada, cuenta que quieren despedir al pobre Richy.

—Dicen que tiene algo con su amigo Otto. Algo que está prohibido entre hombres.

—¿Es marica? —suelta Mischa.

August arruga la frente. No le gusta que su hija oiga hablar de esas cosas. Por desgracia, eso ya no puede impedirlo, pero al menos debería oír las expresiones y los hechos correctos.

—Homosexual —corrige—. Es un asunto serio. Si alguien lo denuncia, lo condenarán a una pena de prisión según el artículo ciento setenta y cinco del código penal alemán.

—Pero ¿quién va a denunciarlo? —se extraña Mischa—. Es un artista de los pasteles, lo necesitan.

—Podría hacerlo un cliente del café, por ejemplo —apunta August, pensativo—. Además, basta con que el rumor se extienda entre la clientela. Hay gente que no volvería a poner un pie en el establecimiento.

—¿Acaso hablan de eso los clientes? —pregunta Mischa a su madre.

—He oído que alguien decía que ese edificio era un... un... Son palabras muy feas, prefiero no decirlo.

—Un nido de sodomitas —suelta Sina en voz alta.

—¡Sina!

—Se lo dijiste a la señora Wegener.

August le lanza una mirada de reproche a su mujer, y Swetlana suspira, arrepentida.

—Tenía que desahogarme —explica ella—. Porque todo esto es tristísimo y me duele en el alma. Aquí, en esta villa tan grande, estoy muy sola y tengo que hablar con la señora Wegener o reviento de pena.

—Tendríais que iros todos juntos a disfrutar de unas bonitas vacaciones —propone Mischa, dirigiéndose a August—. Si estás todo el tiempo en el bufete, no me extraña que mi madre se sienta sola.

—Bah, se queda en el bufete porque allí tiene a una secretaria joven y guapa, la señorita Schuster —dice su madre—. ¡Es más divertido que estar aquí en casa, con su mujer!

August niega con la cabeza, enfadado, y mira con preocupación a Sina, que los está escuchando y abre mucho los ojos, horrorizada.

—¡Te lo pido por favor, Swetlana! Eso es un disparate y lo sabes. Voy a achacar a tu actual estado de inquietud que te inventes esas cosas. ¡Pero te ruego seriamente que tengas presente a Sina!

—Las verdades, bien claritas —insiste Swetlana con obstinación.

Se levanta para recoger los platos y saca el postre: flan de nata con salsa de chocolate.

Mientras se lo comen, Mischa le guiña un ojo a su hermana pequeña.

—¡Tengo que hablar contigo de algo! —le dice en voz baja.

Después de cenar suben a la habitación de la niña. Está llena de libros y por todas partes hay cosas que colecciona. Piedras diferentes, plantas prensadas, diminutos huevos de pájaro, postales, mapas, servilletas de papel de colores y otros cachivaches. Lo tiene todo ordenado con cariño en las estanterías. También las muñecas y los juguetes que su madre le compra siempre, aunque esos están arriba del todo, acumulando polvo.

—Ahora tenemos un piano de cola —le cuenta con orgullo—. Lo ha comprado mamá.

—¿Quieres aprender a tocar el piano?

—Sí, pero sobre todo es para Petra. Como ya no quiere tocar el violín, nos hemos inventado un cuento con música.

Vaya montón de novedades. Petra se ha rebelado contra su señor padre, ha dejado de practicar con el violín y ahora, en lugar de eso, compone. ¡Un respeto para esa pequeña valiente! Es una niña estupenda.

—Quería preguntarte si puedes ayudarme con una carta —dice, directo al grano.

Sina enseguida se muestra dispuesta.

—¿A quién quieres escribir?

—A Simone. Ahora está en Francia, ¿sabes?

Sina solo conoce a Simone de pasada, del poco tiempo que estuvo trabajando en el Café del Ángel. Aun así, su inteligente hermana enseguida ata cabos.

—¿Estás enamorado de ella? —quiere saber.

—Sí —masculla él—. Pero no se lo digas a mamá. Ni a nadie. ¿Me lo prometes?

—Te lo prometo. —Sina asiente, le ofrece la mano y se dan un apretón solemne. Ella se lo toma con mucha seriedad—. Entonces ¿será una carta de amor?

—Sí... No... Bueno, no del todo. Pero un poco sí.

Su hermana lo mira pensativa.

—¿Qué es lo que quieres decirle?

Él hace un gesto de impotencia. Es complicado. Lo que le gustaría decirle no se atreve a ponerlo por escrito, y todo lo demás le parece irrelevante. Le da la carta a su hermana y le enseña lo que Simone ha escrito para él.

—Aquí hay mucho amor —opina Sina—. Te echa de menos y ha pensado en volver para verte.

—Bueno —contesta él—, siempre dice cosas así.

—Hay mucha diferencia entre solo decirlo y escribirlo también por carta —afirma Sina.

—¿Tú crees?

La esperanza regresa con toda su vehemencia. ¿Lo amará tal vez Simone? ¿Se muestra tan reservada porque ha tenido malas experiencias en el pasado? ¿O porque él le parece demasiado joven?

—Dile que te ha alegrado mucho recibir su carta —propone Sina—. Y que te gustaría mucho ir a verla a Francia, pero que no puede ser.

—Sí que podría —dice él, emocionado—. ¡Podría estar con ella mañana mismo!

Sina niega con la cabeza.

—Es mucho más bonito que te añore, ¿no lo entiendes? Como los hijos de reyes.

—¿Qué hijos de reyes?

—Es de un poema. «No podían estar juntos, el agua profunda los separaba» —cita—. Pero precisamente por eso su amor era tan romántico y eterno.

A Mischa ese ejemplo le parece bastante deprimente. Él se

había imaginado algo diferente. Con un final feliz. Aunque... un poco de romanticismo no le hace daño a nadie.

—Podría escribirle que no puedo ir a verla porque Jean-Jacques me necesita y no quiero dejarlo en la estacada.

—¡Eso está muy bien! —lo felicita Sina—. Y luego dile que te acuerdas mucho de ella. Y que tienes muchas ganas de que sea primavera.

—¿Primavera por qué?

—Porque entonces volveréis a veros —dice ella.

Simone también ha hablado de eso, pero a él no le ha gustado.

—¿Y por qué no hasta la primavera?

—Porque es más romántico. Con la vegetación renaciendo, las flores, la hierba crecida y eso. Porque en primavera despiertan la vida y el amor.

Las mujeres y sus chifladuras románticas...

—¡Pero hasta entonces falta una eternidad! —se lamenta.

—Tener que esperar es bueno para el amor romántico —le instruye Sina.

—Eso lo dirás tú —protesta él, tirándose de los pelos.

—¿Escribo yo algo y me dices si te gusta?

—Por mí...

Su hermana se sienta al escritorio, saca una libreta del cajón, escoge uno de los muchos lápices que tiene en un cubilete y se pone a escribir sin más. Es increíble. No tiene que pararse a pensar mordiendo el lápiz, sino que lo vuelca todo directamente en el papel. A veces se detiene, tacha algo y lo mejora. Al terminar, lo revisa una vez más con ojo crítico y luego le entrega la hoja.

Querida Simone:

Me has dado una gran alegría con tu carta. Me encanta saber que te encuentras bien y estás contenta con tu trabajo. Debo con-

fesarte que yo también pienso mucho en ti y te añoro inmensamente. Quisiera ir a Nimes para volver a verte, pero por desgracia me debo a mis obligaciones. En el viñedo hay mucho trabajo y no puedo dejar solo a Jean-Jacques, que me necesita sin falta.

Por eso deseo aún más poder verte en primavera, cuando el sol brille sobre las viñas, los bosques recuperen su verdor y las primeras flores asomen del suelo. Hasta entonces, querida Simone, te deseo lo mejor y me despido con un pequeño beso.

Tu amigo,

Mischa

Él lo lee y tiene que tragar saliva. No habría sido capaz de redactar algo así jamás en la vida. ¿Es normal que una niña de diez años escriba cosas como «por desgracia me debo a mis obligaciones»? Echa un vistazo a los lomos de los libros que tiene en las estanterías y constata que no conoce ni uno solo de los títulos. Sina, en cierto sentido, no es muy normal.

—No sé... —murmura—. Seguro que necesitará un diccionario.

—Pensaba que quería practicar el alemán —comenta su hermana, encogiéndose de hombros—. Pero, si crees que es demasiado difícil, también puedes cambiarlo.

—No... —contesta—. Así está bien. Lo pasaré a limpio y se lo enviaré. ¡Eres un cielo, Sina!

Ella lo mira con una gran sonrisa. No, no es ninguna belleza, con sus mofletes regordetes y sus labios finos. Pero tiene una sonrisa muy cálida, que llega al corazón.

—¡Encantada de ayudarte, Mischa! ¡Por algo eres mi hermano preferido!

Petra

Ha pasado algo con lo que Petra no había contado y todavía no sabe si es bueno o malo. Ha sido culpa de Marion, porque ha tocado el piano en el colegio. Mientras aprendían una canción nueva con la profesora de música, su hermana ha dicho que podía acompañarlos al piano. La profesora no quería creerla, porque normalmente Marion no participa mucho. Pero entonces se ha sentado al piano y ha tocado sin partitura. Incluso con los acordes correctos de la mano izquierda, que ha aprendido ella sola.

—Mi hermana y yo estamos componiendo una ópera —le ha dicho a la profesora—. Sina Koch escribió el cuento y nosotras nos encargamos de la música.

Petra no estaba, y Sina tampoco porque ahora va a la otra clase de ese mismo curso, pero al día siguiente la profesora de música les preguntó a las dos si era cierto que estaban componiendo una ópera cuento.

—¡Es verdad! —exclamó Petra—. ¿Quiere que toque un fragmento? Sina puede cantar.

Al principio Sina no quería hacerlo porque le daba vergüenza que la profesora la escuchara, pero luego interpretaron la escena en la que la princesa se convierte en una corneja, y Petra tocó el piano y cantó el papel del malvado mago, mientras que Sina hizo de princesa. La profesora se quedó entusiasmada y Sina tuvo que contarle todo el cuento de la melodía desaparecida.

—Sería una representación maravillosa para la función de Navidad —dijo la mujer—. Solo tenemos que acortarlo. Con dos actos bastará.

—¡Eso no puede ser, de ninguna manera! —objetó Petra—. ¿Cómo va a caber toda esa música en solo dos actos?

Pero Sina se encogió de hombros y dijo que podrían cambiar la historia para que fuera más corta.

Marion se emocionó ante la perspectiva de participar en una función del colegio. Desde que toca el piano, de pronto las profesoras son mucho más simpáticas con ella, e incluso ha hecho un par de amigas en su clase, que le suplicaron que les dejara participar también. Así que Petra, aun sintiéndolo en el alma, cedió y le dio permiso a Sina para acortar la ópera cuento. Muchas melodías han quedado fuera, y a Petra le ha costado mucho sobreponerse a ello, pero Sina ha señalado que podrían aprovechar esa música para otra ópera, porque ella tiene muchísimas ideas para otras historias.

Los papeles principales los interpretan Petra, Marion y Sina, pero muchos otros niños también participan. Al final Petra ha quedado bastante satisfecha porque podrá tocar al piano el preludio y el interludio, donde se escucha la melodía secreta.

—Casi no puedo creer que hayas compuesto todo eso, Petra. Seguro que te ha ayudado tu padre, ¿verdad? Como es músico…

—¡Pero solo es violinista!

Ahora tienen que ensayar todo el tiempo con los demás niños, para que se aprendan su papel. Las profesoras les están confeccionando capas y sombreros con papel de seda y, a algunos, sus madres les cosen disfraces de verdad. La tía Swetlana está que no cabe en sí de contenta y ha comprado una gran cantidad de telas bonitas con las que su madre les confeccionará unos trajes. Petra hará de mago malo, así que llevará unos pantalones verdes, una capa con ribetes plateados, un cinturón y un sombrero de cazador. Marion interpretará al príncipe, y llevará unos pantalones azules y una capa con galones dorados. Sina será el rey, y a ella le basta con una corona de papel dorado y una capa roja, larga hasta el suelo. Tras los recortes, el papel de la princesa ha quedado tan reducido que ya no tiene que cantar. Podrá interpretarla una niña de la clase de Marion. Su madre le ha confeccionado un vestido de perlón rosa con dos enaguas debajo y es la envidia de todas las demás.

Luisa suspira a veces porque tiene mucho que coser, pero luego vuelve a decirles que está muy orgullosa de sus dos hijas. Fritz hace como si todo eso no fuera con él. Solo en alguna ocasión, cuando ensayan en la habitación de Petra, se acerca a la puerta, escucha un poco y niega con la cabeza.

—Mañana tienes clase, Petra —dice—. Tu profesora de Frankfurt te está esperando.

—No tengo tiempo —replica ella—. Ya lo ves, papá. Tenemos que ensayar para la función.

El violín nuevo sigue en el dormitorio de sus padres, en lo alto del armario, y Petra lo sabe. Pero de ninguna manera quiere tocar con él. Desde que ya no practica, su madre no ha vuelto a amenazar con marcharse ni una sola vez. Así que ella tenía razón: todas las desgracias eran culpa del violín. Aunque a veces le apetecería sacar el estuche del armario y probar cómo suena el nuevo instrumento, no piensa arriesgarse.

Ahora mismo Marion está muy contenta. Toca el piano todos los días y recibe los elogios de la señora Künzel. Además, todos la admiran porque va a interpretar un papel principal en la ópera cuento. A veces Petra se enfada con ella porque va contando por ahí que han compuesto la música entre las dos, y eso no es verdad: Marion solo toca lo que ella se inventa.

—¿Lo ves? Ahora las cosas van muy bien en casa —le dice siempre a Petra.

Ella piensa que sí, que ahora van mejor, pero que hace tiempo que no se siente «en casa». Es verdad que sus padres ya no se pelean, pero tampoco hablan el uno con el otro. Marion afirma que eso son imaginaciones suyas, porque de todas formas su padre nunca ha hablado demasiado, y ahora está muy ocupado en el teatro. Ya no da clases en el Conservatorio, tiene demasiados ensayos y no puede faltar a ninguno. Todos los mediodías vuelve a casa a comer, se sienta con ellas en la cocina y se queda con la mirada perdida. Cuando su madre le pone algo en el plato, no dice «gracias», como hacía antes; parece que no se dé ni cuenta. Su madre tampoco le pregunta cómo le ha ido en el teatro o si quiere un café, solo habla con Marion y con Petra, y a él no le hace caso. Después de comer él se tumba una horita, luego se pone el traje oscuro y sobre las cinco coge el autobús para asegurarse de no llegar tarde a la función.

Así ha sido durante una temporada, y Petra ya creía que su padre se había olvidado completamente del violín, pero entonces a él se le ha ocurrido algo nuevo. Cuando ella está haciendo los deberes, su padre entra en la habitación.

—Ya has descansado una temporada, Petra —le dice—. Tal vez fuera necesario parar un poco y recuperar energías. Pero creo que ya va siendo hora de empezar a practicar otra vez.

Ella deja el lápiz y contesta muy tranquila:

—No quiero volver a tocar el violín, papá. Ni siquiera el nuevo.

Eso ha sido un error, porque ahora él contraataca.

—Pero ¿por qué no quieres tocar el violín nuevo? Si lo escogiste tú misma.

—Porque mamá quiere que lo devuelvas. Por eso.

Él la mira a través de sus gruesas gafas; tiene los ojos muy grandes y abiertos.

—¿Te ha dicho eso mamá?

—No. Marion y yo lo oímos cuando discutíais.

Su padre se queda estupefacto. ¿De verdad creía que no se habían enterado de sus peleas? A veces su padre parece estar en otro mundo.

—¿Es que nos escuchasteis a escondidas? —pregunta.

—No —miente ella—. Hablabais tan alto que os oímos desde arriba.

Se hace un breve silencio y Petra ya cree que su padre se ha dado por vencido y la dejará en paz. Pero se equivoca.

—¿Y si te traigo otro violín diferente? —pregunta—. ¿Un violín prestado que te vaya bien? Con ese sí podrías practicar.

—No —insiste ella, obstinada—. No quiero volver a tocar el violín. Porque, si lo hago, empezaréis a pelearos otra vez y mamá se marchará.

Su padre profiere un ruido rabioso.

—¿De dónde has sacado semejante disparate, Petra?

—¡Es lo que dijo ella!

—Lo entendiste mal, hija. Tu madre nunca haría algo así.

Como ella no responde, él se acerca y le acaricia el pelo con cariño.

—Todo eso te lo has imaginado —dice en voz baja—. Ahora entiendo por qué ya no quieres tocar el violín, pero no tienes que preocuparte.

Cuando se marcha, Petra tiene la vaga sensación de que habría sido mejor no decirle nada. Pero él ha preguntado, y a ella no le gustan las mentiras. Aun así no se equivocaba, porque al día siguiente su madre la llama al salón para que se pruebe los pantalones verdes del disfraz que le está cosiendo.

—¿Cómo se te ha ocurrido pensar que podría marcharme, tontita? —le pregunta con un leve reproche.

—¡Porque lo dijiste, mamá!

—Eso te pasa por sentarte a escuchar en la escalera —dice su madre, y corta un hilo que sobresale de la tela—. Lo entendiste mal, Petra. Yo no tengo nada en contra de que toques el violín. Al contrario, me gusta. Además es una lástima que no vayas a las clases de Frankfurt, porque de todas formas tenemos que pagarlas.

Petra no dice nada, pero está enfadada. Sabe lo que oyó, y no había nada que pudiera malinterpretarse. Aunque ahora su madre habla de una forma muy diferente porque seguramente quiere reconciliarse con su padre. Eso es bonito, pero no por eso tiene que mentir. Nadie debería mentir. Ni siquiera su madre.

Después de la siesta, su padre regresa a su habitación y, sonriendo, le dice que se alegra de que todo haya quedado aclarado.

—Mañana por la tarde irás con mamá a Frankfurt, y allí te prestarán un bonito violín y podrás volver a practicar con regularidad. Tenemos un montón de compromisos antes de Navidad y no podemos fallar.

Entonces constata que tampoco su padre es sincero con ella. ¿Cómo es que de pronto vuelve a tener tiempo para viajar de aquí para allá con ella? ¿No estaba tan ocupado con el teatro y tenía ensayos a los que no podía faltar? Ahora Petra tiene la ópera cuento en la cabeza y, además, se le han ocurrido muchas melodías nuevas que quiere componer y dejar por escrito. No le apetece volver a actuar delante de un montón de viejos con su vestidito corto y oír cómo dicen que es «una niñita encantadora».

Su padre niega con la cabeza e insiste en que sobre todo se trata de una competición que tal vez incluso saldría por la tele. Pero eso Petra no se lo cree. Últimamente sus padres no hacen más que contarle historias que no son verdad.

—¿Y para qué? ¡Si ni siquiera tenemos televisor!

—¡Pero, Petra! Sería un gran honor. Así, toda Alemania podría verte por la pantalla.

—Tal vez más adelante, papá. Ahora estamos ensayando para la función del colegio, que mi profesora ha dicho que es muy importante. Irán a vernos todos los niños y los padres del centro.

—Eso está muy bien —replica él, disgustado—. Pero tienes que tocar el violín. ¡Es tu vocación, Petra!

Con eso lo da por zanjado y sale de la habitación. Más tarde, cuando Marion y ella están ensayando para la función, se asoma y escucha un ratito.

—Tocas muy bien el piano, Marion —comenta—. Estoy muy contento.

Marion prácticamente se sonroja al oír ese halago. Cuando su padre vuelve a irse, le dice a Petra que de pronto se ha convertido en otra persona.

—Nos quiere muchísimo, Petra. A las dos.

Al día siguiente, aunque en realidad tenía que ir a buscarlas al colegio la tía Swetlana, se encuentran con su padre en la puerta, esperando a Petra.

—Hoy voy yo contigo a Frankfurt. Ya lo sabes, Petra: te prestarán un violín muy bonito, y tu profesora tiene ganas de volver a verte.

Eso la pilla por sorpresa, así que se resiste con todas sus fuerzas cuando su padre pretende cogerla de la mano.

—¡No quiero ir a Frankfurt! —exclama—. ¡Ya te lo he dicho! ¡No pienso ir! ¡Suéltame!

Todos los niños miran cómo patalea intentando zafarse de

él. Una madre que ha ido a buscar a su hijo pequeño, asustada, pregunta quién es ese hombre.

—¿Cómo se le ocurre agarrar así a la niña?

—Es mi hija, señora —dice Fritz, que se ha puesto todo colorado de vergüenza.

Aun así no la suelta. Al final llega corriendo la tía Swetlana, casi sin aliento, y también una profesora, y entre las dos intentan convencer a Petra.

—Petra, no querrás ser una maleducada, ¿verdad? Pórtate bien y vete a casa con tu papá.

—Tienes que obedecer a tu padre —dice la tía Swetlana—. No está bien que una niña sea tan tozuda. ¡Pareces un chico!

La presión es demasiado para ella, que se echa a llorar y deja de resistirse. Sollozando, sigue a su padre, que ahora le habla con tono apaciguador.

—Pero, hija, ¿por qué eres tan rebelde? ¿Es que no estás contenta de tener un violín nuevo? Además, la señora Schiedmayr está muy triste porque ya no vas a sus clases...

Saca un pañuelo para enjugarle las lágrimas, pero ella se aparta. En la estación cogen el tren a Frankfurt, que al mediodía siempre va medio vacío, así que están solos en el compartimento. Petra se niega a quitarse la cartera del colegio. Se sienta obstinada junto a la ventana y mira el paisaje mientras su padre sigue intentando convencerla. Sin embargo, no le dice nada que ella no sepa: que a su edad él no pudo asistir a clases de violín porque creció en un pueblo muy pequeño, que más adelante se esforzó mucho para practicar y todos se quedaron asombrados con su progreso, que luego vino la guerra y ya no pudo seguir tocando el violín. Después le dice que un gran talento conlleva una responsabilidad que no debe tomarse a la ligera.

—Tú quieres que mamá y yo estemos orgullosos de ti, ¿verdad, Petra?

Pues claro que quiere. Pero no que sus padres se peleen por su culpa. Y, en realidad, tampoco quiere tocar el violín varias horas todos los días. Su madre le dijo que está orgullosa de ella porque van a representar su ópera cuento en el colegio. A su padre eso le da igual. ¿Y qué quiere ella? ¿Cómo debería actuar? Está hecha un lío y ya no sabe qué decisión tomar.

En Frankfurt van en tranvía hasta la Escuela Superior. En ese viejo edificio donde se oye música desde todas las salas, empieza a sentirse angustiada. Resulta que ahora su profesora está dando clase a otra alumna. Su padre se enfada mucho, y van tres puertas más allá para ver al señor Bünger. El hombre había sido su profesor y a ella le cae muy bien, pero el año pasado les dijo que tenía que recortar horas y que por eso le había buscado a una joven profesora muy simpática. Sin embargo, a Petra no le gusta esa mujer. Es muy estricta y nunca se puede reír con ella. ¡Qué bien que ya no tenga tiempo!

El señor Bünger está dando clase a un alumno, así que tienen que esperar media hora delante de la puerta. El alumno es mucho mayor que Petra, que oye su voz profunda, una voz que suena como la de Mischa. De pronto Petra piensa en el chico, que con dieciséis años se marchó de casa para recorrer mundo. A ella también le gustaría hacerlo, pero aún no ha cumplido los ocho años, así que todavía no puede. Bueno, tendrá que esperar. Tal vez se lleve consigo a Sina. A Marion mejor que no; ella se quedará en casa porque ahora su padre vuelve a quererla. Pero a Laika sí que podrían llevársela también. Un perro es un buen protector para dos niñas que viajan solas por ahí.

Su padre no tiene ni idea de los planes que le rondan por la imaginación. No hace más que caminar de aquí para allá por el pasillo. Entra en la secretaría, sacude la cabeza y reniega porque no entiende nada de nada.

—Pedí expresamente que nos prestaran un violín tamaño tres cuartos, pero nadie sabe nada de eso. ¡Es increíble! ¡No encuentran mi solicitud!

Petra comprende que quizá no vayan a darle ningún violín y siente un gran alivio. Aun así, ahora siente pena por su padre, que camina triste de un lado a otro y nadie quiere atenderlo. Si regresaran a casa de una vez, ella no tendría que seguir ahí sentada, viendo cómo su padre se pone en ridículo.

Al final les dejan entrar en la sala del señor Bünger, que los recibe con mucha simpatía.

—¡Cómo está usted, mi querido Bogner! ¿Qué, Petra? ¿Quieres volver a clase?

—En realidad prefiero tocar el piano —dice ella, muy seria.

—Ah, ¿sí? —replica el hombre, sorprendido, y mira a Fritz con ojos interrogantes—. Pues es una verdadera lástima, Petra. Porque con el violín habías llegado ya muy lejos.

Entonces su padre habla un poco con él y le explica que ahora mismo Petra está pasando por una etapa difícil, pero que es algo temporal.

—Aunque no entiendo que la señora Schiedmayr tenga a otra alumna, si seguimos pagando las clases —dice entonces, indignado.

El señor Bünger le aclara con amabilidad que la señora Schiedmayr, por supuesto, está disponible para darle clases a Petra y que, si hubieran llamado antes, ese malentendido no habría tenido lugar. Su padre se disculpa entonces y dice que a partir de ahora Petra asistirá a las clases como de costumbre.

—¿Es eso lo que quieres, Petra? —le pregunta el señor Bünger.

—¡Claro que es lo que quiere mi hija!

Pero el señor Bünger no hace caso de lo que dice Fritz Bogner. La mira a ella, y Petra comprende que quiere oír la verdad.

—No —contesta—. Quiero tocar el piano. Y componer música. Eso es lo que quiero.

Se acerca al piano que está en el centro de la estancia, se sienta en la banqueta y toca el preludio de su ópera cuento. No suena tan bonito como en el piano de cola de la tía Swetlana, porque este instrumento está ya muy usado. Pero Petra queda satisfecha.

—Chiquilladas —dice su padre con un suspiro—. Se cree que sabe componer, pero se le pasará, señor Bünger.

Ludwig Bünger la ha escuchado y ahora se acerca a su espalda y quiere saber si se ha inventado toda esa música ella sola.

—¿Preferirías, quizá, asistir a un curso de composición, Petra?

—No —dice ella—. No necesito ningún curso. Ya sé componer. Pero sí me gustaría aprender trompeta. Y clarinete. Y flauta. Esa que se sopla de lado, la travesera. Esa también. El violín ya sé tocarlo.

El hombre se ríe y se dirige a su padre.

—Tenemos delante a una futura compositora, señor Bogner —comenta con alegría.

A Fritz no le hace ninguna gracia.

—¡Por favor, señor Bünger! Petra tiene un gran talento para el violín, debe comprender que no puede aflojar porque, si no, ¡los demás la adelantarán!

Le desespera que el señor Bünger se tome el asunto con tanta tranquilidad y se encoja de hombros.

—A un niño solo se le puede obligar a practicar durante cierto tiempo, señor Bogner. Al final, si no se dedica a ello con amor y entusiasmo, no será ninguna virtuosa. Pero ¿quién sabe? Tal vez hagamos de ella una directora de orquesta.

—No hay directoras —dice Fritz, molesto—. ¿O acaso conoce a alguna mujer que dirija una orquesta conocida? Eso no es posible, porque una mujer jamás podría transmitir la autoridad necesaria.

—Si usted lo dice —comenta el hombre con un gesto de disculpa—. Su hija posee una musicalidad excepcional. Déjele tiempo para que la desarrolle. Ese es mi consejo, querido Bogner. Más no puedo hacer por usted.

Fritz, dándose por vencido, asiente y se despide. En el trayecto de vuelta, el tren va muy lleno; se sientan apretados entre otras personas y no pueden hablar. Tampoco es que quieran. Su padre mira al frente, preocupado, y Petra le da vueltas a lo que ha dicho el señor Bünger. Directora. Eso es. Igual que el señor Stimmler o el señor Kaufmann en el Teatro de Wiesbaden. Ella quiere plantarse delante de los músicos y decirles cómo deben tocar. Su música, por supuesto, las piezas que ha compuesto ella.

Cuando llegan a casa ya es de noche. Un viento frío les tira de las chaquetas, y Petra se angustia al pensar que todavía tiene que hacer los deberes. Su madre los espera en el calor de la cocina; les ha guardado algo de cena y ha preparado infusiones calientes. Pero su padre no quiere comer nada. Solo se bebe una taza de té y se va a la cama.

—¿No os han prestado ningún violín? —pregunta ella, preocupada.

—No. Y tampoco voy a ir más a clase. ¡Porque quiero ser directora de orquesta! —anuncia Petra.

—¿Directora? —repite su madre con incredulidad—. ¿Quién te ha metido esa idea en la cabeza, hija?

—¡Lo ha dicho el señor Bünger!

Su madre niega con la cabeza, pero Petra tiene que darse prisa y hacer los deberes. En la cocina, porque arriba, en las habitaciones, hace mucho frío. Marion está dormida desde hace rato, y es una pena, porque a Petra le habría encantado contarle lo que ha vivido hoy.

A la mañana siguiente, la despierta el fuerte golpe de la puerta de casa. Petra se sobresalta y quiere ir a la habitación de Marion, pero su hermana ya está en el pasillo, en camisón, muy pálida.

—Mamá ha salido corriendo a la cabina telefónica. Papá no se encuentra bien.

—¿Papá? —susurra Petra, asustada—. ¿Se ha puesto enfermo?

—Le pasa algo en el corazón —dice Marion con voz de sabelotodo—. Mamá dice que no le late al ritmo normal.

—¿Y eso es peligroso?

Marion asiente.

—¡Podría morirse!

Wilhelm

¡Karin estuvo ahí! Con ese abrigo azul cielo, relucía igual que una aparición de otro mundo entre los demás asistentes, vestidos con prendas oscuras. Lo miró y, durante apenas unos segundos, sus ojos se encontraron y él se quedó paralizado. Después se marchó, pero de pronto él notó algo semejante a un fuego en su interior, una efusión de energía, una felicidad enorme que no hizo más que dar alas a su imaginación durante el resto de la velada.

Fue un gran éxito. Ida Lenhard se superó a sí misma y demostró de lo que es capaz. El público estuvo grandioso, la gente no quería parar de aplaudirles y él incluso tuvo que firmar autógrafos.

—¡No logro comprender que un actor tan excepcional no esté contratado en el Teatro Estatal! —comentaron muchos.

Solo asistieron algunos de sus compañeros de trabajo; es comprensible, porque muchos tenían función a esa hora, y otros seguramente sentirían envidia. Un par de leales colegas del desaparecido cabaret se sentaron entre el público y después lo felicitaron con palmaditas en el hombro. Le preguntaron si los contrataría para la velada de cabaret, y él por supuesto les dijo que sí. Cuando la mayor parte de los asistentes ya se había marchado, Willi invitó al resto, entre ellos a muchos buenos amigos, a una juerguecita que se alargó hasta pasada la medianoche, cuando sirvieron incluso café y tarta.

Se acostó de un humor buenísimo y se entregó a sus dulces sueños, pero hoy su hermana Hilde se ha encargado de hacerlo bajar de las nubes ya de buena mañana.

Sobre las diez, cuando se presenta en el café para desayunar, está sentada a la mesa de siempre con su madre, comentando con ella las cuentas del día anterior. Willi oye entonces que solo se vendieron veinte entradas, porque él repartió muchas gratis, y que con eso no cubren los gastos del bufet.

—¿Y las bebidas? La gente bebió champán y vino sin parar, y eso lo pagaron.

—Sí, pero luego, ya entrada la noche, siguieron bebiendo y ahí nadie pagó nada. Y las tartas a las que invitaste, menos aún.

—¿Qué insinúas con eso? —protesta él—. Podemos prescindir perfectamente de esas tres tartitas, y el vino de todas formas nos sale gratis.

—Error —dice Hilde, y mira a su madre con severidad—. Jean-Jacques no puede seguir regalándonos su vino. Es viticultor y tiene que pensar en su negocio.

—Pero ¿qué clase de familia es esta? —protesta Willi—. Si es así, también yo le enviaré una nota considerable por mi ayuda en el viñedo.

—Exacto, Willi —se entromete su madre, que hasta ahora, al ver las cuentas, había estado callada—. Si Jean-Jacques nos viene con estas, ¡no habrá más remedio!

Entonces, por suerte, su padre baja al café. Luisa les sirve el desayuno y Willi recibe una avalancha de elogios paternos por su grandiosa representación de la noche anterior. También su madre le dedica un par de palabras de reconocimiento. Hilde dobla el papel con las cuentas.

—Por cierto, Karin estuvo aquí —dice con una mirada muy elocuente.

Su madre, que no sabía nada, se indigna.

—¡Cómo se atreve a presentarse tan alegremente, la muy víbora! —exclama—. ¡Si la hubiera visto, la habría echado enseguida!

—Solo se quedó un momento —explica Hilde—. Pero me parece que le gustó mucho.

Willi asimila esas palabras. ¡A Karin le gustó su interpretación! ¡Estuvo admirándolo! Ay, ¿por qué tienen esos estúpidos malentendidos y esas peleas superfluas? Se llevan muy bien. Ambos son artistas, se aprecian y saben lo importante que es para su alma el éxito, el aplauso, el reconocimiento. También su padre lo comprende; Heinz defiende a Karin con cautela y dice que le parece un gesto bonito que mostrara interés en la representación. Pero su madre enseguida le para los pies.

—Esa mujer engañó a nuestro Willi sin ninguna vergüenza, Heinz. Algo así no tiene disculpa. Solo espero que el divorcio se tramite enseguida.

Al principio Willi no dice nada, no quiere inquietar innecesariamente a su madre, pero Hilde parece estar mejor informada.

—«Hay más cosas en el cielo y en la tierra de las que sueña nuestra filosofía» —apunta con una sonrisa de suficiencia al citar a *Hamlet*.

—¿Y eso qué quiere decir? —pregunta su madre, perpleja.

—¡Pregúntaselo aquí a Shakespeare!

Como Else se vuelve hacia Willi con una mirada interrogante, este aparta deprisa el plato y apura el café.

—Bueno, voy a ocuparme del negocio —anuncia, y se levanta.

—Piensa que a las once y media viene el hombre del coche

—le recuerda su madre—. Tienes que revisarlo a fondo y comprobar el motor.

—¡Faltaría más, mamá!

Está algo decepcionado porque su madre no quiera comprarle un coche nuevo, sino solo un Escarabajo de segunda mano. Pero, aun así, eso es mejor que nada. Todavía tiene el carnet de conducir que le dieron en el ejército, porque hacia el final de la guerra recibió una formación de conductor. Tuvo la suerte de participar solo en dos operaciones y de que su superior enseguida se rindiera ante los ingleses.

Entretanto han llegado al café varios compañeros del teatro. Son menos que de costumbre porque ya no hay sopa de gulasch; los que faltan son sobre todo los cantantes de ópera, los más comilones. Los demás le dan palmaditas a Willi en el hombro y no dejan de hablarle de la maravillosa velada del día anterior, aunque ellos no asistieran.

—Si vuelves a organizar algo así, llámame.

Disfruta de que lo adulen y le hagan la rosca porque les gustaría actuar en el «café de artistas», así que se muestra benévolamente despectivo.

—Ya hablaremos, si se da la ocasión.

Al fondo, en su mesa preferida, Sofia Künzel degusta los *croissants* de Richy, que son su última creación y, por lo visto, tan buenos como los franceses. La mujer llama a Willi con la mano y señala la silla libre.

—¡Siéntate aquí conmigo!

La Künzel habla con un tono de ordeno y mando al que cuesta mucho resistirse. En realidad, él quería subir a hacer unas llamadas telefónicas de cara a las siguientes funciones, pero se sienta obediente con ella y acepta el medio *croissant* que le ofrece.

—Nos ha salido el tiro por la culata —dice la mujer.

Él no lo entiende enseguida, y al principio piensa que se refiere a su representación teatral, pero luego cae en la cuenta de que habla de lo de Richy.

—Exacto —contesta él—. Un asunto feo.

La Künzel asiente, unta el *croissant* con mermelada y da un mordisco con placer.

—Es una lástima —añade con un suspiro mientras mastica—. Pero tienes que intervenir, Willi.

—Ya lo he hecho, pero mi hermana se cierra en banda.

Ella traga ayudándose con un poco de café.

—Ahora, arriba hay tranquilidad —explica—. Ya no hay peleas ni gritos, todo es armonía amorosa. No sé si sabes lo que quiero decir...

—Está muy claro.

—Hubsi también está contento. Es más, a su avanzada edad se encuentra incluso reconfortado. Hace poco me dijo que su inquilina es una mujer maravillosa con grandes dotes artísticas...

—¿De verdad? —comenta Willi sin demasiado interés.

—Él cocina para ella, y ella borda.

—¿Que hace qué?

La Künzel le ofrece una amplia sonrisa y se mete el cuerno del *croissant* con mermelada en la boca.

—Yo tampoco lo sabía. Se pasa el día entero bordando no sé qué locura de estampado. Tapices, o algo así. Por eso siempre había hilos por todas partes.

—Ajá —profiere Willi por educación—. Me alegra que esté entretenida y se lleve bien con Hubsi. Pero el resto de la historia...

—Cierto —lo interrumpe la Künzel—. No puede ser. De verdad que yo no soy mojigata; por mí, que hagan lo que quieran. Pero le tengo demasiado aprecio al Café del Ángel, y ayer noche oí cómo se indignaba Alma Knauss. Solo vino por Ida Lenhard. Si no, no habría puesto un pie en el café...

Willi ve confirmados sus peores temores. No solo se resentirá el café, sino también sus veladas artísticas. Tiene que hacer algo, y deprisa.

—¿Se ha enterado ya tu madre? —pregunta la mujer, mirándolo con insistencia.

—Creo que no. Seguramente le daría un infarto si lo supiera.

—No puedes andarte con consideraciones —opina ella—. Volveré a hablar con Hilde. Esos dos de ahí arriba me dan un poco de lástima, pero tendrían que haberlo pensado antes. ¡No pienso quedarme de brazos cruzados viendo cómo el Café del Ángel se va al garete!

—Tampoco yo, señora Künzel. ¡Puede confiar en mí!

Su hermana Hilde es increíble. Se tiene por una mujer de negocios, prepara cuentas cuadriculadas y le reprocha haber invitado a vino y tarta a sus amigos, pero no se da cuenta de que el Café del Ángel acabará en la ruina por culpa de su tozudez. Menos mal que él también tiene algo que decir sobre eso. Después le soltará cuatro verdades a su madre. Tiene que hacerlo, aunque sin duda se alterará. Y luego despedirán a esos dos. Sin preaviso. También los echarán del piso, cosa que a él le vendrá muy bien, porque así podrá instalarse arriba, y su habitación en casa de sus padres pasará a ser un despacho decente. Allí llevará la contabilidad, tendrá el teléfono y firmará los contratos con sus artistas.

Casi se olvida del coche. El tipo que quiere vendérselo llega al café y pregunta por la señora Koch. Es un tipo bastante presuntuoso; lleva traje y corbata debajo de su abrigo elegante. Por lo visto, es el gerente de la química Kalle, está en su pausa del mediodía y no tiene mucho tiempo.

—El coche está perfecto —dice con arrogancia—. Ya sabe:

un Escarabajo nunca deja de funcionar. En verano bajamos con él al lago Mayor, en Italia. Pero somos cinco y fuimos un poco justos...

Quiere comprarse algo más grande. Le ha echado el ojo a un Opel Kapitän que le gusta mucho a su mujer.

Willi sale con él al patio, donde ha aparcado el Escarabajo, y examina el coche. Es negro, y eso le gusta porque causa buena impresión. Los asientos habían sido blancos, pero ahora tienen un tono grisáceo. Pide que le enseñe el motor y comprueba un momento las bujías, que parecen estar correctas. El nivel de aceite está algo bajo, pero el motor arranca de maravilla.

—Me gustaría probarlo un poco.

—Como quiera. Diez minutos, que no tengo mucho tiempo.

—Desde luego.

El hombre le da la llave, él se monta en el coche y recoloca el asiento del conductor. Entonces lo pone en marcha y se le cala dos veces antes de salir a Wilhelmstrasse. Qué buena sensación la de poseer un vehículo propio... Aunque un Volkswagen Escarabajo no sea un cochazo americano, es mejor que ir por ahí en autobús, o a pie. Enseguida se familiariza con la máquina. Tuerce por Rheinstrasse y quiere regresar al café por Kirchgasse y Friedrichstrasse, pero entonces se le ocurre que podría pasar un momento por casa de Karin.

Al fin y al cabo, en el piso todavía tiene un montón de ropa, libros y otras cosas suyas, y podría cargarlas en el coche para llevarlas a casa de sus padres. Así tendría todos esos trastos a mano y, cuando Richy y Otto se marchen, subirlos al piso de la buhardilla. Pero, sobre todo, le gustaría ver a Karin y cruzar un par de frases con ella. Tal vez mencionar lo de anoche, lo contento que está y todo eso...

Tarda un rato en encontrar aparcamiento en Rheinstrasse,

y luego tiene que caminar un trecho hasta el edificio y subir la escalera a toda prisa. Ya han pasado los diez minutos, pero, en fin, tampoco debería ser tan estricto ese tipo.

Al llegar a la puerta del piso, decide que es mejor llamar en lugar de usar su llave. Es más considerado. No quiere presentarse como un marido despótico que irrumpe en el refugio de las mujeres cuando le viene en gana. Aun así no ha olvidado el numerito de su suegra con la escoba, de manera que se prepara para un posible ataque.

—Ay, Willi —dice la señora Langgässer al abrir la puerta—. Pasa, pasa.

Él entra en el pasillo con recelo, porque le escama esa repentina simpatía.

—Muy buenos días —saluda con educación—. Pasaba por aquí y he pensado que podría ver un momento a Karin para...

—Querido Willi —lo interrumpe la mujer—. Karin me ha contado lo que ocurrió hace poco en el parque infantil. ¡Ay, cómo le he recriminado su conducta! Ella, sentada en el banco sin darse cuenta de que la pequeña Norita había echado a correr. Dios mío, no habría podido volver a ser feliz en esta vida si le hubiera ocurrido algo a la niña...

A Willi le encantaría poner freno a esa palabrería, pero la mujer habla por los codos.

—¡Si no hubieras actuado con semejante valentía! Ay, te había juzgado mal, Willi. Y lo que pasó el otro día también fue una equivocación. Karin me lo explicó todo. Yo pensaba que le habías pegado, pero resulta que fue ella la que te dio un bofetón a ti. No debería haberme alterado tanto...

A Willi no se le ocurre qué decir de todas esas explicaciones, pero parece que su heroicidad ha impresionado mucho a su suegra. En fin. Se mueve nervioso de aquí para allá.

—Me gustaría hablar con Karin. ¿Está en casa?

—Claro. En la cocina.

Karin está comiendo con la pequeña Nora. Qué tonto... No ha pensado que es la hora de comer.

—No pretendía molestar —dice.

Karin tiene que coger enseguida el plato de la niña, porque la pequeña alarga los brazos hacia Willi. Este la saluda, deja que lo manche con salsa de tomate y luego le pregunta a su mujer cómo está.

—Bien —dice ella—. Mamá, ¿te encargas tú? Vamos al salón a hablar.

Su suegra no protesta y deja que se vayan a la otra sala. ¡Menudo cambio! Ahora está aún más envalentonado que antes. Tiene en la cabeza mil frases que quiere decirle a Karin, pero todas revueltas, un caos de palabras que a su cerebro le cuesta muchísimo desentrañar. Ella se sienta en el sofá de felpa de su madre; él toma asiento en una de las gastadas sillas de terciopelo. Karin tiene ojeras y se le nota la barriga algo más abultada. Ya no puede ocultar el embarazo. Casi le resulta una desconocida; nunca la había visto tan necesitada de amparo. El batiburrillo de su mente es cada vez más inextricable, pero tiene muchas ganas de ponerse de pie y estrecharla entre sus brazos.

—Me alegro de que hayas venido —dice ella en voz baja—. Ayer interpretaste magníficamente a Harpagón, y quería decírtelo, Willi. Aún eres joven para el papel, pero aun así...

—Ah, gracias —comenta él, cohibido, y bromea—: Ser demasiado joven es un error que se corrige con los años.

—Lo digo en serio, Willi. ¡Eres un actor extraordinario y sé que conseguirás triunfar!

Él se sumerge en sus ojos oscuros y graves, que parecen más grandes aún en ese rostro tan pálido.

—Siempre soñé que los dos lo conseguiríamos juntos —dice.

—Sí —contesta ella con tristeza—. Pero parece que eso no será posible. Nuestro matrimonio se ha roto, Willi.

De pronto no quiere aceptarlo.

—Pero ¿por qué? ¿Cómo hemos llegado a esto?

Karin sonríe abatida y se encoge de hombros.

—Por mi ambición, Willi. Solo pensaba en mi carrera y, mientras tanto, nuestro amor se ha quedado en el camino.

Esa respuesta lo destroza. Ella carga con la culpa. No, no puede permitirlo.

—No, han sido mis malditos celos absurdos. Envidiaba tu éxito. ¡Qué mezquino por mi parte! Fue lamentable.

—¡En absoluto! —exclama ella—. No comprendía lo que es quedarse en casa sin tener ninguna ocupación. Es ahora cuando te entiendo, Willi. Porque en estos momentos no puedo rodar. Me han cancelado los contratos. ¡Es un infierno!

Se siente conmovido por su cambio de opinión, y a la vez la compadece. Pasarse todo el santo día con su suegra no es divertido; él lo sabe de sobra.

—Cuando nazca el niño, podrás volver a rodar películas —dice para consolarla—. Y, además, ¡me tienes a mí!

Pero ella no sigue su insinuación.

—No quiero ser una carga, Willi —aclara—. Nos las apañaremos solos.

Es el momento de decirle lo que lleva dentro desde hace tiempo: que estaba equivocado, que se dejó llevar por unos celos absurdos. Esa bofetada le abrió los ojos, pero es tremendamente difícil reconocer que ha errado tanto.

—No —dice—. Ese hijo es mío, Karin. Ahora lo sé. Fui un idiota y, llevado por la locura de los celos, sospeché de ti por algo que jamás habrías sido capaz de hacer. Entiendo que no puedas perdonármelo.

Ella lo mira y él, consternado, ve que sus ojos se llenan de lágrimas.

—Todos cometemos errores —dice en voz baja—. No solo tú.

—Insisto en ocuparme de vosotros —sigue diciendo él—. Por la economía no tienes que preocuparte. Soy copropietario del Café de Artistas del Ángel y estoy en situación de mantener a mi mujer y a mi hijo.

—Pero… ¡tú eres actor, Willi! ¡No debes desperdiciar tu gran talento!

Él se ríe, aunque se da cuenta de que suena forzado.

—De momento ocuparé un piso en el edificio de mis padres y me dedicaré a mis nuevas obligaciones. Pero, por supuesto, estaremos en contacto, Karin. Sobre todo por… por nuestro hijo. Vendré a veros siempre que pueda.

Mira el reloj. ¡Madre mía, ya son las doce y media! ¿Le ha dicho todo lo que quería? ¿Lo ha aclarado todo? En realidad, sí. Pero de todos modos no ha obtenido lo que tanto deseaba.

—Tienes que marcharte, ¿verdad?

—Sí, me están esperando.

Ya no le apetece hablarle del coche nuevo. Resignado, se levanta, le dedica un gesto de la cabeza y sale al pasillo. En la puerta se vuelve un instante y quiere decirle algo simpático como despedida. Sin embargo la confusión ha vuelto a instaurarse en su cabeza y ha atado un nudo gordiano. La mira y, de pronto, no puede evitarlo: se acerca a ella y la abraza. La besa en los labios con suavidad y ella no lo rechaza, sino que se apoya contra su pecho y deja que ocurra.

—Vete —susurra—. Vete, Willi, por favor.

Poco después está en el descansillo, paralizado, y tiene la sensación de que va a estallar de desesperación. ¿Cómo han llegado tan lejos? ¿Qué ha ocurrido para que entre ambos exista ese muro, esa distancia entre dos personas que una vez estuvieron tan unidas?

«Ya no confía en mí —piensa—. Debo demostrarle de lo que soy capaz. Voy a ser padre y puedo mantener a mi familia. ¡Ya lo verá!».

Baja la escalera a zancadas, abre la puerta con tanta fuerza que las bisagras crujen y sale corriendo a la calle. Caen unos pequeños copos de nieve helada. El cielo está tan encapotado sobre la ciudad que la punta de la torre de San Bonifacio desaparece en él. En las aceras y las calles se ha acumulado una capa de nieve fina y transparente. También el coche está cubierto de blanco y, al arrancar, nota que la calzada resbala un poco. Casi derrapa contra un coche aparcado. En la entrada del patio del Café del Ángel se da un pequeño golpe contra la ampliación de la cocina por pisar el freno con demasiada brusquedad.

Apenas baja del coche, su madre se acerca corriendo, muerta de preocupación.

—¿Dónde te habías metido, Willi? Ya pensábamos que habías tenido un accidente. El señor Teuchert ha tenido que marcharse y ha dicho que le pagaríamos el coche aunque ya no fuera más que un montón de chatarra.

—Tranquilízate, mamá. El coche está perfectamente. Como mucho habrá que cambiar los neumáticos.

—Pero ¿dónde te habías metido, hijo? ¿Por qué no has llamado, por lo menos?

No le apetece tener una larga discusión con ella. Ha asumido un nuevo cargo, ahora es gerente del Café del Ángel y les demostrará a todos de qué pasta está hecho.

—Tengo que hablar contigo, mamá. Se trata de la existencia misma del Café del Ángel. Subamos al piso.

Su madre se queda algo perpleja al oír ese tono tan brusco.

—Pero ¿qué te pasa, Willi? ¿No has dormido bien?

Él no responde. Cierra el coche y se guarda la llave en el bolsillo. Después se dispone a subir al piso de sus padres.

—¿Vienes, mamá? No tengo mucho tiempo, hay otros asuntos importantes que solucionar.

—¿Qué otros asuntos importantes? —quiere saber la mujer—. Bueno, está bien, yo también quería hablar contigo. Es sobre la velada de ayer, que, bueno, en el aspecto empresarial no fue muy...

Desde el dormitorio se oyen unos tenues ronquidos; su padre se está echando su acostumbrada siestecita. Willi le pide a su madre que se siente en el salón.

—Hay que despedir de inmediato a Richy y a Otto, mamá —suelta sin rodeos—. Están poniendo en peligro el buen nombre del café.

Ella se lo queda mirando como si no estuviera bien de la cabeza.

—¡Pero, Willi! Incluso yo debo reconocer que Richy es un repostero absolutamente maravi...

—Richy y Otto son homosexuales, mamá. Viven ahí arriba como... como pareja. No sé si sabes a qué me refiero.

A su madre de pronto le falta el aire. Willi se asusta un poco porque tiene toda la cara colorada y los ojos desorbitados.

—¿Homo...? ¿Homosexuales? —tartamudea—. ¿Quieres decir que son de los del artículo ciento setenta y cinco? ¿Richy y Otto? Pero... ¡eso es imposible! ¡Aquí, en el Café del Ángel! ¡En nuestra propia casa!

—Por desgracia así es, mamá. Sofia Künzel está al tanto desde hace tiempo, la gente del teatro también se lo olió enseguida, y ahora lo sabe ya la mitad de la ciudad. ¡Alma Knauss ha declarado que no quiere volver a poner un pie en nuestro café!

—Por el amor de Dios —se lamenta su madre, y se lleva una mano a la frente con desesperación—. ¡Qué vergüenza!

Como se entere la competencia... El Blum nos destrozará. No... No me encuentro bien, Willi...

Espantado, va corriendo a la cocina a buscar un vaso de agua fría.

—El Blum podría incluso denunciarnos si le apetece —añade mientras su madre se bebe el agua de golpe—. Porque somos cómplices de su delito al alquilarles el piso.

Su madre se pone tensa y deja el vaso vacío en la mesa con decisión.

—Nos ocuparemos de esto ahora mismo, hijo —anuncia—. No le digas ni una palabra a tu padre. Hablaré con Hilde y llamaré a August para que el despido sea impecable y no tengan ninguna grieta a la que recurrir.

—¡Perfecto! —se alegra él—. Pondré un anuncio en el *Tagblatt* diciendo que buscamos pastelero. De todas formas tenía que llamarles para publicar el programa del jueves.

Su madre se tambalea un poco al ponerse de pie, pero, cuando él quiere sostenerla, lo rechaza con vigor.

—Déjame, Willi. Estoy bien. ¡Todavía no estoy para llevar a la chatarrería!

Su madre es una mujer maravillosa. Willi, contentísimo de haber solucionado ese problema, se dirige al teléfono. Además de a un pastelero, sería inteligente contratar a un ayudante de cocina y a alguien más para servir. Redacta el anuncio y compone el programa del jueves. Ha contratado al bajo Herbert Grabe, del Teatro Estatal, a quien acompañará el maestro repetidor Alois Gimpel. Interpretarán el *Viaje de invierno* de Franz Schubert, muy adecuado para la época del año, porque todavía nieva y por la ventana ve cómo se arremolinan los copos a la luz de las farolas.

«No olvides que necesitaremos diez cajas de champán —se dice—. El vino podemos encargarlo en cualquier otra parte, si de todas formas hay que pagarlo. Grabe quiere cobrar en metálico, y Gimpel también. Tengo que recordarle a mamá que vaya al banco».

Satisfecho, se reclina en el respaldo antes de descolgar el teléfono. Empiezan a soplar aires de libertad. Adiós al olor de las tartas rancias. El «Café del Ángel» ha muerto. ¡Ha nacido el «Café de Artistas del Ángel»! Pronto ganarán tanto que podrá invitar a Karin y a su familia a un viaje de vacaciones.

Hilde

—¡Ni hablar!

Hilde está sentada con su madre en la cocina de esta. Ha prohibido a los gemelos que vean la tele y los ha enviado arriba. Ellos han protestado, pero al final han tenido que aguantarse. No puede permitir que por casualidad oigan nada de esa conversación.

—¿Es que no lo entiendes, Hilde? ¡Nuestra existencia depende de ello!

Tiene la sensación de recibir ataques desde todos los flancos. Primero Willi y su madre, y ahora, por si fuera poco, también la Künzel. Pero no está dispuesta a despedir a su pastelero.

—Todo eso no son más que habladurías. ¡No hay ni una palabra cierta!

—Pero con el rumor basta —insiste Else—. He hablado con August y él opina lo mismo.

¡O sea que su hermano August también está de parte de ellos! Y Jean-Jacques, que sin duda la habría apoyado, está en Eltville, podando las vides.

—No apruebo ese despido —declara—. Y si lo decidís sin tener en cuenta mi opinión, me marcho de aquí.

Su madre no se deja impresionar. Hilde ha heredado su

testarudez. Ahora tienen que ver quién de las dos aguanta más sin respirar.

—¿No te has dado cuenta de que ya no vienen familias con niños al café? Y las señoras mayores también han dejado de visitarnos.

—¡Eso no es verdad!

Pero Hilde no puede negar que desde hace un tiempo hay menos trabajo. Incluso podría decir que están extrañamente tranquilos. Hoy, Swetlana solo ha servido cuatro desayunos: los de Heinz, Willi y Else, además del de la Künzel. Al mediodía ha ido algo mejor, pero también a esa hora tienen menos clientela. Aunque eso es porque la sopa de gulasch ha caído de la carta.

—Se van todos al Blum o a otros cafés —insiste su madre—. Si no actuamos con contundencia, habrá que cerrar.

—De todos modos habrá que cerrar pronto —objeta Hilde—. ¿No has visto las facturas de los pedidos de Willi? ¡Champán y caviar! Salmón, jamón de Parma, corazones de alcachofa. Todo para el bufet. ¿Acaso somos una tienda de *delicatessen*?

—Eso es otro asunto —replica su madre, evasiva.

—Ah, que Willi deje el Café del Ángel en números rojos te da igual. Y ahora, encima, quieres despedir a Richy. La única baza que tenemos contra el Blum. Pues conmigo no contéis, ¡desde ya te lo digo!

Su madre hace oídos sordos a ese comentario.

—Si no te importa nuestro buen nombre, por lo menos podrías pensar en tus hijos —le reprocha—. Los pobres niños son testigos de esa inmoralidad todos los días. Algo así es muy perjudicial para unos chicos de su edad.

—¡Pero si no son más que infundios! —exclama Hilde—. Puras mentiras. La competencia ha hecho correr el rumor porque quiere quitarnos a Richy.

Su madre se harta de oírla, se levanta y le da un ultimátum.

—Tienes hasta esta tarde para pensártelo, Hilde. Mañana, Willi y yo nos ocuparemos de ello. Te guste o no.

Dicho eso, sale de la cocina y llama a los gemelos para que bajen; la prohibición de ver la tele ha quedado levantada.

—¿Habéis terminado la reunión secreta? —pregunta Frank con una sonrisilla.

—¡No seas tan descarado! —le recrimina Else.

—¡Pero si ya sabemos que Richy y Otto son mariquitas, abuela!

La mujer se horroriza y mira a Hilde con reproche.

—¡Ahí lo tienes!

—¿De dónde habéis sacado eso? —quiere saber ella, abatida.

—Siempre están haciendo manitas en la escalera. Una vez incluso vimos cómo se besaron.

—No te preocupes, mamá —dice Andi, que vuelve a estar todo colorado—. No se lo diremos a nadie.

Hilde se desmorona al notar la insistente mirada de su madre. Parece que sí hay algo de cierto en ello. Dios santo, ¿cómo es que no se ha dado cuenta de nada? Si de verdad es así, ni siquiera podrá contar con el apoyo de Jean-Jacques. Sus chicos, *les gars*, son sagrados para él.

—Hablaremos esta tarde —le dice a su madre, y baja al café.

«Maldita sea —piensa—. Si eso es cierto, ¿por qué han sido tan poco cuidadosos? Toda la culpa la tiene ese Otto. Desde que se nos metió aquí, el bueno de Richy está muy cambiado. Una tía en Berlín… ¡Y un cuerno! Desde el principio era a ese tipo al que iba a visitar».

En el café, de hecho, hay muy poco movimiento. Los clientes del mediodía ya se han ido, dos señores mayores disfrutan de un café con tarta, y una dama solitaria está sentada con una copa de Gotas de Ángel.

Luisa, a falta de otra cosa que hacer, limpia el mostrador de los pasteles.

—¿Podría acabar algo antes hoy? —le susurra a Hilde cuando la ve—. Fritz no se encuentra bien.

—Ay, madre mía —se inquieta ella—. ¿No se habrá resfriado?

—Tiene problemas de corazón. Arritmia, dice el médico.

«Eso suena muy mal —piensa Hilde, sobresaltada—. Debe de haberse alterado porque Petra no quiere volver a tocar el violín. Pobre niña. Qué difícil es que tus padres sean tan obcecados. La entiendo perfectamente».

—Vete tranquila —le dice a Luisa—. Hoy no hay mucho que hacer. Ahora, en un momento, hacemos las cuentas.

El sueldo resultante de Luisa es bastante escaso porque los clientes del mediodía dejan poca propina, y la gente del teatro, nada de nada. Hilde añade un par de marcos; más no puede hacer, porque ellos mismos tienen que esforzarse para pagar las facturas.

Cuando Luisa se marcha del café con el abrigo y el sombrero puestos, Hilde manda a Otto a retirar la nieve de la acera.

—Pero si aún está nevando —protesta este—. No vale la pena barrer hasta más tarde.

—¡Si alguien se cae delante del café, seremos los responsables! —insiste Hilde.

—Venga, ve —le pide Richy a su amigo.

Otto parece olerse algo; le lanza a Richy una mirada elocuente antes de desaparecer dedicándole un bufido malhumorado a Hilde. Ella espera a que haya salido y, por seguridad, comprueba por la ventana que, en efecto, esté fuera dándole a la escoba. En la cocina, Richy decora con esmero una tarta de licor de huevo con montoncitos de nata.

—¡Me has tomado el pelo a base de bien, Richy! —le recrimina Hilde.

Él sigue haciendo montoncitos con la manga pastelera, sin mirarla.

—No sé a qué se refiere, señora Koch.

—¡Lo sabes perfectamente! —exclama ella—. ¡Tienes algo con Otto!

La respuesta llega demasiado deprisa para resultar creíble.

—¡Jamás en la vida! ¿Cómo puede pensar eso de nosotros?

El siguiente montoncito de nata le sale torcido, así que deja la manga y se queda mirando su obra con tristeza.

—Deja ya de mentirme —pide ella, furiosa—. Incluso mis hijos lo saben. Mi madre lo sabe, los clientes lo saben.

El semblante de Richy transmite ahora una enorme desesperación. Suelta la manga pastelera y extiende los brazos.

—Somos amigos, señora Koch. Nada más. ¡Se lo juro!

—¡Desde luego! —contesta ella con ironía—. Dos buenos amigos que se besan en la escalera. ¡Delante de mis hijos, menores de edad!

A Richy ya no se le ocurre qué más excusas poner. Deja caer los brazos y se queda ante ella totalmente desarmado.

—¡Muy bien! —exclama Hilde—. Exijo que Otto se marche de inmediato. Esta tarde tiene que haber desaparecido. ¿Está claro?

—Pero… ¿adónde irá? —se lamenta Richy.

—Eso no es problema mío. Si no se marcha hoy mismo, te despediremos también a ti sin preaviso y tendrás que dejar el piso.

El joven se la queda mirando con sus grandes ojos azules llenos de impotencia, y a ella le duele tener que ponerle la pistola en la sien de esa manera.

—Es lo único que puedo hacer por ti —añade en un tono más amable—. Entiende que no soy yo quien hace las leyes. Y, mientras las cosas estén así, debemos pensar en el buen nombre del café.

—Lo entiendo —murmura Richy.

La tarde da paso a la noche, y apenas unos pocos clientes entran antes de ir al teatro. Su madre y su padre están en su mesa, Willi también se ha unido a ellos y Hilde no hace más que recibir miradas de reproche. Sobre las siete y media, el salón del café está vacío y no se sabe si después de la función irá alguien a disfrutar de una copa de vino.

—¿Y bien? —pregunta su madre—. ¿Te has decidido ya?

Hilde no tiene ni que mirar a su padre; sabe que no la apoyará. Cuando va a exponer su postura y a defender a Richy de nuevo, se oyen unos pasos pesados en la escalera. La puerta que comunica con el café se abre de golpe y Otto aparece en el umbral. Se ha puesto una bufanda de lana y la chaqueta, y junto a él hay una maleta y una bolsa de viaje.

—Pues ya está —dice, y se lleva una mano a la gorra—. Gracias por el alojamiento y la manutención. El trabajo que he realizado es para compensar las molestias, no tienen por qué pagarme nada. ¡Adiós!

Dicho eso, da un portazo y justo después lo ven por la ventana, alejándose a la luz de las farolas.

—Excelente —dice Willi—. ¿Y qué pasa con el otro?

—Richy se queda —anuncia Hilde—. Lo necesitamos. ¡Insisto en ello!

Su hermano suelta un gemido contrariado y mira a su madre con insistencia.

—Un pastelero marica basta para acabar con el negocio, mamá. ¡No puedes aceptarlo!

—¡Si despedís a Richy, me perdéis de vista a mí también! —contesta Hilde con tono de advertencia—. Me iré a Eltville con los chicos.

Su padre levanta entonces la cabeza y le acaricia la mano a su mujer con cariño.

—No querrás echar de casa a nuestra Hilde y a los chicos, ¿verdad, Else? ¡Te lo ruego! ¡Hazlo por mí!

Ella ve que su madre está dividida. Sabe que es capaz de cumplir su amenaza; aunque no para siempre, sí durante cierto tiempo. Y también sabe que Willi, como gerente, no traerá nada más que el caos. Mira a su padre y suspira.

—Está bien —dice Else—. Esperaremos una temporada a ver si los rumores desaparecen. Además, de todas formas tendríamos que quedarnos con él hasta que encontráramos a otro pastelero.

Willi está furioso. Dice que eso es una terrible concesión, que incluso su madre podría preparar el par de tartas que necesitan hasta que encontraran a un sustituto. Ya lo ha hecho antes.

—¡Ahora o nunca! —protesta—. Mejor un final de horror que un horror sin final.

—Ahórrate los refranes —contesta Hilde con frialdad—. Y asegúrate de que tus veladas teatrales no nos supongan pérdidas. Ah, y no creas que pienso preparar el bufet. ¡El salmón y el caviar no son lo mío!

—No te preocupes, hermanita. ¡Ya lo tengo todo pensado!

Al día siguiente, por la tarde, aparece Ida Lenhard con una sonrisa misteriosa y explica que el bueno de Willi le ha pedido que eche una mano con la función.

—Es cierto que no tengo formación de camarera, pero me alegra poder ayudar. Todo sea por el arte, ¿verdad?

Hilde comprende enseguida que la buena de Ida no lo hace solo por el arte, sino por el sueldo por horas que Willi tan generosamente le ha prometido. Además, es evidente que espera nuevas actuaciones de las que él también le habrá hablado ya.

Swetlana, la encargada del bufet, no está muy entusiasmada con esa ayuda amateur, y además Richy debe de haberle abierto su corazón y contado sus penas, porque está más que indignada con las duras medidas que se han tomado.

—No necesito a esa mujer en la cocina —le dice a Hilde—. ¡Que atienda a los clientes para que aprenda cómo se hace!

Hilde está a punto de estallar de rabia porque ahora le toca a ella cargar con el muerto. Por el bien de la clientela de la tarde, le da a Ida unas indicaciones básicas, le explica cómo se rellenan las jarritas de café y que al servir hay que apoyar la bandeja en una esquina de la mesa, porque, de lo contrario, se le resbalará todo cuando vaya quitando cosas. La mujer se hace muchísimo la tonta y Hilde tiene que intervenir porque parece incapaz de recordar qué mesa ha pedido qué.

«Qué ganas tengo de hacer las cuentas esta noche —piensa con rabia—. ¡Pobre Swetlana! Seguro que Willi querrá endosarle las pérdidas a ella».

—Está saliendo muy bien, ¿verdad? —comenta Ida Lenhard con inocencia—. Bueno, como actriz, ha de meterse una en la piel de toda clase de personas...

¿Es que no la escucha? Mientras Hilde intenta decirle que, por favor, apunte las comandas con una letra legible y lleve las notas a la cocina, ella no deja de parlotear sobre el gran éxito de su representación de hace poco, y de que Willi en realidad debería estar actuando en el Burgtheater de Viena. ¡Allí sí que se representan todavía obras de las de verdad!

—¿No se ha enterado, señora Koch? El nuevo director artístico, el señor Drese, quiere traer a Wiesbaden el «teatro experimental». ¡Al Studio Souterrain! Mi amiga Alma dice que, como es subterráneo, no conseguirá que vaya nadie. Al fin y al cabo, durante la guerra ya nos hartamos de bajar a los refugios para las bombas, ¿a que sí?

—¿Ha entendido lo de las comandas, señora Lenhard? Hay que anotarlas todas bien. Si no, luego no podemos hacer las cuentas.

Ida asiente con vehemencia. Luego repara en que se ha

dejado el lápiz en una mesa, así que Hilde le da otro. Cuando los clientes de la tarde ya se han ido —y, sí, eran menos que de costumbre—, Hilde está tentada de retirarse a descansar, pero siente demasiada curiosidad, así que se pasea por el salón contemplando el exclusivo bufet que tienen previsto montar en la sala contigua durante el entreacto y se entretiene viendo a su madre, que ya está sentada en la puerta de la sala para cobrar las entradas. Por el momento, sin embargo, solo ha aparecido el bajo, Herbert Grabe, acompañado de Alois Gimpel. Se oye música de piano y el principio de una *lied* de Schubert:

—«Como extraño llegué, como extraño me marcho...». Una acústica bastante seca —se queja el señor Grabe.

«Y no mejorará cuando los asistentes estén sentados —piensa Hilde con malicia—. Entonces la acústica será, no seca, reseca».

Sin embargo, pronto constata que no habrá que preocuparse por eso; la concurrencia va llegando con titubeos y la mayoría de las sillas que han preparado quedan libres. En total, solo quince personas han pagado la entrada. Cinco son alumnos del bajo, para los que el hombre ha solicitado un descuento, y el resto consiste en sus fieles admiradoras. Bueno, en la Ópera están interpretando a Janáček, y el papel que suele cantar Grabe lo defiende hoy un cantante invitado.

El señor Grabe demuestra profesionalidad. Su ejecución de las canciones seleccionadas es impresionante, y su voz, bella como de costumbre. Hilde puede oírlo desde su piso, arriba, y también llega hasta ella el aplauso que, aunque escaso, es absolutamente entusiasta.

«Menudo fracaso», se dice. Pero su malicia se ha convertido en pánico, porque ya está pensando en lo que costarán los honorarios, el vino, el champán y el caro bufet. «En una sola noche habremos sufrido pérdidas de más de mil marcos. ¿Cómo vamos a recuperarlo ahora? Si después de esto mamá no comprende que tiene que ponerle límites a Willi, estamos acabados».

La velada se desarrolla de una forma algo insólita. Después del entreacto, el bajo sigue interpretando el *Viaje de invierno* en una versión algo abreviada. Se gana un aplauso entregado, y luego Willi invita a los presentes a una «francachela», en la que acabarán con el resto del bufet. La Künzel y Gerda Weiler, del periódico, no se lo piensan dos veces. Los padres de Hilde también están allí, y ella, que no ve por qué tiene que pasar hambre mientras los demás se ponen las botas, baja a acompañarlos. Solo Richy y Swetlana se han marchado ya. Willi está sentado con los dos músicos, les paga discretamente la actuación y habla sobre futuras funciones que ya está planeando. El señor Grabe lo remite a sus alumnos, algunos de los cuales están preparados de sobra, según dice, aunque les falta experiencia en el escenario. Ida Lenhard y Heinz charlan con las admiradoras de Grabe sobre los viejos tiempos del teatro, los buenos tiempos. Gerda Weiler le pide al bajo una pequeña entrevista para los lectores del *Tagblatt* y, como el vino es tan estimulante, dos de los alumnos interpretan unas cuantas canciones más. Varios transeúntes que salen de la velada operística del teatro se detienen ante las ventanas iluminadas del café y entran. También a ellos los invita Willi, obsequioso pese a las leves protestas de su madre, a una copita de vino. Sobre las once y media, el señor Grabe se despide. Alois Gimpel se va con él, y también los alumnos se marchan del café contentos y bien servidos de vino. Else pide taxis para las damas, que ya no se tienen demasiado en pie.

Hilde no sabe lo que ocurre después. Adusta, anuncia que está muy cansada y que además tiene que ir a ver cómo están los gemelos. Los restos del bufet y la vajilla sucia, los ceniceros y las copas de vino se los deja a su hermano Willi; al fin y al cabo, él ha organizado el acto.

—Piensa que mañana a las siete y media llegan los primeros clientes, ¡y todo tiene que estar recogido! La vajilla lavada, las mesas limpias y preparadas, y el salón ventilado —le advierte mientras se marcha.

A la mañana siguiente Hilde se levanta temprano y, antes aún de despertar a los gemelos, baja al café sin hacer ruido. Su madre, que se ha levantado más temprano aún, ya ha abierto todas las ventanas para que por lo menos entre un poco de aire fresco. Las mesas y las sillas vuelven a estar colocadas en su sitio, pero los manteles están llenos de manchas y migas, y faltan los ceniceros. Else no contesta a los buenos días de su hija, cosa que le hace sospechar. Cuando abre la puerta de la cocina, se da de bruces con el hedor a platos sucios y ceniza de tabaco. Atrás, en el anexo de la repostería, Richy trabaja en su masa de bizcocho con cara de asco; parece que hoy no va a hornear ni panecillos ni *croissants*.

De modo que esa es la idea que tiene Willi de ordenar después de un acto. Se ha limitado a arrastrar las mesas del bufet a la sala contigua, y seguramente pensará que los restos de comida se recogen solos.

—Sube y ocúpate tú de los chicos, mamá —dice Hilde—. Yo me encargo de esto.

—Gracias, hija.

Su madre no dice más, pero sus palabras suenan como música a sus oídos. Primero mete los ceniceros en agua y luego sale al salón para poner manteles limpios enseguida. Mientras está en ello, oye una fuerte discusión que procede de la puerta abierta del piso de sus padres.

—¿Yo?, ¿por qué? Que lo haga Luisa, que enseguida empezará su turno.

—¡Baja ahora mismo y pon orden en esa pocilga a la que llamas teatro! Y luego friega los platos del bufet, que apestan de lo lindo.

—¡Como gerente, no soy responsable de nada de eso!

—¡Ahora mismo! ¡O conocerás una faceta muy diferente de mí!

Hilde trabaja ahora al doble de velocidad. Friega los ceniceros, coloca bien las mesas y cierra las ventanas porque, si permanecen mucho rato abiertas, el salón se queda demasiado frío. Fuera ha helado. La acera está lisa como un espejo y en Wilhelmstrasse se ven camiones municipales esparciendo arenilla. Seguro que Luisa se retrasará, porque los autobuses no pasarán a su hora.

Poco después, cuando Willi aparece en el salón del café con cara de dormido, ella ya está preparada con el cubo de sal.

—¡Hay que esparcirla!

—Que lo haga Otto —rezonga su hermano, y se lleva una mano a la cabeza—. Ay... Primero necesito dos aspirinas.

Se sienta a la mesa familiar, pero, al ver que Hilde no parece dispuesta a cumplir sus deseos, desaparece otra vez arriba. Ella se pone el abrigo, coge guantes y bufanda y se hace con el cubo, pero entonces Richy se le acerca y le quita el peso de las manos.

—Esto no puede ser, señora Koch. Ya lo hago yo.

Dispone de veinte minutos porque las bases de bizcocho ya están en el horno. Hilde se conmueve. ¡Qué joven más encantador! Jamás permitirá que lo despidan. ¡Da igual lo que haga en el dormitorio!

Sobre las ocho y media llega Luisa, que se disculpa mil veces por el retraso y ayuda a Hilde a secar la vajilla. No ha ido ningún cliente a desayunar; mala señal. Poco antes de las nueve, Willi entra en el salón del café tropezando y de mal humor. Después de tomarse las pastillas ha vuelto a quedarse dormido, pero Else lo ha despertado de su sueñecito sin ningún miramiento.

—¡Nuestra madre está hecha una esclavista! —protesta, y se mete en la cocina en busca de un café.

Ya ha comprendido que Hilde no piensa servirle, pero por lo menos habrá preparado el café. En realidad, no ha acabado de filtrarse, pero de todos modos se llena una taza.

—¿Dónde están los *croissants*?

—Richy es pastelero, no panadero.

—¡Pero si normalmente preparaba también *croissants* y panecillos!

—Lo hacía por amistad. La verdad es que no tiene por qué hacerlo.

Para acompañar el café, Willi corta un trozo de tarta de limón y se sienta a la mesa de siempre. Justo entonces regresa Richy de su misión en la acera, guarda el cubo en el escobero y se quita el abrigo y la gorra.

—¡Huele a pescado podrido! —comenta mirando a Willi.

—Yo no noto nada —afirma este, y olisquea.

—¡Ahí dentro está todavía el bufet! —añade Hilde—. ¡Es cosa tuya!

—Luisa puede…

—¡Luisa está aquí para atender a los clientes!

—¡Pero si no hay nadie!

—Pero en cualquier momento llegarán.

—Me voy arriba. Tengo que hacer unas llamadas telefónicas.

Willi coge la taza de café y el plato de pastel y se va con ellos a la escalera. En la puerta, el café se derrama y mancha el suelo. Apenas cinco minutos después regresa sin taza ni plato y se dirige a la sala contigua con una cara muy larga. Parece que su madre está custodiando el teléfono.

—¡Menuda porquería! —oyen que reniega en la otra sala, antes de abrir las ventanas de golpe y llamar a Luisa a gritos.

—Tú quédate aquí —le ordena Hilde a esta con una mirada severa—. Ni te muevas del sitio.

—Pero... ¡Pero escucha eso! —se lamenta ella, que está a punto de ir corriendo a la sala contigua.

Se oyen tintineos, vajilla que golpetea, cubiertos cayendo, copas que entrechocan. El leve crujido del cristal que se rompe.

Willi ha desmontado el bufet a su manera: ha utilizado los manteles como medio de transporte y aparece en el salón del café con dos grandes fardos. Lleva su carga a la cocina y la deja en el suelo, delante del fregadero. Clin, clin, clin.

—Así de fácil —dice, y se sacude el polvo de la chaqueta—. La semana que viene contrataré a un friegaplatos y a un ayudante de cocina. Para que el negocio coja ritmo, como tiene que ser.

Regresa a la sala contigua para cerrar las ventanas porque el piano podría sufrir a causa del aire frío. Después sube al piso para acostarse otro rato.

—Solo cinco minutos. ¡Enseguida bajo otra vez!

Luisa y Hilde se quedan tan perplejas que al principio no saben ni qué decir. Entonces Luisa se echa a reír, pero deja de hacerlo al ver la mirada furibunda de Hilde.

—Esto se queda aquí hasta que venga mi madre —dice, fuera de sí.

—Pero si apesta a pescado podrido...

—¡Pues mucho mejor!

Richy no se entromete, pero se ata un paño de cocina para taparse la boca y la nariz porque tiene un olfato muy sensible. Por suerte, no hace falta que sufra mucho tiempo; Else ya les ha preparado el desayuno a los chicos, los ha enviado al instituto y ahora baja a ver cómo va todo por el café. Hilde disfruta de la expresión de su madre al ver los fardos de vajilla sucia de Willi. El malicioso anuncio por su parte de que la semana que viene pretende contratar a un friegaplatos y a un ayudante de cocina tampoco contribuye a apaciguar a la jefa suprema. Sin decir nada, Else se inclina, recoge la vajilla que ha quedado entera y la deja en el fregadero. Luisa la ayuda mientras Hilde sale al café, donde su padre ya ha ocupado la mesa habitual.

—Aquí no hay quien duerma —protesta Heinz—. Toda la mañana con gritos y peleas. No soporto ver lo mucho que está sufriendo tu pobre madre. Antes teníamos una familia alegre y armoniosa, pero desde hace un tiempo todo está patas arribas en esta casa.

—Exactamente desde el día en que Willi decidió que quería ser gerente —apunta Hilde.

—Ay, nuestro Willi —dice su padre con un suspiro teatral—. ¿Qué vamos a hacer con él? Mi hijo es artista, no un hombre de negocios.

—Exacto —confirma Hilde, a quien de pronto se le ocurre una idea.

¿Qué le dijo Ida Lenhard ayer?

—Willi necesita que lo contraten como actor, papá. Eso está más claro que el agua.

Su padre asiente; piensa lo mismo que ella. Es una lástima que su hijo desperdicie su talento.

—Esa pandilla de intrigantes que ha ocupado el teatro... —reniega—. ¡Mira que rechazar nada menos que a Wilhelm Koch! ¡Es inaudito! El público de Wiesbaden se muere de ganas de verlo en el escenario.

—Pronto habrá un cambio de director artístico, papá. ¿Lo sabías?

Por supuesto que lo sabía, porque su padre siempre está rodeado de sus viejos amigos.

—Sí, viene un tal Claus Helmut Drese, que dicen que es

peor aún que Schramm, según tengo entendido. Antes representaban los clásicos alemanes, el *Wallenstein* de Schiller o el *Fausto* de Goethe. También me parecía bien que hubiera algún Shakespeare de vez en cuando, que siempre se agradece. ¡Pero esas moderneces no quiere verlas nadie! Teatro experimental... El público huirá despavorido.

—No si tienen a un buen actor en el escenario —señala Hilde—. Alguien como nuestro Willi, por ejemplo.

Su padre la mira unos segundos con atención, pero después baja la cabeza, desesperanzado.

—Nuestro Willi es demasiado orgulloso para volver a intentarlo. Con un rechazo le basta, me dijo. ¡No quiere saber nada más del Teatro Estatal de Wiesbaden!

—¿Y si fuera el nuevo director artístico quien le enviara una invitación para una audición?

Heinz parpadea varias veces. Por fin lo ha entendido.

—Tal vez yo mismo podría hablar de eso con Siggi Kummer, del *Tagblatt* —reflexiona—. Schramm tiene un pie en Basilea, porque va a encargarse del teatro de allí. Y al señor Drese ya lo han visto varias veces por aquí, porque se ha puesto en contacto con la prensa para anunciar las pautas de su nueva dirección artística.

—Entonces, Siggi Kummer podría dejarle caer un comentario, ¿verdad?

—Que en la ciudad contamos con un actor extraordinario, un favorito del público teatral de Wiesbaden, a quien su predecesor, por el motivo que sea, se ha empeñado en ignorar.

—Muy bien, papá —susurra Hilde—. Pero ni una palabra a Willi, ¿entendido?

—¡Entendido! —contesta el hombre, y le guiña un ojo en actitud conspirativa—. Bueno, pues ahora sí que me gustaría desayunar.

Petra

Su padre está enfermo. Es verdad que no tiene que guardar cama, pero por las mañanas se sienta en la cocina y se toma una manzanilla y un montón de pastillas. Habla todavía menos que antes y está muy pálido. Luisa está muy preocupada por él. Le prepara pan blanco tostado para desayunar y se lo unta con mantequilla y mermelada de fresa.

—Tienes que comer algo, Fritz. Y beber un poco más. ¿Te has tomado los medicamentos?

—Sí.

—¿Y no prefieres pedir la baja? Esta noche apenas has dormido.

—No.

Su padre va al ensayo, aunque no se encuentra bien. Lo hace porque ha recibido una amonestación. Lo ha descubierto Marion, que encontró la carta en el armario del salón cuando estaba buscando los regalos de Navidad. Su madre suele comprarlos mucho antes de las fiestas y los esconde en ese mueble. A Petra le parece tonto buscar los regalos, porque entonces se fastidia la sorpresa, pero Marion no lo puede evitar. Y así llegó a sus manos esa carta, que estaba bien escondida detrás de las tazas y los platos de la vajilla buena.

—¿Qué quiere decir «amonestación»? —le preguntó Petra a su hermana.

—Que le han dado una advertencia. Si sigue llegando tarde o no va a los ensayos, lo despedirán.

Marion sabe de lo que habla. Su profesora también le advirtió en su día que no pegara más a las compañeras de clase porque, si no, la pondrían en otra clase. Y ella se contuvo, pero por desgracia al final pasó algo, y por eso ahora no va a la misma clase que Sina.

—Si despiden a papá, ¡ya no ganará más dinero! —reflexiona Petra—. Estará en el paro.

—Habrá que salir a mendigar —añade Marion mientras asiente con la cara muy seria —. Y tampoco tendremos nada que comer.

—¡Sí! —objeta Petra—. Conservas de nuestro huerto. Cebollas, patatas y zanahorias del sótano. Y también manzanas.

—Es verdad —dice Marion con alivio—. No tenemos por qué morirnos de hambre. Por lo menos no enseguida.

De manera que es bueno que su padre vaya a trabajar, aunque esté enfermo, piensa Petra. Tampoco es que esté enfermo de verdad; si se toma las pastillas, se encuentra bien. O eso dice. De vez en cuando habla animado con Marion. La elogia por cómo practica con el piano y sonríe cuando ella le cuenta que la señora Künzel ha dicho que está haciendo muchos progresos. Ya toca la sonata de Mozart en do mayor, los tres movimientos. Pero su padre sigue sin hablar con Petra. Tampoco se asoma a su habitación cuando ensayan la ópera cuento. Solo recorre el pasillo para ir a su dormitorio a tumbarse. A Petra le hace sufrir que le dé la espalda de esa manera. Han dejado las clases de violín de la Escuela Superior y todos los compromisos de actuaciones. Tampoco hay ningún violín en casa ya. Petra se alegró mucho de no tener que practicar tanto, pero ahora se da cuenta de que echa de menos el violín. Es algo completamente diferente a tocar el piano. El violín es como un ser vivo: vibra, canta, puede sonar duro y potente, delicado y suave, redondo y dulce. A Petra le gustaría tocar una melodía al violín de vez en cuando, pero en casa de los Bogner ya no disponen de ese instrumento. El violín nuevo que compraron ha desaparecido del armario del dormitorio, y el de su padre es tabú. Ni siquiera le dejan sostenerlo.

—No empieces otra vez —le aconseja Marion—. Si no, volverán a discutir y tú tendrás que practicar durante horas.

No, Petra no quiere eso de ninguna manera. Pero hay otra cosa que la aflige tanto que en ocasiones, por las noches, se queda despierta en la cama y no puede dormir.

—¿Tengo yo la culpa de que papá esté enfermo? —pregunta cuando su madre le da un beso de buenas noches.

—¡Claro que no, hija! —contesta ella, asustada—. No debes pensar eso. Papá se ha sobrecargado un poco de trabajo, pero pronto se recuperará. Venga, a dormir. ¡Buenas noches, mi vida!

—Buenas noches, mamá. Que duermas bien. Y dile a papá que le deseo buenas noches a él también.

—Lo haré, Petra.

Su madre la tapa con la manta y luego va a la habitación de Marion. Su padre ya no va a darles las buenas noches. A esas horas casi siempre tiene que tocar el violín en el teatro, y los pocos días que tiene libres prefiere salir a pasear en la oscuridad él solo, porque el aire fresco le sienta bien. Después cena algo y se va a la cama.

Una noche que Petra tuvo que hacer pipí después de acostarse, oyó una conversación que sus padres mantenían abajo, en la cocina.

—¿O sea que lo has devuelto?

—Sí, y le he dado el dinero a Swetlana. ¿Ya estás contenta?

—Siento mucho que haya salido así, Fritz. Pero era lo correcto.

—¡Buenas noches!

Petra volvió corriendo a su habitación porque oyó que su padre subía por la escalera. «De modo que ha devuelto el violín a la tienda y por eso ya no lo tenemos. Mamá está contenta, ya no hay ningún motivo para que se marche». Pero su padre no se alegra de esa decisión; se ha dado cuenta claramente al oírlo. Está enfadado y decepcionado, y por eso no habla con ella.

Petra opina que hacer el vacío es casi igual de horrible que insultar. En realidad, más aún, porque no puedes defenderte. Que te hagan el vacío es muy cruel.

Por suerte, ahora muchos días van a pasar la tarde a casa de Sina. Su madre tiene que trabajar en el Café del Ángel porque la tía Swetlana no quiere seguir sirviendo allí.

—Ya no es como antes —dice—. Soplan otros vientos. Vientos de discordia. No sabía que una persona fuera capaz de cambiar tanto. Antes, Willi era un hombre encantador. Siempre estaba alegre, hacía reír a todo el mundo. Pero ahora los hace llorar. El pobre Richy me ha dicho que ya no sabe qué hacer, que es muy desdichado.

La tía Swetlana habla mucho mientras están comiendo, y el padre de Sina comparte su opinión sobre casi todo. Pero a él sí le parece correcto que despidan a Richy. Dice que es por una cuestión legal. Pero delante de Hilde no opina nada porque no quiere discutir con ella. Petra cree que su tío August es listo, siempre piensa bien lo que debe decir y lo que no. Ahora, además, vuelve a casa a su hora por las tardes, y los domingos trabaja solo un poco, lo justo para terminar los asuntos urgentes.

—Tampoco yo sé qué va a pasar con el Café del Ángel —comenta, negando con la cabeza—. Mi madre siempre ha sido astuta con los negocios, pero ahora apenas la reconozco. Hilde me da mucha lástima. Lucha a la desesperada por una causa perdida.

—Yo solo sigo yendo a servir porque Hilde es mi amiga —afirma Swetlana—. Y porque tengo que consolar al pobre Richy. Pero, cuando veo que Willi viene a decirme que he hecho algo mal, hago oídos sordos.

—Muy bien, cielo —dice August—. No tienes ninguna necesidad de dejarte mangonear por Willi. Si vuelve a intentarlo, hablaré seriamente con él.

Swetlana se alegra de que su marido quiera defenderla.

—Es muy amable por tu parte, August —dice, acariciándole la mano—. Pero yo sola puedo con él. Y, como siga así, no volveré por el café.

Entonces Petra se asusta.

—¿Y tendrá que ir mi madre todos los días a trabajar? —pregunta.

—Claro que no. Pronto no tendrá que trabajar más —contesta la tía Swetlana—. Willi contratará a una camarera que irá todos los días.

Ya ha puesto un anuncio en el periódico. El Café del Ángel busca pastelero, dos ayudantes de cocina y una camarera. Luisa no lo sabe aún porque en su casa no reciben el periódico, pero August está abonado a dos, el *Wiesbadener Tagblatt* y el *Wiesbadener Kurier*. Además de a un par de revistas que le gustan a Sina.

—No me asustes, cielo —le dice el tío August a la tía Swetlana—. No me imagino lo que dirá mi madre de eso. ¡No puede estar tan ciega!

La tía Swetlana quiere contradecirlo, pero entonces ve que Petra y Marion ponen cara de preocupación y se encoge de hombros.

—Seguro que tienes razón, August —señala—. La sangre

no llegará al río. ¿Quieres más pasta, Petra? No, Sina, tú no. He preparado flan con salsa de chocolate, de postre.

A Sina solo le dejan comer una ración al mediodía. Se lo ha aconsejado el médico para evitar que engorde demasiado, algo que no es sano en absoluto.

Por eso ahora, además, después de comer salen a pasear con Laika. Sina tiene que moverse más y no estar siempre sentada leyendo o escribiendo. Es la mejor en todas las asignaturas del colegio; solo se le da mal la gimnasia. Cuando corren detrás de Laika, Sina acaba jadeando, entonces le entra el flato y tiene que parar. «Seguid vosotras, ahora os sigo», dice entonces.

Después de Navidad, August quiere ir con su familia a pasar una semana en las montañas a esquiar o hacer excursiones por la nieve. Sina no está nada contenta; preferiría quedarse en casa. Pero Petra y Marion están entusiasmadas, porque entonces Laika se quedará en su casa y tendrán a la perra para ellas solas toda una semana.

Una vez, Swetlana las llevó a la feria de Navidad de Maguncia, que es casi tan bonita como la feria de San Andrés que montan en octubre en Wiesbaden, pero muy diferente porque allí se pueden comprar estrellas y bolas de colores, ángeles de oropel, cascanueces de madera pintada y muchas otras cosas que se necesitan para Navidad. Por todas partes cuelgan guirnaldas de ramas de abeto, y delante de la catedral hay un belén con figuras tan grandes como personas de verdad. También tienen un árbol de Navidad enorme, con bolas doradas y velas eléctricas, y hay muchos puestos de los que salen tentadores aromas a caramelos de anís o almendras garrapiñadas. Por desgracia, la tía Swetlana estuvo muy tacaña. No les compró ni un precioso ángel de oropel ni un cascanueces grande. Tampoco uno de esos preciosos belenes tallados que están iluminados desde dentro por una bombilla eléctrica. Ni siquiera una bola de cristal de esas en las que nieva cuando las agitas. Cada una pudo escoger solo un pequeño colgante para el árbol de Navidad, y la bolsita de almendras garrapiñadas tuvieron que compartirla entre las tres. Después, Petra y Marion pudieron montarse en el carrusel, y Sina se quedó con su madre. Una vez se montó con ellas en el de la feria de San Andrés, pero se mareó tanto que acabó vomitando. Aun así, la feria de Navidad es preciosa, porque todo el mundo está contento, compra regalos y espera las fiestas con ilusión.

—Ya verás, Petra —le dijo Marion—. Este año, la Navidad en casa será preciosa.

Petra se pregunta si su hermana tendrá razón. Sí, la fiesta de Navidad siempre ha sido el punto culminante del año. Tocan villancicos, abren los regalos, ponen la mesa con la vajilla buena y comen ganso asado. Después se sientan todos juntos en el salón decorado, mordisquean galletitas navideñas y cada uno elige una de las velas rojas del árbol. El que tenga la vela que dure más gana. Pero este año Petra no podrá tocar ningún villancico con el violín y su padre no le dirigirá la palabra. ¿Cómo va a ser una Navidad preciosa?

En casa de la tía Swetlana, cuando acaban de hacer los deberes siempre van al salón formal a ensayar su ópera cuento. En realidad no haría falta, porque todas las escenas les salen de maravilla, pero Petra insiste en que aun así tienen que practicar. Lo que pasa es que le encanta tocar el piano de cola nuevo que compró la tía Swetlana. Suena diferente al piano de su casa. No tan fuerte, pero sí con más claridad. Puede tocar la canción de «La ventisca» en tiple, porque las notas son delicadas y precisas. Suena como si muchos copitos de nieve, helados y delicados, bailaran por la sala. Abajo, en los graves, puede hacer resonar truenos como en un tormenta, e incluso imitar el motor de un coche. Cuando Mischa está de visita, siempre se ríe mucho con Petra, porque sabe cómo suenan los motores.

—Eso ha sido un Opel —comenta con una sonrisa—. Ahora toca un Volkswagen Escarabajo, que es muy diferente. ¡Eh! ¡Eso ha sido un camión! ¡O una apisonadora!

Últimamente, Mischa va mucho a la villa a ver a su madre. Siempre llega por la tarde, porque por las mañanas trabaja en el viñedo de Jean-Jacques. Entonces se sienta con ellas en el salón y escucha un poco, pero al cabo de un rato sube con Sina a su habitación. Sina no quiere explicarles lo que hacen allí porque es un secreto, pero la tía Swetlana escuchó una vez junto a la puerta y dijo: «Creo que Mischa será un poeta, porque he oído unas palabras preciosas que salían de su boca. Ay, cuánto talento tiene mi hijo... Es un hombre muy especial».

¿Mischa, poeta? Petra no se lo puede creer. Más bien piensa que la poetisa es Sina. Pero quizá él también tenga talento para la poesía, puesto que son medio hermanos. Solo que a Mischa la poesía no parece sentarle muy bien, porque en las últimas dos visitas tenía una cara muy seria. Cuando Marion y Sina se van a pasear con Laika, Petra se queda en el salón a tocar el piano, y entonces Mischa se sienta muy callado en la alfombra, delante del instrumento, a escucharla.

—¿Quieres que haga el motor de un Opel? —le pregunta ella.

—No... Sigue tocando eso. Es bonito. ¿Lo has compuesto tú?

—Sí, aunque no es así como suena en mi cabeza, ¿sabes? Aquí dentro oigo muchas más notas, y primero tengo que encontrarlas en el piano.

En realidad, en su cabeza oye una música triste que le pesa en el alma. Ella sabe que solo se librará de ese peso cuando consiga tocarla y ponerla por escrito. Así expulsa esos sonidos y vuelve a quedarle sitio para músicas nuevas y más alegres. Por eso se sienta al piano e intenta atrapar esa melodía sin dejarse ninguna de sus notas, y luego, en casa, la escribirá en una partitura y el hechizo maligno se romperá.

—¿Oyes la música en tu cabeza? —se asombra Mischa—. ¿Como si fuera la radio?

—Sí, a veces mi cabeza es como una radio. Ahora mismo oigo una música triste, pero normalmente no es triste, sino muy bonita.

—También lo triste es bonito —afirma Mischa, ensimismado.

—Sí, pero solo cuando se toca en el piano. En la cabeza, la música triste es un rollo.

Eso Mischa no puede entenderlo. La mira arrugando la frente, como si se preguntara si no estará un poco loca. A Petra no le importa. Ella sigue tocando y se alegra, porque ahora le está saliendo muy bien.

—¿Estás triste porque ya no tocas el violín? —la interrumpe Mischa, que ha estado observándola todo el tiempo—. Mi madre me ha dicho que lo has dejado.

—Es verdad —dice ella mientras sus dedos siguen deslizándose por las teclas.

—Entonces ¿ya no quieres ser una vir...? ¿*Virulosa*?

—Se dice virtuosa. No, ya no quiero.

Él calla un momento y mira al frente, pensativo.

—¿Y qué dice tu padre de eso?

Petra deja de tocar con brusquedad. ¿Por qué pregunta tanto? Precisamente Mischa, de quien siempre había creído que hacía lo que le daba la gana.

—Nada.

—¿Cómo que nada? ¿No se ha enfadado? Debe de estar decepcionado, ¿no?

—Al principio intentó convencerme él y luego me llevó a

Frankfurt para que me convenciera el señor Bünger. Pero el hombre solo dijo que debería ser directora de orquesta.

—¿Y a tu padre le parece bien?

—No. Ya no habla conmigo.

—¿Nunca?

—Nunca.

Ahora Mischa entorna mucho los ojos al mirarla.

—Vaya —dice entonces—. ¿Y por eso estás triste?

—No lo sé —responde ella—. Puede.

Toca un par de notas y deja caer la mano en el regazo.

—Me gustaría mucho tocar el violín, aunque no todo el día. Solo a veces, cuando me apetezca. Pero Marion dice que, si ahora empiezo otra vez, tendré que volver a tocar durante horas y actuar delante de señoras viejas con ese vestido corto tan feo.

—Ya. —Mischa asiente con la cabeza.

Ella vacila un momento y sopesa si decirlo o no. Es un pensamiento al que le da vueltas a veces. Porque no cree del todo a su madre cuando dice que su padre no se puso malo por culpa suya.

—Aunque a lo mejor sí que lo hago...

Lo mira con un interrogante en los ojos, y Mischa agacha la cabeza.

—¿Porque crees que tu padre no te querrá si no tocas el violín? ¿Por eso quieres volver a intentarlo?

—Algo así... —murmura ella.

—No lo hagas —dice Mischa—. Si lo haces, estarás fingiendo. Cuando alguien te quiere, no tiene sentido engañarle y pretender ser algo que en realidad no eres. ¿Lo entiendes? Hay que ser sincero con esa persona.

A Petra le parece que tiene sentido. Tampoco hay que mentir, sino decir siempre la verdad. Pero a veces ser sincero no es fácil, porque con la sinceridad se puede hacer daño a los demás.

—¿Y si mi padre no vuelve a hablar nunca conmigo?

Mischa apoya los brazos sobre las rodillas dobladas y contempla la alfombra con gesto sombrío. Entonces la mira y parece como si hubiera estado con la cabeza en otra parte.

—Bah —dice, y le sonríe—. Estará enfadado un tiempo, pero se le pasará.

—¿De verdad lo crees? Pero ¿cuánto más le puede durar?

Él se levanta, se rasca la nuca y se pasa la mano por el pelo rubio, que ya ha vuelto a crecerle bastante. A Petra le parece guapo. «Qué lástima que no se quede en Wiesbaden y siempre tenga que volver a Eltville. Sina tiene suerte de contar con un hermano mayor tan simpático», piensa.

—Puede que hasta Navidad —calcula él, y se encoge de hombros—. Seguro que no mucho más.

Es lo mismo que dijo Marion. Que en Navidad todo volvería a ir bien y tendrían unas fiestas maravillosas.

—¿Y si le dura más?

Mischa se acerca a ella, la agarra de los hombros y sonríe mientras la mira. Su sonrisa transmite valor.

—Créeme. Tu padre lo entenderá y te aceptará tal como eres. Porque te quiere. Y porque el amor es lo único que cuenta de verdad.

Le da un empujoncito, luego la suelta y le hace una señal con la cabeza para animarla antes de abandonar el salón. Petra oye cómo baja la escalera con un par de saltos y, después, cierra la puerta de la casa. Probablemente es tarde y tendrá que correr para coger el último tren a Eltville.

Cuando Swetlana las lleva a casa esa noche, Fritz está sentado en la cocina, hablando con Luisa. Hoy tiene fiesta, pero se pone el abrigo, el sombrero y también una bufanda.

—¿Sales a pasear, papá? —pregunta Marion.

—Sí, necesito un poco de aire fresco.

—¿Puedo ir contigo?

Su padre le acaricia la cabeza y dice que es muy tarde para ella, que tiene que acostarse ya. Petra está ahí al lado, pero él ni la mira. Solo habla con su hermana; ella no existe.

—Colgad los abrigos y los gorros —les pide su madre, que las espera en la puerta de la cocina—. Lavaos las manos y a cenar.

Como ocurre siempre que están en casa de la tía Swetlana, no tienen hambre, porque la madre de Sina les da pasteles y bocadillos por la tarde. Aun así comen algo, y entonces su madre comprueba los deberes de Marion y luego se van a dormir.

—Pronto será el gran día y representaréis la ópera cuento, ¿verdad? —le dice Luisa a Petra cuando se sienta en su cama para darle las buenas noches.

—Sí. ¿Vendrás a vernos, mamá?

—Por supuesto. He pedido fiesta expresamente en el café. Y la tía Swetlana y el tío August también irán.

—¿Y papá? —pregunta Petra en voz baja.

—Me temo que no podrá. Tiene que tocar en la orquesta.

Petra sabe que eso no es del todo verdad. Los músicos de la orquesta ensayan por la mañana, y por la tarde casi siempre están libres porque luego tocan por la noche. A su padre le daría tiempo de ir a ver su ópera cuento. Pero no quiere.

—¡Buenas noches, mamá!

—Buenas noches, cielo. Que sueñes con los angelitos.

Eso es lo que cree su madre: que se queda dormida y enseguida sueña cosas bonitas. Pero Petra da vueltas en la cama, luego enciende la lamparita y saca lápiz y papel. Tiene que escribir esa música triste como sea; de lo contrario, nunca se la quitará de la cabeza. Escribir una partitura es cansado, hay que estirar la música como si fuera un chicle para poner todas las notas sobre el papel. A Petra le duele el dedo índice de la mano derecha de tanto apretar el lápiz. La estúpida punta se le rompe dos veces y tiene que afilarlo, pero por fin acaba.

Todavía tiene que tocar esa música una vez más para que el hechizo se rompa y por fin pueda dormir. Se sienta al piano, abre la tapa y se esfuerza por tocar lo más bajito posible.

Apenas ha empezado, la puerta se abre y aparece su hermana Marion en camisón.

—Ahora no puedes tocar el piano.

—Enseguida termino.

—¡Pero es que no puedo dormir!

—¡Yo tampoco!

Marion gime y pone los ojos en blanco.

—¡Bueno, ahora vendrá mamá y te lo prohibirá!

Cierra la puerta y regresa a su habitación. Petra sigue tocando. Le da lo mismo que vaya su madre a regañarla. Ya se lo explicará. Pero su madre no hace acto de presencia y nadie la molesta mientras toca una vez más la música triste, muy bajito, tal como la oía en su cabeza. No falta ni una sola nota; todo es como debe ser. Al terminar, baja la tapa del teclado y va a su mesa para doblar la partitura y guardarla al fondo del cajón.

Mientras está concentrada en eso, se sobresalta porque oye unos pasos tenues en el pasillo. Había alguien al otro lado de su puerta, escuchando. Entonces oye que la puerta del dormitorio de sus padres se abre y vuelve a cerrarse enseguida.

—Qué tarde llegas, Fritz —susurra Luisa desde dentro—. ¡Ya estaba preocupada!

—¿Sabes, Luisa? —dice su padre en voz baja—. Empiezo a creer que de verdad tiene talento. Quizá Bünger tenga razón...

Wilhelm

Su madre es una mujer complicada. Primero lo nombra gerente y no tiene nada en contra de que convierta el Café del Ángel en un café de artistas. Pero, apenas se presentan los primeros problemillas, da marcha atrás. Ayer le presentó el balance de cuentas de las dos funciones y se quejó de las pérdidas; hoy afirma que, como mucho, solo necesitan a un ayudante de cocina, y que de momento Richy tiene que quedarse porque, desde que Otto ya no está en el edificio, algunos clientes han regresado.

—Así no vamos bien, mamá —dice él—. Hoy una cosa y mañana lo contrario. Necesito una línea clara para trabajar. Siempre hay que contar con ciertas pérdidas, pero en realidad es una inversión que luego se recupera.

Aun así, su madre no quiere ni oír hablar de riesgos económicos por el fomento del arte. Por desgracia, es muy quisquillosa y le expone con exactitud los beneficios que deben reportar sus veladas a partir de ahora solo para salir de los números rojos.

—Y tú tienes que colaborar en otras tareas necesarias del café —exige con vehemencia—. Barrer la acera, entrar los pedidos y guardarlos, fregar, recoger el salón, atender a los clientes...

Eso ya es pasarse. ¿Para qué tienen empleados? Él no es un barrendero. Detesta lavar los platos y no se entiende con el cepillo de fregar el suelo. ¡Es el gerente, no una chica para todo!

—¿O acaso pretendes endilgarle todos esos trabajos a tu vieja madre? —le pregunta ella con insidia.

No, desde luego que no. Antes de que el tal Otto apareciera en escena lo hacía Hilde. Los gemelos también ayudaban y, cuando Jean-Jacques estaba por ahí, les echaba una mano. Ahora, sin embargo, su cuñado falla porque tiene la espalda mal. Quizá también él debería buscarse una excusa de ese tipo. Podría serle útil.

—Permitiré que organices más veladas con tres condiciones —explica su madre—. Primera: tendrán lugar una sola vez al mes. Segunda: los gastos no podrán superar los beneficios. Tercera: colaborarás en las tareas cotidianas del café. Si no estás de acuerdo con eso, ¡se acabó lo del «Café de Artistas del Ángel»!

Willi sabe que no puede negociar con su madre cuando habla en ese tono, así que accede. Aunque a regañadientes, porque está seguro de que detrás de eso se esconde su hermana Hilde. De todos modos ya ha publicado el anuncio y de vez en cuando pasa algún joven a interesarse por las vacantes. También señoras mayores, pero de momento su madre los ha echado a todos.

—No es de fiar —comenta de una—. No tiene cultura del trabajo. Ya se ha despedido de cuatro empleos. No necesitamos a alguien así.

También han acudido dos pasteleros, pero Hilde los ha tratado de tan mala manera que se han marchado directamente.

La siguiente velada artística, por desgracia, habrá que retrasarla hasta enero. Menudo fastidio... Pero ya ha invitado a tres de sus antiguos colegas del cabaret y quiere subir él también al escenario. Para Willi es importante, así que tendrá que poner al mal tiempo buena cara. A primera hora de la mañana se levanta de la cama con esfuerzo y baja al café para disfrutar del desayuno antes de ponerse a trabajar. Hilde ya está abajo, por supuesto. Ha abierto todas las ventanas del café para que pille una pulmonía, y está colocando jarroncitos con ramitas de abeto y espumillón en las mesas.

—Buenos días —refunfuña Willi, subiéndose el cuello de la chaqueta porque está helado de frío.

Su hermana lo mira como si quisiera matarlo y no contesta. ¿Y ahora qué pasa? Para una vez que baja al café puntual y con las mejores intenciones, ella lo fulmina con la mirada como una arpía furibunda. Es evidente que no piensa servirle el desayuno, así que Willi va a la cocina con la esperanza de que por lo menos esté listo el café y el señor pastelero haya preparado un par de *croissants*. En efecto, huele a café recién hecho y hay dos cestos grandes con panecillos y varios de esos deliciosos bollos franceses.

—¡Fabuloso! —dice alabando a Richy, que está preparando masa de bizcocho y tiene la frente perlada de sudor.

—Ah, señor Koch —contesta este, y deja de mezclar—. Ya se lo he dicho a su hermana: me despido sin preaviso.

Esos dos cestos llenos de alegría matutina son, por así decirlo, su regalo de despedida. Hoy preparará todavía varias de sus famosas tartas y los *petits fours* por los que tan conocido es el Café del Ángel. Pero a partir de pasado mañana ya no estará.

Menudo golpe de efecto… Ahora Willi entiende por qué estaba tan mosca su hermana.

—Pero eso no funciona así —replica—. Tienes que avisarnos con unos días de antelación.

Sin embargo, Richy explica que el propio Willi lo amenazó hace unas semanas con un despido fulminante a causa de «circunstancias especiales», y ahora es él quien hace uso de esa figura, pero en sentido contrario.

—Además, no me encuentro bien —dice, astuto—. Estoy resfriado y debería guardar cama. Ni siquiera sé si podré venir mañana a trabajar.

¡Menudo descaro tiene el muy enclenque! Detrás de eso está Otto, por supuesto, como es de imaginar. Willi se entera entonces de que el señor Otto Kupke ha encontrado un empleo en Frankfurt y ha alquilado dos habitaciones contiguas. Ya hay varias pastelerías interesadas en Richy, así que no tendrá ningún problema para encontrar trabajo.

¡Vaya faena! Hilde ha echado a dos aspirantes al puesto con viento fresco, y está por ver si hoy se presenta alguno más. En caso de que no sea así, a partir de pasado mañana su madre tendría que ponerse al frente de los hornos y, si la conoce bien, lo obligará a mezclar masas y fregar cacharros. ¿Cómo es que no han comprado una de esas batidoras nuevas? También existen amasadoras, pero Richy opinaba que ninguna máquina podía sustituir sus sensibles manos de artista. Bueno, pues ahora tienen un problema.

En el salón del café, las ventanas vuelven a estar cerradas y la calefacción central encendida. La temperatura va recuperando los niveles normales, aunque no puede decirse lo mismo del humor de Hilde.

—Ya lo has conseguido —le recrimina—. Has hundido el Café del Ángel. Estarás orgulloso, ¿no?

—No digas tonterías —replica él—. Puedes darme las gracias por haber salvado el buen nombre del café. Si me hubierais hecho caso enseguida, ahora tendríamos en la cocina a un pastelero decente, además de un ayudante.

—¡Sigue soñando, chico! —exclama ella, y desbloquea la puerta giratoria para que los clientes de primera hora puedan entrar ya.

Willi, ofendido, se prepara una jarrita de café, dos *croissants* y un cuenquito de mermelada, y se sienta con todo ello a la mesa familiar para desayunar por fin después de tanta discusión. Como resulta que aparecen un par de clientes y Hilde tiene que atenderlos, deja de meterse con él y cruza el salón con una sonrisa profesional. Al cabo de un rato bajan los gemelos con sus carteras del instituto, cogen unos *croissants* de la cocina y desaparecen. Después baja su madre con cara de pocos amigos y se sienta con él.

—Hay que barrer la acera.

—¿Puedo acabar de desayunar?

—Si alguien resbala, seremos los responsables.

Molesto, Willi se mete el resto del *croissant* en la boca y se pone el abrigo. Ojalá nadie del teatro lo vea manejando la escoba, porque sería muy bochornoso. ¡Es increíble lo que le obligan a hacer! Barre la nieve húmeda hacia la calzada y se enfada con los molestos transeúntes que le impiden realizar su trabajo. Primero el cartero le pisa la escoba, luego una vieja se detiene un buen rato donde él tiene que barrer porque a su estúpido chucho le apetece levantar la pata precisamente delante del café.

—Ay, señor Koch —dice la mujer con una sonrisa resplandeciente—. La semana pasada lo vi actuar. ¡Fue irrepetible!

Después de eso, por supuesto, se reconcilia con ella, le da las gracias con una graciosa reverencia y le desea que pase un buen día. Qué mujer más amable. ¡Y ese perrito tan mono! Encantadores los dos.

Vuelve a entrar en el café helado de frío, deja la escoba en su sitio y, adusto, cita *El aprendiz de brujo*, de Goethe:

—«Barrer, barrer, si así ha de ser»...

Le alegra descubrir que su padre está sentado solo a su mesa con un opíparo desayuno, y se une a él.

—¡Buenos días, papá!

—Buenos días, Willi. ¿Qué? ¿Tan temprano y ya en pie?

—Qué remedio. Como gerente, tengo que estar siempre encima de todo.

—Bien dicho —opina su padre—. Por cierto, ha llegado una carta para ti.

Seguro que es una factura. Está a punto de dejar a un lado el sobre cuando le llama la atención el remitente.

El Teatro Estatal de Wiesbaden.

¿Qué querrán de él? ¡Que los parta un rayo! Bueno, también podría abrirla y ver de qué se trata. No le cuesta nada. Perder los nervios, como mucho.

Abre el sobre con el cuchillo de la mermelada de su padre, desdobla la carta y pone unos ojos como platos.

El nuevo director artístico lo invita a una audición. Por lo visto, alguien se lo ha recomendado y el señor Drese se alegraría de conocerlo en persona.

La cita es para mañana a primera hora, puesto que el señor Drese todavía debe regresar a Heidelberg para cumplir allí con sus compromisos antes de Navidad.

—¡No pienso ir! —exclama, y lanza la carta a la mesa.

—Déjame ver —pide su padre mientras se pone las gafas—. El nuevo director artístico. En el *Tagblatt* sale un artículo sobre él. Parece que va a haber cambios...

Willi lee el artículo a regañadientes. Ajá. El nuevo director artístico, el señor Claus Helmut Drese, quiere dar «un nuevo impulso» al Teatro Estatal de Wiesbaden para adaptarlo al «espíritu de la época». Afirma que solo así puede sobrevivir un teatro en la actualidad, frente a todas las formas de entretenimiento con las que compite, como el cine o la televisión, y para ello no hay que limitarse a lo que siempre ha funcionado, sino enfrentarse a los desafíos del presente.

«Eso les supondrá problemas a algunos compañeros»,

piensa Willi con malicia. Ahora buscan capacidad de adaptación y coraje para enfrentarse a lo nuevo, y para eso no sirve cualquiera. Tal vez sí que debería ir a la prueba, solo por curiosidad. ¿Qué mal puede haber en ello? Es el gerente de un café de artistas, no tiene ninguna necesidad de mendigar un contrato en el Teatro Estatal.

—Bueno… —comenta como si tal cosa mientras dobla la carta para guardarla—. A lo mejor me lo pienso.

Su padre sonríe con benevolencia.

—¿Me echas una mano, Willi? —exclama Hilde al salir de la cocina—. Han dejado un pedido de harina y azúcar en el patio.

—Si no es más que eso… —rezonga él.

Cargar con sacos de harina y bolsas de azúcar… ¡Qué tarea más prosaica! ¡Para eso, bien podría haberse hecho estibador!, piensa Wilhelm.

Por la tarde, su madre le pide que la ayude a fregar los platos, luego Hilde dice que le duele la espalda y que se encargue él del mostrador de los pasteles. Entrada la tarde, hace de camarero porque han enviado a Luisa a casa por motivos incomprensibles, y precisamente ese día entra un grupo de clientes helados de frío que quieren picar algo y beber vino caliente especiado. Cuando por fin se marchan del café, algo achispados, fuera sigue nevando. Eso significa que mañana, de buena mañana, tendrá que volver a barrer. ¡Menuda tortura!

Al día siguiente vuelve a entrar en el café con los pies y los dedos congelados, guarda la odiosa escoba en el escobero, se despide de ella con una maldición y pone las manos sobre el radiador para calentarlas un poco. Después de desayunar se entera de que ni Swetlana ni Luisa irán ese día a trabajar porque quieren asistir a una función del colegio. Richy tampoco se ha presentado; ha dicho que está enfermo y que su hermana Johanna ha ido a cuidarlo. Pero su madre le comunica que arriba están haciendo cajas y maletas, porque al día siguiente esperan al camión de la mudanza que se llevará las pertenencias de Richy al piso nuevo de Frankfurt.

Willi no derrama ni una lágrima por él. En el mostrador de los pasteles quedan aún tres tartas, y hoy su madre preparará su famoso pastel de crema de mantequilla y una corona de Frankfurt.

—Así ya podré instalarme arriba —propone él.

—Si pagas el alquiler...

—Réstalo directamente de mi sueldo.

Su madre no contesta nada. Willi se enfada. ¿Cómo va a demostrarle a Karin que es un buen hombre de negocios si su madre nunca le hace caso? ¿Acaso no ha salvado al café de la ruina? ¿Y cómo se lo agradecen? De ninguna manera. Hilde lo envía a la panadería porque los clientes del desayuno esperan panecillos del día, y después tiene que ayudar a servir. Sobre las once ya está más que harto de jarritas de café, crema de leche y cuenquitos de mermelada. También es un tostón tener que explicarles a los clientes una y otra vez que hoy, por desgracia, no hay *croissants*. Se quita el delantal y anuncia que tiene una cita importante.

—¡Mucha suerte! —le desea su padre, que sigue leyendo el periódico en su mesa.

Willi entra en el teatro por la puerta de artistas y va directo a la sala de espera del director. Su secretaria está tecleando diligentemente en la máquina de escribir y, al verlo entrar, levanta la cabeza y le sonríe. Es rubia teñida, ronda los cincuenta años y tiene una silueta maternal.

—¿Señor Koch? Un momento, por favor.

De repente se pone nervioso. Se ha sumergido en otro

mundo y, aunque no esté sobre el escenario, vuelve a respirar el aire del teatro. La actividad teatral se palpa en todo el edificio, y lo hechiza. Mientras la rubia teñida anuncia su presencia en el sagradísimo despacho, él se sacude un poco de harina de los pantalones. Podría haberse puesto una camisa limpia y otros zapatos. Así parece que acabe de salir del obrador.

—Disculpe. El señor Drese lo está esperando.

El nuevo director artístico tiene el pelo oscuro y lleva unas gafas tras las que mira al recién llegado con notoria curiosidad. Su sonrisa resulta agradable, campechana. Le ofrece a Willi una mano y comenta que ha oído hablar muy bien de él.

—Tengo pensado traer aires de libertad al Teatro Estatal. Modernizar las puestas en escena —dice—. Seguro que ha oído algo sobre mis puestas en escena de Heidelberg.

Willi solo es capaz de pensar que a los amigos que suelen sentarse con su padre no les hace mucha gracia esa práctica escénica. Clásicos reinterpretados como una crítica a la sociedad, decorados que escandalizan al público y se alejan del ideal de belleza y estética. El gran modelo de Drese es Erwin Piscator, el controvertido director que se dedica al «teatro político».

—Alguna que otra cosa he oído —contesta Willi, que tampoco quiere resultar muy adulador—. El público teatral de Wiesbaden es más bien conservador. No le vendrán mal esos aires de libertad.

Drese masculla algo y comenta que el teatro necesita ante todo actores excepcionales, que sean capaces de emocionar y fascinar a los espectadores. Que esa es la base de toda buena representación.

—¿Se ha preparado algo, señor Koch? Si no, tengo una petición.

Quiere oír el monólogo del *Tell.* ¿No lo tendrá Willi en su repertorio, por casualidad? Sin duda es una elección interesante y algo abusiva por su parte, puesto que el *Tell* no está en absoluto dentro del repertorio de Willi.

—Participé en una representación de esa obra una vez, de principiante. Aunque de eso hace ya bastante tiempo...

—Con un fragmento basta.

Willi no guarda muy buen recuerdo de ese montaje porque fue un fracaso. El actor que interpretaba a Gessler era malísimo, y sus crueles compañeros le hacían toda clase de barrabasadas en el escenario. Él tenía un papel secundario: un confidente del gobernador que tenía que sostener en sus brazos al hombre, herido de muerte a manos de Guillermo Tell. «Señor gobernador, ¿tenéis alguna confesión más que hacerme?», debía declamar él. Y su compañero, que estaba cabreadísimo, le susurró sin que el público lo oyera: «¡Sí, que ya puedes besarme el culo!».

En aquel entonces camufló la carcajada incontenible como un sollozo desesperado. En fin, agua pasada. De manera que ahora le toca interpretar a Tell. ¿Y por qué no? Hace tiempo le habría gustado tener la oportunidad.

—«Por esa calleja vacía debe venir. No hay otro camino hacia Küssnacht. Aquí le pondré fin»...

Se entrega por completo. Se convence de que debe proteger a su mujer y su hijo de un maldito tirano opresor. Ese ser repugnante... ¡Mira que exigirle a un padre que dispare una flecha con su arco contra su propio hijo! Él también va a ser padre, y le tiene mucho cariño a la pequeña Nora, y ama a Karin... En efecto, por Karin se lanzaría a la batalla y, si hiciera falta, también dispararía al Gessler de turno. Tal vez no para matarlo. Podría apuntar con la flecha a una pierna o a un hombro para provocarle una sepsis, que ya es bastante...

En cierto momento se olvida del texto, así que se interrumpe.

—El resto, en otra ocasión.

El señor Drese ríe, se levanta y le da unas palmadas en el hombro.

—Me gusta, querido señor Koch. Muy convincente. Fogoso, pero a la vez contenido. Creo que tenemos algo para usted.

Le estrecha la mano, y Willi vuelve a tener la sensación de que reconocen y valoran su talento después de mucho tiempo. Es una sensación buena que lo invade de la cabeza a los pies; casi se siente como un hombre nuevo. Él es actor, cómico, esa es su vocación y debe seguirla. Puede seguirla.

—Le enviaremos el contrato. Dele su dirección a la señora Barthels. Tardará un par de días, porque todavía lo estamos organizando todo y tenemos pendiente mucha burocracia pesada. Estoy impaciente por colaborar con usted, señor Koch.

—¡Lo mismo digo, señor Drese!

De camino a la calle ya se siente miembro de la compañía. Ese es su lugar. ¡En el Teatro Estatal está como en casa! Contento, saluda a compañeros y compañeras de la ópera y el ballet que se cruzan con él y se asombran al verlo. Fuera, el sol invernal brilla sobre los prados de nieve reluciente del Warmer Damm. Suaves montoncitos blancos se forman en las ramas peladas de los plátanos, y en lo alto se extiende un cielo azul grisáceo. Willi avanza por la calle con paso ligero, entra en el portal de sus padres y sube la escalera hasta su piso. No, no le apetece fregar tazas en el café ni poner trozos de pastel en platitos. Eso forma parte del pasado. Se acabó la esclavitud: es actor del Teatro Estatal de Wiesbaden y no tiene ninguna necesidad de hacer el payaso en el Café del Ángel.

Tiene que llamar a Karin. Debe ser la primera en saberlo.

—He conseguido un contrato en el Teatro Estatal —alardea—. Ya iba siendo hora de que volviera a subirme a un escenario.

—¡Ay, Willi! —exclama ella, entusiasmada—. ¡Cuánto me alegro por ti!

Él le quita importancia. Dice que ha reunido experiencias interesantes como gerente, que ha conseguido cosas por las que su familia le está agradecida, pero que la vida sigue y no puede uno estancarse.

—Así es, Willi. Ay, el teatro no nos abandona ni a ti ni a mí, ¿verdad?

—Y tampoco deberíamos abandonarnos el uno al otro, Karin. ¿Cómo te encuentras?

—De maravilla. Pero estoy redonda como un tonel, si te refieres a eso.

—¿Puedo ir a verte en Nochebuena?

—Es una idea estupenda. ¿Para comer?

—Para comer y llevaros regalos. Como debe ser. Me presentaré vestido de Papá Noel.

—Eres incorregible, Willi. ¡Qué alegría se llevará Nora!

—¡Y yo más!

Tiene que salir a comprar: juguetes para Nora, algo bonito para Karin, un detalle para su suegra. También debería acercarse al banco a ver si su madre le ha hecho la transferencia del sueldo. Sale por el patio y en Rheinstrasse constata con alegría que su cuenta corriente tiene saldo, así que retira una cantidad generosa. Como en el futuro volverá a ir bien de dinero, no quiere andarse con racanerías en Navidad. Primero va a Langgasse a comprar el perfume preferido de Karin con un envoltorio navideño, luego escoge una pulsera bonita en la joyería y, por último, se dirige a la gran juguetería. Las tiendas y los grandes almacenes están llenos de clientes que se empujan, los artículos de los escaparates se agotan y son sustituidos por otros objetos bonitos. Las dependientas se apresuran de un cliente a otro, envuelven regalos con papel navideño y los decoran con cintas doradas. Willi compra una caja de coloridos bloques de construcción para Nora, y también un muñequito articulado con un cascabel en la gorra. A su suegra le bastará con un pañuelo estampado para el cuello; es de seda sintética, pero valdrá. Cargado de regalos y con la billetera vacía, regresa a casa de sus padres y guarda sus tesoros en el armario. Entonces mira el reloj y ve que ya son las cuatro y media. Podría bajar al café, ayudar un poco con los clientes y, de paso, comunicarle a su madre que por desgracia tendrá que prescindir de su gerente a partir de enero. La única culpable de eso es ella misma, porque a él le habría encantado estar disponible durante más tiempo, pero las condiciones humillantes que le ha impuesto lo hacen imposible. Al fin y al cabo, todavía tiene amor propio.

Abajo, en el café, hay varias señoras mayores que han regresado arrepentidas al Café del Ángel y devoran los últimos *petits fours* que Richy dejó preparados ayer. Desde la sala contigua —su teatro— se oye música de piano.

—¿Y qué, Willi? —dice Hilde con una expresión inofensiva—. ¿Buenas noticias?

—¿Por qué lo preguntas?

—No sé...

Ajá. Claro, su padre les ha contado a todos que tenía una audición. Su madre, en el mostrador de los pasteles, también lo mira expectante. Parece que nadie tiene nada en contra de que se marche. ¡Menuda panda de desagradecidos! Bueno, en tal caso, los tendrá un poco en vilo. Se encoge de hombros con indiferencia, como si no valiera la pena comentar nada.

—¿Qué estáis montando ahí dentro? —pregunta, y señala la puerta de la sala contigua.

—Una obra —dice Hilde—. Es lo tuyo, ¿no?

Willi abre la puerta y no sale de su asombro. En el escenario está la Künzel, sentada al piano con Petra a un lado y Marion al otro, las tres aporreando el instrumento. En la sala han juntado varias mesas, y allí está sentado su padre con Swetlana, August y Sina, además de Luisa y Fritz, que mira hacia el escenario con ojos soñadores y sonríe un poco. Se ha reunido la mitad de la familia. Beben café, degustan la tarta de chocolate de su madre y escuchan música... ¿Acaso ha olvidado el cumpleaños de alguien?

—¡Willi! —exclama su hermano August al verlo—. ¡Siéntate con nosotros y escucha esto!

No espera a que se lo digan dos veces. Antes de que su madre lo ponga en el mostrador de los pasteles o lo mande a barrer la acera, prefiere sentarse. En el escenario están cantando y representando una obra. Parece algo así como un cuento de Navidad.

—Lo ha escrito nuestra Sina —explica Swetlana con emoción—. Y Petra ha compuesto la música. Esta mañana, en el colegio, a los padres y los niños les ha encantado. También estaba la señora Weiler, del periódico, y un joven que ha hecho fotografías.

¡Es una ópera cuento! Se toma un café, disfruta del último trozo de tarta de chocolate y mira lo que han montado esas mocosas en el escenario. No está nada mal. Las niñas son muy buenas actrices, y la Künzel es una todoterreno capaz de tocar hasta la guía telefónica del revés, si hace falta. A su lado, Luisa habla en voz baja con Fritz, que parece que acabe de caer de la luna y no haya encontrado aún su lugar en la Tierra. Willi no puede oír lo que dicen porque su padre se le acerca y quiere saber cómo le ha ido en el teatro.

—Bien —contesta él—. Habrá contrato. Un tipo simpático, el tal Drese. Tiene pensadas muchas cosas que me gustan.

—¡Enhorabuena! —exclama Heinz, y le da un abrazo—. Swetlana, hazme un favor, hija. Ve a la cocina y diles que saquen champán para todos. Para las niñas, un refresco, por supuesto. ¡Esto hay que celebrarlo!

No era eso lo que Willi había imaginado. En lugar de lamentar su marcha, celebran su partida con un espumoso. Bueno, qué más da... Está demasiado contento para seguir enfurruñado. En la cocina se oyen saltar los corchos. ¿Acaso lo tenían preparado? Esta vez, para variar, su madre se muestra insólitamente generosa y también invita a los clientes del café a «una copita de champán», a la par que los informan del motivo de la celebración.

—¡Por nuestro Wilhelm Koch! —exclama una señora mayor—. ¡Ya sabía yo que pronto volvería a subirse al escenario del Teatro Estatal! ¡Menuda alegría! ¡Y eso que aún no es Navidad!

Él se pasea entre la clientela recibiendo felicitaciones. Se bebe tres copitas y le lleva suministros a la Künzel, que es capaz de beber, hablar y tocar el piano, todo a la vez.

—¿Qué te parecería montar una función? —pregunta la mujer—. Las niñas lo tienen muy bien ensayado. ¿Pasado mañana aquí, en este teatro?

¡El día antes de Nochebuena! Se queda perplejo, pero enseguida se entusiasma. Tal vez sea el champán, tal vez la alegría que lo invade.

—Pero solo si dejan que actúe yo también.

—Entonces serás el mago malo. ¡Y yo dirigiré! —decide Petra—. Pero solo tienes dos días para aprenderte todo el papel. ¿Lo conseguirás?

—Sin problema —alardea él—. No olvides que soy un profesional.

La niña se vuelve hacia la sala y, alzando la voz, exclama:

—¿Has oído, papá? ¡Pasado mañana seré la directora!

Fritz respira hondo y responde en voz baja.

—Eso está muy bien, Petra.

Luego se levanta, se pone el abrigo por encima del traje oscuro y coge su violín, porque tiene que ir enfrente, al Teatro Estatal.

Mischa

Un día más, no ha llegado ninguna carta. Está claro que lo ha fastidiado todo. Tanto hablar de ser sincero en el amor no ha servido para nada. Donde no hay amor, ya se puede mentir o decir la verdad, que da lo mismo. De una rama seca no puede crecer una hoja verde; seguramente así lo habría expresado Sina. De donde no hay no se puede sacar; esa es su versión.

Está tirado en su gélida guarida del desván de la tasca, con la mirada fija en las tres cartas que le ha escrito Simone. Seguro que ha estado mucho rato escribiendo cada una de ellas y ha consultado el diccionario, y aun así contienen errores, pero hay que pensar que es francesa, de modo que domina bastante bien el alemán.

«... no sabía que fueras un poeta, Mischa...».

No, no es ningún poeta. Más bien todo lo contrario. Un chapucero es lo que es, incapaz de redactar ni una simple carta él solo. Un cobarde que se aprovecha de los méritos de otros. Se ha ocultado detrás de su inteligente hermana pequeña y ha impresionado a Simone con expresiones románticas que él jamás habría sabido poner sobre el papel. Sina se ha crecido y ha compuesto incluso poemas. A él le entraron las dudas por si no resultaba creíble, pero al final los copió y los envió, porque ya había empezado y no quería decepcionar a

Simone. Sina consigue expresar sus sentimientos de manera que suenen muy bonitos. Lo tiene impresionado. En lugar de escribir: «Estoy coladísimo por ti», su hermana pone: «Tengo tu imagen grabada en el alma, la veo ante mí todos los días. Haga lo que haga… te llevo conmigo».

Y entonces, de pronto, supo que no podía continuar. ¿Qué iba a decirle cuando volvieran a verse? ¿Debía hacerle una declaración romántica? ¿En verso, tal vez? ¿Hablarle de «misteriosas montañas silenciosas», del «sol vespertino, que se baña en el oro rojizo del río» o del «mudo anhelo del alma»? ¡Cómo iba a hacer eso! Simone se llevaría un buen chasco con él y no querría volver a verlo.

Así que decidió poner fin a las mentiras y cogió un lápiz y una hoja de papel.

Querida Simone:

Todo lo que te he escrito no era mío, sino que lo redactó mi hermana pequeña. Yo no era capaz de decirte que estoy locamente enamorado de ti, por eso le pedí a Sina que lo pusiera en frases bonitas, para impresionarte. Pero ahora he entendido que debo dejar de hacerlo. Cuando se quiere a alguien, hay que ser sincero con esa persona. Así que te confieso la verdad y espero que entiendas por qué lo he hecho.

¡No te enfades conmigo, por favor!

Mischa

Le salió así, del tirón. Lo escribió todo seguido, tal como le venía a la cabeza. Solo leyó lo que había puesto una vez y añadió un par de puntos que se había olvidado sobre las íes. Metió la carta en un sobre, añadió la dirección a toda prisa y pegó el sello, después la llevó al buzón y la tiró. Que fuera lo que hubiera de ser, antes de que le entraran dudas y volviera a empezar con las trolas.

De eso hace ya más de una semana, pero aún no ha llegado ninguna respuesta. Normalmente, cuando Simone contesta, la carta llega a la tasca al cabo de cuatro o cinco días, y Jean-Jacques siempre se la deja con una sonrisilla cómplice junto al plato del desayuno. «*Lettre d'amour* —comenta, y pone los ojos en blanco—. Bueno, de todas formas yo ahora me bajo a la bodega. Léela con tranquilidad y, cuando vuelvas a estar en forma, subimos al viñedo».

Entonces Mischa abre la carta con parsimonia, desdobla la hoja y piensa que los dedos de ella también han tocado ese papel. Casi siempre le ha escrito toda una página, e incluso parte del reverso. No es nada trascendental. Ninguna confesión de amor ni nada por el estilo, pero él la lee lleno de curiosidad y luego le da vueltas al contenido. Simone le describe cómo es su habitación de encima del bistró. Que desde la ventana puede contemplar los tejados y que abajo, en la callecita, dos veces a la semana montan un mercado en el que se puede comprar todo lo necesario para vivir: fruta, verdura, carne y especias, y hasta ropa y calzado. También escribe que le gusta su trabajo, porque en el bistró siempre hay actividad. Es muy diferente al Café del Ángel. No es un local tan formal, pero sí animado y colorido. Lo frecuentan viejos y jóvenes, estudiantes y simples trabajadores, parroquianos y turistas, y todos charlan, beben, comen y fuman. A su *patron* solo lo ha mencionado una vez de pasada, diciendo que es un hombre amable y que le gustaba trabajar con él.

«Debe de haberse decidido hace tiempo —piensa Mischa, deprimido—. Es posible que mis cartas le resulten divertidas y, como quiere practicar alemán, me contesta. Pero solo por eso. Por amistad. O tal vez por aburrimiento. En cualquier caso, no porque esté enamorada de mí». Imagina que lo siguiente que llegará a la tasca será el anuncio de su boda.

«Monsieur y madame Tal y Tal se alegran de anunciar su próximo enlace matrimonial…». O algo por el estilo. Mischa ni siquiera sabe cómo se llama ese tipo. Aunque, en el fondo, da igual. Si Simone se casa, estará muerta para él. Todo habrá acabado definitivamente. No es de los que van detrás de una mujer casada. Simone habrá tomado una decisión y, si es desgraciada con ese viejo, la culpa será de ella y de nadie más. Y punto.

Aun así, todas las mañanas baja a la cocina con el corazón palpitante porque podría encontrar una carta junto a su plato. Pero no hay nada más que un par de migas de pan de ayer, y el cuchillo con el filo mellado, que se oxida si no lo secan justo después de fregarlo.

—Mañana cerraremos el garito y nos iremos a Wiesbaden a ver a la familia —anuncia Jean-Jacques—. *C'est Noël!* Prepara tus cosas.

Navidad. Vaya, hombre. Como si a él le importara. Sí, antes, cuando era pequeño, la Navidad le encantaba. Por los regalos y porque era bonita y solemne. Pero las últimas dos las pasó lejos de casa y con un ánimo más bien festivo. Una en un tugurio del puerto de Génova; la otra en alta mar, en un carguero de cereales. Este año se la podría ahorrar, porque no está para festividades contemplativas en la intimidad familiar. Preferiría mil veces quedarse solo en el viñedo, donde puede estar tranquilo, no tiene por qué soportar la exagerada preocupación de su madre ni las preguntas de August, y tampoco explicarle a Sina por qué ya no escribe más cartas. Además, en Nochebuena o después de Navidad podría llegar una carta de Simone. Seguramente es una esperanza ilusa, pero de todos modos brilla en su interior como una brasa candente que no quiere apagarse.

La esperanza es lo último que se pierde.

En el viñedo vuelven a tener mucho trabajo. Podan las vides, cambian los alambres rotos, amontonan los sarmientos cortados en un lugar donde en primavera puedan quemarlos. Hace muchísimo frío. Los dedos se le entumecen a pesar de los guantes, las podadoras ya se le han caído dos veces y el fastidio de conseguir entresacar los recortes secos de entre las demás ramas lo pone de los nervios. Pero sigue trabajando con obstinación. Mientras que el sudor le brota en la frente bajo la gorra de lana, enseguida deja de sentir los pies helados dentro de esas botas sin forro. Sobre el mediodía se pone a nevar. Hay bruma y el paisaje se parece a la pantalla que ponen en la tele por las noches, cuando suena el himno nacional. Rayas blancas y negras agitándose todo el rato.

—*Fini!* —le grita Jean-Jacques—. El resto lo terminaremos después de fiestas.

Reúnen los aperos y regresan a la bodega. Allí, Jean-Jacques decide que se irán a Wiesbaden ese mismo día porque, con el tiempo que hace, no tiene sentido helarse el trasero en el viñedo. Llama a Meta para decirle que cuide del patio y se ocupe de los restos que han quedado en la nevera, y sube a hacer la maleta. Mischa lo sigue sin ganas. En el desván recoge sus trastos y llena el petate. Las cartas de Simone las deja debajo de un viejo arcón. Solo le faltaba encerrarse en su habitación de la villa a leerlas sin parar. Eso solo lo deprimiría, y al final su madre encontraría las cartas y se alteraría.

«Que se las coman los ratones —piensa—. Mejor así».

Jean-Jacques está muy contento. Lanza su maleta a la Goélette silbando, y solo se estremece un poco cuando se sienta al volante porque la espalda vuelve a «protestar». Aun así no deja que nada empañe su buen humor.

—Toma, por si todavía quieres comprar algún regalo —le dice sonriendo, y saca un grueso sobre del bolsillo interior de la chaqueta—. Aquí tienes tu sueldo. El recibo está dentro, tendrás que firmarlo. Pero no te lo gastes todo de una vez.

¡Comprar regalos! Lo que faltaba. Claro, tendrá que regalarle algo a su madre por Navidad. Es lo que toca. A August le comprará una corbata, porque las usa mucho. Y a Sina, un vale para gastar en la librería. Es lo más práctico, porque no tiene ni idea de qué libros extraños y difíciles lee su hermana pequeña. El día de Navidad, el Café del Ángel cierra. Todos están invitados a comer en casa de los abuelos. Aunque no son sus abuelos biológicos, sino los padres de August, su padrastro. De todas formas, seguramente debería llevarles un detalle, por educación. Y también podría buscar algo para la tía Hilde y los gemelos. Y para Jean-Jacques. Sí, para él sin duda. Buf, comprar regalos es un incordio; nunca sabe qué llevarse, si es muy caro o muy barato, o si la persona le dará uso a esos cachivaches.

El patio interior del Café del Ángel está lleno de coches: ve el de su madre y, al lado, un Escarabajo negro con unos asientos de piel algo sucios, que un día fueron blancos. ¿Quién conduce ese trasto tan ridículo?

—El coche nuevo de Willi —informa Jean-Jacques con fastidio—. ¿Se ha creído que puede dejarlo en el patio? ¡Pues está muy equivocado!

—Voy a ver si lo encuentro —se ofrece Mischa.

—¡Dile que aparque su maldito Escarabajo pelotero en otro sitio!

Mischa se apea y entra en el salón del café. Está hasta los topes. Hay grupos nutridos que ocupan las mesas comiendo pastel, la abuela Else está en el mostrador cortando trozos de tarta mientras la tía Hilde corre de aquí para allá con su bandeja por entre las mesas. Pese al bullicio, se oyen unos sonidos extraños que vienen de la sala contigua, en cuya puerta alguien ha colgado un cartel donde dice TEATRO.

—¿Qué haces tú aquí ya? —le pregunta la tía Hilde al pasar—. ¿No llegabais mañana?

Entonces sirve tres porciones de Selva Negra con cerezas y una de tarta de chocolate y charla alegremente con los clientes sobre las aglomeraciones en los grandes almacenes y el precioso árbol de Navidad que han puesto delante del ayuntamiento.

—A los yanquis les gusta lo colorido y lo cursi —opina una mujer—, pero los alemanes preferimos los árboles con bolas plateadas y espumillón dorado, ¿verdad? Yo este año he comprado velas blancas.

A Mischa no le hace falta preguntar dónde está Willi: oye su impostada voz grave declamando en la sala contigua.

—¡Nunca! ¡Jamás en la vida os desvelaré la melodía!

¿Qué hacen ahí dentro? Abre la puerta con curiosidad y ve a Willi en el escenario, gesticulando con los brazos extendidos y una mueca terrible en la cara. Ajá, el actor ha vuelto a entrar en acción. Al piano está la Künzel, con un pañuelo de color lila atado alrededor del pelo, y de espaldas a él ve a la pequeña Petra. Abajo, en la platea, Sina está sentada en una silla, mirando fascinada hacia el escenario.

—¡Eso tienes que cantarlo! —le exige Petra a Willi.

—También podría ser un recitado —insiste él—. Mira, ahora me transformaré en un burro.

«Pues menuda transformación», piensa Mischa, aunque no puede evitar sonreír, porque Willi imita los rebuznos de una forma muy creíble.

—¡No! —exclama Petra—. Así no es. Tienes que escuchar la música, en la música ya está el grito del burro. Primero tararea la melodía, y luego, por mí, como si quieres balar.

«¡Vaya con la pequeña! —se dice Mischa—. Está en su elemento, diciéndole al actor lo que tiene que hacer. ¡Y él la obedece! Una niña estupenda, esa Petra».

—¡Eh, asno! —exclama hacia el escenario—. Tienes que sacar el coche del patio porque, si no, Jean-Jacques no puede entrar con la Goélette.

Willi lo fulmina con la mirada porque ha interrumpido el ensayo.

—¡La llave está en mi chaqueta!

—¿Y dónde está tu chaqueta?

—Ni idea.

La chaqueta está colgada en la silla de al lado de Sina. Mischa encuentra la llave y sale otra vez al patio. Allí se monta en el Escarabajo negro, lo pone en marcha y constata que hace un ruido extraño, como si rozara algo. Pero él no tiene que preocuparse, porque no es su coche. Tras unas cuantas maniobras, la Goélette de Jean-Jacques puede ocupar su lugar de siempre y Mischa aparca el Escarabajo más arriba, en Sonnenberger Strasse. Que el señor actor vaya hasta allí andando cuando quiera cogerlo.

De vuelta en el Café del Ángel, encuentra a Jean-Jacques en el mostrador de los pasteles, donde ha sustituido a su suegra. Lo regaña porque ha sido poco responsable al conducir el coche de otro sin carnet, y más aún con el tráfico de antes de Navidad, cuando todo el mundo está nervioso, tiene prisa y es muy probable que pise el acelerador en lugar del freno.

—No volverá a pasar —promete él—. ¿Quieres que me ponga a cortar tartas?

—*Non.* Pero puedes ayudar a Hilde a servir. Swetlana está haciendo compras navideñas.

A Mischa no le apetece mucho, pero el Café del Ángel le gusta, porque aquí siempre hay movimiento. Es bueno tener algo que hacer y estar en compañía de otras personas. Así no le vienen pensamientos tristes a la cabeza. El salón se llena de clientes que llegan cargados con bolsas y paquetes, y cuyos sombreros y abrigos están salpicados de blancos copos de nieve. Pasado mañana es Nochebuena; ha empezado la locura de los últimos regalos, la gente está estresada y cansada, en algunas mesas se oye que antes la Navidad era más tranquila y contemplativa.

—Tres jarritas de café, dos trozos de tarta de queso y nata, uno de tarta de licor de huevo. ¡Con nata montada, por favor!

Es increíble lo que llega a devorar la gente. Sobre todo, los que ya están algo regordetes. Mischa ha encontrado un delantal en la cocina y hace equilibrios con la bandeja cargada de pasteles.

—Qué visión más agradable —dice una mujer entrada en carnes, que lo mira con simpatía—. Tu eres Mischa, ¿verdad? Vaya... ¡Cómo has crecido!

La conoce. Es Alma Knauss, y su amiga Ida está con ella. No le tiene mucho aprecio a la gorda Alma, pero contesta con amabilidad y explica que está echando una mano en el café por Navidad.

—El nuevo pastelero, por desgracia, no está a la altura del señor Wagner —comenta la mujer con un suspiro, y clava el tenedor en su trozo de tarta—. ¡Me resulta absolutamente incomprensible que hayan despedido a un pastelero tan excepcional! ¡Seguro que esos estúpidos rumores los ha hecho correr la competencia!

Mischa no sabe de qué habla, pero sonríe y se va. En el mostrador de los pasteles está ahora Frank, que corta trozos de tarta mientras su hermano Andi pone tenedores de postre y servilletas en los platitos. Los dos se aplican en la tarea con unas caras un poco largas; seguro que se lo ha ordenado su padre. Los saluda con una sonrisa de comprensión.

—Eh, chicos, dos trozos de chocolate y uno de queso y nata.

—¡La de queso y nata se ha acabado! —informa Frank.

—¡Maldita sea!

En la cocina, donde tiene que ir a buscar más jarritas de café, sorprende a Jean-Jacques dándole un abrazo apasionado a Hilde. ¡Vaya, hombre! Una parejita haciéndose arrumacos es lo último que le hace falta.

—Qué ganas tenía, *ma colombe*...

—Al menos podrías haber llamado. Cuidado, que vas a romperme el delantal.

—*Encore un baiser*...

Mischa tiene la precaución de cerrar la puerta para evitar que desde el salón del café vean lo que pasa en la cocina. Hilde escapa de su marido con una sonrisa y se recoloca el delantal.

—¡Delante de todo el mundo! Es usted incorregible, *monsieur* Perrier —le dice a Jean-Jacques en broma.

Luego pone tres jarritas de café en su bandeja y sale enseguida. Detrás, en el anexo de la repostería, un pelirrojo corpulento trabaja una masa con gran entrega. La amasa, la golpea, forma una bola y la acaricia con cariño y las manos enharinadas.

—El nuevo pastelero —dice Jean-Jacques para presentárselo—. ¡Hola, señor Deuss! Este es Mischa Koch, mi socio en el viñedo.

Mischa siente que ha crecido tres centímetros. Es el socio de Jean-Jacques. Es alguien. Importa. El nuevo pastelero vuelve a pasar la mano por sus bolas de masa y se limpia la harina de los dedos en el delantal para saludarlo.

—Encantado. Me llamo Ewald Deuss. Un viticultor y un pastelero, no es mala combinación, ¿verdad?

—Desde luego —dice Mischa, y le estrecha la mano.

Los dedos del pastelero Deuss son delicados. Su rostro es redondo, tiene papada y la tez pálida. Lleva unas gafas con montura metálica y cristales circulares. «Un tipo simpático», piensa Mischa, divertido. Habrá que ver qué futuro tiene el sucesor de Richy.

—¿Quedan más tartas? —le pregunta—. La de queso y nata se ha acabado.

—En la nevera aún hay dos rollitos de limón —informa Deuss, y se dispone a sacar su última reserva—. Esta mañana no me ha dado tiempo a preparar más.

—¡Es mejor que nada!

El mostrador de los pasteles vuelve a estar lleno, para desgracia de Frank y Andi, que a falta de tartas ya pensaban que se habían librado de la pesada tarea. Mischa llena su bandeja, la levanta por encima de la cabeza y se abre paso por entre todas las mesas ocupadas. Tiene que ir con cuidado para no tropezar con las bolsas y los paquetes que los clientes han dejado en el suelo. Ahora ve también que en todas las mesas hay un cartel impreso.

Función de Navidad en el Café de Artistas del Ángel
El 23 de diciembre a las 14 horas
La melodía secreta
Obra cantada, escrita por Petra Bogner y Sina Koch
Con la participación de Wilhelm Koch, Teatro Estatal de Wiesbaden

La abuela Else está sentada a la mesa familiar y le dirige un gesto amable con la cabeza. El abuelo Heinz no hace más que entrar y salir de la sala contigua para seguir los ensayos. En algún momento aparece su madre, y Mischa enseguida tiene que meterse en la cocina para que no se ponga a abrazarlo en medio del café.

—¿Has visto lo que ha escrito nuestra Sina? Estoy muy orgullosa, Mischa. Tú te has convertido en viticultor y Sina es poetisa.

El pastelero Ewald Deuss ha acabado su jornada y se quita la bata blanca mientras los mira con aprecio.

—Menuda suerte tener dos hijos con tanto talento —comenta—. ¡Pero también ellos tienen una madre maravillosa!

Parece que el hombre siente debilidad por Swetlana, igual que Richy. Antes de que la simpatía y el aprecio se descontrolen, Hilde irrumpe en la cocina, saca dos jarritas y las llena de café.

—El salón empieza a vaciarse —informa—. Hay que limpiar tres mesas, Mischa. Coge la bandeja grande. ¿Dónde está Jean-Jacques?

—Su señor marido está en la sala contigua, viendo los ensayos —dice Ewald Deuss.

—Tiene que ir a la estación. Simone llega sobre las seis y media, andén tres.

Se oye un estruendo porque a Mischa se le ha caído la bandeja grande al suelo. Ewald Deuss se estremece y se tapa las orejas con las manos. Hilde se lleva los brazos a las caderas.

—¡Tampoco hace falta ponerse así! —lo reprende su tía.

—Pero... ¿cómo es que...? —balbucea él—. ¿Cómo es que de repente viene... y yo no sabía nada?

Hilde recoge la bandeja, que por suerte ha salido ilesa, ya que está hecha de buena madera maciza.

—Ni idea —dice—. Esta mañana temprano ha llegado un telegrama. ¿Es que no te ha dicho nada Jean-Jacques? ¡Toma, limpia la bandeja!

Se la pone en las manos y se dirige a la puerta de la cocina para ir a buscar a su marido a la sala de ensayos, pero Mischa consigue retenerla de la manga.

—Voy yo a buscarla —dice.

«Ha venido —piensa con el corazón palpitante—. Ha venido». Por el motivo que sea, ¡el caso es que ha venido! Sale corriendo sin ponerse la chaqueta siquiera, solo con una bufanda alrededor del cuello. En el bolsillo del pantalón tiene aún la llave del coche de Willi, que de todas formas ahora mismo no necesita su Escarabajo pelotero. Qué mala idea ha sido aparcarlo en Sonnenberger Strasse, porque ahora tiene que correr para llegar puntual a la estación.

Por supuesto, está en el andén un cuarto de hora antes de lo necesario. Camina de un lado a otro, esconde los dedos helados en los bolsillos del pantalón y mira fijamente las vías, que más allá de la estación se unen entre sí hasta crear una compleja red. Cada vez que ve a lo lejos la forma oscura de una locomotora, el tren tuerce a otra vía poco antes de la entrar en la estación. ¿Cómo es que tarda tanto? ¿Se ha retrasado el tren? No le extrañaría, porque sigue nevando. Entretanto, otras personas han ocupado el andén: viajeros con maletas y paquetes, pero también amigos y familiares que esperan la visita de un ser querido por Navidad. Y entonces, por fin, por el altavoz que le queda justo encima se oye el liberador anuncio: «El tren de viajeros procedente de Frankfurt va a efectuar su entrada por la vía número tres. Por favor, mantengan la distancia hasta que el convoy se detenga».

Mischa se mantiene en un segundo plano; de pronto su entusiasmo se ha convertido en inquietud. ¿Y si Simone se enfada con él? ¿Y si lo deja allí plantado, como si no se conocieran de nada? ¿Cómo se le ha ocurrido pensar que podría ir a Wiesbaden por él? De ser así, sin duda le habría escrito para avisarlo.

El tren llega. La locomotora ya no es de vapor, porque ese año han puesto en marcha la red eléctrica y los trenes funcionan con corriente. Aun así, los frenos chirrían una barbaridad, solo que ya no van acompañados de las apestosas nubes de humo que antes se tragaban los vagones y a los viajeros. Las puertas se abren y los revisores son los primeros en bajar. Ayudan a las señoras a apearse, alcanzan paquetes, dan información, llaman a los portaequipajes con un gesto. Los primeros viajeros bajan ya del tren; sobre todo son personas mayores. Una mujer lleva un perrito blanco muy pequeño debajo del brazo, que no hace más que ladrar y patalear. Mischa pasea la mirada de un vagón a otro… ¿Dónde se ha metido Simone? ¿Por qué no baja? ¿Es que no ha venido? ¿Ha perdido el tren? ¿Era todo una broma que ha querido gastarle su tía para tomarle el pelo? Pero ¿por qué iba a hacer eso?

Todos los viajeros han bajado y ahora el tren vuelve a llenarse porque suben otros. Una corriente de personas se dirige hacia la terminal de la estación. Van charlando y le sonríen al pasar, pero él se queda ahí inmóvil; no entiende nada.

Entonces, cuando menos se lo espera, una joven con abrigo y sombrero se detiene ante él. El pelo oscuro le sobresale por debajo del sombrero, sus ojos negros lo miran con alegría.

—¿Esperas a alguien?

Mischa se queda paralizado. Qué guapa, qué sofisticada… Qué diferente a la chica que trabajaba con él en el viñedo, vestida con pantalones y chaqueta.

—¡Simone! —exclama, y traga saliva—. Casi no te he reconocido. Estás muy… elegante.

Ella se ríe, se quita el sombrero y lo sostiene en la mano mientras le da un abrazo.

—Y tú eres lo peor que hay —le dice, zarandeándolo—. Un embustero y un mentiroso.

Primero le da un beso en una mejilla y luego en la otra. Después lo mira a los ojos y sonríe con picardía.

—Esto es para ti, Mischa. ¡Porque me he enamorado de un embustero!

Y le da un beso en los labios.

Karin

Hoy, en el desayuno, la pequeña Nora está otra vez especialmente cruzada. Sentada en su sillita infantil, agita brazos y piernas. No quiere comerse el pan blanco con mantequilla que su abuela le mete en la boca a trocitos. Rechaza el batido de cacao, no quiere nada que no sea berrear y chillar.

—Pero ¿qué le pasa hoy a esta niña? —se lamenta la madre de Karin—. Esto es porque siempre la sacas a pasear. Son demasiadas sensaciones y luego tiene la cabeza revuelta.

—Déjala que coma sola —dice Karin—. No quiere que se lo des siempre tú.

—¿Para que se manche toda de mantequilla y la mitad acabe en el suelo? Ya se ve que no entiendes de educar a un niño, Karin.

—¿Cómo va a aprender a hacerlo bien si siempre le metemos la comida en la boca?

—Aprenderá cuando tenga edad para hacerlo.

Karin se alegra de que el teléfono la libere de tener la misma discusión de siempre con su madre. Los niños necesitan calma, los niños no deben ensuciarse, los niños tienen que estarse quietecitos...

—Buenos días, Karin —oye por el auricular.

—¿Willi? ¿Cómo te has levantado de la cama tan temprano?

Él ríe. Suena alegre y relajado. Parece que le sienta bien volver a estar contratado en el teatro.

—Todavía soy gerente, querida. Eso implica salir del catre temprano. Además, hoy tenemos la función y aún hay que ensayar. ¿Vendrás a vernos? La entrada es a partir de la una y media.

—Por supuesto que iré, Willi. Mi madre también quiere ver la obra, y llevaremos a Nora.

—¡Maravilloso! —se alegra él—. Entonces, por favor, piensa en traerme el disfraz de Papá Noel. Debe de estar en algún rincón del armario del salón. Y el gorro y la barba postiza.

—¿Es que mañana piensas cruzar media ciudad vestido de Papá Noel?

—Iré en coche. Llamaré a la puerta disfrazado, repartiré los regalos y luego me quitaré el disfraz en el baño.

—Muy buen plan —dice ella riendo—. Hasta luego, Willi.

En la cocina, Nora se mete un trozo de pan con mantequilla en la boca y ya alarga la mano para coger otro que le acerca su abuela.

—¡Anda! —comenta Karin—. ¡Qué bien funciona eso!

El siguiente trocito primero se cae —por supuesto, por el lado de la mantequilla—, pero la pequeña Nora lo rescata de la mesita infantil, lo aplasta un poco entre sus deditos y se mete el amasijo de pan en la boca con placer.

—¡No puedo ni mirar! —se lamenta la abuela—. Pero al menos tendrá algo en el estómago.

Karin se echa azúcar en el té y considera más inteligente tener la boca cerrada. Todavía le queda otro tema que batallar con su madre.

—Si salimos a la una y media, llegaremos al Café del Ángel puntuales para la función.

—No, Karin, prefiero quedarme en casa con Nora. A esa hora tiene que dormir la siesta.

—¡Pero, madre! Nora se lo pasará muy bien viendo la obra. Le encanta la música, ya lo sabes.

—¡La niña tiene que dormir la siesta!

—¡Qué dices! No va a pasar nada por que se la salte un día. ¡Willi se alegrará mucho de que vayamos todas!

Nora estampa el trocito de pan contra la mesa por el lado de la mantequilla y luego se lo lleva a la boca. La nariz y la barbilla también reciben un poco. Su abuela va a por un trapo de cocina para limpiar esa porquería.

—Puede que tu marido sea un buen hombre, y jamás olvidaré que salvó a Norita —dice la mujer—, pero que vuelva a trabajar en el teatro me ha decepcionado mucho. Cuando por fin se había decidido a tener una profesión decente, ¡va y lo tira todo por la borda para actuar!

—El teatro es una profesión como cualquier otra —señala Karin, molesta—. ¡No olvides que yo también soy actriz!

—¡Antes que eso, ahora eres madre! —Es el reproche que recibe—. Pero, por favor, no pienses en traer más niños al mundo. ¡Justamente ahora, que vas camino de convertirte en una actriz famosa, deberías pensar en tu carrera!

Karin está acostumbrada a las contradicciones de la mentalidad de su madre. Por un lado, la interpretación le resulta una profesión sospechosa; por otro, está orgullosa de que su hija haya salido por la televisión. Ahora, además, le suelta que puede evitar tener más hijos mediante la «abstinencia».

—Así lo hicieron mis padres, Karin. Tras el cuarto niño, dijeron: ¡camas separadas! Y ya no tuvieron más.

—¡Pero hoy en día también existe la píldora, mamá!

—¡Uy, de esas cosas no se habla!

La píldora, que solo les recetan a las mujeres casadas, tiene muy mala fama entre las generaciones mayores. La consideran una carta blanca para el libertinaje y la inmoralidad. Por otro lado, ella se ha quedado embarazada a pesar de tomarla, porque se olvidó de la maldita pastilla un par de veces. Pero eso su madre no lo sabe. Karin no le ha contado que en su mesilla de noche guardaba ese «inmoral invento estadounidense», y que la tomaba.

Ya hace tiempo que se ha reconciliado con el hecho de estar embarazada. Todos los días nota los movimientos del niño y siente una gran ternura por ese ser que crece en su interior. ¿Por qué reaccionó de una forma tan histérica al principio? Le cuesta entenderlo. Tal vez todo habría sido distinto si hubiera permanecido tranquila y hubiera hablado con Willi para encontrar una solución entre los dos. Ay, puede que él tenga sus más y sus menos, pero a pesar de todo será un buen padre. Lo sabe, lo presiente. Y un marido que también sea un buen padre no es algo tan fácil de encontrar. Ni buscando con lupa. Pero Willi es uno de ellos. Un trébol de cuatro hojas. Qué lástima que tenga esos ridículos celos. Bueno, nadie es perfecto. Tampoco ella. No, ella desde luego que no.

Karin está decidida a no contarle a nadie que fue a ver a la señora Mittenhauser en Hamburgo. Y el último que debe enterarse de eso es Willi. Al menos no debe saberlo por ahora, y tampoco en los próximos años. Tal vez, solo tal vez, se lo confiese más adelante, mucho después, cuando sean dos viejecitos. Eso si todavía vive con él. Pero lo mejor será no decirle nada. No lo entendería. Los hombres no son capaces de comprender algo así. Ni siquiera ella misma lo entiende ya.

Pasada la una, libra una enérgica batalla contra los reparos de su madre, se pone el único vestido que todavía le entra y abriga a Nora con prendas de punto.

—Si empieza a refunfuñar, la sientas en el cochecito y te la traes a casa —acuerda con su madre.

—¡Es increíble lo que obligas a hacer a la pobre niña! Mañana es Nochebuena y también estará alterada. ¡Yo no pienso levantarme si se pasa toda la noche berreando otra vez!

Precisamente hoy ha empezado a derretirse la nieve. Ha dejado las aceras resbaladizas y por todas partes hay charcos traicioneros que salpican un montón de agua sucia cuando un coche pasa por ellos, a menos que se esquiven con rapidez.

—¡Con este tiempo, la gente decente se queda en casa! —protesta su madre—. ¡Nora va a pillar una neumonía!

Llegan al Café del Ángel poco antes de las dos y tienen que esperar un rato porque los asistentes han formado un atasco en la puerta giratoria. Un joven rubio se le acerca. ¿No le suena de algo?

—Sean muy bienvenidas —dice el muchacho con educación—. Soy del servicio de cochecitos infantiles. Saque a la niña y todo lo que pueda necesitar. Yo me encargo del cochecito. Si no, dentro no habrá sitio.

—Pero... —empieza a protestar su madre.

—¿Lo ves? ¡También hay más gente que ha venido con niños pequeños! —se alegra Karin.

Dentro hay mucho ruido y alboroto. Los ganchos del perchero apenas pueden soportar el peso de tantos abrigos. Los niños parlotean, ríen, protestan. Madres, tías y abuelas charlan, y aquí y allá se ve también a algún hombre: un padre, un tío, un abuelo. En la entrada del «Teatro» está Else Koch en una mesita, cobrando la entrada.

—¡Karin! —oye que la llama Hilde—. Os hemos reservado dos sitios. Entrad directamente.

Por decoro, sin embargo, de todos modos se ponen a la cola.

—¡Fila dos, a la derecha! —les indica Else cuando les llega el turno.

En el «Teatro» hace muchísimo calor. El telón rojo del escenario está echado, pero de vez en cuando se mueve, cosa que levanta expectación en la sala. ¡Algo sucede ahí detrás!

Los últimos espectadores en llegar se abren camino entre

las filas de sillas. Los niños, con ropa de domingo, no hacen más que recibir advertencias para que se estén sentados y calladitos. Las niñas obedecen; los niños siguen alborotando por ahí.

—¿Por qué no empiezan de una vez? —protesta un renacuajo impaciente.

—¡Empezarán cuando te sientes y te calles! —le responde su padre.

La pequeña Nora, en brazos de Karin, mira a toda esa gente con los ojos muy abiertos y, asombrada, no dice ni mu. Solo se abraza mucho a su mamá.

—¡Aquí está mi amiguita! —exclama alguien—. Hola, Nora. ¿Te acuerdas de mí?

Heinz Koch está sentado junto a ellas y le da la mano primero a su madre y luego a ella. Quiere dársela también a Nora, pero la niña se gira y no quiere saber nada de él.

—Hay demasiado jaleo para la joven dama —comenta sonriendo—. Pero creo que la obra le gustará.

Le explica a su madre que la han escrito dos niñas pequeñas: una de ellas es su nieta, la hija de su hijo mayor; y la otra, una música de gran talento. Al principio la mujer se queda paralizada ante su amabilidad. Al cabo de un rato, sin embargo, sonríe y parece relajarse un poco. Pero entonces Willi, ataviado con una capa negra, se coloca ante el telón rojo y toda la sala se queda en silencio como si les hubiera dado una orden. Lleva maquillaje teatral, se ha pintado unas pobladas cejas negras y se ha pegado una oscura perilla postiza.

—¿Estáis todos aquí? —pregunta, mirando a la concurrencia.

—¡Sí! —exclama una niña.

—¡Gabi, por favor...! —susurra su madre, avergonzada.

—¿Quién más está aquí? —pregunta Willi.

Ahora muchos niños gritan a la vez:

—¡Yo!

—¡Y yo!

—¡Mi abuelo también está!

—¡Mi hermana no ha venido porque tiene anginas!

Willi consigue que los entusiastas asistentes guarden silencio con un solo movimiento de su brazo.

—¡Bien! —dice, satisfecho—. Si ya estáis todos aquí..., ¡empezamos!

Suena una música de piano. Detrás de él, el telón se abre y en una silla se ve a una niña disfrazada de rey. Junto a ella hay una princesa y una dama de compañía pelirroja, ambas con vestidos largos. Willi hace una reverencia ante el rey y dice que desea pedir la mano de la princesa, pero a ella no le gusta, porque es feo y tiene una barba de chivo.

A eso le siguen varios fragmentos cantados, con trozos hablados entre ellos, y Willi se desvela como un personaje malvado. Al final de la escena, convierte a la pobre princesa en una corneja. La niña desaparece tras el piano, donde alguien le echa por encima un pañuelo negro del que sobresale un pico amarillo hecho de cartón. La niña mueve los brazos alados y grita «cra, cra, cra». Mientras tanto, el piano toca algo que representa el furioso vuelo de una corneja.

La historia se pone emocionante. La señora Künzel, al piano, tiene que secarse el sudor de la frente. Ahora sale al escenario un príncipe pelirrojo que quiere liberar a la princesa. Para eso tiene que encontrar una melodía que solo el pérfido mago Willi conoce.

El mago malo sale ante el telón y habla con los niños del público.

—¿Queréis que os diga cuál es la melodía? —pregunta.

—¡Sííí!

—¡Pero luego no podéis chivaros!

—¡Nooo!

—Escuchad: ¡esta es la melodía mágica!

Y, acompañado por el piano, tararea una cancioncilla muy pegadiza. Entonces pide que los niños canten con él. Algunos desafinan, pero la mayoría lo hacen bien. Las madres y las abuelas colaboran, y un hombre entona con una profunda voz de bajo. Es Jean-Jacques, que está sentado al fondo, junto a la puerta.

—Otra vez. ¡Pero bajito, para que no nos oigan! —susurra Willi.

El público tararea la melodía en voz baja, el piano toca unas variaciones y luego todos vuelven a cantar levantando la voz.

Willi se pone un dedo ante los labios.

—¡Chisss! ¡No podéis cantarle la melodía secreta al príncipe!

—¡Sí que lo haremos! —exclama una niña.

—¡Calla, boba! —le suelta su hermano.

—Mamá, tengo pis —anuncia alguien al fondo.

Nora está ahora muy despierta.

—¡Música! ¡Música! —pide, moviendo los bracitos.

Carcajadas entre el público. La madre de Karin se sonroja de vergüenza, pero entonces la señora Künzel se entrega y toca con toda el alma. El príncipe pelirrojo tiene una varita mágica; si el malvado Willi no le desvela la melodía secreta, lo convertirá en un animal. Willi canta.

—¿Es la melodía buena? —pregunta el príncipe pelirrojo a los niños del público.

—Sí… ¡Nooo! ¡Esa no es!

Así que Willi será convertido en burro. Detrás del piano, alguien le lanza encima una capa gris de la que sobresalen dos largas orejas de asno, y él sale a cuatro patas y rebuznando. Los niños están entusiasmados; algunos incluso chillan. Después Willi finge ser un perro, ladra y se pone sobre las patas traseras. Al final se convierte en un gato negro y molesta a la señora Künzel al piano, acariciándola con su patita mientras maúlla. De vez en cuando se oye la melodía buena, que la señora Künzel toca al piano mezclada con otras músicas. Algunos niños la cantan también, y vuelve a oírse la voz de bajo del fondo. El piano la retoma y por fin también Willi la canta.

Entonces sale al escenario la princesa liberada, y el príncipe pelirrojo la toma de la mano. El malvado Willi finge sufrir un arrebato de cólera, maldice y patalea con los pies.

—¡La ha adivinado! ¿Quién me ha traicionado? —Va al frente del escenario y, resignado, extiende los brazos—. Qué le vamos a hacer —dice—. Habéis ganado. No estoy enfadado con vosotros. Como mucho, estaré enfurruñado un rato.

Pone los ojos en blanco y resopla. Los niños ríen complacidos, y también él le sonríe entonces al público. Pero, de repente, se pone serio y todos guardan silencio. Ya nadie se ríe; los tiene hechizados.

—Voy a desvelaros un gran secreto —dice, bajando la voz—. Todas las melodías bonitas contienen una magia dentro, y aquel que las conozca será capaz de poner contentos o tristes a los demás, de hacerles reír o hacerles llorar. Lo que quiera. Porque la magia más poderosa que existe en la faz de la tierra es... ¡la música!

Y como todos siguen sentados sin entenderlo muy bien, Willi se pone a reír y exclama:

—¡Y colorín colorado, este cuento se ha acabado!

Dicho eso, desaparece y se cierra el telón. Estallan los aplausos, el nivel de ruido se dispara, todos hablan, aplauden, gritan, ríen, quieren ver a los actores. El telón vuelve a abrirse y ahí están todos, en fila, haciendo una reverencia. Willi y la señora Künzel a los lados, y las tres niñas en el medio. Willi hace subir al escenario a Frank, que tiene bastante vergüenza, y mediante gestos explica que ha sido el operario del telón. El chico hace salir entonces a Luisa de detrás del piano; ella ha colaborado con los cambios de vestuario.

Al fondo de la sala, entretanto, Else ha abierto las puertas, y Hilde y Swetlana están preparadas para repartir unas bolsitas a los niños.

—¡Qué función más maravillosa! —comenta Heinz, entusiasmado—. ¡Menudo es nuestro Willi!

Karin contiene el aliento porque ve a su madre torciendo el gesto para soltar alguna crítica, pero de pronto la pequeña Nora quiere ir con el abuelo Heinz, y la conversación queda interrumpida.

—Sí que has tardado, amiguita —comenta él mientras la pasa por encima de la madre de Karin y la sienta en su regazo—. Te llamabas Ernestine, ¿verdad?

—¡No! ¡Nora!

—¡Ah, Nora! —repite él, divertido—. Ahora ya lo sé. ¿Te ha gustado, Nora?

La niña se entretiene con la corbata del hombre y quiere arrancarle la brillante aguja dorada que la sujeta a su camisa. Él protege la aguja y distrae a la pequeña.

—Ahora te van a dar una bolsita de regalos. Mira, ahí hay bolsitas de colores, y dentro hay unas sorpresas.

Casi son los últimos en levantarse de las sillas, y Karin tiene que coger a Nora en brazos, porque Heinz no puede hacerlo con su pierna mala. De pronto su madre se muestra colaborativa, ayuda al hombre y explica que su difunto esposo también sufrió heridas de guerra.

—Vamos a estar un rato más todos reunidos, familia y amigos —dice él—. Habrá café y pasteles. Me alegraría mucho que se quedaran ustedes también. Ya que nos vemos tan poco, ¿no le parece?

—Por desgracia no podrá ser, señor Koch. Nora tiene que ir a dormir la siesta.

—¡Pero qué dice! —exclama el hombre—. Puede dormir en mi regazo. Vamos, señora Langgässer, y tú también, querida Karin. ¡Que nos quiten lo bailado!

Le dan una de las últimas bolsitas navideñas a Nora, y dentro, en efecto, hay un Papá Noel de chocolate envuelto en colorido papel de aluminio, además de galletitas de especias, frutos secos y una mandarina.

—Lo ha comprado todo Swetlana y se ha pasado media noche preparando las bolsitas —explica Hilde—. Sentaos, sentaos. Ya conoces a Simone, ¿verdad, Karin? Llegó de Nimes ayer.

Karin la recuerda vagamente. Sabe que trabajó de camarera en el Café del Ángel y que es pariente de Jean-Jacques. ¡Qué guapa es! Su sonrisa transmite picardía.

—¡Oh, una pequeña *mademoiselle*! —le dice Simone a Nora—. ¿Quieres un refresco?

—No —responde la madre de Karin—. Los refrescos no son sanos.

Los últimos asistentes salen del café y tienen que abrir los paraguas en la calle porque la nieve cae mezclada con lluvia. La mesa familiar se llena. Un periodista del *Tagblatt* ha reunido a Willi, a la señora Künzel y a las tres niñas para hacerles una entrevista.

—Y no ha sido ni la mitad de bonito que en el colegio —afirma Sina—. Porque el señor Koch se ha saltado muchas cosas y ha añadido otras. En realidad, el cuento era mucho más largo y complicado.

Petra tampoco está satisfecha.

—Ha faltado todo el preludio —se lamenta.

—¡Qué va! —la contradice la señora Künzel—. Lo he introducido durante la representación. ¿No te has dado cuenta, Petra?

—¡Pero no es lo mismo! No lo ha tocado tal como yo lo

había compuesto. Y no me han dejado dirigir porque he tenido que hacer de dama de compañía y luego de príncipe.

—Pero, Petra, no digas eso —dice Fritz Bogner, que está sentado junto al periodista—. Ha sido una función preciosa, a mí me ha gustado mucho. Estoy muy orgulloso de vosotras.

—No puedo estar más de acuerdo —opina el periodista, y bebe un poco del café que le ha servido Simone—. Ha sido espectacular y siento un gran respeto por sus talentosas hijas, señor Bogner. También por la joven escritora que ha creado el texto. Aunque estas pequeñas damas todavía tienen que aprender a tratar con la prensa.

Entonces se vuelve hacia Willi y le pregunta si es cierto que el señor Wilhelm Koch actuará dentro de poco en el escenario del Teatro Estatal. ¿Sí? Eso alegrará a los lectores. ¿Y en qué papel? Todavía no puede desvelarlo. Bueno, siempre ha de quedar algo de intriga. Se esperan grandes cosas del nuevo director artístico. En el teatro van a soplar aires de libertad...

El periodista disfruta de un trozo de tarta de limón y charla un poco con Heinz Koch, que le explica que esa de ahí es la mujer de su hijo, la conocida actriz Karin Koch-Langgässer, que el año próximo aparecerá en una producción televisiva. En estos momentos, la pareja espera a su primer hijo.

—Qué alegría. ¿Seguirá usted trabajando en películas a pesar de la maternidad, señora Koch-Langgässer? Para una mujer no es fácil, ¿verdad?

—Pero ¿qué tonterías está diciendo? —se entromete la madre de Karin—. Mi hija tiene que dedicarse a su profesión, y de los niños ya me ocupo yo. ¡Así lo tenemos repartido!

—¡Un momento! —exclama Willi—. Que también estoy yo. ¡Y en su día ya aprendí a dar de comer a un bebé y cambiarle los pañales!

—¡Vaya, no pueden pasar más cosas! —señala el periodista, y se guarda la libreta y el lápiz—. Los artistas se rigen por unas reglas diferentes a las del común de los mortales. En fin, les deseo a todos que acaben de pasar una buena tarde.

Hay que ampliar la mesa familiar porque, si no, no caben todos. El simpático joven que se ha ocupado del cochecito entra ahora en el café con paso tranquilo, y Simone le da una toalla para que se seque el pelo. Cierto, es Mischa, el medio hermano de Sina. Se sienta junto a Simone y le pasa un brazo por los hombros, pero con mucha cautela, por detrás del respaldo de la silla, para que nadie se dé cuenta. Todos han reparado en ello, por supuesto, pero nadie dice nada. Solo Jean-Jacques cruza una mirada de inquietud con Hilde, que se encoge de hombros sonriendo.

Hay pasteles y galletitas navideñas para un regimiento. Seguramente mañana el mostrador de los pasteles estará vacío.

—No importa —dice un animado pelirrojo que le presentan a Karin como el nuevo pastelero—. Mañana temprano habrá tartas recién hechas. Y después de Navidad, ¡seguimos!

Él mismo parece ser su mejor cliente, porque devora por lo menos tres trozos y prueba también las galletas de especias que ha preparado Swetlana. Todos charlan con alegría y dan vivas a las tres extraordinarias niñas, luego a Willi y a la señora Künzel. También Swetlana recibe honores por haber proporcionado las bolsitas navideñas, y Willi aplaude a Luisa, que ha cosido a toda prisa el pico de corneja, las orejas de asno y las de perro en las capas. Al final sacan champán y refrescos para todos, pero la pequeña Nora ya está plácidamente dormida en el regazo de Heinz.

—Pásame a esa preciosidad, Heinz. ¡Estás todo encorvado! —le dice su mujer.

—Ni hablar, cariño, que se despertará.

Fritz Bogner no bebe champán porque tiene que irse al

teatro, donde hoy representan *Hansel y Gretel*, de Engelbert Humperdinck, y la función empieza a las seis porque habrá muchos niños entre el público.

—¡Nosotras iremos enseguida, papá! —exclama Petra, y añade para los demás—: Es que tenemos entradas gratis. Y papá nos ha dicho que podremos saludarlo con la mano, porque estaremos en un palco lateral.

—Pero no vuelvas a levantarte y ponerte a dirigir —le advierte su hermana mayor—. Menuda vergüenza...

Else y la madre de Karin, entretanto, están inmersas en una animada conversación sobre la crianza de los niños. Entre ellas está sentado Heinz, con Nora dormida en su regazo, y sonríe encantado cuando la pequeña respira fuerte y cambia un poco de postura.

—Los niños necesitan ante todo tranquilidad —opina la madre de Karin.

—Muy cierto —le da la razón Else—. Tranquilidad y un hogar lleno de amor. Nuestros tres hijos crecieron aquí, en el Café del Ángel.

—Cuando mi marido aún vivía, teníamos un huerto donde Karin jugaba de pequeñita. ¡La verdura fresca es muy importante para los niños! Y la fruta también.

—Mi Hilde no quería comer nada que no fuera tarta de fresas.

Karin las escucha conteniendo el aliento y tarda un rato en darse cuenta de que Willi la contempla divertido.

—¿Vienes? —le pregunta, y se levanta—. Quiero enseñarte algo.

Salen del café por la escalera del edificio, y allí él baja la mirada hacia ella con orgullo y le dice que está preciosa.

—Veo que te gusta que cada vez me parezca más a un tonel, ¿no? —replica ella en broma.

—Me gustáis los dos —dice él sonriendo—. ¡Ay, estoy

contentísimo de que vayamos a tener un hijo! Qué ganas tengo de que nazca.

—Ya faltan menos de tres meses.

—¡Una eternidad!

Suben la escalera hasta la buhardilla, y allí él abre una puerta y Karin ve una vivienda vacía. Una cocina pequeña, un baño diminuto, dos habitaciones. Todo está bastante desgastado. Las ventanas están sucias, el papel de las paredes, algo amarillento. También habría que cambiar el suelo.

—Creo que me instalaré aquí —anuncia él—. Aunque antes hay que hacer reformas, desde luego. Pero es práctico, porque en un minuto he cruzado al teatro.

—Sí —dice ella en voz baja—. Muy práctico. Si te duermes por las mañanas...

Se acercan a la ventana y miran abajo. Ya ha oscurecido. El edificio del Teatro Estatal se yergue grande e imponente ante ellos, en las ventanas iluminadas se ve a personas moviéndose. La función debe de estar a punto de empezar, y los dos sienten la emoción crepitante que reina allí dentro ahora mismo.

—Seguramente es mejor así —dice Karin.

—Yo también lo pienso.

—Si vivimos juntos, es muy probable que volvamos a discutir.

—No —afirma él—. Los dos hemos aprendido.

—¿De verdad lo crees?

Karin nota un brazo que le rodea los hombros. Es una sensación preciosa: cálida y suave. Firme y tierna.

—Volver a vivir con vosotras ahora sería una locura, ¿no? —pregunta él.

—Habría que ser muy valiente para eso.

Willi le da un beso en la mejilla y la atrae hacia sí.

—A mí, valor no me falta —dice, y entonces se detiene,

sobresaltado, porque el niño se ha movido en la tripa de Karin y él lo ha notado.

—Entonces... ¡tal vez deberíamos intentarlo, Willi! —dice ella en un susurro.

—Yo también lo creo, Karin.

Son las seis en punto. Las campanas de la iglesia del Mercado empiezan a sonar y ellos las escuchan un rato sin decir nada, contemplando las luces de fuera, los edificios iluminados y las farolas de la calle, entre las que se apresuran transeúntes bien abrigados. De pronto Karin percibe un murmullo en su oído, porque Willi la está besando como un joven enamorado.